TORTILLAS DURAS,
NI PA FRIJOLES ALCANZA

© Enrique Romero Moreno

Tipografía y formación: Alma Jordán
Cuidado de la edición: Fernando Cruz

Diseño de portada: Jorge Romero Moreno y Luis-Enrique Romero González

Primera Edición: Editorial Nuestra República, 2000
Segunda edición: 2012
Tercera edición: 2013

ISBN-13: 978-0991119103
ISBN-10: 099111910X

Impreso en Estados Unidos
Publicado por Tortillas Duras del Migrante
http://www.tortillasdurasdelmigrante.com/

ENRIQUE ROMERO MORENO

Tortillas duras,
ni pa frijoles alcanza

Agradezco a todos aquellos
que creyeron en mí: nadie.

A mi esposa e hijos, Alejandra, Luis Enrique, Emilio y Antonio.
A mis padres, Vicente y Rafaela.
Y no puedo olvidarme de mis hermanos.
Son nueve, pero qué importa,
hay espacio para ellos:
Martha, Apolinar, Teresa, Georgina, Luis, Jorge,
Francisco, Dolores y Vicente.
Y al doctor Juan Manuel Portilla y a su familia.

PREFACIO

La migración es un fenómeno que ha acompañado a la humanidad desde sus orígenes. Sus estudiosos la explican como consecuencia de una multiplicidad de factores que van desde los económicos hasta los familiares.

Gracias a la globalización se vive en un mundo donde las fronteras nacionales prácticamente han sido eliminadas para dar paso a una interconectividad comercial que el sistema financiero internacional promueve para favorecer el libre movimiento de mercancías y capitales.

Desafortunadamente, dicha apertura no ha encontrado el eco deseado en el rubro de servicios, que permita un flujo más amplio de personas a través de las fronteras nacionales. En otras palabras, este escenario evidencia cómo las grandes potencias han logrado conquistar los mercados globales con sus productos, y con gran alarma han buscado restringir la exportación del producto más común de los países en desarrollo: la mano de obra barata.

En general se ha buscado que la manufacturación de productos quede restringida al territorio nacional de los países en desarrollo con la finalidad de tomar ventaja de las diferencias abismales que, en la mayoría de las ocasiones, existen en los salarios y beneficios sociales.

Adicionalmente, ¿qué mejor estrategia que explotar a los trabajadores de un tercer Estado durante su etapa de mayor productividad, a precios más baratos, para después prescindir de ellos sin la preocupación de tenerlos como cargas sociales dentro de sus sistemas nacionales, o bien explotarlos sin temor a que éstos puedan demandarlos ante sus cortes ya que estos –gracias al miedo que se les ha infundido con políticas de persecución– creen no poseer derecho alguno?

La complejidad de la migración hace que los argumentos antes esbozados sean una verdad a medias. Si se analiza dicha problemática, no solo desde la perspectiva humana, sino jurídica y económica, uno se puede percatar con claridad de las diferentes aristas que posee dicho fenómeno.

Por un lado, los países expulsores exportan a sus trabajadores a través de la migración irregular sin restricción alguna, recibiendo grandes ganancias a través de remesas. Por el otro, los Estados receptores desacreditan la gran aportación que los migrantes les representan, señalando que, a diferencia del comercio internacional en el que se establecen tarifas y cuotas para proteger la industria nacional de las importaciones, con la migración no están prevenidos para evitar la sustitución de su fuerza de trabajo o restringir la salida de capitales que en circunstancias normales serían reinvertidos dentro de su sistema económico.

Asimismo, los Estados expulsores, que siempre pelean por el respeto a los derechos de sus diásporas, poco hacen para evitar la salida de sus nacionales ya que, aparte de las grandes ganancias que perciben, ven a la migración como una válvula de escape que evita que se acumule el descontento dentro de su sociedad como consecuencia del alto índice en la tasa de desempleo que se reporta en sus territorios.

De igual forma, ¿qué hay de la normatividad estatal que se infringe bajo el argumento de que los migrantes solo buscan una mejor vida? Vale la pena reflexionar si la normatividad internacional de los derechos humanos permite desdeñar la legislación doméstica simplemente por la persecución de un fin ulterior de carácter subjetivo como la búsqueda de 'una mejor vida'. Inclusive el escenario se complica si se introduce la variable de 'seguridad nacional' y 'soberanía del Estado', en la cual el Estado tiene como obligación principal velar por la seguridad y garantizar a sus ciudadanos el goce máximo de derechos. ¿Se puede exigir entonces al Estado que renuncie a dichos derechos para darle cabida a extranjeros?

El mundo actual se define por una lucha constante entre la persecución de fines particulares y el bien común global. Tal posición será adoptada dependiendo del Estado del que se hable y ésta, a su vez, responderá directamente al desarrollo económico que ostente: entre mayor sea, regulará más la migración; entre menor, sus políticas serán más flexibles y velará más por los derechos de los migrantes.

Consecuentemente, en materia migratoria no existe una posición que se pueda definir como la 'correcta'. Todos los argumentos anteriores encuentran partidarios y en cierto grado son correctos. En este sentido recae la aportación del presente libro, ya que nos da la oportunidad de alejarnos de esta discusión teórica y nos permite ser testigos de la vida de tres migrantes quienes nos mostraran las alegrías, sufrimientos y retos de aquellos que dejan todo atrás para migrar en aras de encontrar un mejor porvenir.

A lo largo de las siguientes páginas, el autor logra fotografiar con gran detalle la cotidianidad del migrante: sus costumbres, modismos, pasatiempos, alegrías, preocupaciones. De igual forma, nos traslada a la década de los ochenta y nos sumerge en la cruda realidad que las condiciones sociales, culturales e históricas impusieron a los migrantes en el estado de California, Estados Unidos.

En la narrativa se aprecia la trágica realidad del migrante que no logra comprender a plenitud por qué es perseguido o el gran peligro al que se expone; la deshumanización de quienes ven en su fragilidad solo una oportunidad para explotarlos; la ceguera e ignorancia de aquellos que los señalan como origen de todos los males; la incertidumbre que vive su familia al no saber de ellos o el drama que tienen que pasar al perderlos; la demonización de las autoridades extranjeras quienes en muchas ocasiones, al aplicar la ley, solamente cumplen con su trabajo; la generación de falsas expectativas hacia las autoridades consulares o diplomáticas de su país, de quienes se espera que solucionen los problemas del migrante; y la impotencia de presenciar los atropellos que muchas veces tienen que sufrir.

Por medio de esta novela, Enrique Romero ofrece una ventana única a través de la cual se aprecia el lado humano de la migración, al cual solamente se puede tener acceso siendo parte de dicha comunidad o habiendo convivido con ella, tal como lo ha hecho el autor a lo largo de su carrera dentro de las representaciones consulares mexicanas. En otras palabras, *Tortillas duras: ni pa frijoles alcanza* cumple con su misión de mostrarnos la vida y tragedia de aquellos que renuncian a su presente con la ilusión de encontrar un futuro.

Víctor Emilio Corzo Aceves,
diplomático de carrera en el Servicio Exterior Mexicano.

Una anécdota antes de empezar:

Uno de tantos paisanos es detenido por la patrulla fronteriza en la ciudad de San Ysidro, California.

−Oye, mexicano, ¿por qué se vienen? −pregunta el oficial.
−Pus a buscar la vida, señor −contesta el afligido paisano.
−¡Pobres mexicanos! Siempre con la vida perdida −dice el oficial.

UNO POR UNO VIENEN LLEGANDO con su lento caminar, cabizbajos. El paso con el que llegaron por primera vez ya no se deja ver. Los sueños, las ilusiones y las ambiciones son cosa del pasado. Hoy su paso es inseguro. Desconocen adónde van a llegar.

¡Ah!, pero aquí llegan otros agilizando el paso. Son los nuevos, los inexpertos, los soñadores. Sus ambiciones y deseos aún son parte del presente. Avanzan con paso firme porque todavía tienen fresco en la memoria para qué han llegado hasta aquí. Nada los hará flaquear. Han llegado para conquistar.

Aquellos que aún no se ven, pronto darán vuelta en esa esquina y llegarán, porque aquí nunca dejan de llegar. Hay cupo para todos, ¡qué caray!

El más veterano, un jornalero que ha hecho de esta esquina su única fuente de trabajo, o mejor dicho, su única esperanza de trabajo, ve al inexperto recién llegado con la mirada perdida. Por su mente ha de estar cruzando un sentimiento de lástima, o tal vez se ve a sí mismo tiempo atrás. Repentinamente, se observa. Cabizbajo, mueve la cabeza de un lado para otro, como quien dice: "Esto es lo que te espera. ¿Por qué mejor no te regresas? Aquí no hay mucho que desear". Seguro que es lo que quisiera gritarles a todos, pero no lo escucharían, como él no escuchó cuando llegó por primera vez.

El nuevo lo mira y le sonríe. "Pinche viejo amargado –ha de pensar–. Con todo lo que falta por conquistar". Recorre con su mirada al grupo de jornaleros y poco a poco va perdiendo la sonrisa. Sigue su camino y se planta en el lugar que se acaba de asignar.

Dejaron en el camino muchos kilómetros recorridos. En algunos casos fueron miles, en otros quizá sólo algunos cientos, pero para todos hubo una despedida, un hasta luego con la esperanza de progresar. El beso de la esposa, el llanto de los hijos, un abrazo fraternal de los amigos del pueblo… Todos desearon que en el norte les fuera mejor. "Compadre –les habrán dicho–, en el norte le tendrá que chingar si es que quiere regresar, si no con las manos llenas, al menos con algo con qué progresar".

No puede faltar la imagen de la Virgen de Guadalupe, la madre que aún no comprende por qué su hijo tiene que irse. "Vete con mucho cuidado, mijo", parece que se le escucha decir al padre resignado que se quita el sombrero y espera que su hijo se arrodille para darle la bendición, que es todo lo que le puede dar.

Para muchos fue necesario vender sus pocas pertenencias o propiedades para comprar su boleto al norte; para algunos fueron sus animalitos de cría, para otros su parcela o cosas del hogar; otros más se vieron en la necesidad de pedir prestado con la esperanza de poderlo pagar más adelante.

Efectivamente, fueron muchos los kilómetros recorridos para poder llegar. Ahora hay que seguir el consejo del compadre. Habrá que chingarle.

A otros que ya se encuentran en la gran avenida hay que considerarlos afortunados. Quizá su apariencia diga todo lo contrario, pero no, ellos ya están en los Estados Unidos, mejor conocidos como el norte. ¡Qué caray! Ya burlaron la vigilancia de la frontera, algunos caminaron grandes distancias, otros fueron estafados por los "coyotes", pero ya están aquí y son los afortunados.

¡Y con cuántas ilusiones viajaron esos "afortunados"! A lo mejor el compadre un día les prometió: "No se preocupe, mire, se va pa allá y yo luego luego le consigo un buen trabajo, al fin que el mayordomo del lugar donde trabajo es cuate mío, por eso no hay problema. Por casa, se puede quedar en mi departamento, con los cuates no hay bronca. Usté nomás consiga dinero para pagarle al 'coyote' y yo me encargo de lo demás". Y así lo hicieron, sólo que al llegar nunca encontraron al compadre y el número de teléfono resultó equivocado o desconectado.

Historias como ésas hay muchas: "Llegué al centro de Los Ángeles y me quedé esperando que pasaran por mí. Nunca llegaron y jamás los encontré. Lo poco que traía de dinero se me fue terminando; recorría la ciudad, dormía donde me agarrara la noche, comía en esos lugares que les llaman misiones, y ahora estoy aquí, con la esperanza de conseguir dinero para poder regresar".

Otros corrieron con mejor suerte y efectivamente fueron recibidos por algún amigo, familiar o compadre, pero como dice el refrán: "El muerto y el arrimado a los tres días apestan". A la comadre ya le incomodaba la presencia del compadrito, o los amigos del departamento ya le exigían su parte de la renta. De éstos también hay muchos en la gran avenida.

"En el pueblo me dijeron que todo sería fácil —cuenta uno—, que ganaría dólares a manos llenas. ¡Qué va! Tengo dos semanas en la gran ciudad y sólo los he tenido en mis manos cuando me los han prestado o cuando he tenido que hacer un encargo".

"Estoy completamente convencido de que este país no es el de las grandes oportunidades —dice otro—. No hay realmente quién te ayude. Algunos paisanos prefieren callar cuando saben de algún trabajo, al parecer temen que uno de recién llegado les vaya a quitar el empleo. Existe envidia. De éstos de los que hablo son de los que no tienen papeles para estar aquí. Y los que ya los tienen son todavía más cabrones. No se acuerdan de cómo llegaron la primera vez. Yo dejé en México trabajo, amigos, familia, todo, con la ilusión de progresar, pero el progreso no ha llegado. He tenido la necesidad de dormir debajo de los puentes y perder mi dignidad pidiendo limosna, sí, limosna, para poder comer por lo menos una vez al día. Al principio tenía un gran temor de que llegara la migra y me deportara, pero ese temor ha desaparecido. Ojalá lo hicieran. No tengo nada que hacer aquí. Todos los días me verán en esta esquina esperando a que alguien se interese por mi trabajo, pero como pueden ver, somos demasiados, y el trabajo es poco".

Y también de éstos hay: "En la Navidad pasada llegó un amigo al pueblo. Traía puestas buenas ropas, tenía carro… Es cierto que no era nuevo, pero fue suficiente para apantallar. Claro que todos le preguntamos qué tal era la vida en el norte. '¡Hombre! Se la pasa uno a todo dar', nos contestaba. Todo lo hacía ver como un sueño alcanzable para todos. Como me prometió ayuda, me trasladé a este país de las oportunidades y, efectivamente, mi amigo me ayudó a cruzar, aunque ya estando por acá se olvidó completamente de mí y nunca más volví a ver a ese cabrón. Ahora estoy buscando un trabajo que me permita reunir la cantidad necesaria para regresarme al pueblo, de donde nunca debí haber salido. Conquistas materiales, ninguna. Malas experiencias, un chingo. Regresaré a México y me pondré a trabajar".

Y no podía faltar: "En México no hay trabajo, y cuando lo hay te pagan una miseria. No te alcanza para alimentar a tus hijos, curarlos si se te enferman, comprarles las cosas de la escuela. No hay esperanza de progresar. La vida te presenta pocas alternativas: te aguantas, robas o le buscas por otros lados. Por eso emigré a los Estados Unidos".

Todos éstos, aquéllos y los demás llegan a la gran avenida con un solo propósito, con una sola esperanza: progresar.

Son las siete de la mañana. Ya están aquí los de Michoacán, los de Jalisco, los de San Luis Potosí, los de Zacatecas, los de Oaxaca y de otras tantas partes más. Los centroamericanos son pocos, pero también se hacen notar y tienen mucho qué manifestar, especialmente los salvatruchas, todos listos para ofrecer mano de obra barata al mejor postor.

—¡Ah!, qué hermosas son estas grandes avenidas —dice uno de los ahí presentes—. Tenemos teléfonos, supermercados, bonitos restaurantes, florerías y muchas cosas más. Hasta esos carros que se llaman limusinas. Lástima que no tengamos los medios para poder disfrutarlas.

Al final de cuentas, llega la troca y sólo piden un café o un chocolatito para matar el frío de la mañana.

¿Quién dice que los indocumentados son gente sin educación? En la gran avenida hay de todo: desde pasantes de medicina hasta los de cualquier licenciatura. También vemos al joven temerario que espera tener en la gran avenida una aventura más en su vida. Sin embargo, sigue predominando el hombre del campo, el de las manos rudas, el que tiene la mirada perdida en un horizonte probablemente tan lejano como la oportunidad de obtener un trabajo. Pero que no nos digan que sólo de éstos hay.

"Ése mi doitor −le dicen al pasante de medicina−. Véngase pa acá con los ilustrados y deje a la chusma en paz". Las carcajadas no se hacen esperar. Apenado y resignado, el doctor llega con sus nuevos cuates. Es mejor olvidarse de las palabras que sólo confunden más. Hay que acoplarse a esta nueva realidad.

Algunos fuman consumiendo el cigarrillo con la misma desesperación con la que aguardan a que llegue el patrón a ofrecerles un trabajo. Los hay que prefieren estar solos, cabizbajos y pensativos, pero siempre alertas.

"Préstame una 'cora'. Te prometo que si hoy consigo un trabajo mañana te disparo un café. Ándale, somos del mismo pueblo. No seas cabrón". Así conocí al Coras, originario del Distrito Federal, no recuerdo la colonia. Menudito, con el pelo rizado y un bigote a medio dibujar. Era medio chispa. Lástima que ya nadie lo quería saludar, pues entre "cora" y "cora" ya tenía una gran deuda que saldar.

Ya son las 8 de la mañana y ninguno de ellos ha recibido aún una oferta de trabajo. La necesidad de que llegue se manifiesta en las expresiones, sobre todo en la de los que no han trabajado en varios días y requieren de ello para por lo menos alimentarse. El frotar de las manos es constante, la mirada está perdida, la impaciencia se apodera de ellos y la incertidumbre es su peor enemigo. Los que han corrido con mejor suerte y guardan en sus bolsillos algunos dólares del trabajo del día anterior se dan tiempo de bromear de vez en cuando, pero los dólares no pueden ser malgastados porque saben que pueden pasar días sin ser contratados. Por eso ellos sí pagan las "coras" adeudadas.

Los cigarrillos ya se están terminando y no hay dinero para comprar otro cafecito. El amigo que hace un momento prestó el "nickel" o la "cora" se ha arrepentido de haberlo hecho porque ahora él ya tampoco tiene para comprar. Y de los Marlboro ya sólo quedan dos. Hay que espaciarlos porque parece que la mañana será larga. Los que llevan reloj lo observan constantemente, como queriendo detener el tiempo. Los minutos se hacen eternos y aún no ha llegado ningún empleador.

Eran las nueve de la mañana y nada. Ya había entablado conversación con uno de los ahí presentes, Pedro Sánchez, oriundo de La Piedad, Michoacán, hombre de campo de complexión delgada, en cuyo rostro se refleja fielmente el largo caminar por estas grandes avenidas y por la vida misma.

—Mucho frío, ¿verdad?

—Algo —me contestó desconfiado.

—¿Qué? ¿Y a qué hora llegan los patrones?

—Es lo que todos quisiéramos saber. Generalmente llegan temprano. Desconozco qué haya pasado.

—Oiga, aquí hay como sesenta personas. ¿A poco todos alcanzan trabajo?

—No, la cosa se ha puesto bastante difícil. Diario aumenta el número de personas que buscan trabajo aquí, y como puede ver, ya no se trata de pura gente del campo. Hay muchos jóvenes estudiados que se unen a nuestra larga espera de ser contratados. Nosotros los viejos estamos en desventaja ante estos jovencitos hambrientos de conseguir trabajo.

La plática con don Pedro se vio interrumpida por la llegada de una camioneta blanca que se estacionó a unos cuantos metros de nosotros. Bastaron pocos segundos para que el vehículo se viera cercado por los presentes.

Todos agitaban las manos y chiflaban queriendo llamar la atención del patrón, a quien se le dibujaba una amplia sonrisa de satisfacción al ver que podía escoger a placer y obtener una oferta ventajosa. La tarea de contratar le resultaría más fácil, e incluso estaba en la posición de ofrecer lo que él quisiera.

Los empujones no se hicieron esperar. Todos querían hablar con el patrón. Éste aún no ofrecía el trabajo, pero la gente se apuntaba para realizar cualquier cosa.

—Necesito dos personas que limpien mi jardín —dijo el gringo en un español con acento difícil de entender.

—Yo soy rete bueno para eso, mister —decía uno.

—No le haga caso a ese cabrón —afirmaba otro.

A empujones seguían intentando llegar hasta las puertas del vehículo. Para entonces al contratista ya se le había desdibujado la sonrisa y en tono enfadado recalcaba que sólo requería dos.

—Tú… y tú… Súbanse —dijo señalando al azar.

Alegría de dos, descontento de muchos. Los contratados hacían la señal de la victoria al alejarse a bordo de la camioneta. Los desafortunados de inmediato manifestaron su descontento con una sonora rechifla.

Don Pedro ni el esfuerzo hizo para que lo contrataran. Ni siquiera se movió de donde estaba.

—¿Qué pasó, don? ¿Por qué no intentó conseguir el trabajito? —le pregunté.

—No sabes lo que dices —me contestó—. Tengo seis meses intentándolo y en ese tiempo sólo me han contratado unos veinte días. Ya me estoy cansando de esta situación. Probablemente me regrese a La Piedad en cuanto tenga oportunidad.

—No se desanime —le respondí, pero ni respuesta tuve.

Sacó de su bolsillo un cigarrillo totalmente doblado y en su rostro se reflejó la resignación por la situación que estaba viviendo. El silencio se apoderó de los dos, pero también fue interrumpido por la llegada de otro patrón.

Eran ya las 10 de la mañana. Había desesperación y determinación en cada uno de los presentes por ser ellos los contratados. La escena volvió a repetirse: empellones, empujones, gritos…

—I need someone to help me out to clean my back yard.

—¿Qué dice ese gringo? —preguntó uno con insistencia.

—No sé, pero tú dile que "yes, yes". Para el trabajo que vamos a hacer no necesitamos el inglés.

—¡Yes! ¡Yes! —repetía el aconsejado.

—"Yes, yes" what? How much money? Do you speak english?

—¡Yes! ¡Yes! —contestaba.

—Te está preguntando que si hablas inglés, pendejo, y que cuánto le cobras —interrumpió uno, que aprovechó el momento para hacerse entender con el patrón y ser él el contratado.

—40 dollars, mister. Give me 40 dollars.

—Too much money. I'll pay you 30 dollars.

El regateo estaba a la orden del día. El gringo no cedía y mucho menos el paisano. El patrón finalmente ganaría, tenía de dónde escoger y así lo hizo. Se decidió por el que se la pasaba diciendo "yes, yes".

Ahora que don Pedro había mostrado interés, la fortuna le había sonreído a otro, y como tantas otras veces, se quedó con el brazo en alto que fue bajando lentamente. La contratación ya se había realizado. Se quedó mirando el automóvil que se perdía en la distancia, como se perdían sus esperanzas de conseguir empleo ese día.

El reloj marcaba ya las 11 de la mañana y sólo cinco personas habían sido contratadas. Para los restantes, mañana sería otro día. Así como llegaron, uno por uno se fueron alejando del lugar, probablemente sin rumbo fijo. Muchos no tienen dónde dormir. Los puentes de las autopistas les sirven para pasar la noche. También los autos viejos estacionados en algún lugar de la ciudad sirven para acoger a estas personas. Los más afortunados son aquellos a los que los amigos les permiten dormir en la sala del departamento en el que viven entre cuatro y siete personas.

Para las 11:30 sólo quedaban cuatro aún esperanzados en conseguir trabajo, o quizá no tenían otro lugar adónde ir. Don Pedro era uno de ellos. Estaba sumergido en sus pensamientos.

En la gran avenida ya sólo quedaban colillas de cigarro y vasos de plástico, fieles testigos de que esa mañana habían hecho acto de presencia sesenta individuos que buscaban trabajo.

Así fue mi primer día en la gran avenida Lankershim Boulevard, en el Valle de San Fernando, California.

Al día siguiente, muy temprano, visité nuevamente la gran avenida. Como el día anterior, uno por uno fueron llegando, con la misma ropa, mal aseados y desvelados. Muy pocos venían con una sonrisa en los labios. El único con el que había entablado conversación no llegaba.

El que se veía encabronado era el que pronunciaba muy bien el "yes, yes". Comentaba molesto lo que le había sucedido el día anterior:

—El pinche gringo me llevó a trabajar a su casa. Le limpié todo el jardín, que quitar piedras, que llevar ésta pa acá y pa allá, que plantar un rosalito y algo más, pero cuando ya habíamos terminado, me indicó con señas que me subiera a su troca y yo de pendejo que me subo. Pensé que me llevaría a comer, pero no, fuimos a tirar la basura y el muy cabrón se arrancó en cuanto me descuidé y me dejó ahí.

—Oiga, mi Yes Yes, primero se cobra y luego se trabaja —comentó uno.

—¡No mames! ¿Cómo le voy a decir si lo más que sé decir en inglés es "yes, yes". De seguro me preguntó que si me gustaba el lugarcito pa quedarme y yo le dije que "yes, yes"… ¡Ah! Pero en cuanto lo vea le voy a romper su madre.

El Coras no se aguantó la risa y provocó el enojo del Yes Yes, que sin advertencia alguna le arrancó de las manos el periódico *La Opinión* que éste estaba leyendo. Algunos festejaron el arrebato del Yes Yes, otros simplemente se limitaron a observar la discusión de los dos chilangos.

—Ni chingadazos hubo —dijo alguno.

Todo terminó con una mentada de madre del Coras.

No faltaba quien pidiera algo de dinero para comprar un café.

—No conseguí nada de trabajo —decía gesticulando y dando manotazos en el aire, tratando de que se le creyera.

Aunque el dinero escasea en este lugar, no faltó quien sacara los cincuenta centavos y se los diera, comprendiendo que tarde o temprano él también se veía en la necesidad de pedir.

Ese día el panorama se presentaba más halagador para los trabajadores de la gran avenida. Eran las 7:30 de la mañana y ya habían contratado a dos. Los sueldos no eran muy buenos, pero aquí nunca falta quien los acepte.

—Yo por veinte dólares no hubiera aceptado. Es necesario reclamar lo justo —decía uno que, por su forma de vestir, daba la impresión de que efectivamente no realizaría trabajos de esa naturaleza—. Pobres pendejos los que se venden de esa manera. Hay que tener dignidad antes que nada…

Aprovechando el comentario me acerqué a él. Su actitud me desconcertó, no porque reclamara lo justo, sino por el tono en que se expresaba.

—¿Qué? —le pregunté—. ¿A poco de verdad no aceptaría los trabajos que les ofrecen aquí?

—No tengo necesidad —contestó con un gesto de autosuficiencia—. Yo tengo mi trabajo por las tardes. Sólo vengo a darles una ayudadita a mis paisanos.

—¿Y en qué forma les ayuda? —le pregunté sorprendido.

—Pues dándoles consejos para que no sean pendejos aceptando cualquier trabajo que les llega, que no abaraten su mano de obra, que pidan lo justo. Algunos de los que llegan aquí han seguido mis consejos y no piden menos de cuarenta dólares.

—Pues pa como veo las cosas, no creo que su consejo sea de utilidad. Ni la dignidad ni el orgullo les llevará el bocado, y ante el hambre se pierde eso y mucho más.

—Bueno, ¿y usted quién es? —preguntó enfadado.

—Nadie. Simplemente otro pendejo que está dispuesto a trabajar por veinte dólares por día si es necesario.

—No le hagas caso a este cabrón —interrumpió Gilberto Méndez, pa variar otro chilango mejor conocido como el Tururú, dizque porque había trabajado en el metro de la ciudad de México y era como los vagones, que tanto a su arribo como a su partida cantaban alegremente "tururú, tururú"—. Se cree muy chingón porque tiene tarjeta verde, pero su chamba es de limpiar oficinas. Mucho orgullo, mucho orgullo, pero tiene que limpiar el escusado de los demás —remató molesto el Tururú.

En ese momento, que no pudo haber sido más oportuno, sentí sobre mi hombro una mano pesada. Era el buen amigo don Pedro, cuyo aspecto era deplorable. Se veía bastante mal.

—¿Qué pasó, muchacho? No has conseguido trabajo, ¿verdad? Te dije que se pone de la pura chingada, pero no me quieres creer.

—Le creo, don Pedro, pero mire nomás cómo viene. Anda tomado, ¿verdad? Así de ninguna manera lo van a contratar.

—Ni así ni en mis cinco sentidos —replicó.

Don Pedro no podía ni sostenerse en pie. Trastabillaba hasta cuando hablaba. Finalmente cayó y el Coras se apresuró a ayudarle, pero el don le retiró el brazo muy molesto.

—Todo está bien. No hay problema —dijo limpiándose la boca con el puño de la camisa.

—Oye, carnal —me dijo el Coras—, ayúdame a llevarlo a otro lugar.

Tomándolo del brazo lo sentamos en la banca donde se espera el transporte rápido de la ciudad, el famoso RTD. Camión que pasaba, camión al que don Pedro se quería subir.

—¿Adónde va? Espérese… —le decía el Coras dándole un jalón.

Entre la gente que esperaba el camión no faltó quien se quejara, sobre todo una señora gorda con sus dos hijos.

—¡Qué espectáculo está dando usted! Por eso estamos como estamos. ¡Llévenselo de aquí!

—Vente, Coras. Vamos a llevarlo a otro lado —le dije cuando vi que estaba a punto de contestarle a la señora.

Refunfuñando, me hizo caso y lo llevamos a un callejón que estaba al lado de una compañía de electrónica.

—¡Ah, qué viejo! —le repetía el Coras mientras el don sólo se le quedaba mirando.

—Si lo vas a estar recriminando mejor vete —le dije.

—¡Chale, carnal! No lo estoy regañando, pero míralo cómo está.

El Coras se alejó, pero para mi sorpresa regresó con un café para el que seguro tuvo que pedir prestado.

—Lléguele, viejo —le dijo—. Se va a sentir mejor.

Nos sentamos junto a él y comenzó a hablar.

—He cometido un grave error al venirme. Aquí es tan difícil encontrar el apoyo de alguien… Las pocas amistades están en la misma situación que uno. Solamente nos escuchamos uno al otro porque no encontramos respuestas a nuestras necesidades. No hay solución a nuestros problemas.

El Coras trató de consolarlo con una palmadita en la espalda, pero no provocó ninguna reacción en el viejo, que continuó hablando:

—Por lo menos allá estaba con los míos, con mi esposa y con mis hijos. De ella siempre recibí el apoyo para no desesperarme. Cuando llegaba a casa siempre me recibía con los brazos abiertos. Los ojos de mi vieja como que se iluminaban cuando llegaba con algún dinerito, y cuando llegaba con las manos vacías me decía "Mañana conseguirás". Mi hijo Pancho, el mayor, a pesar de que ya está casado, siempre que nos visitaba no faltaba que nos comprara nuestra frutita, unas carnitas, o me decía "Tenga, jefe, para que se aliviane". No era mucho el dinero que me daba, pero siempre se acordaba de nosotros. Y mis otros dos hijos no se diga, siempre ayudando. Mi Micaela salió buena para el estudio. Dice que quiere llegar a ser secretaria ejecutiva. Quién sabe qué quiere decir eso, pero suena re bonito, ¿verdad?

Escuchamos con atención a don Pedro, pero lamentablemente no había mucho qué decir. Él tenía razón. Sus cuates estaban tan jodidos como él, sus consejos no le ayudarían a resolver sus problemas. Don Pedro buscaba desesperadamente algo en sus bolsillos. Pensando que quería un cigarro, se lo ofrecí, pero me lo rechazó con un gesto mientras sacaba un sobre completamente arrugado. Me lo extendió, pero yo no entendía. El Coras me decía con señas que lo leyera. "Adela Martínez Pérez", decía el remitente con una dirección de La Piedad, Michoacán. Leí la carta y comprendí lo que don Pedro estaba pasando. Su esposa le pedía dinero porque la Micaela se encontraba enferma.

Observamos a don Pedro tomarse el pelo gris con desesperación, buscando respuesta a sus problemas. Yo no tenía la solución, el Coras menos.

Me sentía impotente. El viejo estaba solo, sin amigos ni dinero. Su única alternativa era conseguir empleo a como diera lugar.

El día fue demasiado largo para mi amigo. Trastabillaba buscando llegar a cada automóvil que se estacionaba, pero nunca lo logró. No podía, su condición no se lo permitía. Poco le importaba que lo empujaran ni que le gritaran "¡Órale, pinche borracho, quítate de aquí!".

Hubo muchas contrataciones para los jornaleros ese día. El que por la mañana había pedido prestado el "nickel" para el café consiguió empleo, el Yes Yes también. Sólo se les podía desear que les fuera mejor que el día anterior. Don Pedro terminó sentado a la orilla de la acera, resignado con sus problemas.

Ya para las 12 del día no había mucho que hacer ahí. El calor estaba insoportable, así que fui a la licorería más próxima para calmar un poco la sed. Al salir vi cómo don Pedro hacía el esfuerzo por levantarse, y lo logró. Caminaba tan lento que no me fue difícil alcanzarlo.

Sin decirle ni una palabra, lo acompañé hasta donde vivía. El camino fue largo, pero por fin llegamos al barrio de la North Hollywood. A nuestro paso nos encontrábamos con los "vatos locos" que lucían su clásica vestimenta y su pañuelo en la cabeza en la que se leía "Ese carnal".

Don Pedro vivía en un garaje viejo en pésimas condiciones. Ya no se podía distinguir el color porque la pintura estaba carcomida. Abrió la puerta lentamente y entramos. Mentiría si dijera que jamás había visto algo así, pero no dejaba de causarme lástima la forma en que vivían el viejo y tantos otros paisanos. A mi izquierda vi un catre viejo y a mi derecha otro igual. En el centro había una caja de cartón que decía "Handle with care" y que servía como buró. Las paredes estaban tapizadas con pósters de vedetes que aparecían en el *Alarma*. La estrella principal era la Lynn May, había como tres o cuatro de ella, y al centro no podía faltar una imagen de la Virgen de Guadalupe.

Don Pedro empezó a buscar algo desesperadamente. Tiró al suelo las cajas de cartón, se frustró, se encabronó y llegó el momento en que no pudo más y se dejó caer en uno de los catres viejos. Quise hacerle compañía, pero para qué, me preguntaba.

Cuando salía del garaje vi que se estacionaba una camioneta y de ella bajaba un tipo mal encarado.

—¿Qué onda? —me preguntó—. Éste es mi cantón, ¿qué haces tú aquí?

—Nada, sólo vine a acompañar al viejo. Parece que está muy mal.

Sin decir más se metió rápido al garaje y vio que, en efecto, el viejo estaba ahí.

—¿Qué es este pinche tiradero? —me dijo cuando vio todas las cosas en el suelo—. ¿Quién chingados lo hizo?

—No sé. El viejo estaba buscando algo, pero creo que no lo encontró.

El mal encarado sí sabía lo que andaba buscando. Metió la mano en una de las cajas y sacó una botella de Don Pedro a medio llenar.

—Tome, viejo —le dijo ofreciéndosela—. Esto no le va a caer nada mal.

Preferí retirarme de ese lugar. Ya no había nada que hacer y regresé por el mismo camino por el que llegué. Vi de nuevo a los "vatos locos", las paredes de las viviendas a medio pintarrajear. "El Snake was here" o "El Goffy rifa", decían algunas de las leyendas de los guerreros urbanos.

Jamás pensé que en tan poco tiempo de andar de jornalero me encontraría con situaciones como ésta. Cuántos don Pedros estarían deambulando por las calles de la gran ciudad, pidiendo una "cora" o un "nickel" para poder regresar. Cuántas veces hemos negado esa ayuda, cuántas veces pensamos que quieren el dinero para chupar. Sólo sé que los fracasos debilitan el carácter, las ambiciones, y no faltará quien quiera sacar provecho de ello.

Caminé y caminé hasta llegar a la Victory Boulevard. Ahí había más, sí, más jornaleros. Por un momento pensé que sus avenidas eran mucho más bonitas que la nuestra, pero qué más da. De todo lo que hay en ellas, nada podemos aprovechar.

Regresé a la gran avenida el sábado siguiente. Había caras nuevas, reconocí a algunos. Habían pasado solamente unos cuantos días y sus actitudes ya no eran iguales. Habían pasado a ser de los que caminaban lento y cabizbajos.

Las "coras" y los "nickels" para el café y el chocolatito se pedían ese día con más frecuencia. Al parecer, muy pocos habían logrado su contratación, así que no habían muchos que pudieran prestar la lana. La troca abandonó el lugar a hora muy temprana. No había negocio.

El Yes Yes aún continuaba visitando la avenida. El tipo era bajo de estatura, pero grande en entusiasmo. Los jornaleros sabían que al momento en que llegara un patrón sería el Yes Yes quien buscaría desesperadamente ser contratado. Su entusiasmo, en vez de contagiarlos, parecía molestarles, pero a él poco le importaba y seguía gritando "¡Yes, yes!".

El Coras seguía pidiendo, pero por la falta de trabajo su "parentela" fue creciendo y eran ya muchos los que pedían la "cora". El Tururú parecía el más feliz de todos.

—Les dimos en la madre a esas Chivas de pueblo —gritaba a todo pulmón junto con otros cuates—. A ese Hermosillo lo voy a hacer mi cuñado —decía enseñándoles a todos la primera página de la sección de Deportes de *La Opinión*. Algunos festejaron la noticia, pero la gran mayoría contestaron con una rechifla a modo de mentada de madre.

El sonido del claxon de una camioneta Chevy color azul que se aproximaba los hizo reaccionar. Con el periódico a medio doblar, el Tururú corrió hasta donde se había estacionado el vehículo. El Coras iba a dejar de pedir prestado. El Yes Yes, como siempre, estaba a la expectativa. Los tres, sin esperar a que les ofrecieran el trabajo, se treparon a la parte trasera de la camioneta. Los demás "compañeros" protestaron queriéndolos bajar a como diera lugar, así fuera a punta de jalones e insultos. Mientras el Yes Yes y el Coras peleaban su lugar, el Tururú no dejaba de reír. El vehículo se alejó abruptamente mientras los tres contratados les hacían señas obscenas a los demás.

Pasaron por la Saticoy y la Vanowen hasta llegar a la avenida Victory, donde había otro grupo de jornaleros.

—¡Ora, bola de mojados! —les gritaba el ojete del Coras.

—Gilberto Méndez, pero me llaman el Tururú —dijo el susodicho presentándose con sus nuevos compañeros.

—Nacho Díaz. Me dicen el Coras.

—Luis Moreno —dijo finalmente el Yes Yes.

Y mientras decían esto intercambiaban el saludo que empieza con el puño cerrado y termina con piquetes de ojos.

Para cuando la camioneta llegó a su destino, estaban en la ciudad de Encino. Al estacionarse, ninguno de los tres se bajó con mucho apuro.

—¿Qué onda, paisanos? ¿De a cómo le vamos a entrar? —les dijo el conductor de la camioneta.

—Por lo menos tú hablas español —dijo el Yes Yes.

—Claro que hablo español. También soy de allá.

El Tururú fue quien se encargó de llegar a un arreglo. Les darían cuarenta bolas por la chamba del día. Desde luego, el paisano que los contrató no era el dueño de esa hermosa casa, era el encargado de darle mantenimiento y trabajaba con los patrones de apellido Williams.

—Hay que quitar todo el pasto y sembrar nuevo —les dijo.

Ninguno parecía entender lo que les decía. El pasto parecía una alfombra verde, pero pues así son los ricos, qué más da.

Sacaron picos, palas, rastrillos y otras cosas más y se dividieron la chamba. Al Yes Yes le tocó el pico, al Coras la pala y al Tururú el rastrillo. Empezaron con mucho entusiasmo pero a la media hora le bajaron al ritmo. Un ratito después se despojaron de la camisa y a la hora y media ya pedían algo de tomar. Federico les trajo su Kool Aid con muchos hielos, se terminaron la jarra en un dos por tres y ya estaban pidiendo más mientras buscaban una sombrita para descansar.

El Coras de plano buscó la manera para refrescarse, y vaya refrescada de madre que le quería dar al Tururú por haber aceptado tan poco dinero por el trabajo que estaban haciendo.

Apenas habían terminado una cuarta parte del trabajo y ya no se podían levantar. Entre quejas y lamentos continuaron la chamba y a la hora de la comida les trajeron unos ricos sándwiches de jamón con queso amarillo.

—¿Qué no tienes un chilito verde? —le preguntaron a Federico—. No es albur, compadre…

Horas más tarde y mucho sudor después, terminaron la chamba. Ya no podían ni con su alma.

De regreso pararon en la Lankersheim Boulevard y convencieron al Coras para que se fueran a echar unas frías. Tomaron el RTD, el transporte rápido de la ciudad, pero ninguno tenía el cambio exacto para poder pagar. El chofer los dejó pasar para que averiguaran quién se los podía cambiar. Algunos pasajeros venían dormidos y otros no les entendían, hasta que finalmente una paisana terminó prestándoles el dinero exacto. Se bajaron en la Victory Boulevard, dieron vuelta a la derecha y llegaron al bar "El Tarasco". "Prohibida la entrada a menores de edad", decía un anuncio a la entrada. Estaban tocando *La Sirenita* de Rigo Tovar.

—Ésa es de las tuyas, mi Coras —le decían—. A ver si te pones a bailar.

Algunos parroquianos jugaban billar. Otros, sentados en las mesas, eran atendidos por las esculturales meseritas del lugar. Otros más estaban en la barra, y sólo una parejita bailaba al son de Rigo.

Los tres tomaron su mesa cerca de la rocola. Después de unos minutos de espera fueron atendidos por una meserita cuarentona con minifalda de quinceañera y toda su fisonomía fuera de lugar.

—¿Qué les voy a servir? —les preguntó dándoles la bienvenida con un gesto coqueto.

Las picardías y los albures no se hicieron esperar:

—Usté sírvame lo que quiera, mi reina, que aquí traigo para pagar —le contestó el Yes Yes.

La mesera inmediatamente lo puso en su lugar y lo amenazó con sacarlo si no se comportaba. El Coras y el Tururú pidieron sus primeras chelas, puro producto mexicano dizque pa recordar. Les trajeron sus Tecates bien frías.

—Perdón, señorita… —preguntó el Coras—. ¿Pudiera traernos nuestro limoncito con sal?

El Yes Yes, ya un poco más tranquilo, pidió una Coors para que se le pegara un poco el inglés.

Y la rocola seguía toque y toque. Ya habían pasado las de Rigo, las de Chente y las de Leo Dan. En la primera oportunidad que tuvo, el Tururú se fue con la cajera para pedirle cambio en puras "coras" para que le tocaran las que le hicieran llorar. Eligió *Juguete caro*, pero más que llorar se puso medio tristón y acompañó a todo pulmón al grupo Alpha en su canción.

—Ah, qué mi Tururú —le dijeron sus cuates—. Mejor véngase para acá. Nomás acuérdese y no se nos ponga a chillar.

Por fin les trajeron la carta pues ya era hora de cenar, pero antes tuvieron que limpiarles la mesa porque los botes de Coors y Tecate ya sumaban más de una docena.

—A mí me trae por favor unos chilaquilitos, pero no se le olvide su cebollita, queso y jitomatito –le dijo el Coras a la mesera, frotándose las manos e imaginando lo que iba a cenar.

El Tururú pidió una milanesa con sus frijolitos y sus tortillitas, y el Yes Yes, sí, el extravagante Yes Yes pidió una hamburguesa con papas.

Y la rocola seguía toque y toque y las "coras" se acababan. El Tururú estaba feliz de la vida, pero más los parroquianos que escuchaban la música gratis.

—Póngale más, ese vato –se escuchó desde el otro extremo del lugar, donde algunos jugaban billar.

Llegaron las milanesas, los chilaquiles y las hamburguesas, pero más tardaron en escuchar una canción que en comérselas. Hubo unas cuantas chelas más y algunos relatos. Ninguno de los tres dijo más de lo que debía.

Los gritos y el silencio repentino de los que estaban jugando billar les llamó la atención y se acercaron a ellos para ver lo que estaba sucediendo. Las apuestas estaban en grande. En un extremo de la mesa había un fajo de billetes. Hasta mero arriba había un billete de veinte dólares, pero más abajito había uno de cien.

Los tres guardaron silencio. El juego estaba a punto de terminar y el vato que tenía en el brazo un tatuaje de la Virgen de Guadalupe requería sólo meter la bola número 8 en cualquiera de las cuatro esquinas. Ya estaba poniéndole el gis al taco y las miradas estaban fijas en el tirador, quien lentamente se acercó a dar el tiro de gracia que le haría ganar el fajo de billetes verdes… y la metió.

—Ése mi Sapo, qué chingón eres –le gritaba quien tomando los dólares se los daba al triunfador–. Cien, ciento cincuenta, doscientos, doscientos cincuenta –y ahí terminó de contar.

—¡El que sigue! –gritó el Sapo–. ¿Quién le atora a este campeón?

Pero nadie se animó a retar al Sapo. Todos regresaron a sus lugares, algunos a la barra y otros más a bailar. El Yes Yes, el Tururú y el Coras se dispusieron a pagar, pues recordaron que tenían que cumplir con sus obligaciones: buscar chamba al siguiente día.

Los tres salieron de "El Tarasco" y se dirigieron a esperar el camión, que pasó como media hora después pero para su mala suerte no estaba en servicio.

—Chin –dijo el Tururú–. Ahora sí que nos vamos a chingar.

Eran casi las 12 de la noche y el próximo camión pasaba hasta la una de la madrugada.

—¿Qué, mi Yes Yes? ¿Nos la aventamos caminando? –le preguntaron.

—Pues ni modo, qué otra nos queda. Empecemos a andar –contestó.

Se fueron por toda la San Fernando Road, pasando la calle Pierce, la Tierra Bella y otras tantas más. Para cuando llegaron a la Lankershim el cansancio les ganó. Las calles ya eran conocidas, pero qué mejor que su amiga la gran avenida para darles albergue por una sola noche. Buscaron un rinconcito en un callejón, tomaron su lugar y, cubriéndose con periódico, se pusieron a roncar.

A punta de patadas y al grito de "Arriba, cabrones, que ya llegó la migra", los tres se levantaron inmediatamente. El Coras quiso correr. El Tururú y el Yes Yes ni siquiera se movieron de su lugar. Las carcajadas no se hicieron esperar cuando se dieron cuenta de que sus "cuates" de la gran avenida les habían jugado una broma. Los tres vociferaron contra los bromistas.

—Aguántenla, cabrones. Después no se quejen —les advirtió el Coras.

—Aguántese, mi Coras. Mejor vámonos a trabajar —le contestaron.

El grupo de jornaleros se fue alejando de ahí.

—Bueno —les dijo uno—, pero por lo menos levanten sus cobijas. No se las vayan a robar.

Era muy temprano, pero ya estaban en la avenida listos para trabajar y La Lupita (la troca) que no llegaba, ahora que más la querían pues necesitaban algo de tomar para matar la cruda que no los dejaba ni pensar.

Cuando llegó La Lupita, el Coras fue su primer cliente.

—Un cafecito, pero bien cargado, carnal —le dijo al dueño de la troca.

—Ahora sí traes dinero —le dijo el troquero—. Hasta fuiste el primero en llegar.

—Pues claro, y pa que vea, también me da dos donas.

—No te vayas a quedar pobre, mi Coras —le dijo el Tururú.

—Pobre ni madres. Te invito a desayunar.

—Oye, Coras, ¿y qué?, ¿a mí no me vas a "disparar"? —inquirió el Yes Yes con un acento medio gabacho.

—Simón, carnal. Llégale, tú nomás pide.

Los tres desayunaron bajo la mirada sorprendida del troquero, quien a la hora de cobrar alzó la ceja dudando que trajeran pa pagar.

—$12.50 es todo lo que me deben.

El Coras se buscó en un bolsillo y nada. En el otro tampoco, y menos en el de la camisa.

—Sí traigo —le decía al troquero—. Espérame, ha de andar por acá —pero buscó y buscó y nada. Finalmente, el Tururú tuvo que pagar.

Los ánimos estaban caldeados en la avenida. Ya era fin de semana y todos buscaban afanosamente contratarse. El número de jornaleros era mucho mayor que durante la semana. Aquí ya andaban los que tenían algún trabajo, pero buscaban completar para los gastos. Era fácil distinguirlos de los demás, ellos eran los bien peinaditos y aseaditos. Quizá ésa era su ventaja sobre los demás.

Los contratistas llegaban y se iban felices de la vida. Siempre se salían con la suya. Contrataban a bajo sueldo, pero los jornaleros ni se quejaban. El Yes Yes y el Tururú seguían con muy buena suerte pues otra vez fueron contratados. Mientras tanto, el Coras seguía buscando su dinero.

—¿Dónde lo dejaría? —se preguntaba—. Ya no tengo ni para comer, ¡me lleva la chingada!

Ese día el Coras se dedicó al turismo y recorrió varias de las avenidas hasta llegar a la Victory Boulevard. Ahí había otro grupo de jornaleros, pero una cara se le hizo familiar: la de don Pedro, el oriundo de La Piedad, Michoacán.

—¿Qué pasó, viejo? —le dijo—. ¿Por qué ya no ha ido con los demás? Se le extraña.

Don Pedro no le respondía nada. Su silencio era absoluto. Sin embargo, su aspecto físico lo decía todo, estaba mal comido y mal aseado.

—Bueno, ¿qué? ¿Ni siquiera piensa saludarme? —insistía el Coras—. ¿Le debo algo?

Don Pedro seguía en su silencio. Ni una palabra.

Entre el grupo de jornaleros escuchó a alguien gritar:

—¡Oye, viejo! ¡Ven para acá!

Don Pedro, sin inmutarse, fue inmediatamente hacia donde lo llamaban. Abriéndose camino, llegó hasta donde hubo alguien que le ordenara:

—Tráeme unos Marlboro y otra fría.

Le dio unos cuantos dólares y nuevamente, entre "con permiso" y "con permiso", don Pedro pasó por donde estaba el Coras.

—¿Adónde va, don Pedro?

Al no obtener respuesta caminó a la par del viejo. Llegaron a la carnicería Jalisco y eso fue un tormento para el Coras porque pasó por donde estaban las carnitas, las tripas y los buches. Nomás de imaginárselos con unas tortillitas…

—¿De qué le sirvo, joven? —le preguntaron del otro lado del mostrador.

—Oiga, ¿no me pueden dar una muestrita para ver cómo están? —inquirió el Coras.

Y le dieron de esto y de aquello, pero el tipo robusto del mandil y del gorrito blanco ya se estaba enfadando.

—Gracias… —le dijo el Coras—. Mejor vengo otro día.

Don Pedro ya estaba pagando los Marlboro y las frías atendido por una linda cajerita. Hubo unos cuantos centavos de cambio que él mismo se embolsaría. El Coras se acercó y cerrándole el ojo se despidió de la cajera.

—Adiós, mi reina —le dijo. Se sentía galán.

Don Pedro ya se sentía molesto por la presencia del Coras. Agilizaba el paso para de alguna manera pedirle que lo dejara en paz, pero el Coras no se daba por aludido.

−¿Qué le pasa, joven? ¿Por qué tanta insistencia? −lo enfrentó deteniéndose repentinamente.

−Perdone que me meta en lo que no me importa, pero es que se ve muy mal −le explicó el Coras−. Un cuate nos platicó lo que le sucedió dos semanas atrás y pues al no verlo por tanto tiempo pensamos que algo malo le había sucedido. Como que cuando uno ha convivido con alguien, de alguna forma le toma cariño, aunque a veces no se manifieste por todas las broncas que uno trae. Pero uno se fija, se da cuenta…

−¿Y qué que nos demos cuenta? ¿Qué más da si nos preocupamos por los demás si ni siquiera palabras de aliento tenemos? Hasta eso se nos acaba viviendo en esta situación. Uno pierde las ilusiones, pierde hasta la dignidad. Por Dios Santo que yo no tomo, pero ese día fue lo único que los dizque cuates me pudieron ofrecer. No tenían para comer, pero para la bebida hasta les sobraba. Supe lo de mi hija Micaela, busqué apoyo y lo único que me pudieron ofrecer fue ese maldito vino. Sí, llegué borracho ahí con todos ustedes, yo sé que hice el ridículo, recibí insultos, pero hasta ahí… Parecía que les estorbaba este estúpido borracho −le contestó don Pedro mientras detenía firmemente la bolsa de papel, temeroso de que se le fuera a desfondar.

El Coras guardaba silencio. Ahora a él le tocaba callar. Qué le iba a decir, no tenía nada que comentar. Sólo podía fruncir la cara y agarrarse el pelo mientras el don se alejaba del lugar.

−Callar ni madres −pensó el Coras−. Ahora me va a escuchar…

Apresurando el paso, dio alcance a don Pedro que ya estaba a punto de llegar. Lo tomó del brazo pero el viejo logró zafarse, se abrió paso entre los presentes y entregó la mercancía.

−Quédese con el cambio −le dijo el que lo había mandado−. Ésa es su paga del día.

Don Pedro se hizo a un lado pues estaban jugando a la lotería.

El Coras esperó un rato a ver si regresaba, pero nada, don Pedro no aparecía. Con un par de "con permisitos" el Coras logró ubicarse al frente del grupo que gritaba con singular alegría.

−Bajen la voz, cabrones −les decía el que estaba gritando las cartas.

Salió el diablito, le siguió la chalupa y luego el bandoleón.

−¡Lotería! ¡Hasta que gané! −gritó uno.

−No la chingues, es como la quinta que ganas −le contestaron.

Con gran agilidad, el ganador intentó apoderarse inmediatamente del dinero, pero una mano amiga le detuvo el brazo.

−Espérese, carnal, vamos a ver si es cierto que ganó.

Se leyeron las cartas restantes y, efectivamente, había ganado. No había dudas para los demás. Estaban jugando las puras esquinas, así que no requerían de frijolitos para marcar las que fueran saliendo. De a dos dólares eran los juegos. Algunos desistieron de jugar y se retiraron. Los que se quedaban depositaban su dinero y se frotaban las manos esperando ganar.

La campana, la sandía, la pera… Quince cartas más adelante, había nuevamente un ganador.

−¡Éste es mi día! −gritó el fanfarrón. Era la segunda vez consecutiva que ganaba.

El Coras permanecía atento a lo que acontecía, pero más a lo que don Pedro hacía. Iba y venía a la tienda, entregaba lo que le encargaban y se embolsaba lo que sobraba.

−Ah, qué don Pedro −pensaba el Coras−. Lo tienen de mandadero.

Le daba pena ver en esa situación al viejo. La lotería seguía y pudo darse cuenta de que en varias ocasiones, el Chuy, que era el que gritaba la lotería, hacía algunas maniobras para alterar el orden de las cartas, pero lo importante era ver a quién favorecía. Nuevamente alguien gritó "¡Lotería!", y ya era mucha coincidencia que volviera a ganar el mismo tipo.

El Coras ya de plano no se podía aguantar. Quiso reclamarle al Chuy por sus tranzas. Se le hacía que lo había visto antes y resultó ser la misma persona que en tantas ocasiones se presentaba en la avenida dizque para darles consejos a los jornaleros. Sí, era el mismo que se dedicaba al trabajo de mantenimiento.

El Coras estaba a punto de decirle algo, pero don Pedro se interpuso y tomándolo del brazo lo separó del grupo.

−Tranquilo, muchacho. ¿Qué es lo que piensas hacer?

−¿Qué usted no se da cuenta de que ese jueguito ya está arreglado? Siempre ganan las mismas personas…

−Claro, pues ése es el objetivo, muchacho, ¿pero tú qué puedes hacer? ¿Reclamarles? No los conoces, puede ser gente peligrosa. El Chuy tiene a los suyos y te pueden lastimar. Mejor déjalos en paz. Mira, muchacho, si no es el Chuy será otra persona y tú no puedes arreglar la situación. Una vez que termine de pagar la deuda que tengo con ellos pues me voy a largar.

−¿Deuda? ¿Cuál deuda? −preguntó el Coras muy sorprendido.

−Mira, cuando se puso enferma mi muchacha, el Chuy me prestó el dinero y me dijo que no me preocupara por el pago, sin embargo, al día siguiente se presentó en mi domicilio, nunca supe cómo lo consiguió, y me pidió que le ayudara en su trabajo. "Con mucho gusto", le dije, pues sentía que le debía. Ese día empezamos de madrugada y terminamos como a las doce del día. Fue limpiar pisos y ventanas, barrer y sacudir en oficinas de abogados, pero yo estaba contento. Pensé que la situación me cambiaría. Hace dos días me dijo que no me pagaría, que me iría descontando de lo que le debía, de a cincuenta dólares cada semana. Le debo quinientos, eso quiere decir que le voy a trabajar por cinco meses. Ni cómo reclamarle, pues quiera o no él fue el único que ayudó cuando más lo requería.

La lotería seguía y ya ninguno de los dos volteó pues sabían de antemano quién ganaría. El Coras guardaba silencio, mientras el don hacía como que no le importaba lo que le sucedía, pero claro que le importaba, de lo único que vivía era de lo que le daban por ir a comprar una que otra chuchería.

Regresaron con el resto del grupo y fueron testigos de cómo poco a poco éste se iba desintegrando. Se marchaban los que ya habían perdido más de lo que tenían. El Chuy, sin embargo, disfrutaba al máximo lo que les sucedía. Él, como tantos otros, se aprovechaba de la situación de los jornaleros.

El Coras de plano ya no se aguantó. El Chuy estaba por retirarse. Guardaba con mucho cuidado las cartas de la lotería mientras sus compinches contaban las ganancias del día. Don Pedro nuevamente intentó persuadir al muchacho de que no hiciera nada.

—¿Por qué no me invita un día a jugar? —le preguntó el Coras.

—Cuando quieras, muchacho. Aquí estamos todos los días —le respondió el Chuy.

Los ayudantes del Chuy se dieron cuenta inmediatamente de lo que sucedía y le hicieron ruedita al Coras pensando que eso lo intimidaría. Y no era para menos, dos de ellos eran bastante corpulentos, de pelo largo, y uno tenía dos tatuajes: de la Virgen de Guadalupe en un brazo y de una mujer desnuda con el nombre de María en el otro.

—¿Qué? ¿Entonces para cuándo lo espero? —le inquirió el Chuy.

—Muy pronto por aquí nos veremos. Oiga, ¿y también puedo traerme unos cuantos cuates para ver si así ganamos?

El Chuy sabía perfectamente lo que el Coras pretendía decirle. Durante la jugada se dio cuenta de que no le quitaba la mirada de encima y bien que vio el movimiento de cartas que hacía.

Bastó una mirada suya para que el que tenía el tatuaje de la Virgen se acercara al Coras y bajita la mano le enseñara una navajita de cuatro pulgadas y le preguntara si con eso ganaría.

—¿Qué? ¿Entonces cuándo lo espero? —volvió a preguntar el Chuy.

Al Coras no le quedó más que callar. No era prudente reclamarle al Chuy. Las burlas y carcajadas lo hicieron enojar aún más. Sabía que lo hacían a propósito, sentía que lo querían provocar.

—Oye, viejo, vente. Vamos a festejar —le gritó Chuy a don Pedro, quien se encontraba a sólo unos metros de ahí.

Don Pedro bajó la mirada cuando pasó por donde se encontraba el Coras. Y el Coras, efectivamente, pensó: "Nos veremos otro día".

A muchas millas de distancia, disfrutando el sol radiante, estaban el Tururú y el Yes Yes. Ya habían bajado los costales de cemento, la arena y la grava porque tenían que hacer la mezcla para levantar una barda.

Ninguno de los dos había hecho jamás ese tipo de trabajo, pero con tal de ganarse la chamba del día, hasta "maistros" de media cuchara dijeron que eran.

Sin embargo, pronto se dieron cuenta de que no sólo era cuestión de hacer los montoncitos de arena, cemento y grava, sino que se debía tener conocimiento de cuánta agua se requería. Fue tanta la que le pusieron al principio que se les desparramaba. Los dos "maistros" no se daban tiempo de cubrir sus pendejadas.

—Ese mi Yes Yes, se está saliendo el agua por aquel lado, fíjate —le decía el Tururú.

—En vez de estarme diciendo, mejor fíjate en el río que ya tienes de tu lado —le contestaba el Yes Yes.

El movimiento de pala era impresionante. Ambos trabajaban a la par. Después de unos quince minutos ya tenían todo bajo control, o casi todo, porque la mezcla estaba muy aguada. Le echaron un poco más de arena, grava y cemento. Limpiándose el sudor, ambos fueron hasta donde se encontraba el patrón, en la parte trasera de la casa, haciendo los últimos cálculos para iniciar el levantamiento de la barda.

El Yes Yes se encargaba de palear mientras el Tururú acarreaba. Se echó bastantes viajes hasta que de plano le dijo a su compañero:

—Oye, maestro, ¿qué no me piensas ayudar?

—Te estoy ayudando, carnal. ¿Quién crees que te los está llenando?

El Yes Yes ya estaba fresquecito, pues se daba tiempo para descansar. Cambiaron de chamba, cosa que no le agradó pero se tuvo que aguantar.

Ya eran como las seis de la tarde y no se veía para cuándo fueran a terminar. El dueño de la casa comprendió que ya era tiempo de descansar.

—Tráiganme lo que les queda de mezcla y después nos vamos a cenar —les dijo.

—Palabrita mágica —dijo el Tururú, apresurando el viaje para cumplir las órdenes del patrón.

Cuando el patrón terminó de poner el último bloque del día, ambos "arquitectos" se fueron a asear. La sombra de un árbol frondoso fue su mejor aliada de la tarde y se pusieron a descansar mientras el patrón regresaba porque se había metido a su casa.

En ese momento salió un niño de aproximadamente 10 años y les dijo:

—Dice mi papá que ya pueden pasar a cenar.

Frotándose las manos y con una sonrisa de satisfacción, se dispusieron a entrar, y más grande aún fue la satisfacción cuando percibieron el aroma tan exquisito de la comida que les acababan de preparar.

El Yes Yes fue el primero en entrar, pero antes de poder hacerlo, el Tururú lo tomó del brazo para señalarle el tapete de entrada a la casa (en el que se leía "Welcome") e insinuarle que se tenía que limpiar los zapatos en él. Se sacudió el cemento del pantalón y de la camisa y apenas bastaron unos cuantos tallones contra el tapete para que se le hiciera un hoyito en la suela del zapato. El Tururú hizo lo mismo y procedieron a entrar a la casa.

Rafael, el dueño de la casa, sentado en la cabecera de la mesa, les indicó a los invitados dónde tenían que sentarse. Su esposa Carmela y su hija mayor de igual nombre estaban en la cocina, una calentando las tortillas y la otra preparando un agua fresca. Los hijos menores ya estaban sentados y observaban detenidamente al Tururú y al Yes Yes.

Los invitados no sabían qué decir. Miraban con asombro la cantidad de cuadros religiosos que había en esa parte de la casa: un Sagrado Corazón de Jesús, un San Judas Tadeo y, claro, la Virgen de Guadalupe con otros tantos más. En la parte derecha había un sofá, un *love seat* y una mecedora. El televisor era enorme, de esos que hay que ver de frente porque de lado se distorsiona la imagen. ¡Ah! Y muchos retratos familiares.

El "patio", como le decía Rafael, no era la cocina ni un recibidor, sino una simple ampliación de la casa donde la familia acostumbraba convivir la mayor parte del día, pues ahí comían y veían la tele.

Hacía tiempo que los invitados no tenían la oportunidad de convivir de esa forma con una familia. Se sentían extraños, no tenían palabras para describir el ambiente de paz que se respiraba en el hogar de Rafael.

Finalmente, la mesa estaba servida y ya se veían en ella los nopalitos, los frijolitos, la carne asada, los quesos y, por supuesto, las tortillitas. El Yes Yes hasta sentía cosquillitas, él ya quería empezar. Ambos estaban perdidos, admirando todo lo que ese día iban a disfrutar. Sólo faltaba que Rafael diera la orden de empezar, ellos ya estaban listos para cenar. El patrón le indicó a su esposa e hija que ya pasaran a la mesa.

—Demos gracias a Dios por lo que tenemos —dijo Rafael, e inclinando la cabeza inició con un avemaría y terminó con un padrenuestro.

El Tururú y el Yes Yes simplemente guardaron silencio. Ninguno de los dos sabía rezar, pero sumergidos en sus pensamientos le dieron gracias a Dios por ese momento de tranquilidad.

—Carmela —dijo la madre a la hija—, prepara a tu hermano para que te lo lleves al catecismo. Recuerda que ya no pueden faltar. La catecista dijo que si Huicho no va, no podrá hacer su primera comunión.

—Mamá —contestó la joven—, Huicho no está.

—Pues búscalo, hija, ha de estar jugando con los amigos.

Carmela salió en busca de su hermano menor, enojada por las órdenes de su mamá. Siempre era lo mismo: ella tenía que dejar sus cosas para llevar a Huicho al catecismo.

Huicho estaba de portero. Era un partido muy importante: habían apostado los chescos. El encuentro estaba empatado a nueve goles. Los encuerados eran el equipo contrario y constantemente se acercaban a la portería de Huicho, quien una y otra vez frustraba los embates de sus rivales.

La lucha a media calle era intensa. Finalmente, hubo un desprendimiento por la banqueta izquierda, el Pelos eludió a dos del otro equipo, al tercero lo dribló; el balón rebotó contra la pared, estaba solo contra el portero y sacó un zurdazo que pasó por encima de un montón de mochilas de escuela que representaban la portería.

Los encuerados alegaban que no había sido gol. Huicho corrió desde su portería y discutía junto con sus compañeros que era un gol legítimo. La discusión llegó a más, los dos equipos se tranzaron a golpes hasta que llegó el dueño de la ferretería y los amenazó con llamar a la policía si no se calmaban.

Huicho tenía fuertes golpes en la cara, pero lo que más le dolía era que no le iban a pagar su Sangría. Lentamente, caminó hasta donde estaba su hermana.

—¿A poco no fue gol, carnala?

En la casa, sentado en la mesa, el Yes Yes reflexionaba. Él nunca hizo la primera comunión. Su mamá se cansó de regañarlo y hasta le pegaba para que fuera al catecismo. Jugó muchos partidos en la calle, ganó muchos pero también perdió otros. Y nunca aprendió a rezar.

—Oye, ¿no piensas comer? —le dijo el Tururú haciéndolo reaccionar de un codazo.

—¡Ah! Claro. Amén —contestó el Yes Yes.

—¿Cómo que "amén"? —preguntó Rafael—. Si ya hace rato que terminamos de rezar. Pero en fin, se acepta el "amén". Ahora sí, muchachos, vamos a cenar.

—Ay, señor, que Dios se lo pague —dijo el Tururú.

—Mejor se los descuento de lo que les debo —le contestó Rafael, quien de inmediato sintió el pellizco de su mujer—. Hombre, vieja, si era broma —le dijo.

Todos se rieron, menos el Yes Yes que estaba muy metido en su asunto: comer. El tortillero pronto quedó vacío. Al queso ya sólo le quedaba un cuarto y todo gracias a él. Ya estaba a punto de terminarse el primer plato cuando se dio cuenta de que todos lo estaban observando.

—Me han de perdonar —les dijo—, pero esto es un manjar.

Carmela, la hija mayor, tuvo que levantarse varias veces para calentar más tortillas.

Rafael ni siquiera se había preocupado por preguntarle su nombre a los muchachos, sólo se limitaba a observarlos. Parecían magos, en un dos por tres habían dejado los platos limpiecitos.

Al terminar la cena, ambos invitados procuraron levantar su plato y llevarlo a la cocina.

—No es necesario —les dijo Rafael—. Mi hija se encargará de eso. Mejor vénganse, vamos a platicar.

Los invitó a sentarse en el sofá. Había un relajamiento total. Rafael les inspiraba confianza y empezaron a platicar.

—Yo soy Gilberto Méndez y él es Luis Moreno —dijo el Tururú señalando al Yes Yes—. Los dos somos del Distrito Federal.

—Perdón, pero a mí me dicen el Yes Yes y a éste el Tururú —aclaró el otro sin dejar de comer un último taco que se había llevado al sofá.

—¿Y por qué esos apelativos tan simpáticos? —preguntó Rafael.

—Bueno, a mí el Yes Yes porque es todo lo que sé decir en inglés. Y a él el Tururú dizque porque trabajó en el metro, en la línea Tacuba-Tasqueña.

—¿Y qué hacen por acá?

—Pues como todos, trabajar —explicó el Tururú—. No me ha ido muy bien, pero no me queda de otra más que seguir buscándole. En México le busqué y le busqué, pero nunca encontré. No hay trabajos, sólo pobreza. Trabajé en el metro y de ahí no salí hasta que decidí venirme para acá. Ya era una cuestión de sobrevivir. No tuve estudios, pero no porque no se me haya dado la oportunidad. Mis padres hacían todo lo posible para que yo continuara en la escuela. Nunca fui muy aplicado, pero siempre pasaba de año. Terminé la primaria como pude, pero cuando entré a la secundaria empecé a reprobar materias y pues me daba miedo decirles a mis jefes. Al principio me daban unas buenas tundas, yo creo que se cansaron de recriminarme. Busqué la salida fácil, juntarme con los cuates, y poco a poco fui abandonando la escuela, pero también poco a poco los fui abandonando a ellos y ellos a mí. Dejó de interesarme su compañía, sin deberla ni temerla adquiría las broncas que ellos traían. Nunca terminé de estudiar la secundaria. Nunca escuché a mi mamá cuando me pedía que no dejara la escuela para ser alguien algún día. Ese día nunca llegó allá en México, ese día nunca lo vio ella. Ahora sólo espero regresar para darle alguna alegría.

El Tururú hablaba con franqueza. Sus expresiones así lo manifestaban. No había nada que ocultar, no era el primero ni el último que mostraba su frustración, el enojo y la rabia porque su país no le ofrecía ninguna esperanza de progresar. Por donde volteara había miles de personas en su misma situación, e incluso peor.

—Ya son tres años de andarle buscando por el norte —continuó el Tururú—. Salí de México en 1982. Llegando fui recibido por la gran avenida. Fui de esos que llegaban con ilusión. Me fui a la pizca por los rumbos de Bakersfield, anduve en la naranja, en la cebolla y en la fresa. Nunca gané más que para sobrevivir. Ahora estoy de regreso en la avenida. Aquí me tienen, aquí estoy.

—Pues yo también aquí estoy —dijo el Yes Yes—. Por lo menos tú tenías quién te echara la mano. Mi jefe se vino para acá desde hace 10 años, dizque para mantenernos. Nos llegó su primera carta diciendo que había llegado bien, en la segunda nos contaba que ya había conseguido trabajo. La tercera nunca llegó, mi jefa sigue esperándola. Éramos cuatro en la familia y yo era el mayor. Ni la primaria terminé. Hace un año decidí venirme. Ya le escribí a la jefa que llegué bien. Ella seguro está esperando la segunda, donde le diga que conseguí trabajo. Espero poder escribírsela pronto.

Rafael sólo los escuchaba, pero probablemente recordaba cuando hace años, sí, harían unos 35 años, su madre les dijo que se irían al norte. No sabían dónde estaba el norte, pero a partir de ese día se lo presumieron a todos sus amiguitos.

Habían pasado ya 35 años desde que salieron de Ahualulco del Mercado. Parecía que había sido ayer cuando llegaron a la central camionera de Guadalajara, donde se anunciaba la salida del autobús 444 por el andén 44 con destino a Tijuana.

Llegaron a Tijuana cuando la ciudad todavía ni tenía central camionera. Fueron recibidos por un hombre de complexión robusta.

—Es su padre —les explicó su mamá.

Hacía años que no lo veían, que no lo abrazaban. Llegando a la línea les pidieron sus papeles y el padre enseñó con orgullo sus tarjetas verdes. Abordaron el viejo carro del tío Paco y llegaron al este de Los Ángeles. Treinta y cinco años… Ya casado, con casa y tres hijos. Qué habría pasado con los amigos de la infancia.

Aún tenía presente el recuerdo de su madre, que se tenía que levantar en la madrugada para prepararle la comida a su padre. Esos burritos de nopales con huevo o de carne asada. También se acordaba de su padre, que trabajaba en la construcción y llegaba agotado después de 10 horas de trabajo, cargando una lonchera negra de plástico con un regalito que se ganaba el hijo que le quitara las botas. A veces era una naranja, otras una manzana. Qué años aquellos de la infancia.

—Rafael —le dijo su mujer—, dicen los muchachos que ya se van.

—¿Cómo que ya se van?

—Sí, pues te quedaste dormido.

—Perdón, pero es que me ganó el cansancio.

Rafael comprendía que no estaba en condiciones de llevar a los muchachos de regreso al Valle de San Fernando. Consultó con su mujer si se podían quedar a dormir en el garaje que estaba acondicionado como una recámara más. Al principio Carmela se opuso rotundamente, pero al final accedió responsabilizando a su marido de lo que pudiera pasar. Eran dos absolutos extraños. Rafael sabía que su mujer tenía razón, pero no había otra alternativa. Llevarlos de regreso significaba llegar a altas horas de la noche, y tendría que regresar por ellos al día siguiente para que terminaran el trabajo.

Con todo y esas preocupaciones, les indicó dónde pasarían la noche. Ellos estaban apenados por seguir causando tantas molestias. Lo último que querían era crear problemas.

—Un volado para ver quién se queda con la cama —propuso el Yes Yes.

—¿Cómo que un volado? Si cabemos los dos —replicó el Tururú.

—Bueno, pero no se vale abrazar. No se te vaya a pasar la mano, cabrón —le advirtió el Yes Yes.

El Tururú ya no hizo caso. Se quitó los zapatos y se recostó en el lado derecho de la cama. El Yes Yes vio un Cristo colgado en la pared. Se acercó y sólo dijo "amén". Los dos respiraban profundamente gozando aquel ambiente de limpieza. Hacía tanto que no se acostaban en sábanas y cobijas limpias que después de unos cuantos minutos los dos estaban dormidos.

En la casa, Carmela le pedía una explicación a su marido para brindarle tantas atenciones a dos desconocidos.

—Lo hago por el viejo —decía Rafael—. Mi padre nos platicaba lo difícil que fue para él cuando llegó por primera vez a este país. Vivía con el temor de ser detenido por Migración porque no tenía documentos. Se la pasaba escondido, con el miedo de ser denunciado, buscando apoyo y recibiendo negativas. Tocó muchas puertas, buscó apoyo y finalmente fue denunciado. Regresó y volvió a pedir apoyo, y esta vez lo encontró. Gracias a ese alguien nosotros estamos aquí. Carmela, no lo hago por ellos, lo hago por el viejo.

Carmela comprendió la necesidad moral que tenía su marido de ayudar a los dos desconocidos y ya no hizo ningún comentario.

El Tururú se estuvo despertando toda la noche, los fuertes ronquidos del Yes Yes lo mantuvieron en vela. Al día siguiente, muy temprano, ya estaban listos para darle duro a la mezcla. Ya tenían todo listo para cuando el patrón llegara. Esta vez se fijarían bien para que no se les saliera el agua. Le dieron duro a la cargada y después de unas cinco horas de trabajo, Rafael colocaba el último bloque de la barda.

—Pues ya terminamos —les dijo a los muchachos.

Gilberto y Luis estaban contentos con la labor realizada. Nunca habían hecho este tipo de trabajo, pero se sentían satisfechos de haber podido ser útiles a Rafael, quien les había brindado toda la confianza del mundo.

Fueron a la parte trasera de la casa y buscaron asearse. El Yes Yes no tallaba tanto sus zapatos porque sabía que se quedaría descalzo. Y la ropa no se diga, había quedado prácticamente inservible, aunque, bueno, ya casi estaba inservible de cualquier modo.

En unos minutos Rafael se reunió con ellos, les extendió la mano y les dio su paga: cien dólares a cada uno. El Tururú no dijo nada, sólo se guardó el billete, pero el Yes Yes observaba detenidamente el dinero.

—Es mucho, ¿no? —le dijo a Rafael.

—No —contestó éste con una sonrisa ante la reacción del Yes Yes—. Es todo tuyo. Te lo has ganado a ley.

Antes de marcharse le pidieron a Rafael despedirse de la familia y éste no tuvo inconveniente. Los invitó a pasar a la casa donde estaba Carmela.

—Gracias, señora —le dijo el Yes Yes.

—Gracias por creer en nosotros —agregó el Tururú.

—Al contrario —contestó Carmela—. Gracias por permitirme creer en ustedes.

Rafael los condujo de regreso al Valle de San Fernando. Cotorrearon el punto de vez en cuando, mientras pasaban por Encino y Northridge hasta llegar a Van Nuys y dejarlos donde los había recogido dos días antes.

—Gracias, Rafael. Ya sabe dónde estamos —le dijeron.

—Miren, tengan mi número de teléfono. Si en algo les puedo ayudar, no dejen de hablar. Y gracias otra vez —se despidió Rafael.

—¡Ah! Hemos llegado a nuestra triste realidad, ¿verdad, mi Tururú? —dijo el Yes Yes.

—¿Triste por qué? Tienes salud, estás vivo, hay gente que cree en nosotros. Para muchos seremos una bola de pinches jodidos, muertos de hambre y fracasados. Algunos nos ven la cara de pendejos y nos tienen trabajando de sol a sol sin pagarnos, y qué, estamos vivos. Ya es tiempo de dejar de sentir lástima entre nosotros mismos. Si pensamos que estamos aquí de pasada, pues mejor regresémonos, y si pensamos que nos vamos a quedar, pues a echarle ganas.

—Tranquilo, Gilberto —dijo el Yes Yes—. Simplemente era un comentario. Nunca pensé que reaccionarías de esa forma.

—Pero, cabrón, ¿no te das cuenta de lo que nos ha pasado? —le dijo el Tururú mientras caminaban por la gran avenida—. Los cien dólares que nos hemos ganado valen para puritita chingada, lo que ha valido es la gente que hemos conocido. Gente que cree en ti, en mí y en todos los demás que nos reunimos todos los días aquí en la gran avenida. Luis, hay que fijarnos y apreciar a esta gente, hay que darle gracias a alguien de que gente así exista —reiteraba el Tururú, convencido de que a partir de ese día su vida cambiaría.

—Sin sermones, mi Tururú —contestó el Yes Yes—. Esto es lo que vale —enfatizó mostrándole el billete de cien dólares—. Vente, te invito a tomarte unas frías.

—Eso es precisamente lo que no entiendes —dijo el Tururú—. Mira, ésa es tu triste realidad: hoy tienes y chupas, mañana pides prestado y vuelves a causar lástimas y a buscar desesperadamente una chamba para poder comer ese día… Sí, vete, dispárale a quienes dicen ser tus amigos, gástate lo que ganaste en dos días de trabajo, diviértete con los demás y mañana vuelve a vivir tu triste realidad. Nuestra verdad es como nosotros nos veamos.

–Pero nuestra realidad –contestó el Yes Yes– es que a nadie le importamos. Es que no tenemos qué comer, estamos sin empleo, dormimos donde caiga la noche. Somos presas fáciles para todo el mundo. Somos una simple estadística, fríos números sin nombre, sin antecedentes, sin rostro.

–Precisamente, Yes Yes, pero vamos a darle nombre y rostro a esa estadística. Si me preguntas cómo y cuándo, no sé.

Caminaban en la gran avenida procurando llegar a la siguiente parada del camión. Como era domingo, no había jornaleros. Había caras distintas, sin insultos, ni empujones, ni rostros decaídos. Familias enteras esperaban el camión, el McDonald's estaba a reventar, el Jack in the Box también. La carnicería Las Tres Sierras estaba abarrotada. Ni lugar para estacionarse había, los vehículos daban vueltas buscando un lugar.

De repente vieron pasar el camión y corrieron para darle alcance. Se subieron todos los que lo estaban esperando y cuando les llegó el turno a ellos las puertas se les cerraron. Ya no se les permitió subir. Nuevamente las puertas se cerraban, aunque fuera de un camión.

Resignados, esperaron un rato pero pronto les entró la desesperación. El Tururú había dejado por la paz el tema existencial. Era una preocupación muy propia que probablemente nadie le entendería.

–Quizá el Yes Yes tenga razón –pensó–. Somos números, estadísticas, tema de funcionarios y políticos. Tal vez seamos el motivo por el que mucha gente tiene empleos y buenas remuneraciones, como esos que dicen que estudian las causas de la migración. Hablan de factores de expulsión, de políticas económicas, de motivos históricos… ¡qué va! Y hasta los gringos nos dan mucha importancia, somos la razón de sus crisis económicas. Que nos pregunten, a ver si es cierto.. O no, mejor que le pregunten al Yes Yes, que les contestaría en una sola frase: "Estamos de la chingada", y a los gringos: "Ya regresaremos". Sí, quizá tenga razón el Yes Yes.

–Véngase, mi Luis. Te invito a comer algo –le dijo a su compañero.

–Ya rugiste, mi fiera –le contestó éste.

Caminaron unas cuadras y llegaron al restaurante El Pescado Mojado. Estaba muy limpiecito y hasta pena les daba entrar. Al abrir la puerta, sintieron inmediatamente la mirada pesada de algunos clientes del lugar. Hicieron cola para que los atendieran y, cuando llegó su turno, la cajera como que dudaba de que trajeran dinero para pagar, pero luego el Yes Yes empezó a pedir dos tostadas de ceviche, un queso fundido y un vuelve a la vida, además de, claro, su cerveza bien fría. Se veía que había confianza para pedir, así que supuso que traían dinero suficiente para cubrir la cuenta. El Tururú no se quedó atrás y pidió lo mismito que el Yes Yes.

—Es todo por hoy, señorita –le dijeron.

—Son 42 dólares –dijo ella.

El Tururú sacó su billete de cien dólares de su bolsillo. La cajera quiso disimular el disgusto que le causó recibir el billete y lo tomó con las yemas de los dedos para no ensuciarse. Sacó su marcador, de esos para comprobar que no se trata de dinero falso, marcó el billete y comprobando que era bueno les dio su cambio. El Tururú y el Yes Yes tomaron el número 33 y buscaron un lugar para sentarse.

Como el restaurante estaba completamente lleno, se quedaron esperando que se desocupara alguna mesa. No tuvieron que esperar mucho, al poco rato vieron que una familia abandonaba el lugar y apresuraron el paso para poderse sentar. Les tocó cerca de unos jóvenes bien trajeados. Por lo que pudieron observar y escuchar, eran testigos de Jehová.

—Híjole –dijo el Yes Yes–, con que no nos quieran dar un sermón...

Del otro lado había una familia de cuatro, dos adultos, un chiquillo y un bebé que estaba bien dormidito mientras su hermano daba lata porque no se quería sentar. Los padres se disculpaban a rato con el Tururú y el Yes Yes porque el chiquillo no dejaba de molestarlos.

Las cervezas llegaron inmediatamente y unos cuantos minutos después toda la orden les fue entregada. Era tanto que no cabía en la pequeña mesa y tuvieron que encimar las tostadas de ceviche en el queso mientras empezaban con el vuelve a la vida.

Hubo un silencio absoluto mientras preparaban sus alimentos, y después de haberlos probado la reacción fue inmediata.

—¡Ah! Esto era lo que nos faltaba –dijeron.

Con gran agilidad, dieron fin al primer platillo, y de la Tecate sólo quedó el limón exprimido.

Para cuando estaban a punto de entrarle a las tostadas, el chiquillo de al lado preguntó:

—Papá, ¿por qué los señores huelen tan feo?

—Siéntate, con una tiznada. Cómete tu tostada –contestó el papá, pero el chiquillo seguía en su afán de ponerlos en evidencia aunque sólo tenían dos días de no asearse como Dios manda.

El papá tranquilizó a su escuincle, pero los dos cristianos del otro lado estaban hablando en voz alta y no dejaban de decir lo mucho que los muchachos apestaban.

—¿A poco sí olemos tan feo? –le preguntó el Yes Yes al Tururú mientras se olía la camisa que llevaba.

—Tú ni te fijes. Mejor mándalos a la chingada.

Siguieron comiendo pero empezaron a sentirse incómodos porque los comentarios de los dos trajeados ya eran muy directos. Tanto Luis como Gilberto intentaron mantener la calma, pero algunos otros parroquianos ya se habían dado cuenta de lo que ahí pasaba. El Yes Yes de plano ya no se pudo aguantar. El Tururú lo quiso calmar, pero éste, retirándose la mano que lo sujetaba, se levantó lentamente, tomó una servilleta blanca para limpiarse las manos y se dio media vuelta para inquirir a los dos fulanos.

—¿Cuál es su problema? —les preguntó sosteniéndoles la mirada.

—¿Nuestro problema? Ninguno —respondió el más joven de ellos, como aceptando el reto del Yes Yes—. Solamente que no podemos comer a gusto. Mira, simplemente es que huelen muy feo y nos da asco hasta comer.

—Sí, pero no tienes por qué medio gritarlo para que los demás se den cuenta. No tienes ningún derecho a ridiculizarnos. Simplemente hemos venido a comer y ni tú ni nadie tiene por qué denigrarnos. Si te molesta nuestra presencia, vete, y si te quedas, aguántate.

El tono de voz del Yes Yes era cada vez más fuerte. Su coraje provocó que accidentalmente derramara el Boing sobre la mesa.

—¡Mira lo que has provocado! —se quejaron buscando afanosamente limpiar los portafolios y la Biblia que llevaban.

—¡Ah! Padrecitos… —dijo en tono sarcástico el Yes Yes al ver la Biblia.

—No, cristianos —le aclararon.

—¡Ah! De esos que no creen en las imágenes ni en las vírgenes, de los que andan embaucando a la gente diciéndoles que son los enviados de Dios.

—Ni decimos que somos los enviados de Dios ni embaucamos a la gente, sólo les traemos la palabra del Señor.

La reacción del Yes Yes fue inmediata. Sus carcajadas no se hicieron esperar.

—¿Ya escuchaste? —le dijo al Tururú—. Nos traen la palabra del Señor.

El Tururú intentaba tranquilizarlo, aunque sabía que estaba de más. El gerente tuvo que intervenir pues no quería problemas en el lugar. El Yes Yes y el predicador dieron sus explicaciones.

—Papi, ¿por qué huelen tan feo? —seguía preguntando el chiquillo.

Los predicadores tomaron sus cosas y abandonaron el lugar sin esperar la solución del conflicto. A Gilberto y a Luis los amenazó el gerente con echarlos si no se tranquilizaban.

Para cuando regresaron a su lugar, las tostadas ya estaban aguadas y el queso fundido ya no sabía a nada.

—Papi, papi, contéstame —seguía preguntando el chamaco—. ¿Por qué esos señores huelen tan feo?

—Mira, niño —dijo el Yes Yes—, olemos feo porque no hemos podido bañarnos, y si no hemos podido es porque hemos estado trabajando. Perdón, señor, que le dé esta explicación a su hijo —dijo dirigiéndose al papá, quien avergonzado sólo movió la cabeza en señal de que comprendía.

Terminaron de comer, las tostadas terminaron siendo tacos y el queso fundido para qué les digo.

Y los días transcurrieron en la gran avenida. Uno que otro nuevo llegaba y uno que otro se iba. Tomaba varios días saber cómo se llamaba el nuevo, pero apenas unos pocos para olvidar al que se iba.

Era un día nublado, el cielo se pintaba de distintos colores y amenazaba lluvia. El verano se iba y entraba el otoño. Ya algunos llevaban una sudadera o un suéter. Eran las 6 de la mañana y los que ya habían llegado se habían dividido en grupos. Los salvatruchas por un lado, otros compraban algo en la troca La Lupita, y algunos más simplemente esperaban a que algo sucediera.

El Tururú, el Yes Yes y el Coras, como buenos capitalinos, festejaban el triunfo del América, su equipo, el día anterior. Don Pedro los había ido a visitar. El Chuy se había emborrachado y ese día no fueron a trabajar.

El Coras fue el primer testigo de lo que estaba a punto de suceder. Vio que se aproximaban unas personas vestidas de verde y le preguntó al Tururú quiénes eran esos vatos. No le había respondido todavía cuando de repente se escuchó que uno de los agentes gritaba:

—¡Migración!

Eran aproximadamente veinte agentes de Migración los que habían rodeado al grupo de jornaleros, que eran más o menos unos ochenta.

Todo el mundo comenzó a correr. La multitud se dispersó. Corrían por todos lados y por todos lados también aparecían agentes de Migración. Algunos se escondieron debajo de la troca, otros se metieron al Mc Donald's, otros más al Jack in the Box. Los transeúntes que andaban por ahí también se echaron a correr provocando aún más confusión. Los mirones se veían por todas partes, los gritos se escuchaban por igual. Fueron presas fáciles los que estaban negociando con algún patrón. Había empujones y desesperación, y en muchos casos resignación porque fueron detenidos inmediatamente.

—Tranquilo, no te muevas —les decían los agentes mientras los ponían boca abajo y les colocaban las esposas.

Pero los agentes aún se dieron a la tarea de perseguir a los que trataban de huir. Era desesperante ver cómo los más viejos eran detenidos.

—¡No corran! —les gritaban los agentes.

—I got another one —decía uno de ellos.

—Well, you better hurry up. They're leaving —contestaba el otro.

El Tururú y el Yes Yes lograron cruzar la calle esquivando a los vehículos que venían de frente. El Coras se quedó rezagado porque corría a la par de don Pedro.

—¡Apúrele, viejo! —le decía, pero el pobre jalaba aire y ya no podía ni con su alma.

Don Pedro ya no corrió. El oficial de Migración le dio alcance. El Coras detuvo su huída y vio la cara de resignación del viejo cuando lo esposaban y lo subían al camión de Migración. La cara del agente que lo detuvo, en cambio, reflejaba satisfacción.

—Hey! —gritó uno de los comerciantes—. There are a couple of them here in the store…

—¡Pélate! —se escuchó una voz que provenía del interior de la tienda.

Los que estaban dentro salieron en estampida, llevándose en su huída al que los había delatado.

El Tururú y el Yes Yes se reunieron con el Coras. Todavía alcanzaron a ver cómo iban metiendo a los detenidos en las perreras. Los trataban como a viles delincuentes.

La avenida había quedado desierta de indocumentados. Treinta y dos de ellos serían enviados a la frontera, incluyendo a don Pedro. Poco a poco, los jornaleros se reunieron nuevamente, algunos felicitándose de haber escapado, otros lamentando lo sucedido. Los salvatruchas eran los más dolidos.

—¿De qué se quejan ustedes? —les decían a un grupo de mexicanos—. Los deportan inmediatamente a su país, en unas horas ya están ahí y probablemente mañana mismo se regresan.

—No se trata de nacionalidades —los encaró uno de los presentes—. Se trata de la forma en que somos tratados. ¿No viste cómo los maltrataban? Los jalaban del pelo… Y la cara de satisfacción de los agentes…

—No me vengas con sentimentalismos, mexicano —dijo uno de los salvatruchas—. Para nosotros es realmente sólo una la oportunidad que tenemos de ingresar. Lo de ustedes en su país es una razón de dinero, en cambio en nuestro caso es una cuestión política, de persecuciones… No nos queda de otra más que huir, a veces hasta de la muerte. Ustedes pueden regresar cuando quieran, sólo tienen que cruzar el puente.

—Ya dejen de decir pendejadas —dijo alguien más—. Cada quien tiene sus motivos y sus razones para venirse de este lado. No hay necesidad de discutir. Duele igual, no importa de dónde seamos. Duele que te frustren la oportunidad de ganarte la vida honestamente. Hoy fuimos los afortunados, aún permaneceremos por acá el tiempo que estos cabrones de la migra así lo quieran. Tengan la seguridad de que ya saben que nos reunimos todos los días aquí buscando trabajo. Quizá lo de hoy fue un simple aviso y mañana nos toca a nosotros. Para qué discutir.

La lluvia comenzó a caer profusamente. Los jornaleros se fueron alejando poco a poco dejando atrás la amarga experiencia. Para algunos era otra más, para otros tal vez era la primera.

El Coras, el Yes Yes y el Tururú permanecían bajo el techo de uno de los comercios. Veían cómo arreciaba la lluvia y cómo la avenida se iba quedando sola. Alguno que otro trajeado paseaba con su paraguas.

—¡Qué mala suerte! —pensó el Coras en voz alta.

—Sí, mi Coras. Algunos de los que agarraron eran recién llegados.

—Pero ya regresarán, porque no hay murallas, gente ni leyes que impidan su regreso. Algunos ya se saben el camino. Otros van a desistir. Llegando a Tijuana buscarán la forma de reunir algún dinero y regresarán a su pueblo tal como se fueron, con las manos vacías.

La lluvia seguía cayendo cuando las camionetas llegaron a su destino final: la calle Temple, en el meritito centro de la ciudad. Uno por uno bajaron a los detenidos y los formaron en una sola fila. En sus rostros había resignación. Uno de los agentes que los acompañaba tocó una ventana de cristal dando instrucciones al operador de que abriera las puertas.

—Síganme todos —dijo, dirigiéndose a un oscuro pasillo que al final les llevaría a la oficina de procesamiento.

No eran los únicos detenidos. Una docena de agentes se encontraba interrogando a otro grupo de indocumentados. Había oficiales uniformados, investigadores vestidos de civil y supervisores, en su mayoría de traje. Las máquinas de escribir eran antiquísimas, lo que dificultaba su tarea.

—Mister Davis, where do we put them? —preguntó un agente.

Mister Davis era el encargado de la redada efectuada ese día. Era un tipo de aproximadamente seis pies de alto, rubio tenía que ser. Respondió a su subordinado que los pasara al cuarto número seis. No le llaman celda nomás pa que no se escuche tan feo.

Y a todos los metieron en el cuarto número seis que hasta ese momento estaba vacío. Las paredes estaban pintadas de azul cielo, el piso era de cemento, había un teléfono público y un inodoro cuya única defensa contra los curiosos era una pared. No había ventilación, excepto por una ventana de cristal que daba a la sala de procesamiento.

Dos bancas de madera era todo el mobiliario. No había lugar para que todos se sentaran, así que la gran mayoría tuvo que ocupar el suelo.

La morralla pasaba de mano en mano para los que buscaban hacer una llamada telefónica. Otros la hacían por cobrar.

—¿Bueno? ¿Con quién hablo? Habla Leocadio. ¿Está mi carnal? ¿No? Cuando regrese le dices que estoy detenido, me agarró Migración. A ver si me puede traer algo de dinero porque al parecer nos van a llevar a Tijuana esta misma noche. ¿Qué? No, no tengo la dirección, pero investíguenlo. Creo que estamos en el centro de la ciudad. No se te vaya a olvidar.

Cuando Leocadio terminó de hablar, le dio la bocina a otro de los detenidos de nombre Fernando, quien no recordaba el número de teléfono y buscó entre sus bolsillos su pequeña agenda. Pronto se acordó de que el agente de Migración les había quitado sus pertenencias. Fue a la puerta y tocando la ventana de cristal buscó a alguien que lo atendiera.

—¡Oiga! —gritó al ver pasar a un agente, pero éste hizo caso omiso.

Bastó que le diera una patada a la puerta para que fuera atendido. El agente que antes no le hizo caso regresó enfurecido.

—What is your problem? Don't ever hit that door again! —le dijo sujetándolo con fuerza del brazo y sacándolo del cuarto para llevarlo a la celda de aislamiento.

El oficial cerró la puerta no sin antes advertir a los demás que correrían la misma suerte que su compañero. Esto provocó un silencio absoluto. Ninguno respondió, y aunque hubieran querido hacerlo cómo le hacían si no hablaban inglés.

Fernando no comprendía lo que estaba sucediendo. Nunca pensó que la ofensa fuera tan grande. Los demás detenidos entendieron que sólo tenían que esperar. Entre ellos hablaban poco, quizá porque por primera vez se sentían identificados el uno con el otro. En la gran avenida la lucha era constante por ver quién era el contratado. Aquí no había lucha, sólo resignación. Todos estaban en la misma situación, de regreso a México, algunos a muy poco tiempo de haber ingresado a Estados Unidos.

Los que recordaban el número telefónico intentaban comunicarse con sus familiares. Había consejos y recomendaciones para los suyos.

—No, no vengas, mujer, que probablemente también te detengan a ti. No te preocupes, después te hablo para ver qué vamos a hacer.

Para otros la frustración fue mayor. No les fue posible localizar a nadie o simplemente el teléfono se tragó las monedas.

—¡Sólo esto me faltaba! —decían golpeando el teléfono.

Pasaron minutos y horas de incertidumbre. Todo aquello era para ellos completamente desconocido. Escuchaban los reclamos y protestas de sus vecinos del cuarto número siete, donde se encontraban los que provenían de las instituciones penitenciarias, aquellos que habían cumplido su sentencia por haber sido acusados de narcotraficantes, asesinos y violadores. Para ellos, la detención en Migración significaba su tan esperada libertad.

Se escucharon pasos de alguien que se aproximaba. Reaccionaron inmediatamente. Ante ellos apareció un agente con aspecto latino. "Agente Santana", decía su gafete. Les ordenó en español que se formaran porque les iban a dar de comer.

Los asistentes de Santana, dos negros descomunales, fueron entregando a los detenidos su cartón de leche, su sándwich de jamón con queso amarillo y una manzana. Unos les hicieron el fuchi, otros les clavaron duro el diente.

—Oiga, oficial, ¿a nuestro amigo de enfrente también le van a dar de comer? —preguntó uno de los detenidos refiriéndose a Fernando, quien permanecía en la celda de aislamiento.

No hubo respuesta por parte del oficial. No sabía de lo que se trataba y probablemente tampoco le importaba. Fernando estaba castigado en ese cuarto de pequeñas dimensiones en el que ni siquiera había dónde sentarse. Se le podía percibir a través de la ventanilla la mirada de desesperación y confusión. A él no le sirvieron comida como a los demás.

En la oficina de procesamiento había mucha actividad. Unos veinte oficiales interrogaban a los detenidos en unas mesas pequeñas en las que sólo cabía la máquina de escribir y los documentos que los interrogados debían firmar. El corrector líquido era indispensable. Los nombres de los pueblos de los que decían ser originarios los detenidos les causaban serios problemas.

—¿Cómo se escribe eso? —se escuchaba con frecuencia decir a los oficiales.

Otros más se encargaban de tomarles las huellas y sacarles fotografías.

Transcurrieron unas horas más. Algunos de los detenidos estaban recostados en el suelo y se habían quitado la camisa para utilizarla de apoyo en la cabeza sin importarles lo frío que estaba el piso. Ninguno dormía. Estaban angustiados por saber su destino. Repentinamente se abrió la puerta y entró el mismo oficial de apellido latino.

—Los quiero a todos en una sola línea —ordenó—. Tú, tú y tú —dijo señalando a los que se habían quitado la camisa—, vístanse inmediatamente.

Órdenes eran órdenes. De inmediato procedieron a formar la línea, pero faltaba uno que desde el rincón de la celda le gritaba al oficial que lo esperara a que terminara de hacer sus necesidades.

Finalmente fueron sacados de ese lugar en el que ya se habían concentrado los olores de sudor y los que se desprendían del inodoro. Se les ordenó que se sentaran en unas sillas de plástico de distintos colores. Observaron cómo otro grupo de detenidos era conducido a la de nuevo a su celda pues ya habían sido procesados. Se escuchaban los gritos de los detenidos de la celda adyacente, los criminales que, aún vestidos con los uniformes de la cárcel, esperaban a ser atendidos. Ahí había negros, seguramente de alguna isla caribeña, asiáticos y latinos con el pelo casi a rape, la mayoría llenos de tatuajes.

Uno de los agentes se levantó y golpeó el cristal de la celda con el puño ordenándoles que se callaran. La reacción de los uniformados no se hizo esperar. Algunos respondieron con chiflidos y señas obscenas. Los alborotadores ya estaban plenamente identificados.

El oficial se retiró y fue en busca de su supervisor. Hablaron unos cuantos minutos y regresaron acompañados de dos agentes más.

—You! Come here! —gritó el oficial ofendido apenas abrió la puerta.

—Who? —le respondieron.

Ante esa respuesta, se metió a la celda acompañado por los otros dos agentes y esposó a quien le había hecho la seña obscena. Éste fue llevado a la celda de aislamiento, no sin antes llevarse entre las patas a uno de los que estaban sentados en las sillas de colores. A Fernando lo sacaron de ahí y lo llevaron con los demás.

—¿Ya comiste, compa? —le preguntaron.

—No, pero ni ganas tengo —respondió.

—No te preocupes, parece ser que ya nos van a interrogar y es muy seguro que ya nos vayan a sacar.

—Eso es precisamente lo que me preocupa, paisano. Yo tengo que hablar primero. Mi mujer ahorita está en México y mis dos hijos los tengo encargados con la vecina. Pero ni siquiera del pinche número me acuerdo. Ya hasta miedo me da preguntar si me pueden dar mis documentos.

El reloj de la pared marcaba las 4 de la tarde. Se percibía el cansancio y el enfado entre los detenidos, que ya no sabían ni cómo sentarse, a algunos se les veía con la cabeza hacia atrás, recargados en los cristales de la celda; otros más estaban cabizbajos o con la mirada perdida. Nada sucedía con ellos. A los agentes parecía valerles madre, hasta se enfadaban y los callaban cuando iniciaban alguna conversación entre ellos, pero hasta ahí. El resto era sólo ver cómo los agentes iban y venían.

Finalmente, a las 4:30 de la tarde un investigador se les acercó para indicarles que ya iban a ser procesados. Les extendió una hoja de papel en blanco para que pusieran su nombre y empezó por los que estaban sentados en las sillas rojas: Juan Martínez, Macario Sánchez, Teodoro Díaz, el que le seguía no sabía escribir.

—Oiga, ¿no me puede poner mi nombre? —le pidió a uno de sus compañeros.

—Sí, claro, ¿cómo te llamas?

—Margarito Téllez —respondió un tanto avergonzado.

La hoja les fue pasando y uno por uno fueron poniendo su nombre hasta llegar al último de las sillas negras, de nombre Pedro Sánchez.

A indicaciones del investigador, pasaron primero los de las sillas negras y fueron distribuidos con los agentes que estaban procesándolos.

—¿Nombre completo?

—Pedro Sánchez.

—¿Dónde nació?

—En La Piedad, Michoacán.

—¿Cuánto tiempo tiene de vivir en los Estados Unidos?

—Un año, señor.

—¿Por dónde entró?

—Por Tijuana.

—¿Tiene familia en los Estados Unidos?

—No, señor.

—Le recuerdo —decía el agente— que tiene derecho de pasar ante un juez de Migración si cree tener derechos de permanecer en los Estados Unidos, o tiene el derecho de firmar su salida voluntaria para que salga inmediatamente a México.

—Oiga, ¿y sí me dará permizo el juez de permanecer aquí? —preguntó don Pedro, confundido por lo que le había dicho el agente.

—Él es el único que puede decirlo, señor. Yo sólo cumplo con mi obligación de informarle sus derechos. Si cree tener dudas, puede contactar a cualquiera de estas oficinas y preguntarles —le decía el agente mientras le entregaba una hoja informativa con los datos de las distintas organizaciones no lucrativas que se dedican a la asistencia legal en casos migratorios.

—¿Y un permiso de trabajo, señor? —inquirió nuevamente don Pedro.

—Yo no sé. Tiene que solicitárselo al juez.

—¿Pero sí me lo daría?

—Le repito que él es el único que puede decidir. ¿Quiere una audiencia con el juez? —preguntó el agente, ya en tono enfadado.

—¿Y mañana puedo verlo? —insistía don Pedro con la esperanza de que existiera alguna forma de quedarse en Estados Unidos y encontrar esa oportunidad de trabajar y ganar algún dinero.

A don Pedro se le hacía difícil creer que tanta lucha y esfuerzo pudieran venirse abajo tan fácilmente y que su futuro estuviera en manos de alguien completamente ajeno a su situación, alguien que no comprendía su realidad.

—No soy yo el que determina si se queda o se va —dijo el oficial en forma determinante—. Tampoco soy el indicado para decirle cuándo puede pasar a ver al juez. Le repito la pregunta: ¿quiere irse a México o ver al juez?

—Oiga, paisano —le preguntó don Pedro al de junto—, ¿usted qué va a solicitar?

—Pues qué nos queda… —contestó éste—. Vámonos, no hay nada que se pueda hacer.

—Firmo la ida, oficial —dijo don Pedro tomando la pluma negra y poniendo su nombre en el documento que lo sentenciaba a regresar a México.

Ya no había posibilidades de permanecer en ese país. Regresaría peor que cuando salió, sin un cambio de ropa, sin centavo alguno, sin ilusiones. Volvería a casa completamente derrotado.

—¿Cómo explicarle a mi gente? —pensaba el don—. ¿Qué van a decir?

Cuando terminaron de procesarlo, lo acompañaron de regreso a la celda número seis, que ahora se sentía más fría, más sola. Las risas que se escuchaban de la celda de junto eran como una burla para él. Buscó refugiarse en el rincón más alejado de la puerta, aislado de todos.

A los pocos minutos la puerta volvió a abrirse y un nuevo procesado fue puesto en la celda. El oficial ya ni siquiera se molestó en cerrar la puerta. En cuestión de minutos cada uno de los detenidos volvería con sus papeles de deportación en la mano. Su sentencia estaba escrita.

—¿Quién es Pedro Sánchez? —preguntó un agente desde el área de procesamiento.

El llamado se hizo más insistente y subió de tono porque nadie daba respuesta. El oficial se acercó hasta la mismita puerta y, fijando la mirada en los detenidos, repitió su pregunta.

—Soy yo —se escuchó la débil respuesta proveniente del más lejano rincón de la celda.

Don Pedro se abrió camino entre los que se encontraban sentados en el piso y llegó hasta donde se encontraba el oficial de Migración.

—Acompáñeme —le ordenó.

Don Pedro obedeció y mientras se iba fajando los pantalones fue conducido a un pequeño recibidor en el que los familiares o amigos tenían la oportunidad de hablar con los suyos.

Él no comprendía por qué había sido conducido a ese lugar en donde algunos de los detenidos conversaban con sus resignados familiares. Segundos más tarde, apareció una figura pintoresca. Era el Coras, que buscaba la forma de sacudirse el agua de sus ropas.

—Quihubole, viejo, ¿cómo está? —le preguntó.

—Estoy bien. ¡Qué gusto verte, muchacho! ¿Qué haces por acá?

—Visitándolo, pues qué nos queda, ahora sí que todos estamos de mojados —dijo bromeando, buscando terminar con la pena del viejo—. Me ha dado mucha pena que le haya pasado esto. Después de que los agarraron, la avenida se quedó sola, sin jornaleros. Me quedé platicando con unos cuates y lamentamos lo sucedido. Fue denigrante ver cómo eran detenidos, como cuando van a agarrar pollos y los animalitos corren desesperadamente, algunos tratan de volar y otros hasta picotean... pero el cabrón que trata de agarrarlos no se conforma con tener uno en la mano, con la otra busca alcanzar otro más, como si a los hijos de su pinche madre les pagaran por el número de personas que detienen. Por eso decidimos venir a buscarlo. Anduvimos preguntando cuando llegamos aquí al centro y fue fácil dar con el lugar. Todo el mundo sabe dónde está Migración. Cuando lo vi correr, pensé en ir en su ayuda, pero de pronto se paró, no sé por qué, si por resignación o por cansancio. ¿Por qué no corrió más, viejo? ¿Por qué se detuvo? —preguntó el Coras.

—No fue ni cansancio, muchacho, si acaso un instinto. Me pregunté para qué correr más. No tiene sentido seguir buscándole. Tarde o temprano nos van a agarrar. Hoy es a mí, mañana será a otros —contestaba el don tomándose el pelo, limpiándose la cara, buscando ocultar su tristeza y su desilusión, fingiendo que no le dolía su detención. Con lágrimas en los ojos, añadió—: No me alcanzó el agente... Me alcanzó la vida.

—Mira, viejo, por lo menos te regresas con los tuyos, con tu Adela, con tu Micaela, con tus hijos. Disfrútalos, convive con ellos, y disfruta tu pobreza. Diles realmente lo que pasó, diles que si tienen que luchar y trabajar, deben hacerlo juntos, con los suyos. Diles que no tiene caso buscar algo que ya no existe, que ya no se da. Diles que los quieres mucho. Te aseguro, viejo, que más que el pinche dinero, ellos estarán felices de tenerte nuevamente a su lado, de tener otra vez a su padre, a su amigo, a su esposo.

Don Pedro simplemente escuchaba las palabras del Coras, aquel tipo juguetón y en apariencia valemadrista. Lo escuchaba con atención porque tenía razón. Sus ojos se fueron llenando de lágrimas y buscó la forma de ocultarlas con la sucia camisa que llevaba puesta.

—Se vale chillar, viejo, se vale maldecir. Se vale mandar a la chingada a todo el mundo, pero también se vale volver a empezar, decir lo siento, pedir perdón. Sobre todo, se vale hablar con la verdad.

—Empezar... —dijo el don.

—Sí, empezar —le reiteró el Coras—. Y por cierto, ¿cuánto le quedó a deber al cabrón del Chuy, don?

—Ya ni sé. Me cobraba todo, desde la comida hasta el transporte. Nunca llevé bien las cuentas, pero probablemente el que me debe es él. Por ese lado ya no me tengo que preocupar, de seguro se va a molestar.

El tiempo de la entrevista se terminaba. El oficial les indicaba que don Pedro tenía que regresar.

—Mire, viejo, con aquella negrita que está allá de recepcionista le dejé un dinero que le juntamos Gilberto, Luis y yo. No es mucho, pero de algo le va a servir. Estaremos en contacto. Yo tengo su dirección.

—¡Mijo! —le dijo don Pedro despidiéndose, gesto que el Coras agradeció.

Nuevamente condujeron a don Pedro a la celda y el Coras se reunió con sus amigos que se encontraban en la sala de espera, repleta de familiares y amigos de otros detenidos. Algunos buscaban comunicarse por teléfono con algún abogado. Otros esperaban ser atendidos por la recepcionista de origen oriental más preocupada por limarse las uñas que por dar información de los detenidos. Sólo se limitaba a indicarles a los preguntones que leyeran el anuncio pegado en la ventana de cristal:

VISITING HOURS: 9 TO 5. BONDS ROOM 2004.
OTHER INFORMATION WAIT YOUR TURN.

Ya eran como las 6:30 de la tarde y había oscurecido. El Tururú, el Yes Yes y el Coras salieron del área de recepción y alcanzaron a ver detrás de un alambrado cómo cada uno de los detenidos era subido al camión que los conduciría al viejo destino del que nunca debieron haber salido.

—¡Se cuida! —gritó el Coras, quien aún tuvo la oportunidad de llamar la atención del viejo con un sonoro chiflido.

Fernando también pudo comunicarse con sus vecinos y explicarles la situación encomendándoles encarecidamente a sus hijos.

En camión prendió motores y en unos cuantos segundos salió del estacionamiento de Migración.

—¡Que le vaya bien! —pensó el Coras antes de abandonar el lugar con sus amigos.

Los tres tomaron la calle Temple, cruzaron la calle Los Ángeles y llegaron a la Hill. Ahí dieron vuelta a la derecha buscando la parada del camión que los llevaría hasta la Iglesia de Nuestra Señora de Los Ángeles, mejor conocida como la Iglesia de la Placita. La lluvia arreciaba y el camión que no pasaba. Se cansaron de esperar y para no mojarse decidieron buscar refugio en la iglesia de enfrente. Al abrir las puertas, cuál no sería su sorpresa cuando vieron que el templo estaba lleno de paisanos, todos ellos buscando también un refugio de la lluvia. No se estaba oficiando misa, no había sermones, sólo estaba un sacerdote que les explicaba a viejos y jóvenes las condiciones del lugar y las reglas del mismo.

Algunos ponían mucha atención, otros nomás fingían escuchar al sacerdote y otros de plano se dormían. Ah, pero eso sí, cómo olía el lugar, la mugre se había remojado con la lluviecita.

—¡Ah, cabrón! Pues cuántos somos… —dijo el Yes Yes sorprendido por la cantidad de personas que estaban ahí reunidas.

—¡Cállate y pon atención! —le contestó el Tururú, que sumergió el dedo en el agua bendita y se persignó con gran devoción. El Coras intentó imitarle y el Yes Yes aprendió rápidamente la lección.

Se fueron por el pasillo lateral y recorrieron la iglesia en busca de un lugar dónde sentarse. Llegaron hasta las primeras filas y ahí encontraron unos lugares desocupados, pero nadie quería recorrerse.

—Por aquí… —les indicó el padre, un hombre alto, delgado y canoso con unos lentes al estilo John Lennon. Les tocó sentarse con algunos que se estaban quedando dormidos.

—No los vayan a molestar —les dijo el sacerdote—. Es gente que ha sufrido mucho. ¿Verdad que han sufrido mucho? —les gritó el padre, provocando la inmediata reacción de los dormidos y las risas de los presentes.

El padre continuó explicando las reglas para permanecer en el lugar:

—No se permite tomar ni fumar en el atrio de la iglesia, tampoco se permite andar con el torso desnudo ni decir palabras altisonantes. Todos deben llegar antes de las siete de la tarde para que les den su boleto y puedan merendar. Aquí no debe haber pleitos, aquel que los tenga se me va para otro lugar. En esta iglesia todos son iguales, no importan las nacionalidades, todos estamos aquí por las mismas necesidades. Y recuerden, éste es el lugar de todos ustedes, van a dormir en el sótano de la iglesia y deben mantenerlo lo más limpio posible. Si tienen cualquier duda, háganlo del conocimiento del trabajador social que se llama Damián Estévez. Y la regla más importante de todas: respeten a la gente que viene a la iglesia, no la molesten ni le pidan dinero.

Parecía que todos estaban muy atentos, sin embargo, el Yes Yes no dejaba de mirar la imagen del Cristo que tenía enfrente. En realidad muy pocas veces había ido a la iglesia, ni siquiera la primera comunión había hecho.

Su madre se cansó de mandarlo al catecismo, pero él siempre encontró la forma de zafarse, así que por primera vez realmente tenía a Cristo frente a frente y no sabía cómo expresarse. No quería ser irreverente, pero tampoco sabía si había que hablarle de tú o de usted, y aunque hubiera sabido no estaba seguro de qué decirle, sólo se le ocurría pedirle perdón. A pesar de estar rodeado de gente, experimentaba una soledad interna muy extraña, una sensación de culpabilidad.

—Perdóname... pero ni siquiera sé rezar —tartamudeó el Yes Yes tratando de explicarle a Cristo.

Cuando el padre terminó de explicar las reglas, los presentes no tuvieron ninguna pregunta. Sólo se escuchó desde el fondo a alguien que gritaba:

—¿Y a qué hora nos dan de cenar?

Este hecho molestó mucho al sacerdote, quien invitó muy cordialmente al hambriento a que repitiera ante todos algunas de las normas que acababa de mencionar. Como no obtuvo respuesta, comprendió que algunos solamente estaban ahí por las "comodidades" que se les ofrecían.

La lluvia seguía arreciando. Al terminar su plática, el sacerdote los invitó a todos a pasar al sótano de la iglesia para cenar.

Ni el Tururú ni el Yes Yes ni el Coras pensaron en ningún momento pasar la noche en la iglesia, pero las condiciones del clima no les dejaron otra opción, así que aceptaron la invitación con cierto desgano.

Los que ya conocían el camino fueron conduciendo a los demás. Salieron por la puerta lateral de la iglesia y pasaron por un pequeño altar de la Virgen de Guadalupe que tenía una gran cantidad de velas encendidas. Todos dieron una muestra de respeto, algunos se persignaban, otros bajaban la cabeza con devoción. Gilberto, Luis y Nacho fueron los últimos en salir y se encontraron al padre en el camino.

—Gracias, padre —le dijeron.

—¿De qué? —contestó éste—. Ésta es su casa.

Fueron siguiendo al grupo que iba desapareciendo en la entrada del sótano para entrar por un pasillo oscuro. Había que irse sosteniendo del barandal para no caerse, pero finalmente todos llegaron. No había catres suficientes y algunos se conformaron con un lugar para sentarse. Como en la gran avenida, empezaron a formarse los grupos de salvatruchas, mexicanos, guatemaltecos y unos que otros hondureños.

Muchos ya tenían hambre. Probablemente aquella sería su única comida del día.

—Ya me rechinan las tripas —comentaba uno.

—La grandota se va a comer a la chiquita —decía otro.

—Ya hasta me estoy mareando —dijo alguno.

—Seguro que sí —le contestaron—, pero no es de hambre, sino de otra cosa que hasta acá huele.

—No sea cruel, paisano —le dijo el mareado a su vecino, que estaba a punto de quitarse los zapatos—, al menos deje que primero nos traigan la comidita para que no aguantemos con la panza vacía las olas de pestilencias.

—¡Chinguen a su madre los que se quiten los zapatos! —gritó algún paisano más.

Minutos más tarde su hambre fue atendida. Damián y otros dos jóvenes les fueron entregando a cada uno un vasito de arroz con leche y su panecito, a algunos les tocó una concha y a otros más un besito.

A los que no alcanzaron catre les entregaron unas cobijas de esas que dona el Salvation Army. Hubo quien la utilizó de almohada y otros la usaron para cubrirse del frío. El Coras, el Yes Yes y el Tururú no podían pegar los ojos, sólo estaban a la expectativa. Había gente que se veía muy inocente, pero otros no tenían nada de decente y había que estar alertas. Y a eso hay que sumarle el frío de la noche, los ronquidos del amigo de enfrente y las pestilencias del que se había quitado los zapatos.

La noche fue larga para los tres amigos. Cuando por fin amaneció, el Yes Yes estaba pegadito al Coras y el Tururú al amigo de los ronquidos. Los catres se reacomodaron, las cobijas se doblaron y las mochilas fueron arregladas, aunque eran pocas las pertenencias que guardaban, tal vez sólo un cambio de ropa.

Vaya facha que traían los angelitos. Algunos buscaban quitarse las lagañas, otros se relamían el pelo y los más afortunados sacaban su peine negro. Los olores concentrados no se iban. Uno por uno fueron subiendo las escaleras que los conducirían al atrio. Al ir subiendo tenían esa sensación de los futbolistas que salen del vestidor directo a la grama verde del estadio donde la multitud los recibe con una gran ovación. Así salía cada uno, llevando en su mochila sus pocas pertenencias y un resto de ilusiones. Nuevamente se fueron formando para recibir el boleto del desayuno.

El Coras, el Yes Yes y el Tururú también recibieron su cortesía, pero les llamó la atención ver que en la parte posterior de la entrada principal ya hubiera tres jóvenes con cubetas llenas de agua sucia y unas cuantas jergas con las que se ofrecían a lavar los vehículos de los que por ahí se estacionaban.

—No, gracias —contestaba la mayoría, y si algún despistado aceptaba, los tres se le echaban encima al auto. Uno se encargaba de echarle agua, otro de tallar y el tercero de enjuagar.

—Esos chavos sí que saben echarle ganas —dijo el Yes Yes, pero el Coras le señaló a tantos otros que se sentaban pasivos alrededor del famoso quiosco de la Placita Olvera esperando a que pasara alguien para estirar la mano y pedirle dinero.

Y vaya que había gente. Tan sólo enfrente estaban las oficinas del Consulado de México, y todos los que iban a hacer algún trámite tenían que pasar por ahí.

—Por eso estamos como estamos, por eso piensan que somos una bola de huevones y mantenidos —dijo el Coras—. Miren a aquel jovencito estirando la mano y pidiendo dinero para comer, pobrecito, pero miren a este otro que no deja en paz a esa pareja, si hasta va caminando a la par que ellos… ¡Zácatelas! Ya se volteó el señor… Algo le tuvo que haber dicho que ya los dejó tranquilos. ¿Y adónde se fueron los demás? A buscar empleo en las grandes avenidas de la gran ciudad, muchos de ellos se concentran en la calle Spring.

—Ya vámonos —les dijo el Tururú, y así lo hicieron, no sin antes felicitar a los tres chavos que tenían ya casi una hora limpiando el mismo vehículo sin hacerle gran cosa.

Cruzaron la calle y llegaron a la parada del bus. Tenían que tomar el 94 L que los llevaría a su gran avenida, la Lankershim Boulevard. No tardó mucho en pasar, y por la hora que era iba medio vacío. Cada quien sacó de su bolsillo la morralla para pagar.

—Oye, qué trabajo tan duro el del padre, lidiar con tanto cabrón —dijo el Coras—. Definitivamente necesita ayuda, no puede ser que sólo con tres o cuatro personas busque la solución a los problemas de tantos. Debe existir un límite de días en que se pueda estar ahí, y cobrarles una cuota diaria, digamos de un dólar para cubrir los gastos. Eso obligaría a las personas a buscar un empleo, como los chavos que estaban limpiando carros. Es una lástima que por unos cuántos nos tilden de huevones y mantenidos a todos… Como los chavos que se la pasan pidiendo dinero en el quiosco, o los que estaban nomás ahí jugando futbol en el parque de enfrente. Tendría que haber compromiso por parte de los que pasan todas las noches ahí.

El camión seguía su rumbo, viajaba por toda la San Fernando Road, ya habían pasado Glensdale y estaban a punto de entrar a Burbank. El camión hacía religiosamente sus paradas y subía más gente de la que bajaba. El Coras dejó la comodidad del asiento en el que venía recostado para hacer lugar a los que llegaban. Se subían mujeres con niños, uno que otro afroamericano con su estéreo al hombro, y al poco rato el camión ya estaba lleno.

En medio de tanta gente ya no hubo oportunidad de seguir comentando lo que habían vivido en la Iglesia de la Placita, por lo que el resto del camino se dedicaron a observarse.

Después de aproximadamente 78 paradas, llegaron a su destino. El Coras le pidió permiso en español al afroamericano del estéreo, pero parecía que éste no le entendía y tuvo que sacar a relucir su inglés:

—Escus mí —le dijo, y en esta ocasión sí le hizo caso haciéndose a un lado para dejarlo pasar.

Llegaron a la esquina de Lankershim Boulevard y San Fernando Road y aún tuvieron que caminar unas tres millas para llegar hasta la avenida. Se les hacía raro llegar tan tarde, eran como las 11 de la mañana. Ese día había mucho menos trabajadores de los que se acostumbraba. Probablemente la redada del día anterior había tenido sus efectos.

—¿Qué pasó con ustedes? —les preguntó el que estaba leyendo el periódico *La Opinión*—. Pensamos que también los había agarrado la migra.

—Estuvimos ahí, pero de visita. Fuimos a ver a un cuate que sí fue detenido —le contestó el Tururú.

Los comentarios de lo acontecido el día anterior se dejaban escuchar por todos lados.

—¡Qué poca madre que esto haya sucedido! —decían algunos lamentando la detención de sus amigos—. Pero ya regresarán, de eso no hay duda.

—Oigan —dijo uno de ellos—, ¿y ya supieron quién presentó la queja?

—No, ¿quién? —preguntó el Yes Yes.

—Dicen que fue el dueño de la tienda, ésa que está ahí —dijo señalando el supermercado La Hacienda.

—No puede ser, si todos los que trabajan ahí son paisanos.

—Pues yo nomás se las paso al costo.

—Bueno, pero y por qué iba a llamar a Migración.

—Pues porque según él le ahuyentamos a la clientela. Dice que a la gente le da miedo pasar por aquí, que porque dejamos un cochinero y utilizamos la parte de atrás para hacer nuestras necesidades.

—La neta es la neta —dijo otro que estaba ahí—. Eso de que dejamos basura es pura mentira. Cuando llegan los "lupillos" ellos traen su propio basurero y procuramos siempre utilizarlo. De que usamos la parte trasera para hacer nuestras necesidades, ahí sí no tenemos otra alternativa. En la propia tienda nos fueron prohibiendo que entráramos a sus baños, incluso se nos negó la entrada. En el Mc Donald's de plano no podemos porque tiene llave y hay que pedírsela a la cajera, quien no la suelta si no consumes nada. Ahora, de que intimidamos a la clientela, son exageraciones. No pasa de que de vez en cuando alguno de nosotros le diga un piropo a alguna señorita, pero no hay dolo ni mala intención, sólo es un gesto de atención.

—Pues por esos gestos de atención mira lo que nos pasó… —dijo el Tururú, que aún no terminaba de hacer su comentario cuando vio a lo lejos cómo uno de los paisanos regresaba de la parte trasera de la tienda abrochándose todavía la bragueta.

—Ahí está de lo que se nos acusa. De eso ya ni para qué lamentarnos.

—Pues aún así, ese cabrón no tiene madre. Cómo que llamar a Migración. Nos hubiera advertido al menos, pero no, a chingar a la gente se ha dicho.

Los comentarios estaban a la orden del día. Algunos se lamentaban, unos más hasta comprendían que el dueño de la tienda hubiera llamado a la migra, pero también hubo quien dijera:

—Ya verá ese cabrón.

Ese día no hubo chamba. Parecía que también les habían advertido a los patrones. Ya para la una de la tarde aquello estaba desierto. El Coras, el Yes Yes y el Tururú fueron los últimos en retirarse.

Por fin uno de los tres invitó a su cantón. Llevaban meses de conocerse y de trabajar juntos, se habían ido a tomar unas frías y hasta habían sido perseguidos por el Departamento de Migración, así que ya era tiempo de que uno de ellos se animara. Fue el Coras el que les dijo:

—Los invito a mi residencia.

—Yes, yes —dijo el Yes Yes.

—Bueno, vamos —respondió el Tururú—. ¿Esperamos el camión, pedimos aventón o de plano nos vamos caminando?

—Vámonos caminando, así platicamos otro rato.

Tomaron el rumbo de la Van Nuys Boulevard y dieron vuelta a la izquierda en la Victory Boulevard. Los tres ya tenían bastante hambre, pero por falta de recursos tuvieron que conformarse con refinarse unas ricas hamburguesas de Tommy's, de esas que tienen un especial "Chili", como dijera el americano, que cuando la muerdes el chile se desparrama totalmente.

Cuando se acercaron, les llamó la atención un anuncio pegado en la ventana del lugar que decía "Help wanted".

—¿Qué querrá decir eso? —preguntó el Yes Yes.

Le preguntaron al primer cristiano que pasó por ahí, pero no supo decirles, su inglés era peor que el de ellos. Sólo se limitó a contestar: "¡Ansina, pues!"

—No seas güey —le dijo el Tururú—, pregúntale a uno que tenga finta de que sabe hablar inglés. Mira, ese que viene seguro sabe —dijo señalando a un joven que cargaba unos libros.

—Perdón, señor estudiante, quisiéramos saber si usted nos puede descifrar el letrero que está ahí pegado…

—Quiere decir que están requiriendo empleados —les contestó.

Mientras esperaban su comida, no le quitaban de encima el ojo a la posible chamba.

—Oye, ¿y requerirán inglés? —dijo el Coras.

—Qué va, solamente se trata de calentar el pan y la carne y meterle el chile —dijo el Yes Yes.

—No seas pinche alburero, cabrón.

—No es albúr, es la pura verdad.

—Pues anímate, mi Coras, probablemente te la dan —le dijo el Yes Yes.

Ni tardo ni perezoso, el Coras fue a preguntar. Entró al establecimiento y le dijeron que su comida ya iba a estar.

—No vengo por la comida, por eso puedo esperar. Me llamó la atención el anuncio de que requieren ayuda —les dijo.

—¿Qué? ¿A poco sabes cocinar? —le dijo un tipo regordete con un gorrito blanco y un mandil medio cochino, quien tenía el pan tendido al otro lado del mostrador y le colocaba la carne, la cebolla, el jitomate y el chile, mientras el de la caja no dejaba de gritar las órdenes:

—¡Dos hamburguesas sencillas con todo! ¡Una doble sin chile y unas fries "papas"!

—Oye —le dijo el gordo—, ¿por qué no vienes al ratito para que te demos tu solicitud y veamos si cumples con los requisitos?

El Coras no salió ni animado ni desilusionado. Sólo era cuestión de regresar por su solicitud. Ni un minuto había pasado cuando escuchó que los llamaban y, aprovechando que estaba parado, fue por el pedido.

—Oigan —les dijo—, a ver si me ayudan porque no puedo con todo el cargamento.

Las hamburguesas y las papas pronto desaparecieron. Lo único que les quedaba eran las ganas de seguir comiendo. Se retiraron del lugar y se enfilaron a casa del Coras. Caminaron hasta la calle Cedros y dieron vuelta en Delano, pasaron frente al parque Sylvan y entraron a unos departamentos de los que salían escuincles por todos lados, algunos jugando con sus carritos, otros con sus bicicletas, y uno que otro adulto echándose una cerveza. El Coras vivía en el 101 de la planta baja.

—Pueden pasar a mi residencia —les dijo muy ceremoniosamente.

No había lujos de ningún tipo, sólo un viejo sofá cama con una que otra mancha y pequeños orificios de cigarro; dos catres mal doblados con las sábanas de fuera y recargados contra la pared; dos sillas de madera, a una de las cuales le faltaba una pata; una mesa que servía de antecomedor, comedor y demás con algún plato y cajas de cereal a medio cerrar.

No hubo sorpresa para los amigos. Probablemente ellos vivían igual. El estéreo estaba medio viejo, era de esos de ocho tracks, y el televisor era muy pequeño y para colmo le faltaban unos botones, entre ellos el que se utiliza para cambiar el canal, pero como para todo hay solución, le pusieron unas pinzas que funcionaban perfectamente.

Era un departamento de dos recámaras. Estaba pintado de azul pero por falta de mantenimiento realmente el color ya ni se distinguía. El Coras les dio un tour por su mansión.

—Ésta es la sala —les dijo—. Aquí dormimos dos chavos de provincia y un servidor.

Entraron a uno de los cuartos y vieron dos camas pequeñas sin tender, un pequeño bote de basura a reventar, el clóset abierto con mucha ropa sucia y los cuadros de rigor: uno de la Virgen de Guadalupe y a los lados uno de la Lynn May y otro de las vedetes de la película *Bellas de noche*.

—Aquí duermen otros dos provincianos —explicó el Coras—, dizque un poco más refinados porque son de la capital del estado.

Ni se molestó en pasarlos al baño. La otra habitación estaba casi en las mismas condiciones que el otro, sólo que éste tenía su buen televisor. La cocina estaba medio cochina.

—Oye, Coras, ¿pues cuántos viven aquí?

—Somos siete, mi Tururú.

—¿Y cuánto pagan?

—Realmente no sé. A mí me toca pagar 75 dólares al mes. Los que duermen en las recámaras pagan un poco más.

—¿El que paga más tiene derecho a una recámara?

—Bueno, pero no sólo eso, también cuenta el derecho de antigüedad.

No había fotos de familiares en todo el departamento. Cada uno de los inquilinos guardaba sus objetos personales en cajas de cartón. Había un trofeo de futbol que llamó la atención del Yes Yes. La placa del trofeo decía: "La Onda Colorada - Campeones de Copa Liga México 1984-1985".

—¿De quién es ese trofeo? —preguntó el Yes Yes.

—Es de Francisco. Está muy metido en el futbol, dice que es el capitán del equipo. Yo nunca los he visto jugar, pero por el trofeo que ganaron han de ser muy buenos.

—Pues a ver si algún día puedo hablar con él. A mí también me gusta mucho. Allá en el barrio yo era de los buenos, era el Nacho Calderón.

Entre chela y chela el Coras les platicó el incidente con el Chuy, aquel cabrón que se las daba de muy muy, pregonaba la idea de salario justo para todos y aconsejaba a los jornaleros cuánto debían ganar. El tono de voz del Coras era cambiante. Cuando se acordaba de lo de don Pedro y se los iba platicando, las palabras altisonantes no le podían faltar.

—Ese cabrón del Chuy le ayudó al viejo para solucionar el problema de su hija en México, pero después se lo chingó… Nunca le pagó un centavo por todo lo que trabajó para él. El viejo me contaba las chingas que le paraban. Su único ingreso era lo que le daban cuando andaba de mandadero allá en la calle del Chuy. Por un lado, qué bueno que lo mandaron de regreso, porque si le quedó a deber dinero ya se chingó.

Las chelas ya se habían terminado, pero el Coras seguía platicando.

—Todavía me acuerdo de la mirada del Chuy cuando se percató de que ya lo había agarrado en sus tranzas en el juego de la lotería, pero más me acuerdo de cuando me agarraron por detrás sus valedores y me amenazaron. Algún día me lo he de encontrar frente a frente, no para pedirle cuentas, sino sólo para decirle que es un ojete que se la pasa estafando a nuestra gente —decía el Coras.

Los otros dos permanecían muy atentos al relato mientras buscaban exprimirle las últimas gotas al bote de cerveza.

—Si quieren vamos por otras —dijo el Yes Yes.

—No te molestes —contestó el Tururú—, mejor en un ratito nos vamos.

—No le hagas caso, Yes Yes —dijo el Coras—, yo te pongo la feria para otro six.

El Tururú espero mientras el Yes Yes y el Coras iban a la tienda de Franco a comprar las otras chelas. A su regreso lo encontraron muy encabronado buscando la forma de cambiarle de canal a la tele.

—Bueno, ¿en qué nos quedamos? —preguntó el Coras.

—Pues tú con tus pinches rollitos de que si te encuentras al Chuy le partes la madre —contestó el Yes Yes.

—Ya déjense de decir pendejadas. Mejor vamos a terminarnos las chelas para irnos cada quien a la chingada —los interrumpió el Tururú.

—¿Qué pasó, mi Tururú? Usted siempre tan ecuánime. Qué se me hace que ya se le subieron las chelas.

—Chelas ni madres, pero creo que esto es un desperdicio de tiempo. Siempre nos la pasamos lamentándonos y realmente no hacemos nada para mejorar —contestó el Tururú—. Por ejemplo, aquí mi buen, quesque cuando encuentre al Chuy le va a cuestionar que por qué es tan ojete, pero qué va a ganar, probablemente que le cumplan la amenaza. Ojetes va a haber por todos lados, lo mismo que hijos de la chingada, explotadores y abusivos que se aprovechen de los más jodidos —seguía hablando el Tururú, quien no soltaba la cerveza y aún no se la acababa cuando ya estaba apartando la otra que quedaba.

Dicen que los niños y los borrachos siempre dicen la verdad. El Tururú ya estaba medio pesado y no dejaba de hablar.

—¿Quieren hablar de ojetes y explotadores? Pues vamos a empezar: miren, podemos hablar de explotación o de discriminación. No tengo una definición concreta de lo que significan estas palabras, pero podríamos ponerlas en términos que todos podamos entender: chingar. Cuando tienes la ilusión de venirse para acá y vives allá en el pueblo o en la capital y no tienes el dinero para cubrir los gastos del pasaje, te ves obligado a vender tus pocas pertenencias, ya sea la yunta, la milpa, la siembra, o en nuestros casos, algunas cosas personales. Ya desde ahí, cuando las llevamos a vender, nunca nos dan lo que realmente valen. Los compradores saben de nuestra necesidad, de nuestra urgencia, y nos chingan. Que si la yunta ya está medio vieja, que si la milpa no da cosecha, que si la siembra no es de calidad, y nosotros medio güeyes, se las vendemos y nos chingan… Luego, cuando llegamos a la frontera y andamos deambulando buscando no sé qué, cargando con lo poco que traemos, somos detectados inmediatamente por los "pasamojados". Pareciera que tuviéramos un letrero en la frente de que queremos ser mojados. Silenciosamente, nos ofrecen un paquete con distintas opciones: 250 dólares por pasarte al otro lado sin alimentos, 300 con alimentos y hasta 500 con alimentos y oferta de trabajo. Y ahí de aquel que quiera irse a Chicago o Texas porque le saldrá más caro… Es un pinche dineral, pero ahí vamos, les pagamos… y nos chingan. Y para qué les cuento lo que pasa tan sólo en el intento por entrar: violaciones, vejaciones, robos, asesinatos… Ustedes ya lo saben. Nos chingan… Y ya cuando estamos aquí adentro, en el mundo de las ilusiones, buscamos al que nos invitó, al amigo, al compadre o al familiar. Y si tenemos suerte, los encontramos, porque a veces hasta se esconden, y cuando nos dan posada, a los tres días ya nos están insinuando que cuándo les pagamos, así que, otra vez, nos chingan. Cuando vamos a pedir empleo, dizque con un amigo o conocido del pueblo que es el mayordomo de alguna de las fábricas, si nos llega a dar la chamba, nos la da de barrenderos porque las mejorcitas se las da a sus familiares más cercanos. Así que nuestro salario es menos del mínimo y… nos chingan. Hasta en la propia avenida nos pasa. Cuántas veces no hemos trabajado un día completo, pero a veces por desconocer el idioma el patrón se larga sin pagarnos por la chamba y… nos chinga. Por eso no me extraña lo del Chuy, mi buen Coras. Como ése hay muchos más, por eso le decía al Yes Yes cuando nos contrató el señor Rafael que no era tanto lo que nos pagó sino la forma en la que nos trató. Da coraje que entre más jodido te vean más te friegan, y el que peor te trata es el propio paisano. Esto es una lucha constante, el que tiene no lo quiere dejar, pero en fin… Como el Chuy hay muchos, mi buen. No hay que preocuparse por ellos, sólo hay que fijarse, poner mucha atención y estar alerta para esperar la traición.

—Oye, Tururú, hablas como si todos fueran unos ojetes aprovechados —dijo el Coras.

—No, sólo digo que hay que tener mucho cuidado con las caídas. No hay que desesperarse para poder levantarse. Las caídas duelen, pero hay que saber cómo recuperarse y seguir adelante, no desesperarnos ni que la nostalgia nos cambie. Ésos son nuestros principales enemigos de este lado. Podemos no tener amigos, ni trabajo, ni lujos, mientras no nos desesperemos no hay bronca. Podemos seguir luchando y aguantar las caídas mientras no nos pegue la nostalgia, porque si nos da, ya nos llevó la chingada —concluyó el Tururú, quien ahora sí ya se había terminado las cervezas.

El Yes Yes y el Coras opinaban de vez en cuando, parecían estar de acuerdo con lo que el Tururú estaba diciendo. Ya eran casi las siete de la noche y estaba a punto de oscurecer. Ya habían llegado todos los que ahí vivían. Los tres se levantaron a dejar aquella mesa vacía de todo lo que se habían tomado. Llegaron los del cuarto de la tele, se les veía muy cansados pues todo el día habían trabajado en la construcción. No tuvieron ninguna objeción al verlos ahí, unas chelas a quién le hacían daño. También llegó el dueño del trofeo, que saludó con más efusividad, con piquetes de ojos y puño cerrado.

—Déjenme que me cambie y ahorita los acompaño —les dijo.

—Ya la hicimos —dijo el Tururú—. Vamos a seguir platicando.

—Mejor ya vámonos —dijo el Yes Yes—. Ya está por oscurecer y yo vivo un poco retirado, además yo ya estoy medio tomado.

—No la chingues, mi Yes Yes, vamos a seguir chupando —dijo el Tururú, quien estaba terco en su posición y casi le imploraba a su cuate para que se quedara—. Mira, hacía tanto tiempo que no me sentía tan a gusto platicando con alguien... Probablemente a mí ya me está dando la nostalgia y no quiero que me lleve la chingada. Es bueno platicar, yo sé que chupando no es la mejor forma, soy el primero que lo dice, pero por el día de hoy, no tengo remedio.

—Pues ya es cuestión del Coras —le dijo—. Si él no tiene bronca con sus cuates, le seguimos.

El Coras no puso objeción y siguieron platicando. Cuando llegó Francisco, el dueño del trofeo, se ofreció a ir a la tienda por más chupe. Si hasta parecía que se había ido volando porque llegó en unos cuantos minutos con unas Coors, que eran de las más baratas pero eran las que él tomaba.

—Ahora sí, muchachos, a seguirle dando —les dijo.

El Tururú fue el primero en agarrar. El Coras le siguió y el Yes Yes no se quiso quedar atrás.

—Me dicen el Freeways —dijo Francisco cuando por fin se presentó—. Soy originario de León, donde la vida no vale nada.

—¿Y por qué te dicen el Freeways? —le preguntaron.

—Pues porque por mucho tiempo viví debajo de los puentes. Yo tenía mi cantón donde se une el 101 con el 5. No se vive nada mal, hasta llegamos a tener televisor. En épocas de verano hasta te puedes quitar la camisa y te pones a roncar. En épocas de frío, nomás te pones doble de todo y ya estuvo. Lo que sí es que a veces no puedes dormir con tanto ruido, pero con el paso del tiempo te acostumbras. Empezamos dos viviendo así, pero poco a poco fueron llegando más. Ya hasta pensábamos cobrar renta. Es muy peligroso que uno se quede solo debajo de los puentes. Hay tanto cabrón que te quita hasta los dientes, y ya cuando somos más, pues hay más seguridad.

—Ése es mi Freeway. ¡Salud por usted! —dijo el Tururú—. Sí que la supo hacer.

—No te creas, mi buen, también tuvimos nuestros problemas. Fueron dos o tres veces que llegó la policía y nos agarró desprevenidos. La última vez nos tomaron nuestras fotos, nuestras huellas, y entonces sí dijimos "Ya la hicimos, por lo menos tendremos un colchón donde dormir y tres comidas diarias". Y así fue, luego luego que llegamos nos ficharon, nos encueraron para ver si no traíamos drogas y nos dieron nuestro uniforme color naranja si mal no recuerdo… Pero luego llegamos a la celda y estaba más fría que nuestra propia residencia, y de la comida para qué les digo, estaba tan desabrida que les pedimos nuestros jalapeños, pero esos gringos los consideran unas armas mortales. Y ni a quién hablarle para que nos diera auxilio. Todos estábamos bien jodidos. Visitas nunca tuvimos durante el tiempo que estuvimos detenidos. Después de cuatro días, por fin llegó la fecha de la audiencia. Dizque teníamos a nuestro abogado defensor, pero ni siquiera sabía de qué estábamos acusados. No entendimos ni madres cuando el juez se dirigió a nosotros y en nuestra confusión le dijimos a una señorita que no hablábamos inglés. "No se preocupen", nos dijo, "cuando el juez termine de hablar sólo tienen que decir yes o no". Pues ni enterados estábamos de cuándo le teníamos que contestar al juez. Todo el mundo hablaba y decía, pero gracias a la intervención de la señorita "traductora" supimos en qué momento declarar el "yes". "Yes, sir", le dijimos al juez, y éste agarró su martillo de madera y le dio un santo madrazo a la mesa. Ya habíamos sido sentenciados. Nos habían dado cuatro días de cárcel, pero la sentencia fue retroactiva, así que ese mismo día nos daban salida. Ya estábamos bien contentos, regresamos a la cárcel del condado y después de volvernos a bañar nos dieron nuestras chivas. Cuando estábamos listos para salir, ya nos estaban esperando unos cuates a toda madre que nos iban a dar un aventón… Pero que nos llevan a Migración. Después de que nos tomaron más fotos y más huellas, para las seis de la tarde estábamos de regreso en Tijuana. Visité a algunos amigos y después me regresé. Yo ya me sabía el camino, pero ya no volví al puente del freeway. Anduve de misión en misión. Nadie me tendía la mano. Busqué a una carnala que vivía en el área de Santa Ana. El cuñado me dio hospedaje por unas cuantas semanas, pero preferí largarme porque éste la golpeaba. No había día en que no la maltratara. Ella no me tenía que contar sus penas, se veía a leguas lo que le pasaba, así que antes de darle en la madre a mi cuñado preferí largarme y buscarle por otros rumbos. Me despedí del cabrón porque conmigo tuvo sus atenciones. Durante una semana que estuve viviendo con ellos me consiguió chamba con un cuate que trabajaba en la jardinería. Ahora estoy poniendo rosalitos y demás flores. Soy un simple chalán, pero tengo un trabajo seguro. Y la carnala ya mejor se fue y se llevó a los chilpayates. El cabrón no le manda ninguna feria a la familia, pero cómo tiene para comprarse ropa fina. Supe que ahora anda con una gringa para buscar la residencia. A ésta, claro, no le pega, si no es nada pendejo. En una ocasión la empujó y le gritó y ésta se fue a llamar a la policía advirtiéndole que a la próxima se lo llevaban al bote.

Cómo se chupaba en ese lugar. Ya sólo quedaban dos cervezas de las 24 que acababan de comprar. La plática se iba dando y de fondo se escuchaban unos corridos de José Alfredo Jiménez, a los que le siguieron las del Cuco Sánchez y no podían faltar las de Vicente Fernández. En unos cuantos minutos se les agregaron los dueños del televisor y cuando llegaron los que faltaban también se unieron al reventón.

—¿Por qué no se ponen una de Juan Gabriel? Aunque digan que es maricón, ése sí que sabe cantar….

Y todos coreaban la de *Siempre en mi mente*: "qué voy a hacer, no sé, no encuentro nada, nada, nada, la solución no sé cómo encontrarla…". Y aunque el "ajúa" no era parte de la versión original, no podía faltarles a ellos.

Tuvieron que abrir las ventanas porque aquello ya parecía cabaret. No se veía nada. En varias ocasiones algún vecino les advirtió que si no le bajaban al ruido iba a llamar a la policía.

—¡Ah, cómo chinga ese cabrón! —decían los del departamento—. Cuando él tiene pachanga ni quién le diga nada.

Era un momento de alegría, pero también de reflexión. Las cervezas ya se habían acabado pero uno de ellos sacó de su caja de cartón unas botellas de licor. La del tequila con gusano fue la última que se echaron antes de que el vecino les volviera a advertir que se callaran o se iban a arrepentir.

Eran como las dos de la mañana cuando la policía llegó tocando la puerta fuertemente.

—¿En qué le puedo ayudar, señor oficial? —le dijo Francisco.

—Nos han llamado quejándose de que tienen mucho ruido —contestó el policía mientras era cegado por una lámpara de mano.

—Le están exagerando, señor policía, como usted puede ver, estamos medio callados —le dijo Francisco, y dio la casualidad de que cuando el policía llegó los muchachos estaba escuchando un disco de los Bukis para ponerse a llorar.

—Les advierto que si vuelve a haber otra queja me los voy a llevar —dijo el policía antes de irse.

Todo quedó en santa paz. No se llevó a ninguno pero le tuvieron que bajar al ruido.

Durante el transcurso de la madrugada sólo platicaron, no fumaron ni chuparon porque ya todo se había acabado. Como a las tres y media los afortunados se retiraron a sus recámaras, y como la sala ya estaba completamente ocupada, el Tururú y el Yes Yes terminaron en la cocina cubiertos por unas cuantas sábanas.

El Coras no fue a su cita para la solicitud de chamba en el Tommy's. Ni modo, ya sería otro día. Lo que sí es que el Yes Yes fue invitado a practicar con el equipo de Francisco y ya iba a ser de la Onda Colorada.

Al día siguiente, muy temprano, los despertó el canto del gallo del vecino de arriba, el mismo que la noche anterior se había quejado con la policía.

—Oigan, ¿y no podemos llamar a la policía para que mate a ese pinche gallo? —preguntó uno de ellos.

Como de todos modos ya los habían obligado a despertarse temprano, el Yes Yes y el Tururú recogieron sus sábanas y ayudaron a levantar el cochinero. Los botes de cerveza estaban tirados por todos lados, había bachas de cigarro en la vieja alfombra y los discos quedaron todos fuera de su lugar, pero en menos de una hora ya tenían todo deslumbrando de limpio.

El Tururú pidió permiso para preparar algo de desayunar. No había más que huevos, chiles jalapeños y unas tortillas medio duras, pero no importaba. Sacó el sartén que hacía como tres días que nadie lavaba, le dio una remojadita con agua caliente y como no tenían jabón le echó tantito Ajax. Como los huevos no iban a alcanzar para todos, les puso una lata de frijoles que ya estaba medio pasada.

—Al fin que nadie se va a fijar —pensó al verlos a todos medio dormidos.

Y así fue. Nadie se quejó. Algunos se echaron su taco rápidamente porque tenían que irse a trabajar.

—Ahí nos watcheamos —decían al despedirse llevándose otro taco en la mano.

Como a las siete y media de la mañana, el Tururú, el Coras y el Yes Yes también se fueron a buscar chamba, pero esta vez tuvieron que irse caminando. La gran avenida estaba un poco retirada, como a diez millas de distancia. Al llegar a la intersección de la Kester y la Victory Boulevard, encontraron otro grupo de jornaleros y el "gud mornin" y el "cómo están" no podían faltar. No conocían a este grupo de paisanos, pero eso no quitaba que los saludaran. Había unas diez personas reunidas en la bolita, y para mala suerte del Coras, fue interceptado por el Chuy.

—¿Qué pasó, mi muchacho? Nos volvemos a encontrar —le dijo.

—Pues no es de extrañarse, si andamos en el mismo camino —le contestó el Coras, que no se amedrentó ante el tono amenazante del Chuy.

—¿Y cuándo nos echamos un jueguito de cartas?

—Pues será cuando tenga dinero, pero yo no juego con tracaleros.

—Bájale, mi Coras —le advirtió el Yes Yes—. Éste no es el momento.

—Pues nunca va a ser. Siempre anda con sus valedores.

Y efectivamente, ahí estaban los tres guardaespaldas del Chuy, siempre a la expectativa, dizque platicando con los demás pero viendo de reojo lo que estaba sucediendo. El Coras no se intimidaba. El tono de voz de ambos era cada vez más fuerte y los guardaespaldas los rodearon.

—¿Cuál es tu problema, cabrón? —le preguntaba el Chuy—. Si te molesta lo de la lotería pues no juegues. Como que los demás ya están grandecitos para saber lo que hacen, ¿o no?

—No es sólo eso. También está lo del don. Le prestaste una lana para solucionar sus broncas en México y después te lo chingaste. Lo pusiste a trabajar todos los días y nunca le pagaste.

—¿Y qué querías? ¿Que le pagara? Si me debía una feria que a mí nadie me regala.

—Ésa no es forma de cobrarse. Le hubieras pagado y no lo hubieras explotado. Como que ya son muchos los ojetes que nos ven la cara de pendejos como para que además entre nosotros mismos nos chinguemos.

—Ése era un rollo entre él y yo. Además nunca se quejó, no dijo nada. Nunca le faltó qué comer, yo le daba siempre una feria para que refinara.

—No me salgas con esas pendejadas —le decía el Coras—. Lo traían de mandadero. Siempre procuraban darle el dinero exacto y nada le sobraba. Ahora me dices que eras un buen samaritano. Qué bueno que ya se fue. Ahora dime, ¿le debes o te quedó a deber?

—Eso a ti no te importa, carnal.

El Tururú y el Yes Yes estaban molestos con el Coras. Ya sólo les faltaba meterse en problemas con los de su propia raza. No iban a ganar nada, excepto una bola de chingadazos.

—Ya vámonos, mi Coras —le decían—. Bueno, don Chuy, nos vemos —se despedían jalando del brazo a su amigo.

—Déjenme. No he terminado. Todavía me falta decirle unas cosas aquí al Chuy —les decía.

Finalmente lo forzaron a retirarse mientras el Chuy le decía:

—Te has escapado esta vez, pero para la próxima mejor te cuidas.

Y vaya que tenía que cuidarse, el Chuy tenía fama de ser gandalla.

Después de caminar todas esas millas, llegaron por fin a la gran avenida. Aunque parecía que se habían levantado con el pie izquierdo, ese día los tres fueron contratados. Un afroamericano los requería para hacer algo de carpintería. Los tres se subieron a la parte trasera de una Pick Up del año. Llegaron a una residencia en la ciudad de Burbank que estaba a todo dar.

El negrito resultó bien aventado porque sus contratados no sabían hablar inglés y lo que él les decía sólo los confundía. Estuvo a punto de arrepentirse, pero ni siquiera sabía cómo decírselos. Se la llevaron a puras señas, hasta el punto en que ya más bien les daba risa.

—Con que no pongamos los clavos al revés —decían.

Al Tururú, que era el más culto, le tocó tomar las medidas, mientras el Yes Yes le daba duro al martillo y el pobre del Coras detenía los palos.

—You're doing a good job —les decía su patrón y éstos solamente le sonreían.

Pasaron algunas horas y ni señas de la comida. Por más que le hacían gestos, el patrón no les entendía.

—It's time to have lunch —dijo de repente mirando su reloj.

—¿Será lo que estamos esperando? —se preguntaban el uno al otro.

No los invitó a pasar a su casa. Éste se vio menos decente y sólo salió con una charola llena de costillas pintadas de rojo. Pensaron que era chilito, pero resultó ser pura catsup. Le entraron duro pero no les gustó el sabor, como que les faltaban sus tortillitas con su salsita. Al Coras le tocaron unas costillas bien duras y no sabía con qué partirlas, por lo que pensó seriamente en el serrucho. Les ofrecieron unas cervezas, pero se negaron porque todavía no se les pasaba la cruda del día anterior.

La jornada estuvo dura. Al final el Tururú ya se sabía los números en inglés, el Coras terminó astillado y el Yes Yes traía un tic nervioso de tanto subir y bajar el brazo. El patrón les quería pagar con un cheque pero éstos desconfiaron y le dijeron que tenía que ser con "cash". Entró y salió de la casa y a cada uno le entregó tres billetes de a veinte dólares. Los regresó a su calle y al bajarse del carro sólo se dijeron "Thank you" y "Good bye".

Eran ya como las nueve de la noche y alcanzaron el último camión que iba por toda la San Fernando Road. El Tururú y el Yes Yes se bajaron tres paradas antes que el Coras, y éste les comentó que pasaría a llenar la solicitud de empleo en el Tommy's.

—Mejor vete a tu casa a descansar —le dijeron—. Mañana te acompañamos.

El Coras no les hizo caso. De todos modos tenía que pasar por ahí, no le preocupaba que fuera de noche. Llegó, entró y saludó.

—Buenas noches, ¿cómo está? —le preguntó al que estaba en la caja.

—¿En qué le puedo ayudar? —le contestó éste después de un rato.

—¿Usted no estaba ayer aquí? —le preguntó el Coras al ver que no lo reconocía.

—Sí, pero estaba en la cocina —le explicó.

—¡Ah! Es que me dijeron que pasara por una solicitud pues necesitaban ayuda —dijo el Coras rascándose la cabeza.

—Pues parece que ya le ganaron. Hoy se hizo una contratación.

—¿Cómo? Si me dijeron que regresara a llenar mi solicitud.

—Pues así le dicen a todos y entrevistan al primero que llega. Ayer entrevistaron a varios y ya contrataron a uno.

—¡Qué mala suerte! Oiga, ¿puedo llenar mi solicitud de todos modos y dejarla por si hay otra oportunidad?

No hubo problema. Le dieron su solicitud y no tuvo dificultad para llenar las primeras líneas, pero cuando llegó a lo del seguro social y a lo de la tarjeta verde se quedó pensativo.

—¿Qué le pondré si no cuento con ninguno? —se preguntó en voz alta.

—No te preocupes —le dijo el de la caja—. Todos tenemos números falsos.

Le inventaron un número y ya tenía seguro social y hasta tarjeta verde. Después de pensarle a las demás preguntas, por fin terminó de llenar su solicitud, la cual estaba llena de borrones.

—Para que mi viaje no haya sido en vano —le dijo al cajero—, dame un tamal y dos sencillas con todo.

—¡Ya escuchaste, nuevo! —le gritó al cocinero que contrataron en lugar de él por haber llegado primero.

—¿Quién fue el que me ganó la chamba? —preguntó el Coras levantándose de su mesa—. ¡Ay! ¡Te ves más jodido que yo! —dijo sin querer al verlo—. Bueno, te felicito porque te contrataron primero.

Ninguno se pudo aguantar las risas, ni los que estaban esperando en la fila. El recién contratado agarró bien la onda y le preparó las hamburguesas con el jitomate que ya había puesto en la basura.

—El que ríe al último, ríe mejor —habrá pensado.

El Coras ni se fijó. Estaba a punto de irse cuando vio que la lluvia se acercaba.

—Mejor me las como adentro —pensó—. Solamente me falta que las hamburguesas se me mojen.

Un verano con lluvia en Los Ángeles era muy extraño. No llovía muy fuerte, pero no dejaba de chispear en todo el día. El Coras quiso esperar a que la lluvia se quitara, pero pronto se acabó las dos con todo y, tomando un pedazo de periódico que estaba en la basura, se despidió de sus nuevos cuates.

Al llegar a la primera esquina le tocó el semáforo en rojo. En pocos segundos se empapó del todo y el semáforo no cambiaba, así que ya de plano tiró el periódico. No esperó más, agarró a la derecha en la Victory Boulevard y apenas avanzó una cuadra cuando sintió que lo seguían. Volteó inmediatamente pero no vio a nadie y agilizó el paso pues algo temía. Estaba a punto de correr cuando alguien que salía de una licorería lo agarró del brazo.

—Nuevamente nos encontramos, mi buen —le dijeron.

—¿Qué te pasa, carnal? Yo ni siquiera te conozco —contestó el Coras asustado.

—Claro que nos conoces. Mira quién viene atrás. Es el señor Orozco.

—Te repito que no conozco a ningún señor Orozco.

—Nomás deja que se acerque. Ya verás cómo sí te acuerdas.

La lluvia que le escurría de la cabellera se confundía con el sudor que emanaba de su cara. Ni siquiera era que hubiera corrido tanto para agotarse de esa manera y sentir ese sudor frío. Ya no había risas ni bromas, tenía miedo. Las siluetas de los dos individuos que se aproximaban eran cada vez más visibles. Cuando los tuvo enfrente, hasta las piernas le temblaban.

—¿Seguro que no te acuerdas de él? Haz memoria. Somos los tranzas a los que insultaste esta mañana.

—No era por ahí, carnal —dijo el Coras.

—No era por ningún lado. Te metiste en lo que no te importaba.

—Es que no hice nada —respondió el Coras sumamente preocupado, buscando la forma de zafarse de aquel individuo.

—Buenas noches —le dijo el Chuy—. Nos volvemos a encontrar. Y mira qué casualidad, yo siempre con mis valedores y tú tan solo esta noche.

El Chuy se veía amenazante con aquella tejana a medio usar y todo vestido de negro. El Coras buscaba dar explicaciones, pero era en vano porque el Chuy lo que quería era ajustar cuentas de las que solamente él sabía. El Coras recibió un golpe en el vientre que lo hizo retorcerse.

—Métanlo al carro —ordenó el Chuy.

Lo llevaron casi a rastras mientras le tapaban la boca y lo colocaron en el asiento de atrás junto a uno de los guardaespaldas. El otro manejó siguiendo las instrucciones del Chuy. Salieron lentamente de donde estaban estacionados y a los pocos minutos lo bajaron del carro.

—Conoces este lugar, ¿no? —le dijeron, y efectivamente, estaban en el parque junto a la calle Delano, frente a donde el Coras vivía.

A pesar de la lluvia, había unos muchachos jugando. Lo aventaron en un baño y quiso levantarse pero no se lo permitieron. Con un solo puntapié en la espalda le hicieron saber que no estaban jugando. Uno de los guardaespaldas cerró la puerta por dentro pues no querían que ningún fisgón se diera cuenta de lo que iba a suceder.

—¿Pues qué he hecho? —gritaba el Coras.

—Mira, cabrón, si vuelves a gritar aquí mismo te quemo —le dijeron sacando una de esas pistolitas que te queman toditita la ropa.

El lugar era deprimente. El suelo estaba mojado, el techo goteaba, las paredes estaban pintarrajeadas con grafiti de los vatos del barrio y el escusado estaba lleno de excremento a punto de desbordarse.

—Ya no chilles, maricón. Ven, te invitamos a jugar a la lotería. Te vamos a explicar el juego. Si sale primero el diablito, ya te fregaste. Si sale el valiente, pues ya te salvaste. Si sale la rana, te damos en la cara, y si sale el bandoleón, te damos en el mentón.

El Coras seguía tendido en el suelo mientras le explicaban las reglas de su "juego". Los hombres del Chuy limpiaron su pedacito y se sentaron a su lado con una botella de licor. El Chuy sacó sus cartas mientras le daba un gran sorbo a la botella.

—Listo, muchachos, vamos a jugar —les dijo.

—Tranquilo, Chuy —suplicaba el Coras—. Si te molestó lo del otro día, pues perdón. No pensé que te fueras a enojar tanto.

—No, no me molestó —contestó el Chuy cínicamente—, ya ves que hasta vamos a jugar.

Sus guaruras no dejaban de carcajearse. Barajearon lentamente las cartas y les dieron tres partidas sin quitarle la mirada de encima a su víctima.

—¿Quieres partir? —le preguntaron—. De todos modos, lo que va a pasar aquí es pura partida.

El Coras tomó las cartas y las aventó al suelo.

—¡Qué pendejo eres! —le dijeron.

Para su mala suerte, de entre todas las cartas que quedaron tendidas la rana quedó boca arriba y debajo el bandoneón. Después de los dos descontones, el Coras ya sangraba de la boca e imploraba perdón.

Lo tomaron de las greñas para que levantara las cartas mientras él temblaba no sólo de frío, sino también de miedo. En esta ocasión fue más prudente y levantó cada una de las cartas poniéndolas en un solo montón.

El Chuy y sus acompañantes estaban disfrutando el momento. Entre trago y trago, festejaban cada lamento de aquel pobre cabrón. Volvieron a barajar las cartas y le pidieron que las partiera, lo que el Coras hizo dejando algunas manchadas con la sangre que le brotaba de la cara.

—El barril… La sandía… El melón… —gritaba en voz alta uno de ellos.

Después de quince cartas, volvió a salir la rana.

—Te toca, mi valedor —le dijo el Chuy a uno de sus cuates, quien ni tardo ni perezoso tomó al Coras del mentón y le dio otro golpe en la cara partiéndole el labio inferior.

La siguiente carta que salió fue la del borracho, para ésa no había castigo, pero luego luego pensaron en uno:

—A ver, mi cuate, dale un trago de tu vaso —le dijo el Chuy a uno de sus guaruras.

Para entonces el Coras ya estaba medio inconsciente, pero el alcohol le quemó hasta el alma. El dolor fue tanto que ya no se pudo aguantar y en ese momento orinó.

—¡Hasta cochino salió el cabrón! —dijeron entre carcajadas—. No te nos duermas, que todavía no hemos terminado el juego —le advirtieron tomándolo por el pelo.

El Chuy le soltó un tremendo cabezazo y siguieron tirando las cartas. Para su mala suerte, salió el diablito. Los tres ya estaban muy embriagados y no sabían ni lo que hacían. Uno de los valedores sacó un picahielo de la bolsa de su pantalón.

—¿Se lo clavas o se lo clavo? —le dijo a su otro compañero.

—No importa quién lo haga, pero que se lo lleve la chingada —dijo el Chuy—. Nomás no se les vaya a pasar la mano, sólo métanle una buena rajada.

Obediente, el chamaco tomó el arma y levantando al Coras por el cuello se la clavó en el estómago. El Coras ya ni se quejó, simplemente quedó tendido en el suelo.

Los tres se levantaron y se arreglaron el pelo delante del espejo.

—Oye, mi Chuy, ¿por qué nunca salió el valiente? —le preguntaron.

—Pues porque ese pendejo tenía razón —contestó el Chuy—. Soy medio tranza —dijo soltando la carcajada y enseñándoles la carta del valiente que mantuvo todo el tiempo debajo de la manga.

El Coras quedó ahí tirado en el suelo. Le partieron media panza nomás por decir que el Chuy era medio tranza. Toda esa noche llovió.

—This fucking door is lock, man! —gritó alguien a su compañero que lo esperaba sentado en la banca del parque.

—Push it, man! You got to do it with huevos! —le contestaron.

Eran dos de los vatos locos del barrio, de esos vatos simpáticos que visten de caqui con zapato ancho, playera blanca y camiseta de pana a cuadros abotonada hasta el cuello, con su pañuelo en la frente y lentes oscuros aunque sea de noche. Esa noche se habían ido de pachanga y ya les andaba por hacer del baño, pero la puerta parecía estar cerrada.

—Let me help you, carnal! Let me show you who has the huevos —le dijo su compañero, quien con un santo patadón logró abrir la puerta y encontró al Coras en el suelo—. Ese... —le dijo a su cuate—. Watchale, mira lo que encontré. ¡Hay un vato all fucking beat up!

—Puta, carnal, I think he is dead! —dijo el otro viendo al Coras, que permanecía inmóvil en posición fetal.

—No, ese, I don't think so. Watchale bien. Vamos a quitarle el trapo que trae en la boca.

—No te metas, ese. They are going to think we did it!

—We can see, ese. He is not one of ours, but he is raza —contestó el vato acercándose al Coras, quitándole el trapo de la boca y notando al levantarle la cara que todavía respiraba—. He is not dead, ese.

Los vatos no querían problemas, así que inmediatamente fueron a solicitar ayuda. Llegaron al teléfono más próximo y marcaron el 911.

—There is a vato here, all beating up. You got to pick him up... —le dijeron a la señorita que les contestó dándole la dirección del Sylvan Park.

—Ya vienen por ti, carnal —le dijeron al Coras al despedirse de él y se fueron corriendo a su ranfla sin haber hecho del baño.

Los del 911 sí que trabajan rápido. Apenas habían pasado unos minutos cuando el ruido ensordecedor de la ambulancia llamó la atención de los vecinos. Al llegar al parque, un grupo de curiosos les fue enseñando el camino. Se bajaron dos paramédicos, uno tenía aspecto de latino, y el otro estaba algo quemadito, así que bien pudo haber sido jarocho. Agilizaron el paso y entraron directamente al baño.

Llevaban todos los aparatos necesarios. Se postraron junto al herido y procedieron a revisarlo. El latino le tomó el pulso y le revisó los ojos mientras el moreno daba la información por radio:

–Hispanic, 25-30 years old, broken nose, stabb wound to the stomach, vital signs critical…

–Bring him immediatly –le respondieron.

Los curiosos habían aumentado y algunos intentaban meterse al baño. Por puro pinche morbo, querían ver de quién se trataba. La policía ya estaba presente y ayudó a hacerlos a un lado.

–Don't push me, ese –les decía algún atrevido–. I got my own rights…

El Coras fue puesto en una camilla y lo metieron a la ambulancia, la cual se perdió rápidamente entre las calles del barrio.

–¿Viste quién era? –preguntó uno de los vecinos.

–Sí, parece que era el Cuco, el esposo de aquella chava que anda de coscolina con todos los demás.

–No, yo creo que era el Chucho.

–¿No será ese al que le dicen el Snake?

–Pues quién sabe quién sería, pero lo dejaron rete gacho.

Algunos insistían en entrar al baño, pero la policía canceló la puerta con una cinta amarilla. Cuando los agentes quisieron interrogar a los presentes, por arte de magia éstos desaparecieron del lugar. Algo retirado de ahí estaban los dos vatos que encontraron al Coras, simplemente observando lo que acontecía. Ni de chiste se iban a presentar a declarar.

La ambulancia llegó a su destino y se introdujo al estacionamiento asignado para las emergencias, donde los camilleros los esperaban junto con una enfermera. Sacaron al Coras de la camilla, ya con el suero puesto.

–Move it, move it! –se escuchaba a alguien que daba las órdenes–. Ms. Davis, call Dr. Smith.

–Doctor Smith, please report to emergency room –dijo la enfermera por el radio al doctor Smith, quien se encontraba en la cafetería a punto de darle el primer sorbo a su café después de haber estado de guardia toda la noche.

–Damm! –expresó el doctor, pero no le quedó más remedio que dejar su cafecito y trasladarse de inmediato adonde lo solicitaban, no sin antes lavarse las manos como los cánones indican.

Cuando llegó a la sala de operaciones, sus colegas ya habían iniciado labores. Nomás se veía cómo le abrían la panza al Coras, que estaba ahí, solo, postrado en aquellas sábanas de hospital, completamente en manos de los hombres de blanco.

–Tijeras… pinzas… gasas… algodón… –pedía el doctor Smith a sus asistentes.

Afuera de la sala de operaciones no había ni un amigo o familiar que rezara por él.

El reloj marcaba silenciosamente los minutos. Una enfermera le limpiaba el sudor de la frente mientras otra estaba muy atenta con el oxígeno.

Los doctores estaban muy preocupados por la situación del Coras, temían lo peor, que se les fuera a pelar.

Pasaron los minutos y la tensión fue disminuyendo. El paciente era joven y su organismo estaba resistiendo bien la operación. Corrió con suerte el condenado. El piquete no fue tan grave, no había llegado a ningún intestino.

Después de tres horas, la intervención había concluido. Aún con sangre en los guantes, un doctor procedía a coserle la herida. El Coras se había salvado, pero eso sí, había quedado marcado por el resto de su vida.

El doctor Smith regresó a la cafetería y su café ya estaba frío. Los demás siguieron de guardia. El sonido de las ambulancias los mantenía alertas, avisándoles de la llegada de un nuevo paciente.

La trabajadora social buscaba afanosamente entre las ropas ensangrentadas del Coras alguna dirección o teléfono pues tenía que localizar a alguien, algún amigo o familiar tenía que reconocerlo.

Aun en esas circunstancias, el Coras hacía honor a su sobrenombre porque la enfermera encontró unas cuantas "coras" y una tarjeta del Tommy's. Llamó y no le supieron dar nombres, hasta que les dio la descripción.

—Si es como usted dice que es —le contestaron—, probablemente se llama Ignacio Díaz. Pero dígame, qué fue lo que le pasó.

—Tuvo un pequeño accidente —dijo la trabajadora para no entrar en detalles—. ¿Me pueden dar su dirección?

—1212 Sylvan Street. Su teléfono es el 895 61 61.

Inmediatamente marcó el número y lo dejó sonar hasta el cansancio, pero nadie le contestó, así que llamó al investigador que llevaba el caso para proporcionarle la información que había conseguido. Esa misma noche, el detective Martínez se trasladó a la calle Sylvan para dar el mensaje. Había unos vecinos fuera de los departamentos, recargados en los carros. Era muy temprano, pero ya estaban chupando y ni tiempo les dio de ocultar las chelas. Al llegar al número indicado, Francisco le abrió la puerta.

—Buenas noches —dijo el detective.

—¿En qué le puedo ayudar? —contestó Francisco.

—Soy el oficial Martínez, del Departamento de Policía. Quiero hacerle unas cuantas preguntas sobre alguien que supuestamente vive aquí con usted.

—¿De quién se trata, oficial?

—Si me deja usted entrar, le podré explicar mejor.

Avergonzado por su falta de atención, Francisco lo invitó a pasar disculpándose por el tiradero. En vano trató de ocultar los calcetines y los zapatos de futbol, y más difícil todavía era desaparecer la bolsa llena de los botes de cerveza que se habían chupado el otro día.

—Por mí no se fije —le dijo el oficial. ¿Usted conoce a Ignacio Díaz?

—Claro que lo conozco. Vive aquí con nosotros.

—¿Vino a dormir anoche?

—Ahora que lo dice… Creo que no, no lo vi esta mañana cuando me fui a trabajar.

—¿En qué trabaja él?

—Es jornalero, allá por la Lankershim Boulevard.

El oficial tomaba notas. Francisco no entendía lo que sucedía, pero Martínez no iba al grano, seguía preguntando cosas sobre el Coras, que si tenía familia, o novia…

—¿Qué le pasó a Ignacio, oficial? —le preguntó Francisco, que ya se había impacientado.

—Tuvo un pequeño accidente. Lo encontraron esta mañana en el parque de aquí enfrente, tirado en el suelo y todo ensangrentado. Ahora está en el hospital Olive View. Ya pasó la operación y salió del estado crítico. Está en observación.

Al principio Francisco enmudeció, pero después reaccionó enfurecido.

—No entiendo qué fue lo que pasó. Nacho no tiene ningún enemigo. De repente es medio hablador, pero es puro pico de gallo.

Francisco tomó su preciado trofeo y lo estrelló en el suelo. Se tomó el pelo con las manos y se prendió un cigarro mientras le preguntaba al oficial qué más sabía.

—Hasta ahora no tenemos mucho, pero seguirá la investigación —dijo el oficial, quien habiendo notificado se retiró del lugar.

Francisco se quedó solo, preocupado por lo que había sucedido. No podía hacer nada más que esperar a que llegaran sus compañeros pues su carro estaba descompuesto. Pasaron varias horas y ninguno llegaba, así que fue en busca de algún vecino para ver si lo podían llevar al hospital.

Ni para qué decirles a los que estaban chupando afuera, aunque éstos sí le preguntaron qué estaba pasando.

—Nada —les dijo Francisco, que alcanzó a ver recargado en el barandal del segundo piso al vecino que días atrás había llamado a la policía.

Se dirigió a hablar con él, pero éste se quiso meter a su departamento, probablemente pensando que le reclamaría por lo de aquella vez.

—Espérese un momento, compa —le dijo Francisco.

—Mire, Pancho, lo del otro día no fue cosa mía. Mi vieja insistió en que llamara a la policía porque decía que no podía dormir por el ruido que hacían allá abajo…

—No se trata de eso —dijo Pancho, quien ya ni se acordaba de lo sucedido—. Hágame el paro, necesito ir al hospital. Me informaron que Ignacio tuvo un accidente y se encuentra delicado —le explicó.

—Híjole, Pancho… Me gustaría llevarlo, pero es que no tengo pa la gasolina —le contestó.

—¿Por qué tantos pretextos? Yo le pongo unos cuantos pesos, pero déme el aventón —le dijo Pancho casi en tono de súplica.

Qué mentiroso había resultado el tipo. Cuando Pancho se subió al carro se dio cuenta de que no requería gasolina. El vecino le dijo que estaba descompuesto el odómetro y no sé qué, pero ya ni le puso atención. Estaba desesperado, y para colmo les tocaban todos los semáforos en rojo.

Cuando llegaron al hospital, Francisco se bajó corriendo y dejó al buen vecino con su tanque lleno. Éste se molestó y se largó, no sin antes gritarle que le debía unos varos. Francisco llegó a la recepción preguntando por su amigo en español.

—Excuse me? —le contestó la recepcionista.

—¡Chin! Otra vez el inglés y yo no sé ni madres. Spanish, spanish! —le gritaba a la güerita que a duras penas lo escuchaba detrás de su ventanita.

Vio pasar a una señora gordita con sus dos chilpayates. Se veía a leguas que ella tampoco sabía hablar inglés, ¡ah!, pero igual y sus chamacos sí pues de seguro estaban tomando clases en la escuela. La más grandecita sirvió de traductora.

—How do you spell the last name? —preguntó la güerita.

—Di-ay-ey-zi —contestó la chamaca.

Después de una sesión de preguntas y respuestas y de que la recepcionista le diera duro a la computadora, finalmente le dijeron a Francisco dónde estaba su amigo, pero como siempre pasa cuando uno más apurado está, se equivocó y fue a dar a la cafetería, después por poco entra a los baños de mujeres y por último hasta los cuneros. Ahí encontró a los de limpieza, pero ya ni les preguntó porque vio unas señalizaciones, entre ellas una que decía Intensive Care, que era la que él buscaba. Siguió la flecha que le indicaba que fuera a la derecha y llegó, sacándose un poco de onda cuando la puerta se abrió automáticamente.

¡Qué deprimente era aquel ambiente! Había una familia llorando y una trabajadora social tratando de consolarlos. A juzgar por la pena reflejada en sus rostros, parecía que a su familiar ya le habían dado la bendición. ¡Ah!, pero otros más allá se veían de mejor semblante, había lágrimas en sus ojos pero éstas eran de alegría...

—Váyanse a su casa. El peligro ya pasó —les decía el doctor.

Francisco llegó por fin a la sala de cuidados intensivos.

—Please, en español —le dijo a la señorita antes de que otra cosa pasara.

—Yo hablo español —le contestó la mujer—. ¿A quién viene a buscar?

—Se llama Ignacio Díaz y quiero saber cómo está.

—¡Ah! Es el joven que fue apuñalado. Lo operaron esta mañana. Qué bueno que vino. Pensamos que era uno de tantos casos que quedan en el olvido.

—¿Qué quiere decir con eso?

—Muchos pacientes son internados. A algunos los atropellan, otros tienen accidentes en la cantina, los balean, los apuñalan o simplemente los abandonan en algún callejón, llegan aquí pero nadie los visita. Algunos fallecen y al no haber pariente o familiar alguno, son llevados a la morgue, donde son incinerados y guardados en un anaquel. Ésos, con su respectivo número de expediente, engrosan alguna estadística, así que qué bueno que usted vino. Mire, aquel que está en el cuarto del fondo es un latino al que le decimos San Fernando porque de allá lo trajeron. Está en estado de coma y nadie ha venido a buscarlo.

—¿Y mi amigo? ¿Murió? —exclamó Francisco, asustado.

—No, su amigo sigue vivo. No pasó a ser un número. Parece que ya está fuera de peligro.

—¿Lo puedo ver?

—Lo siento, el doctor prohibió visitas.

—Perdone que insista, ¿le puedo pedir un último favor?

—Claro.

—¿Le puede dejar esto a mi amigo? —le dijo sacando de su cartera la imagen de una virgen milagrosa—. Cuando despierte, dígale que no está solo.

Francisco salió de ahí. ¡Carajo! Volvió a perderse, pero esta vez ya no tenía tanta prisa. Después de entrar hasta a la cocina del hospital, logró ubicar la salida. Claro que su buen vecino se había largado, así que fue a esperar el camión, pero como éste nunca pasó, le tocó irse caminando.

Su mente estaba ida, pensaba en tantas cosas, en su familia, en su amigo, en los cuerpos sin rostro y sin nombre, en los números… Pensaba en la vida misma. Caminó por aquellas grandes avenidas llenas de luces, de carros, de gente, de vida, pero las sentía tan vacías.

Fueron dos largas horas de caminar y dialogar consigo mismo, de enojarse, de contentarse, de sentirse, de llorar y hasta de reír por saberse vivo.

Caminó por las grandes avenidas, por los callejones y las calles desoladas. Cruzó varios barrios, pero por alguna poderosa razón dejó de temerles a los guerreros urbanos. Antes lo atemorizaban, pero esa noche a todos los saludaba con el clásico "Ese, mi homeboy". Llegó al departamento y los vecinos seguían chupando. El buen samaritano que lo había llevado se asomó de inmediato, hasta parecía que lo estaba esperando.

—Perdone que lo moleste, Pancho —le dijo—, pero ¿ya tiene mis cinco dólares?

Por toda respuesta, sacó de su cartera un billete de a cinco, lo envolvió en una "cora" y se lo aventó agradeciéndole la buena obra.

—¿Qué onda, Francisco? ¿Es cierto que por la tarde vino la policía? —le preguntaron los que estaban cenando en cuanto entró al departamento, los del cuarto salieron de inmediato y el que estaba leyendo el *Esto* dejó de hacerlo para escuchar.

—Sí, vinieron a avisarnos que el Coras sufrió un accidente.

—¿De qué hablas? —preguntaron sorprendidos.

—El policía no dijo mucho, por eso fui al hospital. Lamentablemente no lo pude ver por órdenes del doctor, pero me informaron que lo apuñalaron.

—¿Y está muy grave? —preguntó uno.

—Creo que ya salió del apuro, aunque todavía está en cuidados intensivos. Me dijeron que ya estaba fuera de peligro.

Uno se metió a su cuarto azotando la puerta, otro mejor se salió, ambos expresaron así su ira contra el desconocido que había herido a su amigo.

—Es difícil imaginar que eso nos pudiera pasar a alguno de nosotros. Lo leemos en el periódico, lo vemos en la televisión y lo escuchamos en la radio, y hasta nos mofamos del pobre cabrón al que golpearon o, a veces, hasta asesinaron… Y ahora nos ha tocado vivirlo en carne propia con un amigo —dijo Francisco.

El que estaba leyendo el *Esto* juró y perjuró que le daría en la madre al que había chingado a su cuate. Siguieron las maldiciones por un buen rato. Fernando, el más cuerdo, sólo los escuchaba.

Al día siguiente, en la gran avenida, los jornaleros empezaban a reunirse.

—¡Órale, ese!, como dicen ustedes los mexicanos —saludó un salvadoreño al dueño de la troca—, ¿por qué no me preparas algo nuestro? —siempre preguntaba lo mismo, y siempre terminaba agradeciendo por lo ricos que estaban los tacos.

El Tururú y el Yes Yes también querían pedir algo. La troca de los lupillos era su lugar preferido para desayunar, lo más seguro es que fuera porque no tenían dinero suficiente para ir a otro sitio.

—¿No ha llegado el Coras? —preguntó el Yes Yes al Tururú.

—No, de seguro se está tomando su "vacation", ya ves que mientras ése traiga un dólar se cree rico. Él trabaja cuando trae vacío el bolsillo. No es que sea huevón, pero le gusta llevársela tranquila. Ya verás que pronto aparece pidiendo una "cora" prestada para tomarse su café.

Esa mañana los lupillos no se daban abasto. Los tacos de asada eran lo más rico que vendían. El Tururú y el Yes Yes ya se los saboreaban, frotándose las manos de sólo ver cómo el de al lado se acababa el taco en dos mordidas y aún con la boca llena pedía otra orden.

—Pero esta vez le pone unos frijolitos de la olla —dijo.

—¿Cuál olla? —le preguntaron.

—Pues la que tiene en la panza —contestó.

Los tacos ya estaban listos, les pusieron su sal, les exprimieron su limón y los rociaron de salsa. Estaban a unas mordidas de acabarse el primero cuando los saludaron a distancia con un sonoro chiflido.

—¿A quién saludará ése? Se ve que viene afligido.

—Parece ser Francisco, el que vive con el Coras.

—De seguro lo dejé tan impresionado con la plática de la otra noche que viene a ofrecerme un contrato para la próxima temporada —decía muy fufurufo el Yes Yes mientras mordía su segundo taco.

Francisco llegó con los cuates. Efectivamente, se veía cansado, como si no hubiera dormido.

—¿Qué? ¿A poco te corrieron del trabajo? —le preguntaron mientras le pedían una orden de tacos.

—No me corrieron del trabajo, ni tengo ganas de desayunar, gracias —les contestó Francisco—. Me urgía encontrarlos, les tengo que decir algo que les va a interesar.

—Ya déjate de misterios y suéltala —le contestaron.

—Está bien. Al Ignacio lo asaltaron y estuvo a punto de perder la vida.

—No chingues, cabrón, con eso no se juega.

—No es broma, está en el hospital Olive View.

Los dos amigos enmudecieron. Hasta los tacos se les olvidaron. El Tururú de plano los tiró a la basura. Francisco agachó la cabeza, el Yes Yes pedía explicaciones mientras el Tururú intentaba calmarlo.

—Explicaciones no las hay —les dijo Francisco—. El policía realmente no dijo nada. Sólo me dijeron algo cuando llegué al hospital.

—Pues vamos con el chota para que suelte la sopa —dijo el Yes Yes.

El Tururú intentó alejarse del lugar pero lo alcanzaron.

—¿Qué te pasa? —le preguntaron.

—Nada, solamente quiero caminar —les dijo.

—Pues vamos a caminar juntos. A ver, cabrón, ¿por qué estás chillando?

Francisco tuvo que despedirse porque tenía que irse a trabajar, pero antes les dio el nombre del oficial que atendía el caso. El Tururú y el Yes Yes siguieron caminando sin comentar nada. Decidieron ir a buscar al policía a la estación para pedirle más explicaciones de lo que había pasado con su amigo.

La estación no estaba lejos, apenas a unas millas de donde el Coras vivía. Llegaron y vieron a puros de azul y a algunos vestidos de civil. No fue difícil darse a entender pues muchos hablaban español. Preguntaron por el oficial Martínez, pero éste estaba ocupado y les tocó esperar hasta que fueron atendidos.

—¿En qué les puedo servir? —les preguntó el oficial.

—Pues queremos que nos dé información sobre lo sucedido al señor Ignacio Díaz.

El oficial se quitó los lentes y las lagañas y les pidió que se sentaran para explicarles lo que sabía.

—Así que fue en el baño del parque que está frente a su casa.

—Así es. Afortunadamente lo encontraron temprano por la mañana del día siguiente. Ahora, tal vez ustedes pudieran ayudarnos. ¿Saben si tenía alguna rivalidad o problemas con alguna persona? Sería muy importante que lo dijeran —comentó el oficial.

—No, señor, que nosotros sepamos, ninguna.

El Tururú se guardaba su sospecha. Sabía que el Chuy tenía algo que ver, pero él personalmente lo investigaría. Antes de irse, el oficial les permitió hablar por teléfono al hospital para preguntar si ya podían visitar al Coras. Se despidieron de él y le agradecieron el gesto.

El Tururú y el Yes Yes llegaron al hospital, preguntaron y les indicaron cómo llegar adonde se encontraba su amigo. Para no variar, también se perdieron, y tampoco les dejaron ver al Coras. Le suplicaron a la señorita que por lo menos los dejara verlo por la ventanita, y ella comprendió y accedió.

El Yes Yes fue el primero en verlo y no lo podía creer. Se retiró lentamente de ahí. Cuando llegó el turno del Tururú, se asomó y al verlo tendido sobre las sábanas blancas, con tubos por todos lados, demacrado, sintió que una corriente eléctrica recorría su cuerpo. Los escalofríos le hicieron reaccionar, era su amigo el que estaba ahí, inconsciente en esa cama… Las lágrimas no se hicieron esperar, salieron llenas de rabia, de dolor, de impotencia porque no había explicación para lo que le había pasado al Coras. Pegándose al cristal de la ventanilla quiso darle ánimos a su amigo, algunas palabras de alivio, pero comprendió que no tenía caso pues éste no lo escucharía. Se quedó así un buen rato, hasta que llegó la enfermera y les pidió que se retiraran.

Los dos se fueron. Francisco fue a verlo por la noche, pero tampoco le permitieron pasar. Preguntó si podía entonces entrar a ver al San Fernando y la señora de la recepción no tuvo objeción. Francisco entró y saludó a San Fernando, éste no le contestó. Lo tomó de la mano y le platicó muchas cosas de México. Trató de animarlo, pero todo era en vano, seguía dormido y ya no despertaría. Murió al día siguiente, nadie reclamaría su cuerpo, sería otro número más para la estadística de los indocumentados que fallecen.

A lo mejor con el tiempo, ante su ausencia, alguien en el pueblo le preguntaría a su esposa, qué noticias había de su marido.

—Pus trabajando en el norte —le diría ésta.

—¿Y para cuándo regresa?

—Pus quién sabe. Tiene tiempo que no nos escribe y no sabemos nada.

—¡Ah, qué comadre! —le dirían—. Mi viejo dijo que lo vio en Chicago y parece que ya se casó con una gringa para que le dieran los papeles, la tarjeta verde ésa.

—No te creas de la Lupe, comadre —le diría alguien más—. Mi viejo me escribió y me comentó que lo vio en la pizca de la naranja, ganando mucho dinero para comprarte tu casa nueva...

Y así, las pláticas irían y vendrían cada semana, pero el San Fernando no regresaría nunca más. La esposa se resignaría pero jamás lo dejaría en el olvido. Lo esperaría cada Navidad, limpiaría la casa pintándola hasta con cal pues no habría para más.

Los peregrinos llegarían cada año a la casa y se irían desconsolados. El chiquillo que siempre quiso tener dinero para los carritos chocones y subirse a la rueda de la fortuna terminaría conformándose con ver cómo los vecinos de al lado sí se divertían pues su padre sí había regresado. Con el tiempo, ese chiquillo se volvería un joven adulto que emigraría en busca del padre jamás olvidado. Nunca lo encontraría pues ya sería un simple número: el 8097-B.

Esa noche el Yes Yes tenía algo pendiente. La carta para su madre ya no podía esperar. La situación del Coras lo había hecho meditar que se estaba esperando a conseguir un empleo para poderle decir todo lo que una madre a diario debe escuchar.

Al llegar a su casa tomó papel y lápiz y apoyándose en una caja de cartón empezó a escribir:

—Jefa... no, ya no... Viejita... tampoco —decía apretando fuertemente los dientes, molesto por la situación, ya no quería ser un irreverente y siguió buscando la palabra adecuada, por simple que ésta fuera—. Madre, sí, ésa es la palabra que siempre tuve que haber utilizado...

Observaba aquella hoja blanca, le resultaba imposible expresar lo que realmente sentía. Puso la fecha en varias ocasiones, pero apenas escribía la primera línea destrozaba el papel encabronado. Caminó como león enjaulado y después de un buen rato por fin pudo sentarse a escribir:

Madre:

Si de algo me arrepiento es de haber dejado en el olvido todo lo que usted me dio, su cuidado, sus caricias, sus besos y sus desvelos. Nunca le di ninguna alegría, y si lo hice ya ni me acuerdo, probablemente fueron tan pocas que quedaron en el olvido. Siempre fueron preocupaciones, nunca motivos para que usted se sintiera orgullosa de mí. Fui todo lo contrario, nunca pude comprender el gran amor que me expresaba. El otro día conocí el Cristo que usted siempre quiso que conociera. Le vi en su altar, preocupado, con sus ojos tristes... Le pregunté por usted y no me dijo nada. Le pedí perdón y no me contestó. Cerré los ojos y usted estaba ahí, hincada ante el

84

mismo Cristo, pero a usted sí le hablaba y le contestaba. Sus lágrimas le recorrían las mejillas y se las limpiaba con el mismo rebozo viejo con el que me abrigaba.

Madre, enséñeme a conocer al Cristo, dígale que me conteste, dígale que quiero conocerle, dígale que tengo una sola cosa que decirle: que me perdone, como ahora se lo estoy pidiendo a usted.

Terminó la carta en voz alta. Estaba llorando y guardó la carta debajo de la almohada.

Con el paso de los días, el Tururú y el Yes Yes ya tenían enfadadas a las recepcionistas de todos los turnos, quienes de inmediato los reconocían pues eran los que no hablaban inglés.

Por fin llegó el día en que les dijeron que podían visitar al Nacho. Se pusieron sus ropas de gala, el Yes Yes hasta llevaba un pantalón a rayas y una camiseta del Guadalajara. No sabían qué llevarle de regalo, si le compraban flores temían que pensaran que eran maricones, y chocolates ni pensarlo, antes de dárselos la caja ya estaría vacía. Fue idea del Yes Yes comprarle unas revistas pornográficas, seis en total, más una de futbol que se llamaba *Balón* y que iba hasta adelante para despistar al enemigo.

Llegaron al hospital y esta vez no se perdieron pues ya conocían el camino. Durante el trayecto al cuarto saludaban a todos los que se les cruzaran en el camino. Al llegar a la recepción, la enfermera parecía que ya los estaba esperando, pues les indicó con una sonrisa que su amigo se encontraba en el cuarto de enfrente.

Al entrar, el saludo no se hizo esperar. El Coras gritó de alegría al verlos y éstos tampoco pudieron ocultar su gusto.

—Toma, pa que te entretengas, nomás no se las enseñes a la enfermera, no se le vaya a antojar —le dijeron entregándole su regalo.

Las risas no se hicieron esperar.

El Coras se veía repuesto, pero aún se le notaban las huellas del asalto. Les enseñó la cicatriz que le habían dejado a un lado de la panza.

—¡Gracias por venir, carnales! —les dijo.

—Pues pa qué crees que son los cuates —le contestó el Yes Yes.

—Pa pedirles prestado.

—No se te quita, mi pinche Coras.

—Ni se me quitará, como dijo mi mamá. Seré mamón hasta que me lleven al panteón.

—Pero, ¿te sientes bien? —le preguntó el Tururú.

—Un poco adolorido, pero lo peor ya pasó.

—Y hablando de pasar, ¿qué fue lo que pasó?

—De eso prefiero no hablar. Además, ni aunque quisiera. La pura neta no me acuerdo mucho.

—¿Fue el Chuy? —preguntó el Tururú.

—Perro que ladra no muerde —dijo el Coras, intentando disimular—. Lo poco que recuerdo es que eran dos tipos vestidos de negro, hablaban el español medio mocho, seguro eran de alguna pandilla y me confundieron.

—¿Y en dónde fue?

—Parece que en el parque de enfrente de donde vivo.

Los dos amigos ya no insistieron en el tema. Mejor platicaron de futbol, de la Selección Nacional, que si Bora iba a llamar a Hugo Sánchez para jugar en el Mundial. El Yes Yes, que era el más enterado de los tres, decía que mejor lo dejaran en España pues aún recordaba lo que había sucedido en Honduras. ¡Ah!, pero eso sí, los tres estuvieron de acuerdo en que el Sheriff Quirarte y Negrete debían estar y que no debían llamar a ningún americanista porque éstos se arrugan a la hora de la verdad.

No fue sorpresa para ninguno de los tres el que llegara Francisco. Éste sí que le trajo un buen regalo: una bolsa con chiles. La comida del lugar estaba un poco desabrida.

—Ya te dije, mi Coras —le repitió el Yes Yes—. Esto tampoco se lo enseñes a la enfermera, no se le vaya a antojar.

Y hablando de la enfermera, tuvo que irlos a callar tres veces. A la cuarta casi les pidió que se largaran, aunque no lo dijo así ya que era educada.

Se despidieron del amigo deseándole que se recuperara. Éste les agradeció el gesto, y más porque con lo que le habían regalado ya tenía con qué divertirse.

—Ahora sí, mi Yes Yes —dijo el Tururú—, a darle duro a la chamba. Ya no tenemos ni para comer.

Los tres abandonaron el hospital. Francisco les dio un aventón a la gran avenida, no sin antes advertirle al Yes Yes que esa noche lo esperaba para entrenar en el parque Vanowen.

Ese día fue muy agitado, sobre todo para el Yes Yes, que se metía entre la gente y gritaba su clásico "Yes! Yes!" a cada vehículo que se detenía para hacer alguna contratación. Ya eran como las dos de la tarde y no lo habían contratado. Se estaba resignando y se limpiaba el sudor que ya le escurría hasta por los brazos.

—Ya mejor siéntate, Yes Yes —le gritaba el Tururú, quien un poco más relajado se tomaba un descanso con un Jarrito entre las manos.

Cuando ya estaban a punto de retirarse, fueron abordados por unos filipinos que les ofrecieron trabajo.

—¡Ahora hasta nos ofrecen chamba! —dijeron.

A los filipinos se les había inundado la casa y tuvieron que trabajar toda la tarde, quedando ahora sí como auténticos espaldas mojadas.

Afortunadamente, terminaron rápido y el Yes Yes pudo irse a comprar sus tacos… de futbol. No sabía realmente dónde estaba la tienda, así que se metió en una en la que había un póster de la Selección Nacional. Estaba bien surtidita, tenía playeras de todos los colores y sabores, y zapatos de todas las marcas, pero lo que más le llamó la atención fueron los suéteres para porteros. Sin embargo, al ver los precios decidió mejor ni tocarlos.

—¿Qué? ¿A poco con esto porteo mejor? —le gritó al del mostrador.

Vio zapatos alemanes, italianos y sudamericanos, pero se tuvo que conformar con los que costaban diez varos. Ni siquiera se los midió, le daba pena que se dieran cuenta de que traía los calcetines llenos de agujeros, por no hablar de las patas que probablemente le olían.

El Yes Yes salió feliz con sus zapatos de marca desconocida, que de seguro se le descoserían al primer patadón. Llegó la hora de la verdad. El Yes Yes invitó al Tururú a que lo viera porterear. Se fueron al parque Vanowen, adonde uno por uno los jugadores del equipo de la Onda Colorada iban llegando. Para su mala suerte, no conocían a nadie y tuvieron que esperar a que llegara Francisco. Todos se les quedaban mirando mientras pasaban portando sus maletas coloradas.

El Pancho llegó y le preguntó al Yes Yes por qué no se había cambiado.

—Pues… es que no tengo shorts —le contestó.

Francisco sacó de su maleta unos que estaban usados. En unos cuantos segundos, el Yes Yes estaba listo con sus shorts que le quedaban rete aguados. Como no tenía medias se dejó las calcetas y se puso su suéter de porterar, que era una vieja camiseta con una hoja de mariguana que decía: "Sólo de ésta fumo".

Los demás compañeros ya estaban calentando y el Yes Yes se puso a hacer un poco de calistenia. A las órdenes del entrenador, se formaron en dos líneas y comenzaron a trotar alrededor del campo. El Yes Yes ya jadeaba a la media vuelta, pero eso sí, con una mano se iba deteniendo el short pues de lo contrario se le caería.

El Tururú sólo observaba a su amigo, que era todo menos lo que presumía: futbolista. Los reunieron en el centro de la cancha y a Francisco se le ocurrió presentar al Yes Yes.

—Yo me llamo Eduardo, el Penny, así me dicen, o el Pelón, por si me lo quieres agarrar.

El Yes Yes quiso contestarle el albúr, pero mejor se rió hasta llegar al que más le impresionó. Era un tipo al que le decían el Enterrador, medía como 1.90 de estatura y pesaba unas 230 libras de pura musculatura, aunque, claro, con algunas bolitas de grasa en la panza. Tenía cara de mafioso y uno que otro granito en la cara que se exprimía para no verse tan peor.

—¿Y de qué juega éste? —le preguntó a Francisco al oído.

—Ya verás con tus propios ojos cuando empiece el partidito.

Al Yes Yes no lo pusieron de portero pues sólo había una portería y ésa era para el titular. En el otro extremo del campo se ponía un bote de basura acostado en el suelo. El Yes Yes corría por todos lados, andaba medio perdido y no tocaba el balón, estaba más preocupado por que no se le cayeran los shorts. Comprendió por qué al fortachón le decían el Enterrador: en menos de quince minutos tres jugadores del equipo contrario ya se habían levantado del suelo limpiándose la panza.

—Ése sí que está cabrón —dijo al ver pasar al que le decían el Pelón, quien de plano se había quitado el calzón y andaba jugando encuero, sin importar que hubiera gente en las gradas de al lado, donde se llevaba a cabo un partido de béisbol.

El aparato se le movía por todos lados y las maracas se le subían y se le bajaban. Nadie le quería llegar cuando tenía el balón, preferían que metiera el gol. Y pobre de aquel al que se le barriera para quitarle el balón, porque quedaba con las piernas abiertas como tomándoles fotografías. Su equipo siempre ganaba, contra él y el Enterrador nadie podía. Había terminado la cáscara, pero poco importaba cómo había quedado el marcador.

El Yes Yes nunca pudo provocar una jugada que llamara la atención. Se quejaba de que no lo habían puesto en su posición. Pasó completamente desapercibido. Algunos pensaron que ni siquiera había jugado pues ni tocó el balón. Todos habían terminado sudados y el Yes Yes fue al bebedero para echarse agua en la cara y disimular.

—¿Cuándo traigo las fotos para que me registres, Francisco? —preguntó.

—Mejor ven a seguir entrenando —le respondió el Pancho.

Algunos con agua y otros con limonada en mano, todos escuchaban atentamente al entrenador que les daba una copia de la tabla de posiciones: el Nacional del Paletas en primer lugar, seguido por el San Fernando de los hermanos Coraje; después el Orizaba del Tiburón y más abajito, casi en penúltimo lugar, la Onda Colorada. Menos mal que era el inicio de la temporada. El partido del siguiente domingo era a las cuatro de la tarde contra el campeón de la temporada anterior, las Águilas del Barrabás.

—¿Entonces cuándo te doy las fotos? —insistía el Yes Yes.

—Cuando puedas, Luis —le decía Francisco por pura cortesía.

Más tardó en decirle que el Yes Yes en cruzar la calle y meterse al K-Mart. Ni siquiera se peinó y se tomó las fotografías entregándoselas inmediatamente a Francisco.

—¿Ya soy del equipo? —le preguntó.

—Oye, mi Yes Yes —le decía el Tururú mientras caminaban rumbo al camión—, ¿pues no que eras acá, muy bueno, y que dizque hasta jugaste un torneo de los barrios?

—Soy portero —le contestó el Yes Yes molesto y muy frustrado.

—Tranquilízate, ya tendrás tiempo de demostrar tus habilidades —le contestó el Tururú dándole una palmadita en la espalda.

El Coras fue dado de alta el sábado. El Tururú, Francisco y el Yes Yes fueron por él al hospital y lo regresaron a su departamento, no sin antes agradecer las atenciones de la señora de la recepción.

—¿Y tus cosas, Ignacio? —preguntó el Yes Yes.

—¿Cuáles?

—Pues las revistas que te regalamos, güey.

—¡Chin! Las dejé debajo del colchón.

Al llegar, bajaron a Ignacio del carro y, postrado en su silla de ruedas, miró por unos segundos hacia donde estaba el baño del parque en el que lo habían golpeado. Frunció la cara y se dejó meter al edificio sin hacer ningún comentario. Los compañeros del departamento se vieron cuates pues le limpiaron el cuarto con televisión. Se preparó una cena especial que consistía en tacos de asada acompañados de unos frijoles marca Juanita. Platicaron sólo por un rato pues el Coras se veía agotado. El Yes Yes se despidió del Francisco preguntándole a qué hora se verían para irse al partido.

Como a las 11 de la mañana del domingo, el Yes Yes ya estaba listo con una bolsa de papel que le servía de mochila. Claro que no se le habían olvidado sus zapatos de a diez varos, pero cuando le abrieron la puerta todos se quedaron sorprendidos al verlo pues el partido era hasta la tarde.

Después de largas horas de espera, Francisco y el Yes Yes abordaron el viejo carro y se dirigieron al parque San Fernando. Aquello estaba a reventar. Había unas seiscientas personas esperando a que empezara el partido. Los vendedores ambulantes iban y venían. Se vendían desde tacos y raspados, hasta cocteles para los crudos y los desvelados.

Uno que otro aficionado le deseaba suerte a Francisco, y no faltaba quien le gritara que su equipo no tenía nada con qué asustar a los contrarios. En ese momento estaban jugando el Tepatitlán contra el Tototlán, dos equipos con gran rivalidad pues eran originarios del mismo estado, así que, para no perder la costumbre, se empezaron a dar de chingadazos y el árbitro tuvo que dar por concluido el partido.

Los de la Onda Colorada ya estaban reunidos y se vestían lentamente pues sabían que la jornada sería dura. Francisco estaba nervioso porque el Araña no llegaba y en vano lo buscaba entre aquella maraña de gente. Los jugadores del San Fer ya calentaban. Las apuestas ya se estaban dando desde cien y hasta quinientos dólares. Algunos hasta a las hermanas apostaban.

—Lástima que se parezca a ti —gritaba un atrevido apostador.

Los jugadores de la Onda apenas si se ponían los arreos del futbol, el Bengué o cualquier otro bendito aceite para aguantar los golpes.

Francisco ya estaba desesperado porque su portero no llegaba. El árbitro y los abanderados ya habían ingresado al campo y estaban llamando a los capitanes.

—¡Pídete los quince minutos de espera! —le gritó Francisco al Pelón—. ¿Qué hacemos? —le preguntó al capitán, quien se encontraba con el dueño del equipo.

—Si no hay otra alternativa, pon al Enterrador —le contestaron.

—No —dijo Francisco—, no vaya a pasar lo que la vez pasada, que lo expulsaron luego luego. Ya saben que es medio bruto cuando juega de portero. Vamos a jugárnosla con aquel chavo —añadió señalando al Yes Yes, quien aún no se vestía pues no era parte del equipo—. No está registrado, pero vamos a meterlo de cachirul.

Le prestaron unos shorts, pero esta vez estaban hasta planchados. Las medias eran tan largas que fácilmente le llegaban hasta las nalgas, pero la camiseta de portero sí le quedó a la medida. Francisco le prestó una de su cuñado que tenía doce años. Sentía hormigas hasta en el ombligo.

El Yes Yes no se veía nada mal, claro que tenía finta de portero. Se vistió y aprovechó el tiempo para calentar. El árbitro volvió a llamar a los capitanes para decidir quién daba la patada inicial. Mientras tanto, Francisco ponía la alineación en el suelo utilizando las credenciales. Todos se quedaron sorprendidos de que el Yes Yes fuera a iniciar, nadie lo conocía.

—Recuerda, Luis: por hoy te llamas Hilario —le dijeron al Yes Yes.

Les revisaron las credenciales y los tacos a los jugadores de ambos equipos. El Yes Yes no dio ni tiempo de que sospecharan, pues entregó la credencial e inmediatamente corrió a ubicarse en su portería. Estaba nervioso, y más porque le tocó del lado donde estaba la porra del San Fernando. Dando largas zancadas, midió el ancho de la portería marcando el centro con una profunda raya.

E inició el partido, señores. Inmediatamente, la Onda Colorada tomó control de las acciones en la mitad de la cancha, buscando siempre al Penny por el extremo derecho. Las barridas y las malas entradas no se hicieron esperar. Los ánimos se estaban caldeando. Eduardo cobró una de las tantas faltas, pasándole el balón a Gestas, quien de media volea estrelló el balón en el travesaño. Las exclamaciones de los partidarios de ambos equipos no se hicieron esperar, tanto el "¡Uhhh!" por parte de los del San Fer como el "¡Chin!" de los de la Onda.

Cuando más dominaban los colorados, en una descolgada por la banda izquierda el San Fernando llegó a la portería del Yes Yes y uno de los hermanos Coraje prendió el balón con un zurdazo. El Yes Yes estaba bien colocado, pero el balón picó un metro antes dando un nuevo giro e incrustándose en el ángulo superior derecho. El Yes Yes no podía creer lo sucedido y se sentía avergonzado. La porra de la Onda no le perdonaba la falta y a gritos exigía a Francisco que lo cambiara por el Araña, que ya estaba listo, mientras los del San Fernando le rogaban a carcajadas que no hiciera el cambio.

Francisco se la jugó. Decidió dejar al Yes Yes en la portería y éste se reivindicó parcialmente al detener dos disparos que no iban muy bien colocados. Empezó a gritarle a sus defensas para que se colocaran donde él creía que debían estar, pero éstos ni caso le hacían. El Yes Yes siguió insistiendo y poco a poco fueron comprendiendo que este cabrón sabía lo que hacía.

El primer tiempo se caracterizó más por los golpes, patadas y piquetes de ojo que por el buen futbol. La Onda poco llegaba a la ofensiva y el San Fer sólo buscaba el contragolpe. Esta primera parte del partido terminó uno a cero favor San Fernando. Los dos equipos se fueron a descansar y cada quien buscó el árbol más frondoso para tomarse su agua bien fría.

Los de la Onda Colorada intercambiaban opiniones sobre si el Araña debía entrar. Algunos estaban a favor, pero otros no.

—No lo metan —decían—. No se lo merece por mamón e irresponsable. No es la primera vez que llega tarde al partido.

El Yes Yes se sentía culpable por el gol que le habían metido. Estaba seguro de que ya no alinearía y empezó a cambiarse de ropa.

—¿Adónde vas? —le preguntó Francisco—. ¿No que te urgía tanto jugar?

Esto le dio confianza al Yes Yes, quien se amarró otra vez sus zapatos de a diez varos y sacudiéndose su playera llena de tierra entró de nueva cuenta a aquella cancha que parecía gritarle "Éste tiene que ser tu día".

El San Fernando atacó desde que el árbitro pitó dando inicio al segundo tiempo. Martín Olalde, quien supuestamente había jugado en las reservas del Jalisco, traía por la calle de la amargura a los defensas de la Onda. En una de esas tantas jugadas en las que dejó tendidos a varios de sus rivales, sacó un derechazo que tenía todas las intenciones de incrustarse en el ángulo izquierdo. Sin pensarlo, el Yes Yes se lanzó como chango tomando el balón con una sola mano. Aunque cayó de costado y el madrazo le dolió hasta el alma, se levantó como un tigre, listo para seguir en la batalla. Su jugada provocó la reacción de la gente.

—¿De dónde sacaron a este cabrón? ¡Es buen arquero! —decían.

Los jugadores de la Onda se dieron más confianza y adelantaron sus defensas buscando emparejar el partido. Le tocó a Francisco darle un poco de alivio a sus seguidores, pues al cobrar un tiro de esquina sacó un cabezazo que no pudo controlar el portero del San Fernando.

—¡Ya la hicimos! —le gritó el Yes Yes, quien corrió desde su portería para felicitarlo.

Luego regresó a su puesto y siguió luciéndose debajo de los tres palos, desviando tiros a corner o haciendo que el balón pegara en cualquiera de los palos. El partido era intenso, se jugaba sobre todo en la media cancha. El Enterrador seguía con su tarea, los rivales ya no sabían ni por dónde venía. Francisco, por su parte, le tiraba pelotazos al Penny para ver si en una descolgada lograba anotar, y así fue como llegó el siguiente gol. El Penny se plantó solo contra el portero del San Fer y con una finta lo dejó tendido en el suelo mientras prácticamente caminaba con el balón metiéndolo en la portería. Del puro gusto, ya no sabía ni lo que hacía. Con puras señas obscenas, ofendía y se burlaba de cuanto jugador del equipo contrario veía. Los ánimos ya estaba caldeados, la consigna era chingarse al buen Centavo. No tardaron mucho en hacerlo pues en un santo patadón le partieron la espinilla y el árbitro ni se fijó. Los de la porra colorada le recordaban su madre y le gritaban "¡Vendido!".

Y para que más les doliera, el árbitro marcó un penalti a favor de San Fer dizque porque el Yes Yes había detenido de la camiseta a uno de los hermanos Coraje cuando éste estaba a punto de anotar. Martín Olalde fue designado para tirarlo mientras los de la Onda protestaban y el Yes Yes se persignaba.

Había gran expectación en ambas porras. Olalde se preparó sacando un disparo razo, pero el Yes Yes se lo adivinó pegándole con el brazo al balón que el Enterrador desvió a corner.

El partido había concluido. La Onda Colorada había ganado y las apuestas se cobraron. El Yes Yes fue felicitado primero por el Pelón, lo bueno que no estaba encuerado y hasta le invitó un refresco. Francisco no cabía de alegría, felicitaba a sus jugadores que ya estaban preparando una taquiza para festejar la hazaña del día. El Araña se retiró encabronado, y el Centavo, que aún no se podía levantar, les gritaba a medio pulmón que más bien se merecían unas frías.

El Yes Yes había demostrado por qué no había hecho la primera comunión, pues no lo sacaban de la calle en la que se echaba sus cascaritas. Las porristas del equipo no le quitaban la mirada de encima. Estaba medio feo, pero qué bien había portereado.

Cada jugador y miembro de la porra puso tres bolas para el reventón, el cual se efectuó en la casa del Enterrador. Las anécdotas y comentarios del partido eran el tema de la comida, sin embargo, la actuación del Yes Yes no pasó desapercibida.

—Ya regístralo, Francisco —le decían los demás compañeros—. Éste nos puede hacer campeones.

El Yes Yes escuchaba eso y disfrutaba ese momento como hacía mucho no lo hacía. Hasta se ponía en pose de héroe.

Varios días después, el Yes Yes seguía contándole a todo el que se dejara su hazaña futbolera. Los de la avenida ya no lo aguantaban. El Coras no dejaba su refugio. Salía del departamento sólo de vez en cuando y las muletas eran sus mejores amigas. Caminar por el barrio le enseñó algo más de la vida, algo que antes no percibía, tal vez porque no le ponía atención, tal vez porque entonces no le importaba.

Pepito, por ejemplo, era un chamaco de unos 12 años que en vez de cargar libros recolectaba plástico y aluminio en un carrito de supermercado. La escuela no existía para él, tenía que fregarse. Era el mayor de cuatro hermanos y lo que ganaba su papá no alcanzaba. Le pagaban por pieza y por más que trabajara tiempo extra apenas si podía satisfacer las más mínimas necesidades. El Peps, como le decía su único amigo del barrio, tenía muy definidas sus obligaciones a su corta edad: tenía que darles de desayunar a sus tres hermanitos y llevar a la escuela a dos de ellos, no sin antes darles un regaderazo. Al más chiquito lo dejaba con la vecina. Luego recorría las calles del barrio con la esperanza de encontrar botes de aluminio o de cualquier otro material reciclable. A Pepito le caían muy bien los borrachos pues eran los que más le daban. Había días en que los esperaba fuera de la marketa y los seguía esperando a que se terminaran las cervezas, aunque a veces lo insultaban porque se negaba a aceptarles un trago.

Cierto día sucedió lo que tarde o temprano tenía que suceder: lo interceptó la policía asignada a ese barrio y le preguntaron muchas cosas. Pepito no sabía mentir, así que dijo lo que hacía y de inmediato lo acompañaron a su casa para hablar con sus padres que, desde luego, no estaban.

Sus tres hermanitos jugaban afuera del departamento. El chota primero tomó notas mientras su compañero notificaba a una trabajadora social de lo que sucedía. Pepito no se imaginaba lo que estaba a punto de pasar.

La trabajadora social era hispana y hablaba español. Decía que su papá era de Guanajuato. Su asistente era una afroamericana bonachona que de inmediato buscó ganarse la confianza de los hermanos más chicos.

−¿Y cuántos viven aquí, Pepito? −le preguntaron.

−Somos seis, mis tres hermanos, mis papás y yo.

−¿Y tus papás dónde están?

−Pues trabajando, señorita. Mi papá trabaja de ayudante de jardinero, y mi mamá en la costura.

Las dos profesionistas se quedaron en la casa esperando la llegada de los padres. Revisaron el departamento y tomaron muchas notas.

Le encontraban defecto a todo, que si no había suficiente comida en el refrigerador, que si el espacio del cuarto era muy reducido para que durmieran cuatro niños, que si el calentador a veces fallaba… Quizá para ellas la pobreza era un defecto, porque faltaban muchas cosas, pero no la limpieza.

Juana fue la primera en llegar. Sus hijos la recibieron con singular alegría. Apenas si se les entendía, pero el más chiquillo ya le jalaba la falda preguntándole si le había traído algo.

—Claro, mijo —le contestó sacando de su bolsa un pedazo de chocolate.

Juana aún no se percataba de que tenía visitas. Fue la hispana quien le hizo saber que estaban ahí.

—Buenas tardes, señora Frías —le dijo.

—¿Quién es usted? —preguntó Juana confundida.

—Mi nombre es Diana Méndez y mi compañera es Sharon Mills. Somos trabajadoras sociales del Departamento para Menores.

—¿Son de qué? —inquirió Juana aún más confusa.

Le explicaron de nuevo pero no entendía, probablemente la estaban confundiendo con alguien.

—¿Gustan un vaso de agua? —les preguntó.

Aun en su confusión, no dejaba de ser cortés.

Agradecieron el gesto pero no tomaron nada. Los chiquillos no las dejaban hablar por lo que le pidió a Pepito que se los quitara de encima.

—Señora Juana, ¿cuánto tiempo tiene viviendo en los Estados Unidos? —preguntó la morena por medio de la hispana que le servía de intérprete.

—Tenemos como seis meses.

—¿Y por qué Pepito no va a la escuela?

—Nunca ha ido. Siempre nos ha tenido que ayudar cuidando a los niños o vendiendo algo —contestó Juana—. Bueno, ¿pero esto de qué se trata? —les preguntó ya bastante inquieta.

—Solamente son preguntas de rutina, señora, no se preocupe. Recibimos una llamada informándonos que los niños estaban solos y no había nadie que los cuidara.

Las viejas no dejaban de tomar notas. Juana ya se estaba preocupando. No entendía lo que sucedía. Contestaba cada una de sus preguntas evitando la mentira. Los niños entraban y salían de la casa tomando un pedazo de pan dulce o de sandía.

Y aquellas seguían tomando notas. Después de un largo interrogatorio se retiraron. Como a los quince minutos llegó su esposo, Tranquilino Frías, y Juana le contó lo sucedido pero éste no le dio mayor importancia.

—No te apures, vieja —le dijo—. Ha de ser que que esta gente nos quiere regalar algo.

Los chiquillos corrieron a saludar a su padre, que de su bolsillo le dio a cada uno un *dime* para sus dulces.

Al regresar de su trabajo al día siguiente, Juana se llevó una desagradable sorpresa: el Condado le había quitado a sus hijos. Sólo le dejaron una tarjeta de referencia con el nombre de Diana Méndez. Juana salió corriendo gritándole a los vecinos si sabían lo que había pasado.

—Regresaron las dos señoras de ayer —le dijo una de sus vecinas—. Tomaron a sus hijos y se los llevaron. Pepito pedía que les ayudaran, pero no se podía porque ellas traían a la policía.

Juana no lo podía creer. Se sentó en la puerta del departamento porque sentía cómo iba perdiendo las fuerzas. Estaba a punto de desmayarse cuando las vecinas llegaron en su auxilio, pero de nada servía. Había entrado en un trance de nervios y maldecía a todos. Cuando llegó Tranquilino no dejaba de llorar, le habían quitado a sus hijos y ella no sabía por qué. Fueron al Departamento de Policía y ahí les informaron que no podían hacer nada al ver la tarjeta de presentación de la trabajadora social.

Al día siguiente ninguno de los dos fue a trabajar. Juana intentó comunicarse con Diana pero ésta nunca estaba, y cuando la encontraba siempre le decían que estaba ocupada. Buscaron la forma de ir a verla personalmente y llegaron a un edificio muy elegante en el que después de mucho preguntar les indicaron dónde podían encontrarla.

Diana los vio y con una seña les dijo que la esperaran. Pasaron los minutos, medias horas y hasta horas completas cuando finalmente fueron recibidos. La trabajadora encontró el expediente y les dijo que era muy poco lo que les podía informar, sólo que su caso estaba en estudio.

—¿Estudio de qué? —preguntaron ambos.

—Tienen cargos de negligencia infantil.

—¿Y eso qué es? —preguntó Juana sin dejar de llorar.

—Es… descuido infantil —les aclaró Diana, buscando las palabras más sencillas para que entendieran.

Luego les habló de leyes, de normas y de tantas otras cosas sólo para concluir diciéndoles que no podía hacer nada más.

Juana visitó varias veces a sus hijos, pero siempre bajo la supervisión de una trabajadora social. Cada día lloraba más y sus hijos le preguntaban por qué ya no sonreía como antes. El más chiquillo le jalaba la falda preguntándole si le había llevado algo. Tranquilino también sufría, iba a todos lados con su mujer. A Pepito lo tenían que visitar en otro lugar pues ya estaba más grandecito.

Después de una larga semana de espera, les notificaron que tendrían una audiencia preliminar con un juez que determinaría el futuro de sus hijos. Trataron de comunicarse con el abogado que les habían asignado, pero éste les dijo en su parco español que ya se verían el día de la audiencia.

Ese día, Juana procuró ponerse sus mejores ropas y le recomendó a Tranquilino que usara una corbata, pero no supieron cómo hacer el nudo. Antes de salir, Juana guardó en su monedero una estampita de la Virgen María. Tanto ella como su marido tenían fe en que recuperarían a sus chiquillos. La Corte les quedaba cerca de donde vivían, por lo que se fueron caminando. Al verlos salir, su vecina les deseó mucha suerte.

El edificio era pequeño pero imponía. La mayoría de los que estaban ahí andaban bien trajeados. Tuvieron que preguntar cómo llegar al número de Corte que les había sido asignado.

No eran los únicos pues la Corte estaba llena. Había afroamericanos, orientales y más hispanos. La asistente del juez fue dando los nombres de las personas que atenderían ese día. Los Frías fueron llamados primero y levantó el brazo el hombre de aquella pareja que no se soltaba de la mano.

Mientras esperaban a que los llamaran, los abordó un hombre de traje, anglosajón, que no hablaba nada de español. Una secretaria le ayudó a traducir. Les decía que no se preocuparan por nada.

—¿Y cómo nos va a ayudar si ni siquiera nos conoce? No sabe nada de nosotros —dijo Tranquilino.

La sala había quedado despejada. Juana y Tranquilino seguían tomados de la mano. El juez, que también era anglosajón, les pidió que pasaran al frente. Las dos trabajadoras sociales que habían ido a su casa estaban al otro lado de la sala, acompañadas por el abogado de Servicios Sociales.

Fueron ellas las que hablaron primero. Juana y Tranquilino tenían a su traductor y reaccionaban en todo momento pues no estaban de acuerdo con lo que estaban diciendo.

—Son padres irresponsables —concluyó el abogado acusador—, por lo que recomendamos que los niños pasen a disposición de Servicios Sociales.

Juana no pudo contener el llanto. Tranquilino buscaba la forma de tranquilizarla, llorando también le decía que todo iba a salir bien.

La defensa tomó la palabra, pero mejor no hubiera dicho nada el cabrón porque en vez de ayudar, sólo perjudicó a Tranquilino y a Juana. Pregunta que le hacían, pregunta que no sabía contestar pues no tenía información alguna sobre los que pretendía defender.

—I need more time, your honor —repetía.

La pareja tendría la oportunidad de dirigirse al juez. Juana realmente no pudo decir nada, las lágrimas no la dejaban. Tranquilino buscaba dar una explicación al juez, quien le ponía muchísima atención.

De repente, Juana se levantó de su asiento y, sin ocultar su rabia, le gritó al juez:

—¡Qué culpa tenemos de ser pobres!

En su rostro ya no había llanto, sólo apretaba los dientes con fuerza.

—Your honor, she said… —trató de traducir la asistente.

—Never mind —contestó el juez—. I understood. Tell her to continue.

—Que continúe —le dijeron a Juana.

—A mis hijos no les falta nada. Tienen para comer todos los días, pobremente, pero comen. Visten humildemente, pero siempre procuro tenerlos limpios. Le puedo decir tantas cosas, señor… pero aquí nunca se habló de amor, de cariño, de atención… ¡De eso a mis hijos no les falta nada!

Juana no aguantó más y rompió en llanto. Tranquilino no le soltaba la mano. Era la madre quien hablaba, quién mejor que ella para expresar el amor por los hijos.

—Señor —continuó diciendo Juana—, no me los quite, se lo suplico. Dígame qué tengo que hacer para que no me los quiten.

El juez comprendió el grave error que se había cometido en ese caso. No tuvo que entender lo que Juana había dicho. Sus lágrimas y su mirada hablaban solas. Sus gestos habrían sido los mismos en cualquier idioma. Hablaba del amor de madre.

—You can take them home! —dijo el juez.

—¿Qué dijo? —preguntó la pareja.

—Que se los pueden llevar a casa.

—¡Gracias, señor juez! ¡Que Dios me lo bendiga! —le dijo Juana.

En el hogar de los Frías hubo fiesta. Sus hijos estaban de regreso. Les compraron lo que cada uno de ellos quería comer.

Al Pepito ya no se le vio más por el barrio con su alegre chiflido recogiendo botes de aluminio. Sus padres, acertadamente, decidieron regresarse a México, al pueblo del que quizá nunca debieron salir.

El Coras llenó una bolsa de plástico con botes de aluminio y la puso a la entrada del departamento de su amigo, pues lamentablemente no faltaría otro Pepito.

El Yes Yes, por su parte, seguía triunfando en el futbol. No dejaba de parar penaltis y la Onda Colorada ya estaba en tercer lugar, sólo a unos cuantos puntos del terrible San Fernando. El Tururú siempre lo acompañaba, pero ya le estaba cayendo mal pues era muy presumido. De su nube nadie lo bajaba. Ya habían quedado en el olvido los zapatos de diez varos, ya calzaba fino, y de su uniforme de portero ni se diga, usaba el mismo que había utilizado su ídolo, Pilar Reyes.

El Tururú y el Yes Yes no dejaban de acompañar al Coras cuando le tocaba revisión, pero se espantaron cuando les dieron la factura.

—¡Órale! Pues si no se murió… —dijo el Tururú—. A ver, Luis, ahora que eres tan famoso, ¿por qué no la pagas?

Nunca la pagaron. Recibieron muchas cartas donde les cobraban. Las últimas venían de una agencia de colección. Simplemente las tiraban al bote de la basura.

—Que las pague el que las encuentre —decían.

El Coras también conoció a Angie, mejor conocida como la Fiera pues se peleaba hasta con los vatos locos del barrio. No pasaba de los 19 años, pero las malas lenguas decían que ya estaba enviciada. Era delgadita, la chamaca, con el pelo negro que le recorría toda la espalda. Siempre se le veía con un cigarro en la mano. El Coras la saludó varias veces, se le hacía encantadora la chamaca. Un día la encontraron muerta debajo de una de las bancas del parque. Algún día alguien le ofreció ayuda y ella simplemente contestó "No, thank you!".

Para la gente del barrio su muerte no fue noticia. Suponían que así terminaría. No supieron qué pasó con sus restos, probablemente fueron incinerados o sepultados en una fosa común pues nunca se le conoció familia. El Coras no lo podía creer. No le fue fácil olvidar a aquella muchacha con mirada y sonrisa de niña. Posiblemente murió como la Niña de Guatemala, de amor o de frío, sólo que a ésta nadie le lloró.

Alguna vez el Coras le preguntó de dónde era, pero ella contestó que de "no where". En su brazo llevaba un tatuaje que decía "Mom & Dad I Love You". Se fue la Fiera del barrio, la chica con la sonrisa de niña, y el tatuaje se fue con ella. Quizá sus padres nunca supieron cuánto los amaba.

El Coras seguía recorriendo el barrio con sus muletas. En la tienda de Franco, a unas cuadras de su departamento, conoció al que le decían el Botellas, no porque las recogiera o las vendiera, sino porque se tomaba su contenido procurando que siempre fuera alcohol. Era un hombre menudo de unos 70 años. Dizque era mexicano, pero el español ya lo hablaba rete mocho. Decía que era de Guadalajara, pero el Coras no le creía por más que le platicara de Pedro Infante y de Jorge Negrete y de los grandes mariachis. Siempre andaba pidiendo algo de dinero para acompletar la botella. Lo que le daba su pensión, decía, no le alcanzaba.

Al señor Franco, el dueño de la tienda, su presencia ya ni le molestaba pues lo consideraba parte de su clientela. Había quien le daba, sobre todo aquellos que tenían años de conocerlo.

—¡Ah, qué mi estimado Albino! Usted sí le hace honor a su nombre.

Sin embargo, los más jóvenes no lo bajaban de borracho. No es que a él le importara mucho, pero lo que sí lo ofendía era cuando las madres prohibían a sus chiquillos hasta saludarlo, temerosas por el aspecto que el Botellas presentaba.

Esa bolsita de papel en la que escondía la botella y la bachita en la boca ya eran parte de su indumentaria. Seguía vistiendo al estilo pachuco, algo de lo que se enorgullecía.

Platicaba largas horas con el Coras, aunque éste a veces no le entendía ciertas cosas.

—Los tiempos han cambiado —le decía—. Cuando nosotros llegamos sí que era un valle, hermoso de verdad, con grandes plantíos de fruta, naranjas y limones. ¡Hasta manzanas teníamos! Mi padre nos trajo a toda la familia cuando éramos pequeños. Yo tenía unos diez años… —la bachita no se encendía, pero Albino le entraba duro al vino–. Mi padre nos decía que nos trajo por cosas de la Revolución.

–¿A poco usted conoció a Zapata? –le interrumpía el Coras.

–Si no estoy tan viejo, muchacho cabrón –le contestó–. Nosotros fuimos a la escuela, le dimos duro a la pizca. Después de algunos años, por allá por el 29, al darse la gran crisis deportaron a mi padre pues decían que nosotros los indocumentados éramos los culpables. Aquello estuvo de la chingada, sacaron a casi toda la gente. Familias enteras, adultos y niños, hasta los que habían nacido aquí. No pedían papeles, solamente se fijaban en el color de uno, y pos como no eramos güeros agarraron parejo. Nosotros pudimos salvarnos, no sé cómo le hizo mi madre pero aquí nos quedamos. Mi viejo regresó al poco rato, pero también al poco rato se fue para siempre pues murió accidentado… Y pos a seguir dándole duro a la pizca, ya no había de otra.

El Botellas aventó aquella botella vacía y por fin prendió la bachita.

–Me la fumo cuando me termino una –dijo–. Cuando llegó la maldita guerra –dijo continuando su relato–, muchos jóvenes de aquí fueron llevados. Algunos ni ciudadanos eran. En las casas de los familiares ponían un listón morado como muestra de orgullo porque su hijo o su marido estaban peleando. ¡Pinches gringos! Siempre nos maltrataron, pero cuando les convenía hasta nos daban la ciudadanía. Luego los listones morados se fueron cambiando cada vez más por listones negros, lo que significaba que el familiar ya había muerto… ¡y los pinches gringos nos seguían tratando de "mojados" o de "greasers"… ¿Te estoy aburriendo, muchacho?

–Para nada –le contestó el Coras muy atento–. Sígame diciendo.

–También los que nos quedamos nos fregamos. Trabajamos día y noche en los ferrocarriles o en las pizcas. Fue ahí donde conocí a mis mejores amigos. Me entusiasmaba escucharlos pues decían que eran mexicanos. Mostraban orgullosamente un papel que les habían dado, venían contratados por un tal Bracero Program. ¡Cómo trabajaban aquellos hombres! –decía Albino mientras fijaba su mirada en un horizonte perdido–. Le entraban al trabajo como animales, y los gringos así los trataban. Yo sabía un poco de inglés, ya como quiera que sea me defendía, y me daba perfectamente cuenta de cuándo y cómo los insultaban. Los traían de huerta en huerta, adonde algún patrón los necesitara. Nunca les respetaron las garantías que supuestamente traían, ni el hospedaje, ni la alimentación, ni las condiciones sanitarias. ¡Muchas veces ni el sueldo! Y nuestro gobierno no hacía nada, a lo mejor porque no sabían lo que realmente estaba pasando. Así que les levantamos la economía pero seguíamos siendo "greasers". Solamente nos querían cuando les convenía. Y nos lo hicieron saber en varias ocasiones… Recuerdo el incidente del "Sleepy Lagoon". Unos pinches marineros le dieron en la madre a unos paisanos y la policía no les dijo nada. Muchos de los contratados intentaron quedarse, pero pronto fueron deportados. A finales de los cincuenta me quedé sin muchísimos amigos. Nuevamente nos culpaban los gringos por sus problemas. ¡Casi se me olvidaba decirte! Yo fui parte de una época gloriosa donde encontramos un poco de identidad y de orgullo: el pachuquismo... Nuestro sombrero de gala con alguna pluma, pantalones guangos, zapato ancho y nuestra cadenita al lado, eso sí, bien peinaditos. Nos identificábamos, nos respetaban, pero a la vez nos agredían. Eso sí que era toda una cultura. No como ahora que basta arrastrar el pie derecho y menearse medio rídiculo con un paliacate en la cabeza para quererse llamar "pachuco". Qué bueno que mejor se les conoce como "cholos".

El Coras se daba cuenta de que el Botellas constantemente se limpiaba la boca. Probablemente tenía la garganta seca o a lo mejor estaba disfrutando lo que comentaba. El Coras le adivinó a Alvino y le invitó una cerveza. El "¡Ah...!" no se hizo esperar.

–Las cosas han cambiado, muchacho. Ahora hay más violencia. Ni siendo pobre estás seguro de que no te vayan a robar.

Siempre que el Coras veía al Botellas le daba una "cora" para su vino, pero no se la daba de a gratis, le exigía que le contara algo de lo que había sido y era el barrio. Si las botellas del Botellas hablaran, hubieran sido sus mejores amigas desde que se quedó solo al fallecer su única hija.

El Coras siguió caminando por el barrio rumbo al consultorio del doctor que lo atendía ya que tenía su última cita. Le quitaron las puntadas que tenía en la panza. Parecía que había parido con cesárea.

–¿Y qué? ¿Cuánto pesó el niño? –lo cotorreaban.

Entregó la silla de ruedas pero se quedó con las muletas. Le recomendaron no hacer mucho esfuerzo, pero tenía que ganarse la vida. Las muletas no le impedirían pedir su acostumbrada moneda de 25 centavos.

–Te prestamos una "cora" –le decían.

–¡Yes, yes! –contestaba pa no perder la costumbre.

Y hablando del Yes Yes, éste seguía de fanfarrón presumiendo la página deportiva del diario *Eco* del Valle de San Fernando. "La nueva sensación en la portería le da otro triunfo a la Onda Colorada", decía el titular. No soltaba el maldito periódico y por andar de presumido perdió varias oportunidades de conseguir chamba. El Tururú de plano se enfadó, le arrebató el periódico y lo tiró en un charco de agua.

–¡Vámonos a trabajar y déjate de andar de mamón! –le dijo.

Ya estaban de regreso los "remojados". Así les pusieron a los que habían sido deportados y regresaron. "Caminante no hay camino, se hace camino al andar", como dice la canción.

Al Coras le llamó la atención la plática que sostenían los "remojados" y, apoyándose en las muletas a paso seguro, se unió a la conversación.

—Algunos —platicaba uno de ellos— se fueron a casa de un compa o con algún amigo ahí en Tijuana. Otros se fueron a la colonia Libertad dizque para regresar de inmediato…

—Yo fui uno de ésos… —se escuchó gritar a uno que estaba hasta atrás, pero de borracho.

—Otros de plano tomaron su camión de regreso.

—Oigan, ¿y don Pedro? —preguntó el Coras.

—No sé de quién hablas, compa. Éramos tantos que no sé de quién se trata —le contestó el "remojado".

Después de darle la descripción de su amigo, el tipo reaccionó:

—¡Ah! ¡El viejo! Se puso rete mal, lloraba como un niño. Nos platicó qué le había sucedido con un tal Jesús. Decía que no quería regresar con los bolsillos vacíos.

—¿Qué les platicó del Chuy? —insistió el Coras.

—Nos dijo que era un ojete, bueno, no exactamente así porque ni hablaba con malas palabras. Nos contó que no le pagaba ni para sus aguas, pero siempre terminaba disculpándolo, decía que él había sido el único que le había tendido la mano cuando más lo necesitaba. Le dimos algunos varos para que llegara a su destino.

Otro compa dijo que también conoció al Chuy, pero éste de cabrón no lo bajaba. Decía que se chingaba a todo paisano que se dejara, que tenía una casa vieja allá por Pacoima donde los hospedaba, les llevaba su costal de frijol y ni renta les cobraba, pero en la chamba les ponía largas jornadas y cuando llegaba la hora del pago les decía que todo lo que compraba le salía muy caro y terminaba dándoles unos cuantos dólares pa sus cigarros.

—No sé quién será el tal Chuy, pero cuando lo vea le voy a decir que es un cabrón —dijo uno de ellos.

—¿Quién conoce al Chuy? —preguntó otro, pero nadie le contestó.

El Yes Yes se había cruzado la calle y regresó con un buen montón de periódicos *Eco*.

—Por si me los vuelven a tirar, aquí tengo más —les gritó.

Ese día los salvatruchas se habían puesto más truchas que los paisanos, pues eran ellos los que conseguían los trabajos.

—Que sigan platicando —dijo uno—. Como dicen ellos, "se están chingando".

Eran como las 11:30 de la mañana cuando los puso en alerta la presencia de la policía. Habían llegado atendiendo una llamada del Dunkin Donuts. Los que no habían sido contratados fueron de fisgones, y para acabarla de fregar, llegaron justo a tiempo para ver cómo detenían a un paisano que les era conocido pues alguna vez había ido a buscar chamba a la gran avenida.

En cuestión de segundos ya lo tenían esposado en el suelo. El dueño, un iraní, lo acusaba de no haber pagado el desayuno. Los mirones no podían creer que por unos cuantos pesos lo detuvieran. ¿Por qué mejor no había ido a la troca de los lupillos? Cuando estuvo en el suelo no levantó la cara ni por un segundo. Estaba apenado por lo que había sucedido. Cuando lo pusieron en la patrulla pudieron ver la resignación en su rostro.

—¡Pagamos lo que debe! —le gritaban los paisas al dueño, pero ya no había de otra.

Se lo llevaron por andar desayunando gratis. Dijeron que ya no se pararían en el negocio del iraní, por ojete y por cabrón. Cómo que llamar a la policía por unos cuantos varos.

—Esto nos pasa por estar jodidos —comentó uno mientras se alejaban del lugar.

—No, esto no sólo nos pasa por estar jodidos —dijo otro—, sino porque hay gente que nos quiere joder más.

Y la patrulla se fue llevándose al paisano, quien probablemente pasaría unos cuantos días en la cárcel encerrado con una bola de criminales que están en espera de audiencia, de esos que hasta mataron a su madre o violaron a sus hijas. Sí, ahí iban a encerrar al paisano, y todo por no tener para comer. ¿Será delito comer y no pagar? Él no robó, solamente comió.

Y ni imaginarse las preguntas que le haría el abogado defensor:

—¿Cuánto se comió? ¿Quién lo vio comer? ¿Cuánto vale lo que se comió? ¿Comió con la mano o con tenedor? ¿Se lavó las manos antes de comer? ¿Cuánto tiempo tardó en comer? ¿Le gustó lo que se comió?

Y después de su brillante interrogatorio, seguramente le diría:

—Le recomiendo que se declare culpable. Es mejor llegar a un arreglo, ¿o prefiere un *speedy trial*?

—¿Y cuánto tiempo me darán, señor abogado?

—Buscaremos que le reduzcan la sentencia.

—Bueno, pues me declaro culpable —diría el "criminal".

Así el abogado se iría feliz, habiendo cumplido debidamente con su trabajo al encontrar al culpable, un peligroso criminal.

Los jornaleros volvieron a tomar su lugar. De los salvatruchas pocos había, casi todos se habían ido a chambear. El Coras escuchaba atentamente a los "remojados", quienes seguían platicando las travesías por las que pasaron al ser deportados.

—¿Y qué se siente cuando te agarran?

—Pues de la fregada, dan ganas de darle un trancazo al agente de Migración para que te suelte.

—¿Los detuvieron por mucho tiempo?

—Fueron solamente unas cuantas horas, pero lo que da miedo son aquellas cuatro paredes en las que te encierran. Está frío el lugar, hasta te dan escalofríos. Algunos paisanos se resignan, otros lloran de verdad. Yo de plano hablé con esas cuatro paredes, les dije lo que sentía y prometí nunca volver a verlas. Nunca me contestaron, pero mejor porque no tenía ningún caso lamentarme con un paisa que estaba en las mismas que yo.

Entre los "remojados" había vuelto Fernando, aquel que llevaron al cuarto de aislamiento por "escandaloso", el que quería hablarle a la vecina para que le cuidara a sus hijos. Llevaba bajo el brazo el periódico *La Opinión*.

—Dizque tenemos derechos aun siendo indocumentados —dijo—. Este periódico así lo dice. Le voy a sacar muchas copias y siempre voy a traer una en el bolsillo. No me vuelve a suceder lo que me pasó ese día. Por aquí están los derechos que se tiene cuando se es detenido por Migración...

—Bueno, carnal, ¿y por qué no los compartes?

—Permítanme —les dijo, y empezó su lectura—: "Cuáles son tus derechos ante el INS"...

—Oye, ¿qué quiere decir INS? —preguntó uno.

—¡Ah, cómo eres güey! Significa "Indocumentados No Somos" —contestó el otro.

—Ya dejen de decir pendejadas —dijo uno ya encabronado—. Esas letritas significan "migra".

Fernando desdobló el periódico y por fin pudo continuar con su lectura:

—Aquí dice que es contra las leyes de este país que los agentes de Migración te interroguen o revisen tus documentos sólo por tener aspecto de paisano o porque hablas español. Aunque no tengas la green card, o sea los papeles, tienes el derecho de permanecer callado y negarte a contestar preguntas que hagan los agentes de la migra.

—¿Están poniendo atención? —les dijo el Yes Yes, quien ya hasta se había olvidado de presumir sus hazañas del futbol.

—Está interesante eso —dijo alguno—. A ver, síguele, cuate.

—¡Espérate! —dijo otro—. Vamos a analizar lo que están diciendo. Eso quiere decir que cuando llegaron aquí a nuestras "oficinas" no nos interrogaron o revisaron documentos, nomás llegaron, nos vieron, nos agarraron y nos llevaron. ¿Entonces no violaron la ley? ¡Pues qué chingones son!

—Aquí hay una pregunta muy buena, y al parecer trae su respuesta —dijo Fernando—. A ver, ¿qué harían ustedes si la migra los detiene?

—Pues le mentamos la madre y corremos —dijeron todos a coro.

—No. Debemos hacer todo lo contrario —les dijo muy serio—. No hay que correr ni intentar huir, sino mantenerse calmado. Si te preguntan tu nacionalidad, lugar de nacimiento o domicilio, si te piden tus documentos o quieren saber la forma en que entraste al país, no les digas nada. Sólo hay que proporcionar nombre y dirección para que los familiares o amigos nos puedan encontrar... Aquí dice algo del Consulado, pero quién sabe qué es eso.

—Tú no sabrás —dijo uno—. Es una oficina donde te consuelan, ¿o no?

—Recuerden que si son detenidos o arrestados tienen derecho de hacer una llamada telefónica para avisar a sus familiares... si los tienen; a sus amigos... si se acuerdan de ustedes; o a su abogado... si tienen dinero para pagar uno. Tenemos —decía Fernando— derecho a una audiencia ante un juez de Migración en la que podemos ser representados por un abogado. Si el juez ordena nuestra deportación, podemos pedir una apelación. También dice que podemos salir con fianza y solicitar que la cantidad a pagar por ella sea reducida.

Fernando continuó interpretando lo que estaba leyendo, pues aún faltaba más.

—Esto sí hay que recordarlo: mientras permanezcamos bajo la custodia de los agentes de la migra, éstos no deben agredirnos o insultarnos, esposarnos demasiado apretado, negarnos atención médica, transportarnos en modo peligroso, meternos en celdas sucias o con sobrecupo, privarnos de agua potable, dejarnos sin comer por más de seis horas ni quitarnos dinero, alhajas, lentes o medicinas.

—Pues en papel se escucha a todo dar, Fernando —dijo uno de los presentes—, pero la realidad es otra. A mí ya me han detenido varias veces. Mira, te quitan tus pertenencias y te las ponen en una bolsita, y ya cuando te van a subir al camión te las regresan... Pero muchas veces pierden las cosas y te dicen que no les habías dado nada. Esos derechos se los pasan por los hue... Bueno, para qué les digo.

—Eso sí —dijo otro—, te dan de comer un hot dog, que ni es "hot" porque te lo dan frío, un cartoncito con leche o jugo y alguna fruta. En cuanto a la celda, las veces que yo he estado ahí hemos estado más de 50 detenidos. Algunos terminan durmiéndose en el suelo en espera de que les llamen para ser procesados, ¡y cómo apesta el lugar! No hay ninguna ventilación y los olores se concentran. Deberían ponerle algún tipo de desodorante para que no huela tanto, ¿a poco no, Fernando? En cuanto a la llamada telefónica, a veces el teléfono no sirve, y si no encuentras a la persona pues ya te fregaste, ya hiciste uso de tu derecho de llamada. Mira lo que te pasó a ti, te castigaron por solicitar el papel donde tenías tus teléfonos. Ya para concluir, quién sabe cuándo seremos detenidos. Realmente, ¿quién nos puede ayudar? Todo se escucha muy bien en papel.

La plática estaba muy amena. Todos ponían atención. El Tururú era de los pocos que no opinaban. El Coras y el Yes Yes rebuznaban de vez en cuando.

—La pura verdad es que son unos ojetes —decía uno—. Les valemos madres, firmamos el papel para largarnos porque nos espantan. Nos dicen que tenemos derecho de ver a un juez pero no saben la fecha en la que nos podrá ver, igual son días o semanas, no tienen ni idea. Qué me gano con permanecer detenido si al final de cuentas el juez me va a decir "gud bay".

—Bueno, pero de algo ha de servir —replicó Fernando.

Algunos compraron el periódico de ese día y guardaron la sección donde venían las recomendaciones. Luego las recortaron y las guardaron en sus carteras vacías. Por lo menos ya tenían algo que les hiciera bulto.

La plática de los jornaleros se inició paraditos en la banqueta. Luego continuó recargados en una barda, y la terminaron en el Dunkin Donuts. Pidieron toda clase de donas y café a cada rato. Al terminar de platicar, uno por uno se fue saliendo. El último le dijo al iraní:

—A ver, depórtanos a todos.

Y se fueron sin pagar. Fueron tantas las cosas que el iraní gritó en su idioma que probablemente hasta la madre les mentó, por lo que uno de ellos contestó:

—¡La tuya, cabrón!

Se fueron dispersando y cada quien agarró por su rumbo. El Coras, el Tururú y el Yes Yes se despidieron pues cada quien tenía asuntos pendientes que arreglar. Nunca dijeron cuáles, pero se dijeron hasta luego.

Al llegar a su domicilio, el Coras se encontró a doña Imelda afuera de su casa, atendiendo a una bola de chiquillos bien guerrosos. Ninguno era de ella, a todos los cuidaba, desde los hijos de la costurera hasta los de las que trabajaban en alguna fábrica. Era la única forma de ayudarse, cuidando niños ajenos, porque a su edad ya nadie la contrataba. Aprendió a decir "good morning" porque cuidaba a un niño negrito, pero con el paso del tiempo, si al niño le seguía enseñando español, lo iban a confundir con un veracruzanito.

El Coras la saludó con gran efusividad pues tenía mucho que agradecerle. Más de una vez le llevó su comida cuando estaba en cama.

—Doña Calditos, ¿cómo está?

—Pos aquí, tratando de lidiar con esta plebe —le contestó muy apresurada al ver que uno de los chiquillos ya se quería cruzar la calle.

—Ya le dije que se deje de esos trotes, pero no me quiere entender. Algún día le van a sacar canas verdes.

—¿Qué más puedo hacer? Le tengo que ayudar a mi hijo y a su esposa. Con lo que ganan pues no les alcanza. Y ahora que se vino el más grandecito de los nietos, pues está más dura la situación.

—Ésta no es vida, doña Imelda. Mejor regrésese con sus demás hijos. Ellos también la han de necesitar.

—Nomás que junte un dinerito para poner una tiendita en la casa. Ya sabe que allá también está dura la vida —le contestó doña Imelda.

El rechinido de un carro les hizo reaccionar. Estuvieron a punto de atropellar a uno de los niños que Imelda cuidaba. El Coras tiró las muletas y llegó como pudo hasta donde se encontraba el chamaco todo espantado. Era el negrito, pero ya estaba blanco del susto.

Doña Imelda decidió que era mejor que se metieran, porque además tenía que arreglarlos pues sus padres llegarían pronto a recogerlos. Les limpió las manos y la cara, y no se olvidó de ponerles limón en el pelo para que no se despeinaran.

El Coras permaneció fuera de su departamento observando aquel barrio lleno de paredes pintarrajeadas, con chiquillos jugando por todos lados sin nadie que los cuidara y carros destartalados, además de la bola de tarugos presumiendo sus tatuajes.

Ahí estaba al que le decían el Snake, le decían así porque al hablar siempre sacaba la lengua. No tenía más de 16 años pero ya tenía sus antecedentes. El Coras ya lo saludaba y en más de una ocasión le contó todas sus aventuras.

—Es buen muchacho —pensaba el Coras—. Éstos son chavos que requieren un poco de comprensión y atención.

Al Snake no lo sacaron de la primaria porque de ahí no corren, pero ya en la Junior High no salía de la oficina del director. Sus padres fueron citados en múltiples ocasiones, y en cada una de ellas les advirtieron que su hijo tenía que cambiar o de plano lo suspenderían.

Sus padres hablaron con él y prometió cambiar. Y efectivamente cambió... pero de escuela porque a las dos semanas lo corrieron. A los 14 años ya fumaba y de vez en cuando le pegaba a la mariguana. Por andar de cabrón lo detuvo la policía y se lo llevaron al reformatorio ése que está por el este de Los Ángeles que se llama East Lake.

Al día siguiente de su arresto, sus padres fueron a visitarlo y se dieron cuenta de que no tenía ningún remordimiento, solamente se había robado el carro de uno de los profesores de español.

—No se preocupen, jefes —les decía—. También de ésta voy a salir.

Los padres lo dejaron preguntándose en qué habían fallado, cómo su hijo había podido cambiar tanto en tan pocos años.

El Snake conoció ahí a sus mejores cuates, los que ya se habían recibido con diploma de alguna pandilla. Les llamaba "homeboys" y decía que eran su familia.

Saliendo, los homeboys le exigieron la prueba para ser considerado uno de ellos. En un lote baldío, se formaron en dos filas que él tenía que cruzar mientras su "familia" le tiraba chingadazos. Al primer patadón cayó de bruces y los miembros de su "familia" lo seguían golpeando. No se levantaría, lo dejaron medio muerto, pero qué importaba si ya era considerado parte de ellos. Ya podía pintarrajear su nombre de batalla en las paredes del barrio, había comprado su plumón y su bote de spray con pintura negra, sólo tenía que practicar. A sus 15 años ya era todo un hombre reformado.

No había fin de semana en el que no se fuera a tirar chingadazos con los homeboys, si no había motivo, lo encontraban, no faltaba más. Que la pandilla rival les pintarrajeaba su territorio –aunque, eso sí, nunca se metían con los murales de la Virgen de Guadalupe–, pues ahí iban a tirar trancazos. O simplemente eran venganzas de antaño en las que se tenían que ajustar cuentas. El Snake se refería a las huellas que le dejaban las riñas como cosas de la vida.

Ahora estaba muy tranquilo en el parque, pero el Coras se preguntaba cuánto duraría así. ¿Se le vería por ahí la siguiente semana? Lo saludó de lejos y aquél levantó la mano con la señal del homeboy.

El Coras se metió al departamento. Los amigos aún no llegaban. Abrió el refrigerador para ver qué comía y sólo encontró huevos. Alguien tocó la puerta, era doña Imelda que llevaba en una olla de peltre su caldito de albóndigas.

–¡Bendita sea usted! –le dijo.

–Pero esta vez la lava –le contestó doña Calditos.

El Yes Yes, por su parte, ya estaba en el entrenamiento de la Onda Colorada. Cómo habían cambiado las cosas, ahora todo el mundo lo saludaba. Esta vez le tocó correr a la par del Pelón, que en esa ocasión no se había quitado el calzón.

–Me gustaría hablar contigo después del entrenamiento –le dijo el Yes Yes.

–Claro, tú nomás me dices para qué soy bueno.

Dieron sus vueltas, hicieron sus ejercicios, se formaron los dos equipos y ¡riácatelas!, el Pelón comenzó a jugar desnudo.

–Es que ya estoy calientito –les dijo.

Después de muchas patadas, zancadillas y goles, el entrenador dio por terminado el partidito.

–¿En qué te puedo servir? –le preguntó el Pelón al Yes Yes mientras se echaba su cigarrito.

El Yes Yes sabía que el Pelón había sido un cabrón y que todavía lo era. Todos los vatos del barrio lo respetaban. Si alguien era bueno para los trancazos, no tenía que buscar mucho, para eso estaba el Pelón. Había dejado las malas compañías desde que se casó pues su vieja le puso como condición que para casarse tenía que educarse, así que dejó la pandilla, pero seguía siendo un cabrón. Sabía que en él podía confiar. Le quería platicar sobre la madriza que le habían dado al Coras. No buscaba ninguna venganza, solamente quería investigar quién lo había mandado al hospital.

—Necesito que me eches la mano —le dijo.

—Sin tanto rodeo, carnal, porque se me enfrían las nalgas —al sonreír no podía ocultar la falta de un diente, simples huellas del pasado.

—Quiero que me ayudes a investigar entre tus cuates del barrio si saben algo sobre la tranquiza que le pusieron a mi cuate.

—¿Cuándo fue eso? —preguntó el Pelón.

—Ya tiene su rato, fue hace como dos meses.

—¿Qué? ¿Y la chota no ha dicho nada?

—Dicen que siguen las investigaciones.

—¿Y quieres que le demos su calentadita? —le preguntó el Pelón mientras se vestía porque el frío ya le había congelado hasta lo que uno se imagina.

—No, solamente quiero saber quién fue.

—Pues a ver qué puedo hacer. Cuando sepa algo te lo hago saber.

El Enterrador interrumpió la plática preguntándole al Yes Yes si quería un aventón.

—Vámonos por ahí —le contestó.

Se subieron al carro del año... 76 y se fueron escuchando un casete de un grupo oriundo de Ario de Rosales, Michoacán, que se hacía llamar los Bukis.

—Estos chavos sí la están haciendo —decía el Enterrador.

Dieron vuelta a la avenida Saticoy y el Yes Yes gritó:

—¡Detente, mi Enterrador! Parece que aquél que está esperando el camión es el Tururú.

Frenaron tan fuerte que dejaron media llanta en el suelo. El Enterrador se echó en reversa y vieron que, efectivamente, se trataba de su cuate.

—¡Súbete, te llevamos! —le dijo el Yes Yes bajando el vidrio del carro.

—No, gracias, mejor espero el camión —contestó el Tururú.

El Yes Yes abrió la puerta del carro reiterándole que se subiera. Cuando entró le bajó el volumen a la música y le comentó lo que le había pedido al Pelón.

—No te metas en problemas —le recomendó el Tururú—. Ya viste lo que le pasó al Coras.

—Lo único que le pedí fue que me investigara —alegó el Yes Yes subiéndole nuevamente al volumen.

Se fueron escuchando *Casas de cartón* mientras cantaban: "que triste vive mi gente en las casas de cartón... usted no lo va a creer, pero hay escuelas de perros que les dan educación pa' que no muerdan los diarios, pero el patrón, hace años muchos años que está mordiendo al obrero".

Al Tururú realmente le preocupaba la curiosidad del Yes Yes y le recomendó que le dijera cuando tuviera alguna información. Dieron como dos vueltas a la derecha, cinco a la izquierda, se fueron derecho como seis millas y todavía no llegaban a la casa del Tururú. El Enterrador no decía nada, el casete de los Bukis ya se había terminado y todavía no llegaban.

—Bueno, mi Tururú, ¿pues dónde vives? —le preguntó el Yes Yes.

—Pueden dejarme en la próxima esquina —le contestó.

—Si ya dimos tantas vueltas, pues mejor te llevamos.

Y por fin llegaron después de que el Tururú les dijo que se regresaran pues ya se habían pasado. Llegaron a la Goleta, una calle cerrada en la que las casas no estaban nada desagradables.

—Carnal, tú sí que vives bien —le dijo el Yes Yes—. Espero que nos invites a pasar.

El Enterrador y el Yes Yes se sorprendieron cuando el Tururú no se dirigió a la puerta principal, sino que llegó hasta la parte trasera de la casa donde estaba estacionada una camioneta vieja. El pasto estaba bien recortadito y hasta árboles frutales había.

—No los invito a pasar porque no van a caber los dos —les dijo el Tururú un poco apenado.

El Yes Yes se quedó atónito y se fue a revisar aquello. Hasta tenía una llanta ponchada y mirando hacia adentro vio que le habían quitado el volante y bajado los asientos para convertirlos en cama. Al lado de la almohada tenía un pequeño radio de pilas y en el techo unas fotos.

—¿Y tu ropa dónde la guardas? —preguntó.

—Debajo de la camioneta hay una caja de madera que me sirve como ropero recostado —contestó el Tururú.

—¿Te dio pena que supiéramos? ¿Por eso no querías que te trajéramos?

El Tururú solamente apretó los dientes aceptando la observación. Lo último que quería era que sintieran lástima por él. Les explicó que el garage estaba acondicionado y que las personas que vivían en él le permitían asearse, lavar la ropa en la lavandería de la esquina y comer donde pudiera.

Seguía platicando mientras el Yes Yes continuaba de fisgón, admirando lo buen administrador del espacio que era el Tururú pues tenía todo lo necesario, aunque, eso sí, le faltaba el televisor.

Sin decir ni agua va, se introdujo al vehículo y le llamó la atención una pequeña caja de madera que tenía finta de alhajero. La abrió por abrirla, ni siquiera realmente por curiosidad, y se encontró un documento doblado que era un título profesional.

GILBERTO MÉNDEZ. LICENCIADO EN SOCIOLOGÍA.
ENEP ARAGÓN, UNAM
1981

El Tururú se dio cuenta de lo que había descubierto. Inmediatamente lo tomó del cuello y lo sacó de la camioneta tirándolo al suelo. Le arrebató el documento y le dijo que se largara. El Enterrador tuvo que controlarlo pues el Tururú estaba realmente encabronado.

—¡Te digo que te largues!

—Espérate, ¿pues qué te hice? —le preguntó el Yes Yes asustado.

—Solamente quiero que te largues —le reiteró el Tururú.

Mientras el Yes Yes buscaba incorporarse, de plano le gritó:

—¡Estás acomplejado, licenciado!

El Tururú ya no se aguantó y le dio tremendo empujón con el pie tirándolo nuevamente al suelo. El Enterrador ahora sí se metió y lo detuvo.

—Por ahí no va la cosa —le dijo—. Él no buscó meterse en lo que no le importaba. Así se dieron las cosas.

Los gritos habían causado que los que vivían en el garaje salieran a investigar qué pasaba.

—¿Todo está bien? —le preguntaron al Tururú.

—Claro —contestó éste, pero aún estaba muy alterado.

Se retiró de ahí y fue a sentarse debajo de un árbol. El Yes Yes se incorporó con la ayuda del Enterrador y se despidió del Tururú mientras se sacudía la ropa.

—Aguanten... Compréndanme —les dijo el Tururú cuando ya se habían dado la media vuelta para irse.

—¿Comprender qué? Yo no tuve escuela, apenas y sé leer y con dificultades escribo. Tú eres "licenciado" —le dijo el Yes Yes.

Los dos amigos siguieron platicando teniendo al Enterrador por testigo, pues éste sólo los escuchaba.

—La cosa no es sencilla —dijo por fin el Tururú—. No soy del Distrito, ni trabajé en el metro. Soy de Villalongín, un pueblito de Michoacán...

—¿Y todo lo que dijiste en casa de Rafael fueron puras mentiras? —preguntó el Yes Yes interrumpiéndolo.

—Sí —admitió el Tururú—. Siempre me gustó el estudio. Mis padres lograron sacarme adelante hasta terminar la universidad. Querían que fuera médico porque ésos ganan mucho dinero, pero a mí me atrajo la sociología. Todavía me acuerdo de la despedida que me dieron en la casa. Era el primero en la familia que se iba a la universidad. Mi madre le presumió a medio mundo que su hijo iba a ser doctor. "Aprovecha, hermano, para que tú no tengas que trabajar como burro", me dijo mi hermano mayor, mientras que el más chico se puso a llorar. Mi mamá me decía que me arrodillara ante mi padre, que con sus toscas manos me daría la bendición. Diría que no estaba llorando, que era el sudor, claro, pero era el sudor del corazón. La viejita guardó mi ropa en una maleta medio traqueteada, y en una caja de cartón me puso hasta las veladoras del santo patrón del pueblo, ya nomás faltaba que me hubiera puesto unas gallinas. No entendía el llanto de mis padres. ¿Por qué llorar si me estaba yendo a estudiar? Se estaba cumpliendo el sueño de los tres, que tuviera educación. En su primera carta me pusieron "Señor licenciado"… y apenas estaba iniciando la preparatoria.

El Yes Yes y el Enterrador escuchaban la historia del Tururú.

–En la casa de asistencia –continuó éste–, al principio tuve algunos problemas, pero los fui solucionando haciéndole la barba a la dueña de la casa y llevándole quesos del pueblo. En el CCH lo que más afectaba eran las famosas huelgas, pero después de tres años obtuve el pase automático a la universidad. Esperaba ansioso las vacaciones de la escuela. Tomaba el camión flecha amarilla que salía de madrugada de la Central del Norte y llegaba al pueblo como a las siete de la mañana. El camión nos dejaba a la orilla del pueblo, en una carretera de terracería. Mis papás siempre me estaban esperando. Mi hermano luego luego tomaba la maleta, llena con pura ropa sucia que mi madre tendría que lavar, mientras el más pequeño me preguntaba si le había traído su póster de futbol. Le iba al América, nunca le pude llevar el de Alfredo Tena. Caminábamos y platicábamos. No querían que ni el sol le diera al próximo licenciado. Las tortillas recién hechas con salsa de molcajete eran el manjar de todos los días. Cada despedida era igual, pero cada regreso era mejor. Cada vez comprendía más cuánta falta me hacían mis padres. Y terminé la carrera con buen promedio. Mis papás vendieron hasta unas vacas flacas que teníamos, pero estuvieron en la graduación. Se compraron su mejor ropa, a mí me dieron mi primer traje. En el pueblo a todos les dijeron que ya tenían licenciado. "A ver si su hijo me puede ayudar con algunos problemitas que tenemos", les decían. "Nomás que lo veamos le platicamos", contestaban los viejos. Aquella noche fue inolvidable. Les entregué a mis padres el título de Licenciado en Sociología. Le sacaron varias copias, las enmarcaron y las pusieron por todos lados en la casa. "Éste es mi hijo el licenciado", decía mi madre. Los vecinos aún siguen esperando que regrese para solucionarles sus problemitas. Busqué trabajo por todos lados. En mi profesión poco había, pero en los que ofrecían pagaban menos que el que andaba de vendedor de libros… y pues me metí de vendedor de libros. No pasaron muchos meses antes de tomar la decisión de venirme a Estados Unidos a buscar mejores horizontes. Ya voy para tres años y ya trabajé hasta en la cosecha por el rumbo de Santa Paula. Mis padres creen que estoy trabajando en un lugar importante, por eso es que vivo aquí… Busco la manera de mandarles casi todo lo que gano…

No eran lágrimas las que el Tururú tenía, simplemente era un poco de brisa de la madrugada.

El Yes Yes le pidió la copia del título.

–Ésta es mía –le dijo.

—Disculpen que no les invite a dormir, pero no quiero que los vecinos piensen que soy maricón —explicó el Tururú.

A partir de ese día, su amistad se fortaleció. El Yes Yes le guardó gran respeto al Tururú, no sólo porque fuera licenciado, eso realmente no importaba, sino porque por los sentimientos que expresaba valía la pena ser su valedor.

Ellos se presentaban puntualmente a trabajar, eran regulares en la gran avenida, sin embargo el Coras dejó de ir por unos días, cosa que les alarmó. Pensaban que a lo mejor se le había infectado la herida, por lo que fueron a buscarlo. Al llegar al departamento nadie les abrió la puerta. Fue doña Calditos quien les dijo que lo podían encontrar en el parque de enfrente.

Lo buscaron en las canchas de básquet y en las de frontón, donde se encontraron a unos paisanos jugando con todas las manos hinchadas. Tampoco lo hallaron en el diamante del béisbol, y pensando que estaba en la de futbol se trasladaron para allá. A medio camino, lo vieron sentado en una de las bancas frente al baño. El Coras no se dio cuenta de cuándo llegaron. Estaba como ido, mirando fijamente hacia ese lugar.

El Yes Yes y el Tururú comprendieron por lo que estaba pasando. Se sentaron junto a él y no le dijeron nada. Se dio un silencio absoluto. Fue el mismo Coras quien señalándoles el baño les dijo:

—Fue allí donde me madrearon. No he sabido aún por qué, no me interesa saberlo, lo único que quiero es dejarlo en el olvido. Por eso vine hoy a enfrentarme a mi pesadilla. Quería saber cuál sería mi reacción.

Se levantó y se dirigió al baño. Aún había huellas de aquella noche: las manchas de sangre en el piso, el lavadero que seguía goteando… Sus pensamientos fueron interrumpidos cuando salió del privado un vato loco cerrándose la bragueta con un cigarro en la mano.

—You got a problem? —le preguntó.

—Ninguno, carnal —contestó el Coras.

—Te he watcheado en algún lugar, ese.

—Pues probablemente. Vivo aquí en frente.

—No, no… Te he watcheado some where else… ¡Ya sé! —le dijo—. Fue aquí, carnal. ¿No fue aquí donde te madrearon hace unos meses?

—¡No!

—Simón, it was you. Yo sé que eras tú.

—¿Y por qué piensas que soy yo?

—We saw you… Otro homeboy y yo entramos esa mañana al baño y te watcheamos tirado en el piso lleno de sangre. We were the ones que llamamos al 911.

—Se los agradezco. Me salvaron la vida —le contestó el Coras.

El vato no le dio mucha importancia al comentario.

—Ahí nos watcheamos —le dijo prendiendo su cigarro.

—Oye, ¿cómo te llamas? —le dijo el Coras antes de que se fuera.

—¿Pa qué? Todos me conocen como el Clown.

—Pues, Clown, cuenta con un amigo —le dijo extendiéndole la mano.

El Clown le enseñó el saludo de los vatos locos en el que había de todo, sólo faltaba la patada. Cuando se fue, el Coras intentó cerrar la llave del lavamanos pero no pudo pues estaba descompuesta; también quiso quitar las manchas de sangre con el zapato, pero no se quitaban. Su incidente había dejado huella. Salió mucho más relajado. Sus cuates lo estaban esperando.

—Fue el Chuy y sus chalanes —les dijo.

—Me lo suponía —le contestó el Tururú—. Era el único con el que habías tenido algún tipo de problemas.

—¿Y qué vamos a hacer? —preguntó el Yes Yes.

—Dejarla así —dijo el Tururú—. No hay necesidad de seguir buscando más problemas.

—Pues le voy a decir al Pelón que deje de investigar —dijo el Yes Yes.

Pero no fue así. Al domingo siguiente, después de terminar el partido en el que la Onda Colorada había ganado otra vez —más por la actuación del Enterrador que por la del Yes Yes, pues el grandulón se traía en jaque a los del Nacional que preferían darle la vuelta—, el Yes Yes le confirmó al Pelón lo que éste ya sabía, que había sido el cabrón del Chuy. También le preguntó si al menos le podían dar una calentadita y le dijo dónde lo podían encontrar, cerca de la Van Nuys, de preferencia los sábados.

El Pelón se presentó a la primera oportunidad acompañado por unos cuantos camaradas. ¿Y qué creen que estaba haciendo el Chuy? Pues jugando lotería en la parte trasera de una pequeña licorería.

El Pelón y sus cuates se metieron de inmediato a la bola. Al Chuy se le veía muy contento pues como siempre iba ganando. Hasta cantaba las cartas: "El que le cantó a San Pedro: el gallo", "El que no suelta la botella: el borracho".

—Mira qué simpático es este vato —dijo el Pelón, quien ya se estaba dando cuenta de las fechorías del Chuy, ya que los que ganaban eran sus cuates, que a cada rato gritaban "¡Lotería!".

—Chin... me faltaba solamente una —decían los demás paisanos.

Y esa una era la que el Chuy tenía debajo de la manga.

—¿A cómo es la tabla? —preguntó el Pelón.

—A dólar, carnal —le contestó el Chuy.

—Pues nos das unas seis.

—Híjole, ya no hay tantas.

—Algunos no quieren jugar —dijo el Pelón mientras les quitaba cortésmente las tablas dejándoselas a los valedores del Chuy, quien se puso nervioso, se le notaba al barajar.

—El pescado… La sandía… El melón…

Ya no cantaba las cartas con su singular alegría. Después de diez cartas ganaba el Pelón.

—Este juego sí me gusta —dijo.

—Oye, viejo —dijo el Chuy a su nueva víctima—, ve a traer unas frías aquí a la tienda de la esquina.

Ya no estaba don Pedro, pero ya se había encontrado a otro pendejo, y miren que necesitaba el trago porque tenía la boca seca. Los siguientes seis juegos los ganaron el Pelón y sus valedores.

—No hay que ir a trabajar —comentaron—, aquí se gana mucho mejor y no tenemos que aguantar a ningún patrón.

—¿Saben qué? —dijo el Pelón—. Vamos a subir la apuesta, que sea de a cinco bolas.

Al Chuy no le gustó, pero veía que el Pelón era de armas tomar. De la sed, preocupación y encabronamiento, se acabó la cerveza de un solo trago, dándole el bote al viejo para que lo tirara a la basura.

—La luna… La escalera… La chalupa…

—La que me chupas —dijo el Pelón, pero no hubo reacción alguna ni del Chuy ni de sus valedores.

Los del Pelón, en cambio, se botaban de la risa. La bolsa de la camisa del Pelón se notaba abultada, los verdes ya se le asomaban.

—¿Qué tal si jugamos de a veinte bolas? —propuso el Pelón.

—Sí —dijeron sus amigos.

—No tengo esa lana… —dijo el Chuy, pero cambió de opinión a una seña de sus valedores—. ¡Juega!

El six de cerveza ya se había acabado. El Chuy le pidió al viejo que le trajera otras, pero de tamaño caguama.

Y volvieron a ganar los pelones, y luego otra vez. Barajando las cartas, el Chuy les dijo que de a cien varos. Los fisgones no se la acababan. Conociendo la tabla del Pelón, le escondió una de sus cartas. Éste se dio cuenta, pero no la armó de tos.

—El bandoleón… La rana… El valiente… El borracho…

—¿Dijiste "el ratero"? —preguntó el Pelón.

—No —contestó el Chuy— dije "el borracho" —y ya estaba estirando la mano para tomar el dinero.

—¡Yo sí dije el ratero! —aseveró el Pelón.

Los valedores del Chuy ya estaban controlados, mientras que el Pelón le exigía al Chuy que se sacara la carta de la muerte de la manga. Se hacía el güey, como que no entendía, pero el Pelón le hizo entender de inmediato tomándolo del cuello. Muy tranquilamente, le dijo:

—No te madreo, cabrón, pero ya debes varias. Hace unos meses golpeaste y mandaste al hospital a un chavo que no te había hecho nada. Para la próxima, yo te entierro esto —le dijo enseñándole una navaja.

Unos días después, el Yes Yes, en compañía del Tururú, le entregaría al Coras un sobre blanco con parte del dinero que el Pelón le había ganado al Chuy, 450 dólares. El Yes Yes ya estaba pensando qué iban a hacer con aquella lana. Para empezar, le pediría una "cora" al Coras.

—No hagas planes, carnal —le dijo el Coras—. Tengo que pagar la renta.

Se guardó el sobre con el dinero en el bolsillo y sacó otro.

—Tengo que enseñarles algo —les dijo.

Había recibido una carta de don Pedro que venía acompañada de una foto familiar. El don le contaba que en el pueblo las cosas no habían cambiado, aún no tenía trabajo ya que por su edad nadie lo quería contratar, pero se había reencontrado con el calor familiar. Don Pedro decía su propia verdad, y probablemente la de mucha gente más.

"Prefiero vivir pobre con mi familia en México, que pobre allá en el norte —le escribía—. Aquí es una pobreza con alegría, allá es una pobreza con gran soledad".

El don le decía "hijo" al Coras en toda la carta.

—Cuñado, tu hermana está re buena —le dijo el Yes Yes al ver la foto que había mandado don Pedro.

La Micaela ya se había recibido de secretaria ejecutiva. Don Pedro aún no sabía qué era eso, pero estaba muy orgulloso. El mayor de sus hijos seguía visitándolo cada domingo sin olvidarse de llevarle sus chicharrones.

A sus amigos de la vecindad, con quienes se reunía todas las tardes en la esquina de la ferretería, les hablaba con la verdad:

—El norte no es lo que se decía. Hay más sufrimiento de lo que uno se imagina, hay mucha soledad. Los dólares ya no se barren —les advertía.

Sin embargo no todos le creían. Como que cada quien quiere comprobarlo con sus propios ojos y también quieren probar en el norte. El hijo de la tortillera y el esposo de la verdulera, así como otros que trabajaban de "maistros" de obra decidieron aventurarse.

"Si los ven por allá, me los saludan —le decía don Pedro despidiéndose—. Hijo, que Dios te bendiga. Cuídate y recuerda que en La Piedad, Michoacán, tienes una familia".

—El don tiene razón —dijo el Tururú—. Nos venimos escapando de la pobreza, del desempleo, de la impotencia por no poder sostener a nuestras familias. Llegamos cargados de ilusiones, con una bolsita cuya etiqueta dice

"Sueños", pero que poco a poco se va desfondando sin darnos cuenta. Aun así nos aferramos a ella, no la queremos soltar. No queremos enfrentar la realidad.

—¿Somos una tragedia? —preguntó el Coras.

—Somos una realidad de espejismos, llena de ilusiones, más de sinsabores que de éxitos, de lágrimas y de risas, de incertidumbre y confusión. Somos unos soñadores que, lamentablemente, vemos el éxito en la obtención de bienes materiales, pensando que con tener algunas comodidades ya la hicimos, pero qué equivocados estamos. En ese camino de conquistas, nos olvidamos de lo más importante, de las cosas que realmente son relevantes para nuestra existencia, de nuestros hijos, de nuestras esposas, ¡qué sé yo! Nos aferramos a que nos tilden de fracasados, a tener más que el vecino de al lado. Hay otros que están aquí buscando sobrevivir, pero igual les pasa.

—¿Somos unos fracasados, Tururú? —volvió a preguntar el Coras.

—No lo sé. Simplemente es difícil describir el concepto de éxito. Cada uno de nosotros interpretamos nuestro propio éxito. Este barrio está lleno de gente trabajadora, que lucha a diario buscando el éxito que se traduce en cosas materiales —reiteró el Tururú—. Nomás miren a aquellos chavos que se las están tronando a un lado del baño… No son malos, uno de ellos le salvó la vida al Coras, pero están desubicados. Quizá les ha faltado el cariño, la comprensión y atención de sus padres. De seguro los dos trabajan y no tienen tiempo para atenderles, para aconsejarles. No tienen tiempo para decirles "Hijo, te amo". Han de trabajar más de ocho horas, ¿y para qué? Simplemente para sobrevivir, pero cuando se dan cuenta de lo que le ha pasado a sus hijos ya es demasiado tarde. No somos una tragedia, somos una realidad que nunca acabará. Si nos vamos o nos echan, llegarán otros más. Vivirán en las mismas condiciones que nosotros, en departamentos llenos de cucarachas, con lavaderos todos podridos, llenos de agujeros, con alfombras que ya hasta se confunden con el piso… Y los que viven así hasta cierto punto son los afortunados, porque hay quienes vivimos debajo de los puentes, en edificios abandonados y hasta en carros destartalados, pero qué importa, ya estamos en el norte. Decimos que venimos solamente por un ratito, que mañana nos vamos, pero ese mañana nunca llega pues nos quedamos para siempre.

—¿Nos estamos haciendo pendejos? —inquirió el preguntón del Coras.

—¡Nos hacemos y nos hacen! Pensamos tener más de lo que teníamos, ganamos un dólar y lo multiplicamos en pesos. "Ganamos un chingo de dinero", decimos. Nos insultan en el trabajo y pretendemos no entenderlos. Vivimos en casas que están en las peores condiciones, pero no importa, tenemos alfombra. Manejamos un carro destartalado que nos deja en cualquier esquina, pero por lo menos no caminamos, decimos. Somos una realidad llena de espejismos.

—¿Qué opinas? ¿Deberíamos regresarnos?

—No sé. No tengo la respuesta.

El Coras y el Yes Yes ponían mucha atención a lo que el Tururú decía. No hablaban mucho pues sabían que tenía razón. Había hablado el licenciado en sociología.

Esa noche el Yes Yes los invitó a echarse unos tacos a la troca de la esquina. Los tres pidieron de asada con su agua de horchata. Un chavo que estaba ahí cenando reconoció al Yes Yes.

—Les invito los tacos, mi arquero —le dijo.

—Por lo menos de algo han servido tus apariciones en la prensa —le dijeron—. Hay que venir más seguido aquí.

—No sabes en la que te metiste, paisano, con estos dos gorrones —le dijo el Tururú al chavo, mientras el Coras se terminaba su orden y pedía más y el Yes Yes no se quedaba atrás.

Después de unas cuantas órdenes y tres horchatas, caminaron de regreso al departamento del Coras, dejando al gran aficionado ingeniándoselas para pagar.

—Te debo una de las órdenes, mi buen —le dijo al dueño del camión.

En su camino se encontraron a doña Imelda acomodándose el rebozo.

—¿Adónde va, doña Calditos? —le preguntó el Coras.

—Fíjese que aún no ha llegado mi nieto Maclovio. Estoy rete preocupada. ¡No le haya pasado algo a ese canijo muchacho!

—¿Y dónde lo piensa buscar?

—Pues en el barrio, en algún lado debe estar.

—No se preocupe. Usted regrésese a su casa y lueguito se lo traemos. Ha de estar jugando con los amigos de la escuela.

—No lo creo. Él no tiene amigos, siempre anda muy solito.

—Bueno, ya veremos.

Los tres se fueron en busca de Maclovio. Llegaron a la calle Irwin y le preguntaron a unos que estaban tomando, quienes ni siquiera se molestaron en contestar. Se fueron hasta la Calvert revisando carro por carro de los que estaban estacionados.

Una pareja que se estaba agasajando interrumpió su acción pensando que era la policía.

—What? —preguntó el chavo mientras se arreglaba el pantalón y la chava fingía estar dormida.

—Han de perdonar ustedes —dijo uno de los tres muy educado.

Al alejarse del lugar, el carro siguió brincando.

—¿No que mucho miedo a la policía? —comentaron.

—¿Dónde estará ese muchacho cabrón? —dijo el Yes Yes.

—Vamos a buscarlo al billar —comentó el Coras.

En su camino se encontraron al Botellas, que caminaba casi cayéndose. No supo darles razón pues ni siquiera sabía dónde estaba él mismo. Llegaron al billar, que en la entrada advertía: "No se permite la entrada a menores de edad", pero nomás por cumplir con los requisitos de la ley, porque al entrar se encontraron puro chamaco.

Los que estaban ahí jugando ni le contestaron. Estaban más preocupados por hacer la carambola o por meter la ocho en la buchaca de en medio. Ya se iban cuando desde el rincón del billar alguien les gritó:

—Ese, who are you looking for?

Era el Snake, que ese día se había echado más que unas cuantas frías. Entre con permiso y con permiso, provocando que uno rasgara el paño de la mesa de billar, llegaron hasta donde se encontraba el que constantemente sacaba la lengua. Después del clásico saludo, el Coras le dio la descripción del muchacho al que andaban buscando.

—Chale, carnal, they are all the same!

—Háblame en español, ese, que no te entiendo ni madres.

—Pos que ahorita todos son iguales.

—Acuérdate, Snake. ¡Me urge encontrarlo!

—Deberías ir al edificio abandonado, lo que era el "Boys Club", ese. Ahí se juntan varios morros pa cotorrearla.

Regresaron por donde llegaron y pasaron por el carro en el que se estaban agasajando. Sólo escucharon un "¡Ah!": habían llegado al final.

—¡Policía! —les gritaron, interrumpiendo la exclamación.

Agilizaron el paso, se tropezaron con el Botellas que ya estaba en el suelo, y llegaron hasta el edificio abandonado, que estaba cerrado y con las luces apagadas.

—¡Me lleva la chingada! —dijo el Coras—. Vamos a la parte trasera a ver qué hay.

Encontraron a un grupo de vatos jugando sanamente a la botella. El que perdía se echaba un trago de aguardiente. No hicieron ningún ruido pues no se querían meter en problemas. Prefirieron esperar y observar por si veían al Mac.

Desde esa distancia no podían ver los rostros de los que estaban jugando, por lo que se acercaron un poco y encontraron al Mac ya bien jodido. Los vatos los vieron e inmediatamente reaccionaron.

—What in the fuck you want?

—Creo haber entendido nomás el "fuck" —dijo el Yes Yes.

—¿No que tanto inglés, güey? Casi nos mentaron la madre —dijo el Coras.

—No. Yo creo que la palabra *fuck* significa Facundo en inglés —afirmó el Yes Yes muy seguro, presumiendo sus conocimientos.

–¿Qué quieren? –preguntó el vato, que ya se encontraba de pie junto a sus valedores.

–Nada. Solamente queremos hablar con ese morro –les dijeron señalando a Maclovio con el dedo.

–If you want to talk to him, you got to talk to me first, ese!

–No entendemos bien lo que nos dices.

–Él tampoco, y miren qué bien se la está pasando. So, ¡si quieres hablar con él, primero hablas conmigo!

–Es algo personal –le contestó el Tururú.

–Él ya es casi homeboy, ese, y entre nosotros no hay cosas personales, así que get the fuck out of here!

–Ya me estoy encabronando –le dijo el Coras en voz baja al Yes Yes.

–No empieces –le contestó éste–. Primero reponte y luego echas bronca.

Los tres no podían ocultar el miedo y los vatos lo notaban. Los fueron rodeando y uno rompió una botella, creándose un absoluto silencio mientras que el de la botella se le acercaba cada vez más al Tururú.

–Let's play! –dijo.

–Ese puto, wait! –se escuchó el grito del Snake que los había seguido aunque tenía que agarrarse de la pared para no irse de bruces–. Son del barrio, puto. They are ok!

–Yes, yes –decía el Yes Yes.

–Si tú lo dices, Snake, fine puto –dijo el vato mientras tiraba la botella.

–¿Cuál es el morro que están buscando? –preguntó el Snake.

–Es aquél que está todo vomitado –contestó el Tururú.

Se llevaron al Maclovio como pudieron, cargándolo durante algunas cuadras y ya de plano arrastrándolo cuando se hizo del baño. Llegaron con Doña Imelda, quien de inmediato puso el grito en el cielo.

–¡Santo Dios! ¿Qué fue lo que pasó? Mira cómo vienes, mijo.

–Fueron unas cuantas cervezas, pero al rato estará bien. Si quiere lo metemos y le damos un baño frío para que se le quite. Mientras, usted vaya preparando un remedio casero.

–¿Como cuál? –preguntó toda nerviosa doña Imelda.

–Pues un caldito –dijo el Coras.

Maclovio se resistió cuando sintió las primeras gotas frías, por lo que tuvieron que agarrarlo del pescuezo para lavarle hasta las orejas. Después del baño le dieron su caldito que le quemó hasta la lengua. El Mac se quedó dormido como un angelito.

Ya un poco más tranquilos, los tres amigos comentaban que los vatos locos no eran tan ojetes, simplemente eran chavos rebeldes e inseguros, por eso se disfrazaban y actuaban de esa forma. Lástima que algunos se echaran a perder a tan temprana edad, porque si tuvieran quién los orientara, otro gallo les cantaría.

—Bueno, mi Coras, ahí nos estamos viendo, ya hicimos nuestra obra del día —decía el Yes Yes, quien ya se estaba yendo con el Tururú.

—Pregúntenle a Francisco si les da un aventón.

—Gracias, pero ya estuvo bueno de estar molestando a la gente. Mejor ahí la vemos.

—Ya hay que comprarnos un carrito aunque esté viejo, para no andar caminando —comentó el Coras.

—Pues cuando te saques la lotería no te olvides de nosotros —le gritaron mientras daban vuelta a la esquina.

Los dos amigos se perdieron en las calles oscuras del barrio. No tomaron el camión pues no tenían dinero, solamente les alcanzaba para comprarse unas semillas de calabaza, cuyas cáscaras iban dejando en el camino. Era más fácil eso que buscar un bote de basura.

El Yes Yes seguía portereando a todo dar, por lo que continuaba cargando sus recortes de periódico. El Coras ya se había recuperado completamente y el Tururú seguía filosofando. No se le escapó el Maclovio, a quien en la primera oportunidad le dijo que la estaba regando.

El Maclovio escuchaba con cierta atención, pero de plano algunas cosas no las entendía o no las quería entender. A esa edad uno come puños de pinole, tomas agua y nada te pasa, sientes que el mundo es tuyo.

—El que debe agarrar la onda eres tú —le decía el Tururú—. En esta ocasión no pasó de ser una simple borrachera y una fuerte cruda. Si tus tíos y tu abuela te trajeron es para que te pongas a estudiar, para que seas un hombre de bien. A tus 15 años tienes solamente un trabajo, y ése es darle duro al estudio.

—No entiendes —decía Maclovio.

—El que debe entender eres tú —le contestaba el Tururú fijándole la mirada—. Vas a hacer sufrir mucho a tu abuela y a tus padres. Deja ya de regarla. Es recomendable que dejes esa compañía con la que te encontramos. Si quieres seguir por ese camino vas a terminar de regreso a México… pero en una caja de muerto.

—Es que no tengo amigos.

—¡Búscalos! En el barrio no solamente hay vatos locos o como quieras llamarles. Hay muchos que se dedican al estudio y a actividades sanas.

—Sí, pero ésos no están en la onda, son como rechazados, mal vistos —dijo Maclovio.

—No me vengas con esas chingaderas... Tal vez sean mal vistos o rechazados por gente como ésa con la que te quieres juntar, con los que rifan, como dicen ellos. Y sí, a lo mejor sí rifan, pero, ¿por cuánto tiempo? Hasta que la policía se los lleve o sus familiares los entierren.

Maclovio le dio poca importancia a aquella conversación y siguió juntándose con los vatos locos, hasta que fue el Pelón quien le habló.

—Mira, morro —le dijo levantándose la camisa y enseñándole una cicatriz de unas seis pulgadas—. Ésta no me la hice jugando. Fue por andar de loco por esas calles frías, buscando broncas cuando no las tenía, o comprando broncas ajenas. Yo sí que me la rifaba cuando alguien nos ofendía. Era el primero en brincar cuando alguien se pasaba de... tú entiendes. Ésta fue en un baile —le decía señalando aquella huella que le quedaría de por vida—. Me creía un chingón. Había agarrado mi lugar preferido que era junto al bar, cuando llegó la pandilla rival y se armaron los madrazos. Yo estaba feliz de la vida pues ya había tirado a tres, pero el cuarto fue más gandalla que yo, sacó una navaja y me la enterró. Nomás sentí muy calientito, me quedé ahí tirado pues de inmediato llegó la policía y mis valedores ni chance tuvieron de sacarme arrastrando. Cuando llegó la ambulancia, uno de los paramédicos les gritó a sus compas que tenían que llevarme rápido porque de lo contrario me les iba a pelar... Pero no me les pelé, cómo que a mi edad iba a andarle dando cuentas a San Pedro. Además no tenía muy buenas cuentas que dar... No te creas, eso me espantaba. Los homeboys nunca me abandonaron, siempre me fueron a visitar al hospital. Me puse muy feliz cuando supe que al chavo que me había clavado ya lo habían enterrado. La familia también me visitó, pero no era igual. Ellos solamente me llamaban la atención y yo terminaba culpándolos. La jefa se ponía a llorar, pero yo no le daba importancia, pensaba que ya se le pasaría. El jefe me corrió varias veces de la casa, pero de pendejo le iba a hacer caso. Ahí estaba muy a gusto pues lo tenía todo. Un día la jefa dejó de llorar. Me dijo que ya tenía los ojos secos. El jefe también dejó de decirme cosas. Ya ni me corría, simplemente no había comunicación entre los dos. Me quedé con los vatos locos... ¿Me estás escuchando, morro? —le preguntó al Maclovio, que no levantaba la mirada—. La casa de los jefes se convirtió en mi tercer hogar, después de la calle y la correccional de menores. Ahí sí que hay tiempo de estudiar, de meditar y de arrepentirse. Estudiamos y meditamos la forma en que nos vamos a chingar a los de las otras pandillas... y nos arrepentimos de no haberlos mandado al panteón. Los maestros sí que son buenos, cuando no entendemos o nos portamos mal, llaman de inmediato a uno de los responsables de mantener el orden y vamos a dar al cuarto de castigo. Ahí te clavan hasta lo que no te imaginas... y no es precisamente una manzana o tu paleta de dulce. Sales de ahí hecho todo un hombrecito.

El Pelón le enseñó algunas heridas más y Maclovio solamente pelaba los ojos.

—¿Y llegaste a matar a alguien? —le preguntó.

—No sé —le contestó el Pelón—, y si fue así, pues ya ni modo.

−¿Y cómo te saliste de la pandilla?

−Por dos razones: la chava con la que me casé y la muerte de mi carnal. La morra me lo sentenció: si no dejaba la pandilla, ella me abandonaría. Mi carnal se llamaba José, pero le decían el Joe. Un día se fue a un baile al este de Los Ángeles. Todo el mundo le insistió que no fuera, pero terco, decía que tenía que ver a una vieja. Solamente el Gooffy lo acompañó. Dicen que ni siquiera se bajó del carro. Llegando al estacionamiento le dieron de balazos, los dos murieron al instante. Cuando llegó la policía a avisarnos, fue al jefe a quien se le salieron las lágrimas. La jefa ya no lloró, de verdad tenía los ojos secos. Me tocó ir a identificarlo a la morgue. Sentí un gran vacío cuando le toqué el rostro, le grité que se levantara... Le taparon la cara con una sábana blanca e incrustaron su cadáver en el contenedor de la pared. El sentimiento de venganza que ya traía también se me incrustó a mí en el alma. El día del sepelio, la iglesia estaba repleta de homeboys. Algunos no respetaban el momento pues ya hablaban de venganza. Ellos pidieron cargar el ataúd hasta la carroza que lo llevaría al panteón. Cuando lo iban a bajar, me tocó decir unas palabras y sólo le pude decir "Perdón". Me sentía culpable por lo que le pasó, él era el menor y decía que yo era su ejemplo, quería ser como yo... Fui yo quien le enseñó a doblar y a ponerse su primer pañuelo en la cabeza, y así lo sepultamos, con su pañuelo rojo.

Maclovio pareció entender el mensaje y se alejó del lugar cabizbajo.

−Oye, Pelón, lamento lo de tu hermano −le dijo el Tururú.

−No te preocupes. Todo lo que le dije fue cierto, menos lo de mi carnal. Eso fue mentira.

−¡Qué ojete! ¿Por qué le mentiste? ¿Qué necesidad había? Casi me haces llorar.

−A veces hay que exagerarle para que agarren la onda. Pero te puedo asegurar que eso ha sucedido más de una vez.

−¿Y tus lágrimas, Pelón?

−Es que tenía un chingo de ganas de ir al baño... Ya no me aguantaba, pero no podía dejar a medias la letanía. Nos vemos al rato −dijo el Pelón, y se fue corriendo.

−Gracias, ojalá llegues −le gritó el Tururú−. ¡Chin! Ya se hizo −agregó al ver que dejaba de correr y caminaba lentamente mirando alrededor para que no lo viera la gente.

El Pelón no sería un gran jugador de futbol, sólo lo ponían cuando el cuadro rival era débil o cuando iban ganando holgadamente, pero era un tipo de buenos sentimientos. Su presencia era sentida donde quiera que estuviera. Le faltaba un diente, pero le sobraba personalidad.

El Yes Yes no les dijo a sus amigos lo que había sucedido entre el Pelón y el Chuy, por eso cuando lo vieron con sus valedores en la gran avenida, el Coras y el Tururú se pusieron nerviosos. La bronca tenía que parar.

El Chuy había llegado tomando su lugar de costumbre, recargado en un poste de luz. El Yes Yes actuaba con naturalidad, hasta le sonreía. Los otros dos le pedían a Dios que pronto llegara un patrón y les ofreciera un trabajo sin importar lo que les pagaran.

La competencia estaba dura. Los salvatruchas seguían en su lucha por ser los más truchas, pero la raza ya no se dejaba. Era un día fuera de lo normal. Los empujones y los gritos subían de volumen a la llegada de los patrones.

La historia se repetía. Unos cuantos eran contratados y se despedían de sus cuates con singular alegría, mientras éstos les contestaban con una sonora rechifla recordándoles a su madre. Los que antes eran los nuevos, inexpertos y soñadores, ahora caminaban con paso lento... Los nuevos se detectaban inmediatamente, su pose y su ímpetu por ser contratados los identificaban.

—¡Hemos llegado! —casi gritaban.

Ellos eran la verdadera competencia. El Tururú y el Coras no eran contratados. Seguían esperando la llegada de un nuevo patrón.

Los nervios no los dejaban estar. Caminaban de un lado a otro y cuando se detenían sentían la mirada pesada del Chuy y de su gente. Se sentía que existía rencor. El Yes Yes se percató del nerviosismo de sus amigos y les preguntó qué sucedía, a lo que éstos respondieron que se sentían intimidados por el Chuy.

—No se preocupen —les dijo—. A ese cabrón ya me lo calmaron. Le sacaron el valiente de las cartas y sólo le dejaron el borracho.

El Yes Yes aún no terminaba de hablar cuando observaron que el Chuy se aproximaba adonde ellos estaban. Al pasar junto a ellos, le dio un empujón de lleno con el hombro al Coras, quien cayó de nalgas. No hubo disculpa alguna. El Chuy siguió su camino. La última palabra no estaba dicha. El Coras fue levantado por sus amigos, quienes se quedaron muy pensativos. El Yes Yes quiso alcanzarlo, pero el Tururú lo detuvo.

—Tranquilo, carnal —le dijo—. Esto es para otro día.

La noticia del día era la designación de México como sede del Mundial de futbol de 1986. Algunos tenían ya sus alineaciones, ponían a Hugo Sánchez y sacaban a Luis Flores, mientras que Quirarte no les convencía, festejaban que pudiera estar el Jefe Tomás Boy.

—El Pablo Larios sí que no debe estar. No ve, el cabrón... Tiene los ojos rasgados —decían.

—Solamente así pueden jugar en el Mundial —le decían los salvatruchas a la raza.

—Por lo menos vamos —se defendían—. A ustedes ni la magia del Mago González los va a salvar de la eliminación.

Tratando de olvidar el incidente con el Chuy, el Yes Yes había regresado a su forma habitual: carro que se estacionaba, corría y se metía a la bola. Era parte ya del acostrumbrado ritual. Entró al codazo, empujón y "espérate, güey", también intentó subirse al vehículo, todavía en movimiento, sin autorización del potencial empleador, y no podía faltar su clásico grito de batalla: "Yes! Yes!". El Coras ya no pedía prestado pues a todos les debía, tenía que buscar afanosamente chamba ese día. El Tururú, por su parte, le echaba ganas, pero en cada oportunidad que tenía se ponía a filosofar.

El grupo seguía discutiendo el controversial tema de las patadas y del balón rodante que tanto atrae la pasión de la gente. Era como discutir de religión, cada quien tenía sus santos y su particular forma de pensar. Los nuevos no entraron al tema, no dejaban de gritar colocándose a la mitad de la calle para llamar la atención y provocando que los vehículos se detuvieran y les reclamaran. Otras veces ni se detenían, por lo que los paisanos tenían que hacerse a un lado para no ser atropellados. Esta nueva forma de buscar la chamba era muy peligrosa, podía tener serias consecuencias, pero a los nuevos eso no les importaba, pensaban que así conseguirían trabajo.

—¡No la chinguen! —les gritaban—. Los van a atropellar.

—Ustedes no se preocupen. No pasa nada.

El calor hacía estragos entre los que continuaban esperanzados en poder trabajar. Algunos buscaron una sombrita para que no se les pusiera la piel más morenita.

—Aquí deberían venir las gringuitas para tomar su "sun tan" —decían.

Ya para las 12 del día, todos buscaban un refugio contra el sol que esa mañana no había sido su mejor aliada. Fueron a pararse al lado de una pequeña licorería. Los clientes los observaban, unos con curiosidad y otros con indiferencia. Los paisanos saludaban alegremente a la gente.

—Qué bonito está su hijo —le decían a la señora que llegaba por la leche, pero a ésta le molestaba el piropo, sentía que era burla pues sabía que su hijo estaba más feito que bonito.

Al gringo que llegaba por su chelas se limitaban a decirle "Jay", pero a las clientas su piropo no les podía faltar, no importaba que fueran chaparritas, gorditas, güeritas, morenitas o negritas. Todas iban enseñando parte de su fisonomía. Algunas solamente se sonreían porque a lo mejor no entendían, pero las que sí comprendían sacaban a relucir lo mejor de su vocabulario. Los compas solamente se reían, lo que provocaba que se fueran a quejar con el dueño de la licorería.

—Dice el dueño que es mejor que se vayan porque están molestando a su clientela —les dijo Antonio, un empleado de lugar—. Dice que si no se van, va a llamar a la policía.

124

—Uy, qué miedo —dijeron algunos—. Al contrario, debería agradecernos ya que estamos dándole la bienvenida a la gente. Probablemente él no se da cuenta, pero hasta le pueden comprar más.

—Pues yo les aconsejo que se retiren. El patrón es medio cabrón.

Como dice el refrán, al buen entendedor pocas palabras. Algunos poco a poco se fueron retirando del lugar, unos más permanecieron ahí, y otros de plano ya ni siquiera se esperaron para seguir buscando chamba. Se fueron hasta quién sabe dónde. Ojalá hayan llegado.

Los nuevos ya no estaban a media calle, se les veía sentaditos en la banqueta, con la camisa medio abierta sudando copiosamente. Lo único que les refrescaba era la brisa de los carros que por ahí pasaban. Y los demás, tercos, seguían chuleando a la clientela, y cuidado que a una chava se le cayera algo, pues hasta los calzones le miraban. El Tururú, como siempre, buscó remediar algo pidiéndoles que ahí la dejaran y se alejaran.

—No estamos haciendo nada —le contestaron mientras se les iban los ojos con una morena que pasaba por ahí.

—Mejor no hay que buscarle —les recordó—. Ya saben que de repente hasta a la migra nos echan y a la policía ni se diga. No hay que darles motivos para fregarnos, vamos a regresarnos a nuestro lugar de siempre.

Caso hicieron, pero caso omiso. El Tururú se alejó del lugar observando que los de la banqueta habían optado por irse. Estaban reposando al lado de un carro estacionado, se les veía completamente agotados y ni siquiera habían trabajado.

Antonio, el empleado de la licorería, volvió a salir llamando la atención del Tururú, quien regresó al lugar.

—Es mejor que le hagan caso al patrón para que no vuelva a pasar lo del otro día —les dijo.

—¿Pero qué fue lo que sucedió? —preguntó uno muy fanfarrón.

—Que yo sepa, él y algunos otros comerciantes fueron los que llamaron a la migra. Por ahí escuché que ustedes decían que había sido el dueño de La Hacienda, eso no es cierto, ya que este cabrón los acusa de dejar un cochinero en la calle, de ahuyentar a la clientela y de hacer sus suciedades detrás de la tienda.

—Pues que se chingue —se escuchó decir a uno—, que llame a la migra, al cabo yo tengo mis papeles.

—No se trata de eso —le dijo el Tururú—. Con nuestras acciones podemos afectar a otros que no tienen vela en el entierro, y para qué darles de qué hablar. No hay que darles argumentos para que nos vuelvan a chingar... Recuerden que siempre seremos los culpables de todo lo que pasa.

Los chavos parecían ir agarrando la onda pues ni siquiera los interrumpió la presencia de una escultural rubia con una pequeña minifalda que estaba a punto de entrar a la tienda. Decidieron recoger algo de la basura que se encontraba tirada en el suelo. Sabían que no era de ellos, pero lo hacían por cortesía, además había que limpiar la "oficina". Los nuevos ya mejor se iban.

—Nos vemos otro día —dijeron.

El Tururú no quiso irse sin antes conocer al ojete de la licorería que les había echado a la migra. Estaba prietísimo el tipo, con unas grandes ojeras, y apestaba algo raro, probablemente era porque no se bañaba. La toalla sobre la cabeza no le ayudaba. Le pagó el refresco sin contestarle el saludo. De verdad que era un ojete.

—De seguro éste tampoco ha de tener papeles —dijo—. Para cuando llegue la migra, les voy a pedir que le revisen los papeles a él primero.

El Coras y el Yes Yes no se movían de su lugar privilegiado. Se encontraban debajo de una sombrita que les daba una ramita de un árbol que estaba plantado por ahí.

—Ya bájale, mi Tururú —le dijo el Yes Yes—. Si te sigues metiendo en lo que no te importa un día de éstos nos van a madrear —le gritó al verlo salir de la tienda tomando su Sprite.

—Pues qué le vamos a hacer. Hasta cuando no hacemos nada nos amenazan con ponernos en nuestro lugar —le contestó.

—Sin escupir —dijo el Coras.

—Bueno, no vamos a empezar —dijo el Yes Yes mientras le quitaba el Sprite al Tururú y escupía de inmediato el contenido pues le había dejado las puras sobras.

Otro día sin trabajo para los tres. Ya no había ni siquiera una "cora" para gastar, por lo que tuvieron que irse a patín de la gran avenida sin rumbo fijo. Caminaron media cuadra cuando el Coras y el Tururú se le quedaron mirando al Yes Yes.

—Pues vamos a tu casa —le dijeron—. No sabemos ni dónde vives.

—No se pierden de nada —les contestó.

Al Yes Yes no le gustó la idea y buscó cualquier excusa para persuadirlos, pero ganó la terquedad de los otros dos. Caminaron un buen rato y llegaron hasta la calle Valerio. El Yes Yes se arrepintió de haber escupido las sobras.

—Ya mero llegamos —les dijo—, pero ¿por qué mejor no nos regresamos o vamos a otro lugar?

Caminaron unas cuantas cuadras más. El Coras se quejaba de que ya le dolía hasta la herida.

—Hemos llegado —les dijo deteniéndose en una de las casas más viejas que había por ahí.

El jardín no tenía pasto, era pura terracería. Una vieja hamaca colgaba de dos árboles de limones, un perro viejo ladraba a todo lo que daba y las rejas en las ventanas no podían faltar.

—Hasta los pobres tenemos que cuidarnos de que no nos roben —diría el Yes Yes.

Un chiquillo todo chorreado y en puros calzoncillos se encontraba detrás de la malla de alambre en la puerta de la casa, la cual tenía unos orificios por donde podía pasar un elefante.

—¡Ya llegó mi papá! —le gritó el chamaco a su mamá y buscó la forma de abrir aquella puerta de alambre para ir en busca de su papá.

Los dos amigos se quedaron mudos, no dijeron absolutamente nada, actuaron con mucha naturalidad, como si todo fuera normal. El niño por fin encontró cómo llegar hasta donde estaba su papá.

—¿Qué me trajiste, papi?

—Nada, mijo —le dijo el Yes Yes acariciándole la cabeza, mientras que el pequeño le exigía los brazos pues quería que lo cargara.

El Tururú y el Coras buscaron algo en sus bolsillos para dárselo al chiquillo, pero no había nada, estaban vacíos. El Yes Yes buscó el limón más grande que había, lo arrancó, lo limpió en su camisa sudada y se lo dio a su hijo.

—Tenga —le dijo—. Cómaselo con un poquito de sal.

El niño peló los ojos, le parecía el mejor regalo de todos, se lo había dado su papá.

—Esto me diste ayer… —le dijo de todos modos, como todo chiquillo preguntón y curioso.

—Ándele, lávelo bien y se lo come todo.

María estaba en la puerta esperando a su Yes Yes, y qué sorpresa se llevarían los amigos pues se encontraba embarazada.

—Pasen —les dijo el Yes Yes—. Están ustedes en su casa. María, te presento a unos amigos.

—Mucho gusto —les dijo María sosteniendo el trapeador en la mano.

—El gusto es nuestro, señora.

—Han de disculpar ustedes las inconveniencias —les dijo.

No podía ofrecerles un lugar donde sentarse, no tenían muebles en la sala, había solamente una mesa de centro con algunas fotografías y un florero con muchas rosas. En una de las fotos estaba el Yes Yes haciéndola de arquero, pero la que más presumía y la ponía al frente era la que le habían tomado a la entrada del Estadio Azteca.

—¿A poco llegaste a jugar ahí? —le preguntaron.

—¡Claro! Pero en el estacionamiento…

El pequeño televisor era a colores, eso sí no podía faltar. Era lo que María había pedido la Navidad pasada, que para ver sus novelas. Aquello era muy pequeño y humilde, pero eso sí, muy limpio. María se encargaba de eso para que el Yes Yes no se quejara. Limpiaba aquella alfombra roída con la escoba mojada para no levantar el polvo.

Pasaron a la cocina. Tenían una pequeña mesa con sólo tres sillas, una completamente despintada, la cuarta la tiraron pues le faltaba una pata.

—Oye, María, ofréceles algo de tomar —le dijo el Yes Yes.

María sacó una jarra de plástico, le puso hartos hielos con dos cucharadas soperas de azúcar y les dio su agua de limón, de qué más iba a ser.

Si de por sí ya estaban sorprendidos por el secreto del Yes Yes, más pelones todavía se les quedaron los ojos cuando vieron pasar a otros dos niños que salían por la puerta de atrás.

—No son míos —les aclaró el Yes Yes—. Son de los compadres que viven aquí.

—Menos mal —pensaron los dos amigos.

—¿Y cuánto tienen de casados? —le preguntó el Coras a María.

Ésta se sonrojó ya que vivían "arrejuntados". Ninguno de los dos quiso preguntar más, fue el Yes Yes quien les comenzó a relatar:

—A María la conozco desde que éramos morros y andaba dándole duro a la patada, dizque parando goles. Ella siempre me apoyó para que continuara, decía que yo sería famoso y que le presumiría a sus amigas cuando me vieran en la tele. Sus remedios caseros siempre me curaron los raspones, y miren que eran muchos porque la cancha del llano estaba medio dura. Por poco y le atina María a eso de que algún día yo sería famoso. Me acompañó a mi primer entrenamiento de prueba con el equipo SUOO de Cuautitlán de Romero Rubio de la segunda división, también fue al segundo… y después ya no fue porque me dieron de baja por una lesión. Me recuperé rápido, pero cuando intenté regresar me dijeron que el equipo ya estaba completo. Eso fue una gran desilusión, aunque me invitaron para que regresara a la temporada siguiente. Ni siquiera llegué a debutar en el estadio Los Pinos. Regresé a jugar a los llanos que están allá por Lechería, pero ya no había entusiasmo y poco a poco lo fui dejando. Además, las chelas que nos echábamos después de cada partido me fueron empanzonando, estaba perdiendo la agilidad, ya ni siquiera podía detener un tirito de un chiquillo… María, sírveles más agua, ya se la están acabando —le dijo el Yes Yes.

—Gracias, señora —contestaron los otros dos mientras su amigo les seguía contando.

—Antes de que me llamaran al SUOO, María ya estaba embarazada. "¡Qué importa!", decía yo, "asumo toda la responsabilidad, al cabo que ya voy a ganar mucha lana". Al nacer mi hijo, nos tuvimos que ir a vivir a casa de la jefa pues no teníamos en qué caernos muertos. Ella nos aceptó con mucho gusto pues realmente no tenía de otra. Yo pensaba que con el futbol le daría una satisfacción a mi mamá, pero en vez de trabajar me dediqué a vagar, me ponía a chupar con los cuates de la colonia, vivía de los recuerdos, festejábamos como si fuera ayer que nuestro equipo salió campeón y jugamos en el Torneo de los Barrios. "¿Te acuerdas de los dos penaltis que le atajaste a los de Ixtapalapa?", me decían, y claro, cómo no me iba yo a acordar, así que levantaba mi botella de Negra Modelo para festejar. Porque eso sí, las cervezas nunca me faltaron. Los cuates me veían aún como su ídolo. Lo más bajo que llegué fue cuando regresé nuevamente a jugar, pero por cervezas. María siempre estuvo a mi lado. Me decía que lo que hacía era malo, pero yo no entendía. Sus observaciones ya me tenían hasta el gorro, bastante tenía con las letanías que me daba la jefa. Un día de plano le dije que si no le gustaba pues que se regresara con su familia, y no se regresó la muy terca, ahí se quedó, aguantando todas mis groserías. Así comprendí lo mucho que me quería.

María, que estaba en la cocina, podía ver perfectamente al Yes Yes y le dolía percibir sus gestos porque sabía que éste aún sufría.

—Así es, muchachos, dediqué mi vida entera al juego de las patadas, un sueño que nunca me dejó ver la realidad. Aparte del futbol, nada me importaba. No hice nunca la primera comunión, iba a la escuela pero no estudiaba, casi soy un analfabeto, con dificultades sé poner mi nombre y ni siquiera oficio tengo. Por eso cuando decidí venirme para acá prometí no jugar más y ver mi realidad. Tengo a María, un hijo y otro que está por llegar. No pude mantener la promesa, y yo sabía que ella me entendería, pero es que el juego es como una droga.

El Coras y el Tururú solamente ponían atención. Ya se habían acabado de nuevo su vaso de agua, el calor estaba infernal. María le echó más hielos a la jarra y se las volvió a llenar. El Yes Yes interrumpió su relato y corrió al jardín. Llegó justo a tiempo para bajar a su hijo de una pequeña barda en la que se había subido. Si se hubiera caído se hubiera picado hasta las nalgas pues ahí tenían los nopales.

—Me imagino que no han comido —les dijo María.

—No se preocupe por nosotros. Ya en un ratito nos vamos —le contestaron muy educados.

—No se me hagan los de la boca chiquita, ya verán lo que les vamos a preparar.

El Yes Yes entró a la cocina, sacó el cuchillo más filoso que tenían y le pidió a sus amigos que lo acompañaran a la parte de atrás. Se fueron a cortar nopales. Entre corta y pela el Yes Yes les enseñó su álbum de recuerdos, tenía fotos hasta con Alfredo Tena y con su ídolo el Superman Marín.

María no salía de la cocina. Ya había sacado la olla de los frijoles y la cazuela estaba lista en la estufa con unos trozos de chorizo. El aroma que salía por la ventana despertó el apetito de los que estaban pelando el bistec de los pobres. Al chico rato los frijoles ya estaban adornados con su queso blanco y los nopales se estaban asando en el comal de la cocina. A los treinta minutos ya estaban comiendo debajo de un árbol sobre el pasto viejo. Los chiquillos seguían jugando, pero no soltaban su taco de frijoles.

Los jalapeños sí que estaban picosos, María tuvo que hacer su limonada varias veces. El perro no dejaba de ladrar, probablemente le había tocado un nopal sin pelar.

La plática estaba muy amena, ya se habían acabado los nopales, de las tortillas solamente quedaron las duras, y hasta limpiaron las sobras de la cazuela de los frijoles. El perro dejó de ladrar cuando le dieron las sobras de las tortillas remojadas en agua fría. El chiquillo por fin se cayó, y del trancazo se quedó dormido.

–Aquí vivimos con los compadres –explicaba el Yes Yes–. Ellos tienen su cuarto, sus hijos duermen en la sala y a nosotros nos toca el cuarto más pequeñito. Nos dividimos los gastos, vamos a mitas en el pago de la renta, de la luz y del agua, hasta la vieja nos dividimos...

–¡Luis! –exclamó María.

–¿Qué, mi Yes Yes? ¿Y cuándo te trajiste a María? –le preguntaron.

–Ella tiene poco más de un año. ¡Ah, pero cómo fue caro y difícil traerla! Los coyotes cobraron mucho dinero, decían que es más complicado cuando se traen niños. A ella la metieron en una cajuela y a mi hijo le pintaron el pelo de güero y cuando pasaron de noche el de la migra sólo vio a un chiquillo güerito dormido. Fue más difícil despintarle el pelo que la pasada, esos desgraciados le echaron pintura de aceite, dizque pa que aguantara y porque era más barato. Lo tuve que rapar a fin de cuentas, pues con nada se le caía la pintura, y qué bueno que lo hicimos porque hasta los piojos se le cayeron... también terminaron siendo güeritos.

–¿Y no es peligroso dejar a tu hijo en manos de desconocidos?

–Pues sí, pero qué le hacemos. Nos la tuvimos que jugar. Gracias a Dios lo único que se perdió fue su pelo, pero mírenlo, ya lo tiene como su papá.

Al poco rato llegó una camioneta no muy nueva que digamos. Eran los compadres que regresaban de trabajar. El Yes Yes le hacía burla a su compadre, le decía que era el más grande de su pueblo, que probablemente era de Oaxaca porque no pasaba del metro y medio. Tenía el pelo negro peinado a la Rubén Olivares, aunque peinado era un decir porque eran puras púas. Su esposa tampoco era muy grande que digamos ya que su viejo le sacaba cabeza y media. Se bajaron de la camioneta y saludaron muy alegres a los que estaban ahí conversando.

–Véngase, compadre –le dijo el Yes Yes–. Déjeme presentarle a unos amigos de los que ya les había platicado.

–Mucho gusto –les dijo Vicente al Coras y al Tururú.

La comadre los saludó de lejecitos pues venía un poco fachuda y llevaba consigo una bolsa de plástico con los trastes sucios de la comida. Se metió de inmediato a la casa y en unos minutos salió más arregladita.

–¿Cómo le fue en el trabajo, compadre? –preguntó el Yes Yes.

–Pues como siempre. A veces la hago de modelo, de maniquí, o me pongo a limpiar uñas. En otras me ponen de cargador, pero casi todo el día ando acomodando las pelucas en cajitas.

—¿Pues en qué trabaja? —preguntó curioso el Coras.

—En una compañía que se llama El Calvo y Asociados, allá por la Van Nuys. Venden pelucas y otros cositas de belleza para la mujer, desde uñas hasta pantimedias.

—¿Y a poco modela las pantimedias?

—¿Qué pasó?

—¿Y su mujer qué hace?

—Ella se encarga de desenredar las pelucas que llegan maltratadas. Antes era peinadora, pero desde que llegó la sobrina del mayordomo la cambiaron de lugar. Ahora le pagan menos, pero uno qué puede hacer, luego luego nos dicen que si no nos gusta nos podemos largar, y pues nos aguantamos porque tenemos la necesidad de trabajar.

—¿Y les piden papeles? —inquirió el Tururú.

—Nosotros conseguimos el seguro y la verde en el centro de Los Ángeles, y qué bueno que no las revisaron porque se hubieran dado cuenta de que eran chuecas. Pero la pura verdad, en estas chambas no hay que presentar papeles, es la pura finta, solamente se requiere ser familiar o amigo del mayordomo. Él se encarga de llenar las solicitudes y determina a quién le dan el empleo. Ya la mitad de su pueblo se encuentra trabajando ahí. Unos son compadres, otros sobrinos, hermanos... ya hasta el hijo de la que vendía las pepitas en el pueblo tiene su lugar en la compañía.

—¿Y eso es muy común en otras compañías? —preguntó el Coras.

—Realmente no sé. En las tres que he trabajado, siempre resulta lo mismo, los familiares son contratados de inmediato, los demás tenemos que esperarnos hasta que les dé la gana llamarnos. Pero ya nos acostumbramos.

—Por lo menos tienen chamba —dijo el Tururú.

—Pues sí. Terminamos conformándonos con que por lo menos tenemos algo.

Vicente y su mujer no alcanzaron comida y terminaron comprando un pollo rostizado. La plática continuó sin que se hablara de algo en especial, pero el tema que no podía faltar era el terre, la nostalgia los embargaba.

Pasaron las horas y cayó la noche, la temperatura estaba agradable por lo que ninguno se abrigó. Los chiquillos ya se habían quedado jetones en las faldas de su mamá, ésa era la señal que tanto el Coras como el Tururú esperaban para despedirse. Los tercos querían caminar, pero el Yes Yes insistió en que Vicente los podía llevar. Éste con mucho gusto accedió. Los dos iban de regreso a su cantón, bueno, el Coras, porque al Tururú lo estaba esperando su camioneta estacionada.

En el camino siguieron comentando de su estado, pero no faltó quien invitara a alguna farra. El Vicente proponía que se fueran con las chavas.

—¡Con mucho gusto! —le contestó el Coras—. Lo único que nos falta es la lana…

Y pues como no había lana, no hubo chavas.

—Pues de mi parte ahí se la jalan —bromeó el Yes Yes con los que estaban faltos de faldas.

Llevaron primero al Tururú. Su camioneta seguía estacionada y no le faltaba nada. Cuando llegaron al cantón del Coras todo estaba muy tranquilo, los que siempre se ponen a chupar ya no estaban esa noche.

Pero no iba a ser una noche tranquilita. Muy de madrugada se escucharon unos fuertes toquidos en la puerta del departamento del Coras, parecía como si le estuvieran dando de patadas.

—¡Ignacio, salga un momento, por favor! —se escuchaba.

El Coras no se levantaba pensando que estaba soñando.

—Oye, cabrón, creo que te hablan —le dijo su compañero de sala.

—¿A estas horas?

Los gritos no cesaban. Había desesperación. Ahora sí era obvio que le estaban dando de patadas a la puerta pues ya casi la tiraban. El Coras se levantó de inmediato al darse cuenta de que sí lo buscaban. Se vistió con lo primero que encontró y encendiendo las luces preguntó de qué se trataba.

—¡Abra, por favor!

Ahora sí que el Coras se espantó. Ya no eran solamente gritos, había llanto de desesperación. Al abrir la puerta se encontró con Maclovio, el nieto de doña Calditos, quien no dejaba de llorar al grado de que no se le entendía lo que decía.

—¿Qué onda? —le preguntó el Coras—. Habla más despacio que no te entiendo.

—¡Necesito que me ayude!

—¿Estás metido en broncas nuevamente, Maclovio?

—¡No! ¡Es la abuela!

—¿Qué le pasa a doña Imelda?

—¡No sé! ¡Venga!

—Primero dime qué está pasando —le exigió el Coras.

—No sé —reiteró el Maclovio—. Llegué tarde de andar con los cuates, aproveché que los tíos se fueron a Tijuana el fin de semana, pero cuando entré a la casa se me hizo raro no encontrarla en la sala, siempre me espera ahí para llamarme la atención o para decirme buenas noches. Al entrar a su cuarto para saludarla no me contestó. Prendí las luces y la encontré boca abajo, parece que ya no respiraba. Pero, por favor, ¡venga! —insistió Maclovio, quien a pesar de jugar al guerrero urbano seguía siendo un chiquillo que no dejaba de llorar.

El Coras apresuró el paso seguido de Maclovio. Entraron a la recámara y efectivamente vieron a doña Calditos tendida boca abajo en la cama. Ambos se pusieron nerviosos. El Coras trató de tranquilizar a Maclovio y se acercó a la doña procurando hablarle al oído. No hubo respuesta, así que con todo y el miedo la puso boca arriba. Tenía los ojos cerrados. Le buscó el pulso y al no encontrarlo se dio cuenta de que había fallecido. Le acarició la cabeza, le arregló un poco el pelo blanco y la tapó con una sábana.

El Coras cerró los ojos y le regaló unas lágrimas a aquella viejita que, sin conocerlo, le ayudó cuando más lo necesitó. Maclovio salió corriendo y se refugió debajo de un árbol cuyas hojas desprendían algunas gotas del sereno que al caer sobre su rostro se confundían con el llanto.

El Coras no lo interrumpió, lo dejó solo con su dolor, probablemente con el remordimiento por no haber estado al lado de su abuela cuando todo sucedió. A Maclovio la vida le enseñaba rápido. A su corta edad ya no todo era jugar, tenía que aprender a reflexionar.

El Coras entró a su departamento. Algunos de sus compañeros ya estaban despiertos y le preguntaron inquietos qué era lo que estaba pasando. Aún sin creerlo, les contó sobre la muerte de la vecina de enfrente.

—¡No la chingues! —comentó uno.

—¿Y de qué murió? —preguntó otro, pero lamentablemente no tenía una explicación.

—¿Y qué piensas hacer?

—No sé —contestó.

—Pues llama a la policía.

—¿No será meternos en problemas?

—¿Y a quién piensas llamar?

—¡Con una chingada! Si supiera no les preguntaría. ¿Qué vamos a hacer? —les dijo desesperado.

—Cálmate —le dijo Francisco—. Lo que pasó no es un problema tuyo. Si quieres ayudar, te tienes que tranquilizar.

Aunque el Coras casi no fumaba, prendió un cigarro que estaba por ahí y lo consumió con peculiar estilo pues no soltaba el humo. Caminaba de un lado para otro y constantemente preguntaba qué podían hacer. Maclovio estaba con él en el departamento, no quería regresar solo con la abuela. Francisco fue el que tomó la decisión y llamó a la estación de la policía local.

—Van Nuys Police Department —contestaron.

—Spanish please —dijo.

—What?

—Spanish please —reiteró.

—¡Con una chingada! Que no hablas inglés… —le dijo el Coras.

—¡Pues no! Si quieres mejor habla tú.

—Tú síguele. Verás que te van a colgar —contestó el Coras.

—Oficial William, ¿en qué le puedo ayudar?

—Mire, señor, no sabemos qué hacer. Una vecina nuestra fue encontrada muerta en su departamento.

—¿De qué murió?

—No sabemos.

—Déme su dirección y que nadie se mueva. Llego en cinco minutos.

Francisco le dio la información que le solicitó y cuando colgó buscó tranquilizar a Maclovio, quien no dejaba de llorar.

En unos cuantos minutos se escuchó el inconfundible sonido de la sirena de una patrulla. El oficial Williams se había encargado de notificar a los paramédicos.

Francisco y el Coras salieron a esperarlos fuera del departamento. Williams fue el primero en bajarse de la patrulla. Era un tipo corpulento. A pesar de que era de madrugada, llevaba puestos unos lentes negros. Otro oficial lo acompañaba. Los paramédicos esperaban las indicaciones de Williams.

—¿Por dónde? —preguntó.

El Coras le señaló dónde estaba la recámara de doña Calditos. Williams observó que todo estaba en su lugar. No había indicios de violencia.

—¿Quién vive aquí? —inquirió.

—Yo —dijo Maclovio.

Cumpliendo con su trabajo de rutina, le hizo una serie de preguntas. Maclovio contestó algunas, pero en otras simplemente dijo que no sabía nada. Williams tomó notas y más notas. Despachó a los paramédicos pues no tenía caso tenerlos esperando y procedió a llamar al médico legista.

Ya había un buen número de curiosos afuera preguntando qué había pasado. La chismosa del departamento de arriba ya estaba gritando que habían matado a doña Imelda. Otra confirmaba lo dicho:

—Sí, yo vi salir a dos desconocidos. Tenían cara de malditos —dijo.

—¡Ya cállense, con una chingada! —les gritó Francisco.

—Oficial, ¿qué va a pasar? —preguntó el Coras.

—Vendrá la gente del médico legista y se la van a llevar —contestó Williams.

—¿Adónde?

—A la oficina donde llevan a los muertos para practicarles la autopsia y determinar la causa de muerte.

—¿Y no pueden esperar a que lleguen mis tíos? —preguntó Maclovio.

—¿Cuándo llegan?

—No sé, pero les podemos hablar a Tijuana.

—No es posible —contestó Williams, mientras Maclovio le suplicaba que comprendiera.

Después de esperar un buen rato, llegó una camioneta que decía "Coroner's". De ella bajaron dos tipos fortachones que sacaron una camilla y una bolsa amarilla de plástico. Williams los condujo hasta la recámara y, sin mucho cuidado que digamos, depositaron el frágil cuerpo de doña Calditos en la bolsa. Para ellos sólo era un trabajo más.

—¡Abuela! —gritó Maclovio cuando subieron el cierre de la bolsa fúnebre—. ¡Por favor, esperen a que lleguen mis tíos!

Depositaron en la camilla el cuerpo aún cubierto con la sábana blanca, lo subieron a la camioneta y se retiraron. Maclovio parecía quererse desmayar. Con un grito desesperado quiso detener a su abuela. No tuvo oportunidad de despedirse de ella.

Williams pidió algunos datos más y les entregó una tarjeta personal para que se comunicaran con él en caso de que tuvieran alguna duda. ¡Y vaya que tenían dudas! Se miraron el uno al otro pero no dijero nada, parecía que Williams tenía prisa de irse.

—Solamente una —se atrevió a decir Francisco—. ¿Usted no tiene el teléfono de la oficina esa que nos dijo?

—¡Claro! —les dijo, y les dejó el teléfono del médico legista.

Williams se marchó y las dudas quedaron pendientes. Las chismosas del piso de arriba bajaron de inmediato a fisgonear. Querían entrar a la casa de doña Calditos, pero Francisco las puso en su lugar.

—Si solamente queríamos ayudar —le dijeron antes de darse la media vuelta y seguir chismorreando.

Maclovio no quiso regresar a su departamento. El Coras y Francisco le insistían en que tenía que avisar al tío, pero él se negó, así que le pidieron que les diera algún número donde pudieran encontrarlo para avisar.

—Hay una agenda negra debajo de la foto de la familia —les dijo.

Francisco entró, la tomó y regresaron a su departamento. No había tiempo que perder, tarde o temprano tendrían que avisarles.

Francisco marcó varias veces, pero se equivocaba de clave lada y le contestaban en cualquier lado menos en Tijuana.

—¡Es la 66! —le decían los que ya sabían.

Dejó sonar el teléfono pero nadie le contestaba. Finalmente, una voz somnolienta le preguntó:

—¿Quién habla?

—¿Se encuentra el señor Arturo?

—¿Quién lo busca?

—Un vecino de Los Ángeles.

Se escuchó cómo el somnoliento llamaba al Tury. En cuestión de segundos se puso al teléfono, pero al principio no reconoció la voz del vecino. Francisco no se anduvo por las ramas, le informó lo que había sucedido y no escuchó ninguna reacción, sólo percibió el clic de cuando colgaron.

—¿Qué te dijo? —preguntó el Coras.

—Nada, absolutamente nada.

El Tury colgó el teléfono. Buscó encender la luz de la sala y tropezó en varias ocasiones. El "¡Chingada madre!" le salió natural.

—¿Qué le pasa, compadre? —preguntó el somnoliento.

El Tury intentó ocultar su dolor, su rabia, su enojo.

—¡Levántate, vieja! ¡Nos tenemos que ir pero ya!

—¿Qué le pasa? —volvió a preguntar el compadre.

—¡Mi madre acaba de fallecer!

Su mujer, que aún estaba dormida, se despertó de volada. Tallándose los ojos y quitándose las lagañas le preguntaba a su marido si había escuchado bien. El Tury le confirmó lo dicho y le pidió que se apurara a arreglar a los niños pues le urgía llegar.

En un dos por tres, el somnoliento compadre ya tenía a su mujer en la cocina preparándoles unos sándwiches para el camino y poniéndoles un poco de café en un termo.

A los niños los sacaron en pijama, envueltos en unas sábanas. El Tury lloraba, se lamentaba por lo sucedido. Los compadres y la mujer trataban de tranquilizarlo, pero él les pidió que lo dejaran en paz.

La mujer trepó a los chiquillos al carro y luego se subió como pudo. Parecía dormida todavía. El Tury prendió el motor y le metió al acelerador. Se abasteció en la primera gasolinera y en quince minutos ya estaba en la garita.

Había sólo una caseta de revisión abierta y unos veinte carros estaban delante del suyo. Un vendedor ambulante intentaba afanosamente meterles una maceta por la ventana.

—Se la dejo a 18… Bueno, si me da 15 me conformo… Órale pues, se la dejo a nueve.

El Tury no le contestó. Muy educado, subió el cristal de la ventana y el vendedor comprendió que no le querían comprar, así que se lanzó de inmediato a la venta con el carro de atrás.

La espera se le hizo eterna al Tury. En su momento tocó el claxon y le regresaron el saludo con una mentada de madre. Por fin llegó su turno. Tenía los papeles en la mano y el agente de Migración le tiró el lamparazo. Ya vendría el interrogatorio:

—Where are you coming from? —le preguntó.

—Tijuana.

—Where are you from?

—México.

—Where do you live?

—Los Ángeles.

—Any food or meat?

—No.

El Tury buscaba tranquilizarse. Se frotaba la frente, contestaba de malas y le decía al agente que tenía prisa por llegar. El agente sintió que lo estaban presionando, así que le indicó que le abriera la cajuela. No encontró nada, pero no conforme, le pidió que pasara a segunda revisión.

—¡Me lleva la chingada! —dijo el Tury.

—What did you say? —le preguntó el agente, que seguro hablaba español.

—Nada —dijo el Tury, tragándose sus palabras.

En la segunda revisión los hicieron bajar del vehículo y hasta les mandaron unos perros para que revisaran. Después de no encontrar nada, les indicaron que se largaran.

Ni San Ysidro ni San Diego —las ciudades, no los santos— les vieron ni el polvo. Para cuando llegaron al condado de Orange el Tury no le bajaba de las 70 millas por hora.

Cuando llegaron a Santa Ana le bajó un poco pues no quería que lo arrestaran. La policía en esa ciudad es más dura que en las otras. El Freeway número 5 fue su mejor amigo por unas cuantas horas.

Al llegar a su departamento en Van Nuys sus hijos seguían dormidos. Su mujer ya estaba despierta, pero se mantenía en silencio absoluto. Durante el camino prefirió callar. No le dijo ni una sola palabra.

El Tury se bajó de inmediato y entró en su hogar. No encontró a nadie. Buscaba una explicación a lo que estaba sucediendo. Hacía apenas unas horas su madre le había pedido por teléfono que manejara con cuidado. De seguro apenas salió su hijo, doña Calditos, como buena madre, se puso a rezar para que su hijo regresara con bien. Ahora sólo tenía recuerdos que lo atormentaban. Se dejó caer en el sofá, aún no lo podía creer. Aquella viejita alegre de la foto ya no estaba. El Coras entró sin que el Tury se diera cuenta.

—Esto es tuyo —le dijo, entregándole el rosario que su madre tenía en las manos al fallecer.

El Coras se retiró haciéndole una señal al Maclovio para que no lo molestara. Pasaron algunas horas antes de que el Tury reaccionara. Fue él quien eventualmente buscó a los vecinos.

—¿Se puede pasar? —preguntó.

—Claro, adelante.

Maclovio estaba descansando en el sofá de la sala. Algunos de los muchachos se habían retirado a la chamba. El Coras le ofreció un café mientras Francisco le preguntaba qué pensaba hacer.

—Llevarla a México. Voy a tener que hablar con mis hermanos para que se preparen. Tienen que saber qué fue lo que sucedió.

El Tury les habló y les dio la noticia, pero no tenía muchas respuestas a las preguntas de sus hermanos. "No sé", "Quién sabe", "Tal vez...", era todo lo que podía decir.

—Cuando tenga más información les dejo saber —les dijo terminando la conversación.

Buscó respuestas en el Coras y en Francisco, pero éstos sólo sabían que se la habían llevado para practicarle la autopsia. No tenían la dirección para ir a investigar, pero de qué les hubiera servido si de todos modos era sábado y lo más seguro era que estuviera cerrado. Había pocas alternativas, entre ellas llamarle al oficial Williams para que les indicara qué debían hacer o si de plano debían esperar a que terminara el fin de semana.

Afortunadamente, Williams sí se encontraba y les recomendó buscar una funeraria, además de darles el teléfono de la morgue. La desesperación invadía al Tury, no podía pensar claramente, por lo que fueron a hablar con el párroco de la iglesia del barrio, que tampoco pudo darles razón.

Pero, claro, no faltó quien les recomendara una funeraria:

—No me cobraron mucho —les dijo el bien intencionado—. Nos dieron facilidades de pago. Ya hasta casi termino de pagar.

Llegaron a la funeraria que les recomendaron. Al entrar sonó una campanita que advertía a la recepcionista la llegada de un nuevo cliente. No se molestó en atenderlos, sólo los miró de reojo y después de hacerlos esperar un rato les preguntó en su español medio mocho en qué los podía ayudar. No entendió nada de lo que le dijeron, por lo que prefirió que hablaran con el dueño del lugar.

—Un momentou, por favor —les indicó.

Al poco rato, ya tenían enfrente a un tipo vestido de negro con olor a muerto indicándoles cuánto les podía costar. Les enseñaba cajas y más cajas, algunas forradas con terciopelo, otras con ventanita, algunas más con diseños dorados y plateados, elegantes de verdad. Era curiosa su actitud. Les mostraba y les mostraba aun cuando el Tury no le había indicado todavía qué era lo que necesitaban. El buitre seguía al acecho, les enseñaba los féretros, las flores, los escapularios y los Cristos que podían grabarse en la caja; les decía que el vestido debía ser elegante, que no escogieran nada corriente. Casi casi les tenía el presupuesto. Ya iba en los seis mil dólares y aún faltaba saber si querían velar el cuerpo en la funeraria, lo que implicaba la impresión de las tarjetitas "conmemorativas", y todavía había que agregar lo que les fueran a cobrar en México.

Francisco ya estaba aturdido, el Coras se estaba encabronando y en un momento de desesperación el Tury de plano calló al buitre de la funeraria y se largó con el presupuesto en la mano.

—¡Espérese un momento! —le gritó el encargado—. Aún le puedo hacer una rebaja.

—¡Qué jijo de la chingada! —dijo el Coras.

Siguieron buscando una funeraria por distintas ciudades del Valle de San Fernando. En algunas les permitían sentarse y les daban su vasito de agua. En otras hasta les permitían hablar, pero en todas era lo mismo: les cobraban un dineral, de los seis mil dólares no bajaban.

—¿De dónde voy a sacar ese dinero? —se preguntaba el Tury preocupado.

El día fue muy largo y regresaron a casa sin resultado alguno. Comprobaron que todo en la vida es un negocio redondo. Que levanten la mano los que dicen que el dinero no lo es todo en esta vida. Pero cómo encabrona que los ricos no sepan qué hacer con tanta lana mientras que el jodido no tiene ni para sepultar a sus muertos.

Cuando llegaron a descansar, los niños del Tury no dejaban de preguntar por su abuelita y el Maclovio no salía de su cuarto. La noche sería larga, la pasarían recordando, meditando y pensando qué iba a pasar. Aunque no se pusieron borrachos, el Coras y Francisco sí se echaron algunas chelas y entre comentario y comentario, buscaron con los cuates alguna forma de ayudar. Acordaron que entre todos pondrían quinientos varos.

El domingo, el Tury no salió de su departamento. Recibía constantes llamadas de sus familiares en México, quienes le demandaban información de para cuándo se trasladaría el cuerpo de doña Imelda.

—No puedo hacer nada —les decía—. Es fin de semana.

Los niños daban patadas en la puerta de la abuela. Les habían dicho que estaba dormida y la querían despertar para jugar con ella.

—Abuelita, ¡ya levántate! —le decían.

Su madre los retiraba de ahí y les pedía que se fueran a jugar afuera, pero al poco rato regresaban y seguían dándole de patadas a la puerta. Maclovio sufría mucho pues doña Imelda lo había cuidado desde que era un niño.

Ese domingo Francisco se levantó temprano pues tenía partido. El Coras lo acompañó para no quedarse solo. Pasaron por el Yes Yes, quien ya se encontraba inquieto esperando fuera de su casa. Constantemente miraba su reloj pues temía que no pasaran por él.

Cuando los vio llegar, se despidió de su mujer y de su chiquillo, quien no dejaba de moler porque quería acompañar a su papá al partido. Al final los convenció y se fue con él. Muy orgulloso iba el chamaco, hasta le pusieron sus tacos de futbol.

El Yes Yes le preguntó a Francisco si podían ir por el Tururú, ya era tiempo de que lo viera porterear su buen amigo. Francisco no puso objeción. Llevaban casa llena. Durante el trayecto al juego les platicaron sobre la muerte de doña Imelda.

–¡Qué caray! ¿Y de qué murió? –preguntaron.

–Pues no sabemos.

El partido contra el Tototlán era muy importante. La Onda Colorada ya estaba en tercer lugar, aparentemente el equipo contrario no traía nada, pero por buenas fuentes se habían enterado de que se habían reforzado con jugadores de la liga mayor de Los Ángeles.

–No importa –comentaron–. Nos los vamos a chin...

–Cuidado –dijo el Yes Yes–. No digan palabrotas, aquí está mi chiquillo.

–Papi –dijo el niño–, si ésa ya me la sé. Siempre se la dices a mi mamá y tú me has dicho que quiere decir "te quiero mucho".

–Cállese, escuincle canijo –le dijo el Yes Yes mientras los demás no dejaban de carcajearse.

El parque San Fernando estaba a reventar. No había cupo en el estacionamiento y tuvieron que dar algunas vueltas para estacionarse. Caminaron algunas cuadras, pero desde esa distancia se veía el despapaye que había en el parque. En su camino se encontraron a algunos jugadores que ya habían jugado y que se retiraban del lugar deseándole al Yes Yes y a Francisco que ganaran su partido.

Los vendedores ambulantes estaban haciendo su agosto. Vendían de todo: el de los tacos de asada no se daba abasto, al que tenía cocteles de camarón ya se le habían acabado los limones y el de las paletas de agua ya las vendía más caras.

Francisco, el Yes Yes y sus acompañantes buscaron al resto del equipo. Francisco caminaba tranquilo, mientras el Yes Yes caminaba con pecho salido pues eran sus momentos de gloria. Cuando la gente lo reconocía, algunos le decían cosas buenas mientras que otros le gritaban majadería y media.

El equipo completo ya estaba reunido media hora antes del partido. El Enterrador, el Pelón y los demás ya estaban casi vestidos. El Yes Yes tenía que atender a su chiquillo, que ya se había comido un raspado de limón y la torta de jamón, pero todavía tenía espacio para un coctel de camarón. El tiempo se le venía encima, ya lo estaban apurando. El Coras se ofreció a cuidar a aquel pequeño tiburón.

–Nomás dame unos cuantos varos –le dijo al Yes Yes– para que siga comiendo.

El Tototlán ya estaba calentando en su mitad de la cancha. Era un momento especial, hasta uniformes estaban estrenando, era morado con una franja amarilla sobre los costados. La Onda Colorada paulatinamente inició sus calentamientos, sólo faltaba el Yes Yes que le insistía a su chiquillo que dejara de comer.

–Quiero ir al baño, papi –le dijo.

–Ahí te lo encargo, Coras, y que Dios te cuide.

Por fin aparecieron el árbitro y los abanderados, caminando muy solemnemente en medio de la cancha. Hizo pitar su silbato invitando a los capitanes de los equipos a que se aproximaran. Las apuestas ya estaban cerradas, los del San Fernando habían ofrecido una comida al Tototlán si ganaban.

El Pelón estaba muy nervioso, no dejaba de dar brincos como chango, supuestamente estaba calentando. El Enterrador, muy tranquilo, observaba a los rivales. Cada uno de los jugadores fueron entregando sus credenciales y les fueron revisando los taquetes. La Onda Colorada ganó el volado y escogió cancha.

Y el partido dio inicio. Los ánimos estaban muy caldeados, no controlaban el balón y lo rompían para donde fuera. El Tototlán dio el primer aviso. Los refuerzos sí que eran buenos, era toda la delantera y se entendían a la perfección. Con tres toques de pared iniciada a la mitad de la cancha, burlaron a la defensa de la Onda Colorada, dejando sentado al pobre del Enterrerador. El Pelón ni el polvo les vio. El derechazo que sacó el número nueve fue impresionante, pegó en medio del larguero y el Yes Yes ni se aventó pues ni la vio. El balón regresó a la cancha dándole al Enterrador en la cara, y por poco el mismito número nueve se la sume en el pasto. Afortunadamente, el Yes Yes lo recuperó.

La Onda estaba sacada de onda y de colorada no tenía nada, estaba muy pálida, no daban una. Balón que recuperaban se lo entregaban al rival, y los balonazos para buscar el contragolpe terminaban en las manos de algún espectador que estaba observando en partido desde la rama de un árbol.

Francisco les gritaba a sus jugadores que la calmaran, que la jugaran raso al piso, pero éstos hacían caso omiso. Lo inevitable sucedió: en un tiro de esquina, el Tototlán clavó su primer gol de un certero cabezazo que incrustó el balón junto al poste izquierdo.

El Yes Yes no pudo hacer nada para lucirse ante su hijo. No habían pasado ni cinco minutos cuando el Enterrador fue amonestado por darle un codazo al número nueve.

—Ese pinche número nueve nos está haciendo la vida de cuadritos —dijo el Pelón. Afortunadamente, cuando más atacaba el Tototlán el árbitro dio por concluido el primer tiempo. La Onda pidió agua, al equipo contrario lo recibían con abrazos.

—¿Y mi hijo? —preguntó el Yes Yes mientras se quitaba el polvo.

—No ha regresado del baño —le comentó el Tururú.

Se fue de inmediato al baño, le preocupaba su hijo. Se encontró al Coras sentado a la entrada del baño con una larga fila esperando.

—¿Qué pasó? ¿Y mi chamaco? —le inquirió al Coras.

—Pues dice que tiene chorro. Se encerró y no quiere salir.

—Solamente esto me faltaba —dijo el Yes Yes metiéndose hasta el excusado, donde se encontraba su hijo sentado.

El escuincle seguía pujando pero nada le salía. Lo sacó como pudo, arreglándole el calzón.

—Apúrale, cabrón, que ya el árbitro está pitando —le dijo el Coras.

El Yes Yes salió corriendo limpiándose las manos de algo extraño que había tocado. En el segundo tiempo le tocó porterear donde se encontraba la porra del Tototlán. Los insultos e intimidaciones no se hicieron esperar. El Pelón ya no sentía lo duro sino lo tupido de tanto perseguir al número nueve. En uno de tantos intentos, logró quitarle el balón y se lo sirvió a su compañero que corría por la pradera izquierda, éste centró pero el balón pegó en la mano de un defensa. El árbitro se hizo pendejo provocando la reacción altanera del Enterrador, quien de inmediato se ganó la expulsión del encuentro.

El público estaba dividido, por lo que hubo tanto mentadas de madre como felicitaciones para el árbitro. Éste ni se inmutó y el partido siguió su curso. Los del Tototlán se la partieron todita a la Onda, quienes con la expulsión del Enterrador perdieron ubicación. La Onda seguía arrinconada, los tiros al arco defendido por el Yes Yes proliferaban, éste ya no sabía ni por dónde le llegaban, pero su chiquillo ya estaba ronco de tanto festejar sus hazañas. El segundo gol llegó en una bella descolgada, culminando con un zurdazo del número diez, quien en el momento del festejo fue derribado al suelo por sus propios compañeros. Ni los contrarios lo hubieran maltratado de esa forma, pero qué importaba si estaban ganando. Ya iban dos a cero y el público se burlaba de la Onda Colorada.

—¿No que muy chingones? —les gritaban.

El Yes Yes hizo lo que pudo a pesar de los goles que le clavaron. El partido terminó con la derrota de la Onda Colorada. Las apuestas se cobraron, no quedaron ni tacos, ni tortas ni paletas. Era un domingo que hubieran preferido olvidar.

—¿No que eras muy bueno, papá? —le preguntaba el chiquillo, quien insistía en ir al baño.

El Coras, el Yes Yes y el Tururú se fueron muy decepcionados. Francisco ni hablaba.

Al día siguiente quedaron de verse a las 10 para ver qué podían hacer por Arturo. Los tres cumplieron y estuvieron a la hora fijada. El Tury estaba muy inquieto. Aún no se solucionaba nada. Fue el Coras quien le entregó el sobre con los quinientos varos.

—Es lo que pudimos reunir los amigos. Ojalá esto te pueda ayudar en algo.

—¡Gracias! —le contestó el Tury, agradeciéndole el gesto a los tres.

—¿Y ahora qué vamos a hacer? —preguntó el Coras.

—¿Por qué no vamos a ver al padre que trabaja en la iglesia de la Placita Olvera? —propuso el Tururú.

Como no pusieron objeción, abordaron el carro del Tury.

—¡Chin! Ya me ensucié el pantalón —dijo el Yes Yes.

—No te preocupes. Es jitomate. Te sentaste en los sándwiches que me prepararon los compas en Tijuana.

Tomaron el freeway número 5, bajaron por el China Town, dieron vuelta a la derecha y llegaron a la Placita Olvera. En la recepción, el padre les dijo que en qué les podía ayudar, pero ninguno de los tres supo cómo empezar y no los invitaban a pasar, así que el Tururú preguntó si podían platicar en otro lugar.

—Claro —contestó el padre un poco apenado por su falta de cortesía.

Los guió hasta su oficina que estaba a un lado. Ya un poco más en privado, el Tururú le comentó:

—Padre, quizá usted no nos recuerde. Estuvimos con usted una noche que nos permitió pasarla aquí en la iglesia. Ahora tenemos otro problema. La madre de Arturo —dijo señalando a su amigo— acaba de fallecer y realmente no sabemos qué hacer. Ni siquiera sabemos dónde está el cuerpo. Nos recomendaron ver algunas funerarias, pero nos quieren cobrar un ojo de la cara.

El padre preguntaba y anotaba, seguía preguntando y más anotaba. Sin decirles ni agua va, tomó el teléfono y se puso a marcar. Fueron como cinco llamadas, pero en menos de lo que canta un gallo ya les tenía la información solicitada.

—Su madre está en la morgue, por la calle Norte —le dijo a Arturo—. Su número de caso es éste —añadió entregándole una hoja con los datos—. Hoy le practican la autopsia y usted sabrá de qué murió. En cuanto a la funeraria, vayan a ver a este señor que tiene una en el este de Los Ángeles. Díganle que van de mi parte… Y apúrenle, que se les va a hacer tarde —les dijo al ver que ninguno se movía.

Siguiendo las indicaciones del padre, llegaron hasta la calle de Brooklyn pero no encontraron la funeraria. Tuvieron que hablarle al padre varias veces desde un teléfono público para que les dijera dónde estaba. El calor era insoportable. Arturo sudaba más que sus acompañantes, tal vez no tanto por el calor sino por la preocupación.

—¡Detente! —gritó el Coras—. Ahí está la Funeraria Hernández.

Contrario al trato que habían recibido antes, se presentaron con el señor Hernández, el dueño del negocio, quien también vestía de negro, pesaba sus doscientas libras, estaba medio chaparrón y tenía algunas huellas de la edad en la cara, pero los hizo pasar de volada.

No hizo muchas preguntas, sólo las necesarias. Tampoco les mostró cajas de lujo. Los requisitos no eran muchos, solamente tenían que dejar un pequeño depósito y él se encargaría de los trámites para trasladar el cuerpo a México. Arturo le dejó los quinientos dólares y le proporcionó algunos datos adicionales.

El señor Hernández quedó en hablar ese mismo día en la tarde. Retiraría el cuerpo de la morgue, lo prepararía, requisitaría los documentos y ya sólo faltaría que los familiares en México consiguieran una funeraria que recibiera el cuerpo.

—Esa información se la doy mañana por la mañana —le dijo Arturo, quien estaba tan agradecido que hasta le quería besar la mano.

Por mil doscientos dólares se encargarían de todo. Salieron mucho más tranquilos y procuraron hablarle al padre para darles las gracias.

Esa tarde, Arturo se encargó de comunicarse con sus familiares. Les dijo que era muy importante que consiguieran la funeraria en la capital. Después de hablar, esperar y volverse a comunicar, le dijeron que ya todo estaba listo, pero faltaba un pequeño detalle: no tenían dinero.

El Tururú, el Coras y el Yes Yes tomaron unos botes de aluminio y se fueron pidiendo por las calles. Algunos los tildaban de rateros, otros de borrachos, hubo quien ni siquiera se molestó en verlos, no les creían, pero éstos no se desesperaban.

Caminaron por todas las calles del barrio y hasta a los homeboys les pidieron.

—Chale… —dijeron éstos—. That's our job, ese, andar pidiendo.

Y así, entre "coras" y nickles, los botes se fueron llenando.

El Tury se había quedado en casa esperando la llamada de la funeraria, pero ésta nunca llegó. Se desesperó y terminó llamando para decirle al señor Hernández que ya tenían todo listo en México.

—Su madre falleció de un paro cardiaco —le dijo el de la funeraria.

El Tury guardó silencio. Ya nada podía hacer, sólo aguantarse. Acordaron seguirse hablando para finiquitar los trámites.

El Tury le dio la noticia a su familia. Su esposa no lo podía creer. Los hijos seguían preguntando cuándo iba a despertarse la abuelita. Maclovio seguía sumergido en sus pensamientos. Le había afectado de verdad.

—Tío, ¿puedo irme con ella a México? —le preguntó.

—Déjame ver cómo andamos de gastos. Tú bien sabes que no tenemos dinero y todo está muy caro.

Los tres amigos llegaron al departamento del Tury hasta sudando, pero le entregaron dos botes llenos de morralla. El Coras ya tenía hoyos en los zapatos. Aunque fue poco el dinero que reunieron, no perdieron el entusiasmo, como lo demostrarían al día siguiente.

Se levantaron muy temprano. El Coras había sido el anfitrión del Yes Yes y del Tururú. Recorrieron su gran avenida, y ni los de Michoacán, ni los de Jalisco, ni los de Guanajuato ni los centroamericanos se salvaron de que les pidieran. Todos dieron lo que pudieron. Se vieron algunos billetes de a dólar. Los lupillos no querían dar, dizque porque las ventas estaban mal.

—No seas ojete, Lupillo. Me cae que si no das, el día de hoy no vendes —le dijo el Coras para amenazarlo.

—Puedes decirme lo que quieras, pero hoy no tengo feria —le contestó aceptando su reto.

Lo que más les molestaba al Coras y a sus amigos era que el Lupillo siempre había vivido de ellos. Gracias a ellos tenía para comer, y ahora que lo necesitaban sólo ponía pretextos.

—No tengo dinero, ¡en serio! —repetía mientras se limpiaba el chile de los dedos.

—¡Aquí nadie compra, cabrones! —gritó el Coras despertando hasta a los que estaban jetones.

No hubo necesidad de inventarse cucarachas o bichos en la comida. Ya nadie le comía. Después de un rato, malhumorado, el Lupillo les extendió un billete de a diez varos.

—No te vayas a quedar pobre —le gritaron.

No se retiraron hasta que les completó los 50 dólares, y siguieron caminando por la gran avenida.

El Tury por su parte corría con mala suerte. Había llegado tarde a su trabajo, pero eso realmente le importaba poco. Sólo fue porque pensó que entre sus compañeros podía conseguir un poco más de lana. Dos horas tenía de retraso y cuando llegó había un recado para él. Le pedían que fuera a ver al dueño del changarro, el chino Chan, que cuando le interesaba hasta zapoteco hablaba, pero cuando no, se hacía el güey y decía que no entendía nada.

Esa mañana fue una de ésas. Le pedía una explicación al Tury por no haberse presentado a trabajar el día anterior.

—Mi madre falleció —dijo el Tury—. Estoy haciendo los trámites para llevármela a México.

—No entiendo —decía el chino mientras le daba un sorbo a su café frío y se fajaba los pantalones que ya le quedaban hasta las nalgas.

—Murió mi madre —repetía el Tury apretando los dientes.

Al chino le valía madres el motivo del Tury y amenazó con correrlo si volvía a llegar tarde. La conversación se vio interrumpida cuando sonó el teléfono que el chino tenía entre el cochinero. Finalmente lo encontró guiándose con el cordón y ahí sí contestó en español. Al parecer le estaban ofreciendo un trabajo. Agitando la mano, le decía al Tury que saliera, y qué bueno porque ya lo tenía mareado el olor a ajo.

Bastó que el Tury le comentara sobre la tragedia de su madre al compañero de al lado para que todos se enteraran. Ya lo tenían enfadado con tantas palmaditas en la espalda.

—Lo sentimos mucho —le decían.

—Estamos contigo.

—No sé qué decirte...

Después de todo, les agradecía el gesto. La raza sabe unirse en este tipo de situaciones y así lo demostraron. En el primer descanso varios se le acercaron y le dieron una lana. El Tury trató de rechazarla argumentando que no le hacía falta.

—¡Tómelo! Es todo lo que tenemos —le dijo una viejita que trabajaba en la limpieza.

El gesto de aquella dama le conmovió el alma, y más cuando ésta lo tomó de la mano.

—Se vale llorar —le dijo.

El Tury ya no volvería a escuchar esas palabras de la boca de su madre. La regañada del chino quedó en el olvido. El trato de sus compañeros le hizo ver que no estaba solo.

A la hora de la comida se comunicó a la funeraria para ver qué faltaba y le hicieron saber que no tenían aún la vestimenta.

—Pero yo qué sé de eso —dijo—. ¿Qué me recomiendan que le lleve?

—Un vestido largo —le dijeron.

—¿De qué color?

—El que más le haya gustado a su madre.

De entre la poca ropa de su madre, escogió un vestido amarillo con lentejuelas y lo llevó a la funeraria junto con el rosario que doña Imelda tenía en las manos al momento de fallecer. Era de ella solamente. Había sido un regalo de su esposo cuando cumplieron cuarenta años de casados. Él se había ido también de un paro cardiaco y no pudo cumplir su promesa de regalarle un rosario de oro para su cincuenta aniversario.

El dinero seguía faltando. Sólo tenían seiscientos dólares y los tres amigos ya no sabían de dónde sacar más. Ya nada más faltaba que se subieran a los camiones a cantar, pero si lo hacían lo más seguro era que terminaran en la cárcel. Se atrevieron incluso a hablar a la radio, los atendieron y pusieron el anuncio comunitario solamente una vez, pero nadie llamó para dar su donativo. Lamentablemente, la tragedia del Tury era una de tantas que se dan en la gran urbe.

En el periódico *La Opinión* también apareció el anuncio por un día en la sección de Sociales. Era un solo renglón, difícilmente alguien se podría dar cuenta. Hubo una llamada, y fue para dar sus condolencias.

El Tury pidió prestado, pero el amigo no tenía y el conocido se hacía menso. Nadie tenía dinero para salir del apuro. Se vio obligado a vender su carro, no le daban ni la tercera parte de lo que le había costado, apenas si ajustaba. La noche en que velaron a su madre en la capilla de la funeraria tuvo que irse en aventón. No hubo ninguna ceremonia especial. Les habían dado media hora para estar con ella. El féretro estaba en el centro. Contaban con algunas sillas, pero bastaron tres porque solamente fueron unos pocos conocidos.

El padre de la Placita Olvera se vio buena onda, estuvo con ellos y dirigió unas cuantas palabras. No dio sermón para que no lloraran. Les hizo ver la bondad del Creador que les había dado una madre y una amiga que se preocupó por ayudar al que más lo necesitaba. El Coras se puso a llorar recordando lo buena que era doña Calditos, como él la llamaba.

El Tury solamente depositó una rosa roja dentro del ataúd y besó la mejilla de su madre.

—Gracias —le dijo.

Poco después llegaron los vecinos de al lado, las madres de los niños que doña Imelda cuidaba, algunos compañeros del trabajo y, aunque no las invitaron, las vecinas chismosas del piso de arriba que ya estaban ahí llorando con el moco suelto. No dejaban de decir que dos hombres malos la habían matado. El Coras y el Tururú se encargaron de sacarlas. Ya los tenían hasta la madre las viejas enfadosas.

Doña Imelda jamás había volado en avión. Cuando llegó a Estados Unidos lo hizo nadando. Era uno de los tantos casos que se presentaban. Nunca había podido darse el lujo de viajar de esa forma, pero lamentablemente su regreso sería en un ataúd. Quién sabe cómo le hizo el Tury, pero reunió el dinero para que Maclovio viajara con su abuelita. Él se despidió de su madre en aquella misma capillita. Ya no le lloró, le dio gracias por haberle dado la vida.

El señor Hernández tuvo que indicarles que ya era hora. Tenían que llevar el ataúd al aeropuerto de Los Ángeles. La salida estaba prevista para la madrugada del día siguiente.

—Papi, ¿mi abuelita ya no va a despertar? —le preguntaron sus hijos.

—Ella ya está con los angelitos —les contestó mientras les acariciaba la cabeza.

Regresaron como pudieron, nuevamente de aventón. No había cupo para las viejas chismosas, así que las dejaron. ¡Qué bueno! Llegaron a tiempo para que Maclovio arreglara sus cosas. Preparó todo su equipaje: una pequeña maleta y una caja de cartón. Francisco le ofreció a Arturo llevar a su sobrino al aeropuerto. Maclovio se despidió de la tía y de los sobrinos. El Tururú le recomendó que se pusiera a estudiar, el Coras simplemente le dio un apretón de manos y el Yes Yes le dijo que ojalá se volvieran a ver otra vez.

—¿Y ahora cómo nos regresamos a la casa? —dijo el Yes Yes.

—Pues vámonos caminando —contestó el Tururú—. Y mejor que empecemos de una vez.

El Coras se metió al departamento ya un poco más relajado mientras los otros dos agarraban camino. Tomaron la Van Nuys Boulevard y después de un largo trecho se despidieron entre ellos.

—Ahí nos vemos mañana —se dijeron—. Ya tenemos que trabajar pues no tenemos dinero.

El Tururú caminó más que el Yes Yes y al llegar a su camioneta se quedó dormido. En cambio, al Yes Yes lo esperaba una rica cena.

—La ventaja de tener vieja —diría el Tururú.

La presión del día anterior había sido tanta que sintieron que no habían dormido nada. Al Yes Yes lo despertaron con regaños:

—Ya ponte a trabajar y déjate de andar de acomedido solucionando los problemas de los demás —le decía su comprensible mujer.

—Vas a volver a empezar... —le contestaba el Yes Yes.

El Tururú amaneció todo adolorido. Ya era tiempo de cambiar el colchón de la camioneta. Él sí no tenía ni perro que le ladrara. El Coras no se podía quejar, sus compañeros no le exigían que pagara todo lo que le tocaba, pero ya era tiempo de que ganara algo.

Ya era común verlos a los tres reunidos. En esta ocasión, ninguno tenía ni para el café. Les urgía conseguir empleo. Le pidieron fiado al Lupillo mayor, y éste, recordando lo del día anterior, decidió regalarles lo que quisieran.

—Ya no quiero más pedos —dijo.

El Lupillo no se podía quejar, todos consumían en ese lugar.

La jornada no parecía nada mala, muchos ya habían sido contratados. Había más nuevos soñadores y éstos se peleaban arduamente los lugares. Era muy seguro que entre los nuevos hubiera más "Coras" o "Yes Yes", y precisamente esa frase se había convertido en el grito de guerra en la gran avenida.

—Yes! Yes! —gritaban todos en coro a la llegada de un patrón.

Otros ya no medían las consecuencias y para ser contratados se paraban a media calle agitando las manos.

—Por culpa de esos chavos nos van a chingar algún día —dijo el Coras—. ¡Ya no la chinguen! —les gritó—. Va a llegar la policía o los van a atropellar.

—No te fijes, mi buen —le gritó un greñudo al que le faltaba un diente.

—Para qué te metes —le dijo el Tururú—. Tú siempre buscando broncas.

—Qué más da —le contestó el Coras con un gesto de valemadrismo y chupándose los dientes.

El Coras, el Tururú y el Yes Yes siguieron buscando chamba de la forma tradicional, a gritos y empujones. Los contratados se iban felices, mientras los que se quedaban les mentaban la madre a puros chiflidos, eso también ya era parte de las tradiciones y costumbres de la gran avenida.

Los tres amigos compartían el último refresco fiado sentaditos en una barda. El Yes Yes le dio los primeros tragos, el Tururú le siguió y al Coras le tocaron las sobras. Era tanta su sed que ni se quejó. Ya estaban resignados a pasar otro día sin feria. Quizá la mujer del Yes Yes tenía razón... Todo por andar de acomedidos.

—Ya llegó otra camioneta —dijo el Coras.

—Levántate tú si quieres —le contestó el Yes Yes.

El Tururú ni los pelaba, estaba viendo a una chava, pero ésta ni una miradita le echaba, pasaba como si nada. Y es que qué le podía ver al Tururú, si a veces ni peinado estaba. La gente seguía en su argüende, la camioneta estacionada ya estaba llena pero no arrancaba, seguía tocando el claxon.

—¡Listos, jefe! —le gritaban los que ya estaban sentaditos y bien acomodaditos.

—Se me bajan —les indicó el dueño mientras él mismo se bajaba y observaba por todos lados, como buscando algo.

—A ese vato lo conozco —dijo el Yes Yes.

—Pues es el señor Rafael —confirmó el Tururú.

—No sé de quién me hablan —dijo el Coras rascándose la cabeza.

Los chiflidos no se hicieron esperar mientras los tres amigos caminaban en busca de Rafael. Les dio gusto volverse a ver. Hubo un apretón de manos y no faltó el abrazo. Rafael no se achicopalaba.

—¿Cómo han estado, señores? —les preguntó.

—Pues aquí pasando hambres —dijeron.

El Coras se sentía fuera de onda porque nadie lo presentaba. Arreglándose el cuello, el mismo se presentó:

—Ignacio Díaz, para servirle a usted —le dijo extendiéndole la mano.

—¿Qué lo trae de nuevo por acá? —le preguntaron mientras se dirigían a la camioneta que aún estaba en marcha.

—Les platico en el camino —les dijo.

Al Coras nadie lo había invitado, pero fue el primero en dirigirse a los acomodados:

—A ver, mi raza, uno por uno se me van bajando, que aquí con el patrón nos vamos a ir a su cantón.

—Nos bajamos ni madres —le gritaron.

Con esa respuesta se le calentó la sangre al Coras y estuvo a punto de tirar chingadazos.

Rafael tuvo que intervenir y explicarles a los acomodaditos que se tenían que bajar. Así lo fueron haciendo uno por uno, quitándose sus chamarras y acomodándose las gorras, mientras le echaban al Coras unas miradas de "nos vemos al rato".

De volada se fueron los cuatro. Tomaron la Lankershim rumbo a la ciudad de Encino. Durante el trayecto, Rafael les comentó que trabajarían con su carnal, quien había comprado una casa vieja y necesitaba arreglarla.

Cuando llegaron a la casa en cuestión, ninguno de los tres se pudo aguantar el comentario:

—Tenía razón el patrón. ¡Es la más fea!

El jardín de la parte de enfrente no tenía pasto, había un chingo de piedras mezcladas con vidrios, los troncos del árbol frondoso se veían fácilmente. De estructura, la casa no estaba nada mal, lástima de color. Además, los marcos de las ventanas estaban tan viejos que necesitaban silicón. El pasto del jardín trasero parecía una selva, casi llegaba a la altura del árbol de limón.

—¿Y qué vamos a hacer? —preguntaron los tres a coro.

—Pues a dejarla bella —respondió Rafael.

De sólo verla, a los tres les daba hueva. Ninguno se bajó, nomás se rascaban la cabeza. Al verlos, Rafael no se pudo aguantar la carcajada.

Luis, el hermano de Rafael, los estaba esperando dentro de la casa, imaginando cómo quedaría una vez que la arreglaran. Caminaba de cuarto en cuarto, quitaba y ponía la alfombra vieja, abría y cerraba los armarios vacíos. Su imaginación se vio interrumpida por la llegada de su hermano y de los tres amigos. Rafael felicitaba al hermano por la compra, mientras que los otros simplemente se observaban. Una vez que los presentaron, Luis empezó a dar las órdenes.

—¿Por dónde empezamos, hermano? —preguntó Rafael.

—Yo creo que por el jardín de enfrente.

Y se pusieron manos a la obra. Al Tururú y al Coras les tocaron las palas, mientras que al Yes Yes le tocó el pico. Luis daba órdenes y les traía agua. Rafael no se quedó ni cinco minutos, tenía muchas cosas que hacer.

—Nos vemos al rato —les dijo.

Tenían que preparar el jardín para sembrar nuevo pasto. Iniciaron chiflando y cantando algunas canciones de los Bukis, desde *Casas de cartón* hasta *Necesito una compañera*.

—Esto está fácil —les dijo el Coras—. Es pan comido.

Solamente llevaban un metro cuadrado. En esa parte la tierra estaba muy blanda y las palas entraban sin ningún problema. El Yes Yes mantenía buen ritmo con el pico. A la media hora ya la sintieron más dura y los botones de las camisas se fueron desabrochando. Ya no había canciones ni chiflidos, sino puros pujidos, mientras que Luis se apuraba para que no les faltara el agua. A la hora, el pico ya perdía el ritmo y las palas no entraban. Hora y media después, los tres descansaban en la puerta de entrada.

—¡Pa su madre! Esto está de la chingada —dijo el Coras observando lo poco que habían avanzado. No llevaban ni la mitad de la chamba.

—Ya no nos des agua, mejor danos unas chelas —le dijeron a Luis.

Éste se lanzó de volada y les trajo unas chelas que estaban casi heladas. Las destaparon de inmediato y disfrutaron enormemente de aquel líquido que les apagaba el fuego de la garganta.

—¡Ah! —dijeron al tirar la lata y procedieron a abrir otra mientras observaban las palas y el pico que descansaban en aquella tierra árida.

—¡Ya verás, jija de la chingada! —le gritó el Coras a su pala—. ¡En qué rollo nos hemos metido!

—Yo ya no aguanto las ampollas —agregó el Yes Yes mientras disfrutaba de las últimas gotas de su cerveza.

El Tururú no dijo nada. Ya le dolían las plantas de los pies, así que mejor fue por su pala y probó un nuevo ritmo: dando un brinco, utilizaba ambas piernas para clavar la pala. Al principio pareció funcionar, pero al chico rato ya tenía calambres.

El Yes Yes ya no sabía ni cómo clavar el pico, probaba de frente, de lado y hasta se hincaba.

Los vecinos que pasaban no creían lo que estaban viendo y solamente los observaban con cara de "¡Pobres pendejos!". Claro, no podía faltar la tragedia: el perro de una viejita que pasaba por ahí hizo sus necesidades a un lado de donde estaba el Coras.

—¡Chingao! Solamente esto nos faltaba.

—I'm so sorry —le decía la viejita mientras su perro no bajaba la pata.

La panza ya les daba lata, las tripas ya les rechinaban y se quejaban de todo. Los mangos de las palas y del pico ya les quemaban y los soltaron en cuanto vieron que Rafael llegaba con algunas bolsas de comida.

—¡Bendita sea tu madre! —le gritaron los tres.

El Tururú buscó asearse, pero escogió un mal momento para ser limpio porque cuando llegó el Coras y el Yes Yes ya se habían comido dos piezas de pollo cada uno.

—No sean ojetes —les dijo—. Déjenme un poquito.

—Llégale a los frijolitos —contestó el Yes Yes sin soltar un chile jalapeño.

Le entraron duro al pollo y dejaron los puros huesos. Parecía que todavía tenían hambre pues sumergían las tortillas que quedaban en el vinagre. Ya se habían acabado un doce de cervezas y tuvieron que quitarse lo enchilado con el agua de la manguera.

Se refrescaron todo lo que pudieron y después de un buen reposo le siguieron dando duro a la chamba. Ahora sí que los rayos del sol los traían asoleados. Ni tiempo les daba de quejarse, sólo de vez en cuando soltaban sus herramientas para ver cuánto les faltaba.

Los pobres no terminaron ese día y a las seis de la tarde se dieron por vencidos. Luis no puso ningún pero en que lo dejaran para otro día. Rafael llegó muy campante y al ver en qué fachas andaban empezó a carcajearse.

Se quedaron un rato sentados al frente de la casa, platicando y observando la obra del día. Rafael se ofreció a llevarlos hasta su casa. Llevó primero al Yes Yes y éste apenas si se pudo bajar de la camioneta.

—¡Qué me trajiste! —le gritó su hijo apenas lo vio.

El Yes Yes sacó de su bolsillo un limón que había cortado de la casa de Luis.

—¿Otra vez lo mismo? —preguntó el chiquillo.

—¿Qué le pasa? —le contestó su papá—. Éste es más fino. Se lo traje de una casa de ricos.

Después llevaron al Tururú y lo dejaron en la puerta de su camioneta.

—¿Pues dónde vives? —le preguntó Rafael al ver que no entraba a la casa principal.

—Aquí tiene su house —le contestó señalándole la vieja camioneta.

Rafael simplemente movió la cabeza. El Coras fue el último, y en el camino, a pregunta del patrón, le soltó toda la sopa sobre lo que le pasaba al Tururú.

—Está cabrona la situación —comentó Rafael.

A los tres les recomendó descansar, pues al día siguiente había que seguir trabajando en la casa vieja.

Y ahí estaban los tres al otro día, en la gran avenida esperando a Rafael. Tenían caras de dormidos. Nuevamente pidieron fiado el café. Rafael llegó puntual a la cita y otra vez no faltó quien quisiera subirse a la camioneta. El Coras no tenía ganas de discutir, así que fue Rafael quien les indicó que se tenían que bajar pero de volada.

Cuando llegaron a la casa, Luis los esperaba tomándose una taza de café. Ya no esperaron las órdenes, sabían lo que tenían que hacer. Fueron por los instrumentos de trabajo y empezaron. Se les había olvidado el canto, ya ni se quejaban cuando golpeaban una piedra o un pedazo de tronco, no les quedaba más que darle duro y de verdad que así lo hicieron. Avanzaban a buena velocidad. Los pujidos se escuchaban por todos lados y de vez en cuando veían el rastro de su esfuerzo, la tierra toda desprendida. Por fin habían acabado de sacar la hierba mala. Comieron y para que no se quejaran les llevaron sus chelas heladas. Les dolía todo el cuerpo, hasta el trasero, pero disfrutaron platicando con Luis mientras esperaban a Rafael. Luis les contó de sus anhelos de arreglar la casa para su pareja. El pobre chavo estaba a punto de contraer nupcias.

—No sea pen…, mejor dicho, tonto —le dijo el Coras—. Mejor viva en amasiato.

De inmediato agarraron confianza y entre broma y broma le preguntaron cómo iba a estar la paga.

—Les puedo pagar por hora o por día —les dijo Luis.

Empezaron a sumar y a multiplicar. Al Coras y al Yes Yes no les salían las cuentas.

—Depende de cuánto nos piense pagar —dijo por fin el Tururú.

—Veinticinco dólares por día, o tres la hora.

—Pues que sea por hora —le contestó.

Luis comprendió que sus chalanes necesitaban algo de feria y les pagó en efectivo las horas trabajadas esos dos días. Les dio gusto a los vatos, quienes no se atrevieron a contar el dinero delante de él aun cuando Luis insistía en que lo hicieran.

Parecía que por fin al Tururú, al Coras y al Yes Yes la vida les empezaba a sonreír. El trabajo con Luis se extendió por algunas semanas. Ya no se presentaban a la gran avenida, se iban directo a la chamba. Le hicieron de todo, arreglaron el jardín de atrás y ya no hubo necesidad de sacar el pasto viejo, esta vez fue mucho más sencillo, solamente lo recortaron, quitaron las plantas viejas y podaron las que servían. Improvisaron jardineras con algunos ladrillos que había por ahí y no les quedaron nada mal. Lo único malo era que las manos les olían después de poner el abono de vaca, dizque para que el pasto creciera bonito.

Pintaron la casa por dentro y por fuera y hasta a la plomería le hicieron. Le tomaron cariño a la chamba. Trabajaban como si fuera su propia casa. Ya hasta daban opiniones de cómo decorarla. Luis solamente se reía. Querían poner un póster de luchadores en la recámara del niño cuando naciera.

Después de algunas semanas, los vecinos quedaron sorprendidos por cómo había quedado aquella casa vieja que ya no era la más fea del rumbo. Luis nunca dejó de pagarles, por lo que estaban agradecidos. El Coras pagó sus deudas, el Yes Yes por fin le llevó a su hijo un verdadero regalo y se olvidó del limón. El Tururú cambió de colchón, pudo dormir como un bebé y les mandó una feria a sus padres con una carta en la que les decía que lo habían promovido a supervisor.

Luis y Rafael quisieron demostrarles su agradecimiento y les ofrecieron llevarlos a festejar. Ni tardos ni perezosos, aceptaron la invitación. Propusieron llevarlos a tomarse unas chelas y ver viejas que se desnudaban y bailaban a go go. La sugerencia no era mala, decía Rafael, pero no estaba de acuerdo con el lugar, los llevaría a otro de más categoría.

Salieron de la ciudad y pasaron por el barrio hasta llegar a Hollywood. Parecía que nunca lo habían visto de noche porque no cerraban la boca. Conocieron de pasadita el Teatro Chino y el Museo de Cera.

—¿Ya viste a aquella vieja? —gritaban a cada rato.

—Es hombre —les recordaba Rafael.

—No importa —decían—. Está re buena.

—¿Pues adónde nos lleva? —preguntaron después de un rato de camino.

—Ustedes no se preocupen, que hoy soy su guía —les contestó.

Se estacionaron y caminaron algunas cuadras. El Coras no dejaba de contar las estrellas de las luminarias del cine, teatro y televisión. Buscaba la de Pedro Infante, o por lo menos la de los Tigres del Norte.

Se detuvieron frente a una marquesina que decía "Doll Girls". Rafael pagó las entradas y fueron inspeccionados por un negro fortachón que por poco les agarra las bolas.

Aquello parecía una arena de lucha libre. Todo el mundo esperaba inquieto a que empezara la función. Los que fumaban lo hacían con gran ánimo y los que tomaban se aventaban la copa de un solo trago. En el centro había un cuadro lleno de lodo. Apareció el anunciador, un rubio con finta de maricón al que todo el mundo le chiflaba. Se estaba calentando el gallinero. Los tres amigos pidieron sus chelas y se miraban uno al otro sin saber de qué se trataba.

Y por fin dio inicio la función. Dos chicas con diminutas tangas hicieron su aparición, los aficionados no creían lo que veían, hasta la baba se les caía. Aquellas enseñaban casi todo, acariciándose aquellas partes con gran sensualidad. Anunciaron a las contrincantes, pero nadie hacía caso, en esos momentos no tenía la menor importancia.

El sonido de una campana de altar de iglesia de pueblo dio inicio a la lucha. En unos cuantos segundos se estaban revolcando en aquellas masas negras. El réferi quería meterse para separarlas pero terminaba en la primera fila en las faldas de algún aficionado, quien de inmediato respingaba aventándolo de nuevo al lodo.

Los ánimos se caldeaban cuando a alguna de aquellas figuras esculturales le bajaban la parte superior de la tanga.

—¡Quién fuera lodo! —gritaban los tres paisanos.

La rubia escultural ganaba la lucha, mientras su contrincante se quitaba lo negro de la piel y se tapaba los senos pues había perdido la tanga.

El Coras, el Tururú y el Yes Yes se habían olvidado de la cerveza. Luis y Rafael solamente los contemplaban disfrutando de las exclamaciones de sus invitados.

En la tercera lucha, los tres sacaron a relucir su nacionalismo pues hasta pedían que les tocaran el himno. Anunciaron la lucha de María, quien venía directamente desde el Distrito Federal, una morenaza con una trenza tan larga que le llegaba hasta la panza. Contaba con un busto muy robusto, que resultó decisivo para que ganara su lucha contra una diminuta oriental. Bastaron sólo dos chichazos para que la pusiera a roncar.

Los tres se quedaron sin garganta de tanto gritar a favor de aquella paisana, quien agradeció el apoyo de los aficionados mexicanos arreglándose la tanga de una forma tan provocativa que arrancó el aplauso no solamente de los tres, sino de todos los ahí reunidos.

—¡Ésa es mi paisana! —gritó el Coras.

—¡Yo también soy de allá, carnal! —se escuchó un grito desde la gayola.

La función siguió y terminó. Los tres terminaron exhaustos de tanto gritar, tenían las manos hinchadas de tanto aplaudir. Agradecieron una y mil veces las atenciones de Luis y Rafael.

Rumbo a casa, Rafael le comentaba a su hermano sobre la posibilidad de conseguirles alguna chamba, cosa que entusiasmó a los tres. Parecía que las cosas iban cambiando para el Coras, el Yes Yes y el Tururú, quienes se felicitaban entre sí.

—Les dije que era promesa —reiteró Rafael—, pero eso no quiere decir que ya la tengan.

Después de algunos días de no haber ido a la gran avenida, se dieron cuenta de que las cosas seguían igual. Le pagaron lo adeudado al Lupillo y hasta se dieron el lujo de pagar por alguno que otro que no tenía ni un cinco en el bolsillo. Ese día al parecer no tenían apuro por conseguir chamba, observaban cómo los demás se peleaban por ser contratados. Les extrañó ya no ver al greñudo y falto de un diente que gritaba a media calle que él era el indicado mientras se subía las mangas y enseñaba sus fuertes músculos.

—Oye, Lupillo, ¿qué pasó con el chavo que se ponía en medio de la calle? —le preguntaron.

—¿Qué? ¿A poco no supieron? —les contestó limpiándose el jitomate de las manos.

—No, ¿qué le pasó?

—Pues que le dieron en la madre.

—Explícate, que no te entendemos —le dijo el Tururú.

—Fue la semana pasada. El vato andaba muy alegre, desde que llegó se puso en medio de la calle a gritar. Todos le decíamos que dejara de hacer esas pendejadas y se viniera a sentar. No nos hizo caso, ya la veíamos llegar, algunos coches se vieron obligados a esquivarlo, no sé qué tantas cosas le gritaban. A eso de las once de la mañana, un carro alcanzó a darle un fuerte golpe y lo dejó tirado al otro lado de la acera. Todos corrimos a verlo, lo encontramos consciente y todavía nos dijo bromeando: "Ya me llevó la chingada". Creo que perdió otro diente. El conductor del vehículo se bajó hasta temblando, le decía a todo el mundo que él era inocente, nosotros simplemente agachábamos la cabeza, no podíamos culpar al gringo de lo que había sucedido. Salió muchísima gente de todos los negocios de aquí enfrente, y él sonriente nos decía que nunca había tenido tanto público. Llegó la policía y levantó su reporte, nos preguntó a algunos de nosotros si habíamos sido testigos. Yo de plano le dije que no, solamente lo había visto tendido... Uno que otro dio su versión y todos concordaban en lo mismo: por andar fanfarroneando se lo habían llevado de frente. La ambulancia lo atendió, le dio los primeros auxilios y le limpiaron la sangre que tenía en la boca por la pérdida del diente. Decía "I am fine" mientras lo ponían en la camilla. "No seas terco, paisano, deja que te lleven y te revisen hasta lo que no deben", le decían algunos. Al pobre chimuelo se lo llevaron al hospital. Uno de sus compas que anda por ahí nos comentó que ya estaba bien, solamente le habían roto la pierna derecha.

El Coras y el Yes Yes sólo movían la cabeza.

—Cuándo va a entender la raza —dijo el Tururú—. ¿Y qué pasó después? —le preguntó al Lupillo.

—Pues mientras hacían sus indagaciones, los policías nos amenazaron con darnos infracciones y llamar a Migración si volvíamos a pedir chamba en medio de la calle. Ese día me fue muy mal, pues mientras andaba de fisgón y chismoso alguien se llevó las tortas de jamón, y todavía se dio el lujo de dejarme un recado que decía "Me gustan más las de milanesa, pero qué le voy a hacer".

Los tres no pudieron aguantarse las carcajadas, hasta el Lupillo se rió, siempre habrá alguien por ahí más vivillo.

—Ustedes se ven muy alegres —les dijo.

—Pues claro, tuvimos chamba casi por tres semanas —respondieron.

—¿Cómo le hacen?

—Suerte de los que no se bañan.

Le platicaron de su benefactor y de la posibilidad de conseguirles una chamba. Se les veía en sus rostros la ilusión de que se cristalizara, pero no tenían papeles, les faltaba la maldita tarjeta verde y el seguro social. El Lupillo se rascaba la barbilla como buscando una solución a su problema y de plano les preguntó:

—¿Cuánto están dispuestos a desembolsar?

—¿En cuánto crees que nos salga?

—Unos cien a cada uno. Les dan su seguro y su tarjeta verde.

—¿Y son buenas? —preguntó el Yes Yes.

—No seas güey —le dijo el Coras—. Son falsas, pero parecen de verdad.

—Yo tengo un conocido que trabaja en el centro de Los Ángeles, allá por el parque McArthur, le dicen el Greñas. Creo que él los puede ayudar. Díganle que van de mi parte y a ver qué les puede dar.

Se vieron entre sí y se preguntaron cuánto podrían reunir. No había problema, los tres tenían la lana, lo que fuera por conseguir los papeles. Ese día no fueron contratados pues no se habían puesto a gritar. Estaban negociando con el Lupillo lo de sus papeles. Acordaron verse en el departamento del Coras al día siguiente, y así fue.

Muy temprano por la mañana ahí estaban, cada uno contando la lana. Tomaron el camión ahí por la Van Nuys Boulevard y pagaron con pura morralla pues el operador no tenía cambio. Se sentaron en la parte trasera. El Coras se quedó dormido mientras que los otros dos platicaban.

—Baja la voz —le dijo el Tururú al Yes Yes—. No vaya a andar por aquí un agente de Migración vestido de civil.

En la calle Sexta tuvieron que transbordar y llegaron a buena hora para ver al Greñas. No fue fácil encontrarlo, caminaron por todo el parque, vieron cómo algunos se las tronaban con marihuana, otros estaban con botella en mano y algunos más vendían la coca a media calle.

—Vámonos de aquí antes de que nos den en la madre —dijo el Coras.

Les había dado miedo. Veían de todo menos a niños jugando, además se percataron de que la mayoría hablaba con acento centroamericano. A punto de salir estaban cuando escucharon algo así como balazos.

—¿Qué fue eso? —preguntó el Yes Yes.

—Sonaron como balazos.

—¿Cómo crees que va a pasar eso a plena luz del día?

Entre que discutían qué podía haber sido, vieron correr a algunos chavos despavoridos. En unos cuantos segundos aquello parecía una estampida de animales. Los desamparados que dormían a plena luz del día se despertaron quitándose las lagañas y preguntaron qué sucedía. Hasta los patos escondían la cabeza en el agua fría de aquel lago contaminado. Los tres apresuraron el paso. No se quedaron a investigar, y qué bueno porque en un abrir y cerrar de ojos la policía ponía sus barricadas. La chota comenzó a perseguir a los sospechosos, eran dos cholos que al darse cuenta de que les gritaban buscaron darse a la fuga en una motocicleta que estaba por ahí. Lástima que no supieron prenderla, perdieron un tiempo valioso, la chota ya los tenía plenamente identificados. El helicóptero de la policía volaba a baja altura haciendo más dramática la persecución, además del ruido de las sirenas de las ambulancias que se acercaban. Los altavoces hicieron su aparición. Esto estaba mejor que las películas de Silvester Stallone.

—You are surrounded! Drop all your weapons! —gritó un policía.

El miedo no anda en burro. Los sospechosos pusieron las manos en alto, ya los tenían acorralados. Tiraron hasta el cortauñas. No hubo interrogatorio e inmediatamente les leyeron sus derechos. Les pusieron contra un árbol, les abrieron las piernas y los esculcaron mientras que un chingo de agentes del orden les apuntaban con sus pistolas. Los pusieron en el suelo, los esposaron y se los llevaron en las patrullas que estaban estacionadas.

—Yo pensaba que esto sólo se veía en las películas de Hollywood —comentó el Coras.

—Deberían venir más seguido. Esto se ve casi a diario —le comentó otro que andaba ahí de fisgón.

La ambulancia recogió al herido, quien probablemente estaba muerto pues ya se le veía tieso. En menos de media hora todo volvía a su normalidad en el parque McArthur. Los desamparados volvieron a pegar pestaña, los comerciantes de drogas nuevamente se anunciaban entre los que ahí pasaban y los patos sacaron la cabeza del agua.

Aun viendo toda la acción desde lejitos, escondidos tras un puesto de periódicos, les causó gran impresión a los tres amigos.

—A lo que vinimos —comentó el Tururú.

El Yes Yes le ponía poca atención. Estaba picado con una revista de futbol *Balón*.

—¿Por qué no se adelantan? Yo los alcanzo —les dijo.

Cruzados de manos, el Coras y el Tururú esperaron hasta que terminara de leer el artículo sobre las nuevas contrataciones del León.

Caminaron por toda la calle Alvarado hasta llegar a la Novena. En su camino se encontraron a varios tipos que les ofrecían sus papeles de inmigración. Estuvieron a punto de aceptar la invitación, pero decidieron seguir buscando al Greñas pues, según el Lupillo, les ofrecería algo mejor.

Buscaron las contraseñas: una mujer chimuela vendiendo el periódico *La Opinión*, enfrente de un estudio fotográfico especializado en primera comunión. El calor les pegaba de lleno y de plano ya no aguantaron, se compraron su agua de limón.

Y no encontraban al Greñas. Recorrieron varias veces desde la calle Tercera hasta la Novena. Al Coras le entró la desesperación.

—Vamos a largarnos —les dijo—. Ya no encontramos a este cabrón.

Ninguno de los otros dos aceptó. Ya había sido demasiado ajetreo como para irse sin ninguna información.

Fue al Yes Yes a quien le inquietó ver a una señora de edad que ya pintaba canas parada junto a un carrito de hot dogs. No le quitó la mirada de encima hasta cerciorarse de que estaba chimuela.

—¡Es ella! —dijo.

—¿Por qué tan seguro? —le contestaron.

—Es una corazonada.

Llegaron hasta donde se encontraba y ésta los vio de pies a cabeza. No disimularon el gusto al observar que cargaba periódicos *La Opinión*.

—¿Pues en dónde andaba, mi estimada? —preguntó el Coras.

—Tuve que ir al baño —le dijo muy apenada.

—Con razón no la encontraba.

—Me da *La Opinión*, por favor —solicitó el Tururú.

—¿Con qué tipo de complemento, señor? —inquirió.

Ésa era la clave del asunto: "complemento deportivo" era el seguro social, y "complemento de sociales" era la tarjeta de residente.

—Con el complemento de los dos —contestó.

—Va a salir un poco más caro.

—Usted nomás díganos con quién hacemos el trato.

Les hizo comprar el periódico. En medio tenía una hoja en blanco en la que les pidió que pusieran sus particulares. Después fueron conducidos al estudio fotográfico, en donde esperaron a que le tomaran la foto a una chiquilla de blanco cuyos padres se sentían orgullosos ya que por fin a sus catorce años iba a hacer su primera comunión. Seguramente ya había pecado.

Cuando les llegó su turno, le pidieron al Yes Yes que se peinara y éste, sacando su peine rojo, le dio duro a la greña. Después de tomarles las fotos, un gordo mal encarado y con tatuajes en los brazos les indicó con una seña que pasaran a la parte trasera del estudio.

Era un lugar fúnebre. Atravesaron un pasillo oscuro y pasaron por dos recámaras a media luz, en una de las cuales unos hombres discutían. Fueron recibidos por un hombre de edad, completamente calvo, sentado en un sillón ejecutivo un poco viejo; a su lado estaba la señora chimuela. En el escritorio, que apenas podía distinguirse porque estaba lleno de papeles, había un cenicero repleto de colillas.

El tipo no tenía educación, ni siquiera les ofreció que se sentaran. Paraditos comenzaron a contestar.

—¿En qué les puedo ayudar? —les dijo.

—Buscamos al Greñas. Venimos de parte del Lupillo —contestó el Yes Yes, todavía muy peinadito.

—Para servirles.

—Necesitamos los papeles, la tarjeta verde y el seguro social.

—Han llegado al lugar indicado —les dijo el calvo mientras le daba un trago a su Tecate y, haciendo a un lado la bola de papeles, sacaba tres muestras de documentos—. ¿De a cómo las quieren?

—Tenemos cien varos.

—¡Uta! Con eso apenas si compran tres números del seguro social.

—Lupillo nos dijo que con eso nos alcanzaba.

—Ha habido inflación —comentó el Greñas limpiándose el sudor de la pelona—. Pero por tratarse del Lupillo, les voy a ayudar. Déjenme sus datos y regresen por la tarde. ¡Ah!, y no se les olvide dejar la lana.

Con mucha desconfianza le entregaron el dinero a la vieja chimuela. Al Coras se lo tuvieron que contar pues traía pura morralla. Ya ni para el taco les había quedado. Al abandonar el lugar, observaron que ya tenían listos a otros candidatos para obtener su "residencia legal".

El Greñas cumplió. A eso de las cuatro de la tarde les entregó sus tarjetas verdes y su seguro social. Habían comprado las más baratas, a leguas se veía que eran chuecas. Los números del seguro eran buenos a medias, correspondían a menores de edad o a personas muertas, en otros casos eran números robados.

El Coras, el Yes Yes y el Tururú sabían lo que tenían en las manos, eran papeles calientes. Víctimas de la necesidad, no serían ni los primeros ni los últimos en adquirir ese tipo de documentos.

Estaban enriqueciendo a una bola de tranzas que se aprovechaban de la vulnerabilidad del paisano. Igual que los "coyotes", se hacían ricos con el tráfico de seres humanos. Mientras existan indocumentados, su negocio bien pudiera estar en la bolsa de valores, y como esto nunca va a acabar, el número de estafadores seguirá en aumento.

Ésta es una faceta más de la explotación a la que se ven sometidos los más jodidos. Gente como el Greñas hay mucha. Y éste es de los que cotiza barato, por lo menos la gente que va con él sabe que no hay engaño, los papeles son falsos.

¡Ah!, pero también están los otros a los que podemos llamar estafadores "finos", uno que otro notario público o abogado que tiene bien puestas sus oficinas, se anuncia en los periódicos y hasta en la televisión sale. Las secretarias son bilingües y hasta trilingües, despampanantes para apantallar al buen postor. Por el teléfono, sus voces son dulces:

–Somos especialistas en migración –te dicen.

–¡Vamos a ver al abogado Davis! –dirá algún incauto–. Se anuncia en televisión y da hasta permisos sin requisito alguno.

–Sí, al Pedro luego luego le dio sus papeles.

La televisión, el periódico y el "Hablamos español" son un buen gancho para estafar a los paisanos. Pagan cantidades estratosféricas, les dicen que no se preocupen por nada y sólo les piden lo básico de información, no importa que no tengan parientes arreglados en Estados Unidos, eso es lo de menos. Les dan recibos en blanco y los paisanos se van contentos, pues la secretaria ya les dijo que tienen amigos en Migración.

El periódico y la televisión, a sabiendas de que el abogado o notario en cuestión es transa, no hacen nada. A ellos lo que les importa es la lana. Los paisanos esperan pacientemente algunos meses para que les llamen o les informen sobre la cita para obtener la residencia.

La llamada finalmente llega, la secretaria de la voz dulce les dice que se presenten a la brevedad porque el abogado ya les tiene información. Y allá va el interesado con toda la familia, hasta saca a los hijos de la escuela. La maestra da el permiso, como también lo hace el patrón.

Y todo para que no vean al abogado, quien está muy ocupado, se fue a una junta o al Departamento de Migración. Lo único que les dice la secretaria es que necesitan más dinero.

–Compadre –dice entonces el paisano–, préstame unos doscientos dólares. La secretaria dice que ya casi están los papeles. Mire, hasta me dieron este documento y el que me lo tradujo dice que es un permiso para trabajar y que con esto la migra no puede hacer nada…

Y así pasan los meses y los papeles no llegan. La secretaria que antes era tan dulce al teléfono, ahora es hasta grosera:

—Hable otro día. Le repito que no hay nadie —dice antes de colgar.

Cuando la notificación por fin llega, les informan que la petición ha sido rechazada. El abogado o notario sabía que el paisano no calificaba, quizá ni mandó los papeles a Migración y él por su cuenta elaboró la respuesta. No hizo absolutamente nada, pero eso sí, se quedó con la lana.

El Davis se sigue anunciando en la radio y en la televisión. En los periódicos aparece con una gran sonrisa. Se está haciendo rico a costa de los más jodidos y ni quién le diga nada. El Porsche que maneja se lo compró la paisanada. Éstos se lamentan entre sí por lo sucedido, pero ni así pierden la esperanza de poder arreglar sus papeles. La necesidad no les permite entender. A la primera de cambio, irán con otro y la historia se repetirá. Solamente les sacan lana.

Por lo menos el Coras, el Tururú y el Yes Yes sabían que el Greñas era transa y que los papeles que compraron eran tan falsos como un billete de a tres varos.

—A ver si funcionan —comentaban al ver los documentos.

De regreso a casa, procuraron no pasar por el parque en donde ya había más delincuentes y la venta de drogas era más abierta. Al poco rato comenzaron a hacer su aparición las chicas del talón. Caminaban despampanantes al lado del lago. Siempre tenían clientes, jóvenes, viejos, panzones o delgados, que les dieran un billete. ¿Y la policía? Bien, gracias a Dios. Detienen más a los que cometen otros tipos de infracción. Los negocios cierran temprano y aquellas rejas en ventanas y puertas son su salvación.

Los tres amigos estaban contentos. El Coras le presumió sus papeles a sus cuates del departamento.

—Le voy a llamar a Migración, a ver si es cierto que te hacen lo que el viento a Juárez —dijo uno.

El Tururú, que no tenía ni perro que le ladrara, simplemente los guardó debajo de la almohada.

Al llegar a casa, el Yes Yes tocó pero nadie le abrió la puerta. Esperó pacientemente, pero no le contestaban, así que comenzó a tocar con algo de desesperación y hasta a gritar. Buscó la llave en sus bolsillos pero no la encontró. Se le había olvidado y no podía entrar. Sentía que se le salía el corazón, le sudaban las manos. Presentía lo peor. Dio vueltas a la casa, buscó retirar las mallas de las ventanas, pero todo fue en vano.

Los gritos despertaron a algunos vecinos. El perro de al lado no dejaba de ladrar. El Yes Yes estuvo a punto de arrojarle una roca y romperle el hocico. Doña Juana era la más enojada, fue la primera en reclamar:

–¿Por qué tanto argüende? –le preguntó.

–No encuentro a nadie en casa. ¿De casualidad no sabe si salieron?

–Escuché algunos gritos. Al parecer su mujer se puso mala. Su comadre se puso como loca, gritaba desesperada. Llevó a los niños con otra vecina y su compadre se llevó a su mujer, me imagino que al hospital.

–¿A qué hora fue esto? –preguntó el Yes Yes muy inquieto.

–Hace ratitito –contestó doña Juana.

El Yes Yes respiraba agitado y se frotaba la cara con las manos sudadas. Las lágrimas ya se le asomaban. No podía creer lo que pasaba. Ni cómo pedirle aventón al marido de doña Juana, que estaba en la entrada de su puerta, deteniéndose para no caerse pues las piernas le flaqueaban con todo el alcohol que había ingerido. Miró a su alrededor buscando una solución.

–Gracias –le dijo a su vecina.

Un chiflido lo hizo reaccionar. Se trataba del vecino gringo al que ni siquiera saludaba. Decían las malas lenguas que fumaba pura marihuana. Su aspecto dejaba mucho que desear, por eso nadie le hablaba. Media como dos metros y pesaba unas trescientas libras. Su larga barba estaba marcada por la nicotina. Siempre tenía entre los dedos un cigarro sin boquilla, de los llamados Camel. Tom, que así se llamaba, ya tenía la camioneta en marcha y le abrió la puerta al Yes Yes.

–Thank you –le dijo.

–Hablo español –le contestó Tom.

–¿Dónde lo aprendiste? –preguntó el Yes Yes asombrado.

–En la cárcel.

Se dio un absoluto silencio. El Yes Yes se había sacado de onda con lo que le dijo el gringo. Tom salió en reversa dejando las huellas en el pavimento, pero no soltaba el cigarro. El cenicero estaba lleno y había colillas tiradas por el piso de la camioneta.

–¿Fumas?

–No, gracias –dijo el Yes Yes buscando recuperar el aliento–. ¿Adónde vamos? –preguntó bajando el vidrio de la ventana y recargando la cabeza en la puerta para que le diera el viento.

–Yo creo que se la llevaron al Hospital Presbiteriano que está en la Sepúlveda Boulevard.

Tom tuvo que manejar por las calles porque no había ninguna autopista que llevara al hospital. No podía meter el acelerador, pero para su buena suerte le tocaron puros semáforos en verde. Parecía que recibían la bendición de alguien allá arriba. Llegaron al hospital pero no había lugar en el estacionamiento, así que se pusieron en doble fila.

Apresuraron el paso y se dirigieron a la recepción. El Yes Yes se sorprendió al ver a su mujer en un rincón, doblándose del dolor. No la habían atendido.

—¿Qué te pasó, mi amor? —le preguntó encabronado.

—No sé. Comencé a sangrar y me dieron fuertes contracciones. No creo que pueda aguantar mucho más.

Segundos después se dirigió hacia Vicente, con quien compartía el chante.

—¿Pues qué está haciendo, compadre? —le preguntó en tono de reclamo.

—Tratando de llenar estos papeles que me dieron en la recepción. Lo peor de todo es que no le entiendo ni madres. Me preguntan si tenemos seguro social y la tarjeta verde, o si contamos con algún seguro médico.

Tom no podía creer lo que veía. Tomó las solicitudes, las hizo añicos y se fue directamente a la dirección. Ni permiso le pidió a las personas a las que estaban atendiendo en ese momento, le aventó los trozos de papel a la primera persona que encontró.

—What in the fuck are you doing? Can't you see that she is hurting?

La chica se espantó por las majaderías que le gritaba y por su aspecto que no era muy agradable.

—I am only doing my job. They have to answer the questionaire.

—They don't speak english! —le dijo el gringo en un tono pausado pero intimidante.

Ya se había armado el escándalo. Un guardia de seguridad ya estaba listo para entrarle al quite.

—Ni se te ocurra tocarme —le dijo al guardia—. Ayúdenles —le pidió a una enfermera que pasaba por ahí.

—¿Cuál es el problema? —preguntó ésta.

—Pues aquella señora está muy enferma, pero parece que a nadie le importa.

La recepcionista interrumpió la conversación y le dijo a su compañera que la paciente al parecer no contaba con seguro médico o tarjeta de residencia. Eso encabronó todavía más a Tom, quien pidió ver al administrador. Como éste no se aparecía, los gritos de Tom se hicieron cada vez más fuertes. Los fisgones empezaron a juntarse. La esposa del Yes Yes no aguantaba más. El guardia estaba en alerta, sólo esperaba órdenes de su superior para detener a Tom.

El Yes Yes ya no pudo contenerse y le suplicó a la enfermera que los comprendiera. Estuvo a punto de arrodillarse pero Tom se lo impidió diciéndole que no era necesario, que era obligación del hospital atender a su mujer.

Entonces llegó el doctor Woo pidiendo explicaciones. Las enfermeras quisieron cubrir su negligencia y dieron razones absurdas para no haber atendido a la paciente de emergencia: al parecer, no tenía seguro social ni tarjeta de residencia. Woo sólo movió la cabeza desaprobando lo que sucedía. Las de blanco se percataron de su enojo, encogieron los hombros y estiraron los brazos como pidiendo perdón.

Con todo y su mal aliento, Tom enfrentó al doctor Woo, quien apenas le llegaba a la panza. No se anduvo con rodeos, no le importó que el guardia ya estuviera listo con el gas lacrimógeno.

–No nos moveremos de aquí hasta que no la atiendan –le dijo–. Si le llega a pasar algo ustedes serán los responsables. ¡La están tratando peor que a los animales!

Woo aún no comprendía lo que sucedía, pero no fue necesaria mayor explicación porque los gritos de María llamaron su atención. Abriéndose camino entre los fisgones, llegó hasta donde se encontraba aquella mujer sufriendo. Lo que vio lo encabronó muchísimo. En su rostro apareció un gesto de disgusto y de aquella figura tan frágil emergió un fuerte grito:

–¡Que vengan los camilleros!

De inmediato se arrodilló y procedió a auscultar a la paciente.

Las de blanco corrieron desesperadas a buscar a sus compañeros. Llegaron en segundos. El número de fisgones aumentaba. Tom no soltaba su Camel.

El Yes Yes rápido aprendió a rezar. No le soltaba la mano a su mujer, las lágrimas le escurrían por las mejillas, y con todo y su dolor, ella se las limpiaba.

La pusieron en la camilla con toda delicadeza. El Yes Yes los detuvo antes de que se la llevaran y le pidió a su mujer que se tranquilizara.

–Todo saldrá bien –le dijo, y acordándose de lo que el Tururú un día le enseñó, le dio la bendición.

–Llévale algo a nuestro hijo… –le dijo María dibujando en su rostro una pequeña sonrisa–. Pero que no sea un limón.

Los camilleros apresuraron el paso guiados por el doctor Woo. El Yes Yes los siguió. Los de blanco intentaron detenerlo, pero Woo dio su aprobación. María llevaba puesta la máscara de oxígeno y respiraba con dificultad. El sudor frío que le recorría el rostro se confundía con las lágrimas. Los escalofríos se apoderaban de ella. La espera del elevador fue eterna. Todos observaban con impaciencia cómo se detenía en el piso de arriba. Esos segundos parecieron horas. El Yes Yes temía lo peor.

Por fin llegó el elevador y de él descendió una pareja llorando, no se sabía si de dolor o de alegría. El Yes Yes sintió un frío helado por todo el cuerpo. Se subieron y a duras penas cupieron, por lo que el Yes Yes tuvo que irse por las escaleras, y aun así, cuando salieron del elevador ya los estaba esperando.

Woo daba instrucciones a gritos. Pasaron por tres puertas hasta llegar a la sala de emergencias. Los doctores ya estaban listos para atender a la paciente que estaba a punto de perder el conocimiento. Una enfermera muy joven, de pelo rubio, ojos azules y cara angelical, detuvo al Yes Yes en la puerta, como diciéndole que hasta ahí había llegado.

El Yes Yes sintió un gran vacío en su corazón. No fue necesario cruzar palabra con la enfermera. Ésta entendió su dolor y le dio un tranquilizante para calmarle los nervios, pero necesitaba algo más. Su rostro le dio paz interna. Sus palabras, aunque no las entendía, parecían indicarle que todo saldría bien. Aceptando su sugerencia, se fue a la capilla del hospital.

Cuando llegó, observó un pequeño Cristo en el altar. Llegó hasta donde pudo, quería que lo escuchara. Le fijó la mirada y lo primero que hizo fue pedirle perdón. Y hasta ahí llegó, se le acabaron las palabras.

—¡No sé rezar! —gritó con gran frustración y empezó a llorar.

No supo cuánto tiempo permaneció así. De repente, sintió una mano sobre su hombro que interrumpió su llanto. Era la enfermera.

—Ya no es necesario rezar. ¡Él ya te escuchó!

El Yes Yes la abrazó y le dio las gracias. Observó a aquel Cristo y le pareció mucho más grande de lo que realmente era. Le explicó a la enfermera lo que le sucedía. Ésta sólo le contestó:

—Es tu fe.

La enfermera de ojos verdes lo condujo a la sala de espera. Se quedó ahí, aguardando a que alguien le avisara cómo iba la operación. Ya no se le veía preocupado. El compadre y Tom lo andaban buscando y lo encontraron. Habían estado discutiendo con las de la recepción y el Tom hasta un cigarro se había echado. Le trajeron al Yes Yes su café con crema.

—¿Cómo te sientes? —le preguntó Tom.

—Tranquilo —le contestó dándole un sorbo a su café—. Oigan, si quieren pueden irse. Les agradezco todo lo que han hecho.

—¡Ni madres! —le dijeron—. Aquí nos quedamos.

La máquina del café fue su mejor aliada. Compraron desde chocolate hasta capuchinos. Lo bueno fue que el baño les quedaba a unos cuantos pasos. Transcurrieron los minutos y ya ni hablaban, sólo se frotaban las manos.

Eran las dos de la madrugada cuando hizo su aparición la enfermera. El compadre ya estaba cabeceando. Tom fumaba y por intentar ocultar el cigarrillo se quemó la espalda. El Yes Yes observó a la enfermera, a quien en unos cuantos segundos se le dibujó una sonrisa.

—¡Fue niño! —dijo.

El Yes Yes se le abalanzó y la abrazó. El beso se lo pegó en la mejilla. Las gracias no se hicieron esperar, hasta en inglés le salían:

—Thank you! Thank you! Thank you! —repetía.

El compadre apenas empezó a reaccionar y preguntó qué pasaba. Tom lo calló y lo abrazó.

—¡Fue niño! —le gritó.

—¿Cómo está mi mujer? —preguntó el Yes Yes.

—¡Está muy bien! —contestó la enfermera.

−¿Y el escuincle?

−¿El qué?

−El niño…

−Está en observación. Hubo algunos problemas, venía con el cordón umbilical enredado en el cuello, pero al parecer todo está bien.

−¿Lo puedo ver?

−En aproximadamente media hora.

−Nuevamente, gracias −le dijo el Yes Yes.

−No hay de qué −contestó la enfermera−. Antes de que me vaya, necesitamos saber cómo le van a poner.

−Tom −dijo el Yes Yes sin pensarlo dos veces.

−¿Así se llama usted?

−No. Es el nombre de mi nuevo amigo. Si no hubiera sido por él, quién sabe dónde estaríamos ahora mismo.

−Bueno −comentó la enfermera−. No será el primer hispano que tenga nombre de gringo.

Aquel gringo marihuano, ex convicto y con mal aliento, azote de las enfermeras con sus majaderías, el mismo que aquella noche había dado una lección mostrándose más humano que las de blanco, sólo peló los ojos ante la respuesta del Yes Yes.

−No tienes que hacer eso −le dijo.

−Lo hago de corazón.

−No soy una persona ejemplar. Tú sabes que estuve en la cárcel y no creo ser la persona ideal para ser tu compadre.

−Lo que hiciste esta noche por nosotros sin conocernos no tiene madre. Le has demostrado a la sociedad lo que realmente vales.

El abrazo no se hizo esperar.

−Gracias −le dijo Tom.

En ese momento vieron pasar al doctor Woo. El Yes Yes corrió a alcanzarlo y lo detuvo del brazo.

−No tengo palabras para agradecerle lo que hizo −le dijo.

Como el doctor no entendía, Tom le tradujo.

−Quiéralo mucho −le dijo−. Y disculpe lo que sucedió esta noche −agregó antes de alejarse porque tenía otro llamado de emergencia.

Había sido una larga noche, pero aún faltaba lo mejor: conocer al chiquillo. Los tres estaban pegados al cristal de los cuneros. El Yes Yes no veía al suyo por ni ningún lado. Fue la enfermera rubia la que hizo su entrada triunfal. Acercándose al cristal, les enseñó al recién nacido. El Yes Yes lloró. ¡Ah! Cómo chillaron esa noche, ¿verdad?

−¡Se parece a mí! −gritó el nuevo compadre−. Está muy blanco.

−No sea güey −dijo el otro compadre−. ¿No ve que lo traen envuelto en una sábana blanca?

Los tres se carcajearon. El bebé fue puesto en una incubadora.

Se estuvieron ahí un buen rato. El Yes Yes no se despidió. Simplemente se dio la media vuelta y fue a visitar a su mujer. La encontró dormida, sufriendo escalofríos. Le besó la frente, le acarició el cabello y en voz baja le susurró cuánto la amaba. Salió de ahí muy feliz a reencontrarse con sus amigos, quienes ya lo esperaban con unos puros que el nuevo compadre había comprado.

Abandonaron el hospital. Ya se les había quitado lo enojado. Quizá lo que más los decepcionó era que la señorita de la recepción era hispana. Como dice el dicho: "Para que la cuña apriete, tiene que ser del mismo palo".

A las enfermeras todo el mundo las criticaría por su negligencia, pero la culpa no era de ellas. El sistema les ha enseñado a tenerle fobia a los indocumentados. Si son chaparritos y prietitos, no merecen recibir ningún tipo de ayuda. El Yes Yes corrió con mucha suerte. El paisano que ingresa a Estados Unidos, sin importar si vive en Los Ángeles, Houston, Chicago o Dallas, siempre tendrá una gran preocupación: enfermarse en el país de las grandes oportunidades. Sí, donde se recoge el oro, les cobran un ojo de la cara para darles atención.

Los hospitales de lujo sólo los conocen en las películas o por la televisión, a menos de que trabajen en uno haciendo la limpieza. De esos sí hay muchos, y hasta en la cocina los tienen. Si van a dar a luz, si requieren atenderse de alguna enfermedad terminal o si tienen alguna otra emergencia, terminarán yendo al Hospital General, donde "emergencia" es traer las tripas de fuera porque hasta para un brazo roto hay que llenar los cuestionarios. Hay que cumplir con la burocracia. Nos dan nuestra aspirina para quitarnos el dolor, nos ponen nuestro curita para sanar la herida y para las fuertes temperaturas nos dan nuestra toallita con agua fría. Y ya, sin hacer realmente nada, nos dan de alta.

Las clínicas familiares no faltan. Les ponen nombres que llaman la atención. Hasta se aprovechan de la religión: Clínica Guadalupana, Sagrado Corazón de Jesús y San Judas Tadeo. Y claro, también se anuncian por radio y televisión: "Hablan su idioma, español".

Los pagos son con facilidades mensuales y los especialistas no faltan, acabaditos de recibirse en nuestro país de origen, o por lo menos eso dicen, lástima que muchos de ellos no tengan licencia para practicar la medicina. Las enfermeras hace unos días trabajaban cortando el pelo en un salón de belleza, pero ya manejan las tijeras con destreza. Se ven muy bien de blanco, ni tuvieron que cambiarse la bata de su antiguo empleo.

Los que viven cerca de cualquier frontera también tienen su solución: solamente cruzan el puente y llegan a Tijuana, Ciudad Juárez o cualquier ciudad mexicana. Le tienen mucha fe al doctor Santa Fe. Allí no les preguntarán si tienen seguro social o tarjeta verde, sólo querrán saber si tienen lana para pagar. El problema surgirá si no cuentan con papeles para cruzar legalmente la frontera, porque los agarrará Migración y con mucha seguridad se les deportará.

—Pero es más importante la salud —dirán.

Los remedios caseros también son una solución al problema cuando no hay dinero para pagar la atención médica. Siempre habrá una planta o hierba, o de vez en cuando un té que alivie el malestar.

La abuelita o la esposa serán las mejores enfermeras. El mejor doctor será el santo de su devoción, claro está, con la bendición de Dios. Los santos sí que están muy ocupados atendiendo los casos de los indocumentados. En el pueblo ya se deben muchas mandas. La Basílica de Guadalupe estará a reventar.

El Yes Yes tenía dos nuevos santos: el gringo y el doctor oriental. Otros como él no corrieron con tanta suerte, ni siquiera tuvieron el dinero para ser atendidos en el Hospital General o llegaron demasiado tarde. Algunos murieron por negligencia, otros quedaron en estado vegetal y ni a quién reclamarle, el administrador no hablaba español.

Eso sí, cuando el paciente es joven procuran mantenerlo vivo lo más posible. Los buitres están al acecho para cuando muera. Los investigadores de las agencias de donadores de órganos ya repartieron lo que quedaba del connacional. Buscan desesperadamente al familiar más cercano para convencerlo de que debe donar por el bien de la humanidad.

—Gracias por el corazón —les dirán, lo mismo si es hígado o riñón.

El cuerpo estará lleno de puntadas antes de sepultar y ni un cinco les darán. El cuerpo vacío permanecerá en la morgue hasta que los jodidos puedan reunir el dinero para trasladarlo.

El Yes Yes miró al cielo y le dio gracias al Creador. Le dio una palmada al compadre y acordaron verse en casa. Tom lo esperaba tranquilamente fumándose otro cigarro. Caminaron al carro y se alejaron de ahí.

—¿Tienes hambre? —le preguntó Tom.

—Hasta de eso me había olvidado, pero no nos caerían mal unos tacos al pastor.

—¿Al qué? —preguntó el barbón.

—Tú jálate por la Van Nuys y después te das vuelta a la izquierda. Ya verás que te vas a chupar hasta los dedos.

Al llegar a los Tacos del Oso, ya estaban cerrando pero les suplicaron que los atendieran. Para su mala suerte ya no tenían al pastor, así que se tuvieron que conformar con puros de sesos. Tom hasta sudaba con las pocas gotas de salsa que le había puesto a sus tacos, pero se echó su agua de horchata.

—¡Qué rico está esto! —decía chupándose los dedos.

El Yes Yes le explicó lo que estaban comiendo y el barbón se fue corriendo al baño. Se escuchó cómo vomitaba y los taqueros no se aguantaron las carcajadas. Tom regresó pálido, ya con el dinero en la mano para pagar, pero no fue necesario, se los regalaron. El Yes Yes también tuvo su atención para con los taqueros y les regaló un puro.

—¿Nos están insinuando algo? —le preguntaron.

—No, carnal. Simplemente es que soy papá otra vez.

Tom llegó rendido a su casa. Ni siquiera se molestó en lavarse la cara. El Yes Yes encontró al compadre festejando. Ya se estaba terminando su six de Coors y la esposa le estaba preparando la cena. El Yes Yes fue a ver a su hijo, quien ya estaba dormido pero se despertó ante el beso de su papá.

—¿Qué me trajiste? —le preguntó.

—Es una sorpresa que te va a encantar —le dijo acurrucándolo y cubriéndolo con las cobijas.

—Véngase a comer algo —le dijo su comadre.

—Muchas gracias, pero acabo de hacer lo mismo.

—No sea gacho —le dijo el compadre—. Por lo menos acompáñeme con una fría.

El compadre comía como niño de hospicio y dejó el tascal vacío. Limpió por completo la cazuela de frijoles y se acabó el queso en un solo taco.

—¿Cómo se siente? —le preguntaron al Yes Yes.

—A toda madre.

—¿Y cómo le va a hacer con los gastos que se le vienen encima? —le preguntó el compadre—. No es cierto que los niños hoy en día traigan su torta bajo el brazo. Debería conseguirse un trabajo más en serio. Ya déjese de andar con jaladas de ir a la gran avenida a ver qué agarra.

El Yes Yes reaccionó de volada, pero se detuvo en el comentario. Respiró profundo y pensó detenidamente lo que le diría a su compadre. No quería ofenderlo porque probablemente tenía razón.

—¿Qué quiere decir con eso? —preguntó.

—No pretendo que se enoje o se moleste, pero ya es tiempo de que reaccione y se busque un trabajo formal.

El Yes Yes destapó su cerveza y casi se la acabó de un solo trago.

—Puede que tenga razón, compadre, pero permítame platicarle. Nuestro trabajo es duro, es una lucha constante, no sólo contra el recién llegado o el veterano de las esquinas, sino con uno mismo. Hay momentos en que nos llega la desesperación, la soledad, la frustración, y queremos mandar todo a la chingada. Todos queremos ser elegidos por el patrón. Hay veces que nos pagan bien, pero otras tantas nos estafan, nos dejan abandonados en algún lugar lejano de la ciudad. Nos mientan la madre y nos hacemos pendejos, como que no entendemos nada. Llegamos a perder hasta la dignidad. El patrón siempre tiene las de ganar y ni quién se atreva a reclamarle.

Le dio otro trago a su cerveza y se la acabó, pero aún le faltaba mucho por comentar.

—Los dueños de los locales comerciales nos ven como a una bola de criminales —continuó—. No somos ningunos santos, pero tampoco es para que llamen a la policía o a Migración cada que les da la gana. Pedimos permiso para entrar al baño y nos mandan a la chingada. Siempre dicen que lo están limpiando. Si queremos comprar algo, casi casi nos preguntan de dónde salió la lana. Les enseñamos las manos llenas de callos y ni así nos hacen caso. Se rascan la cabeza y nos piden que vayamos a otro lado. Y lo peor de todo es que algunos de los que nos rechazan son paisanos. Fácilmente se olvidan de su origen. Creen haberlo logrado todo con la tarjeta verde.

Mientras el Yes Yes destapaba la segunda cerveza, el compadre guardaba silencio y escuchaba atento lo que decía su amigo. Se veía que le hablaba con el alma.

—Y del horario qué te cuento, no hay tal. Hay que llegar temprano, a las seis de la mañana, y eso ya es tarde. Para esas horas alguien ya fue contratado y los demás tenemos que esperar. Y la espera puede ser larga, de todo el día. La competencia es grande, todos tienen hambre. Hay esposas, hijos, padres, esperando que uno les mande algo. Olvídate de los empujones e insultos, eso es lo de menos, aquello se convierte en una pelea de perros, y lo peor de todo es que por la chamba muerdes hasta a tu mejor amigo, o te chingas a uno que está más jodido que tú. Así nos quiere ver el gringo, peleando entre nosotros. A ellos les conviene. Mira, compadre, tú tienes hora de comida, la comadre te prepara algo rico todos los días. Nosotros comemos lo que caiga. Te puedo asegurar que muchos de nosotros sólo llevamos un café en la panza y para acabarla de tiznar hasta lo debemos. A otros ni para eso les alcanza. Y del clima qué te digo. Tú trabajas adentro y hasta te regulan la temperatura. Nosotros, en cambio, estamos de la fregada. El sol nos ha curtido la espalda, el frío nos ha abierto las heridas, la lluvia las ha remojado, pero ahí estamos, y no nos rajamos porque lo necesitamos.

—Bueno, compadre, ¿y entonces por qué lo hace?

—Porque no quiero estar como esclavo, que me traten como enfermo mental, que no reconozcan que tengo otras habilidades aparte de estar trabajando como buey, que me digan hasta la hora en la que puedo ir al baño. Compadre, realmente estamos jodidos. Por donde la quieras ver, somos explotados. ¿Quién tiene la mejor chamba? ¿Qué es trabajar en serio? ¡Más ya no se puede! Pero volviendo a tu pregunta sobre los gastos que se avecinan, quizá tengas razón. Voy a buscarme un trabajo en el que no tenga que morder al amigo.

Se despidieron. El compadre probablemente fue a hacer cochinadas. El Yes Yes fue a abrazar a su hijo. No había ningún Cristo en la recámara, pero rezó. Por fin había aprendido.

El Yes Yes se levantó muy temprano y se puso sus mejores ropas: pantalón negro, camisa amarilla, zapatos sin bolear, nomás limpiados con poquita agua, y como no tenía calcetines limpios, se puso las medias rojas de porterear. Su hijo se despertó mientras intentaba peinarse. Como no tenía brillantina, se puso limón.

—Papi, ¿y mi mamá?

—Voy a ir por ella y te vamos a traer tu regalo.

—¿Y por qué no me llevas?

Miró a su hijo todo chorreado, hasta los calzoncillos se le estaban cayendo.

—¡Quiero ir contigo! —insistía el chamaco con su mirada inocente.

Comprendió que tenía razón. Tenía que ser un día de toda la familia. Le acarició aquel pelo tieso por la tierra y le preparó el baño. El chiquillo estaba feliz, no dejaba de jugar con el agua y le empapaba la ropa a su papá. Se quedó tiritando de frío mientras el Yes Yes le buscaba la ropa. No tenía mucho de dónde escoger, así que le puso su uniforme de futbol. Padre e hijo salieron sin desayunar, caminaron algunas cuadras y tuvieron que regresarse pues se le habían olvidado los puros.

No fueron los primeros ni los últimos en llegar a la gran avenida. El Yes Yes fue objeto de algunas burlas, le gritaron desde "charro negro" hasta de qué se había muerto su suegra. No le importaba lo que le dijeran. El sudor le cubría la cara, el sol no lo perdonaba, su cansancio no era para menos ya que su hijo pesaba sus buenos kilitos y lo había cargado desde que salieron de la casa. El chiquillo no quería caminar, no se le fueran a ensuciar sus zapatos de futbol.

El Yes Yes buscó al Tururú y al Coras pero no los encontró. Pensó que ya se habían ido a trabajar.

—Ése, mi Yes Yes, ¿por qué tan elegante? —le preguntó el Lupillo.

—Toma esto —le dijo sacando de la bolsa de papel un puro de los que había comprado el gringo—. Espero que no quieras ninguna explicación, porque aquí está mi chiquillo y le quiero dar una sorpresa.

—¿Qué significa esto? —le preguntó el Lupillo.

—Ya sabía que eras medio pendejo. Soy… —interrumpió la conversación y le indicó con el dedo que se acercara para susurrarle al oído—: Soy nuevamente papá.

—¡Felicidades, carnal!

El Yesito, como ya lo había bautizado el Lupillo, jalaba del pantalón al papá y le decía que tenía hambre.

—¿Me puedes fiar unos tacos?

—Hoy te los regalo.

El chamaco demostró tener buen diente. Después de comerse un burrito de arroz con frijoles ya quería otro de asada. Este último ni se lo terminó, pero cómo se ensució. A fin de cuentas, era un chiquillo y su papá lo limpió. El Yes Yes no desperdició lo que su hijo había dejado y lo guardó en su bolsa de papel. Sabía que le pediría algo de comer más tarde.

—Oye, Lupillo, ¿no has visto al Tururú y al Coras? —le preguntó.

—Hace rato andaban por aquí. No sé adónde se fueron.

El Yes Yes observaba su reloj. Sentía que se le estaba haciendo un poco tarde. Los amigos por fin llegaron, habían ido al baño. Lo miraron de arriba a abajo.

—Ni me digan nada. Ya me acabaron —les advirtió entregándoles su puro.

Éstos no eran como el Lupillo y de inmediato comprendieron de qué se trataba.

—¡Felicidades, papá! —le dijo el Coras.

Antes de que el Tururú comenzara a filosofar, le hizo una pequeña observación:

—Por favor, sólo unas cuantas palabras.

El abrazo no se hizo esperar.

—Gracias —le dijo el Yes Yes.

—Oye, papá, ¿ese señor es tu hijo? —preguntó el Yesito.

El Yes Yes repartió los puros entre los que pudo. Alcanzaron algunos michoacanos, jaliscienses y guanajuatenses. Hasta a los salvatruchas les tocó. Y a los que le reclamaron les dio un cigarro pues ya había pedido fiadas algunas cajetillas de Marlboro.

Les platicó lo sucedido la noche anterior. Ya querían conocer al gringo marihuano y darles en la madre a las recepcionistas. El doctor Woo se llevó sus aplausos y la enfermera rubia su bendición.

—¿Vas a ir al hospital ahorita? —le preguntaron.

—Sí.

—¿Te podemos acompañar?

—No se vayan a molestar, pero quiero que éste sea un día especial, que sea familiar —contestó apenado.

Los dos amigos comprendieron.

—¿Cómo andas de lana? —le preguntó el Tururú.

—Te has de imaginar, sin un cinco en el bolsillo.

El Tururú le dio unos cuantos dólares y el Coras su morralla. No era mucho, pero de algo le serviría. Se trepó a su hijo en los hombros y se dio cuenta de que estaba hasta mojado. Oliéndolo se percató de que no era la horchata y se despidió de todos.

—¡A ver si ya se lo corta! —le gritaron.

—Papi, ¿y te va a doler? —preguntó el mocoso.

Al darse la vuelta en la primera esquina, contó el dinero que le habían dado. Efectivamente, era muy poco y eso le causó un raro vacío en el estómago. Eran tres dólares, no le alcanzaba más que para tomar el camión, pero no lo tomó, tenía pensado darle un mejor uso. A su hijo se le notaba cansado. Respiró profundamente pues el camino era largo. En varias ocasiones buscó la sombra de un árbol para descansar y contaba con desesperación las cuadras que le faltaban por recorrer. Su hijo finalmente se había quedado dormido.

Caminó, sudó, ya hasta le dolía el riñón. Le limpiaba a su hijo el sudor que le escurría copiosamente. Ya sólo le faltaban algunas cuadras para llegar cuando se detuvo en la licorería de unos iraníes con la intención de comprarse algún refresco. Le llamó la atención lo que había en el mostrador, eran rosas rojas de $1.99. Contó nuevamente el dinero, le dolía ver a su hijo sudar así. No tenía para más, el hueco en el estómago era de frustración. Le compró a su hijo una Coca y a su mujer la rosa. Le sobraron tres centavos que donó a los niños discapacitados depositándolos en una cajita de cristal.

Al llegar al hospital su hijo ya se había despertado y le dio de tomar lo que quedó de la Coca. No había podido aguantar el maldito calor del día. A la rosa ya le faltaban unos pétalos, pero la seguía viendo hermosa.

La noche anterior no había podido apreciar aquel lugar. Todo era de primera y la gente que entraba y salía era muy elegante. Por un instante se sintió fuera de lugar por la forma en que vestía. Tomó valor y acomodándose su camisa amarilla llegó hasta su destino. Atrás dejó la boutique de regalos, los ositos de peluche parecía que le sonreían, los ramos de rosas no podían compararse con la suya, así en montones ni se podía apreciar su belleza.

Llegó sin dificultad adonde estaban los recién nacidos. Su corazón latía como un burro sin mecate. Buscó las incubadoras y las encontró vacías. Por un momento le preocupó no ver a su hijo, pero recorrió la vista por donde se encontraban unos chiquillos jetones. "Baby boy Moreno", se leía en una de las cunas que tenía una sábana azul. Hasta el nombre le quedaba. El Yesito le jalaba constantemente el pantalón. Quería saber de qué se trataba.

—Allá está tu regalo —le dijo levantándolo en sus brazos.

—¿Qué es, papi?

—Es tu hermanito. Ya vas a tener con quién jugar.

—¿Y si mejor me compras un juguete? —contestó el niño inocentemente.

El Yes Yes siguió contemplando a su recién nacido y dejó en el cristal algunas babas. Sacó de su bolsillo el peine rojo al que ya le faltaban algunos dientes y le arregló el pelo a su hijo. Trató de quitarle las manchas de chile del burrito pero fue inútil, sólo le dejó rastros de saliva. De inmediato se dirigió al cuarto donde estaba su mujer. Entró y la encontró dormida. Advirtiéndole a su hijo que no hiciera ruido, se acercó y la contempló. Se veía tan frágil e indefensa.

El Yes Yes se asombró de los lujos entre los que descansaba su mujer. Tenía baño privado, televisión a color, el teléfono a un lado y una cama eléctrica que podía colocarse en cualquier posición. Junto había un enorme ramo de flores. Leyó la tarjeta. Sólo decía "Felicidades". Se preguntó quién se las mandaría.

Todo aquello era demasiado lujo. Jamás lo hubieran esperado. Su primer hijo había nacido en el Seguro Social. Volvió a su triste realidad cuando vio la ropa de su mujer en aquel amplísimo clóset. Al padre y al hijo solamente les quedó esperar, procurando no ensuciar aquel sillón tan elegante en el que se sentaron. Al poco tiempo entró una enfermera que llevaba la comida a la paciente.

—Mom, es hora de comer —le dijo en un español perfecto, y eso que no era hispana.

La señora Moreno abrió los ojos a duras penas. Al darse cuenta de que se encontraba en aquella habitación no pudo contener el llanto, pero no era de dolor, sino de satisfacción y de alegría. El Yesito seguía sin comprender lo que pasaba, pero le entregó a su mamá aquella rosa roja a la que ya casi le quedaba el puro tallo.

—¿Cómo te sientes, vieja?

—Un poco adolorida y agotada. No pude dormir. Tuve puras pesadillas. Soñé que nuestro hijo se moría. ¿Ya lo viste? —le preguntó un poco afligida.

—¡Sí, claro! ¡Es el más bonito de todos!

Los dos seguían platicando mientras el Yesito se aprovechaba de la situación y le entraba duro a la comida de la que al poco rato ya no quedaba nada. Hasta el postre se había acabado. Los seguía escuchando mientras trataba de limpiarse la comida de la cara con su playera de futbol.

—¿Y las flores quién te las trajo?

—Una enfermera güera. Sólo entró y me dijo "Hola".

—Me puedo imaginar de quién se trata. Antes de irme, voy a investigar cómo se llama.

Nuevamente fueron interrumpidos pues les traían al recién nacido. Se lo entregaron al Yes Yes, quien realmente no sabía qué hacer con él. Lo veía tan frágil, tenía miedo de que se le fuera a caer. Estaba prietito el chamaco, venía muy bien peinadito. Luego luego le sacó el parecido.

—No te puedes quejar. Va a ser todo un galán. Se parece a su papá —le dijo.

—¿En todo? —preguntó María—. A ver, quítale el pañal.

El Yesito seguía comiendo.

—A este niño no le faltará nada. Ya hasta padrino tiene —dijo el Yes Yes.

—¿Quién de tus dos amigos va a ser?

—Ninguno de los dos. Será nuestro vecino el gringo, el que dicen que hasta marihuano es.

Tomito comenzó a llorar, probablemente por los olores que desprendía su papá. El aire acondicionado le había secado el sudor concentrándolo en su camisa amarilla. El Yes Yes se espantó y buscó la ayuda de su mujer, quien no se aguantó la risa. Lo que necesitaba Tomito era su mamila.

—Por favor, no le vayas a dar esa cochinada —dijo el Yes Yes—. Que todo sea natural. Dale tú para que crezca más sano.

Ella comprendió de inmediato. Sacó la mamila natural y el chiquillo se prendió del lunar. El Yesito había terminado de comer, limpió el plato y se quedó jetón. El Yes Yes pensó que algo le dejaría, pero se quedó con el estómago vacío. Por poco le pide al recién nacido que le invitara a comer.

Platicaron de todo, desde cómo se conocieron hasta su viaje a Estados Unidos a buscar fortuna, la cual hasta ese momento no habían encontrado pues vivían de lo que podían. Había más penurias y sufrimientos que alegrías, pero el Yes Yes juró en silencio que todo eso cambiaría. Lamentablemente no tenía educación, pero le sobraba determinación. Las cosas iban a cambiar, ya no quería ser del montón. Le probaría a todos que el estereotipo de mexicano estaba lejos de ser cierto, que no somos huevones que sólo queremos dormir la siesta.

—¿Te quieres casar conmigo? —le preguntó a María.

—¿Por qué te tardaste tanto? —le contestó.

Casi aventaba al niño de la emoción que le causó la declaración de su viejo. El llanto hizo su aparición, y también se apareció el gringo, quien por primera vez en mucho tiempo se veía peinado y perfumado. Se había puesto un perfume de lo más barato pues olía a rayos. Se hacía acompañar de su esposa, una mujer "esbelta" que nomás pesaba como doscientas libras de puras hamburguesas y papas fritas. Sin tocar la puerta, entraron e interrumpieron el romance.

—Buenas tardes —les dijo.

Su esposa, que no hablaba ni una pizca de español, dibujó una pequeña sonrisa y le entregó a María un ramo de flores. Apenas eran unas cuantas, lo que predominaba era el pasto seco. Dizque ésa era la moda entre los ricos, pero al menos no era marihuana.

Platicaron un buen rato, todos cargaron al niño y el nuevo compadre parecía sostenerlo en una sola mano. Cuando le tocó el turno a Pamela, el bebé se confundió en aquella bola de grasa. Se estaba haciendo un poco tarde. María ya se veía cansada. El Yes Yes tenía que buscar chamba y el Yesito ya tenía rato dormido. No había la menor duda de que el Tomito había nacido con buena estrella. Ya desde chiquito se codeaba con los de la alta sociedad.

—Hasta luego —se despidió el Yes Yes de su mujer dándole un beso.

—Good bye —le dijo Tom.

Pamela seguía con su sonrisa dibujada. Con razón tenía tantas arrugas. Cuando llegaron a su destino, cada quien se fue a su casa. Los compadres ya lo estaban esperando, inquietos por conocer las nuevas noticias.

—Ahorita regreso —les dijo el Yes Yes—. Nomás meto a mi hijo en la cama.

—¿No quiere un taquito? —le preguntó la comadre.

—Yo creo que sí. Me muero de hambre.

Para no perder la costumbre, se echó sus frijolitos mientras buscaba acomodarse en una silla con agujeros.

—¿Y cómo están la comadre y el niño? —le preguntaron.

—Bien. Ella se ve un poco cansada. El chamaco sólo se la pasa comiendo. Ya mi mujer hasta le tiene miedo.

Platicaron hasta tarde. Hubo anécdotas, nostalgia y una que otra sonrisa antes de despedirse.

Esa noche el Yes Yes no pudo dormir. Se cambiaba de posición a cada momento y observaba el despertador. Parecía que alguien detenía el tiempo. Lo que lo tenía tan inquieto era el nacimiento de su segundo hijo. Le frustraba pensar que ni para pañales tenía. ¿De dónde iba a sacar la ropa de cuna y todo lo demás?

Le encabronaba pensar en lo jodidos que estaban. Recordó su infancia, también llena de carencias. La culpa no fue de su jefa. Su papá hizo también lo que pudo. Trabajaba diez horas hasta que un día desapareció. Se vino a los Estados Unidos. Eso sí, nunca les faltó de comer, siempre le echaban agua a los frijoles. Desnudos tampoco estuvieron, pero tenían que esperar a que los mayores le dieran uso a la ropa y cuando ya no les quedaba la usaban los que seguían. Cuando se enfermaban pues se iban con la vecina para que los inyectara. En la tienda de la esquina debían más de lo que pensaban. A la escuela nunca llevaban lana para el recreo. Su mamá les procuraba una torta de huevo con frijoles. La moda nunca la conocieron, así que impusieron la propia con la ropa llena de agujeros.

El Yes Yes amaneció sentado, recargado sobre la cabecera de la cama. El reloj marcaba ya las cuatro de la mañana. El agua helada le caló hasta los huesos. No hubo desayuno, quería ser el primero en llegar a la gran avenida y lo logró. Cuando llegó no había ni un alma. La tenía para él solo y así permaneció por un buen rato. Los vehículos que pasaban aún tenían las luces encendidas pero no se detenían aun cuando el Yes Yes trataba de pararlos a puros gritos. No hubo nada. Estando solo pudo haber evitado los empujones y los piquetes de ojos.

Lentamente se alejó de la gran avenida. Se sentía traicionado y defraudado. La contempló desde lejos y la maldijo. Estuvo a punto de darle un patadón al perro callejero que se encontraba en el callejón. El Winito, amigo de los jornaleros, se llevó la peor parte porque al verlo el Yes Yes le tiró la botella. Miró al cielo y estaba nublado.

Tomó rumbo a su casa y en algunos tramos caminó, en otros aceleró el paso y a ratos hasta corrió. Sentía que mientras más se alejara de la avenida sería mucho mejor. No quería que lo vieran en esa situación. Tenía miedo de que la fuera a pagar quien menos la debiera. Tuvo suerte de que no lo atropellaran porque hasta llegó a cruzarse algunos semáforos en rojo. Según él, los automovilistas tenían la culpa y les mentaba la madre.

Llegó a su casa sudando, se sentó en la entrada con las manos en la cara y buscó una explicación a lo que le pasaba. Vio salir a sus vecinos que se dirigían a sus chambas y ni siquiera los saludó. Estaba ido, estaba perdido.

Entró a su casa y sus compadres todavía estaban ahí. Ninguno le dijo nada. Su cara lo decía todo. Mientras tanto, el Yesito veía la tele y el Yes Yes se recostó en la cama. Se quedó jetón. El cansancio le había ganado la partida. Los compadres se despidieron pero no obtuvieron ninguna respuesta. Un jalón de cabellos del Yesito lo despertó.

—Papi, tengo hambre —le dijo.

Miró a su alrededor y comprendió que realmente estaban jodidos, y más cuando abrió el refrigerador para prepararle algo a su hijo y vio que no había mucho. Destapó una olla con caldo de camarón, la otra tenía frijoles, y terminó dándole un cereal que ya olía medio raro.

—Tenga, mijo.

—¿Y la lechita?

—Así saben mejor.

Los Corn Flakes se le atoraron al niño, por lo que tuvo que bajárselos con agua de limón. ¡Ah! Esos benditos limones siempre eran la solución. Unos fuertes toquidos llamaron su atención. Parecía que quien tocaba estaba desesperado porque casi tiraba la puerta. El Yes Yes corrió encabronado a abrirla, y para su sorpresa se encontró con su nuevo compadre, el Tom. El encanto del día anterior se había esfumado y olía a lo que era lo suyo: a puro cigarro.

—Good morning —dijo el Yes Yes practicando su inglés.

—¿Puedo pasar?

La invitación no se hizo esperar. Llegó hasta la sala y no pudo dejar de ver las condiciones en que vivían. El Yes Yes interrumpió sus pesquisas.

—¿No fue a trabajar? —le preguntó ajustándose los pantalones.

—Hoy es mi día de descanso y te vengo a hacer una invitación.

—¿Adónde vamos?

—Vístete y ya verás.

El Yes Yes se rascó la cabeza. No le satisfizo la explicación, pero no perdía nada. El Yesito se estaba quedando dormido y hubo que despertarlo, por lo que empezó a llorar mostrando su descontento. Su padre lo calmó y lo metió directamente al baño. Ni siquiera lo bañó. Sólo le limpió la mugre de la cara y trató de peinarlo con su peine chimuelo dejándole algunos gallos parados. Lo vistió con la ropa del día anterior y ya lo tenía listo. Salieron y se acomodaron en el carro del nuevo compadre. El Yesito todavía estaba medio jetón. Sin mucha explicación, Tom tomó el rumbo de la San Fernando Road, pasaron por Sun Valley y Pacoima hasta llegar al downtown de San Fernando y, una vez que se estacionaron en el mall más caro de la ciudad, buscaron la tienda Sears.

—Hemos llegado —dijo Tom—. Vamos de compras.

—No entiendo —dijo el Yes Yes.

—Mi ahijado requiere más que cariño. Necesita vestido.

—¿Y por qué lo haces, vecino?

—La explicación es sencilla. El gesto que tuviste al escogerme como compadre de tu hijo realmente no tuvo madres. Como tú sabes, yo no tengo ninguno, me casé un poco grande. Hacía tanto tiempo que nadie me trataba como un ser humano.

Siguieron caminando mientras el Yesito lloriqueaba y Tom seguía explicando.

—Desde muy joven estuve en problemas. Mi padre nos abandonó desde que era un niño y mi madre nos atendía hasta donde el alcohol se lo permitía. No sé cómo terminé la secundaria, de la preparatoria ya de plano me corrieron. Comencé robando en mi propia casa y así seguí. Un día, cuando llegó la policía, mi madre no impidió que me detuvieran. Como era menor de edad salía rápido, pero más tardaba en salir que en entrar de nuevo. De grande mi vida no cambió mucho, de la cárcel no salía. Fumé marihuana, me inyecté cocaína, asalté a mano armada… A mis mejores amigos los conocí precisamente en la cárcel. Me junté con los de la M, es decir, con los mexicanos, porque ellos sí eran una familia. Con ellos aprendí a comer chile y hasta a mentar la madre. Cuando salí no hubo quien me esperara afuera. Traté de conseguir trabajo, pero en todos lados me rechazaban, por eso decidí cambiarme de estado. Aquí conocí a Pamela, ella era asistente docente en una escuela. He tratado de olvidar el pasado, pero la gente me lo sigue recordando y cada que tienen oportunidad me gritan "¡Marihuano!".

Abrieron la puerta de Sears. Tom tomó al Yes Yes del brazo y le preguntó:

—¿Aún me quieres de compadre?

—No pude haber hecho mejor elección —contestó el Yes Yes—. A ti te debo el tener a mi familia. Me ayudaste sin tener ninguna obligación.

Ya no fueron necesarias más explicaciones. Entraron a hacer las compras y se dirigieron a la sección de los recién nacidos. No sabían ni qué onda, caminaban de un lado al otro como niño sin mamá, por lo que solicitaron la ayuda de una chica que andaba tras ellos como perro rabioso. Después de explicarle lo que necesitaban, ésta se afanó en buscarles lo más caro. De tanto ver, Tom y el Yes Yes ya estaban medio enfadados. Los precios estaban exagerados.

—Tom —le dijo el Yes Yes—, yo conozco un lugar mejor. ¿Por qué no vamos?

—Lo que tú digas. Tú sabes mejor.

—Al rato regresamos —le dijeron a la trabajadora de la tienda, quien no ocultó su rabia pues tenía que acomodar de nuevo lo que les había enseñado.

El Yes Yes llevó a Tom a la tienda La Arrugada. Ahí no había departamentos, todo estaba revuelto. El caballero que buscaba un pantalón tenía a su lado a la señora gorda buscando pantaletas. Pobre, nunca le tocaba una esbelta.

A veces entre los calcetines se encontraban unos brassieres de las tallas más exageradas, hasta parecían gorritos de bebés. El niño que acompañaba a su mamá al rato ya tenía toda la ropa sucia por la paleta de limón, y el perro que dejaban afuera del negocio sólo levantaba la pata para hacer sus cochinadas.

—¿Seguro que aquí quieres entrar? —le preguntó Tom.

—¡Claro! Si ya somos clientes.

Y efectivamente, cuando entraron hasta el dueño los saludó.

—Hacía tanto tiempo que no te parabas por estos lados —le dijo.

Las chicas que estaban acomodando las cajas lo reconocieron y le sonrieron. El Yes Yes se sentía galán. Fueron de caja en caja. Los mamelucos estaban a dólar, los pañales a medio precio, total, qué importaba que las cajas estuvieran maltratadas, y compraron un chingo de baberos porque estaban a tres por uno. Hasta para playeritas alcanzaron. Se llevaron de todos los colores menos rosa.

Con lo que se gastaron, en Sears apenas les hubiera alcanzado para una caja de pañales. Claro que aquí todo se lo ponían en bolsas de papel ya que no tenían envolturas perfumadas.

Terminando las compras, el Yesito les dijo que ya tenía hambre y los tacos no se hicieron esperar. Sin limpiarse la boca, se fueron directamente al hospital, donde le informaron al Yes Yes que su mujer sería dada de alta.

Y así fue. Salió recién bañada. A Tomito lo vistieron con lo que le habían comprado. Se veía lindo el escuincle. El Yes Yes no quiso irse sin despedirse de la enfermera que tanto les había ayudado, pero le informaron que ese día había descansado.

Pusieron a la señora Moreno en una silla de ruedas. Llevaba al bebé en brazos. Su marido sólo observaba. La enfermera se encargó de empujar, por aquello de las demandas. Tom se fue de volada por la camioneta. Ya todo estaba listo. La familia Moreno iba rumbo a casa.

Aquello estaba hecho un tiradero. Sacando calzones debajo de la cama, el Yes Yes se puso a limpiar la recámara. Tomito ya estaba despierto. Cuando la señora sacó la mamila natural, el nuevo compadre se despidió. El Yes Yes le dio las gracias y éste contestó que no había de qué. Después de todo, se le había olvidado la frustración de aquella mañana.

La tarde estuvo ajetreada. Entre los tres ya tenían al Yes Yes cansado. Para terminar con sus obligaciones, ya sólo le faltaba limpiar el baño, que se aventó de volada. Al terminar se fue a la parte trasera de la casa a reflexionar. Su mujer se reunió con él.

—¿Por qué tan pensativo, Luis? —le preguntó.

—No, para nada. Solamente estoy cansado.

—Hace tiempo que no te veía así, desde que tuviste aquella lesión que te dejó fuera del futbol.

—De verdad, no tengo nada.

Como todas las mujeres, María era medio terca, insistía en que algo tenía. La conversación terminó en discusión.

—He pensado bien las cosas —dijo el Yes Yes—. Aquí no la vamos a hacer. Creo que lo más sano sería que te regresaras a México con los dos chavos.

—¿Qué estás diciendo? —le replicó incrédula.

—Lo que escuchaste —dijo arrojando una piedra a la casa de al lado—. ¿Qué no te das cuenta por lo que estamos pasando? Desayunamos frijoles, comemos frijoles, y si nos alcanza nos cenamos el caldo. El niño no tiene qué vestir, tú andas como sirvienta esperando a que la comadre te deje algún vestido. Gracias al vecino nuestro hijo no salió encuerado del hospital. Voy a tener que dormir en el suelo porque comprarle una cuna es un sueño, y para acabarla de chingar, ni trabajo tenemos.

El Yes Yes hablaba con rabia y desesperación. No medía sus palabras pues ni tiempo le daba. Miraba para todos lados buscando una solución.

—¿Por qué me hablas así? —le preguntó María, ya espantada—. Pensé que ya se te habían quitado esos complejos.

—No es cuestión de complejos. Se trata de comprender nuestra realidad. Nuestros sueños no se cumplieron, nos estamos haciendo güeyes, nos estamos engañando. Tú te regresas y yo te mando lo que pueda.

—Pues no acepto —le contestó irritada y agarrándose la barriga porque sentía que se le abría la herida—. Nunca te he pedido lujos. Hace mucho comprendí que ése no era nuestro destino. Lo único que he querido es estar contigo.

Intentó buscarle la cara, pero el Yes Yes se rehusó y le retiró la mano.

—¡Déjame en paz! —le gritó.

—¿Y lo que me pediste ayer? Me dijiste que me casara contigo.

—Sólo fueron palabras.

María se alejó de ahí llorando.

—¡Como siempre! —le gritó el Yes Yes—. Ustedes terminan llorando, quieren aparecer como víctimas.

Su mujer ya no le contestó. Azotó la puerta. El bebé ya quería comer. Sus chillidos se escuchaban por toda la casa y se encerró en la recámara. No dejaba de escucharse llanto, cuando no era del bebé era de ella. Menos mal que a los niños de la comadre los estaba cuidando una vecina, porque si no aquello se hubiera convertido en un manicomio.

El Yes Yes estaba que se lo llevaba la tiznada. La nopalera era cosa del pasado, la había destruido a patadas. Entró a la casa y ni se molestó en cerrar la puerta de atrás. Llegó hasta la recámara e intentó varias veces darle una explicación a su mujer, pero ella nunca le abrió. No le importó que el Yes Yes le gritara, simplemente lo mandó a la chingada.

El pobre de plano mejor se salió. Tomó un camino parecido al de su propia vida, sin rumbo fijo. Como muchos, terminó en la primera cantina que encontró. El ambiente era deprimente. Unas mujeres gordas adornaban el lugar, eran las vedetes, que cobraban cinco dólares la pieza a los que quisieran bailar.

—¿Cuánto me das por el reloj? —le preguntó al cantinero.

—Esto no es el Monte de Piedad, pero te doy chance de que preguntes si alguien te lo quiere comprar —le dijo éste con sarcasmo.

—No seas ojete. Por lo menos vale sesenta varos. Con que me des diez estamos a mano.

—Mira, si no te vas pero ya, mando a que te saquen inmediatamente.

Recogió el reloj de la barra e intentó venderle una medalla, pero la respuesta fue la misma.

—¿Bailamos? —le preguntó una gorda que no tenía ninguna forma, los senos se le confundían con la grasa de la panza, pero ella igual se sentía una modelo, de ésas que te calientan la sangre.

—¡Déjalo! —le dijo el cantinero—. Éste no tiene ni en qué caerse muerto.

—Así es como dejan a esta bola de mensos que vienen aquí cada día de pago a dejar lo poco que ganan —contestó el Yes Yes, quien no se intimidaba ante la presencia del sacaborrachos que ya le enseñaba los dientes.

El dueño del changarro hizo su aparición vestido con un traje morado y su diente de oro. Qué suerte la del Yes Yes porque de inmediato lo reconoció.

—¿Tú eres el gran portero de la Onda Colorada? —le preguntó.

—Sí —contestó confundido.

—Dame dos frías —le indicó al cantinero, quien no tuvo más remedio que obedecer las órdenes del patrón y se quedó con las ganas de madrearse al Yes Yes.

El dueño buscó alejarse del ruido y lo invitó a pasar a su oficina, que estaba tapizada con caricaturas de los jugadores del equipo de San Fernando. Las que más resaltaban eran las de los hermanos Coraje, no porque fueran buenos o guapos, sino por lo feos que estaban.

—¿No sabes quién soy? —le preguntó limpiándose el diente de oro.

—Por lo que veo, un gran aficionado del futbol.

—Más que eso, soy el dueño del equipo San Fernando —dijo dándole al diente que seguía con la mancha—. ¿Sabes que me hiciste perder mucho dinero cuando jugamos contra la Onda Colorada?

—Lo siento —le contestó dándole un trago a su cerveza.

—Fue culpa mía. Aposté muchísimo cuando convencimos al Araña de que llegara tarde —agregó apachurrando la lata de cerveza que ya se había acabado—. Jugaste muy bien, muchos te aplaudieron, incluyéndome a mí.

El Yes Yes se sentía intimidado, pero por lo enojado que estaba sacó valor y le cuestionó:

—¿Adónde quiere llegar?

—Te ofrezco trabajo.

—¿A cambio de qué?

—De que dejes la Onda Colorada y juegues para nosotros. Necesitas la chamba, y nosotros necesitamos un portero con tus agallas. Sácale provecho mientras tengas facultades. Al rato vas a estar jugando con los veteranos y ahí dan puras patadas.

—¿Trabajaría en la cantina? —preguntó el Yes Yes—. De sacaborrachos no tengo figura.

—No, en la fábrica de un cuñado. No entrarías como cualquier obrero. Serías mayordomo.

—Pero ni siquiera sé el trabajo.

—No te preocupes por eso. Tú encárgate de porterear. Ya falta poco para que inicie la liguilla.

—Déjeme pensarlo. Le resuelvo en unos días.

—Cuando ya no tengas nada que empeñar, me vienes a saludar, ¿qué te parece? —le preguntó el dueño, que a esas alturas por poco se arrancaba el diente por querer hacerlo brillar.

El Yes Yes salió de aquella oficina buscando despejar sus pensamientos. Se sentó en una mesa en un rincón y chupó todo lo que pudo, al cabo que no le iban a cobrar pues el patrón había indicado que le sirvieran como si fuera uno de la casa. Lo atendía Clavel, la más buena de las meseras. Lo invitaría a bailar, pero éste no aceptaría. Sus pensamientos estaban en otro lado, y sus piernas también así que de seguro no le respondería.

Le estaba pegando duro el remordimiento por la forma en que había tratado a su mujer. Ella tenía razón. Siempre estuvo a su lado, en las buenas y en las malas, lo único que quería era estar con él. El Yesito era su vida, y Tomito su fuente de esperanza.

María tenía razón, se decía mientras rechazaba la invitación a bailar de aquella mujer que estaba re buena. Su vieja nunca se quejó cuando llegó a Estados Unidos y le tocó dormir en un catre.

También pensó en sus amigos de la Onda. El Pelón, aunque era medio mamón, siempre lo apoyaba. El Enterrador tenía de grandote lo que tenía de buena gente, y Francisco ni se diga, demostró ser su valedor cuando más lo necesitó. Cómo decirles que se iría a jugar con su acérrimo rival.

La música seguía en la cantina. Se escuchaban algunas cumbias pero predominaban las románticas y las desproporcionadas estaban haciendo su día. El Yes Yes salió de ahí tambaleándose. Con dificultad encontró la puerta y el aire le pegó en la cara causándole un mareo que casi lo tira en la banqueta.

Llegó como pudo a su casa, insultando a todo aquel que se le cruzara en el camino. No buscaba quién se la debía, sino quién se la pagara.

—Qué bueno que ya llegó, ¡pero mire nomás cómo viene! —le dijo su compadre.

El Yes Yes no respondió. Tenía la mirada perdida. Al entrar se encontró al Coras y al Tururú, quienes de volada se levantaron y lo sentaron donde pudieron.

—¿A qué vinieron? —les dijo en forma altanera.

—Solamente venimos a felicitar y a conocer al nuevo heredero —le contestaron confundidos.

—¡Pues ya lo vieron y ahora se van por donde vinieron!

Lo que menos deseaba el Yes Yes en esos momentos era recibir felicitaciones. Lo sentía como una burla. No midió sus palabras y mandó a la chingada a sus dos amigos.

El Coras quiso responder a la agresión, pero el Tururú lo tranquilizó. Sin embargo, no pudo impedir que, ya estando a punto de salir, el Coras le gritara:

—¡Estás jodido y te vas a quedar solo! Tu mujer ya nos platicó todo. No sé cómo te ha podido aguantar teniéndola en la miseria y tratándola como a una cualquiera.

El Yes Yes se sintió ofendido. Le habían dado donde más le dolía. Quiso reaccionar, pero no pudo. El Coras seguía dándole vuelo a la hilacha y el Tururú nomás se rascaba la cabeza. Mientras, el compadre tranquilizaba a las dos mujeres en sus respectivas recámaras.

Los dos amigos se fueron dejando en la mesa los regalos que habían llevado. El compadre terminó cubriendo con una frazada al Yes Yes, quien se quedó dormido en el suelo. A la mañana siguiente, los compadres salieron a trabajar sin despedirse de él. Sólo lo observaron y lo compadecieron.

Los días siguientes fueron muy duros para el Yes Yes. No se presentó a trabajar a la gran avenida. Con su mujer no tenía comunicación. El único que le hablaba era el Yesito, pero de qué servía si su papá nomás le decía que se largara.

Ni siquiera comía en casa. No tenía cara para pedirle a su mujer que le invitara. El Yesito ya le temía y al Tomito sólo lo veía de vez en cuando. Seguía sumergido en sus pensamientos y miraba al cielo, pero a quien buscaba no estaba. No quería dar su brazo a torcer, aun sabiendo que una sola palabra era la solución, no a su pobreza material, sino a la espiritual.

El Yes Yes se armó de valor y entró a la recámara. Su mujer sólo lo observó y apenas le dijo "Hola". Quien necesitaba la atención era el recién nacido.

Al Yes Yes se le paralizó el cerebro al ver que al lado de la cama ya estaban preparadas las maletas. El clóset estaba medio vacío. El álbum de los recuerdos seguía intacto, no se había movido de su lugar. Las lágrimas se le salieron y ella ni se inmutaba. Hacía como que no veía nada.

—Perdón —le dijo Luis.

No hubo respuesta. Su mujer comenzó a llorar. Él hubiera preferido gritos y reproches. El llanto de su mujer le dolía más. Entre más explicaba, más llanto había. Se le arrodilló y secó sus lágrimas.

—¡Perdóname! —le dijo nuevamanente.

No fue necesaria una respuesta. El beso de su mujer lo dijo todo. Miró a su hijo y éste peló los ojos, parecía haber estado atento a todo. A él también le dijo cuánto lo sentía. Se ofreció a desempacar las maletas, y vaya sorpresa que se llevó al ver que debajo de unas cuantas prendas había un montón de periódicos.

—¡Me engañaste! —le dijo a su mujer.

—Bueno, pero qué susto te llevaste.

Esa noche cenaron frijoles y les supieron a manjar. Para no perder la costumbre, se echaron su agua de limón. Qué haría la familia Moreno sin aquel árbol bendito. No hubo reconciliación de aquellas, simplemente él le agarró una chichi y ella nada. Lo bueno que era verano, de lo contrario hubieran sudado.

—¿Y qué vas a hacer con tus amigos, Luis? —le preguntó María—. A ellos los corriste y los insultaste.

—Aguantan.

—La única que te aguanta soy yo, y me ha costado mucho trabajo entender la presión que has tenido, pero ellos no tienen por qué aguantarte. Puede que estén en la misma condición que tú y merecen una disculpa.

El Yes Yes apagó las luces de la recámara, le dio un beso a su mujer y se acomodó en la almohada. Pensó que dormiría como niño bendito, pero su bendito niño recién nacido no se lo permitió.

Al día siguiente se presentó en la gran avenida con las huellas que dejan las desveladas. Llegó muy temprano. Su mujer tenía razón, era necesaria una disculpa. Sus amigos eran todo lo que uno quisiera, menos gandallas. Los buscó y no los encontró, preguntó por ellos y nadie supo darle razón.

Buscó hacer ruido cuando llegaba algún patrón, pero era simplemente eso, ruido. No tenía ganas de trabajar. Los nuevos Coras y Yes Yes eran los ganones del día. Éstos sabían empujar y gritar mejor.

El grupo de los académicos era siempre el más cohibido. Algo no les permitía gritar con la misma euforia que los demás, probablemente se sentían apenados por encontrarse en esa situación de buscaempleos. El tiempo estaba pasando en vano en la gran avenida. Había rostros viejos, caras largas, pero también nuevas miradas iluminadas por estar en Estados Unidos.

El Yes Yes se alejó de la multitud que no dejaba de gritar "Yo estoy fuerte, patrón" o "Le cobro menos que los demás". Se despidió del Lupillo y caminó por aquella gran avenida que le había prometido dinero a manos llenas. Había perdido todo, hasta las ilusiones de volver ahí. Era muy joven, pero ya caminaba lento y cabizbajo.

—Suerte, carnal —le dijo a uno de los que encontró en el camino.

—Pobre vato —habrá pensado éste—. Le falta lo que a mí me sobra: huevos y ganas de triunfar.

El Yes Yes se volvió para mirarlo de reojo y vio cómo apresuraba el paso para llegar a la gran avenida. Él hizo lo mismo, pero para alejarse de ahí.

Volvió a encontrarse al mismo pobre perro del otro día. Tiró el patadón pero inexplicablemente lo detuvo en el aire, y qué bueno porque el perro ya estaba a punto de atacar. Ni tan bruto el animal, se acordaba del santo descontón. Siguió caminando, buscando reposo para su mente perturbada, y le llamó la atención la presencia de un Winito (borrachito) sentado en la parada del autobús. Él también estaba solo, todo el mundo guardaba distancia, preferían esperar el camión parados que sentarse junto a él. Probablemente era por su apariencia, sucia, denigrante, o por su aterrador aliento. Saludó al Yes Yes en su propio idioma, que no era español ni inglés, y éste no lo rechazó como los demás. A lo mejor lo reconfortaba sentarse con alguien más jodido que él. No buscó la plática, simplemente se dio. Aquella botella de vino barato envuelta en una bolsa de papel pronto se terminó, pero el Yes Yes no tomó ni una gota.

Ambos vivían sus propias realidades. Uno buscaba respuestas, el otro daba explicaciones tan vacías como su mejor amiga la botella, a la cual se aferraba tanto como a sus recuerdos. Los camiones pasaban repletos de zombis, seres humanos que habían olvidado sonreír. Estaban en una sociedad en la que si uno sonríe lo tiran de a loco, y ahí de aquel que se atreva a saludar porque casi le mandan a la policía. Los pasajeros viajaban recargando su cara sobre los cristales de las ventanas que les desfiguraban los rostros. Todos tenían cara de retrasados mentales. La plática con el Winito no demoró mucho. Éste no pudo coordinar ni siquiera la respuesta a la pregunta de cómo estaba. Era demasiado para él. El Yes Yes lo dejó solo. No había logrado su objetivo y se retiró del lugar.

Siguió su camino hasta el parque de San Fernando. Aquello estaba solo. Unos cuantos chiquillos jugaban en los juegos mecánicos. Ellos eran los únicos que realmente sonreían, no tenían preocupación alguna. Una pareja de enamorados buscaban esconder su agasajo y unos cholos pretendían decorar la puerta del baño con su expresión artística.

Observó detenidamente la cancha de futbol. Ese bendito rectángulo de césped le había dado sus últimas glorias deportivas. Era ahí donde había sido aclamado, vitoreado y, a veces, insultado. Una maldita lesión le impidió cumplir su mayor anhelo. El Azteca hubiera rugido ante su agilidad de felino. La fanaticada, la televisión, la radio, los periódicos, por qué no, la Selección Nacional, el dinero y la fama hubieran sido suyos. En cambio terminó en los llanos, raspándose hasta las nalgas en cada partido.

Recargó su frágil cuerpo sobre la portería y perdió la noción del tiempo. Sólo las tripas le avisaban que era hora de volver. Ni un maldito dólar tenía en los bolsillos para comprarse un taco.

Regresó como pudo, guiándose por las vías del tren. La tarde ya había caído y él iba contando los barrotes: 4220, 4221, 4222. El tren venía y saltó como sapo. Perdió la cuenta de los barrotes y el resto del camino se le hizo más largo. Volvió a pensar en pendejadas, a lamentarse por lo poco o nada que tenía. Surgieron las comparaciones: ante unos era un pobre muerto de hambre, pero pensaba en el Winito y se sentía superior.

Llegó a casa buscando ocultar su estado de ánimo. Los compadres no le pusieron atención porque estaban viendo el final de la telenovela, esos benditos dramas en donde todos terminan felices: la sirvienta se casa con el patrón, pero la sociedad la rechaza porque sólo ve en ella a una simple naca. Al galán lo desheredan, pero qué importa. "La amo", dirá. Los malos terminan muertos y él se queda con la muchacha del barrio transformada en toda una dama de la sociedad, y lo más importante de todo, con lana.

—Novelas, a fin de cuentas —pensó el Yes Yes.

Cuando entró en la recámara las luces estaban apagadas. Sin hacer mucho ruido, llegó hasta la cama, contempló largamente a su mujer dormida y se recostó junto a su familia. Abrazó al Yesito y sintió un escalofrío que le recorría el cuerpo. El calor de aquel cuerpecito le daba una paz interna que hacía mucho no sentía.

—¿Por qué sentirme tan desgraciado? –pensó.

Ninguno de los tres le exigía nada. El Yesito era feliz con cualquier cosa y su mujer sólo quería estar a su lado porque lo amaba. La cama no daba para los cuatro, así que se fue a su lugar. María le había tendido en el suelo algunas sábanas y un viejo cobertor. Realmente había paz en aquel cuarto.

Aún no había conciliado el sueño cuando los toquidos de la puerta interrumpieron su paz. Era su compadre que le gritaba que lo buscaban. Vio el reloj y se dio cuenta de que apenas eran las ocho de la noche. Salió del cuarto y se sorprendió al ver a Francisco, quien ya comentaba el final de la novela con los compadres.

—¿Qué pasó, Yes Yes? Felicidades por el retoño.

—Gracias, ¿pero a qué debo el gran honor?

—Vine por ti para entrenar. Ya hace varias semanas que no vas. Has faltado a dos partidos y pues la pura verdad nos ha ido de la fregada. Nos haces mucha falta.

—Pero hoy no es día de entrenamiento.

—Cambiamos los días. Además nos hace falta.

—Aguántame unos minutos mientras busco las cosas.

Regresó al poco rato. Su mujer siempre le tenía listas sus garras para ir a entrenar. Hasta los zapatos de veinte dólares le boleaba. Con su bolsa de plástico de K-Mart al hombro, le indicó a su amigo que ya estaba listo. Al salir se quedó perplejo con la nueva nave de su amigo. Nada del año, pero por fuera se veía a todo dar.

—¿Y esto? –le preguntó.

—Lo acabo de comprar. Tú sabes, fiadito. Pero súbete para que lo estrenes. Nomás límpiate los pies para que no lo vayas a ensuciar.

El carrito estaba completito. No le faltaba ningún espejo. Los asientos estaban cubiertos de terciopelo como lo indicaban los cánones de la moda, y la imagen del Cristo no podía faltar. Hasta el radio funcionaba.

El grupo de moda tocaba una de sus primeras grabaciones, *Casas de cartón*, pero el Yes Yes prefirió apagar la radio porque esa canción le llegaba hasta el alma.

—¿Cómo has estado, Yes Yes?

—Bien –contestó rascándose la cabeza–. Bueno, pasándola –recapacitó–. Ya sabes, con las preocupaciones del nuevo chamaco. Aún le sigo buscando la torta debajo del brazo.

–¿Y la chamba?

–Muy poca. He faltado mucho.

El semáforo se puso en rojo. Francisco aprovechó el momento para preguntarle al Yes Yes sobre la actitud que tuvo con sus dos mejores amigos. Éste pretendió no escuchar y buscó prender nuevamente la radio, pero Francisco le detuvo la mano.

–Contesta, mi buen.

–¿Qué te puedo decir? La regué, no solamente con ellos, sino también con otras personas. Los fui a buscar esta mañana para pedirles disculpas, pero no los encontré.

–No la chingues. Tú sabes dónde encontrarlos. ¿Por qué no vas al cantón esta noche? Al Coras le dará mucho gusto verte.

El claxon y los gritos de "¡Ya muévete, cabrón!" que venían del vehículo de atrás interrumpieron la conversación. La luz tenía segundos de haber cambiado. Francisco miró por el espejo retrovisor y les sonrió, pero por dentro de seguro les estaba mentando la madre. En unos cuantos minutos llegaron al campo de entrenamiento. El Yes Yes se sorprendió al ver que no había luces. Todo estaba apagado. Francisco simplemente se estacionó y se bajó. El Yes Yes lo siguió y justo cuando iba a preguntarle qué estaba pasando, las luces se encendieron y como coro de niños cantores de pueblo todos los jugadores le gritaron "¡Felicidades!".

El Yes Yes todavía no comprendía lo que sucedía. Francisco lo tomó del hombro y lo guió. El Enterrador casi lo entierra del abrazo que le dio.

–A ver si ya te lo cortas –le dijo el Pelón.

El Penny y los demás le demostraron su afecto como pudieron. El Coras y el Tururú también estaban ahí, pero no se movieron de su lugar. Esperaron a que el Yes Yes se acercara. De inmediato les pidió una disculpa.

–No hay bronca. Te entendemos –le dijeron.

Francisco regresó a su vehículo y sacó de la cajuela una enorme caja que le entregó a nombre de todos. El Yes Yes la abrió mirando a todos y casi se cae de la sorpresa. ¡Era el moisés para su hijo! No supo qué decir. Se limitó a dar las gracias y a limpiarse las lágrimas que ya se le asomaban. Y pensar que iba decidido a decirles sobre la propuesta del dueño del San Fernando. ¡Qué equivocado hubiera estado si cambiaba de equipo! Aunque la amistad y el cariño no dan para comer, él había recuperado lo que sentía perdido: el afecto.

Esa noche el entrenamiento los dejó a todos con la lengua de fuera. Las risas y las carcajadas se fueron diluyendo. El entrenador no los trató con cariño. Parecían mayates corriendo alrededor del campo. Algunos se fueron quedando. El Pelón no tuvo ni tiempo de encuerarse. Al Enterrador solamente le brincaba la panza.

–¡Ya bájale! –le gritaban, pero él hacía caso omiso.

El nuevo papá no se salvó, como no se salvaron ni el Coras ni el Tururú, que solamente iban de mirones y se burlaban de todo lo que sucedía. Todo el mundo sudó y aguantaron la carrilla. Sabían que la necesitaban pues en los últimos partidos habían jugado como señoritas. A la hora de los interescuadras ya ninguno quería jugar pues hasta las piernas les temblaban. El Enterrador volvió a las andadas, cualquiera que se le acercaba terminaba hasta con la panza raspada.

Después de casi dos horas de ajetreo, todos fueron a tomar agua y el Coras y el Tururú ensuciaron su ropa dominguera. Las luces del parque se apagaron y cada quien se fue despidiendo. Ya sólo quedaban unos cuantos, entre ellos Francisco, el Tururú, el Coras, el Yes Yes y el Enterrador. El Pelón tuvo que irse, decían que si no su mujer lo golpeaba.

Mientras el Yes Yes se cambiaba, le confesó a sus amigos que antes del entrenamiento había tomado la decisión de cambiar de equipo, cosa que les sorprendió muchísimo a todos. El Coras y el Tururú no dijeron nada.

—¿Qué onda, güey? —dijo el Enterrador.

—¿Osea que te nos vas? —le preguntó Francisco todo sacado de onda.

—No, me les iba. Ahora me les quedo —aclaró mientras se levantaba para quitarse los shorts y ponerse los pantalones, y bien que los necesitaba para decirles la verdad a sus valedores—: La oferta del dueño del San Fernando no fue mala. Me prometió empleo, me la iba a dar de supervisor. Les confieso que necesito la lana. Han sido días en los que he estado de la chingada, a mi mujer hasta a México la mandé y a ustedes los mandé más cerquita, aquí nomás a la chingada. Quiero reiterarles mis disculpas —les decía fajándose los pantalones—. Pero después de lo que pasó hoy, no los cambiaría por nada. No fue por el regalo, fue por lo que a todos nos hace falta, el apoyo.

El Coras y el Tururú aceptaron las disculpas. El Enterrador solamente bromeaba mientras se despedía. Francisco se relajó y se ofreció a llevarlos a su casa. Ya estaban todos muy acomodados en el carro pero éste no arrancaba.

—Me lleva la… —dijo Francisco.

Los cuatro se pusieron de mecánicos pero no le encontraron la falla. Lo único que necesitaba aquel vehículo era que le pusieran gasolina, y ahí fueron todos empujando a la primera gasolina que sólo estaba a una milla de distancia. Aprovecharon el momento, se compraron unas chelas y aún sudando copiosamente abordaron el carro y llegaron al departamento del Coras. Los compañeros del departamento también felicitaron al Yes Yes por cumplir con lo que dice la Biblia.

—Hay que multiplicarnos —le dijeron.

—Oye, Coras —dijo Francisco—, ¿por qué no le das la nueva aquí al sufrido?

—Todavía no, dejémoslo que siga sufriendo.

—¿De qué hablan? —preguntó el Yes Yes muy inquieto.

—Bueno, ahí te va: ¡ya tienes empleo!

—¿Cómo?

—Sí, Rafael consiguió un empleo con un amigo en un restaurante de comida rápida. Pagan más del mínimo y tienes algunas prestaciones. Lo mejor de todo es que queda a la vuelta de tu casa. Empiezas el lunes 2 de septiembre a las ocho de la mañana. ¿Cómo la ves, mi buen?

—¡Fabuloso! Ya no tendremos que buscar trabajo en la gran avenida. ¡Ya la hicimos!

—No, pérate. Sólo había una vacante. Nosotros seguimos en lo mismo.

Al Yes Yes hasta la cerveza le supo amarga. La noticia era buena a medias. Trató de comprender el gesto de los amigos, pero no era justo. Probablemente ellos hablaron con Rafael y le platicaron de su situación, sin embargo los tres requerían del empleo. No brindó con los demás.

—¡No puedo aceptar!

—Aquí no es de que quieras o no. Tienes que ir, cabrón, no puedes dejarnos mal, y para que veas que no todo lo que hacemos por ti es gratuito, tendremos que festejar y tu pagarás el día del Grito de Independencia que se celebra todos los años en la Placita Olvera.

—¡Ya vas! —contestó el Yes Yes—. Ahora sí brindo. ¡Muchas gracias!

Se tomaron algunas cervezas más. El Coras acompañó a Francisco a llevar al Yes Yes, a quien se le notaba la alegría a leguas, y al Tururu a sus respectivas casas… Bueno, a este último a su camioneta destartalada. En esta ocasión no hubo ni siquiera limón para el Yesito. Todos estaban dormidos. Sólo su mujer se encontraba despierta cumpliendo con sus obligaciones. Ya tenía todo el pezón mordido, y todo para que el recién nacido creciera sanito.

—¡Ya tengo chamba! Empiezo el próximo lunes —le dijo a su mujer, quien del puro gusto casi aventó al bebé, pero éste seguía aferrado a lo suyo.

El grito de felicidad de la mujer no se hizo esperar. Ambos sonrieron como hacía tiempo no lo habían hecho.

—Tú que siempre has sido tan creyente y sabes comunicarte con él, dale las gracias y pídele que me perdone por mis fallas.

—Él no requiere de palabras bonitas ni de frases bien articuladas. Míralo cara a cara y dile lo que sientes.

—Díselo tú —dijo el Yes Yes.

—Es tu obligación, Luis, solamente tu obligación.

El bebé terminó de comer y María le dio gracias a Dios, no por la chamba, sino porque ya no aguantaba el pezón. Su marido ya no se encontraba en la recámara, dizque había salido por un segundo. Acostó al niño y fue en busca de Luis, quien se encontraba echando pestes en la sala. Intentaba armar el moisés, hasta clavos le quería meter cuando no los necesitaba. María se quedó anonadada y le preguntó de qué se trataba. El Yes Yes le explicó del regalo que le hicieron sus camaradas, pero era evidente que tenía serios problemas para armarlo. Las instrucciones estaban en inglés. Mientras buscaba un diccionario para descifrar lo que decía, su mujer tomó las cuatro piezas y en un dos por tres ya estaba armada. El Yes Yes seguía leyendo las instrucciones.

—Quedó precioso, ¿verdad?

—Pues ya lo armaste —dijo sorprendido el Yes Yes—. ¿Cómo le hiciste?

—Eran solamente cuatro piezas, Luis.

Esa noche Tomito durmió a sus anchas, pero al Yes Yes le tocó nuevamente suelo. Su mujer pretendió dormir y observó cómo su marido se hincaba para darle las gracias al Cristo que estaba en la pared. Quedó feliz y satisfecha con lo que observaba.

La gran avenida esperaba con los brazos abiertos a los tres amigos, quienes llegaron desde temprano listos para buscar chamba. No se movían de la orilla de la banqueta. Ya se le extrañaba al Yes Yes con su clásico grito de batalla, aunque esto molestaba sobremanera a los salvatruchas y a los demás jornaleros porque los desesperaba con sus gritos. Hubo quienes le dijeron que ya se callara.

—No se preocupen —les contestó—. Esto ya no lo volverán a ver. Nomás les voy a dar sus clasecitas.

No resultó buen maestro pues los primeros patrones que se detuvieron para las contrataciones prefirieron retirarse. Era demasiada la euforia.

Habían pasado ya dos horas. Eran las nueve de la mañana y nada. Una camioneta se detuvo enfrente de la licorería, cuando el conductor salió se sorprendió porque ya tenía arriba a media docena y éste sólo iba a comprar algo a la tienda. El calor hacía mella, algunos ya hasta sudaban. Uno se molestó tanto que al bajarse le dio un patadón a la llanta trasera.

La espera era agotadora. Unos veinte jornaleros estaban a la orilla de la banqueta sin moverse. Los que estaban un poco alejados solamente observaban.

El Lupillo no vendió nada de comida, pero los refrescos y el hielo se esfumaron, y lo peor fue que en su mayoría fueron fiados.

Los viejos poco a poco se fueron retirando deseándoles suerte a los que se quedaban. El Tururú solamente los observaba. Un tiempo atrás ellos eran los que mandaban. El destino los había puesto en un lugar tan incierto. Recordó a don Pedro y a su padre, a quien tenía tan lejos.

—¿Por qué la vida es tan cruel con aquellos que ya han dado tanto? —se preguntaba.

Seguían partiéndose el lomo, probablemente nunca pensaron llegar a viejos ni sentirse así, inservibles, dignos de lástima. Nunca pudieron forjarse un futuro, labraron el campo pero finalmente ahí no había futuro. Tuvieron que abandonarlo, algunos jamás vieron las cosechas de maíz, emigraron al norte esperando ver las de dólares, pero el pavimento de las grandes avenidas ya tiene sus huellas y ha dejado en ellas surcos de desilusión y fracaso.

Sí, los viejos se fueron alejando, lentos en su caminar, con la mirada perdida. Algunos dieron vuelta en la primera esquina, otros se siguieron de frente.

Volvió a recordar a don Pedro y quiso gritar, llamar a Migración para que se los llevara a todos, para que volvieran con los suyos y no se aferraran a una fantasía, aunque probablemente ya era tarde también para que labraran el campo. La yunta es demasiado pesada, pero por lo menos podrían decirles a los que se quedaron que ya se acabó el oro.

Un sopetón del Coras lo hizo reaccionar y volver a su propia realidad. Su lucha continuaba, entró a la gritadera y al agitar de manos. Se abrió camino como pudo hasta llegar a las narices del patrón. Se aferró a la puerta del vehículo y no la soltó, el japonés vio su determinación.

–¡Súbete! –le dijo en buen español. Seguramente era primo de Lyn May.

–¿Cuántos necesitas?

–Tres más.

El Coras y el Yes Yes escuchaban alertas y se aventaron de palomita a la parte trasera de la camioneta. Después de forcejear con algunos que ya estaban arriba, lograron su objetivo.

–Falta uno –dijo el japonés.

–Ahorita te lo consigo –respondió el Tururú.

El vehículo se alejó de ahí lentamente. A menos de una cuadra el Tururú disparó un sonoro chiflido y todos voltearon, hasta la señora que llevaba al niño cargando. La chica de la minifalda se hizo la ofendida, pero después de unos cuantos segundos cada quien siguió su camino.

El Coras se bajó aún con el vehículo en movimiento y por poco se cae de jeta, pero le dio alcance al viejo que pausadamente fumaba un cigarrillo.

–¿Quiere trabajar?

–¿Yo?

–Sí, usted.

–¡Claro!

Al viejo se le iluminaron los ojos. Corrió a todo lo que daba. A unos cuantos pasos ya tenía la lengua de fuera, pero alcanzó la camioneta. El Yes Yes le extendió la mano para que se subiera. Los pujidos se escucharon hasta varias cuadras más adelante. El viejo estaba pesado, aún sin aliento encendió su último cigarrillo. Unas cuantas cuadras a la derecha y otras tantas a la izquierda y llegaron a su destino. La vecindad era muy bonita, los jardines parecían alfombras.

Al llegar el japonés les dijo que el trabajo sería sencillo, podar unos cuantos árboles y tirar uno. Al Coras de sólo escucharlo le dio flojera. Solamente miró hacia el sol y movió la cabeza, aún no empezaba y ya estaba sudando. Observaron los árboles que parecían tener melenas. Al japonés se le veía contento y se apresuró en traer las herramientas.

—Esto va a ser fácil —dijo el Tururú—. En el país de este tipo todo es muy moderno. De seguro nos va a traer todo eléctrico. Ya verán que lo vamos a hacer sentados.

Se arremangaron las camisas y el Coras se puso un paliacate en la cabeza. Qué paisanos éstos. Se llevaron la gran sorpresa cuando vieron al japonés llegar con una vieja carretilla cuya llanta rechinaba y en la que traía la herramienta para trabajar: unos serruchos viejos que hasta dientes les faltaban, las escaleras para qué les cuento y las hachas estaban todas oxidadas. Además, y para colmo, los malditos árboles estaban muy frondosos.

—Mejor préstenos unos cuchillos —le dijeron.

El patrón como que no quiso escuchar y se rió.

—Los veo al rato, muchachos, porque aquí hace mucho calor.

Se dividieron en dos grupos. El Coras y el Tururú se treparon a los árboles y como changos anduvieron. Le dieron duró al serrucho mientras que el Yes Yes y el viejo partían las ramas y cuando aquellos lo requerían les detenían las escaleras. En un principio no se escuchó ningún pujido ni quejido, hasta se dieron el lujo de entonar algunas canciones. Los gritos de "¡Aguas!" o "¡Ahí te va!" eran frecuentes. Los de abajo hacían alarde de sus buenos reflejos. Los serruchos parecían llorar, su música no era normal. De repente aparecieron los quejidos y pujidos, los de abajo se refrescaban con el sudor de los de arriba.

En tres horas ya estaban podados los primeros dos árboles. El Coras y el Tururú se bajaron, tenían los brazos de hule. El japonés ni un pinche vaso de agua les había llevado, por lo que no tuvieron más remedio que refrescarse con el agua de la manguera. El Coras escupió el primer trago, el agua estaba hirviendo.

—Está apenas para los frijoles —dijo mientras esperaba a que se enfriara.

Los otros dos le siguieron dando duro al hacha. Estaban tan oxidadas que les daban ganas de partir las ramas a puras patadas. Los pobres también se dieron su tiempo para descansar, el sol no los dejaba.

El viejo buscó un cigarrillo, pero no lo encontró, y qué bueno pues traía una tos de perro.

Se quitaron las camisas, se arremangaron los pantalones y nomás se dejaron los calcetines porque les apestaban las patas. Se recostaron sobre aquella alfombra, lo que causaba risa y sorpresa en los que por ahí pasaban, algunos tomando el sol, otros caminando con sus perros. Fueron más los pujidos para levantarse pues ni siquiera podían incorporarse.

—Joven, si gusta ahora yo corto —dijo el viejo.

—No se preocupe, yo le sigo.

El viejo insistió y le tocó el árbol más frondoso, sus ramas se extendían por encima del techo. Al subirse a la escalera lo hizo con gran dificultad. El Tururú se dio cuenta e insistió en que se bajara, pero no le hizo caso. Llegó como pudo y comenzó a darle al serrucho. La primera rama cayó sin dificultad. El viejo sonrió y se limpió el sudor con el puño de su camisa. La segunda rama tardó en caer y observó el serrucho como buscando una explicación. Sin embargo, los brazos ya no eran los mismos, tenían las huellas de la vejez. Sacó fuerzas y la tercera cayó. El viejo empezó a toser.

El Tururú le gritó que se bajara. El Yes Yes dejó de cortar y observando el esfuerzo del viejo simplemente movía la cabeza. Les preocupaba pues no se veía bien. Su mirada lo decía todo, estaba perdida. Volvió a tomar el serrucho.

—La última —les dijo.

Con lentitud volvió a cortar y con lentitud siguió. Aquella rama no cedía. Se limpió nuevamente el sudor, la rama no caía.

—¡Bájalo! —le dijo el Yes Yes al Tururú—. ¡Bájalo!

El Tururú no lo pensó dos veces. El Coras le detuvo la escalera. Estaba a punto de llegar al techo cuando escuchó el grito.

—¡Cuidado!

El Tururú estiró los brazos pero fue en vano su esfuerzo. El viejo se desplomó. La rama contra la que luchaba fue su mejor aliada pues amortiguó la caída, pero había dejado su huella. El viejo sangraba de la cabeza y otras partes de la cara. El Yes Yes y el Coras corrieron a su lado dejando al Tururú colgando.

—¡No lo muevan! —les gritó éste desde arriba.

El viejo estaba consciente. Sólo apretaba los dientes aguantando el dolor.

—No tengo nada —decía en voz baja y pausada.

El Coras corrió en busca de ayuda. Tocó la puerta pero el patrón no salía. Se desesperó y a patadas le dio a la puerta. El Tururú le puso la camisa debajo de la cabeza.

—¡No se mueva, viejo! ¿Qué le duele?

—La cabeza y el brazo derecho. No lo puedo mover.

—No se preocupe. Todo va a salir bien.

—Llamemos a una ambulancia —gritaba el Yes Yes.

—Mejor vayan y busquen al patrón —le contestó el Tururú—. ¿Qué pasó, Coras?

—Ese cabrón no abre.

—¡Pues a tirar la puerta, carnal!

Le dieron con todo a la puerta, algunos vecinos se asomaron asustados.

—Ve y pide ayuda a uno de esos fisgones —le dijo el Yes Yes.

—Ve tú. Hablas mejor inglés.

—Ahorita vengo. Tú síguele y si es necesario tira la puerta.

El Yes Yes llegó hasta la puerta del vecino y con su inglés mocho supo pronunciar "Help!", pero le hicieron caso omiso, simplemente vio cómo corrieron las cortinas de la ventana.

—¡Me lleva la chingada! —dijo—. ¡Apúrenle!

Un buen samaritano sí abrió la puerta, pero el esfuerzo resultó en vano. Sólo de ver el aspecto del Yes Yes la volvió a cerrar. Estaba desesperado y se despidió mentándole la madre.

Ante tal situación prefirió regresar junto a los muchachos. El viejo seguía sangrando y el Coras tocando. El japonés ni siquiera se había asomado. Vieron que se aproximaba un carro. El Coras corrió y se paró en medio de la calle agitando los brazos, pero para su maldita suerte el auto dio vuelta en la primera esquina. Ante el asombro de los otros dos, el Yes Yes agarró vuelo mirando hacia la puerta con gran desprecio.

Los vecinos seguían de curiosos y se asomaban por las ventanas, pero ninguno de ellos tuvo la delicadeza de salir y ver de qué se trataba. Algunos desde ahí podían ver claramente a aquel hombre en dolor. Pero eso sí, uno de ellos del teléfono no se despegaba.

El Yes Yes estaba a punto de tirar el patadón cuando la puerta se abrió. Nunca se supo qué gritó el japonés ya que ninguno de los tres entendió, pero de seguro se las mentó.

—Come, come —le decía el Yes Yes mientras le tomaba del brazo para indicarle lo que estaba sucediendo.

—¡No me toques! —le gritó el japonés pelando los ojos como sapo.

El japonés caminó con desgano, volteó y vio su puerta maltratada. No pudo ocultar el enojo, poco le importó ver al viejo tirado.

—¡Mira lo que le has hecho a mi puerta!

—¡Qué pinche puerta ni qué madres! ¿Que no ves que el hombre está ahí tirado y sangrando?

—A mí eso no me importa. De seguro venía borracho y me quieren echar la culpa.

—Aquí no hay culpables. Solamente queremos que nos ayudes a llamar una ambulancia para que le den atención médica, eso es todo. Nadie está pensando en culparte de nada.

—Yo no quiero problemas —les gritó el japonés—. ¡Lo levantan y se lo llevan!

—¿Cómo que nos lo llevamos? —le increpó el Coras tomándolo del cuello—. ¡No es ningún perro! —le gritó mientras le señalaba al viejo, quien no dejaba de sangrar de la cabeza.

—Pues se lo llevan y si no lo hacen voy a llamar a la policía.

Los vecinos dejaron las ventanas y salieron de sus casas. Uno por uno fueron llegando hasta el jardín del japonés. Algunos tenían los ojos rasgados, otros eran anglosajones con el pelo recortado, no podían faltar las viejas chismosas que todavía tenían los tubos en la cabeza. Aquello se volvió un desmadre. Mientras los paisanos pedían ayuda, los vecinos parecían brindarle el apoyo al japonés. Y el Coras que no lo soltaba. El japonés pareció tomar valor con la presencia de los vecinos y logró zafarse de su agresor dándole un cabezazo en la cara. El Coras no tardó en reaccionar y recordando sus buenos tiempos allá por la Bondojo, imitó a su ídolo Rubén Olivares y le plantó un gancho al hígado. Del Perro Aguayo recordó cómo darle a los bajos.

Un gringo fortachón, presumiendo sus músculos tostados por el sol, tomó al Coras como un vil hilacho y lo aventó como un muñeco de trapo. El Tururú reaccionó con violencia, tomó un pedazo de tronco y amenazó al que se les acercara. El viejo seguía sangrando.

—Call the police! —se escuchó el grito de uno de los fisgones.

—I already did! —contestó el vecino que en su momento no soltaba el teléfono.

Los paisanos ya estaban en guardia, cada uno con un pedazo de rama. El viejo seguía sangrando, pero qué importaba eso, el japonés estaba molesto porque le habían maltratado la puerta. Llegaron más vecinos y los paisanos se vieron acorralados. Se observaron uno al otro y sus miradas lo decían todo. No soltaban la rama.

Repentinamente, el Tururú se achicopaló y soltó la suya. Se hincó junto al viejo dándole palabras de aliento, tomó la camisa y le limpió aquella cara que presentaba no solamente las heridas causadas por las ramas, sino también las huellas del tiempo, aquellas arrugas que cuánto no dirían si se pudieran leer.

—Usted aguántele, viejo —le dijo—. Ahorita nos lo llevamos para que le den atención médica.

—No te preocupes, muchacho, de peores he salido —contestó el viejo.

Y los vecinos como si nada. El Yes Yes también arrojó su rama, que cayó a los pies del japonés, quien dio un paso hacia atrás. El Coras solamente los observó aferrándose a su arma.

—¿Qué haces, Tururú? —preguntó el Coras.

Éste no contestó nada. Se limpió el sudor que le escurría por la cara. Tenía también algunas lágrimas pero las disimulaba. Retiró la camisa ensangrentada que el viejo tenía debajo de la cabeza y buscó incorporarlo. El viejo gemía de dolor, el Yes Yes se apresuró para ayudar a levantarlo, pero ni entre los dos pudieron hacerlo.

—¿Qué hacen? —reiteró el Coras.

–¡Vámonos!

–¡Nos vamos madres! ¿A poco le tienes miedo a esta bola de cabrones? Ahora nos quedamos. No es posible que nos traten peor que animales.

–¡Entiende! Éstos no nos van a ayudar, no les importamos. El viejo requiere atención médica. El hospital no está muy lejos de aquí. Además, ¿quién nos puede asegurar que la policía nos va a hacer caso? Éstos que tú ves aquí pueden decir lo que quieran y les van a creer, como puedes ver son personas respetables y humanos. Nosotros somos simplemente una bola de mojados y para ellos ni siquiera deberíamos estar aquí… Míralos, hasta parece que lo están gozando. Mejor vámonos, te lo pido por favor.

El Coras vio a su alrededor y efectivamente se dio cuenta de que entre los presentes ninguno se inmutaba. El mejor torero del mundo les hubiera envidiado las verónicas que se aventaron. Los invitaban cordialmente a que se fueran. El viejo seguía sangrando pero el Tururú logró contener la hemorragia con un poco de lodo.

–La próxima vez que te vea, te doy en la madre –le dijo al japonés.

–Here they come! –gritó el fisgón y los demás voltearon inmediatamente agitando las manos para llamar la atención.

El ruido de las sirenas era ensordecedor. Negro con blanco era el vehículo que portaba con orgullo su logo "Para proteger y servir". De la patrulla descendieron dos oficiales que más que otra cosa parecían luchadores. Fortachones eran los tipos, casi desgarraban sus uniformes. Retirándose los lentes oscuros se acomodaron las herramientas de trabajo que traían colgando en el cinturón de sus pantalones. Les pesaban tanto que caminaban lentos. La multitud les abrió paso y todavía no preguntaban nada cuando algunos vecinos ya acusaban a los paisanos señalándolos con el dedo.

El Tururú quiso aproximárseles pero le fue impedido el paso. El oficial se dio cuenta pero le valió madres y le indicó con la mano que se esperara. Se dirigió directamente hacia donde estaba la "víctima", quien al ver a los oficiales se dejó caer, adolorido según él por los golpes que le dio el Coras. Dramatizaba a más no poder. El gringo fortachón le ayudó a incorporarse.

–¿Qué sucedió? –preguntó el oficial.

–¡Qué bueno que llegaron! Realmente no entiendo lo que pasa. Aquel tipo que se está allá quiso entrar a mi casa y casi tira la puerta a patadas. Al salir le pregunté qué estaba sucediendo y sin decirme nada me golpeó en la cara. Después me tiró de patadas, también me amenazó de muerte. Uno les da trabajo y así es como le pagan.

–¿Por qué está sangrando el viejo?

–Realmente no lo sé y no me importa. Lo único que deseo es que se los lleven inmediatamente.

El japonés siguió con su relato mientras el oficial apuntaba en una libreta tan pequeña que en cada hoja apenas si le cabía una letra, ¿o será que en la Academia les enseñan taquigrafía? Los paisanos solamente observaban. La camisa ya estaba teñida de rojo y ni quién se preocupara. El oficial seguía haciendo "bien" su trabajo: atender primero a la "víctima" y que se muera el mojado. Se tomaron declaraciones de algunos vecinos que sin saber a ciencia cierta qué había sucedido señalaban a los paisanos como responsables.

—Han de estar borrachos —dijo uno.

—No, yo creo que es la marihuana —comentó el que estaba a su lado mientras el oficial seguía apuntando.

Las viejas de los tubos también dieron su versión, vieron todo desde el baño donde estaban haciendo del uno. ¡Pobres paisanos!

Una segunda patrulla llegó. Se requerían refuerzos pues se trataba de tres criminales peligrosos que portaban armas mortales, no fuera a ser que con las ramas les picaran la panza. Al poco rato llegó una tercera, solamente faltó que mandaran traer a Rambo.

Un oficial de color y otro latino cuyo gafete decía Gutiérrez hicieron su aparición haciendo el mismo ritual que sus compañeros tomando sus pistolas. Había que estar alertas.

—Ya la hicimos —dijo el Yes Yes al ver al latino—. Con éste sí que nos vamos a entender.

Los primeros oficiales por fin habían terminado de tomar declaración al japonés. Tres libretitas de apuntes tenían. Ayudados por los vecinos, no bajaban a los paisanos de marihuanos, rateros y criminales.

Al japonés se le permitió retirarse, pero siguió con su drama argumentando que no podía jalar aire porque le habían pegado en los tanates.

Las víctimas resultaban ser los villanos. Qué más da, eran solamente unos mojados. El oficial Morris le pidió ayuda a Gutiérrez para que interrogara a los paisanos, y dio instrucciones para que llamaran a la ambulancia pues el viejo seguía sangrando.

—Oficial Gutiérrez —dijeron los paisanos—. ¡Qué bueno que llegó alguien con quien podamos hablar!

—I am sorry, no español —contestó quitándose los lentes.

—¿Cómo que no hablas español?

—No spanish!

—¡Nos lleva la chingada!

—What? —dijo Gutiérrez muy molesto guardando de inmediato su libretita de apuntes.

Escuchó el relato de los paisanos, pero de qué valió, ni una sola palabra escribió…

Se levantó el reporte preliminar. Era evidente para los oficiales que el viejo se había caído por haberse echado sus alcoholes. Los paisanos tenían cara de criminales. Las greñas del Coras y del Yes Yes los delataban.

—You! Come here! —gritó Gutiérrez al Coras señalándolo con el dedo.

El Coras obedeció y trastabilló con una rama, aún no se había recuperado completamente del azotón que le dio el gringo. Lo hicieron hacer un cuatro y caminar sobre una línea recta, la famosa prueba de los borrachos. Los vecinos aún no se retiraban, era para ellos todo un show, poco faltó para que hicieran apuestas. Las miradas estaban puestas en el Coras. Uno, dos, tres pasos y al cuarto se fue chueco. El oficial Morris ordenó:

—Pónganle las esposas. Está borracho.

Los vecinos hasta la ola hicieron al escuchar el veredicto del oficial de policía. Les dio gusto al saber que el paisano estaría tras las rejas.

—¡No estoy borracho! —gritó el Coras.

—Eso lo decidimos nosotros —contestó Gutiérrez en perfecto español.

Lo esposaron ante la complacencia de los fisgones, cuyas risas le dolían más que aquellas dos roscas de hierro que en un rato le quitarían. Las burlas, sin embargo, quedarían grabadas, difícilmente se olvidarían. El Coras no agachó la cabeza, no se humillaría. Observó a cada uno de los ahí presentes sin decir nada. Al mirar a sus cuates le brillaron los ojos. Le había salido caro haber pegado en los bajos. Fue subido a la patrulla que se alejó de ahí silenciosamente.

Los otros dos seguían de rodillas. El viejo continuaba sangrando y no había quien les ayudara. Los vecinos se fueron alejando comentando no sé cuántas pendejadas. Reaccionaron al escuchar que la ambulancia se acercaba. Los paramédicos entraron en acción, en unos cuantos segundos al viejo ya le estaban dando atención. El que bajó la camilla era un negro fortachón que, contrario a lo que se pensara, sí hablaba español. Los fisgones quisieron regresar al mitote, pero les pidieron que se fueran.

—¿Qué pasó?

—Se nos cayó del techo. No vi cómo fue pero me preocupa la cantidad de sangre que ha perdido de la cabeza —contestó el Tururú.

El negro traducía a su compañero que tomaba los signos vitales al viejo, quien se notaba débil. Le retiraron aquella plasta de lodo. El Yes Yes y el Tururú estaban atentos a todo lo que sucedía.

Qué bueno que el oficial había decidido no presentarles cargos. Eso permitiría que alguno de ellos acompañara al viejo. El oficial Morris y su compañero limpiaron sus lentes y se los pusieron. Tenían que estar bien galanes. Habían solucionado el problema de tres peligrosos criminales. Se subieron a la patrulla, pusieron las sirenas y se fueron dispuestos a continuar cumpliendo con su deber.

Mientras, el Tururú preguntaba al paramédico sobre el estado del viejo.

—¿Cómo lo ve?

—Hay que llevarlo al hospital inmediatamente. Ha perdido demasiada sangre.

Los paramédicos apresuraron el paso. Ya tenían lista la camilla y con cuidado subieron al viejo, quien en su dolor tuvo el ánimo de pedir disculpas a los muchachos por los problemas que les había causado. El Yes Yes simplemente le acarició el pelo lleno de canas y de pasto viejo. El viejo, que seguía sangrando, agradeció el gesto.

En un segundo la camilla se tiñó de rojo y, con autorización del paramédico, el Tururú se subió a la ambulancia. El Yes Yes vio cómo se alejaban y sintió la mirada pesada del japonés y de alguno que otro fisgón que aún permanecía ahí. Por el tono de sus gritos, probablemente le estaban exigiendo que se largara. Los observó y nunca se arrugó, no bajó la mirada, caminó hacia donde se encontraba la camisa ensangrentada y la exprimió.

—¡Fíjate, cabrón! —le gritó al japonés—. La sangre es del mismo color.

Eso pensamos todos. Quizá nunca nos hemos observado detenidamente, ¿o qué?, ¿los ricos la tendrán verdaderamente azul? Las gotas de sangre del viejo quedaron ahí grabadas. El japonés las veía con desgano.

El Yes Yes había escuchado hablar de la discriminación y del racismo, pero nunca imaginó que se diera de esa forma. Una bola de ojetes observaron cómo el viejo se desangraba y levantaron el pulgar derecho al ver que se llevaban al Coras. Tomó la camisa y se alejó de aquel lugar. La vecindad era hermosa, con grandes jardines, ¡pero con cuánta basura humana!

El Coras llegó a su destino, la estación de policía en la ciudad de Van Nuys. Oficiales entraban y salían. Al llegar, el oficial le ayudó para que al bajar no se golpeara la choya; eso sí, el buen amigo entró por la puerta grande, por la principal.

Los clientes del lugar observaban con detenimiento a aquel individuo chaparro y prieto con el torso desnudo, lo miraban de arriba a abajo, pero él caminó recto, pensando que lo que había hecho había sido lo correcto. Sin embargo, le dio pena al escuchar a un niño que le decía a su jefa: "¡Éste también es malo, mami!". Le hubiera gustado explicarle a aquel chiquillo que cuando él creciera estaría expuesto a las mismas chingaderas, al fin y al cabo los dos tenían la piel morena.

En este país, ese color de piel delata dizque a los huevones, borrachos, criminales y oportunistas; sí, así nos llaman, en otras palabras, una amenaza y una carga para la sociedad, los culpables de todo lo que pasa. A nuestros hijos ya les da pena hablar en español, como si eso fuera un crimen, y ni pensar que digan que son mexicanos... ¡Qué jodidos estamos! Pero como dice el dicho, "Arrieros somos y en el camino andamos". Alguien en su momento le haría ver a ese niño que sigue teniendo la piel morena.

El Coras salió de volada, pero no porque lo hubieran dejado libre, sino porque no fue posible que lo ficharan ya que no había cupo. A su salida saludó a cada una de las personas que lo observaron cuando entró. El mismo chiquillo se le cruzó en el camino y antes de que comentara algo le dijo:

—No somos malos, nos hacen.

El chiquillo se fue confundido a jalarle el vestido a la madre.

—¿Tú hiciste malo a mi papi? —le preguntó.

El sopetón en la cabeza no se hizo esperar y el chiquillo lloró. El Coras fue conducido nuevamente a la patrulla, que agarró camino por toda la autopista 101 que los llevaría a la cárcel del condado de Los Ángeles.

Salieron del Valle de San Fernando y se metieron por el Barrio Chino, dieron vuelta sobre la calle Brooklyn y al Coras se le salió un suspiro al pasar por la Placita Olvera.

Reconoció los rumbos, a los turistas orientales tomándose fotos con el burro y a los chiquillos que con singular alegría consumían sus pulpas de tamarindo mientras una pareja de enamorados compartía sus flautas con una salsa verde que tenía finta de guacamole.

El semáforo cambió de color y continuaron su camino. Al alejarse alcanzó a reconocer al joven que seguía lavando los coches con el mismo trapo sucio.

Unas cuadras más adelante, las señalizaciones anunciaban su destino: "County Jail". Al ver aquel monstruo blanco y mirar aquellas dos roscas de hierro en sus muñecas comprendió que no era ningún juego, se lo llevaron a la grande. Estiró los brazos y se dio cuenta de que su libertad se limitaba a unas cuantas pulgadas.

A pesar de que el Coras siempre había sido un desmadre, nunca había estado detenido. Era la primera vez que visitaría el bote y no tenía la más mínima idea de lo que le esperaba.

Llegaron a la cárcel, lo sacaron de la patrulla y, aun con el fuerte calor que hacía, sintió escalofríos y un sudor frío que le recorría la nuca. En este lugar sí habría cupo, y aunque no lo hubiera le tocaría piso.

En esta ocasión el buen amigo del Coras no entró por la grande, los oficiales lo condujeron por la puerta trasera.

—Han de estar regalando algo —pensó al observar que hasta para entrar había que hacer cola.

Después de un buen rato de espera fue entregado a un oficial del sheriff, quien lo recibió con una mirada seca. El Coras quiso esbozar una sonrisa, pero ésta se le diluyó cuando el oficial lo tomó por el brazo y se lo llevó para ser interrogado.

Aquella sala estaba repleta. Había presuntos criminales de todos colores y sabores, jóvenes y viejos, altos y chaparros, y todos pregonaban su inocencia a los cuatro vientos.

Un enorme reloj marcaba apenas las 3 de la tarde, pero parecía estar descompuesto porque las manecillas no se movían.

El Coras seguía sudando, sentía que todo el mundo lo observaba, tanto los oficiales como los presuntos criminales, como dándole la bienvenida.

Se imaginó las burlas del japonés y jaló fuertemente las esposas. Luego recordó al viejo sangrando y más se las jaló ocasionándose daño en las muñecas. Cruzó las manos con resignación, pensando que a fin de cuentas había hecho lo correcto: golpear en los huevos al ojete del japonés. Eso y más se merecía. Las esposas le hicieron estragos.

El reloj sí funcionaba porque ya marcaba las cuatro de la tarde. Por fin escuchó su nombre y vio que lo saludaba un investigador joven vestido de civil, con una corbata que no le combinaba y el pelo recortado como si fuera a hacer su primera comunión o le fueran a tomar la foto para la cartilla del Servicio Militar.

—¿Ignacio Díaz?

—Sí, para servirle.

—¿Cómo está?

—Se ha de imaginar.

—¿Sabe por qué fue traído aquí?

—Me lo imagino.

—¿Está consciente de lo que hizo?

—Pues sí, qué puedo decir.

—Pues usted está acusado de daños a propiedad ajena en estado de alcoholismo.

—¿En qué?

—Borracho, o como dicen ustedes, pedo.

—¿De eso es de lo que se me acusa?

—Efectivamente.

—¿Huelo a alcohol?

El investigador guardó silencio y continuó leyendo el reporte que tenía en manos. Sabía que el paisano tenía razón, olía a todo menos a chelas o alcohol. Tomaba sus notas.

—¿Y de los daños a propiedad ajena qué me dice?

—Qué le vamos a hacer. Lo único que buscaba era ayuda, el viejo había sufrido un accidente y en un momento de desesperación, al ver que el patrón no salía, le di de patadas a la puerta. Los daños no son mayores, y si me dan oportunidad yo mismo los puedo reparar.

El investigador seguía tomando notas.

—Acompáñeme —le dijo.

Lo tomó del brazo y lo condujo a una pequeña recepción donde encontró a un par de teporochos que lo saludaron como si hubieran tomado en la misma cantina. Aquellos no habían pasado el examen.

Al Coras le metieron en la boca un tubo de plástico que todavía tenía las babas de los demás.

—¡Guácatelas! —dijo—. Esto huele a puro mezcal.

—¡Qué bien sabes de chupe, carnal! —le gritaron.

Por instrucciones del investigador, el Coras siguió sopla que sopla pero la aguja no marcaba nada. Finalmente, al percatarse de que ya estaba medio morado le retiraron el tubo de la boca y lo dejaron sentarse, sentía que se le doblaban las piernas.

—Espérese aquí un momento —le dijo el investigador.

Mientras tanto, a unas cuantas cuadras de ahí la ambulancia llegaba al hospital y se estacionaba en la entrada de emergencias. El Tururú fue el primero en bajarse y no podía creer lo que sus ojos michoacanos veían. Parecía como si la ciudad estuviera en guerra, la enfermera y el paramédico entraban y salían. No se daban abasto para atender a los enfermos que llegaban. Un doctor los revisaba de reojo y a los que realmente estaban jodidos los pasaba de inmediato dando instrucciones para que a los demás se los llevaran a otro lugar. El viejo fue uno de los elegidos, ya le habían detenido la hemorragia y les indicaron cómo llegar a la gran sala siguiendo la línea amarilla. Caminaron por largos pasillos y en su camino se encontraron a algunos pacientes con sus batas verdes, hasta las nalgas se les veían. Las enfermeras agilizaban el paso mientras los dos amigos iban lento porque el viejo pesaba. Como les dijeron, siguieron la línea amarilla, dieron vuelta a la derecha como en tres ocasiones y otras tantas a la izquierda, hasta que encontraron la sala de espera cuya puerta estaba cerrada. Sin embargo, se podían escuchar los gritos, lamentos y quejas que venían de adentro. Tenía que ser ahí, pensó el Tururú. El viejo seguía tomándole del hombro para no caer.

—¡Aguántele viejo, que ya hemos llegado!

Los dos detuvieron su paso repentinamente. La puerta se abrió de par en par y permanecieron inmóviles al ver salir a un hombre con una herida en la frente, vociferando sobre la poca atención recibida. "Mierda" era su palabra favorita, probablemente era salvatrucha, ésa es la expresión que más utilizan.

—Ni entren —les dijo—. Esto es una basura —y siguió su camino.

No hubo respuesta, ambos entraron a la gran sala y percibieron de inmediato una avalancha de olores, de esos tan especiales que se concentran en los hospitales y que la gente no sabe definir pero que, a fin de cuentas, hacen pensar en todo menos en sanidad. Se quedaron paralizados al ver aquel espectáculo sin igual. Aquí no se trataba de clases sociales o de colores de piel, todos estaban jodidos. Había negros, orientales y, sobre todo, latinos. Los pacientes estaban sentados en unas sillas color amarillo pálido, algunos se tomaban la herida y otros, probablemente los más afortunados, tenían a su lado algún amigo, compadre o familiar que los confortaba o que al menos intentaba darles alguna palabra de aliento que hiciera el dolor más soportable. Otros, también acompañados, formaban parte de una línea interminable. Esperaban con impaciencia ser atendidos por una recepcionista bonachona a la que por su actitud parecía que le valía madres lo que sucedía del otro lado del cristal. Se limitaba a dar las solicitudes que tenían que llenar y no contestaba preguntas porque no le daba para más. El maldito teléfono era el que más tiempo le quitaba. Frecuentemente sonaba indicando que era la hora de comadrear, y qué bien lo hacía. Las carcajadas se escuchaban en todo el lugar provocando la ira de la gente. Sólo de vez en cuando se le escuchaba decir "El que sigue", y el de turno siempre se quedaba con la pregunta en la boca. Con razón el salvatrucha decía que la atención ahí era una basura.

–Vámonos –les dijo el viejo.

El Tururú hizo caso omiso. Observó a su alrededor. Algunos estaban idiotizados con un viejo televisor colgado en la pared. Otros pretendían leer, pasando con rapidez y desgano las páginas de aquellas revistas incompletas manoseadas por quién sabe cuánta gente.

El Tururú buscó una silla para el viejo y en uno de los rincones encontró tres asientos desocupados. No entendía por qué si había gente esperando de pie, pero no se lo preguntó más, simplemente vio la oportunidad de sentar al viejo.

–Véngase –le dijo.

–¿Adónde?

El Tururú hasta agilizó el paso. Quería llegar a una de aquellas sillas y poco faltó para que jalara al viejo de las greñas. Lo sentó con mucho cuidado. La gente los observaba con compasión, menos el vecino que le sonrió. El Tururú se vio cortés y hasta el "Thank you" le salió. Bastaron unos cuantos minutos para que comprendiera por qué aquellas sillas estaban vacías. Al vecino le apestaban las patas, los olores que desprendía podían hacer vomitar hasta a un perro. El zángano sólo sonreía. Le complacía saber que tenía su propio reino. Aquellos rizos negros fácilmente podrían haber sido nido para gusanos. El viejo pareció desmayar, ya no por el chingadazo sino por el vecino que simplemente le sonreía. En un dos por tres se quitaron de ahí y llevó al viejo a un rincón de la sala. Le tocó piso ya que no había más sillas, pero qué importaba, por lo menos el vecino que les tocó solamente tenía las tripas de fuera.

–Por favor, vámonos –repitió el viejo.

El Tururú se había montado en su macho, no se iría hasta que le dieran atención al viejo, costara lo que costara. Si era necesario esperaría todo el día, aguantaría aquellos olores, los lamentos y los gritos de los adoloridos que a cada minuto se hacían más agudos. Se formó en aquella línea que parecía no tener movimiento. La recepcionista seguía pegada al teléfono sin importarle que la gente se quejara, al fin que bastaba con oprimir un botón para llamar al de seguridad. El Tururú esperó su turno, pero al poco rato, al igual que los demás, ya no sabía cómo mantenerse en pie. Unos de plano se sentaron en el suelo y otros mejor se fueron llevándose a sus heridos. Como había dicho el salvatrucha, el servicio era pura basura.

Por lo menos el viejo ya estaba mucho más tranquilo y se había dormido en aquel rincón de ese hospital del primer mundo en donde se supone que la atención médica es de primera. Pero en todos lados se cuecen habas y aquí también hay negligencia, también hay burocracia y, como en todos lados, la lana habla.

No importaba que los pacientes tuvieran las tripas de fuera, una cuchillada en el torso no garantizaba que fueran atendidos de emergencia, mucho menos una dislocación de hueso. Los que iban por una raspadura era mejor que se fueran porque sólo les pondrían agua bendita y un curita, y qué bueno que era el Hospital General, el hospital del pueblo, porque si no no tendrían con qué pagar aquella curita que les costaría su buena lana.

Todos ahí esperaban su turno, el turno de los pobres y los jodidos, el que los ricos jamás esperan, y ahí de aquel que se quejara porque sólo ganaría que lo echaran por escandaloso. La recepcionista seguía pegada al teléfono.

—¡Cuidado! —gritó alguien.

—¡Llamen a un doctor! —gritó alguien en inglés.

—¿De quién es familiar? —preguntó un anciano que se levantó a ayudar.

—¡No la muevan! —gritó otro.

Los que estaban en la sala de espera se observaban unos a otros. Realmente no sabían qué hacer. Los que veían el televisor se olvidaron del cochino programa y los que pretendían leer dejaron las revistas a un lado. El apestoso se abrió paso hasta llegar a la recepción, pero la mujer seguía pegada al teléfono.

—¿De quién es familiar? —se volvió a escuchar.

Nadie reclamaba a la enferma. Se trataba de una mujer de edad avanzada, latina y con vestimenta humilde. Sus canas estaban medio cubiertas con un tinte barato, según indicaban las raíces de aquel pelo rojizo. Estaba tirada en el suelo, respiraba pero con mucha dificultad y nadie la reclamaba. A su alrededor había puros desconocidos que hacían un chingo de ruido buscando que alguien se compadeciera de ella.

—¡Con una chingada! —gritaba el apestoso golpeando con el puño aquella ventana de cristal que lo separaba de la recepcionista.

—¿Qué quiere? —le preguntó ésta muy confundida.

—¡Que llame a un doctor, estúpida!

La recepcionista se levantó como pudo, los kilos de más en la panza le impedían atender con agilidad aquella emergencia.

—¡Apúrele! —gritaba el apestoso.

Algunas personas salieron de aquella sala en busca de ayuda. Se olvidaron de sus propios enfermos y de sus penas, querían ayudar a aquella mujer que seguía tirada en el suelo. La recepcionista continuaba sin saber qué hacer.

−¿De quién es familiar? −seguían los gritos.

Sin importarle sus olores, el Tururú se unió al apestoso y entre los dos golpearon el cristal. La enfermera seguía como pendeja, parada sin hacer nada. Había quien se jalaba los pelos, otros gritaban pidiendo ayuda, todos hablaban entre ellos aunque no fuera en el mismo idioma. Los minutos pasaban y la ayuda nada que llegaba.

−¡Vete por un doctor! −se escuchó decir a más de uno.

−Ya fueron −contestaba el encomendado.

−Pues tú también vete −le respondieron a su vez.

−No se mueva de aquí, regreso en un segundo −le dijo el Tururú al viejo.

No había necesidad de decírselo, el viejo estaba tan jodido que no había forma de que se fuera de allí, pero de todos modos le respondió afirmativamente con la cabeza.

Dando la media vuelta, el Tururú observó que la puerta de aquella sala se abría y alcanzó a ver a dos doctores acompañados por la gente.

−Apúrele por favor, doctor −gritaba la gente abriéndole el paso.

El Tururú continuaba golpeando el cristal mientras el apestoso le hacía la seña con el dedo de enmedio a la recepcionista, quien seguía sin saber qué hacer.

−Necesitamos espacio. Por favor, que todos se quiten. ¿De quién es familiar? −inquirió el doctor.

−No sabemos −dijeron.

El doctor se postró junto a la anciana, le revisó los ojos, le sacó la lengua y después de tomarle el pulso, les indicó a sus achichincles que había que llevarla a emergencias. Los paramédicos ya estaban listos, la levantaron de tal forma que hasta los calzones se le vieron. La mujer seguía respirando con dificultad, pero la gente ya estaba más tranquila. La recepcionista luchaba por salirse de aquella oficina, aunque los kilos que traía encima no se lo permitían. Atrás quedó el viejo bolso de la paciente tirado en el suelo. Alguien lo tomó y lo depositó en aquella silla de plástico color amarillo pálido.

En unos cuantos segundos aquello volvió a la normalidad. El televisor seguía encendido y cada quien tomó su lugar. El apestoso regresó a su reino y el viejo continuó en el suelo. El negro comentaba con el hispano sobre lo sucedido, no dejaba de hablar mientras que el paisano simplemente movía la cabeza muy confundido sin saber qué contestar. Después de media hora, el negro comprendía que el otro no había entendido nada.

La recepcionista depositó sus quién sabe cuántos kilos en la silla, hasta pálida se le veía, había sido mucho su esfuerzo por atender de una forma más expedita a los que le pedían ayuda. El que traía las tripas de fuera y el oriental que llevaba una rajada en la oreja fueron atendidos. El Tururú respiraba profundamente. La espera ya había sido demasiado larga. A cada minuto observaba al viejo, que seguía dormido.

—Faltan dos y sigo yo —pensó.

El primero no tardó mucho. ¡Ah!, pero el segundo tenía problemas de comunicación, su inglés no le ayudaba pero entre gritos y señas se dio a entender.

Le tocaba el turno a nuestro amigo, quien se pasó la mano sobre el rostro y caminó lentamente hacia donde se encontraba la recepcionista, quien por su semblante se veía un poco molesta. El Tururú no corrió con mucha suerte, trató de explicarse y lo único que le respondía era un "no español". Se resignó a tomar una solicitud y se reunió con el viejo, quien por cierto ya estaba despierto. Leyó aquellas preguntas a las que no podía dar respuesta pues no sabía nada de aquel hombre, ni siquiera su nombre, mucho menos si era alérgico a algo, aunque el seguro social… ése se lo podía inventar. Tomó la silla donde se encontraba el bolso, lo depositó en el suelo y sentó al viejo.

Los lamentos y gritos seguían, entraba más gente de la que salía. El viejo estaba despierto pero nada entendía. El Tururú buscó la forma de que reaccionara, incluso llamó al apestoso pensando que aquellos olores lo levantarían, pero nada. Se limitó a darle las gracias y éste regresó a su reino.

—El viejo tenía razón, mejor nos hubiéramos ido —dijo en voz baja.

Cruzó los brazos con resignación, no le quedaba otra cosa que hacer. Fijó la mirada en aquel televisor y se quedó idiotizado como los demás. Después de un rato escuchó algunos lamentos, eran del viejo. El Tururú se emocionó y le acarició el pelo.

—¿Cómo se siente? —le preguntó.

—Muy débil —dijo.

—Mire, ya solamente nos queda contestar algunas preguntas, pero necesito de su ayuda.

—Mejor vámonos —decía el viejo.

—¿Cómo se llama?

—Plutarco Moreno.

—¿Dirección?

—No tengo.

—¿Número de seguro social?

—Pues de dónde lo saco.

—¿Edad?

—64 años.

—¿Fecha de nacimiento?.

—No me acuerdo.

−¿Lugar de nacimiento?

−Pos México.

El Tururú llenó la solicitud sólo con el nombre, lugar de nacimiento y edad. De las alergias, quién sabe, no entendía los términos. A la hora de la firmada pretendió poner una equis que más parecía una cruz. Así entregó la solicitud, ya no podía hacer nada más que esperar.

Tanto el viejo como el Tururú terminaron cerrando los ojos con la cabeza recargada contra la pared. Al poco rato los gritos y lamentos no los molestaban, se habían vuelto parte del ambiente.

−Mr. Jiménez −gritaron.

−Mr. Jiménez −insitieron.

El Tururú peló los ojos, levantó la mano y gritó "¡Presente!" mientras intentaba levantar a Plutarco, que por cierto cómo pesaba. Como pudo lo levantó y se lo llevó hasta donde estaba la enfermera.

−Mr. Moreno?

−Sí. Perdone, señorita, ¿usted habla español?

−Sí, claro.

−¿Puedo acompañar aquí a mi amigo?

−No es necesario, yo lo voy a atender.

El Tururú se resignó y dejó a Plutarco en manos de la enfermera, quien lo condujo al cubículo número seis.

−¿Qué le pasó, señor Jiménez?

−Estaba en el techo de una casa tratando de cortar una rama. No recuerdo muy bien lo que pasó, simplemente vi amarillo. Parece que me lastimé la cabeza, me duele mucho.

−Ha perdido mucha sangre −comentaba la enfermera mientras le quitaba el vendaje.

Plutarco terminó muy despeinado y escupiéndose la mano buscó aplacarse el pelo. Se sentía apenado por las fachas en que se encontraba.

−¡No se toque! −le advirtió la enfermera−. Se puede lastimar.

En esos momentos entró el doctor, que también hablaba español, y le preguntó a la enfermera qué tenía el señor, a lo que ésta contestó que tenía un hoyo en la cabeza.

Los algodones fueron rápidamente remojados en alcohol, las tijeras entraron en acción y tuzaron el viejo para tener mayor visibilidad en la herida. El pobre terminó pareciéndose a un cura de pueblo. El diagnóstico fue herida profunda de cuatro pulgadas de ancho.

El doctor movió la cabeza y procedió a auscultar a Plutarco. Le hicieron sacar la lengua y pelar bien los ojos, le revisaron los oídos y le tomaron los signos vitales.

−¿Cuándo fue la última vez que comió?

−¿Por qué, doctor?

—Usted tiene una fuerte anemia. ¿Cuándo comió, señor Jiménez? —insistió el doctor.

—¡Todos los días!

—¿Y comió bien?

—Claro, puros tacos.

—Hay que comer más seguido antes de que se agrave su situación.

—Pues me la pone difícil. Por más que uno quiera, no se puede. Hay días que se come mal y otros días peor, se come un taco de carne y otro de sal. ¡Caray, doctor! Hasta la panza se acostumbra, las tripas ya no se quejan, no les queda más que esperar a ver qué les damos de tragar. Eso sí, como que el olfato se nos desarrolla, podemos distinguir a buena distancia lo que el prójimo se está saboreando, por eso pasamos muy seguido por los restaurantes. También sobrevivimos de eso, de puros aromas.

La enfermera ya había limpiado la herida. El doctor escuchaba atento a Plutarco con la aguja en la mano.

—Nomás cierre los ojos —le dijo.

El doctor se dio a la tarea de cerrar la herida, Plutarco solamente apretaba los dientes desiguales y amarillos, igualito que cuando vamos al baño y nada nos sale. En unos cuantos minutos ya había terminado.

—No se mueva de aquí. Señorita —le dijo a la enfermera—, que le traigan algo de comer.

—Pero, doctor… —inquirió la mujer.

No le llevaron carnitas, mucho menos mole poblano, ¡bueno hubiera sido! Le dieron su charolota de verduras y una enorme jarra de agua de limón. Plutarco no puso peros, para él aquello era un manjar digno de reyes, no sabía por dónde empezar. La comida pronto desapareció. Le preguntaron si quería un poco más y él movió la cabeza en señal de afirmación. Todavía tenía la boca llena, pero le quedaba aún un huequito por llenar. El semblante le cambió, ya no estaba pálido, hasta se le quitó el dolor de cabeza.

El doctor visitó nuevamente a Plutarco cuando éste ya había terminado de comer y le preguntó cómo se sentía.

—¡A toda madre! —le contestó con mucha ocurrencia.

El profesionista soltó la carcajada.

—Gracias, doctor. Que Dios se lo pague.

—Ya me debe mucho. Espero que se acuerde.

—¿Yo?

—No, Dios.

Ése es el pago de los que no tienen, una frase llena de gratitud, de esperanza y honestidad. Los que la reciben nunca la olvidarán, aunque a los que la dan ya se les hace costumbre. No les queda de otra, con plegarias han pagado y nunca olvidarán quién y en qué circunstancias les tendió la mano. Seguramente estarán en sus rezos todos los días. Por eso los jodidos les dan gracias a todos los santos, para no saturar nomás a uno. Y entre más tiempo pasa, más aumentan los santos, y si se les acaban pues se los inventan, al fin y al cabo todos son santos.

Plutarco se despidió del doctor con un fuerte apretón de manos y salió de ahí para ir a buscar al Tururú, quien se encontraba en la sala de espera. Los gritos y lamentos continuaban, aunque ya se había reducido el número de pacientes. Fue a encontrar a su amigo platicando muy a gusto con el apestoso. Al parecer la plática estaba amena porque ni lo vio hasta que se sentó a su lado.

—¿Nos vamos? —preguntó.

—¿Cómo se siente? —le preguntaron.

—Mucho mejor.

El Tururú se despidió de su nuevo compa. El simple apretón de manos se transformó en un sinfín de movimientos que terminó en un choque de puños. A punto de irse estaban cuando un joven menudito de pelo rizado se les acercó preguntándoles por una señora. Por la descripción que daba, seguramente era la dama a la que se habían llevado los médicos. El joven cargaba el bolso y preguntaba desesperado si alguien sabía adónde la habían llevado.

—¡Por favor, díganme si la vieron!

—Sí la vimos, se la llevaron los médicos.

—¿Qué pasó?

—No sabemos, solamente vimos cómo la asistieron. Pero cálmate, ¿en qué te podemos ayudar?

—¡Olvídalo! —le dijo tratando de alejarse.

El Tururú lo tomó del brazo y le impidió que diera otro paso.

—¿De quién se trata? —le preguntó.

—De mi abuela. Esta mañana nos fuimos a trabajar a una fábrica de costura aquí por la Broadway. Se sintió un poco mal y la traje para que la revisaran, pero no pude esperarme con ella porque no me dieron permiso para faltar. Ella decía que le dolía el pecho, me dijo que no me preocupara, que todo saldría bien, y ahora que regreso no la encuentro.

Trató de zafarse del Tururú. Su rostro manifestaba su desesperación, igual que aquellas lágrimas que buscaba secarse con el puño de la camisa.

—Tranquilo —le dijo el Tururú.

—¿Cómo quieres que me tranquilice?

—Viejo —le dijo a Plutarco—, espéreme aquí. No se me vaya a ir.

El viejo se quedó solo. El apestoso se ofreció a acompañarlos y lo primero que hizo fue dirigirse a la recepcionista que seguía pegada al teléfono. Gritó como loco obligándola a colgar la bocina. La gente guardó silencio cuando el apestoso gritó, el tipo tenía buen pulmón. La recepcionista, por su parte, estaría muy gorda pero eso no le impidió presionar el botoncito para llamar a los de seguridad. Éstos sí que llegaron mucho más rápido que los doctores. Tenían finta de luchadores, estaban medio fortachones, pero eso sí, eran muy educados y sin preguntar tomaron del brazo al primero que encontraron.

—¡No fui yo! —decía el espantado mientras que el apestoso soltaba la carcajada.

Por baboso luego luego lo agarraron y le dijeron que se largara.

—¡No me toquen!

—Acompáñenos, por favor —le indicaban.

—No me voy hasta que no me informen qué sucedió con la señora a la que se llevaron hace rato porque se puso grave. Eso es todo lo que quiero, señores, una simple información —decía el apestoso.

Los de seguridad inmediatamente lo soltaron, no por su explicación sino por los aromas que desprendía, y más cuando levantaba los brazos.

—Ella sabe —concluyó diciendo mientras señalaba a la recepcionista.

—Me imagino que a Emergencias —dijo ésta molesta.

El apestoso le volvió a poner el dedo y los tres salieron en busca de la sala de emergencias. El viejo esperó sentado viendo aquel televisor al que de seguro no le entendía ni madres, pero ya estaba idiotizado. Subieron dos pisos y nada, siguieron las instrucciones y se perdieron llegando hasta la planta baja.

—Es sencillo —les decían—. Deben ir al tercer piso.

Recorrieron el hospital y no dieron con él. Al Tururú se le ocurrió esperar a ver si pasaba algún paciente que fuera llevado a Emergencias.

—Ojalá se esté muriendo uno —dijo.

La espera fue corta. En un hospital general lo que sobran son las emergencias. Al ver pasar a los camilleros se les pegaron como chicles y fue así como dieron con la sala.

Contrario a lo que pudiera pensarse, en esa parte del hospital reinaba el silencio. Los letreros así lo indicaban. Mujeres vestidas de verde andaban por todos lados, algunas con aparatos colgados en el cuello, otras simplemente tomando notas. Los tres respetaron las reglas y llegaron a la recepción despertando la curiosidad de los que ahí se encontraban trabajando.

—¿Les puedo ayudar en algo? —preguntó una mujer en forma muy educada.

Fue el Tururú quien tomó la palabra. No se requería la ayuda del apestoso pues la mujer hablaba español.

—Necesitamos que nos informe sobre una mujer latina que fue traída de la sala de espera. Nos indicaron que probablemente se encontraría aquí.

—¿Cuál es el nombre?

—Ana María Benítez —respondió el joven del pelo rizado.

La mujer buscó en sus registros y no encontró nada. El joven repetía el nombre e incluso daba la descripción de la abuela.

—¿Cómo dijo que es la señora? —preguntó otra chica de la recepción.

El joven dio los particulares mientras vaciaba el contenido del bolso viejo en un escritorio de la recepción. Un escapulario, una estampita de la Virgen María que inmediatamente guardó en el bolsillo de su camisa, unas cuantas monedas y una identificación eran las pertenencias de la abuela. Al ver su foto, la recepcionista confirmó que había sido llevada ahí.

—¿Es usted familiar? —le preguntó al joven.

—Sí, su nieto.

—Acompáñeme para que me dé algunos datos.

—¿Cómo está ella? ¿Qué está pasando? —preguntó desesperado el muchacho.

—Aún no sabemos, se encuentra en la sala de operaciones.

—¿Pero por qué? —gritó.

Tuvieron que despedirse del apestoso pues no le permitieron que pasara de donde estaba. El Tururú y el joven fueron conducidos a una sala pequeña. El muchacho tenía frío. El Tururú por su parte ya no sentía lo duro sino lo tupido, además de que las tripas ya le rechinaban, no había comido en todo el día.

Le hicieron al muchacho las preguntas de rigor, le dieron sus tranquilizantes y al rato ya se sentía mejor.

—¿Por qué no hablas a tu casa? —le propuso el Tururú.

—¿Qué les digo?

—Tienes que hacerlo. Han de estar preocupados. No saben nada de ustedes y ya es un poco tarde.

El joven marcó el número telefónico y se equivocó en dos ocasiones, pero la tercera fue la vencida. El Tururú solamente escuchó dos frases:

—La abuela se enfermó. Estamos en el Hospital General.

El joven buscó refugiar su pena y dolor, se acomodó en aquel sofá rojo y agachó la cabeza. El Tururú comprendió que era mejor dejarlo solo y aprovechó el momento para ir en busca del viejo.

En el camino pasó por varias de esas maquinitas de monedas que te dan comida. Lamentablemente sólo traía dos monedas, una de cinco y otra de diez centavos. Parecía que las tripas le daban de patadas, pero se tendrían que aguantar porque no les iba a dar de tragar.

Buscó al viejo por todos lados pero ya no lo encontró. El apestoso seguía en su reino y la gente estaba idiotizada viendo el televisor. Regresó con el de los rizos, que seguía sumergido en sus pensamientos.

Al poco rato, un hombre delgado, corrioso y de pelo escaso entró a la sala. Todavía llevaba puestos los pantalones llenos de cemento, señal inequívoca de que trabajaba en el ramo de la construcción. Su rostro denotaba confusión y preocupación, abrazó inmediatamente a su hijo, quien lloró en su hombro como un niño.

–¿Qué pasó, hijo?

–No sé, papá. Lo único que me pudieron decir es que está en la sala de operaciones.

–¿Pero cómo que no te dijeron nada más?

–Pues así fue. Solamente me dijeron que teníamos que esperar.

El padre quiso salir en busca de más información, pero el Tururú lo detuvo del brazo. Claro que el hombre se enojó y lo miró como diciéndole "Quítame la mano de encima, cabrón".

–Es un amigo, papá –dijo el hijo.

El Tururú se sintió como un intruso y se limitó a escuchar la plática de aquellos hombres dolidos.

Dos años atrás, la abuela había dejado el pueblo y a su pareja por cuarenta años, una larga enfermedad lo había sepultado. Sus hijas la animaron para que se fuera al norte, para que cambiara de ambiente. Su hijo mayor ya se encontraba allá, en la conquista de los dólares. Entró de mojada, también caminó sus kilómetros y como en momentos se quiso rajar la llevaron cargando. Cuando llegó a la tierra prometida, su hijo ya la esperaba. Había dejado atrás a toda su familia, su casa, su molcajete, pero ahora tendría su licuadora y, con un poquito de suerte, ya no tendría que ir a lavar al río porque le comprarían su lavadora. Al año se quiso regresar, extrañaba a su gente, pero su hijo la convenció de que era mejor que se quedara y en la primera oportunidad él mismo la llevaría de regreso a su hogar.

Ahora el nieto y el hijo lloraban, mientras el Tururú los observaba sentado en un rincón de aquella sala. Se dio un silencio absoluto.

Mientras tanto, el Coras se encontraba resignado. Ya le habían tomado huellas y foto, estaba fichado y hasta lo encueraron para que se tomara un baño. ¡Ah!, pero eso sí, se tapó sus partes nobles ya que otros reos lo observaban con atención.

–Han de ser maricones –pensó tapándose rápidamente con la toalla.

El color naranja de aquel uniforme no le caía nada mal, aunque tuvo que arremangarse las mangas y los pantalones porque le quedaban un poco grandes. Claro que le leyeron sus derechos, pero de todas formas lo encarcelaron por andar de borracho y dañar la propiedad ajena. Le asignaron 250 dólares de fianza. ¡Qué caros le habían salido los tanates del oriental! El número de identificación que le dieron fue 85-98765.

Mientras lo conducían a su celda, se persignó varias veces al ver a sus nuevos *room mates*, o sea compañeros de vivienda. Homosexuales, abusadores de niños, comerciantes de drogas y amigos de las pistolas y las navajas, de ésos a los que les gusta ver mole con frecuencia. Tenían cara de todo menos de religiosos, y él estaba ahí sólo por haber golpeado a alguien en los huevos. Ironías de la vida.

El abrir y cerrar de las puertas le provocaba escalofríos. Se detuvo en la puerta de su celda y una voz que venía de dentro lo hizo reaccionar:

—Come in, carnal. ¡Nos hemos vuelto a watchear!

El Coras estaba confundido, no sabía qué contestar. No reconocía a aquel tipo recostado en la cama superior de la litera con las manos detrás de la cabeza.

—You got to remember me, ese. ¡Soy el Clown!

—¡Claro! —respondió el Coras, que permanecía en la entrada de la celda.

—Nunca pensé encontrarte aquí, ese. ¿Qué? ¿A poco ya le diste en la madre al cabrón que te mandó al hospital?

—No, bueno hubiera sido.

—Es tu primera vez, ¿verdad, ese?

—Sí, ¿y tú?

—Nel, vato. Al parecer yo ya tengo reservado un cuarto en este hotel. Entro y salgo, a veces ya ni sé por qué. Ya soy cliente. ¿Tú por qué estás aquí?

—Cuestión de huevos —contestó el Coras.

—¿Te los robaste?

—No. Por maltrato.

—Chale, carnal, ¿cómo que por maltrato?

—Sí, se los rompí a un güey.

El Clown no se pudo aguantar las carcajadas. De verdad que la policía había cumplido con su deber deteniendo a este peligroso criminal.

—¿Te dieron fianza?

—Sí. Dicen que 250 varos.

—Barato, homeboy, barato.

—Pues sí, pero para mí es mucho. No tengo quién me ayude. Todos mis compas están tan jodidos como yo. Tendré que esperar. Me dijeron que me iban a dar un abogado, solamente espero que me ayude.

—Ni te preocupes —le dijo el Clown con evidente sarcasmo—. Esos vatos son bien chingones, toman las cosas con seriedad. Al saber que eres raza te visitan todos los días, buscan testigos y evidencias, se desvelan buscando la forma de ayudar. Hablan perfectamente tu idioma. Mañana ya estarás fuera.

—¡No te burles!

—Estás jodido si crees que van a respetar tus derechos. Si no tienes dinero para la fianza, vas a ser mi compañero por una buena temporada.

—Me dijeron que en menos de 48 horas me llevarían a la Corte.

—Espera sentado carnal, ya verás.

—No me animes tanto.

—Es la pura verdad, homeboy, la pura verdad. Pero para que no te sientas solo y deprimido, mañana te voy a presentar a unos camaradas que de plano sí la regaron, especialmente al que le dicen el Blackie, o sea el negrito. Es de Guerrero el vato, está casado y tiene tres chamacos. Nos platicó que cuando llegó a Estados Unidos, buscó trabajo por todos lados, fue a dar hasta Chicago, anduvo por Sacramento y San José y vino a caer al Valle de San Fernando. Limpiaba carros y hasta chicles vendía, nunca le fue bien al pobre, era poca la feria que le podía mandar a la familia. Dijo que un día recibió noticias de su mujer que le decía que un chamaco se había puesto mal, lo llevaron con los médicos del pueblo pero nunca le pudieron encontrar el mal, hasta curanderos visitaron, le dieron un chingo de yerbas, hasta le derramaban huevos crudos en la panza. Les recomendaron que se fueran a la capital del estado, que probablemente allí sí les podrían ayudar. Pidió prestado algún dinero y vendió las cuatro gallinas que tenía. El dinero del marrano ya se lo había gastado. Y pues ahí va la vieja con su hijo a la capital, encargando a sus otros dos chamacos con la vecina. En el hospital del Seguro Social se portaron rete gentes, sólo faltó que le pidieran el acta de defunción de la abuela. Ya sabes, el pinche papeleo de siempre.

—Oye Clown —dijo el Coras—. Perdón que te interrumpa, pero tú hablas perfecto español.

—Pues soy de México, ese. Lo que tú ves, mi vestimenta, mi forma de hablar, el caminado y hasta el peinado y lo demás, sólo es un disfraz. Espero algún día poder dejarlo. Ya estoy grandecito para andar en estos desmadres. Mi época ya pasó, no lo niego, y fui todo un desmadre. Sí, en un principio todo esto es una forma de identificarse, de sentirse parte de algo, es la vestimenta de los guerreros urbanos y la portamos con orgullo. Pero como te decía, volviendo al tema del negrito, un día se fue para una cantina a echarse unos tragos, decía que la soledad lo traía por la calle de la amargura y que lo de su hijo lo estaba acabando en vida. En ese lugar conoció a unos vatos transas, fue presa fácil de la oferta, la feria era buena. El trabajo era sencillo, solamente era recoger unos muebles en una bodega, pero nunca le dijeron que las cajas estaban repletas de marihuana, como 300 libras de hierba mala y otras treinta de polvo blanco. Ya tiene como seis meses detenido, las ofertas de los abogados de oficio van y vienen, le dicen que si se declara culpable le darán menos sentencia, le argumentan que de no hacerlo lo encontrarán culpable porque todas las evidencias están en su contra. Le dicen que hasta un video tienen. Ese negrito sí que se las está viendo negras, no tiene quién le ayude.

—¿Y qué pasó con el hijo, Clown?

—Le diagnosticaron leucemia. Tiene diez años y ya fue sentenciado a morir. El negrito no les ha dicho dónde se encuentra, pero se frustra al saber que no les puede mandar ninguna lana. El niño ya no va a la escuela. La madre se la pasa llevándolo del pueblo a la capital. La quimioterapia ya le tiró todo el pelo. Como verás, mi buen, su caso está de la tostada.

El Coras sólo escuchaba el relato del Clown. No decía nada pues mientras lo oía se daba cuenta de que él estaba en la gloria.

—Oye, Clown, ¿y tú no piensas cambiar de modo de vida?

—Esto de los tatuajes, las pandillas, las rucas, el plaquear y andar en el desmadre es como cualquier vicio, no es fácil dejarlo. Además, mientras más tiempo llevas en esto más enemigos te has ganado, así que aunque te salgas quedas marcado para siempre. Los odios y rencores entre las gangas no se olvidan fácilmente. No, carnal, esto no es como los Boy Scouts. Varias veces he pensado en salirme. Las muertes de algunos homeboys me han llegado, especialmente la del Sonrisas, un vato que llegó del terre. Ése sí que era cuate, te tendía la mano para lo que fuera. Primero estaba el prójimo que él mismo. Un día se fue a un baile por Anaheim y nadie supo cómo, pero terminó tendido en la pista de baile. Todo el barrio fue a su misa. El cura se aventó un sermón a toda madre, nos conmovió hasta a los que decíamos que éramos muy hombres. Las mujeres le lloraban como si fuera su propio hijo. Se le extrañó en el barrio, ya no tenemos su buen humor ni sus carcajadas. Así que claro que he pensado en salirme —admitió el Clown en aquella celda oscura, teniendo al Coras de confesor—, pero si me salgo tendré que irme a otro lado para iniciar una vida mejor.

—Pues vete —contestó el Coras.

—¿Y adónde? Eso es lo que me pregunto. No tengo oficio ni profesión, probablemente termine en otra ciudad, muy seguro en otro barrio. Los jodidos no tenemos para más. Además, los homeboys, mis valedores, pues, han sido mi única familia.

—Bonitas chingaderas, ¿verdad, Clown?

—Sí, realmente bonitas. Y lo lamentable es que al parecer nunca se van a acabar. Ya hasta los chavitos de primaria andan con el pañuelo en la cabeza. Ya tienen gastado el zapato de tanto arrastrar el paso, tienen apodos y hasta nos retan. Dicen que son la nueva generación.

—¿Conoces a un tal Pelón?

—¡Claro que lo conozco! Es toda una leyenda en el barrio. Para que te des un quemón, jugaba a la ruleta rusa con el jefe de la pandilla rival. Decía que ésa era la solución para que no hubiera tantos madrazos, que entre los dos se las podían arreglar. Ese vato sí que era muy entrón. Tuvo los pantalones para salirse y borrar de las paredes su plaqueada. Se armó de valor, fue a vernos y nos dijo: "Esto ya se acabó". Él pensó que ahí había quedado todo, pero le dimos su descontón. Regresó después de la madriza y nos retó a cada uno de nosotros, pero no le entramos porque era muy cabrón... Ese vato sí que puso el ejemplo, pero no lo he podido seguir.

El Clown se dio cuenta de que hablaba solo al escuchar los ronquidos del Coras, pero él no pudo pegar los ojos en toda la noche pues siguió pensando en el Pelón.

En el hospital, el Tururú, el joven y su padre se habían quedado dormidos. Como a las dos de la mañana, la enfermera y el doctor los despertaron para darles la noticia. Padre e hijo se levantaron de volada mientras el Tururú se quitaba las lagañas.

—Señor, hemos terminado la operación —decía el doctor en inglés mientras la enfermera les traducía.

—¿Cómo salió? —dijo el padre.

—Hicimos todo lo que pudimos, pero entró en estado de coma.

—¡No! ¡Dígame que no es cierto, doctor! —le suplicaba el padre del chamaco al hombre vestido de blanco.

—Es mi obligación decirle la verdad, señor. Sólo nos queda esperar —dijo el doctor con toda la frialdad del mundo. Se veía que tenía colmillo en esto.

No hubo más lágrimas. Éstas sólo se asomaban pero sus ojos estaban llenos de impotencia. El muchacho de los rizos negros sólo se tomaba de la cabellera. El Tururú no quiso ver aquella escena y mejor se dio la media vuelta.

—¿La podemos ver? —preguntó el padre, quien con el puño de la camisa evitaba que el dolor se le saliera.

—No, hoy no. Mejor váyanse a descansar.

El hijo le entregó a la enfermera un escapulario pidiéndole que se lo pusiera a la abuela. Lo único que les quedaba era la fe.

Los tres recorrieron los largos pasillos del hospital en absoluto silencio. La noche estaba fresca y la luna se veía en todo su esplendor. Sí, la noche era hermosa pero había dolor. Llegaron hasta el estacionamiento y encontraron su vieja troca. El Tururú buscó despedirse pero el padre le invitó a pasar la noche en el cantón.

Durante el trayecto no se dijo nada. El padre manejaba como zombi mientras que los otros dos simplemente recargaban la cabeza sobre el cristal de la ventana. No tomaron el freeway, se fueron por toda la calle Brooklyn hasta llegar al este de Los Ángeles. Aquello de gringo no tenía nada. Todos los letreros de los comercios estaban en español, hasta los de las funerarias, cómo no, si hasta para morirse los paisanos eran buenos clientes.

Al llegar, las luces de aquella casa humilde estaban encendidas y salió una mujer que gritaba preguntando qué había sucedido. Se alarmó más todavía al no ver bajar a su suegra. Su esposo la abrazó pidiéndole que se tranquilizara. Ambos entraron llorando mientras el hijo apresuró el paso. El Tururú se quedó callado, seguía sintiéndose como un intruso.

La familia no le pudo ofrecer más que el suelo para dormir. El sofá de la sala ya estaba ocupado por otro de los hijos, a quien por cierto le apestaban las patas. Le dieron una sabana blanca y un cobertor, no alcanzó almohada pero el cojín del sofá bien que le acomodó. Se quedó con las ganas de ir al baño, siempre estuvo ocupado por la mujer que continuaba llorando, su esposo ya le había dicho que su madre estaba en coma.

El Yes Yes, por su lado, nunca se imaginó por lo que habían pasado sus amigos. Uno terminó arrestado y el otro hambriento y desvelado por andar de buen samaritano. Él simplemente llegó, jugó con el Yesito y le dio un beso a Tomito pues lo encontró dormido. Brevemente le platicó a su mujer lo sucedido pues se sentía jodido, aunque eso sí, no dejó de cenar. Le pidió unos huevos revueltos. Algo le recordó aquello.

La noche se fue de volada. Pronto amaneció. El Yes Yes estaba dándole la mamila al recién nacido, al Tururú le dolían todos los huesos porque el suelo estaba rete duro, y el Coras seguía en la fría celda en posición de feto.

—Move it! Move it! —gritaba el celador.

Eran las seis de la mañana. El Clown trataba de despertar al Coras. Ya era la hora de desayunar, pero primero los mandaron a las regaderas. Pensaron que por lo menos les darían menudo, pero se tuvieron que conformar con aquellos huevos revueltos, una salchicha sin sabor, dos trozos de pan y su cartoncito de leche.

—¿No tendrán un chile verde? —le preguntó el Coras al Clown.

—Cómo crees, carnal. Aquí eso es considerado un arma mortal.

El ambiente en el comedor de la cárcel era de primera. Se distinguían claramente los grupos. Enfrente tenía a los afroamericanos, al lado a los güeros y atrás a los orientales. Cada quien hablaba en su propio idioma. A los que no se les entendía ni papa era a los chaparritos con los ojos rasgados.

—Mira —le dijo el Clown—. Ése que viene ahí es el Blackie.

El Coras lo observó detenidamente. Era inusual que un paisano fuera tan alto. El angelito medía casi dos metros, aunque tenía cara de niño, como el famoso Memín Pingüín. Se le veía frágil, su caminar era lento. Los reos mexicanos le tenían compasión y le ofrecieron un lugar. Saludó a todos a puras señas y tomó sus alimentos.

El Clown le presentó al Coras a todos sus camaradas en ese mismo momento. Algunos eran homeboys del barrio, el Cuate, el Silence, el Cute, el Lover... Los apodos tenían su porqué: el Cuate era bizco el pobre y veía doble; al Silence nadie era capaz de sacarle un pujido o lamento durante los chingadazos porque era mudo; el Cute siempre sacaba su peine negro durante la riña y se peinaba, lo encabronaba que lo despeinaran; y el Lover terminaba dándoles beso. Todos eran inocentes, o al menos eso decían ellos. Además se les veía en el rostro que eran unos angelitos.

También conoció al Frío, un tal Justiniano, chaparrón el paisano, oriundo de Michoacán, al que le decían así no por su carácter, sino porque vendía paletas allá por el barrio de San Fernando. Iba de grito en grito con una gorra vieja de los Dodgers que decía que le había dado Fernando Valenzuela. Recorría las calles de Pacoima, Panorama City y Sun Valley hasta llegar a Van Nuys. El carrito de paletas, con su emblema de "La Flor de Michoacán", lo acompañaba hasta cuando iba al baño. Ya en dos ocasiones se lo habían robado y la campanita era su mejor amiga, pero no la de Peter Pan, sino la que tocaba para llamar aún más la atención. Se había acostumbrado tanto a ella que antes de dormir la tocaba como en sus buenos tiempos de monaguillo.

—Así como lo ves —le explicó el Clown—, es bueno para los trancazos. Está aquí por haberse moqueteado al patrón. Él mismo lo confesó, pero tuvo mucha razón. Me platicó que el patrón, que también es paisano, pero de esos ojetes que aprovechan la ocasión, reclutaba a puros vatos que ni siquiera sabían leer o escribir. Les prometía muy buena feria por vender las ricas paletas. Tenía una vieja bodega allá por Van Nuys, que durante el día les servía de oficina y de fábrica, pero de noche lo convertía en motel y les cobraba a los muchachos las cobijas y el derecho de piso.

—¿Cómo está eso? —preguntó el Coras muy curioso.

—Así como escuchas. El muy cabrón les cobraba a sus empleados por pasar ahí la noche. Las cobijas y el cobertor tenían un precio. Algunos pedían hasta dos porque aquello era un congelador. Unos incluso terminaron con artritis y problemas de pulmón. Cuando alguno se atrevía a reclamar, les decía que sólo trataba de ayudarlos, pero antes de que se fueran o los corriera, les sacaba las cuentas y según él todos terminaban con deudas. Un buen día, Justiniano ya no se aguantó, le arrimó una madriza y hasta al hospital lo mandó. Por eso está detenido acusado de asalto a mano armada.

—¿A poco lo acuchilló?

—Bueno hubiera sido. Pero no, solamente fue que cuando lo tuvo a su merced, le clavó en el ojo una paleta de fresa.

Sentado junto al Lover, el Justiniano se tomaba su lechita sin decir nada. El Coras se devoró aquel manjar con gran devoción. Tenía un día completo sin tomar alimento.

—Oye, Clown, por lo que me platicas, todos son unos santos.

—No, carnal. Te platico las injusticias. De los demás para qué te digo, no tiene caso. Aquí hay de todo y muchos de nosotros la debemos. Están desde los pandilleros como yo, hasta los que han cometido una infracción de tránsito, pero también los hay violadores de mujeres y de niños, o los que han matado, y no pueden faltar los narcotraficantes, pero ésos sí que la tienen hecha. Cuando menos nos damos cuenta, ya están afuera, gozando nuevamente de su libertad. Los que bailan con la más fea son los que no hablan inglés y realmente no han hecho nada, pero como no entienden una sola palabra, terminan firmando lo que les ponen enfrente. Para el gringo y la justicia, todos los que tienen la piel morena son una bola de criminales.

A través de los parlantes se anunciaba que el desayuno había terminado. Los grupos ya estaban formados y se fueron al área de recreación. Los afroamericanos levantaban pesas, y el Coras se sintió como pulga al ver aquellas musculaturas. Los asiáticos jugaban frontón, y los paisanos, aunque no tuvieran la estatura, se echaban un partido de básquetbol.

Esa misma mañana, la familia Benítez se levantó muy temprano y tomaron su turno para bañarse mientras la jefa de la casa les preparaba el desayuno. El Tururú seguía sintiéndose como un intruso. La veladora colocada junto a la imagen del Sagrado Corazón de Jesús ya estaba encendida. Había preocupación pero tenían fe. Don Martín no iría a trabajar, pero los hijos más pequeños fueron enviados a la escuela y a todos les dio la bendición. El de los rizos negros, quien por cierto se llamaba Abel, se fue a la fábrica a chambear. Su padre le dijo que no tenía caso que todos fueran al hospital.

El Tururú acompañó a don Martín y a su esposa. Se fueron en aquella camioneta vieja que se distinguía en el tráfico porque era la que más humo echaba. Cruzaron el este de Los Ángeles nuevamente por la calle Brooklyn. Las paredes estaban llenas de grafiti, otras tenían unos hermosos murales con personajes que iban desde Emiliano Zapata hasta la Virgen de Guadalupe.

En esa zona sí que predomina el paisano. Se les veía apresurar el paso para llegar a las tiendas de segunda mano. La zapatería 3 Hermanos era la que más sobresalía, era el negocio más fino.

Llegaron al hospital y el Tururú vio cómo se repetía la escena del día anterior: la enfermera y el paramédico no se daban abasto para atender a los pacientes que llegaban a la sala de emergencia.

Entraron y sin preguntar recorrieron aquellos pasillos fríos, con ese aroma tan especial que perfora las fosas nasales. No huele a mugre, sino a enfermedad y a muerte.

Es desesperante ver cómo los pacientes van por ahí apoyados por un caminador, enchufados al suero. Sus miradas desprenden resignación, como quien ya sólo espera el momento final.

–¿Cómo se siente? –les preguntan los que los encuentran en su camino.

–Mucho mejor –contestan, aunque en el fondo saben que no hay remedio para su mal.

Muchos no cuentan con el dinero para seguir con el tratamiento y serán dados de alta. La trabajadora social les indicará que en el hospital ya nada pueden hacer por ellos.

—¿En dónde puedo encontrar a la señora Benítez, señorita? –preguntó don Martín.

—¿Son familiares?

—Sí –contestó.

—En el 501. Está aquí a la vuelta

Su madre compartía el cuarto con otra viejita que parecía estar más muerta que viva. Recorriendo la cortina que dividía a aquellas dos mujeres que probablemente compartirían el mismo destino, vieron a doña Ana María postrada en aquella cama blanca que hacía resaltar el color de su piel azteca, conectada a no sé cuántos tubos que la mantenían con vida. Don Martín se hincó a su lado y le tomó las manos marcadas por los años, las tenía llenas de manchas y las arrugas no le faltaban. Parecía que había envejecido de un día para otro. El tinte barato había desaparecido, las canas ya estaban mucho más marcadas.

—Madre, soy yo –le dijo–, Martín, tu hijo…. Madre, ¿por qué no despiertas? Nos haces tanta falta. Te necesitamos a nuestro lado.

Don Martín lloraba y su esposa, hincada a su lado, mojaba las sábanas blancas. El Tururú se aguantó como los machos. Tragaba mucha saliva y optó por retirar la mirada de aquella escena. Se fue a la ventana donde vio a unos niños jugando.

—Y pensar que todos vamos a llegar a lo mismo –se dijo.

Se dio la media vuelta y se fue de aquel lugar. Ni siquiera se despidió.

Don Martín tomó el escapulario que su madre traía en el cuello y sintió fuertes escalofríos.

—Lo que sea tu santa voluntad –dijo besando a la imagen y colocándola de nuevo en el pecho de su madre.

—Realmente nunca disfrutó la vida –le decía a su mujer–. Fuimos cinco y vivimos siempre muy humildemente. La casa de adobe era muy pequeña, no alcanzaba para más. Mi padre era albañil de media cuchara, y que me perdone donde quiera que esté pero la maltrataba mucho, le pegaba sus buenas tundas porque no le comprendía sus borracheras. Eso sí, siempre anduvimos muy limpios. La jefa se iba muy de madrugada a lavar la ropa en el río, procurando no tallarla mucho pues de por sí ya estaba medio vieja. Nunca faltó el alimento en la mesa. Carne no recuerdo, pero los nopales y los frijoles nunca se acababan. A doña Clotilde, la dueña de la tienda de la esquina, le debíamos mucho. Recuerdo que cuando yo iba a pedirle fiado el cuarto de queso, los jalapeños y algo de manteca, ella solamente se reía y me decía: "Otra vez tú, muchacho del demonio". No recuerdo que le hayamos pagado. Doña Clotilde se murió de un día para otro y con ella se fue la tienda, al menos para nosotros porque los nuevos dueños nunca quisieron fiarnos ni un caramelo.

Don Martín seguía recordando y besando una y mil veces la mano de su madre, mientras su mujer le pedía a Dios que reaccionara.

—Sí —decía don Martín—, soy como muchos, un hijo malagradecido. Nunca le dimos importancia a sus desvelos, preocupaciones, consejos y rezos. Crecimos pensando que todo lo que hacía era parte de sus obligaciones. Madre, perdóname… —decía mirando a aquella mujer tan indefensa y frágil, que tanto había luchado por sacar a sus hijos adelante.

Permanecieron a su lado largas horas. Ni siquiera salieron a comer. La noche llegó pronto y se tuvieron que ir. Era otra noche hermosa, pero el dolor continuaba.

El Coras estaba de regreso en la celda. Había sido un día lleno de experiencias. Conoció a los valedores del Clown. Tenían cara de cabrones pero en el fondo eran buena gente, o bueno, al menos eso decían ellos.

Durante la comida había hecho plática con el Blackie, que pregonaba su inocencia a los cuatro vientos.

—No hice nada malo —decía.

Con quien más se identificó fue con el Frío, y hasta lo felicitó por lo que había hecho cuando éste le confirmó lo que el Clown le había platicado.

—Ya me tenía hasta la madre, carnal —le dijo—. El patrón se pasaba de vivo, y eso que era paisano. Se juntaba a los más jodidos, no sólo de dinero, sino de inteligencia. Entre más analfabetos, mejor para él. Tres chavos hacían las paletas y como diez las vendíamos. Ahí íbamos todos como pendejos, sólo para hacerlo rico. Lo demás me imagino que te lo platicó el Clown.

Así pasó el Coras su primer día en la cárcel. La comida no tenía sabor, menos el repollo cocido. Pensó que sus camaradas lo visitarían, pero ni el Tururú ni el Yes Yes llegaron y eso fue para él una gran decepción.

El Tururú pasó toda la tarde recargado en el viejo árbol que estaba junto a su residencia, sí, la vieja camioneta con las llantas ponchadas. El Yes Yes visitó por última vez la gran avenida despidiéndose de los intelectuales, de los remojados y, claro está, del Lupillo.

—Después te pago todo lo que te debo —le dijo.

También a los salvatruchas les dijo adiós:

—Ahí les dejo mi lugar, pero me lo cuidan por si un día lo llego a necesitar. Sólo espero que hayan aprendido la lección de cómo conseguir chamba.

—Adiós, mexicano cerote —le gritaron.

Esa noche se fue a entrenar y saludó al Francisco con gran efusividad. Le dio gusto ver nuevamente al Pelón, quien hacía sus lagartijas con el instrumento por fuera. Hizo los calentamientos con el Enterrador procurando evitar el choque ya que sabía que terminaría en el suelo. Voló como nunca esa noche. Atajó hasta las pelotas de béisbol que le llegaban de los que jugaban al pisa y corre. Quería demostrar que se encontraba en buena forma, y vaya que lo necesitaban pues el domingo iniciaba la liguilla y no la tenían fácil. Irían contra el Orizaba, que unas semanas antes les había dado hasta por debajo de la lengua.

—¡El Yes Yes ha regresado, cabrones! —les gritaba.

Todo sudado estaba cuando Francisco se acercó y le preguntó por el Coras.

—¿Qué no está en tu casa?

—No. No llegó a dormir y eso es muy extraño porque nunca falta.

—¡Me lleva la chingada! Entonces lo dejaron en el tambo.

—¿Cómo que en el tambo?

—Sí. Ayer tuvimos una bronca y la tira se lo llevó a la estación de policía. Pensé que luego luego lo soltarían.

—Pues mañana vamos a buscarlo.

—Claro, pero necesito que pases por mí al cantón.

Francisco llegó puntual, a eso de las nueve de la mañana. Fueron a buscar al Tururú para que los acompañara. Se quedaron sorprendidos al ver que su amigo estaba arreglando sus cosas. En un viejo veliz y tres cajas de cartón había guardado toda su ropa junto con la copia de su título profesional. Lo demás quedó intacto. Dejó la imagen de la Guadalupana por si alguien la necesitaba.

—Qué limpio eres, mi Tururú. Tienes que darle unas clasesitas a mi mujer —dijo el Yes Yes.

El Tururú no le contestó. Sólo jaló con fuerza el mecate. No quería que se le fueran a salir sus pertenencias de aquel equipaje tan elegante.

—¿De viaje? —preguntó Francisco—. ¿Adónde vas?

—¡Me voy! —gritó mientras jalaba con más fuerza el mecate que ya tenía como diez nudos ciegos.

—¿Por lo menos pensabas despedirte de nosotros?

—Claro —dijo mientras seguía haciendo más nudos.

Francisco era el más calmado. El Yes Yes, en cambio, estaba que se lo llevaba la chingada. No podía entender qué pasaba con la persona que más admiraba, así que también alzó la voz y exigió a su amigo una explicación.

El choque de miradas no podía faltar. El Yes Yes fruncía las quijadas y el Tururú se frotaba la cara.

—¿Y adónde vas?

—Al pueblo. Regreso a Villalongín.

—¿En esas fachas? ¿Con cajas de cartón y un veliz viejo?

—Tengo que ir a ver a mi familia. Decirles la verdad a mis padres y a mis hermanos, que su hijo el licenciado no tiene buen empleo ni carro del año, que busca trabajo parado en una esquina y vive en una camioneta estacionada entre dos casas viejas, que el título profesional que tienen colgado en ese bello marco es sólo un recuerdo. Ya me cansé de mentirles. Además, necesito decirles que los quiero.

—¿Y qué vas a lograr con eso? —preguntó Francisco—. Con decirles la verdad no te van a querer más ni menos. Para ellos eres un hombre de bien, el orgullo de la familia. El único que tuvo las agallas de dejar el pueblo e irse a la universidad a estudiar. Tienes que darle valor a ese título que ahora dices que es sólo un recuerdo. Recuerda que las canas y arrugas de tu madre son de preocupación y angustia, y que tu padre porta con orgullo sus callos pues hizo todo un profesionista. Ve y diles que los quieres —continuó—, pero no les des preocupaciones. Ya no pintes más el pelo de tu madre y deja que tu padre siga pregonando a todo el mundo que tiene un hijo licenciado que la está haciendo allá en el norte.

El Tururú solamente agachó la cabeza y le dio de patadas a aquellas cajas desfondando la más vieja. Mala suerte pues era la de los calzones.

—¡Ah, cabrón! —dijo el Yes Yes—. Se me hace que te vamos a meter de delantero.

Los tres soltaron la carcajada. Cada quien tomó una pieza del equipaje y el Tururú y el Yes Yes se dirigieron a la camioneta vieja, pero Francisco tomó el camino contrario.

—¡Epa! —les dijo—. Es para acá. Tururú, ya deja eso. Vente con nosotros unos días. A ti lo que te está acabando es la soledad.

Se fueron al departamento de Francisco y en el camino le explicaron al Tururú que querían ir a buscar al Coras, quien al parecer se encontraba detenido. Llegaron y de volada bajaron las cosas dejándolas en la entrada.

Se trasladaron a la cárcel de Van Nuys y les dijeron que ahí no estaba, que debían buscarlo en la grande, la que está en el downtown, o sea en el centro de la ciudad. Llegaron como pudieron, preguntando por todos lados. En las afueras del bote vieron de todo. Había mujeres jóvenes con tatuajes en los brazos que de seguro eran pandilleras visitando a sus homeboys, y otras a las que lo que más les resaltaba era la panza, ¡y cómo no si estaban embarazadas! Las afroamericanas también se apresuraban para ver a su galán, en tanto otras fumaban con impaciencia esperando que las llamaran para poder entrar.

Y si de entrar hablamos, al Yes Yes se lo prohibieron porque no tenía ninguna identificación. Ni siquiera orinar lo dejaron. No alcanzó a llegar a un lugar más privado y se vio obligado a hacer sus necesidades junto a una patrulla que estaba estacionada. Por poco le hace compañía al Coras pues al aproximarse unos oficiales tuvo que meterse de volada el instrumento.

La espera no fue larga porque se formaron detrás de una buena nalga. No se la acababan hasta que ésta les dio la cara. ¡Era fea la condenada!

–¿Qué pasó, mi Coras? –gritó Francisco–. Ahora sí que eres de la Onda Colorada –le dijo por aquello del uniforme.

El Coras brincó de gusto al ver a sus dos camaradas.

–¡Pensé que no iban a venir!

–¿Qué tal el hotel, carnal?

–De primera. Nos levantan a las seis de la mañana, nos mandan a las regaderas y pobre de ti si se te cae el jabón, tú sabes lo que te espera. Después nos dan un desayuno, un rico bufet, como diría Rafael. Luego nos llevan a tomar el sol y si tú quieres te pones a sudar como güey levantando pesas para que te pongas mamey. Despuecito viene la comida y a ver la tele, y más tarde, luego de tanto ajetreo, nos mandan a descansar. ¡A toda madre!

–Pues entonces para qué nos preocupamos.

–No la amuelen. Esto está de la fregada. Pero qué le vamos a hacer. No tengo para cubrir la fianza de 250 dólares. Solamente me queda esperar este fin de semana. Dizque el lunes voy a la Corte con un abogado de primera que me va a pagar el Estado.

El Tururú le platicó sus ondas, le dio consejos y ánimos. Francisco le dijo que todo saldría bien, que no se preocupara.

El Coras se quedó en su hotel acompañado por el payasito del barrio, el buen Clown. En cambio, los otros tres se fueron a refinar al restaurante Los 7 Mares. También se echaron su buen taco de ojo con las lindas meseritas del lugar, quienes procuraban no agacharse tanto porque se les podían ver los chones y sabían a lo que se exponían con aquellos clientes que habían consumido alimentos afrodisiacos.

Al Yes Yes lo llevaron a su casa y los otros dos se fueron al departamento. El domingo sería otro día.

A eso de las 3 de la tarde, el parque San Fernando estaba a reventar. Parecía que Francisco traía en su carro a toda la vecindad. El partido entre el San Fernando y el Nacional estaba por terminar, los ánimos estaban caldeados, las porras mentaban puras madres. Al vendedor de paletas se le derretía el producto, ni vendía por estar de fisgón. Al de los churros y al de los chicharrones ya les habían robado la mercancía, también por estar de mirones.

El partido estaba empatado a uno y los jugadores ya no podían más, corrían por puro instinto. De repente se coreó un gol y se armó la bronca. Los del San Fernando alegaban que Lencho, el goleador del Nacional, había estado en fuera de lugar. El árbitro en lo dicho, tomó el balón y lo colocó en el centro de la cancha. Aun con nueve jugadores, pues les habían expulsado a los hermanos Coraje, el San Fernando logró empatar en los minutos finales. Y que se van a penales. El Lencho pasó de héroe a villano pues colocó el esférico por las nubes. Un pobre pájaro cayó de pico. El dueño de la cantina, quien también era del San Fernando, felicitaba a sus jugadores mientras se limpiaba el sudor de la frente con un fajo de verdes. Había ganado la apuesta.

—Están cabrones —dijo el Yes Yes poniéndose los arreos de portero.

A las 4 de la tarde se jugaría el partido estelar: la Onda Colorada contra el Orizaba. Los equipos calentaban mientras se hacían las apuestas. A las cuatro en punto, el árbitro acompañado por dos rufianes que se decían abanderados invitó a los capitanes de ambas escuadras para echar el volado.

Se dio un silencio absoluto al momento en que la moneda fue lanzada al aire. La Onda Colorada había perdido, al Yes Yes le tocaba jugar de cara al sol. Se guardó un minuto de silencio por el pajarito que cayó de pico. Más de un jugador de ambas escuadras se arrodilló, pidiéndole al de allá arriba que les diera un golecito.

El pitazo inicial se escuchó a cuadras de distancia. La primera jugada marcó el tono del partido. El delantero de la Onda Colorada visitaba el suelo. Se dieron muchas faltas, codazos, cabezazos y patadas a los bajos. Aquello era una verdadera batalla campal, hubieran invitado al Santo o por lo menos al Perro Aguayo. El árbitro ya había dado seis tarjetas amarillas, tres por equipo, y eso que apenas llevaban quince minutos de tiempo corrido, pero ninguno se rajaba.

Todo el mundo estaba a la expectativa, y cuando se dio la jugada esperada todos se quedaron con la boca abierta. El Enterrador había sepultado nuevamente al número nueve, al que le decían el Karateca. Éste, sin pensarlo dos veces, cobró la falta cediéndole en corto a Telésforo, quien se la entregó a su carnal Cruz, el cual agarró mal parado al Yes Yes metiéndole el balón entre las patas.

La Onda protestó airadamente argumentando que no se había formado la barrera, pero de nada le valió. El abanderado, a quien por cierto le colgaba la panza, señalaba el centro de la cancha. Primera explosión de júbilo para los del Orizaba.

El tono del partido no cambió durante el primer tiempo. El Enterrador hacía su trabajo, pero los defensas del Orizaba cosían a patadas a los jugadores de la Onda Colorada. El Gestas y el Penny no pudieron hacer nada, nunca les cayó un balón a modo. Corrían por las bandas como pendejos. El primer tiempo terminó a favor del Orizaba.

No hubo letanía durante el descanso. Cada uno de los jugadores se fue a buscar refugio debajo del árbol más frondoso. Los quince minutos se fueron como agua. El Yes Yes aún no se recuperaba, y para colmo el Yesito se le había dejado caer en la panza. El árbitro los llamó nuevamente a la cancha. Los primeros en ingresar fueron los del Orizaba, que se la pasaban dando brinquitos dizque para que no se les enfriaran los músculos.

El Enterrador se le pegó como chicle al Karateca. Eduardo se corrió al lateral derecho para cubrir a Cruz y el Pelón se encargaría de Telésforo. De inmediato les hicieron ver la consigna, hasta los agarraban de los huevos. Sin embargo, la Onda pasó serios sustos. En un largo despeje del portero, el balón llegó a los pies de Telésforo, quien con un tremendo túnel dejó parado al Pelón cediendo un pase largo al Karateca, que al ser más veloz que el Enterrador lo dejó atrás y corrió con largas zancadas mientras el Yes Yes se alistaba escupiéndose las manos.

El Karateca entró al área grande con mirada de perro al que le acaban de pisar la cola. El Yes Yes, por su parte, parecía monja asustada después de ver una revista de *Playboy*. El zurdazo no se hizo esperar y el Yes Yes ni lo vio. El balón salió como bala, pero afortunadamente iba desviado, lamió un poste y le pegó en el vientre a un viejo panzón que estaba echándole porras al Orizaba. Los seguidores de la Onda reaccionaban gritando "¡Vamos, muchachos!", mientras los del Orizaba se jalaban hasta de los pelos.

La Onda comenzó a tocar el balón en corto y al piso. Francisco tomó la madeja del partido contando con el apoyo del Gestas y del Centavo, pero lo que más les apremiaba era el tiempo. El Orizaba poco a poco se fue relegando a defender el gol, y eso le facilitaba más las cosas a la Onda, que continuaba con la fuerte presión.

De un codazo le tumbaron un diente al Gestas y el árbitro como si nada, dejó seguir la jugada, que afortunadamente le llegó a Eduardo, quien largó hacia el Centavo. El portero del Orizaba salió en falso, el Centavo la paró de pecho y de media tijera la incrustó en el ángulo derecho. El júbilo le tocó a la porra de la Onda. El Gestas seguía en el suelo buscando su diente.

−¡Después te lo pagamos! −le gritaban.

Pero el único que la pagó fue el agresor del Gestas, el Pelón se encargó de ello. En la primera oportunidad que tuvo lo dejo hasta viendo bizco.

La Onda seguía de embestida y el Orizaba a la defensiva. El chimuelo del Gestas y el Centavo hacían de las suyas. Corrían como si estuvieran marihuanos. En más de una ocasión sus cañonazos quedaron en un largo "Huum". El portero rival ya no sentía lo duro sino lo tupido. Ya los tenían acorralados, despejaban a donde podían, de preferencia a los laterales, rogándole al Creador que el balón se quedara atorado en algún árbol. Más de una vez estuvieron a punto de armarse los trancazos con la porra del Orizaba, porque cuando les llegaba un balón se hacían guajes y lo tiraban lo más lejos posible. Eso encabronó al Pelón, y más cuando iba tras un balón para hacer un saque de banda y escuchó a un tipo con la camisa desabrochada y olor a teporocho que se burló de él a carcajada abierta.

—Luego ajustamos cuentas, hijo de la chingada —le dijo el Pelón.

—Cuando quieras —le contestó el teporocho.

El Pelón sacó profundo hacia el Centavo, quien se corría por la banda y con un lindo sombrerito se quitó al rival de encima. El Gestas se fue por el centro y Eduardo por el otro extremo, mientras Francisco, corriendo a todo galope, cruzaba la media cancha. El cambio de juego hacia Eduardo fue perfecto. De primera intención cedió al Gestas, quien todavía con la boca sangrando prendió el balón de media volea, el cual fue a pegar a medio travesaño. Tanto los defensas como los delanteros se quedaron paralizados. El balón fue a dar a la altura del área grande y Francisco, quien venía como tromba, le pegó en seco incrustándolo en el puro ángulo derecho.

—¡Que se cuide el San Fernando! —gritaba la porra de la Onda Colorada.

El pobre Francisco quedó debajo de aquella pirámide humana y tardó en incorporarse entre los golpes, sudores y malos alientos. El Enterrador había sido el primero en aventársele a la panza. El Yes Yes, en cambio, corrió a festejarlo con su mujer plantándole un gran beso.

—¿Te acuerdas? —le dijo.

Ella simplemente sonrió. Hacía tanto tiempo que no lo veía tan feliz.

El Orizaba realizaba su primer cambio: un defensa por el Oso, un tipo de seis pies con el pelo hasta la cintura.

La consigna era clara, fregarse a quien pudiera. Sus barridas eran duras, dejaba surcos como si fuera a sembrar fresas. La lucha por el balón se hizo más férrea en la media cancha, nadie cedía un milímetro de espacio para realizar la jugada. Pero ésta se dio y fue para el Orizaba, que agarró mal parada a la defensa de la Onda Colorada.

Cruz le ganó las espaldas al Enterrador, que terminó en el suelo. Era la hora de la verdad para el Yes Yes, quien se mantuvo firme a la altura del área grande, esperando la embestida del rival.

—¡Santo Niño de Atocha! Que no me vaya a anotar —dijo.

Cruz fintó a la derecha pero el Yes Yes no se la tragó. El del Orizaba punteó la pelota hacia enfrente y nuestro portero reaccionó logrando desviar el balón hacia tiro de esquina.

El Yes Yes se levantó de volada a pesar de haber recibido un patadón que le partió la frente.

—Fue en la jugada, no hubo mala intención —decía el árbitro.

El tiro de esquina no causó mayores estragos. El Enterrador la despejó con la frente y le cayó a Eduardo, quien logró eludir a dos rivales pero chocó con el tercero dejando el balón a la deriva. Francisco lo recogió cediéndoselo de inmediato al Centavo, el cual la largó por toda la banda y corrió como en sus buenos tiempos cuando cruzó la frontera y la migra lo persiguió.

El pobre Penny sentía que el corazón se le salía y las patas flacas y vellu-
das ya no le respondían, pero sacó fuerzas de donde pudo y le cedió el balón al Gestas, quien con el empeine sacó un pase chanfleado que le llegó a
Eduardo. Éste cruzó un disparo sólido y mortal que fue a pegar a un poste
y cruzó lentamente la línea de gol ante la desesperada reacción del portero
que se había aventado de panza.

—¡Gooool! —coreó la porra.

Hubo besos y abrazos sin importar el sexo ni que la de junto fuera la comadre. Eduardo aprendió la lección y en vez de quedarse festejando el gol
corrió hacia el centro de la cancha prefiriendo los besos de la comadre.

El árbitro miraba constantemente el cronómetro. Los últimos minutos
fueron de angustia para los de la Onda, quienes a pesar de sentir que tenían el partido en la bolsa se cuidaban de las fuertes entradas de los jugadores del Orizaba. En esos últimos instantes se iniciaba la leyenda del Yes
Yes, quien se lució al detener varios disparos que iban a gol.

Transcurridos los cuarenta y cinco minutos del tiempo reglamentario,
el árbitro pitó el final del partido mientras agitaba los brazos como si estuviera en el D.F. haciéndole la parada al camión.

Los jugadores de la Onda se abrazaron con gran euforia sin importar
que estuvieran todos sudados. Los del Orizaba, en cambio, abandonaron la
cancha como si se les hubiera muerto su madre. Las apuestas se cobraron
y el Gestas encontró su diente.

La porra comentaba el partido y los jugadores descansaban tirados en
el suelo. Se organizó la carne asada y en un abrir y cerrar de ojos el parque
San Fernando se quedó casi vacío.

Sólo permanecían unos cuantos de la porra y los jugadores. Un chiquillo chorreado insistía que le compraran una bolsita de chicharrones, ya
solamente le quedaban veinte.

El Tururú disfrutó de la victoria como si hubiera jugado y fue a sentarse
al lado del Yes Yes, quien descansaba con los ojos cerrados.

—¡Muy bien! —le dijo.

—Ya lo necesitaba —respondió abriendo los ojos y mirando fijamente a
su amigo.

—No, ya lo necesitábamos. Lástima que no esté el Coras, estaría brincando de gusto.

Los dos amigos se disculparon con Francisco pues no irían a la pachanga. Se fueron a la casa del Yes Yes y lo festejaron a su modo. Se asaron los
nopales, se recalentaron los frijoles y, claro, no podía faltar el agua de limón. Escucharon música de Leo Dan y de los Tigres del Norte, y cantaron
a coro algunas de los Bukis.

El Yes Yes durmió todo adolorido por los golpes que recibió durante el
partido. Lo bueno fue que su santa mujer lo comprendió y no lo despertó

en la madrugada para que le diera la mamila al niño. Ella se sacó la chichi. En cambio, el Tururú no peló los ojos esa noche. Reflexionaba sobre lo que ese día y otros tantos les había sucedido. La vida de los paisanos estaba llena de desgracias. No salían de una cuando ya estaban metidos en otra.

El Yes Yes se levantó temprano. Aún no se recuperaba de las caricias del día anterior, pero no quería llegar tarde a su primer día de trabajo. Mientras se bañaba y se ponía todo galán, su mujer le preparaba el lonche: unos ricos burritos de huevo con nopales en una bolsa de papel.

Le puso el dinero exacto para el camión. No es que fuera mandilón, sino que no tenían para más, si hasta tendría que bajarse la comida con agua del garrafón. Caminó unas cuadras hasta la San Fernando Road para esperar el camión, y eso que le dijeron que la chamba estaba a unas cuadras de la casa.

En la parada saludó a todo el mundo pero nadie lo peló. No le importó, él se había comportado como todo un caballero y lo mismo hizo cuando se subió al camión. Cedió su lugar a una señora que cargaba a un niño y todos lo miraron como a un bicho raro ya que su gesto no es muy común hoy en día.

El camión hacía religiosamente sus paradas donde estaban los letreros que decían RTD. Eso le ayudaba al Yes Yes para confirmar el rumbo correcto. Ya tenía enfadada a la gente porque a cada rato les preguntaba:

—¿Ya mero llegamos a la Paxton Boulevard?

—Señor, la calle que sigue es la que usted busca —le dijeron.

Al bajarse sintió que el corazón le latía como burro sin mecate. A lo lejos vio el letrero que anunciaba el restaurante que buscaba: Carl's Jr. Sacó de su bolsillo la tarjeta de residente y del Seguro Social, les plantó un santo beso y miró hacia el cielo.

—¡Que el patrón esté ciego! —murmuró.

Se unió a un grupo de paisanos que pasaron junto a él, hombres y mujeres, algunas gordas y otras esbeltas dotadas de muy buenos encantos. Todos apresuraban el paso mascando chicle, quitándose las lagañas o arreglándose la greña. Era fácil distinguirlos, nomás les faltaba el morral y el sombrero. Todos entraron a una fábrica de pelucas y él siguió su camino pues aún le faltaba media cuadra para llegar.

El Carl's Jr., restaurante de comida rápida, tenía buena presencia y estaba a reventar. Las cuatro cajeras —jóvenes, por cierto, y una de ellas una latina a todo dar— tomaban con agilidad las órdenes de los parroquianos, que tenían las miradas puestas en aquellos enormes menús con fotos de todos tamaños y colores que despertaban el apetito. Le daban vuelo al micrófono por el cual anunciaban a los cocineros las órdenes de los clientes.

Eran tan ágiles que, de seguir así, en unos meses estarían listas para anunciar los vuelos en cualquier aeropuerto. En cuestión de segundos, estiraban la mano izquierda y tomaban la hamburguesa mientras con la derecha ponían las papas. La bebida la servían todavía más rápido, eso sí, con muchos hielos para que se llenara más pronto el vaso.

El Yes Yes se quedó atarantado al ver todo ese movimiento. No se movía de la puerta y daba un paso adelante y dos atrás como los cangrejos. Como no se movía lo metieron de un empujón.

—Excuse me —le dijo educadamente su agresor, quien al parecer tenía mucha hambre.

—Oiga, paisano, me lo van a matar —le dijo un hombre de muy buenos modales, vestido con traje azul de no muy buen corte, camisa blanca y corbata colorada, cuyo gafete decía "Morales".

—¿Tú eres Luis Moreno, el recomendado de Rafael?

—Sí.

—¿Y qué haces ahí parado?

—Pues no sé, pero esto me recuerda el metro.

—Acompáñame, por favor.

Pasaron entre las mesas llenas de clientes y atravesaron la cocina. ¡Ah!, qué rico aroma desprendían aquellas papitas con sus hamburguesas. Entraron en una oficina pequeña con un escritorio lleno de papeles. Unas fotos de los empleados del mes adornaban la pared.

—¿Alguna vez has trabajado en esto?

—La pura verdad, no.

—¿Y qué sabes hacer?

—De todo si me enseñan, pero nomás que no me hablen en inglés porque lo único que sé decir es "Yes, yes".

—Tú no te me espantes, paisano. Yo te voy a echar la mano. Nomás llena esta solicitud y entrégame tus papeles.

—¡Chin! —pensó el Yes Yes sacando de su bolsillo los documentos todos arrugados.

—No te me arrugues, Luis. Yo sé que son falsos. La revisada es puro trámite burocrático.

En cuestión de minutos, al Yes Yes ya le habían informado cuáles serían sus obligaciones. Lo nombraron Gerente de Limpieza, y eso quería decir que mesas, alfombras, cristales, basureros y charolas tenían que estar rechinando de limpio. El trapeador, la jerga y un resto de agua serían sus mejores amigos.

Con camisola y gorro color café y naranja, el Yes Yes inició sus labores. Los baños fueron los primeros, pero no había forma de quitar aquellos olores. Fue necesario el tapabocas para terminar sus funciones.

—Maldita gente —pensaba—. ¿Cómo es que nadie le atina?

Por otro lado, el Coras seguía vestido con su uniforme color naranja, pero estaba sentado en una banca de madera junto a las canchas de básquet, viendo cómo sus camaradas intentaban meter la pelota en aquella canasta mientras los orientales y los afroamericanos andaban en lo suyo. Él simplemente observaba. Ya no le hacía gracia estar refundido en aquel lugar sin tener noticias de nada. Del abogado defensor ni sus luces, y de sus amigos tampoco. Ya se sabía de memoria las historias de los inocentes y de los culpables. La peste de aquel lugar empezaba a enfermarle. Los desayunos le sabían a madres, los saludos le parecían puras mentadas. Sentía que hasta las paredes se burlaban. Los huevos del oriental sí que le estaban saliendo caros.

—¡Ese, carnal! You got to do something! —le gritaba el Clown—. Vente a jugar.

Refunfuñando y todo, el Coras se quitó la camisa y buscó desahogar su frustración en aquel partido de básquetbol. Corría como pulga espantada y cuando le llegaba el balón sólo lo aventaba. La cascarita terminó. A nadie le importaba el resultado, todos salían perdedores o ganadores.

Pasaron dos, tres, cuatro días y el Coras seguía en la misma situación. El Clown intentaba darle ánimos diciéndole que no se desesperara, pero ya ni los partiditos jugaba. Tal vez el Clown había tenido razón al decirle que sería su compañero de habitación por mucho tiempo. Quizá los que alegaban que eran inocentes no estaban equivocados. ¿Sería que hacer justicia también era cuestión de raza y color?

—¿Justicia? —se preguntaba, y él mismo se contestaba—: No la hay.

Bastaba ver a su alrededor, entre los detenidos predominaba la raza.

—¿Será cuestión de saber inglés para poder defenderse? —volvía a preguntarse y le daba vueltas al asunto pero no llegaba a ninguna conclusión.

En esos cuatro días, el Yes Yes llegó a tener el dominio del trapeador y de la jerga. Las mesas parecían espejos, y los baños para qué les digo. La gente podía fácilmente irse a comer ahí su hamburguesa. Tan impresionados estaban con el trabajo que estaba realizando, que el señor Morales le pidió que ayudara en la cocina. Sería el encargado de hacer las papitas fritas, y vaya que lo aprendió rápido, las órdenes siempre estaban listas. Su mujer ya no le preparaba de comer. Los burritos de nopales y frijoles que se comía a escondidas en el estacionamiento los primeros días, fueron cambiados por aquellas hamburguesas que el señor Morales le regalaba. Por instrucciones del patrón, Macario, el cocinero, siempre les ponía doble carne. El Yesito también se benefició del buen trabajo de su padre, pues los limones de regalo quedaron en el olvido y los pastelitos de manzana hicieron su aparición.

Por su parte, el Tururú fue al hospital un par de veces, pero la señora Ana María Benítez seguía igual. Don Martín y su esposa continuaban con sus oraciones. Les habían permitido llevar la imagen de la Virgen de Guadalupe, pero sin veladora, y le rezaban con gran devoción para que su madre se recuperara. Don Martín ya había perdido el trabajo. El día anterior se presentó a trabajar pero no encontró su tarjeta para checar. La buscó por todos lados y hasta preguntó pero nadie sabía. Su patrón ni siquiera quiso escuchar razones. Mandó a su achichincle, quien también era paisano, para informarle al señor Benítez que lo lamentaba pero su presencia ya no era necesaria.

—Tú sabes que mi madre está enferma, Manuel. Tienes que ayudarme. Eres el mayordomo, tú puedes hablar con el patrón.

—Ya se lo expuse, pero no quiere entender. Ya sabes que lo que le importa es la lana.

—¡Te lo ruego! Por lo que más quieras, insístele.

—Perdóname, Martín. Toma tu cheque de la semana que se te debe.

Las noches seguían siendo hermosas, pero el dolor persistía.

Pero como reza el refrán de los esperanzados, o de los resignados, según como se quiera ver: "Mañana será otro día". Y así fue.

El Yes Yes trabajó con mucho ánimo pues sabía que ese día le iban a pagar. Hizo la limpieza de volada y a las papas ya hasta les había puesto la sal. Macario estaba impresionado con su agilidad. A eso de las cinco de la tarde Morales lo mandó llamar.

—Has cumplido como los buenos —le dijo—. Rafael no mintió, la raza es buena para chambear. Toma, ésta es tu primera paga.

El Yes Yes peló los ojos al percatarse de que le habían pagado de más. No supo qué decirle a Morales, simplemente le extendió la mano.

—Para usted no soy Luis Moreno. Me puede llamar el Yes Yes —agregó.

A punto estaba de salir cuando Morales le preguntó:

—¿Por qué?

—Yo sé mi cuento —le dijo.

El que no sabía su cuento era el Coras. Los días pasaban y él seguía adentro. Sus dos únicos amigos no lo visitaban, uno porque estaba trabajando y el otro por andar de buen samaritano. Le seguía aterrorizando aquel ambiente con paredes frías y alambrados llenos de púas. No hacía falta tocarlas para sentir que le cortaban no sólo la piel, sino también la dignidad. Hasta el sol y el aire que respiraba le parecían diferentes. Su sentido del humor se perdía poco a poco. El uniforme le quemaba y se tragaba la comida que le daban sin masticarla siquiera. Era un zombi que procuraba obedecer las órdenes.

Ese día el Clown había tenido audiencia, por lo que fue llevado a la Corte de Los Ángeles muy temprano. Estaba muy optimista y aseguraba que le levantarían los cargos. El Coras y el Frío caminaban por el área de recreación. Los negros levantaban pesas, los asiáticos jugaban frontón y los paisanos intentaban jugar básquetbol. Tenían como dos horas de andar corriendo de arriba para abajo, brincando como chapulines, y el marcador se mantenía igual, 4-4. Más que nada parecía un partido de futbol.

Aquellos dos ya ni platicaban. Sólo caminaban en silencio, sumergidos en sus pensamientos y tragándose sus penas. El Frío sabía que de encontrársele culpable, le darían sus buenos años. El Coras quería pensar que lo suyo sería una cuestión de trámites burocráticos, pero ya dudaba. Le calaba la incertidumbre pues no sabía qué pasaría con él.

Un chiflido los hizo reaccionar a los dos. A lo lejos vieron al Clown agilizando el paso con los brazos arriba en señal de victoria. La sonrisa lo decía todo.

El saludo con el puño cerrado, piquete de ojos y patada en los bajos no se hizo esperar. Al Clown se le veía feliz, había acertado en su corazonada.

–¿Qué pasó, Clown?

–Pues parece que me retiran los cargos. I am going to be out, carnal! Si el vato no se presenta para el friday de la próxima semana, I am going to be free!

–Qué a toda madre, pero mejor tradúceme.

–¡Que voy a ser libre, cabrón!

–De veras que te felicito –contestó el Coras.

Su respuesta fue sincera y así lo sintió el Clown, quien tomándolo del hombro le dijo:

–Take it easy, man. Ya verás que tú también pronto vas a salir de este desmadre.

El Frío solamente escuchó en silencio y agachó la cabeza alejándose de ahí lentamente.

El partido de básquetbol había terminado 8-8. Los encuerados habían empatado en el minuto final. Los orientales terminaron con las manos hinchadas y los negros más mamones. Hacia las nueve de la noche, después de una rica cena y un poco de televisión, ya todos estaban en su celda. El Clown le platicaba eufórico al Coras que una vez afuera se iría con su vieja a festejar al motel de siempre, de esos de paso y baratones de diez varos, y para terminar se iría a reventar con sus valedores.

–¡Ya párale! –le gritó el Coras.

–What's wrong, ese? ¿Qué te pasa?

–Nada, solamente que aún no sales y ya estás pensando en el desmadre. Ya es hora de que dejes esas chingaderas y pienses en hacer algo de bien. Eso sí me encabrona, mi vato loco y guerrero urbano.

—Lo que te encabrona es que yo salgo pronto y tú no tienes para cuándo.

—No, mi buen. No pienso darte ningún sermón como lo hacen esa bola de cabrones que estando aquí dizque han conocido al Señor por haber leído la Biblia, esa misma Biblia que termina en los botes de basura cuando salen. No, yo solamente te pido que le bajes de huevos y que si no te puedes salir del barrio, por lo menos le demuestres a los demás vatos que hay otros caminos. Que te den la madriza que le dieron al Pelón, pero que sea la última. Ya basta, mi Clown, deja eso en el pasado. Hazte respetar y que te llamen por tu nombre.

—¿Cuál nombre? Ya ni me acuerdo cómo me llamo —contestó el Clown un poco confundido.

Se incorporó en su cama y se recargó en la pared. La poca luz que había en los pasillos le permitía ver su nombre de batalla tatuado en su brazo.

—De veras, vato —le dijo al Coras—, ya no me acuerdo. Hasta eso se pierde cuando andas metido en esto. Desde los catorce años me han llamado Clown. Antes me llamaban mojado o huarachudo, y de niño mi jefe me llamaba de todo, desde chamaco pendejo hasta baboso. Y eso era cuando nos iba bien, porque nos traía a puros chingadazos. Mi jefa poco podía hacer. Después de la paliza que el jefe nos daba, ella terminaba regañándonos. ¿Cómo me llamo? Filiberto Acuña… Hasta se escucha raro. Filiberto Acuña…

—Que tengas buenas noches, Filiberto Acuña —le dijo el Coras.

El Tururú había encontrado su lugar predilecto para reflexionar: las escaleras de la vivienda en donde le habían permitido pernoctar. No le importaba que estuvieran sucias o que hubiera ruido por doquier.

Ahí precisamente se encontraba ese viernes por la tarde, pensando en su posible regreso a México, en confesarles a sus padres y hermanos sobre su situación en los Estados Unidos. ¿Valdría la pena preocuparlos? ¿Lo verían como un fracasado? ¿Qué pensarían de él? Tal vez lo mejor sería ocultarlo…

Se frotaba la cara confundido mientras pretendía ver cómo corría la vida en el barrio, ese lugar lleno de pobreza, insalubre, marcado por el arte de los guerreros urbanos, lleno de niños que no conocen nada mejor, de adolescentes inseguros que no saben ni qué quieren hacer, de adultos resignados o quién sabe si hasta satisfechos por haber sacado a su familia de la pobreza mexicana para traerlos a la pobreza americana. Quizá nunca soñaron con tener televisor a color, y mucho menos esa carcacha vieja a la que le llaman carro. Sus hijos ya hasta hablaban inglés, eran bilingües a la edad de diez. Lástima que a los quince ya no les pudieran entender, ni lo que decían ni lo que hacían, pues la droga también es parte de la vida cotidiana del lugar.

El Tururú reflexionaba teniendo al parque enfrente, que al principio estaba solo, pero poco a poco la gente fue llegando y rápidamente se formaron los equipos de futbol. El primero que permitiera el primer gol se tendría que quitar la playera. Los futbolistas clásicos de barrio, quienes festejan el gol como si fuera la final del Mundial. También los cholos empezaron a llegar, algunos en sus ranflas y otros arrastrando el pie. En su mayoría eran adolescentes con el paliacate en la cabeza y sus camisas de franela a cuadros. Los cigarros y las chelas pronto hicieron su aparición.

Un poco más adentro se observaba a unos cuates intentando jugar básquetbol. Como en todos los parques, no podía faltar la parejita de enamorados. El chavo ya la tenía contra la pared, se enfrascaban en un arduo agasajo, ya se le podían ver los calzones a la chava, quien dizque trataba de retirarle la mano al mal intencionado.

—No seas mala. Nadie nos ve —parecía decirle éste.

Uno que otro niño caminaba con su papá, que no los soltaba ni un instante pues ya conocía el lugar. Y no podía faltar la policía, que hacía acto de presencia sin ruido alguno, patrullando los alrededores del parque. Se detenían constantemente pero no se bajaban. Una segunda patrulla llegaba, conversaban con sus colegas sobre lo que ahí pasaba pero no hacían nada. Su presencia incomodaba e intimidaba. Los vatos locos comenzaban a tomar Kool Aid y la parejita de enamorados a rezar el rosario.

El Tururú solamente observaba lo que pasaba en el barrio. Los obreros que vivían en el edificio iban llegando y el saludo era constante: "¿Qué tal, compa?". Era viernes y, aunque se les veía cansados, estaban alegres. Viernes, ese bendito día que todos esperamos. En unos cuantos minutos se escuchaba la música a todo volumen en los departamentos. Los Tigres del Norte y los Bukis eran los predilectos y algunos paisanos fueron bajando para reunirse en el estacionamiento chela en mano. Unos eran de Michoacán, otros de Guanajuato, y no podían faltar los de Jalisco.

El viernes es el día en que se busca la sonrisa, pero también se puede encontrar el llanto. Llega la nostalgia y se hace un recuento de los recuerdos del pueblo, los padres, esposas, hijos, amigos y hasta uno que otro cabrón que se quedó por allá. En la primera cerveza, los paisanos empezaron a hablar de Julio César Chávez y de la Selección Nacional, que si Tomás Boy o Fernando Quirarte debían ser los capitanes. Todos los ahí presentes se convirtieron en entrenadores. Luego empezaron con que si hay corrupción en México y todos a coro afirmaban que eso no se puede ocultar.

—Por ellos estamos aquí —no faltó quien dijera.

—Usted sí sabe, compadre —dijo uno que ya destapaba la segunda fría.

—No es que sepa, pero es obvio lo que pasa. Los únicos que se chingan somos nosotros. Todos los demás se benefician, desde los "coyotes" hasta los patrones, pasando por los propios gobiernos.

—¡Usted sí sabe! —lo volvieron a interrumpir.

—¡Déjalo que continúe! —le gritaron al que parecía no tener otra frase.

—Gracias a nosotros en nuestros pueblos se ha visto algún desarrollo. Mandamos millones de dólares, las viviendas se mejoran, las calles se pavimentan y en algunos de los casos hasta la electricidad llega, mientras que nuestro gobierno se frota las manos como diciendo "¿Para qué invertimos en los pueblos si los indocumentados se encargan de ello?". Y los gringos están peor, hasta se quejan, nos acusan de sus males, nosotros traemos violencia y drogas, somos una carga, dependemos de ellos ya que solicitamos ayuda social, pero la pura verdad es que también a ellos les damos. Les hacemos el trabajo que los suyos no quieren realizar, nos quitan impuestos, pero seguimos siendo una carga social.

El Tururú, olvidándose de sus problemas, se volteó a escuchar lo que el paisano decía con cerveza en mano.

—¡Carnal! —le gritaron—. ¿No quieres una?

La aceptó sin pensarlo dos veces. No era muy afecto a ello, pero sería un buen motivo para meterse entre la bola y escuchar lo que el paisano decía. Se unió al grupo de los nueve, algunos sentados en el suelo, otros parados y unos más recargados en el viejo carro.

—¡No lo vayan a abollar! —gritaba el dueño.

—Nos echan a la migra —continuó diciendo quien elocuentemente hablaba de la realidad—, realizan sus redadas en los trabajos y en algunas ocasiones en la calle, todo para taparle el ojo al macho. Ellos saben perfectamente dónde estamos, que no se hagan pendejos, ¿por qué no vienen a los barrios? ¿Por qué nos dejan vivir tan tranquilos? Pues porque nos necesitan. Nos deportan aunque sepan que al siguiente día nos regresaremos.

—¿Qué opinas de la nueva ley de inmigración, de la que tanto se habla en los periódicos y en la televisión, con la que supuestamente nos podemos legalizar? —se atrevió a preguntar el Tururú.

—Ésa es otra clara muestra de que nos necesitan. Hablan de amnistía o perdón, pero los que deberían pedir perdón son ellos. Desde que nacieron como nación han dependido de los migrantes, de nosotros, y aun así nos siguen tratando peor que a animales.

Las cervezas se destapaban con más frecuencia, los botes vacíos eran aplastados y guardados en una bolsa de papel, a esos se les podía sacar dinero. El Tururú solamente le había dado algunos tragos a la suya, seguía atento y confirmaba que el tipo sabía lo que decía, o por lo menos era elocuente.

—¡Que nos echen a la migra! ¡Aquí los esperamos! —gritaba otro paisano a todo pulmón.

Para la tercera cerveza los temas sociales y políticos se dejaron a un lado para dar paso a los familiares y recuerdos del pueblo. Ramiro, el que pedía a gritos que le echaran la migra, se ofreció a ir por otras frías, pero detuvo su primer paso ya que al hurgar en sus bolsillos no encontró ni siquiera un peso. Los demás gesticularon que tampoco ellos tenían.

–¡Qué caray! Tan bien que estábamos. Paga con el cheque y después nosotros te damos.

Las Coors y Lites llegaron. El grupo las esperaba con gran entusiasmo, cada uno había tomado su lugar sentándose sobre la barda que dividía el complejo habitacional. Sin que así se decidiera, se formaron dos grupos: el de los casados y el de los no güeyes, como dijera uno. Estos últimos hablaban con menos nostalgia del pueblo. Las chavas y los bailes eran su tema, no tenían otra preocupación más que perder su virginidad en la primera oportunidad, comprarse un carro, fotografiarlo y mandárselo a la mamá.

Los casados y no necesariamente los más viejos hablaban de lo que habían dejado detrás. Ya para la quinta chela, cada uno fue diciendo "Excuse me", o sea con permiso, porque se tenían que ir a mear.

–¡Qué pinche vida la que llevamos! –dijo el que estaba más pedo–. Trabajamos como burros todos los días para que los viernes terminemos en esto… Emborracharnos y seguir quejándonos, lamentándonos de habernos venido al norte, y para acabarla de chingar, nostálgicos. En estos momentos es cuando queremos a nuestros hijos y nos preocupa su bienestar. Y de nuestras viejas ni se diga, aunque estén ya guangas y viejas no hay mejores nalgas que las de ellas. Hasta la suegra nos llega a faltar. Supuestamente íbamos a barrer los dólares y luego luego no íbamos a regresar.

–Nadie nos trajo a la fuerza –dijo don Fermín, el más viejo de todos, de los pocos que podían presumir que tenían la green card.

Había trabajado toda su vida en la construcción. Decía que él había sido el arquitecto de los principales freeways de la ciudad. Durante sus 25 años trabajando en Estados Unidos había ganado una buena lana pero nunca ahorró. Se observaba aquel cuerpo cansado que ya no podía más.

–Sí, muchachos –decía–, nadie nos trajo a la fuerza. Todos venimos por unos días solamente, pero terminamos quedándonos, y lo peor de todo es que nos olvidamos de quienes dejamos atrás.

–No la chingue, don Fermín –dijo uno.

–Ni tantito, compa. Cuando estamos pedos dizque pensamos en ellos, nos entra la nostalgia y lloramos. Tomamos el teléfono y les llamamos, les preguntamos por los hijos y mientras estén bien no hay problema, pero nomás nos dan una queja nos encabronamos y les pedimos a las viejas que les jalen las orejas.

–Bájele, don Fermín –lo interrumpió el mismo.

–Al que le quede el saco, que se lo ponga. Tú tienes unos tres años de haber llegado y dime cuántas veces los has visitado, cuánta feria les has mandado, y aun cuando hayas cumplido, ¿vale la pena vivir solo, sin tus hijos, sin su cariño? Sí, muchachos, nadie nos ha traído a la fuerza, pero aquí estamos.

El Tururú seguía escuchando. Los presentes daban grandes sorbos a las cervezas y la falda de la barda ya tenía un gran charco. Los paisanos iban a mear y los cierres de los pantalones estaban a medio subir. Uno que otro tenía medio mojada la entrepierna, y no precisamente de cerveza. Por momentos se daba un silencio absoluto. Nadie sabía qué decir pero sus miradas lo decían todo: estaban de acuerdo con lo que don Fermín decía.

—Sí, muchachos. El norte nos ha quitado más de lo que nos ha dado, hasta la dignidad —seguía diciendo don Fermín—. Tú, Mario —dijo dirigiéndose a uno de los más viejos del grupo—, perdiste hasta un hijo. Era joven el muchacho, no tendría más de veinte años. Lo recuerdo… En más de una ocasión me enseñaste su foto. Murió en su intento por progresar. Quiso encontrar fortuna y hallar a su padre para decirle cuánto lo amaba y necesitaba. Cruzó la frontera, pero ese mismo día fue atropellado de este lado de la línea. Su cuerpo permaneció varios días sin que nadie lo identificara, y sólo gracias a que un amigo suyo se dio cuenta a través de las noticias es que pudo ser enviado con tu familia. ¡Y tú no te enteraste hasta meses después! Nunca notificaste a tu esposa de tu cambio de domicilio y teléfono. Tu hijo nunca te pudo decir cuánto te extrañaba y tú juraste en su tumba que jamás regresarías. Ya lo ven, nadie nos tiene aquí a la fuerza, pero aquí estamos. Y tú, Manolo, qué me dices…

Manolo era el único de los presentes que estaba sentado cómodamente… en silla de ruedas.

—Te conocí alegre, bonachón y hasta mamón —le dijo don Fermín—. Era un día como éstos, si no mal recuerdo también era un viernes, cuando saliste de la cantina del Perro Pelón y decidiste regresar caminando. En algún momento tropezaste y caíste en las vías del tren. Nadie se dio cuenta de lo que realmente sucedió. Te buscamos por todos lados, sobre todo en la estación de policía, pero tú fuiste el que nos informó días después, desde la cama del Hospital General de Los Ángeles, que habías sufrido un accidente. Llegamos tres a visitarte, entramos al cuarto y cuando vi que tu cama no tenía bulto sentí un gran escalofrío por todo el cuerpo. Tú te sonreíste y como no había dónde sentarse me indicaste que lo podía hacer en la cama, al cabo que no te podía lastimar, el tren ya se había encargado de triturarte las piernas. Los del hospital te recomendaron que regresaras a México y nosotros apoyamos la decisión. Te dieron tu silla de ruedas y alguno que otro medicamento, hasta el boleto de avión te compraron. Los mismos tres amigos te despedimos en el aeropuerto, estábamos seguros de que estarías mejor con los tuyos, pero no fue así. Durante los primeros días le dio un gran gusto a tu esposa tenerte a su lado y tus hijos no se te acercaban por temor a lastimarte, pero pasaron los días y tú sentías que te estabas convirtiendo en una carga para ellos, causando lástima en el pueblo. Ocultaste tu dolor, no el físico sino el interno, y les dijiste que tenías que regresar para continuar con el tratamiento. Eso era mentira, tenías que escapar de tu realidad. Ya ven lo que les digo, nadie nos tiene aquí a la fuerza, pero aquí estamos.

—Ya mejor párele, don Fermín —dijo uno, sabiendo que él sería el siguiente en el relato del viejo.

—Tienes razón. Además, quién soy yo para hablar, un viejo que no tiene nada ni aquí ni allá. Mi mujer juntaba los dólares y mis hijos crecieron sin ellos. Me hice el ofendido cuando me reclamaron lo de su madre y que según nunca les mandé nada. Nomás por noticias que de vez en cuando recibo, sé que los cuatro son hombres de bien. Sí, quién soy yo sino un pobre viejo acabado y olvidado que dizque sigue juntando los dólares, pero yo me pregunto: ¿ya pa qué?

El Tururú seguía escuchando. Don Fermín terminó su cerveza y se fue a su lujoso departamento, donde lo esperaban viejas fotos de su mujer y de sus hijos. De seguro lloró, pero como él mismo dijera, ya para qué.

Uno por uno se fueron alejando del lugar. Se les veía pensativos. Los que vivían con su familia abrazaron con cariño a su mujer y les dio gusto saber que sus hijos ya estaban dormidos. Los "solteros" tomaron el teléfono y les hablaron a sus mujeres al pueblo. No les ocultarían que habían tomado, pero tampoco que las extrañaban. De seguro volvieron a hacer las mismas promesas de cada viernes:

—Tan pronto junte un poco más de dinero los voy a visitar.

Pero por dentro le pedían a Dios que eso no sucediera tan tarde como para decir: "Ya para qué".

El Tururú permanecía aún parado, observando cómo una por una las luces de los departamentos se iban apagando. Se acabó la música. La noche había caído para los casados y para los que habían escuchado el sermón de don Fermín.

Para otros, en cambio, la noche era joven. Los solteros hablaban de ir al bar. Las cervezas ya habían surtido efecto. No tenían dinero en efectivo, pero tenían el cheque de la semana para pagar. Eran las diez de la noche y todavía les dio tiempo para irse a arreglar. De volada salieron todos bien guapos, bañaditos y rasuraditos. Se habían puesto sus mejores prendas, poco importaba que no combinaran los colores, se sentían bien galanes.

—¡A conquistar a las chavas! —gritó uno.

—¡A mover el bote! —gritó otro.

—¿No vas? —le preguntaron al Tururú, quien agradeció el gesto pero prefirió quedarse.

Con los botones de la camisa desabrochados y enseñando el pelo en pecho, los conquistadores se subieron a un carro. Apenas cupieron los cinco porque el tal Beto estaba re gordo, y dejaron atrás un aroma peculiar porque se pusieron el perfume de los Siete Machos.

Tomaron el rumbo de la Delano, llegaron a la Victory Boulevard y dieron vuelta a la derecha. Recorrieron dos millas hasta llegar a la autopista número cinco que los llevaría al bar El Internacional. Un tipo mal encarado, con bigote de Chaplin pero panza de pulquero, los recibió en la puerta pues tenían que pagar y enseñar sus credenciales para demostrar que tenían más de 21 años. El Chaplin mexicano en tiempos de engorda se hizo el pendejo porque dos de ellos no pasaban de los 18 años, pero eso no importaba, precisamente ahí estaba el negocio. Como no tenían efectivo para pagar, les dio chance de entrar y ya después le pagarían.

Al cruzar la cortina roja, se dieron cuenta de que aquello parecía el infierno. Se hubieran llevado sus lentes oscuros porque los colores de las paredes hasta lastimaban los ojos. Eso sí, el ambiente estaba bueno, tocaban las rolas del recuerdo, las de los Pasteles Verdes, como la de *Esclavo y amo*. Las parejitas danzantes se abrazaban del cuello. Aquello estaba a reventar. No había ninguna mesa para sentarse pero los cinco valedores ya estaban pidiendo en el bar.

—Cubas para todos —dijo el bueno del Beto, quien con las puras miradas se acababa a las chavas del lugar.

Había apenas como quince para los treinta parroquianos listos para bailar, todos a la expectativa esperando que a algún cabrón se le acabara la lana y no tuviera para pagar.

Claro que el baile no era gratis. Como ha de saber usted, aquellas lindas chavas con sus vestidos subiditos y escotes atrevidos cobraban a cinco dólares la pieza. Era viernes y el dueño del local sabía que ese día recibían lana. Si el cliente no traía efectivo no importaba, se cobrarían con los cheques. Y la pachanga seguía. Todo el mundo suspiró cuando la rockola tocó una de Juan Gabriel, esa que se llama *Siempre en mi mente*.

Con el manjar en la mano, los paisanos recorrían lentamente aquellas espaldas gelatinosas de sus parejas. En pocos instantes las manos masculinas sostenían ya los glúteos, o mejor dicho nalgas, que parecían explotar en aquellos pantalones tan ajustados. Las que cobran ya ni se quejaban, les permitían pasarse de listos por unos segundos pues se lo habían ganado. Los cinco dólares por pieza justificaban la acción. Lo bueno que la canción de Juan Gabriel sólo dura unos pocos minutos.

El Beto era el que más la gozaba. Era el mayorcito de todos, los otros cuatro nomás pelaban bien el ojo y no daban crédito a lo que veían. Consumían sus chelas con una mezcla de nerviosismo y alegría y ni siquiera se las acababan cuando ya estaban pidiendo las otras. Mientras, el Beto seguía observando y encontró a una muchacha de su tamaño. No hubo necesidad de apalabrarse. En unos cuantos segundos se encontraban en medio de la pista bailando las pegaditas. Fueron cinco rolas las que bailó con su pareja y 25 varos los que le cobraron. No tenía efectivo pero el cantinero de inmediato le hizo efectivo el cheque. Todo sudoroso, el Beto festejaba su atrevimiento con los cuates.

—Estás cabrón, mi Beto —le dijeron.

—Y eso porque se acabaron las pegaditas. Las otras no me gustan porque no te dan chance ni de agarrar la panza.

A las dos de la mañana aquello estaba en su apogeo. Las chavas no se daban abasto y algunos de los chavos ya se estaban encabronando porque tenían horas esperando su turno para bailar. Cuando tocaron *Vestida de novia*, de un tal Palito Ortega, el Beto se lanzó nuevamente al ruedo buscando pareja pero en un abrir y cerrar de ojos ya se la habían ganado.

—Ni pedo —le dijo el Beto al vato, quien sólo extendió los brazos como diciendo: "No te preocupes, yo te la entretengo".

A eso de las tres las mujeres ya bailaban con los tacones en la mano y las medias con hoyos por todos lados. Ya estaban despeinadas y no sabían ni cómo acomodarse el vestido, ya casi andaban con las chichis de fuera. A alguna la mascarilla ya se le he había escurrido dejando al descubierto las huellas de la vida. Unas ya eran maduras, pero otras eran apenas unas jovencitas. Ya estaban todas manoseadas, pero qué importa, era parte de la chamba, parte de la vida. Ellas también eran explotadas, eran la carnada para chingarse a los paisanos. Trabajaban para hacer ricos a unos cuantos. Y los paisanos de pendejos, ahí fueron uno por uno a firmar sus cheques terminando esa noche con unos cuántos dólares en los bolsillos.

El Beto bailó, chupó, sudó y agarró lo que pudo. Sus amigos, más chavos, con unas cuantas chelas ya estaban todos pedos. El Beto aprovechó la ocasión y a cada uno les fue pidiendo fiado para terminar la pieza.

Viernes, noche de nostalgia, de recuerdo, de suspiros, del chupe con los cuates en los parques, en casa o en los bares. Viernes, día de paga. Nos dan unos cuantos dólares y de inmediato nos ocupamos en gastarlos. También hay que ir a la marketa a comprar lo que hace falta, que la leche, el jamón, el jugo, las verduras y, principalmente, los huevos. Ésos no pueden faltar, de ésos se requiere para seguir en la lucha en el norte. Pero hay que comprar las chelas porque nos las merecemos, hemos trabajado como burros toda la semana. Qué importa que nos digan que somos una bola de borrachos. Es viernes, bendito día en que todo nos pasa.

El Beto y sus camaradas llegaron a sus departamentos como pudieron. El Tururú seguía prendido en sus pensamientos sin importar que fueran las cuatro de la madrugada. Vio las condiciones en que llegaron los cinco chavos y simplemente movió la cabeza.

—Por eso nos pasa lo que nos pasa —dijo.

El canto del gallo de la vecina lo sorprendió en el estacionamiento. Algunos compas se retiraban a trabajar lonches en mano. Los mocosos ya estaban listos para jugar. Francisco también se iba y se sorprendió al verlo.

—¿Qué te pasa, carnal?

—Nada, absolutamente nada.

—¿No dormiste?

—No, hasta el sueño he perdido.

—Deja de pensar tanto y vete a descansar. Ya verás que las cosas van a cambiar.

"Sábado 7 de septiembre de 1985 en el Valle de San Fernando", como empiezan los buenos corridos. El Tururú se encontraba en profunda depresión. El Coras tenía más de una semana de estar detenido. No había sido posible pagar la fianza. La ley le haría justicia, o bueno, eso era lo que él pensaba pues aún no le presentaban a su abogado.

El Yes Yes ya se había ganado la confianza de su patrón y había pasado de limpiar mesas a preparar las papas fritas. ¡Ah!, lo mejor de todo era que ya le habían pagado.

La vida transcurría como siempre para los tres amigos en la gran ciudad de Los Ángeles, California. No se dejaba de hablar de la detención de Richard Ramírez, el Invasor Nocturno, uno que anduvo violando mujeres de todas las edades, dizque las violaba y luego las mataba. La detención se había dado en el este de Los Ángeles, casa y cuna de nuestros connacionales. Las noticias decían que uno lo vio, otro gritó, muchos lo persiguieron y uno que otro hasta patadas y piquetes de ojos le dio, pero finalmente lo detuvieron.

¡Ah!, qué nuestros paisanos que de un día para otro se convierten en héroes nacionales. Qué bueno que a los héroes no les preguntaron por sus papeles, porque más de uno inmediatamente hubiera sido devuelto por los oficiales de Migración, quienes al final de cuentas dirían que solamente estaban haciendo su trabajo.

Nuestros paisanos fueron héroes, hasta en los periódicos aparecieron. Miles de dólares les darían como recompensa.

Esa mañana del 7 de septiembre, el Tururú intentaba dormir un rato cuando los toquidos de la puerta lo despertaron de inmediato. Ni siquiera tuvo tiempo de acomodarse la almohada. Era el Yes Yes, quien se veía muy alegre y contento, él sí había dormido y se le veía repuesto. Sin preámbulo alguno, cuestionó al Tururú:

—¿Qué no piensas ir a ver al Coras?

—Es tiempo de que lo visitemos, ¿verdad? —contestó el Tururú buscando afanosamente limpiarse las babas que le escurrían.

—Claro, nos hemos visto algo ojetes, mi Tururú. Somos un par de egoístas y nos hemos olvidado de él.

—¡Tienes razón, carnal! Dame chance de darme un baño y de inmediato nos vamos.

El Tururú se levantó de aquel sofá hecho cama, no era sofá-cama, de eso estoy seguro pues no llegaban a tanto. El mueble era incómodo de verdad. Tapándose las partes nobles, el Tururú se fue a bañar mientras el Yes Yes lo esperaba afuera. Las pestilencias se habían concentrado en aquel departamento en el que dormían más de seis.

El Tururú no mintió y en un dos por tres ya estaba afuera. Caminaron por toda la calle Delano hasta llegar a la Van Nuys y tomaron el RTD que los dejaría en el centro de Los Ángeles. El Yes Yes no dejaba de hablar, pero el Tururú no lo escuchó ni un segundo pues al subirse al camión ya estaba dormido. Durante la hora y media de camino el Yes Yes se vio obligado a cerrar el pico. Y fue precisamente en la calle Pico donde se bajaron y abordaron un segundo camión que los llevaría a la cárcel del Condado.

Las escenas de la semana anterior se volvieron a repetir. Policías que entraban y salían, mujeres desconcertadas pidiendo información, y otras que tenían ya más experiencia y sabían lo que hacían. En esta ocasión el Yes Yes no olvidó su identificación y lo dejaron entrar junto con el Tururú. Se formaron en línea y fueron conducidos al interior de aquel recinto habitacional. En unos cuantos segundos tenían a su valedor enfrente, vestidito de anaranjado y con cara de enojado. No era para menos, sus cuates se habían olvidado de él. El Coras solamente los vio y caminó hacia ellos, no tenía prisa, su paso era lento y tardó en llegar. Esta vez no hubo saludo de piquetes de ojos, solamente un "Hola, qué tal".

—¿Qué te pasa, mi buen? —preguntó el Yes Yes.

—Nada, qué me ha de pasar. Aquí estoy a toda madre, con buenos amigos, verdaderos amigos —dijo en tono medio enchilado, con rencor y jiribilla, tirando pedradas a ver a quién le pegaba.

El Tururú no decía absolutamente nada. Estaba consciente de que el Coras tenía razón y lo miraba de reojo como pidiéndole perdón. El Yes Yes agarró la onda y mejor se calló. Aquello por un momento parecía velorio. El Coras agradeció la visita y se levantó. El Tururú lo tomó del hombro y caminaron juntos.

—¿Sabes, carnal? Lo sentimos. Sabemos que tienes razón para estar encabronado. De mi parte no hay ninguna explicación. Te pedimos que nos disculpes, haremos todo lo posible para que salgas de este lugar, iremos a ver a quien sea necesario para que nos ayude. Ten confianza, no te vamos a defraudar.

—Les creo, pero los que tienen que disculparme son ustedes. No tienen ninguna obligación de venir a verme o de hacer algo para que salga de esta bronca. Comprendo que ustedes también tienen las suyas. Aquél está casado y tiene que mantener a la familia. Pero no te creas, mi Tururú, hasta el más macho se arruga o lo arrugan. Los huevos del oriental me salieron caros, pero como experiencia ya estuvo bueno. Quiero pensar que lo que me dijeron ayer es cierto, que mi abogado me visitaría esta semana. Espero que así sea, pero si no es así, pues ya me pondré a platicar con mi nuevo vecino, el Invasor Nocturno, que aquí adentro ya es toda una celebridad. Todo el mundo quiere verlo, tocarlo y hablar con él… Lástima que lo tienen tan encerradito al condenado.

El Yes Yes aún no había sido invitado a unirse a la plática, pero poco le importó, se levantó y de volada se unió a los otros dos. Con media sonrisa saludó al Coras de mano, pero en unos cuantos segundos se dieron un fuerte abrazo, única manifestación de cariño necesaria entre dos seres humanos que sentían mutuamente lo que les pasaba.

Al Coras le tocaba esta vez bailar con la más fea, pero parecía que aún no le agarraba bien el paso. Se le dificultaba acostumbrarse a aquel encierro, a aquellos olores raros que no solamente se desprendían de las celdas, sino también del aliento de sus compañeros, como si las muelas estuvieran podridas. La vida en la cárcel le estaba enseñando, pero también le estaba calando.

En un momento los amigos se observaron uno al otro como preguntándose: "¿Qué chingados estamos haciendo en el norte?", pero de la misma forma bajaron las miradas como contestándose ellos mismos: "Ya nos chingamos".

El Yes Yes estaba muy platicador, hablaba de sus partidos de futbol, cosa que entusiasmó a los dos amigos, del bautizo de su hijo y, por supuesto, de su nueva chamba. Presumía con lujo de detalle que ya sabía hacer las papas, y poco hablo de su esposa y del gringo marihuano que pronto sería su compadre. El Tururú también hablaba poco, seguía en su mismo papel, dejando de hablar de las injusticias que se ven y se viven en la cárcel. En sí poco hablaron estos dos, lo que sí quedó claro es que vivirían juntos cuando el Coras saliera de la cárcel.

—¿Cómo la ves, mi Tururú?

—La veo igual que tú, carnal. Solamente hay que echarle ganas y conseguir una buena chamba.

—¡Claro! Ya verás que todo va a salir mejor —dijo el Coras.

Los dos amigos cerraron el pacto con un choque de puños, el Yes Yes fue el testigo. La presencia del guardia de seguridad les indicaba que la hora de visita estaba a punto de terminar. Los visitantes así lo comprendieron y dieron paso a la despedida sentimental. Había sonrisas, lágrimas y hasta mentadas de madre. Poco a poco se fueron retirando. La ruca del vato loco no se fue hasta no dejarle un chupete a su chavo y se despidió de él a puras señas. Parecía catcher de béisbol, solamente su pareja le entendía. El negro fortachón sufría al ver cómo su vieja se paraba y meneaba aquellas enormes nalgas con un ritmo sin igual.

—¡Ah! —suspiraba.

En unos minutos aquello volvía a la normalidad con las bachitas de cigarros por todos lados. Los criminales ya se habían retirado para seguir cumpliendo con la sociedad. El Coras al parecer se quedó más tranquilo.

—Gracias por venir —les dijo.

—Ésta será la última vez —le contestaron.

—¿Qué ya no piensan venir?

—La próxima vez que nos veamos será en la calle. ¡Ahí nos watcheamos, carnal!

Y los dos amigos se retiraron. Agarrando camino, cruzaron lotes baldíos y pasaron por algunos callejones, refugio de los guerreros urbanos del este de Los Ángeles, quienes estaban a la expectativa con chelas y cigarro en mano.

El Tururú y el Yes Yes apresuraron el paso. Las miradas pesaban, los comentarios calaban y daban ganas de contestar, pero prefirieron callar, realmente les daba miedo. Llegaron a la parada del camión ya sudorosos y el autobús que no llegaba. Fueron treinta minutos de larga espera, los guerreros se acercaban y ninguno de los dos comprendía su nerviosismo, ya antes habían estado en lugares similares, el barrio de la Delano estaba igualito o peor; por qué temer, se preguntaban. No se quedaron a investigar y cuando llegó el RTD los dos respiraron con gran alivio.

El camión tomó la calle de la Brooklyn y pasó por el Hospital General, lo que distrajo la atención del Tururú pues se preguntó cómo seguiría doña Ana María Benítez. La respuesta la tendría al día siguiente, cuando la visitara. El Tururú cerró los ojos y se quedó dormido, el Yes Yes solamente lo observó, no le dijo nada y tomó del suelo una parte del periódico *La Opinión*. No se dejaba de hablar del Invasor Nocturno, un tal Richard Ramírez. ¡Ah!, y la Selección de Futbol de México había vencido a su similar del Perú por un gol a cero. El jefe Tomás Boy estaba jugando enormidades. El periódico terminó en el suelo, el Yes Yes también sucumbió al cansancio.

Una hora después llegaron a su destino. Esa noche hubo chupe en el departamento de Francisco, los valedores del Pancho invitarían. ¿El motivo? Realmente ninguno, pero desde cuándo se requieren razones para comprar unas cuantas chelas y pachanguear.

El tema del que se habló fue el fútbol, no de la Selección, sino de la Onda Colorada que ya se había colado hasta los cuartos de final. Le faltaban sólo tres partidos para coronarse campeón. El Yes Yes nomás olió las cervezas, no le permitieron ni que las abriera, e hicieron bien porque tenía que estar listo para el partido del domingo, así que se limitó a tomar su agua de limón. El chupadero seguía, pero Francisco y el Tururú le dieron un aventón al Yes Yes a su cantón. Tenía que descansar el campeón, decían.

Se veía que el Yes Yes pasaba por un muy buen momento, no sólo en lo deportivo —volaba cono águila para detener los cañonazos del enemigo—, sino también en lo sentimental. Su vieja lo mimaba con si fuera un niño, lo esperaba feliz en la puerta y el Yesito brincaba de gusto al verlo. Francisco y el Tururú se percataban de ello y solamente movían la cabeza.

—Por lo menos a uno de nosotros le va más o menos —le decían.

—¿Y tú cómo sigues, Tururú? —le preguntó el Yes Yes.

—Ya mucho mejor. He tenido mis momentos críticos desde que llegué a Estados Unidos, pero el último fue el más difícil. Me sentía completamente vacío, perdido, sin ganas de hacer nada, con deseos de regresar y mandar todo esto a la chingada.

—Te entiendo perfectamente, carnal. Estoy seguro de que eso a todos nos pasa, yo creo que por eso esperamos ese bendito viernes.

Con un fuerte chiflido se despidieron del Yes Yes, que cargaba a Tomito y, por los gestos que hacía, ya lo había orinado. ¡Así son los niños! Francisco pisó el acelerador y se alejaron de aquel lugar. Cuando llegaron al departamento aún no se habían acabado las chelas. Ninguno de los dos quiso chupar, por lo que decidieron mejor irse a descansar y dejar a sus valedores disfrutar la velada. Mañana sería otro día.

Y efectivamente así fue para todos, nadie puede negar eso. Muy temprano por la mañana, la mujer del Yes Yes ya le tenía preparados unos huevitos revueltos con un chile verde pa morder. El Coras seguía disfrutando de la compañía del Clown y del Frío y de la avena sin sabor. El Tururú, por su parte, se había puesto muy guapo para ir a visitar a doña Ana María al hospital.

Para las cuatro de la tarde, en el parque San Fernando el Yes Yes se encontraba de rodillas junto al Pelón y al Enterrador, pidiéndole al Señor que lo ayudara a detener los metrallazos del Atlas.

En ese mismo momento, pero en la cárcel del condado, el Coras seguía disfrutando de aquella comida sin sal a la que ni siquiera un chilito acompañaba, mientras el Tururú estaba a la entrada del Hospital General observando aquel elefante blanco, santuario de los desamparados, de los que no alcanzan a pagar un seguro y terminan recibiendo atención médica del gobierno, ese lugar al que hay que llegar prácticamente muerto para que se considere como emergencia.

Veía entrar y salir a la gente, algunos con rosas en mano, otros hasta con una Biblia, pero la mayoría llegaba con las manos vacías. Algunos agilizaban el paso, otros no, pero todos caminaban resignados a su destino.

El Tururú respiró profundo, como tomando valor, presintiendo que algo iba a suceder. De volada tomó el elevador y al salir se encontró en el pasillo a don Martín platicando con su hijo y con su mujer. El tono de voz era bajo, pero se percibía la preocupación. Cuando se dieron cuenta de que estaba ahí, lo saludaron con gusto.

—¿Qué pasa, don Martín? —preguntó el Tururú—. ¿Cómo sigue su madre?

—Igual, muchacho, pero estamos preocupados. Una enfermera nos visita todos los días y nos pregunta que quién va a pagar. Cada día es lo mismo, y nosotros le contestamos también lo mismo, que por el momento no sabemos. Da la impresión de que la enfermera trae las facturas en la mano. Sentimos que todos nos miran ya con mala cara, como que ya se cansaron de nosotros, como que ya se dieron cuenta de que no tenemos para pagar.

—Imaginaciones suyas. Aquí no corren a nadie, es su cansancio.

—No, muchacho —dijo la esposa de don Martín—. La trabajadora social que nos han asignado nos pregunta constantemente si tenemos la tarjeta verde y que si ya queremos llevárnosla a México. Con tal de que la saquemos de aquí, nos dan distintas alternativas. Precisamente hoy, dentro de una hora, tenemos una reunión con ella, con la enfermera y con los administradores del hospital para decidir qué vamos a hacer con mi suegra. No sabemos qué vamos a hacer —terminó diciendo aquella mujer en cuyos ojos ya asomaban las primeras muestras de impotencia.

Don Martín tomó del brazo a su mujer y caminó lentamente con ella hacia el cuarto de su madre. Unos pasos atrás iban el hijo y el Tururú. Doña María seguía dormida con el escapulario en el cuello, tendida en aquella cama blanca. Sólo la imagen de la Virgen de Guadalupe y un ramo de flores adornaban aquel cuarto. Como todos los días, don Martín tomó la mano de su madre y empezó a platicar con ella, a acariciarle las canas y besarle la frente. Jamás pudo contener el llanto, siempre lloraba y esa tarde lloró más que nunca. Se sentía impotente al ver a su madre tendida y presentía que serían los últimos días que la tendría a su lado. El hijo de don Martín prefería retirar la vista de aquella escena que le dolía hasta el alma. El reloj de la pared marcaba las 4:45 de la tarde. La hora de la reunión se aproximaba. Al poco rato, una mujer vestida de blanco entró al cuarto.

—Señores, estamos listos —dijo en perfecto español.

Mientras tanto, el Yes Yes y el resto del equipo de la Onda Colorada salían cabizbajos del terreno de juego. Al terminar el primer tiempo, el marcador no les favorecía. El Atlas los tenía tendidos en la lona con un rotundo dos a cero. La porra del Atlas daba por hecho que la victoria era suya y ya hasta querían cobrar las apuestas. Los del San Fernando festejaban de igual modo, como si fuera su triunfo, no querían a los de la Onda.

Las paletas, tortas, refrescos y cocteles de mariscos se vendían al por mayor, sin importar que después a los consumidores les doliera la panza. El Yes Yes estaba solo, no quería hablar con nadie pues había sido el responsable de los dos goles, sendas pifias que habían dado la ventaja al Atlas. Tampoco nadie le hablaba, ni el Yesito se le acercaba.

Los quince minutos de descanso pasaron de volada y la Onda Colorada regresó al terreno de juego. Los del Atlas ya los esperaban dando brincos como chapulines. El hombre vestido de negro dio el pitazo dando inicio a la segunda parte del partido. Todo el mundo estaba atento a lo que iba a suceder.

En el Hospital General, la familia Benítez fue conducida a una enorme sala de juntas con alfombra y sillones finos. El Tururú iba con ellos. Al entrar en la sala no vieron a nadie. La enfermera se disculpó y dijo que regresaría en un segundo, y cumplió la condenada acompañada de dos hombres elegantemente vestidos de traje negro y de la trabajadora social, quien al parecer no hablaba ni una pizca de español, el "Hola, ¿qué tal?" lo pronunciaba como si trajera algo en la boca.

Todos se vieron muy monos y saludaron cortésmente a los Benítez, quienes se sentían intimidados por aquellos hombres vestidos de negro. El maldito pedazo de trapo que llaman corbata cumplía cabalmente con su función: intimidar a los que jamás la usan. El naco, el campesino y el obrero siempre se dejan intimidar por ese trozo de tela anudado al cuello.

—Soy la enfermera Cuevas —dijo la mujer que los había llevado hasta ahí—. Señor Benítez, quiero presentarles a los señores Rock y Waters, administradores del hospital. La señora Feathers es una de las trabajadoras sociales que han sido asignadas para asistirlos en sus necesidades.

El señor Benítez, por su parte, presentó a su delegación, su esposa, su hijo y el Tururú, que era el más despierto de todos y tenía en mente no permitir que les vieran la cara de pendejos.

Después de las presentaciones de rigor, la señorita Cuevas explicó el motivo de la reunión:

—Señor Benítez, contamos con parte del expediente médico de su madre, las observaciones de los doctores y los reportes de las trabajadoras sociales que han estado al tanto del caso, y la conclusión es que médicamente nosotros ya no podemos hacer nada más por ella.

—¿Va a morir? —preguntó asustada la esposa de don Martín.

—¿Qué quiere decir con eso? —inquirió el hijo.

Don Martín guardó silencio. El Tururú procuraba calmar a los demás y se encargó de iniciar la defensa de la familia Benítez. Acomodándose en su asiento, pidió a la enfermera que les explicara lo que acababa de decir.

—No estamos diciendo que va a morir —prosiguió la enfermera—. Lo que tratamos de explicarles es que no tiene necesidad de estar en este hospital. Se requiere trasladarla a un centro de rehabilitación o bien que ustedes se la lleven a casa. Si lo prefieren, incluso podemos mandarla a México.

Los hombres de negro no decían nada. No era necesario. Su sola presencia impactaba a la familia Benítez. Esas malditas corbatas y los lentes de intelectual cumplían con su función.

—¿Usted qué recomienda? —preguntó el Tururú—. O mejor dicho —rectificó—, si fuera su madre, ¿usted qué haría, señorita Cuevas?

Cuevas no contestó la pregunta, simplemente tradujo a los hombres vestidos de negro y a la trabajadora social. Todos murmuraron algunas cosas sin que los Benítez les entendieran.

—Ya que está traduciendo, señorita Cuevas —sugirió el Tururú—, pregúnteles qué harían ellos si estuvieran en nuestro pellejo.

En esta ocasión la enfermera no tradujo. Contestó en un tono de molestia que incomodó a los Benítez y encabronó al Tururú:

—Aquí no es de supuestos, señor… —hizo un silencio porque se dio cuenta de que no sabía el nombre de quien la confrontaba— …Méndez —inventó—. La realidad es que no es mi madre ni la de los señores que están aquí. Es su familiar y ustedes son los que deben decidir. No hay nada que se pueda hacer por ella en este hospital.

—Bueno, señorita, nosotros deseamos que continúe aquí y que se le siga dando el tratamiento que los doctores crean que necesita —dijo el Tururú.

Los de negro y la trabajadora social algo comprendieron porque de inmediato voltearon a ver a la enfermera, quien sin mediar explicación le reiteró que ya no podían hacer nada por la paciente.

—Si no hay mayor alternativa, señorita Cuevas, comprendemos la situación y la decisión de la familia es que la señora María Benítez sea trasladada a un centro de rehabilitación.

Cuevas traducía cuando le convenía. Mantenía al tanto a los hombres vestidos de negro y éstos también le daban su opinión. Uno de ellos se limpiaba los lentes y el otro jugaba con su pañuelo. A petición de los hombres elegantes, Cuevas preguntó a don Martín si tenían tarjetas de residentes y éste sólo movió la cabeza indicando que no.

—¿Qué importancia tiene eso en estos casos? —preguntó el Tururú.

Cuevas hizo caso omiso a la pregunta del Tururú y continuó su interrogatorio: cómo habían entrado a Estados Unidos, desde cuándo vivían ahí, cuántos hijos tenían, cuántos de ellos trabajaban, cuánto ganaban…

—No conteste nada, don Martín —dijo categóricamente el Tururú, quien se estaba tomando muy en serio su papel—. Que nos explique ella qué tiene que ver si tenemos documentos para que la doña continúe recibiendo atención, que los doctores y enfermeras nos indiquen cuál es su papel.

Los de negro y la trabajadora social se limitaban a escuchar, aunque de repente se interesaban y pelaban los ojos. Estaban atentos a la traducción de la enfermera. Palabras, gestos y miradas fueron y vinieron entre los empleados del hospital. Como que ya todo lo tenían preparado, sólo era cuestión de que se diera el momento oportuno y éste se dio. Sin decir ni agua va, la enfermera le aventó la pedrada a la familia Benítez.

—Señores —dijo recargando sus manos sobre aquella mesa que parecía espejo—, escuchen bien: no hay forma de que sigamos dándole atención médica a la señora Benítez.

—¿Por qué? ¿Porque es indocumentada? —preguntó el Tururú.

—Los motivos son simples: en primer lugar, ya no está en nuestras manos que mejore; en segundo lugar, ustedes no tienen para pagar la cuenta; en tercero, efectivamente, siendo indocumentada no podemos darle más de lo que ya le hemos dado.

En ese momento los hombres vestidos de negro dibujaron medias sonrisas que el Tururú interpretó como burlas. El hígado le rechinaba y en un dos por tres ya encaraba a los encorbatados. Don Martín se vio obligado a intervenir y con un solo "Por favor, muchacho" alivió temporalmente el hígado podrido del Tururú.

—¿Y las alternativas que nos dieron al principio dónde están? De pronto ya no tenemos voz ni voto. ¿Para qué nos preguntan, si al fin de cuentas van a hacer lo que les venga en gana? —preguntó el Tururú encabronado.

Don Martín buscaba la forma de tranquilizarlo, temía que por su actitud fueran a tomar represalias contra su madre.

Los encorbatados repentinamente dejaron su postura educada. Waters y Rock acomodaron sus glúteos en aquellos sillones elegantes pero duros. Los Benítez no requirieron traducción para lo que escucharon:

—La señora Benítez tiene que irse.

Don Martín y su esposa no daban crédito a lo que les decían. El Tururú se aguantó pero deseaba mentarles la madre. Después de lo dicho, aquellos se levantaron dispuestos a abandonar la sala de juntas. Ya habían cumplido con su trabajo. ¿Tenían remordimientos? Sólo ellos lo saben. El Tururú tomó la palabra por última vez y en su jeta les dijo:

—Señores, déjenme decirles que nosotros no nos la llevamos. El caso está en sus manos ya que para nosotros sacarla del hospital es sentenciarla a muerte. No podemos asumir esa responsabilidad. ¿Quiénes somos para ello? Ustedes son los que deben tener las respuestas.

Ninguno de los presentes se sentó de nuevo. Paraditos le dijeron hasta lo que no. La señorita Cuevas continuó con la agresión:

—¡Siempre es lo mismo con ustedes los mojados! No tienen en qué caerse muertos, pero son tercos y no entienden, exigen como si fueran los dueños del lugar.

Los encorbatados seguían pelando los ojos. La trabajadora social ya se había largado.

A don Martín y su esposa ese último comentario les cayó como balde de agua helada. Les calaba que una latina los insultara, tenía que ser de la misma raza.

—Fuck you, esa! —le dijo el hijo, que de plano perdió la cordura.

Los gringos entendieron el mensaje perfectamente y de inmediato Waters se fue en busca de un guardia de seguridad. A su regreso ya no encontró al hijo de los Benítez, quien se había largado a toda prisa.

La señora Benítez lloraba. Su esposo la consolaba. De repente ambas partes se cansaron de los insultos.

—Don Martín —le dijo el Tururú—, es hora de irnos.

Se alejaron de la sala de juntas y recorrieron los pasillos en silencio. Cuando llegaron al cuarto de doña Ana María, ésta tenía una lágrima en la mejilla que fue perdiéndose paulatinamente en su rostro. Una lágrima en la mejilla... parece tema de canción, pero esta vez nadie podría descifrar qué significaba.

Los funcionarios del hospital agarraron otro rumbo. Waters y Rock llegaron a sus respectivas oficinas, llenas de papeles y expedientes. Se sentían importantes con sus secretarias que les preparaban el café y les pasaban una gran cantidad de documentos para firmar cada día. En sus plumas estaba el destino de muchas familias. Los Benítez no representaban para ellos ningún problema. Eran una bola de mojados que no sabían sus derechos ni sus reveses. Eran gente limitada a la que fácilmente se le podía intimidar. Bastaba con decirles que les echarían a la migra para que le bajaran al carácter. Sí, ellos no eran ningún problema, de los que había que cuidarse era de los güeros o de los afroamericanos, quizá incluso de los de otras nacionalidades, pero los latinos siempre han sido muy sumisos.

Waters y Rock estudiaban los expedientes de los pacientes. Los Williams, los Smiths y tantos otros aún estaban vigentes, pero los López, los Pérez o los Benítez se podían dar por concluidos, quién se los podía discutir.

No hubo segunda lágrima en el rostro de doña Ana María. Los Benítez ya ni lloraron, se mantuvieron rezando. El Tururú aprovechó la ocasión para pedirle al Creador perdón por todos sus pecados. Después del rosario, les dedicó un padre nuestro a mil santos y tantas otras vírgenes, para todos había una justificante.

En el parque San Fernando faltaban escasos nueve minutos para que el partido concluyera. La Onda ya perdía 2 a 1. La defensa del Atlas tiraba patadas por donde quiera. El portero se revolcaba mientras que su porra y la del San Fernando seguían con sus rezos, y bien que los necesitaban. Francisco, el Penny, Eduardo y hasta el Enterrador se encontraban en el área del equipo rival. El Pelón se preparaba para un tiro de esquina. Algunos del público lo apoyaban, pero otros lo insultaban, cosa que en ese momento a él le valía madres, simplemente se agarró de los tanates. La gente sólo se rió ante la ocurrencia del Pelón.

El centro se dio y el portero no pudo despejarlo, Francisco alcanzó a rozar el esférico con la frente mandándolo a las patas peludas del Enterrador, quien sin pensarlo dos veces tiró de puntazo incrustando el balón en el poste derecho. Aquello era la locura para el Enterrador, era el primer gol que metía en su vida y ya no sabía ni cómo festejarlo. Lo único que se le ocurrió fue correr como güey entre los aficionados, pero en un dos por tres entre porra y jugadores lo sepultaron. Se levantó como pudo para seguir en acción con la jeta llena de tierra.

Y efectivamente, la acción continuó. Como que el empate tranquilizó a la Onda Colorada. En menos de dos minutos, el Atlas tomó las riendas del partido y provocó acciones de peligro en la portería del Yes Yes, quien después de los dos goles que le habían metido estaba en plan grande. Los trallazos del equipo rival parecían tirititos, los detenía con gran facilidad. El que necesitó mucha tranquilidad fue el Pelón para no encabronarse después de recibir tremendo patadón por parte de un tal Albino, medio del equipo rival. Era algo inusual en el Pelón, quien se incorporó serenamente y mandó un pase profundo al Centavo, quien se corría por la banda derecha. El buen Penny corrió como si un perro rabioso lo persiguiera, nadie lo alcanzó y entrando a la altura del área grande, de volea incrustó el balón en el ángulo superior derecho. El portero se lanzó pelando los ojos como si hubiera visto a su suegra desnuda. Golazo. El Pelón se cobró el patadón y de un codazo le tumbó un diente a Albino. El abanderado lo vio pero se hizo pendejo y marcó el gol que fue festejado en grande. La gente comenzaba a tomarle cariño a la Onda Colorada.

Los chicharrones, tortas, paletas y elotes se acabaron. Cáscaras de limón con chile y envolturas quedaron tendidas en el suelo, igual que las ilusiones del Atlas que en las últimas acciones se limitó a buscar las piernas de los jugadores de la Onda Colorada. El árbitro pitó el final del partido y la Onda dio rienda suelta a su júbilo. Ya estaban en las semifinales.

Don Martín y su familia ya no tenían más santos para rezar. San Judas, San Martín de Porres y otros tantos ya estaban enterados y ellos se encargarían de decirle a Dios que les echara la mano. La veladora seguía encendida, y lo mismo podía decirse de la fe de la familia. El Tururú permaneció con ellos hasta bien entrada la noche y se despidió prometiendo regresar a la mañana siguiente. A don Martín se le veía preocupado. La señora no decía nada y el hijo seguía escondido, quién sabe dónde andaba. El Tururú se fue en el camión porque no tenía coche.

El que también estaba a punto de irse era el buen Clown. Saldría libre al día siguiente a las ocho de la mañana y contaba los minutos y los segundos al lado del buen Coras, a quien trataba de animar.

—No se me agüite, carnal. Ya verás que en unos cuantos días lo tuyo también tendrá solución. Es cuestión de que tengas paciencia.

—Paciencia la he tenido, mi buen —decía el Coras rascándose la cabeza—. Lo peor ya pasó, los primeros días fueron los más difíciles. Yo nunca había estado en estos desmadres. No me queda más que aguantarme y esperar a que todo tenga una buena solución. Jamás volveré a encontrarme en uno de estos lugares, de eso sí estoy seguro.

—That is good, vato.

—¿Y tú, carnal?

—No sé, chance sí, chance no. No te lo puedo asegurar. Dizque la vida te enseña pero uno no entiende bien la lección. Muchas veces he terminado aquí, justificado o no, ya soy cliente de la ley. Ya estoy marcado por la chota, de inmediato me cuestionan si algo pasa en el barrio.

—Ya hemos hablado de esas cosas. Déjate de mamadas y no les des motivos para que te vuelvan a encerrar.

El Clown se pasaba constantemente su peine negro sobre la cabellera. Ya ni un pelo tenía parado. Limpiaba a conciencia aquel instrumento que le permitía estar guapo. Sólo faltaba que le preguntara al espejito quién era el más hermoso de los que estaban en el calabozo.

—Gracias por los consejos, carnal. No te prometo nada, pero le voy a echar ganas —dijo.

Ya era hora de dormir y se despidió del Coras con el clásico choque de puños.

Al día siguiente, al Yes Yes lo despertaron los chillidos del Tomito, quien no había dejado de llorar en toda la madrugada, también al Tururú le cortaron el sueño los ronquidos de los que dormían en la sala, y al Coras su amigo el Clown que estaba ansioso por irse a la chingada.

El Yes Yes desayunó sus chilaquilitos y orgulloso se puso el uniforme del Carl's Jr. No le daba pena ponerse el gorrito. Eso sí, siempre lo llevaba muy limpiecito porque su mujer se lo lavaba y planchaba todos los días.

Ese día caminaba muy despacito por tantos chingadazos recibidos en el partido. Le dolían hasta las muelas, pero eso no le impedía echarle los kilos a la chamba. Las hamburguesas y las papas siempre estaban listas. Ya no sólo el "yes, yes" le salía con toda naturalidad, sino también había aprendido otras, qué caray. El "thank you very much" y el "next" ya eran pan comido.

Por su lado, el Tururú alivianaba a los compas ayudándoles a limpiar el departamento y a preparar los alimentos. En la semana que llevaba ahí no faltaba el desayuno. Todos los días a la misma hora los huevos ya estaban listos y a huevo se los comían los camaradas porque no había para más.

—Muérdanle al chile —les decía—, pa que agarre sabor.

Eso sí, el café nunca le salió bien, siempre se lo dejaban.

Allá en la cárcel, al Coras, quizá porque ya se iba, esa mañana el desayuno le supo más desabrido. El Clown se fue dejándole el peine de recuerdo.

—Ponte guapo, cabrón —le dijo—, para que cuando llegue tu abogado no te vea jodido.

De tanto ver cómo los negros levantaban pesas, el Coras decidió esa mañana ponerse mamado levantando pesas de cinco libras. Todavía no le había saltado ninguna vena cuando escuchó que en los parlantes decían su nombre:

—Ignacio Díaz, to the conference room.

Entendió lo de Díaz, pero lo otro no. Hasta cuatro veces lo anunciaron pero no entendía el mensaje hasta que uno de los afroamericanos que era en realidad cubano le tradujo. Lo malo es que salió lo mismo porque tampoco le entendió. Sabía que se trataba de él y buscó ayuda.

—Carnal —le dijo uno de los del barrio—, creo que tienes visita. Te esperan en la sala de conferencias.

—¿Quién será? —se preguntó el Coras—. Los cuates no vienen este día. ¿Será el abogado?

—Apúrale, carnal, antes de que se vaya —le dijeron.

El Coras agarró camino por donde le indicaron, se arremangó y recordando la recomendación del Clown, se dio una peinadita.

Llegó a la mentada sala y al no reconocer a nadie buscó la orientación de uno de los guardias, quien sin permitirle terminar su pregunta le dijo:

—Sit.

Por las señas, el Coras entendió que le decían que tomara asiento y así lo hizo. Estaba muy atento escuchando lo que no le importaba. Un trajeado dizque abogado casi casi le imploraba a su defendido que se declarara culpable.

—¡Que no soy culpable! —le gritaba el presunto criminal.

Aquello estaba lleno de trajeados y de uniformes naranjas. Era una lucha sin cuartel, los abogados buscaban persuadir a sus clientes de que lo mejor era decir que eran culpables. Algunos daban sus brazos a torcer y en cuestión de segundos decían "Sí, yo lo hice, ¿y qué?", sin embargo, otros nomás no. El Coras seguía muy atento a otras conversaciones cuando de pronto fue cuestionado con un acento en inglés medio raro.

—Mister Ignacio Díaz?

—Yes —dijo el Coras, quien no podía creer lo que sus ojos veían.

El que le llamaba por su nombre era un oriental.

—My name is David Chin —dijo—. I am your public defender.

—¿Mi qué?

—Do you speak english?

—No.

—Yo ser su abogadou de oficio y ser señor Chin.

—¡Ya me llevó la chingada! —dijo el Coras en voz alta.

—What? —preguntó el oriental.

—Nada —dijo el Coras acomodándose bien en su lugar.

Su abogado de oficio no medía más de 1.50, usaba lentes estilo John Lennon y cargaba como cincuenta expedientes en una caja de cartón. Eso sí, no podía faltar su traje y su corbata llena de arrugas y mal acomodada. Chin le reiteraba que era su abogado y el otro contestaba que no entendía nada.

—Que va a ser tu abogado, pendejo —le dijo un vato que se pasaba de educado.

El Coras se vio decente y hasta gracias le dio al ojete que de pendejo no lo bajaba. A pesar de todo, la comunicación se dio. Al abogado y a su defendido no les quedó de otra más que ponerse mucha atención.

—I am your attorney.

—Okey —dijo el Coras, que seguía aprendiendo inglés el condenado.

—Sign here —le indicaba entregándole una vieja pluma y unos papeles arrugados.

—¿Y qué firmo?

—Sign. Everything is okay.

—¡Achis! ¿Cómo está eso? ¿Me lo explica por favor?

—What? —decía el abogado.

—¡No entiendo!

—What?

Se dio un juego de palabras entre el "¿qué?" del Coras y el "what?" del abogado. Éste hasta se jalaba de los pelos. Aun cuando el Coras era medio menso, bien que se fijaba. Un oriental ya se lo había chingado y eso no volvería a suceder. El abogado fue en busca de un traductor y se agarró al primero que pasó a su lado. Era un vato del barrio que fue autorizado por el guardia para servir de traductor, el mismo que le había dicho pendejo al Coras. Ninguno bajaba la mirada, como si se estuvieran retando.

—Cálmala, ese —le advirtió el Coras—. Ya no me digas pendejo. Estoy que me lleva la chingada por estar encerrado tanto tiempo y no poder explicarle a este chino que yo no hice nada.

—No hay tos. Vamos a ver qué nos dice este camarada.

—Tell him I am his attorney!

—Dice que es tu abogado.

—Esa parte ya la entendí. ¡Lo que no sé es qué quiere que firme!

La traducción se hizo simultánea. El vato del barrio era mejor traductor que muchos de los que trabajan en la Corte y gracias a sus pequeños errores de traducción y apreciación se chingan a la raza. Para ellos una palabra mal traducida es sólo eso, un error, pero para el paisano puede ser la diferencia entre un año de cárcel o la vida.

—Dice el señor Chin que es tu declaración, y que si te das culpable está dispuesto a hablar con el fiscal para que la sentencia sea mínima.

—¿Y de qué me declaro culpable?

El vato se dio la tarea de leer aquellos papeles arrugados:

—Ignacio Díaz, defendant, versus State of California Plaintiff... "Daños a propiedad privada" y "asalto a mano armada".

En resumen, de eso se le acusaba.

—Oye, carnal, ¿y a poco todo el estado de California me está demandando por haberme madreado a un güey? ¡Pues si no era el gobernador! —dijo muy inquieto el Coras.

—No, carnal, son solamente términos legales —le contestó el vato.

El abogado ni siquiera ponía atención, estaba revisando otros documentos que llevaba en su caja.

—Pregúntale cuántos casos de paisanos ha representado.

—Dice que como cien.

—¿Y han sido favorables?

—Dice que sí, que todos han salido.

—¿Antes o después de haber purgado su sentencia?

El abogado ya no dijo nada. Su sonrisa lo decía todo. Lamentablemente, por no tener recursos para pagar a un abogado los paisanos se ven forzados a ser representados por lo que el Estado les proporcione, o más bien por lo que caiga.

Qué importa, si de todas formas serán encontrados culpables. Para unos, los abogados defensores son simplemente "negociadores de sentencias", mientras hay otros que piensan que son una bola de huevones que se van con la más fácil. Pero también hay quienes los quieren y los compadecen, ellos no tienen la culpa de no poder defender bien sus casos, son demasiados acusados para un solo abogado. No tienen la capacidad para realizar buenas investigaciones y terminan negociando el caso.

—No hay que hacer gastar al Estado o hacerlos enojar —aconsejan los abogados a sus clientes—, porque si te encuentran culpable te van a refundir en la cárcel.

Y por desgracia eso pasa. El cliente luego luego firma sus papeles negociando un arreglo, y quién no si lo intimidan así.

El caso del Coras no era la excepción. Lo más seguro era que el abogado buscaría que firmara, pero su cliente era necio y no entendía nada del negocio. Buscaba una explicación en el vato, quien entre su inteligencia y su ignorancia le recomendaba que firmara.

—Pregúntale cuánto tiempo cree que me pueden dar en el bote —decía el Coras.

—Dice que como un año, pero puede negociar para que te bajen uno de los cargos.

—¡Un año es mucho tiempo! La pura verdad, yo no maté a nadie.

—Dice que firmes y ya verá qué hace.

—¿Y tú qué me recomiendas? Tienes más experiencia… Bueno, por lo menos pregúntale cuál de los cargos me quitarían —pidió el Coras cada vez más resignado por su situación.

—Dice que te quitarían los cargos de daño a propiedad ajena y te quedaría el cargo de daños a los huevos.

El Coras firmó y el abogado sonrió agregando que ya llevaba veinte casos cerrados ese día.

Se había hecho justicia. El criminal se había declarado culpable. Para el día siguiente se le dictaría sentencia. El Coras se quedó pensativo mientras el abogado se paraba a gritar otro nombre.

—¡Francisco Vergas! —dijo.

Los que entendieron, y fueron muchos, no se pudieron aguantar las carcajadas al percatarse de que el abogado se había equivocado al pronunciar una de las letras del apellido.

El Coras agradeció al vato por su ayuda y el carcelero le recordó que ya era hora de regresar. Al poco rato ya estaba pujando al levantar pesas de cinco libras. Su físico no daba para más.

Cerca de ahí, el Tururú llegó al hospital sudando la gota gorda pues al camión se le había descompuesto el aire acondicionado. Buscó la sombra de un árbol frondoso, quería quitarse lo sudoroso y lo logró después de chico rato, mas los olores se habían concentrado y estaba un poco apestoso. Él se daba perfectamente cuenta de eso. Los que estaban por ahí fumando un cigarro no le dijeron nada, pero a puras señas se lo hicieron saber.

A lo lejos vio venir a los Benítez. Su paso era lento, la mirada estaba caída. Ese día el cabello de don Martín se veía más blanco y su esposa había dado vida a nuevas arrugas. El hijo no fue, tenía miedo de que lo fueran a arrestar. El Tururú los encontró a medio camino y entraron al hospital sin problemas. Ya se sabían el camino a la habitación, pero qué sorpresa se llevaron: la cama A del cuarto 678 estaba vacía.

A don Martín se le cayó la veladora y su mujer no pudo contener el llanto. El Tururú buscó ayudarles, don Martín se tocaba el pecho y su mujer ya casi estaba en el suelo. Por sus mentes probablemente pasaba lo peor.

Dos enfermeras, una negra con trescientas libras encima y una latina que tampoco cantaba mal las rancheras fueron las primeras que buscaron darles auxilio.

A la esposa de don Martín la colocaron en la cama donde antes estaba su suegra, y a su viejo no hubo de otra más que atenderlo en el suelo. Los doctores llegaron a tiempo junto con una trabajadora social. Al Tururú se le hizo familiar la cara de esta última y después del ajetreo la reconoció de volada, era la misma que se había hecho cargo de doña Ana María.

—¿Qué pasa? —preguntó la mujer en perfecto español.

—¿No que no hablaba español? —la encaró el Tururú sin contestarle.

—¿Eso qué importa ahora? —dijo ella.

—Por su culpa y la de sus jefes es que está pasando todo esto.

Ambos seguían discutiendo mientras los doctores reanimaban al matrimonio Benítez.

—¿Y qué ha pasado? —preguntó la trabajadora social, quien para entonces ya tenía a su lado a un chicano medio fortachón que era el guardia de seguridad.

—¿Dónde está la señora Benítez? —preguntó el Tururú.

—Fue trasladada a un centro de convalecencia aquí por el este de Los Ángeles. Ahí se continuará su terapia o el tratamiento que se le pueda dar.

—¿Entonces no murió? —preguntó el Tururú todo sacado de onda.

—Claro que no —contestó la mujer a la que ya habían tachado de mala.

Por la mente del Tururú pasaron tantas cosas con respecto a ella… y no eran precisamente bellas. La dejó con la palabra en la boca y se fue de volada a ver a don Martín, a quien la enfermera negra trataba por todos los medios de hacer entender que su madre no había fallecido.

—Your mother no die! No die!

El viejo como que sonreía y el Tururú le confirmó la noticia.

—¡Don Martín! Su madre no ha muerto.

—¿No me mienten? —preguntó el viejo.

—¡No!

Se dieron un fuerte abrazo. El Tururú besó la frente del viejo, quien agradeció el gesto y lo acompañó a buscar a su esposa. Ésta reposaba tranquila y pidió que la quitaran de ahí pues se sentía rara. La enfermera Cuevas entró en la habitación y ante la sorpresa de todos les dijo:

—¡Se salieron con la suya!

Su tono era sarcástico. Como cuchillito de palo, chingaba suavecito.

—Pues ya ve que así fue —contestó el Tururú en el mismo tono—. ¿Y qué? ¿No piensa llamar a Migración?

—Si por mí fuera ya lo hubiera hecho. Todo se lo deben a aquella que está allá afuera —dijo señalando con el dedo a la trabajadora social—. Ella fue la que se opuso a que se llevaran a la paciente.

El Tururú solamente se rascó la barbilla. Le causaba remordimiento pensar en la forma tan grosera en que se había comportado con esa mujer. De mala gana, la señorita Cuevas les entregó la dirección del centro de convalecencia cuyo nombre era La Casa Verde. Decían las malas lenguas que ahí a los pacientes se les trataba con marihuana. Al poco rato, salieron los tres del cuarto. Los Benítez iban por delante y el Tururú les dijo que los alcanzaría, que buscaría a la trabajadora social para darle las gracias. La buscó por la sección y hasta preguntó por su nombre. Qué coincidencia, nadie supo dárselo. Quizá el Tururú no merecía mejor trato. Había juzgado mal a esa mujer que ayudó para que doña Ana María continuara en tratamiento. Alcanzó a los viejos que ya lo estaban esperando debajo del árbol frondoso.

Los fumadores entraban y salían. Eran los mismos de la mañana. ¿Seguirían enfermos sus parientes?

—¿Nos acompaña? —preguntó don Martín al Tururú, quien todavía andaba aturdido por las noticias.

—¡Claro! —dijo.

Los tres se subieron a la vieja camioneta. Eran las tres de la tarde y ya hasta las tripas veían bizco. El Tururú invitó a comer y los viejos aceptaron. El bolsillo no dio para más y terminaron comiendo cada uno dos tacos del King Taco y ya no alcanzó para las aguas de horchata. Aún con el sabor del cilantro en la boca se trasladaron a La Casa Verde. Apropiado el nombre, de verdad. Había muchos matorrales y plantas. Mentiría si dijera que todas eran verdes porque la mayoría ya estaban descoloridas. Se apreciaba un gran descuido en la casa, la cual efectivamente estaba pintada de verde.

Tocaron un timbre viejo y gastado que al parecer no servía pues no los atendían. El Tururú le dio duro a la puerta con el puño cerrado hasta que una mujer de unos 60 años se molestó en abrirles.

—Buenas tardes —les dijo.

—Buenas tardes —contestaron en coro.

—¿Les puedo ayudar en algo? —preguntó la dama, quien por coincidencia estaba vestida de verde y llevaba en la mano un pañal que acababa de cambiar, no era difícil saberlo, los olores así lo indicaban.

—¿Podemos ver a la señora Benítez?

—Claro —les contestó invitándolos a pasar.

Los olores de la casa eran peculiares. Era difícil describir de qué se trataba pues era una mezcla de pañales sucios, comida quemada, medicamentos y un perro al que de seguro nunca habían bañado.

Estuvieron de pie un buen rato. Se les había invitado a pasar, pero de sentarse nada. Cuando finalmente les dijeron que tomaran asiento prefirieron mantenerse parados. Junto al televisor estaba un grupo de ancianos, tres para ser más específicos, recostados como costal de papas, sin movimiento alguno. Parecían momias y uno de ellos hasta babeaba. Otra mujer salió a conversar con ellos y pudieron percatarse de que en el lugar había un perro que tranquilamente hacía sus necesidades en la cocina.

—Síganme —les dijo—. Disculpen el tiradero que tenemos hoy, pero hemos tenido mucho trabajo. Los pacientes nos traen como locas.

La casa era grande. Pasaron por varias recámaras, todas ellas oscuras. El olor a medicamentos se agudizaba. El olor a enfermo penetraba las fosas nasales. La esposa de don Martín quería vomitar. Su marido se pudo aguantar y el Tururú ya mejor ni respiraba. Qué susto se llevaron los tres cuando de pronto escucharon como si hubieran aplastado una cucaracha, pero no, habían sido dos de tamaño caguama.

La mujer de verde seguía platicando. En el trayecto escucharon gemidos y les dio miedo. Al final del pasillo les esperaba un cuarto de tamaño reducido, tenía dos camas, una vacía y otra ocupada.

—Pasen, por favor —les dijo la mujer de verde.

Los ojos llorosos de don Martín le mojaban el alma. Su mujer ya no decía nada. No vieron por ningún lado sus veladoras ni la imagen de la Virgen María. Buscaron por todas partes y encontraron debajo de la cama una caja de cartón con las pertenencias de la anciana, entre ellas el escapulario que de inmediato don Martín le acomodó en el cuello.

—Por eso es que aún no te has aliviado, mi viejita —le susurró al oído.

La fe y esperanza de don Martín le hicieron ver una pequeña sonrisa en el rostro de su madre, pero sólo fue una ilusión, la anciana seguía sin movimiento alguno.

Qué descuidada la tenían en ese lugar. Su cabello estaba completamente blanco y despeinado. Su cara parecía estar sucia. Don Martín le limpió el rostro excepto algunas manchas que jamás hubiera podido quitar pues eran las huellas del tiempo. Con sus dedos le arregló el pelo y en un dos por tres había quedado hermosa.

Don Martín seguía pintando invierno en el cabello. El Tururú sólo observaba aquel sufrimiento. Como siempre, el viejo tomó la mano de su madre y empezó a platicarle todo lo que harían cuando la dieran de alta. Seguían viviendo con la ilusión de verla nuevamente sana.

El Tururú no aguantó más aquellas escenas ni aquel lugar tan deprimente. Las sábanas de la cama estaban sucias, las ventanas cerradas y las cortinas moradas le daban a la habitación un aspecto fúnebre. Le pidió a don Martín las llaves de la camioneta y salió de ahí. En su camino vio que el perro seguía haciendo sus necesidades, los gemidos continuaban, los ancianos permanecían recostados sin movimiento alguno y las trabajadoras sociales estaban como si nada.

Salió de aquel cementerio de vivos. De seguro los enfermos eran llevados ahí para que ya no estorbaran en los hospitales, para que ya no dieran lata. Probablemente estaban desahuciados, ya la muerte los esperaba, no había nada que hacer por ellos. Esa "casa" verde sería su última morada. Quién sabe cuánto tiempo de vida les quedaba.

Al salir de ahí, el Tururú respiró profundo. Lo necesitaba. Tomó rumbo sin fijarse en el acelerador, pero gracias a sus reflejos pudo evitar el choque en dos ocasiones. Iba a veinte, treinta y hasta cuarenta millas por hora en aquellas calles del este de Los Ángeles. El elotero mejor se aventó al suelo para que no se lo llevaran. El paletero hizo lo mismo y se olvidó de cobrarle a sus clientes la lana. Los transeúntes pensaban que se trataba de un loco, hasta los perros dejaron de ladrar y muy mancitos regresaron a las casas de sus amos.

Suertudo el Tururú, ningún policía lo detuvo. En quince minutos llegó a su destino y en pocos más estaba en el sexto piso. Al llegar no dijo absolutamente nada. Todas las madres las traía en mente. Estaba decidido a todo y al llegar a la recepción descargó su puño en el escritorio que tenía enfrente exigiendo hablar con la enfermera Cuevas, a la que negaron en todo momento. Aguantó parado ahí unos cuantos minutos y al ver que sus esfuerzos eran en vano se alejó como había llegado.

Sin embargo, no se dio por vencido y en cuestión de segundos ya estaba en la oficina de uno de los administradores del hospital. Tenía agallas el Tururú, en esos momentos todo le valía madres.

Mister Waters fue el que tuvo que aguantar los gritos e impertinencias del Tururú, quien había burlado la vigilancia de la secretaria aprovechando que ésta se encontraba en el baño, probablemente pujando.

—¡Aquí no curan, matan, cabrones! —decía el Tururú enfurecido—. Aquí el pecado es ser jodido y mojado, pero aprovechen mientras puedan, sigan jugando a Dios y maten a quienes ustedes quieran…

Waters no dijo nada. Estaba perplejo, o mejor dicho, pendejo. Quizá no entendía, pero no eran necesarias las explicaciones, la rabia no requiere traducción. El Tururú parecía perro rabioso, pero al terminar su letanía se alejó más tranquilo.

—Mister Waters, ¿quiere que llame a seguridad? —preguntó la secretaria todavía con cara de que algo traía atorado.

Waters no quiso y le pidió que se retirara. ¿Por qué lo haría? ¿Tendría razón el paisano alebrestado? Pudo haberlo encarado, pudo haberle gritado "¡Largo!", "¡Fuera de aquí!", "¡Llamen a seguridad!", "¡Voy a llamar a Migración!", "No tienen para pagar pero son los más exigentes!"… Sí, pudo haber hecho eso y más, pero no lo hizo. Su secretaria se retiró y él se quedó solo sumergido en sus pensamientos. Lo más curioso es que no estaba enojado con el intruso. Su silencio se vio interrumpido por la trabajadora social.

—Es terco y nada dejado ese mexicanito, ¿verdad? —dijo la mujer.

—Así es —dijo Waters—. Sus palabras me sorprenden y ofenden, pero creo que tiene algo de razón. Nosotros cumplimos con un trabajo, protegemos el dinero del hospital como si fuera nuestro. Nos metemos tanto en esto que nos olvidamos del trato humano. ¡Tiene razón el mojado! A veces nos sentimos hasta dioses, nos gusta pensar que la gente depende de nosotros y que la tenemos en nuestras manos. Pero tiene razón el mojado, un día de estos nos van a dar en la madre, de verdad. Ese mojado terco tiene razón.

Waters observó su traje y su apariencia impecables. ¿Y por dentro?, pensó, quién sabe.

—Terco no —dijo la trabajadora social—. Luchador, y nada dejado. Lo que sucede es que estamos acostumbrados a tratar con el mexicanito sumiso, tonto e ignorante, que a todo nos dice que sí. Así los vemos y así los tratamos, pero cuando sale uno que no se deja, no sabemos cómo tratarlo. Bueno, sí sabemos, queremos de inmediato mandarlo arrestar. Este mexicanito sí que nos salió medio bravo, pero ojalá hubiera más de éstos, ¿verdad, mister Waters?

—No, señorita Silvia —contestó Waters con media sonrisa en la cara—. Ni lo diga, si con uno no podemos…

El Tururú volvió con los suyos y los esperó fuera de la casa. Qué feo estaba el rumbo. La casa era de las más nuevas, y eso que era de los años sesenta. Estaba anclada en la cima de la colina y desde ahí se veía perfectamente qué tan grande era el barrio de nuestra gente. En menos de media hora comprendió a medias los rumores. Efectivamente, se vendía marihuana en la casa de enfrente.

Aguardó con paciencia contemplando a unos niños que jugaban alegremente. Y claro que se daban cuenta de lo que pasaba en la casa de enfrente. A su corta edad, jugaban a alguaciles y ladrones. ¡Qué ironía de la vida! Quizá en algunos años el juego sería de verdad.

Don Martín y su esposa salieron como a las dos horas, todos cabizbajos, tristes y sin ganas de hablar. El don seguía pintando canas y a la cara de la dama ya no le cabía una arruga más. El Tururú respetó su dolor e impotencia. Les abrió la puerta de la camioneta y los trasladó a su hogar, un hogar embargado por la tristeza. Los nietos ya no veían a su abuela.

—¿Cómo está? —preguntaban los más inocentes mientras los más grandes se aguantaban las ganas de llorar.

—Sigue igual —contestaba don Martín.

Las imágenes de la Virgen María y de la Virgen de Guadalupe tenían más veladoras que el día anterior. Eran como veinte. Los vecinos demostraban así su apoyo.

Hubo cena esa noche, los chamacos no perdonaban. El Tururú fue invitado de honor, ya lo veían como de casa y por primera vez no se sintió un intruso. La sopa de fideo y una carne en chile verde fueron el menú. Entre

"Pásame otra tortilla", "Quiero más sopa", "Siéntate bien" y "No jueguen en la mesa" transcurrió la plática.

Mantenían encendida la televisión, sobre todo para ver las noticias. El tema del Invasor Nocturno seguía, dizque tenía pacto con el diablo. Los que ayudaron a su captura recibieron la llave de la ciudad y se discutía a quién le darían la recompensa. En los deportes el tema era la Selección Mexicana de futbol. Por haberle ganado a Perú uno a cero ya nos hacían campeones del mundo. Lo de Hugo Sánchez estaba de moda. Seguía dando sus marometas allá por la madre patria.

Cuando las ollas y cazuelas quedaron vacías y la tortilla ya estaba en la panza, don Martín mandó a los más chicos a descansar y su esposa se puso a limpiar la cocina. Sin dejar de contemplar aquellas veladoras encendidas, el viejo le preguntó a su visita:

—¿Qué vamos a hacer, muchacho?

—Quisiera tener la respuesta, pero no sé qué decir, don Martín.

—¿Qué le parece el lugar donde la tienen?

—Nadie merece estar ahí. Parece un lugar para esperar la muerte, una muerte solitaria, vacía. Uno muere rodeado de gente que no lo quiere, que está ahí porque recibe su lana. ¿Realmente les importará que el paciente se tome su medicamento, que se haya orinado en la ropa, que no duerma, que no coma? ¿Les preocupará que todo el día se la pasen quejándose? Lamentablemente, don Martín, quienes los atienden también tienen sus propias necesidades y para satisfacerlas necesitan un salario. Es muy seguro que estén ahí por eso, no por convicción, sino por necesidad económica.

—¿Entonces qué vamos a hacer?

—¿Por qué no mejor se la trae a casa? Le puedo asegurar que la doña estará mejor aquí que en la verde.

—¿Pero qué sabemos nosotros de atención médica?

—¡Eso es lo de menos! —gritó la mujer de don Martín desde la cocina—. Lo que ella requiere es amor, besos, cariño, que le platiquen, que la hagan sentir con vida, no tenerla en el olvido entre cuatro paredes que por más finas o elegantes también asfixian.

—Su mujer tiene razón, don Martín —dijo el Tururú—, y lo que sobra en esta casa es cariño y comprensión. Lo de la atención podemos arreglarlo con el hospital, pedirles que nos indiquen desde cómo poner el suero hasta cómo cambiar un pañal.

—Se van a negar —dijo don Martín—. Ya sabe cómo tratan a la gente que no tiene papeles. Nosotros lo estamos viviendo en carne propia. De seguro nos van a decir que no y que nos las arreglemos como podamos.

—¡Eso sí que no! —contestó firmemente el Tururú—. Después de lo que sucedió hoy, creo que algo podemos lograr. Además, mire cuánto apoyo tenemos —y señaló la cantidad de veladoras que se encontraban encendidas.

Don Martín observó largamente las imágenes de ambas vírgenes. Sintió que le sonreían y se sintió lleno de fe y esperanza.

—¡De acuerdo! —dijo—. ¡Nos la traemos!

Del tema no se dijo nada más. Ambos salieron a tomar el fresco. Era una noche hermosa. Había luna llena. El viejo sacó un billete de a dólar y pidió un deseo. No pidió por su madre, sabía que ya muchos lo estaban haciendo. Sus hermanas de México le habían dicho que hasta misas habían pedido, y déjenme decirles que cuando en el terre se reza, se hace en serio. Don Martín pidió que nadie pasara por los momentos que él estaba viviendo.

El Tururú volvió a dormir en la sala. Él tendría que vivir con su cobija y almohada a la espalda.

Al día siguiente, a menos de una semana del día más importante para los mexicanos, el día del grito de la Independencia, el Coras, el Tururú y el Yes Yes estaban a punto de dar su propio grito, cada uno por su cuenta, a su tono y por su motivo.

Eran aproximadamente las seis de la mañana y el Coras fue el primero en ser levantado. Su amigo de la celda de al lado se encargó de hacerlo. El baño con agua helada le valió madres, simplemente apretó los dientes. El desayuno le supo rico, no importaba que fuera del día anterior. Ése sería su día. Ya era tiempo de que le informaran lo que sucedería con él. Por un par de huevos ya casi cumplía dos semanas de encierro. Conoció vida y obra de los "inocentes" y supo de la vida en la celda, lugar frío en el que hasta el más hombre llora y el más valiente se arruga. Aunque se hagan los fuertes, en su soledad mojan sus almohadas. Vamos, hasta levantó pesas. Observó sus brazos y se dio cuenta de que le había brotado una que otra vena... Buena noticia, ya estaba mamado.

El Coras se veía muy guapo, hasta se puso perfume que pidió prestado.

—No te ves nada mal —se dijo al observarse en la taza del baño.

Hasta el uniforme naranja se le veía bien. Ya solamente esperaba para que le llamaran y fuera llevado a la Corte.

El Tururu se levantó igual de temprano. Los hijos de don Martín se encargaron de que pelara lo ojos. Esperó un buen rato para bañarse pero sus olores no se fueron ya que se puso la misma ropa, bueno, hasta el miso calzón. Pero qué importaba, también para él ese día tenía que ser especial. Se harían los arreglos para que doña Ana María regresara a su casa y estuviera con los suyos. Pronto aquella mujer recibiría lo que le había faltado en los últimos días: cariño. Para las nueve de la mañana, después de que le dieron su chocolatito con una concha, estaba listo para acompañar a la pareja Benítez a La Casa Verde.

El Yes Yes, por su lado, se había levantado muy temprano. Después de tranquilizar al Yesito que se había despertado llorando y de darle la mamila al Tomito, se fue directito al baño. Entonó algunas canciones de la Tropa Loca, *Un sueño* para ser más específicos. Su mujer que se le enoja y le preguntó que con quién había soñado.

—Contigo, mi amor —le contestó sabiendo que cuando se enojaba no había nadie que la pudiera aguantar.

Después de desayunar sus no-palitos —por cierto, su mujer ya estaba cansada de eso—, se puso galán con su uniforme naranja con amarillo de la compañía Carl's Jr. Ese día el Yes Yes se estrenaría de cocinero.

—Hoy empieza una nueva faceta en mi vida —le dijo al Tomito.

Tomito no le entendió y se puso a llorar ya que tenía sucio el pañal. Eran las 8:30 de la mañana y tomó rumbo a la chamba.

—Macario Lucas, Francisco Romero, William Smith, David Tracy e Ignacio Díaz pasen a la sala de recepciones —se escuchó por los altoparlantes.

El Coras, que estaba muy atento, se fue de volada.

—¡Suerte! —le decían quienes le conocían.

—Good luck, man! —le gritó hasta un afroamericano.

Apresurando el paso, fue el primero en llegar a la sala. Poco a poco fueron llegando los demás criminales, el que había matado a su esposa, el que había golpeado a su madre, el vendedor de coca o "rock", como le decían ahí adentro, pero el violador de niños era el más visto.

Increíblemente, el Coras se encontraba con esos cuates, y todo por golpearle los huevos a un oriental. Los oficiales, que siempre tienen cara de enojados, religiosamente les pidieron a cada uno que abrieran las patas, pero no para lo que ustedes están pensando, sino para ponerles las esposas. Las manos también se las ataron bien fuerte. En unos cuantos minutos fueron puestos en el autobús de color negro y blanco que decía "Sheriff Department", y aunque usted no lo crea, estaba en mejor condición que muchos urbanos de nuestros pueblos.

—¡Silencio! —gritó un oficial acariciándose la pistola, como diciendo "Yo soy el que manda aquí, cabrones".

Todos hicieron caso. Requerían del silencio para disfrutar por primera vez en mucho tiempo las calles de la ciudad, que aunque estuvieran plagadas de grafiti y llenas de desamparados se les hacían hermosas.

Pasaron por la calle Olvera y el Coras suspiró. El autobús se vio obligado a detenerse y eso le permitió disfrutar un poco más de aquel momento. Observaba cómo la gente se desayunaba un rico tamal en el puesto del Tío Pepe.

—Aquí voy a venir uno de estos días —se dijo.

El autobús llegó a su destino y entró al estacionamiento de la Corte del Condado de Los Ángeles. Los criminales fueron puestos en dos filas, casi agarraditos de la mano –¿pues no que muy machitos?–, y los condujeron a una sala adyacente a la Corte. Se les indicó que permanecieran sentados.

Los inculpados eran llamados como en los concursos de belleza, de uno en uno. Se notaba quién tenía experiencia porque eran los que estaban muy tranquilos. Los primerizos, en cambio, argumentaban que les dolía hasta la panza. El dolor del Coras fue muy breve, pronto escuchó cómo gritaban su nombre.

–Apúrale y levántate que ahí viene el guardia –le dijeron.

Estaba fortachón el oficial que lo condujo a la sala en donde se celebraría el juicio, la cual era elegante de verdad, muebles de madera tallados y piso de igual material.

Todo estaba rechinando de limpio y seguramente el encargado del mantenimiento era algún paisano indocumentado al que le pagaban por debajo del mínimo. Había doce asientos asignados para el jurado y dos mesas tipo escritorio, una para el abogado acusador y la otra para el abogado defensor.

Ya estaban presentes en la sala los principales protagonistas, dos oficiales de la oficina del sheriff que se picaban los dientes pues un pedazo de hamburguesa se les había quedado atorado, y dos damitas anglosajonas, una que tomaría los juramentos y la que escribiría todo en su maquinita eléctrica. Esta última lo escribiría todo, hasta cuando se echaran una pluma, o sea un pedo.

–¿Cómo se escribe? –preguntaría.

Los conocedores de leyes también estaban presentes. El abogado Chin, el que presentaría la defensa, platicaba felizmente con quien sería su rival, mejor conocido como el fiscal. Eran buenos cuates de verdad, pareciera que jugaban con el destino de sus clientes.

–Quítale dos cargos a este fulano y yo te retiro los del otro que tenemos pendiente –se dirían.

Hasta echaban volados.

Qué ironía de la vida, el defensor del Coras era oriental y un abogado de apellido hispano, Espejel para ser más precisos, era el fiscal que buscaría por todos los medios mandarlo al bote.

El show, perdón, el juicio, estaba a punto de iniciar, sólo faltaba la protagonista principal. Uno de los oficiales del Departamento del Sheriff despertó a unos y otros al anunciar a pulmón abierto:

–Todos de pie, la honorable juez Blanca Sullivan presidirá la sesión en la honorable Corte del Condado de Los Ángeles.

Todo el mundo se paró inmediatamente, incluyendo a los fisgones que se encontraban presentes para apoyar a sus familiares.

La juez, una gringuita con algunos años encima, hacía su entrada triunfal caminando muy lento por no tener visión más allá del rostro. Esos lentes de fondo de botella la hacían ver más vieja, pero también más intelectual. Con todo y su corta estatura, sería la indicada para dar las instrucciones.

—Por favor tomen asiento —dijo a los presentes.

Imponía respeto la dama, a sus espaldas había un gran escudo que decía "Aquí se hace justicia", y a sus costados tenía dos banderas, la del oso y la de las estrellas.

La juez tomó su martillo de palo y dio el primer aviso:

—La traductora presentará su juramento.

Los ahí presentes, en su mayoría hombres, abrieron bien los ojos y la boca ya que se trataba de un verdadero bombón de chocolate. Estaba como quería la chamaca, nada le dolía a la pobrecita, medía como 1.70 de estatura, tenía piel morena, grandes curvas desde los pies hasta la cabeza y el escote de su vestido permitía que por lo menos se le vieran los tostones.

La chica juró y los babosos suspiraron. El Coras fue el afortunado ya que al terminar se fue derechito a su lado. A continuación, tanto la víctima como el agresor hicieron lo mismo, levantaron el brazo derecho y dieron su juramento.

—Señores, ¿qué asunto tenemos hoy? —preguntó la juez.

—Su señoría, al señor Ignacio Díaz se le presentaron los cargos de daños a propiedad ajena y asalto a mano armada. He tenido la oportunidad de hablar con Chin, abogado de la defensa, y llegamos a la conclusión de que el Estado está dispuesto a retirar uno de los cargos si el señor Díaz se declarara culpable del cargo de asalto a mano armada —dijo Espejel, quien vestía impecable con un traje azul marino muy chingón y una corbata de seda.

Era joven el vato, no pasaba de los cuarenta años.

—Y usted, señor Chin, dígame, ¿cuál es la decisión de su cliente?

—Estamos de acuerdo, juez. Mi cliente está consciente de lo que pasa y me ha indicado su conformidad con el arreglo.

La apariencia física de Chin era totalmente contraria a la de Espejel. Llevaba un saco que no combinaba con el pantalón y de la corbata mejor no hablar. Aun cuando su pelo era lacio, tenía algunos gallos parados.

La juez se retiró aquellos lentes y se rascó la cabeza.

—¿Así de fácil? —preguntó.

—Así es —contestaron los abogados.

El más feliz de todos era el Coras. Olía el rico perfume de la intérprete y le veía las chichis cada vez que ésta le susurraba la traducción al oído.

—Que dure mucho el juicio —decía en voz baja.

Los cánones de la justicia indicaban que antes de dictarse sentencia, tanto la víctima como el agresor tenían derecho a dirigir unas palabras a la juez.

El oriental ofendido hizo caso omiso a su abogado que le decía que aún no era su momento de hablar y le dijo a la juez:

—Yo solamente deseo que en el momento en que su señoría tome una decisión, considere los daños y gastos en los que he incurrido debido al incidente con el tipo que tengo aquí a mi lado.

El Coras estaba tan feliz que ni caso hacía... Él seguía viendo chichis.

—¿Me puede decir cuáles fueron esos gastos? —inquirió la juez.

El oriental seguía pendejeando y no hacía caso a su representante legal, quien sólo movía la cabeza desaprobando lo que estaba sucediendo. Sacó las fotos que había tomado con una cámara que le mandó su primo desde el Japón, de ésas que con tronar los dedos ya están listas, y manifestó:

—Como podrá usted observar, ésta es la puerta de mi casa que muestra los daños que le causaron al darle de patadas.

La juez se esforzaba por ver la evidencia. Se ponía y se quitaba los lentes y no encontraba nada. La puerta se veía en perfectas condiciones.

—¿Y qué más tiene que decir? —preguntó.

La traductora seguía haciendo su trabajo pero al Coras parecía no importarle. De tanto ver chichis ya estaba bizco. El oriental también sacó recibos de los gastos médicos que realizó al tratarse los tanates: ¡trescientos dólares!

—Oiga, ¿pues qué le hicieron? —preguntó la juez.

—Mi educación no me permite decirlo —contestó el oriental.

—Usted olvídese de su educación y dígame en qué gasto tanto dinero.

—Me los sobaron —dijo el oriental muy apenado.

—¿Le cobraron por tiempo o por el tamaño? —cuestionó la juez.

Y todo el mundo soltó la carcajada, incluyendo a la juez. Por andarse riendo, la traductora dejó de hacer su trabajo y el Coras le preguntó qué estaba pasando. Aquello se estaba convirtiendo en un verdadero desmadre. Hasta los fisgones se reían de lo que estaban escuchando.

—¡Yo te los sobo por cien! —se escuchó decir a una argüendera.

—¡Basta! —gritó la juez que volvió a tomar su martillo de palo y le dio con ganas.

El Coras volvió a lo suyo, la traductora a susurrarle al oído y los demás a cumplir con su trabajo como Dios manda.

—¿Y qué es lo que pide, amigo de los huevos de oro? —le preguntó la juez al oriental.

—Lo que usted crea que es justo, que se me compense y entreguen a este individuo a Migración para que lo deporten a su país de origen.

—¿Alguna otra cosita? —inquirió la juez con sarcasmo.

—No, su señoría, es todo.

La juez tomaba notas e interrumpió al Coras en su diversión.

—¿Ya acabó? —le preguntó.

El Coras simplemente se rió y se limpió las babas.

–¿Qué nos puede decir en su defensa?

–¿Yo? –preguntó el Coras.

–¿Está conforme o no con lo que se está diciendo?

El Coras y la intérprete se trasladaron hasta donde se encontraba el micrófono.

–Bueno, bueno… Probando… –dijo el Coras mientras observaba a su abogado.

Luego vio a la víctima y le dio un resto de coraje. Recordó todo lo que estaba viviendo por aquel hijo de su madre.

–Tengo miedo de decir algo que me afecte. Realmente los pobres, los jodidos, nunca somos escuchados, pareciera que habláramos otro idioma, pero ya que usted me lo permite, le puedo asegurar que nunca tuve intención de lastimar aquí al señor, simplemente me ofusqué porque se quiso pasar de… listo. Además, qué me gano con hablar, quién me va a quitar el tiempo que ya llevo dentro. Pido disculpas si ofendo a la Corte, pero esto es una burla. Los abogados se burlan de nosotros, nos amenazan y nos intimidan. Terminamos firmando lo que a ellos les da la gana.

–¿Seguro que no quiere decir nada? –preguntó la juez en forma simpática.

El Coras se dio cuenta de que ya se le había pasado la lengua, pero ya que había empezado no habría quien lo parara. Pasándose los dedos entre los cabellos y arreglándose el cuello del uniforme, continuó:

–Como le decía, nunca hubo intención de lastimar al señor. Nos contrató para podar unos árboles en su casa, un compañero se cayó del techo y se partió la cabeza. Corrimos a pedir ayuda, tocamos la puerta del amigo aquí presente, éste tardó en salir y cuando lo hizo nos pidió que nos lárgaramos. Nos trataba como basura humana. Él y sus cuates nos dijeron hasta de lo que nos íbamos a morir.

Todo el mundo estaba pendiente de lo que el Coras manifestaba. Espejel sabía que el paisano tenía razón. Los fisgones por poco y se levantan de rabia, también ellos querían madrearse al oriental.

–Prosiga –dijo la juez.

–Pues nada, los vecinos llamaron a la policía y pues que le doy en los bajos aquí al señor Bruce Lee. Uno de sus cuates también me dio un descontón, pero los que deben poner el orden no me hicieron caso. Para ellos yo estaba borracho y por poco mato a un cristiano. Lo demás creo que usted se lo puede imaginar, llevo casi dos semanas detenido, privado de mi libertad. Tan jodido estoy económicamente que no he podido pagar la fianza que me pusieron. Y luego, mi abogado, al que sólo en una ocasión pude ver y con quien a medias hablamos y a medias nos entendemos, me pide la negociación y me dice que hasta un año me pueden dar si no firmo.

Que no hay que hacer enojar a la justicia, dice. Me espanta pensar que me puedan dar un año, no tuve otro remedio. Mi abogado se fue muy contento ese día, probablemente a buscar más negociaciones y chingándose a más paisanos…

—¿Cómo se traduce eso? —preguntó la traductora.

—Fuckeandonos —le susurró al oído el Coras antes de continuar—. Su señoría, yo le pido justicia. Si me encuentra culpable, se lo acepto. Pero si tuviera que volver a defender lo nuestro no dudaría, sólo me aseguraría de rompérselos bien para que valiera la pena. Pido disculpas por las fachas en que me encuentro. Ni vistiendo de civil podría presentarme tan elegante como nuestro amigo el oriental. Le pido que no me juzgue por mi ropa, color, facha u origen. Júzgueme por lo que haya hecho.

Cuando el Coras terminó de hablar, el oriental discretamente guardó sus fotos de la puerta y los recibos médicos. Le había dado mucha vergüenza. La traductora estaba muy orgullosa del paisano y le plantó un besote en el cachete. Los abogados hasta lo felicitaron y poco faltó para que el público le hiciera la ola.

—Receso de diez minutos —dijo la juez.

Y exactamente al terminar el tiempo estipulado, el oficial del Departamento del Sheriff volvió a pedir a los presentes que se pusieran de pie pues la juez volvería a hacer su entrada triunfal. La mujer tomó su lugar y guardó silencio unos segundos antes de dar a conocer su decisión. Entre el público que estaba en aquella sala, más de uno se estaba comiendo las uñas en apoyo al Coras. Éste estaba tranquilo, no tenía de otra. Ya había expuesto lo que sucedió.

—Después de haber escuchado a las partes —dijo la juez—, quisiera manifestar mi molestia por lo que he oído. Aquí hay una víctima de las circunstancias —al escuchar esto, el oriental se acomodó la corbata dándose por aludido—. Me molesta muchísimo que se hayan violado los derechos de una persona, así como que sea el mismo sistema el que lo permita. Señores abogados, qué triste que se les señale como meros negociadores de sentencias, que jueguen así con las vidas ajenas y, por lo que he visto, que les tenga tan sin cuidado.

Espejel y Chin simplemente inclinaron la cabeza, no tenían de otra. Sin embargo, no tenían otro remedio, dirían, no hay recursos para representar a los jodidos, no hay tiempo para estudiar los expedientes. Con el paso del tiempo sus clientes son sólo eso, un expediente.

La juez prosiguió:

—Y con respecto a usted, señor —dijo dirigiéndose al oriental—, qué descaro el suyo al continuar con esta farsa —al decir esto, todos se dieron cuenta de que al referirse antes a la víctima, la juez hablaba del Coras—. Usted los contrata, uno de ellos se lastima, le piden ayuda y usted se ofende, todo para no pagarles lo que les debe. Y para colmo, pide que se llame a Migración para que se lleven al señor Díaz... ¿Pues usted de dónde viene?

—Por lo menos tengo papeles —se atrevió a decir el oriental.

—¡Silencio! —gritó la juez ya encabronada—. Aquí usted no puede hablar hasta que no se le dé permiso.

El Coras se sentía como pavorreal. Veía con ojos de amor a la juez, sin importar que estuviera vieja, arrugada y, para colmo, fea.

—Claro que llamaré al Departamento de Migración —continuó la mujer—, pero para que lo investiguen a usted primero. Ya he tomado la decisión. El estado de California encuentra inocente al señor Díaz de ambos cargos. No acepto el acuerdo al que hayan llegado el fiscal y el abogado de oficio. El señor Díaz debe ser liberado inmediatamente.

Al escuchar la traducción del veredicto, el Coras lanzó un "¡Ajúa!" al estilo ranchero. De la emoción besó a la primera que se encontró. Nada güey, se lo plantó a la traductora. El público presente también festejó. Hasta le dieron "high fives", el saludo de los gringos nacos para festejar algo.

—Gracias, su señoría. Usted hizo honor a lo que dice el escudo.

El Coras se despidió de su público cual torero que acaba de cortar rabo y orejas. Nuevamente fue conducido a la sala en donde se encontraban los demás criminales esperando su audiencia.

Cerca de ahí, a unas cuantas millas, el Tururú y el matrimonio Benítez llegaban a La Casa Verde. Al bajarse de la camioneta caminaron con mucha seguridad. Qué sorpresa se llevaron al ver que quien les abría la puerta era la trabajadora social que ya conocían, de nombre Silvia y de apellido Franco.

—¡Hola! Buenos días. Por favor, pasen —les dijo.

—Gracias —dijeron los Benítez agachando la cabeza.

Maldita costumbre que tenemos los jodidos. Por eso los demás se aprovechan a la primera de cambios. El Tururú prefirió esperar un rato afuera.

Los ancianos del día anterior seguían frente al televisor. El perro continuaba en la cocina y las cucarachas todavía estaban ahí con las tripas de fuera. Las cosas seguían igual en La Casa Verde.

Al permanecer afuera, el Tururú llamó fuertemente la atención. La policía de la zona ya le había dado algunas vueltas.

—¿Será el narcotraficante que andamos buscando? —se preguntaban los patrulleros.

—Tiene toda la facha, y sobre todo, ¡es latino!

Sí, había levantado sospechas de que posiblemente fuera vendedor de hierba. Un fuerte grito proveniente del interior de la casa puso en alerta hasta a las cucarachas muertas y en un pisa y corre ya estaba adentro. Los pacientes seguían en su mundo, las que se estaban volviendo locas eran las trabajadoras sociales, tres mujeres ya de edad. El grito se debió a que un paciente se cayó, se rompió la frente y al verse la sangre entró en un shock nervioso.

¡Ah, qué pinches gritos daba el viejito! Y mientras sus cuates seguían viendo el televisor. Muy seguramente, los patrulleros ya estaban llamando a la Central informando a sus superiores que alguien estaba siendo torturado.

Al enfermo lo atendieron como pudieron. El trancazo fue en serio. Tenía el chipote del tamaño de una pelota de béisbol. Llamaron a los paramédicos y éstos ya estaban en camino. Si no hubiese sido por Silvia, el viejito se hubiera ido al otro mundo. El Tururú quedó impresionado con aquella chava, que en todo momento guardó la compostura, se mantuvo tranquila y ni un grito pegó.

Llegó la ambulancia y se llevó al viejillo, quien probablemente estaría mejor donde quiera que lo llevaran que en aquel cementerio de vivos. El Tururú aprovechó el primer momento que tuvo para decirle a Silvia:

—Discúlpame. Creo que me he visto un poco mal contigo. Lamento lo que sucedió el otro día en la oficina de tu patrón —y le extendió la mano para saludarla.

—¿De qué? —contestó Silvia, quien por cierto no era nada fea.

No tendría la gran figura, más bien le tiraba a llenita, pero aquellos ojos verdes eran hermosos y su largo pelo castaño claro terminaba en rizos. Era lo más bello que aquellos ojos michoacanos del Tururú jamás habían visto. Las manos de ambos estaban sudadas. Por unos segundos no se dijeron nada.

—Gracias por el apoyo que nos has brindado —dijo por fin el Tururú con la voz entrecortada por los nervios.

—Yo sé que ustedes no están contentos con lo que se les ha dado —dijo ella—, pero dadas las circunstancias, es lo mejor que tenemos. El gobierno no da para más, y aunque lo tuviera no lo destinaría a este tipo de programas.

—¿No da el apoyo porque son indocumentados?

—No necesariamente. Aquí hay gente que también tiene documentos. Incluso hay uno que otro que es ciudadano. Los pacientes se encuentran aquí porque sus familiares no les quieren en casa, sus parientes los consideran un estorbo y al ser dados de alta son llevados a casa a morir.

—¿Y por qué doña Ana María terminó aquí? —preguntó inquieto el Tururú.

—La trajimos aquí porque yo necesitaba tiempo. Lamentablemente, los administradores del hospital tenían algo de razón al decirles que médicamente había poco o nada que hacer por ella. De no haberla traído, te puedo asegurar que los hubieran seguido presionando, e incluso los hubieran amenazado con llamar a Migración. Buscarían la forma de que se la llevaran a casa sin ningún tipo de ayuda, ni medicamentos ni lo necesario para atenderla. Por eso necesitaba tiempo. Creo que les puedo conseguir algo mejor, un lugar donde estará mejor que aquí.

—¿A poco hay mejores centros de convalecencia?

—¡Claro! Cuando hay dinero, los centros son elegantes. Las trabajadoras y las enfermeras visten con uniformes bien planchaditos y usan uniformes finos. Cuentan con un grupo de apoyo, que son unos fortachones que se dedican a trasladar a los pacientes con delicadeza. Ahí no hay olores como los que tenemos aquí adentro. Con decirte que hasta la basura huele bonito, a limpio. No sé por qué la tiran.

—Gracias —dijo el Tururú.

—De nada —contestó ella algo chiveada.

Don Martín había salido del cuarto a tomar algo de aire. Ya no aguantaba los aromas que salían de todos lados.

—¡Venga! —le gritó el Tururú.

El viejo se fue de volada. El Tururú le presentó a Silvia y le platicó de los planes que se tenían para que la doña fuese llevada a un centro mejor. Don Martín no dijo nada. Sólo movía la cabeza.

—¿Por qué no le dice lo que convenimos? —le susurró al Tururú al oído.

—Bueno, si usted así lo desea, se lo decimos. Ayer platicamos y la familia decidió que doña Ana María estaría mejor entre ellos.

—¡Excelente idea! —contestó Silvia muy entusiasmada—. No hay mejor lugar que la casa. Yo los apoyaré en todo.

No perdieron tiempo. Antes de ser trabajadora social, Silvia había sido enfermera y le enseñó a la familia hasta cómo cambiar el suero. Don Martín y su esposa no tendrían ningún problema, aprendían de volada y practicaban hasta con los que estaban dormidos. ¡Ah, qué cochinos estaban! Todos orinados.

El Tururú no dejaba de observar a Silvia, y ésta bien que se daba cuenta pues cada vez que podía se acomodaba la greña. Qué casualidad que en los siguientes días apareció hasta con los labios pintados y la falda arriba de la rodilla. No se le veía celulitis, tenía buena pierna.

Nuestro galán no se quedó atrás. Claro que no se subió el pantalón para enseñar sus patas peludas, pero aunque su ropa no era nada fina, no la traía cochina. De repente apareció con un tremendo copete estilo Elvis Presley. Era muy educado con la chava.

El Tururú también dio su grito:

—¡Ajúa! ¡Ajúa!

—¿Qué le pasa? —le preguntaron los Benítez.

—Nada —dijo.

Y volviendo al Coras, éste le platicaba a los otros criminales su hazaña con la ayuda de un chicano que había matado a su suegra (¿a poco no deberían soltar a ese vato? Al menos algo hizo por la familia).

–¿No quieres ser mi abogado? –le dijo uno que tenía cargos de traficante de cocaína, nomás cinco toneladas había introducido.

Y vaya que necesitaban apoyo porque todos apelaron los fallos y a todos los mandaron a la estatal o a la federal. El que había matado a la suegra por poco sale, su suegro luchaba afanosamente por retirarle los cargos.

El Coras viajó por última vez en aquel autobús blanco y negro que decía "Sheriff Department". Al llegar a su celda y quitarse el uniforme anaranjado, sintió que la piel se le ponía de gallina. Al tocar los barrotes sintió que le quemaban, y al mirar a los demás reos sentía lástima. Simplemente movía la cabeza, le preocupaba la situación del Frío y de algunos otros paisanos que estarían ahí por un buen rato. Algunos con toda razón, pero otros sólo por no tener una defensa, por no tener feria, por ser raza. Por cualquier tontería se los chingarían.

La orden final de liberación tardó en llegar a las manos del oficial encargado de la sección. Eran como las 6:30 de la tarde y nada sucedía. Cuando finalmente llegó, el Coras sintió que hasta el corazón se le salía. No se despidió de sus cuates, no tuvo valor para decirles "Ahí nos vemos", no lo fueran a tomar como burla.

Salió con su pantalón viejo, cochino y arrugado. Le regalaron la playera que de seguro había pertenecido a un enano porque le apretaba hasta la garganta. Lo primero que hizo al salir fue respirar profundo aquel aire que, aunque impuro, le sabía de lo más lindo. Y cumplió su promesa el muy cabrón: tomando la calle Brooklyn llegó hasta la Placita Olvera donde lo esperaban los tacos del Tío Pepe. Y vaya que los disfrutó, hasta los eructos se tragó.

Durante el camino para tomar el camión, le llamó la atención la multitud que se reunía en el atrio de la Iglesia de Nuestra Señora de los Ángeles. Los feligreses portaban sus mejores galas. El Coras sintió la enorme necesidad de entrar al templo y se encontró con el mismo Cristo que ya había conocido en alguna ocasión. Hacía mucho tiempo que no hablaba con él. Se puso agua bendita al entrar, se hincó y trató de rezar pero no le salió nada. Simplemente dijo: "¡Gracias!".

Ese día también el Yes Yes dio sus gritos. Se estrenó de cocinero y en más de una ocasión la regó en serio. Le llegó una orden de diez hamburguesas con todo. De volada las terminó, pero así como las entregó se las regresaron de mala gana haciéndole saber que algo les faltaba: la carne. El "I am sorry" ya le salía a la perfección. Estaba algo nervioso y para que se tranquilizara Emilio lo mandó a limpiar algunas mesas.

El grito que dio ahí fue mucho más fuerte que todos los demás.

—¡Estúpido mojado! —le gritó una vieja cuando éste accidentalmente le tiró en el pantalón color caqui un poco de refresco de naranja.

—I am sorry! —repitió su tan célebre frase.

Pero la chava no entraba en razón. Era una chicanita de unos 17 años, bonita de cara, pero exagerada en el maquillaje. Los tatuajes que tenía en la cara no le ayudaban para nada. Eran dos lágrimas debajo de los ojos que la hacían ver muy agresiva, deprimida y hasta triste.

—¡Lo siento! —decía apenado el Yes Yes.

—No, ese vato, ¡you did it a propósito! —contestaba la chicana.

—¡No es cierto!

La chica estaba acompañada por otras "locas" del barrio que se habían ido de pinta a comer sus hamburguesas. Lo retó cara a cara mientras las otras le hacían la rueda al Yes Yes.

—¡Escúpelo! —le gritaban.

—¡Lo siento de verdad! —decía el Yes Yes.

Estaba guardando la compostura. Le habían enseñado que el cliente siempre tiene la razón y no quería perder la chamba por cualquier pendejada. No quería hacer quedar mal a Rafael, que le había conseguido el trabajo, y además ya le gustaba, veía futuro en eso. Se mantuvo serio aun cuando los gritos de las "locas" llamaron la atención de algunos vatos locos que por ahí se encontraban. Con el "Ese vato" en la boca amenazaban al Yes Yes.

El ambiente se prendió de volada. Algunos parroquianos dejaron a un lado sus papas y su pay de manzana. Lástima porque estaban re buenos. Los observaban de lejos y de lejos también se veía la figura del manager que paso a paso se iba agigantando. Ya los vatos locos estaban entrando, cada uno arrastrando el paso.

—¿Otra vez tú, Llorona? —preguntó Emilio.

—¿Otra vez qué, vato? —contestó la chava, que no se intimidaba.

—Tienes un minuto para que tú y tu gente se vayan. Espero que sea la última vez que te asomas por estos lados. De lo contrario voy a llamar a la policía.

—No me da miedo, ese —le dijo ella en inglés.

—Inténtalo —le contestó Emilio en el mismo idioma.

El círculo que rodeaba al Yes Yes se disolvió. Ahora eran dos grupos, cada uno en su lado: los chamacos insolentes, prepotentes y dejados por la sociedad, con vasos de refresco y papitas fritas en mano, contra los empleados del restaurante armados hasta los dientes con escobas, recogedores, plumeros y cucharas. Los chamaquitos no se rajaban y pegaban sendos gritos mientras la clientela se alejaba. Entre que sí y que no, "Después nos vemos" y "Te vas a arrepentir", los cholitos abandonaron el lugar.

—Fuck you, ese! —gritaban desde la puerta.

Se fueron derechito a plaquear las paredes del lugar. "La Llorona was here" quedó grabado en una de las paredes laterales.

—No fue mi culpa, Emilio —decía el Yes Yes, a quien por cierto todavía le temblaban las piernas.

—No hay problema. No es la primera vez que esto pasa. Muchas veces ellos ocasionan algún incidente para que se les regrese la lana. Ya los conocemos, sabemos cómo son, pero realmente no podemos hacer nada. Si les pegas, te encierran un buen rato por maltrato a un menor de edad, pero si no les dices nada se te meten hasta la cocina.

—¡Uf! —el Yes Yes sacó el aire que le quemaba la garganta—. Por un momento pensé que iba a perder la chamba, pensé que le iba a dar su madrazo a la chava. Qué bueno que llegaste, si no esto se hubiera convertido en un desmadre.

—Lo que te recomiendo es que te vayas a tu casa. Hoy no ha sido tu día. Relájate y veremos qué pasa mañana.

—Gracias —dijo el Yes Yes.

En distintos puntos del condado de Los Ángeles, los amigos se aprestaban a tomar el camión que los llevaría a casa. Cada uno traía sus cosas en mente. Al Coras, ya con la panza llena y después de un buen rezo que fue una sola palabra, ya se le quemaban las habas por saludar a sus cuates. El Tururú hasta de la depresión se había olvidado, ya no se acordaba de su idea de regresar a México; el cambio de ánimo era muy sano, el amor superaba a la depresión. El Yes Yes todavía tenía el hígado hinchado por el coraje que le hizo pasar la "loca" del barrio.

A la mujer del Yes Yes le sorprendió verlo más temprano de lo usual.

—¿Te corrieron mi amor? —le preguntó.

—¡No! —contestó muy enérgico—. Pero ya por poco no te traigo esto —le dijo dándole dos hamburguesas con sus papas fritas.

El Yesito no se esperó a que se la calentaran y después no dejó de quejarse porque le dolía la panza. El Yes Yes le platicó a su mujer lo que había sucedido ese día, ella comprendió y le pidió a su hijo que no molestaran al rey de la casa.

El Coras tomó su camión enfrente de la Placita Olvera y se bajó en la ciudad de Burbank. De ahí tomó un segundo autobús, el cual lo dejó a una cuadra de su cantón. Durante el trayecto no se durmió, observó con detenimiento la gran ciudad. Respiraba profundo y daba gracias al Creador porque seguía vivo. Eran como las seis de la tarde cuando llegó al barrio de Van Nuys, que no cambiaba en lo más mínimo. El graffiti adornaba el lugar, los vecinos le saludaban, al de los elotes le dio gusto verlo y le regaló uno con chile y limón. Con todo y que traía la panza llena, se lo comió hasta chuparse el olote.

El Tury, hijo de doña Calditos, fue el primero en verlo y darle la bienvenida.

—¡Ven pa acá, hijo de la chingada! Déjame darte un abrazo —le dijo.

—Mejor de la mano —contesto el Coras—. No se vaya a mal interpretar.

—Como quieras, pero da gusto verte.

Hasta los que no lo conocían bien eran efusivos en sus saludos. El Coras agradecía el gesto. Francisco no decía nada, solamente le esperaba en la entrada del departamento.

—Bienvenido a casa —le dijo abriéndole la puerta.

—¿No me han corrido? —preguntó el Coras.

—¡Qué te vamos a correr! Cuando llegues a ser rico nos vas a tener que pagar todo lo que debes.

El abrazo no se hizo esperar.

—¿Y el Tururú?

—No hemos platicado mucho en estos días. Algo mencionó de que estaba yendo al hospital. No sé por qué ni para qué, pero ya sabes cómo es él.

—¡Ah, que vato! Siempre anda de buen samaritano.

El Coras le platicaba al Tury y a Francisco algunas anécdotas de la cárcel. Les habló del Clown y del Frío. Se cometen muchas injusticias con nuestra gente y nada se puede hacer, pero lo que sucedió ese día en la corte jamás lo iba a olvidar.

—Ese, mi abogado —dijeron los que lo estaban escuchando.

Conforme llegaron los que ahí habitaban se fueron preparando los frijoles con nopales. No todos alcanzaron chelas ya que sólo había dos. Como el Coras era el homenajeado, le dieron la más fría. La panza seguía creciendo. Ya eran como las 8:30 de la noche y las cazuelas ya estaban limpias cuando se abrió la puerta y apareció la figura del Tururú.

Para qué describirles la escena. Ya se la pueden imaginar. Por poco y chillan, pero se aguantaron como dos buenos machos. Las burlas no se hicieron esperar:

—¡Beso! ¡Beso! —les gritaron.

El Tury se despidió. Tenía que ir a trabajar muy temprano al día siguiente. Los que pernoctaban en la recámara también se fueron. La plática entre el Tururú y el Coras se alargó hasta tempranas horas de la madrugada, y para no molestar a los dormidos se quedaron afuera.

No necesitaron las chelas para ponerse más nostálgicos. Hablaron de la gente que dejaron en México, de doña Calditos, del bueno de Rafael y hasta del cabrón del Chuy, y claro, del Yes Yes y de sus planes a futuro. Sobre todo, hablaron del departamento que pensaban rentar. Acordaron que tendrían que juntar lana.

El Coras ocupó su lugar y el Tururú se vio obligado a dormir en el suelo de la cocina, al lado de la estufa. Ya no había espacio en la sala. Además, a uno de ellos le olían las patas. Y fue precisamente ese peculiar olor a queso fundido y chorizo podrido el que no lo dejó dormir, junto con las cucarachas que corrían sobre su cuerpo jugando a las escondidas. Mejor no les cuento dónde se le metían. Ya no se pudo jetear, pero eso le dio más tiempo para pensar en la que lo traía medio pendejo, la tal Silvia.

Los amigos acordaron visitar a sus cuates de la gran avenida al día siguiente. Se fueron sin desayunar a la Lankershim Boulevard y no fueron ni los primeros ni los últimos en llegar. Los remojados, los intelectuales, los salvatruchas, los hondureños, los de Guanajuato y los de Jalisco estaban ahí. El Lupillo los recibió con una torta de asada con su jalapeño y agua de horchata. Eran bien queridos los cuates, todo el mundo los saludaba.

—Se les extraña, cerotes —les dijo un salvadoreño.

—Supimos lo que hicieron por Plutarco —les dijo uno que comía con la boca abierta—. Eso no se olvida. Eso cala y llega.

Ambos se quedaron mudos. No recordaban a nadie con ese nombre. El Lupillo se encargó de refrescarles la memoria.

—Es el viejo al que le ayudaron hace unas semanas a conseguir empleo. El que sufrió el accidente. Él nos platicó que tú, Coras, lo defendiste y eso te llevó a la cárcel, y de ti, Tururú, que no lo abandonaste hasta que le dieron atención médica. Aquí la raza se da cuenta de todo y están muy agradecidos, principalmente por las circunstancias en que vivimos. Esos vatos con los que nos peleamos a diario por un empleo, aquellos a los que les mentamos la madre, son buenas gentes y reconocen el gesto que ustedes tuvieron.

—¡Que coma lo que quiera ese par! —gritó uno de los remojados—. Yo les invito el desayuno.

—¡Que pidan de tomar lo que les venga en gana! —gritó otro—. Aquí hay lana.

—Mírenlo, allá está el Plutarco —les dijo el Lupillo—. Tiene pensado regresarse a México, pero dijo que no lo haría hasta que les diera personalmente las gracias.

Con torta en mano y chile en boca, ambos fueron a saludar a Plutarco, quien se encontraba sentado recargándose en la barda. Tenía inclinada la cabeza, por lo que no se percató de la visita que tenía. Lo vieron en tal malas fachas que pensaron que seguía herido.

—¿Qué pasó, mi buen? —le dijo el Coras.

Plutarco abrió lentamente los ojos y al darse cuenta de quién lo llamaba quiso incorporarse de volada. No pudo, tuvo que ser auxiliado por el Tururú para que no se diera en la madre.

—Tranquilo, Plutarco. Hemos venido a ver cómo sigues —le dijo sentándolo de nuevo.

Plutarco no cedía en su intento por incorporarse. Hacía el esfuerzo y gesticulaba re feo. Un intento más y hasta los sesos se le podían salir del cerebro. Se veía a leguas que le apenaba que lo vieran así, sucio, mal comido y con aliento a nicotina. El pelo ni se diga, lo traía hasta tieso. La venda que le cubría la herida era la misma que le habían proporcionado en el hospital, no se la había cambiado. Seguía intentando incorporarse pero no pudo. El Coras y el Tururú se sentaron en el suelo para hacerle compañía, uno a cada lado.

Al ver el Tururú el estado en el que se encontraba y al notarlo algo desnutrido, con chiflido y todo le gritó al Lupillo:

—¡Unos tacos de asada con todo y un café para Plutarco, por favor!

La comida llegó y el hambriento se la comió con estilo, qué higiene ni qué nada, aquí fue a lo que te truje, Chencha. ¡Zas! En un dos por tres ya limpiaba el plato de cartón. Al café le hizo fuchi, pero sus cuates lo forzaron a que se lo ejecutara. Ya llenito de la panza y con mejor semblante, el Tururú le preguntó:

—¿Que se va para México?

—Sí —respondió mientras intentaba darle vida al último cigarro sin filtro que traía todo arrugado. Lo desdoblaba con delicadeza, tenía miedo de que se le rompiera. Lo logró, lo prendió y tosió—. Sí, me voy para México, pero no quería hacerlo sin despedirme de ustedes dos.

—Le agradecemos el gesto, pero ¿por qué ahora, por qué no ayer, por qué no mañana?

Volvió a toser cuando le dio el segundo toque al cigarro. Lo miró y le dio el tercero. En esta ocasión la tosida fue más fuerte.

—Ayer no porque me quería aferrar a una realidad que estaba fuera de lugar. Siempre pensé que el día de mañana la situación iba a mejorar, pero no ha sido así. Los días pasan, se acumulan en meses y finalmente en años y seguimos soñando. Mañana no porque tengo miedo a que el mañana no llegue. Hoy sí. No quiero que el día de mañana sea demasiado tarde.

Le dio otra calada a su cigarro y continuó diciendo:

—Cuando llegué traía un puñado de sueños, un manojo de ilusiones y un bonche de todo lo demás, de eso que se requiere para venirse para acá. Todo eso poco a poco se fue esfumando. En su tiempo, la gran avenida le dio vida a otros sueños, pero siempre hubo algo o alguien que acabó con ellos. Hace dos años que atropellaron al último de los que llegó conmigo. ¡Pobre! Se le notificó a la familia, pero estaban requete jodidos. Lloraron, rezaron, nos pidieron que le diéramos su santa sepultura. Intentamos mandárselos, pero a la mera hora no hubo recursos. El pobre Agapito terminó con otros tan jodidos como él, lo sepultaron en la fosa común. Ya no tengo cupo en esto. Como pueden ver, cada día llegan más a este lugar. Nunca dejan de llegar. Cada vez son más jóvenes, más atrevidos, más preparados. Los viejos tenemos que dejarles el lugar a la gente joven, al que todavía resista las caídas, el frío y el calor, al que aguante no comer en varios días. Nosotros los viejos solamente causamos lástima. Cuando me caí, me dolió más el orgullo que otra cosa. Sentí que todos los gringos se burlaban de mí y que me gritaban "¡Ya estás viejo, güey!".

El Coras y el Tururú solamente escuchaban. Veían cómo Plutarco buscaba afanosamente sacarle todo el humo a la bachita de cigarro que sostenía en la mano. Plutarco lloraba de impotencia y se limpiaba las lágrimas con el puño de su camisa que estaba toda sucia.

A unos cuántos pasos de ahí, se escuchaba un gran borlote. Un patrón hacía su llegada. Los jornaleros se emocionaron, había gritos y mentadas de madre. Todos levantaban la mano. La camioneta ya estaba llena. Como veinte cabrones ya estaban bien acomodados y el patrón los sacaba como podía, hasta los jalaba de la greña y al final de cuentas no contrató a nadie. Tenía razón Plutarco, cada día son más.

—¿Y para cuándo te vas?

—Para ya. Solamente tengo que arreglar unas cosas y conseguir un dinerito para poder llegar.

—¿Con cuánto cuentas? —preguntó el Coras.

—No pasan de diez dólares —contestó Plutarco.

—¡Estamos de la chingada! —dijo el Tururú.

Ni cómo ayudarle, estaban tan jodidos como él. Sólo les quedaba darle la bendición.

Eran como las 11:30 de la mañana. Unos cuantos jornaleros fueron contratados. Al Lupillo se le habían acabado los refrescos y las aguas frescas. Estaba haciendo un calor de la chingada. Plutarco buscaba como enfermo alguna bachita para fumarse, una que todavía tuviera letras. No fue necesario seguir buscándola pues de despedida el Lupillo le regaló una cajetilla. Y el viejo siguió tosiendo.

Ya para las 12:20, los dos amigos se despedían de Plutarco. Les apenaba no poder brindarle ningún apoyo. Se estaban yendo cuando al Coras le llamó la atención una camioneta que llegaba tocando el claxon. Le era conocida. Aguardaron por unos segundos y vio que no estaba equivocado.

—¡Es el oriental! —dijo confundido el Coras—. ¿Qué querrá? —se preguntó, y el mismo se contestó—: No lo sé ni quiero averiguar —y empezó a tomar camino.

—Aguántale, vamos a ver qué quiere —le dijo el Tururú.

—Después me platicas, cuando estés en la cárcel —contestó el Coras.

El oriental apresuró el paso y dio alcance a los dos amigos que estaban discutiendo.

–Un moment, please! –dijo tratando de hablar español.

No entendían nada, pero comprendieron cuando les dijo "Sorry".

El Coras mantenía su distancia. Le guardaba rencor. Todavía el día anterior se lo había querido chingar mandándolo con Migración. ¿Por qué iba a creer en su "I am sorry"? No se quedó con las ganas y le volvió a mentar la madre. El Tururú dizque lo calmó, aquél venía en son de paz.

–No problema –decía el de los ojos rasgados levantando las manos.

–¡Suéltame, cabrón! –le gritó el Coras al Tururú–. ¿Tú crees que no aprendí la lección?

–¿En qué podemos servirle? –le preguntó el Tururú muy educado.

–Sólo decir sorry y darles esto –dijo extendiendo un cheque con algunos ceros a la derecha.

El Coras peló los ojos. El Tururú se mantuvo sereno. El cheque era pagadero a cash, o sea al portador, y era de quinientos dólares.

–Gracias –le dijeron recibiéndoselo.

Sin decir palabra, regresaron hasta donde se encontraba Plutarco, quien seguía tosiendo.

–Esto es para ti. Ya te puedes regresar a casa –le dijeron.

–¿Y esto? ¿Y ahora qué hago con él? –preguntó muy inocente y confuso el buen Plutarco.

Lo acompañaron a cambiar el cheque al Banco de América. Les habían dicho que estaba a unas cuadras, pero las cuadras fueron millas y cuando llegaron estaban empapados. Hasta el cheque estaba medio mojado.

Qué bonito era el banco, con su alfombra roja y sus muebles de madera. El aire acondicionado funcionaba a todo dar y los amigos sintieron escalofrío en la espalda. Los empleados ni se diga. Los varones traían sus corbatas, las damas sus vestidos de quinceañera, muy bien peinadas y pintaditas. La facha de los tres llamó la atención del guardia de seguridad que no les quitaba el ojo de encima.

Había como veinte personas esperando que las atendieran, pero en un abrir y cerrar de ojos todas desaparecieron. ¿Sería por los olores que desprendían los tres cuates? ¡Quién sabe!

Las lindas cajeritas se hacían pendejas para no atenderlos y le daban instrucciones al guardia de seguridad para que le preguntara a la plebe qué necesitaba.

–¿Se les ofrece algo? –preguntó el guardia.

–Cambiar este cheque –contestó el Coras de forma muy educada.

El guardia le hizo fuchi a aquel documento monetario y, tomándolo de las orillas, les contestó de mala gana:

–No creo que se pueda. Además, ¿tienen cuenta con nosotros?

–No, pero el cheque viene al portador –contestó el Tururú.

–Les repito, no creo que sea posible –les dijo el tipo vestido de azul.

El Coras parecía no haber aprendido la lección porque contestó con sarcasmo:

—¡Eres mago! De guardia pasaste a banquero en unos cuantos segundos. Queremos hablar con una de las cajeras.

—Todas están muy ocupadas —le contestó el guardia.

—Nos esperamos —dijeron.

Y lo cumplieron. Dejaron de sudar y el cheque se fue secando. Nadie los atendía, pero no importaba, no tenían prisa, estaban a la sombrita. Los parroquianos entraban y salían, unos felices y otros más tristes. De seguro ya se les había acabado la lana. Esperaron por más de media hora y nada. Quince minutos más tarde fueron abordados por una elegante dama de cara arrugada y manos con manchas de edad peinada con chongo a la antigua.

—Soy la gerente —les dijo—. ¿Tienen cuenta con nosotros? ¿Son residentes legales? ¿Cuál es su número de seguro social? ¿Y la licencia de conducir? ¿En dónde trabajan? ¿Estudian?

Para estas y otras tantas preguntas la respuesta fue que no y no. La respuesta de la gerente también fue que no. No se pudo, sólo faltó que les pidieran el acta de defunción.

—No se preocupen —dijo el Coras—. Vamos a la marketa de la esquina y verán que ahí sí nos lo cambian.

Al llegar les dio duro el rico aroma de las carnitas, buches y tripas. Sólo se mojaron los labios y se imaginaron aquel manjar con unas tortillas de maíz hechas a mano y un chile jalapeño al lado. El queso sería el complemento, y de tomar un Jarrito de tamarindo.

La tienda estaba bien adornada. Por todas partes había piñatas de múltiples figuras. El Coras, por no fijarse, se pegó con una. Como en todos lados, tuvieron que esperar su turno para que los atendieran y tomaron asiento porque ya estaban mareados. Qué decepción resultó aquello. Pensaron que por ser paisanos los que trabajaban en la tienda les iban a dar preferencia, pero aquí les pidieron más requisitos que en el propio banco.

Un tal Rigo los atendió, pelo largo con arete y lentes oscuros. No era el Tovar, pero se le parecía en algo. Hasta el brinquito se echaba. Los trató de muy buena gana, revisó el cheque y mirándolos a los ojos les dijo:

—Ustedes no se preocupen, todo tiene solución. Para que yo autorice el cambio de este cheque hay que cumplir ciertos requisitos. El primero es ser miembros de la tienda. Por la foto son diez dólares, otros diez por el enmicado y para ser registrados un poquito más, pero lo principal es que deben adquirir por lo menos 25 dólares en mercancía —se rió, se le vio el diente de oro que traía y volvió a echarse otro brinquito—. Mis paisanitos queridos, siempre te he de joder… Mi Matamoros querido, mándame más de éstos.

Como muchísimas otras personas, el Coras, el Tururú y el Plutarco no tuvieron más alternativa. Qué bonita forma de joderse a la raza. Compraron desde carnitas y revistas de viejas encueradas, hasta pasta de dientes, chiles, huevos y piloncillo. ¡Ah! Y también estropajo y jabón.

—Esperamos que te los acabes hoy —le dijeron a Plutarco—. No te vayas a ir cochino.

Los tres se fueron bien cargaditos, cada uno con su buena bolsa de papel. Le dieron el dinero al Plutarco y éste lo tomó pero insistía en que se quedaran con algo. El Coras lo pensó, pero al final le remordió la conciencia y dijo que no.

Se despidieron de Plutarco y con bolsa de carnitas y otros enseres en mano fueron abriendo el apetito de unos cuantos. Hasta los afroamericanos parecían decir "¿Qué ser eso?". Esperaron el camión, querían visitar a su buen amigo el Yes Yes.

No se quitaban de encima a más de dos perros. Les dieron un pedazo de tripa. ¡Grave error! Al rato tuvieron que darles el hígado, y qué bueno que llegó el camión porque si no se hubieran quedado con el puro olor a carnitas.

La bolsa se desfondó y con los huevos en la mano entraron al Carl's Jr. sin hacer mucho ruido. Al pedir su orden, el Tururú vio que el Yes Yes estaba entretenido cortando los jitomates y las cebollas y dándole la vuelta a la carne. Ese día le estaba yendo mejor. Nadie le había gritado o regañado. Los dos amigos se watchearon y a puras señas el Tururú le indicó que lo esperaba en una de las mesas. El Yes Yes se rascaba el pelo, le inquietaba pensar qué le querría decir su cuate. De tanto rascarse la choya, que se le cae un piojo en la hamburguesa que estaba preparando.

A las 4:15 de la tarde era el último descanso del Yes Yes. Con el uniforme lleno de grasa y Coca en mano salió a ver de qué se trataba. No se la acababa al ver al Coras ahí sentado. Se le aventó de palomita. Le valió que el lugar estuviera lleno y pegó un grito de aquellos.

—¡Qué bueno que ya estás afuera!

—¡Qué bueno que estamos juntos nuevamente! —contestó el Coras.

—Les disparo un chesco —se ofreció el Yes Yes.

—Siempre tan codo, cabrón —dijo el Coras—. Invítanos la comida.

—Hemos venido a saludarte y ver cómo estás —le dijo el Tururú.

—¿Por qué no me aguantan y nos vamos al cantón? Allá comemos.

—Que no se diga más —le contestaron.

Los amigos aguantaron mientras el Yes Yes se retiraba a su lugar de trabajo. Lo esperaban las carnes frías, las verduras y el pan con ajonjolí. Chifló más de una canción, ninguna romántica, puras de ésas que alegran el corazón, contagiando a uno que otro paisano que ahí trabajaba. Los demás que no eran raza le decían con la mirada que mejor se callara.

A las 5:30, hora de salida, el Yes Yes se ponchó rápidamente su tarjetita y de volada se fue con los compas, quienes ya tenían la boca tiesa de tantos hielos que estuvieron comiendo.

Los tres salieron de ahí como en sus buenos tiempos, sólo faltó que se agarraran de la mano. Habían pasado sólo algunas semanas desde que no se veían de esa forma, pero el alejamiento les había dolido.

No esperaron el camión, se lanzaron a patín recorriendo la principal avenida de la ciudad de Pacoima, o Pacas, como la conoce la raza, y en un abrir y cerrar de ojos llegaron a su destino final, no sin antes haber pasado más de un susto. Un perro negro se les echó encima y no entendían por qué. Al caérsele al Tururú la bolsa en la que llevaban las carnitas y demás mercancías entendieron. El perro peló los ojos al ver aquellas revistas de viejas encueradas. Les hizo "guau, guau" al tiempo que le salía espuma por el hocico. Se había comido un jabón y los tres corrieron pensando que el animal tenía rabia.

—¡Ya cenaremos como antes! —dijo el Yes Yes.

Sudados y festejando la carrera que habían pegado, entraron al domicilio del amigo. El Yesito ya estaba al acecho del regalo del papá. Pobre chamaco, a su jefe se le había olvidado. El Coras comprendió la situación y sacó de su bolsa un pedazo de piloncillo que se había clavado de la tienda.

—Gracias —dijo el chiquillo, quien no perdió un instante en meterle el diente al pedazo de dulce.

El Yes Yes presumió como nunca a su hijo Tomito, quien por cierto se estaba poniendo bonito.

—Éste se parece al papá —les decía con orgullo.

—A ver cuándo nos lo presentas —le contestaban sus cuates.

La esposa, como siempre sucede cuando no espera visita, le tiró de aquellas miradas que matan. La cena estaba lista, sólo se vio en la necesidad de echarle un poco de agua a los frijoles. De chelas, nada. Se conformaron con la clásica de la casa: tenía que ser agua de limón.

Dizque para no darle molestias a la señora de la casa, se fueron a platicar al jardín de atrás. El Yesito los siguió y en un descuido se fue de nachas en los nopales.

—¿Por qué no cuidas a tu hijo? —le gritó su mujer.

—Perdóname —le contestó el Yes Yes medio chiveado.

Al poco rato llegaron los compadres y aquello se puso en grande. Hasta al marihuano invitaron. Pobre de Tomito, qué padrino le había tocado. Por lo menos tendría un buen maestro para aventarse sus toques.

Los manjares se sirvieron en platos de cartón y en unos cuantos segundos ya se estaban escuchando algunas rolas. Las de los Tigres del Norte eran las que más les llegaban. El gringo marihuano entendía, pero se quedaba con la duda en algunas estrofas. Poco le importaba, igual le entró duro a los frijoles, aunque el chile lo dejó a un lado. A su futuro ahijado al poco rato ya lo tenía en sus faldas.

Esa noche no se habló de cosas nostálgicas. No hubo chela ni chupe, pero sí muchas sonrisas. Las lágrimas las dejaron para otro día. El futbol era el tema, pero también se habló de conseguir empleo. Al Tururú y al Coras les urgía. Tampoco se olvidaron del bautizo del Tomito. Sería la última semana de septiembre y el Tom se hacía el güey cada que escuchaba su nombre pues no le convenía. "What?", decía a cada rato.

Y repitió esa frase más de una vez cuando le dijeron que tenía que comprar el ropón, que tenía que pagar las chelas, que también se encargaría del bolo… Se escuchó un doble "What?" cuando le explicaron que eso era tirar dinero para los invitados, y ya no pudo dar un "What" más porque el Tomito se orinó y muy disimuladamente se lo quitó de encima. Los otros, al ver sus gestos, le dijeron que como futuro padrino también lo tenía que cambiar. El "What?" se escuchó a más de una cuadra. Aquellos festejaron la jalada con sonoras carcajadas. El gringo marihuano mejor se despidió.

—I got to go home. Thank you —dijo.

El Coras y el Tururú también dijeron "good bye". Se acabó el agua de limón y a la cazuela de los frijoles ya no se le podía limpiar nada más. Además, las mujeres ya no querían calentar más tortillas.

—Perdón que hayamos venido sin invitación —le dijeron a María.

—No se preocupen —dijo ella—. Aquí tienen su casa.

Al parecer ya se le había quitado lo enojada, pero quién sabe cómo le iría a su marido más tarde, a la hora de la verdad, o sea del cuchi cuchi.

La caminata sería larga. Les ofrecieron llevarlos pero no aceptaron pues querían seguir platicando. Además, no tenían prisa. Recorrieron la ciudad de Pacoima por toda la San Fernando Road, específicamente por las vías del tren, ese camino lleno de arbustos donde duermen algunos vagabundos. Aquí no hay discriminación, los hay negros, blancos y paisanos que se aventaron del tren pues ya habían llegado después de ocho horas de camino desde Mexicali. Fue uno de estos últimos el que interrumpió su andar:

—¿No tienen por ahí un cinco que me den? Tengo días de no comer.

La facha del recién llegado dejaba mucho qué desear. Vestía sucio y estaba sin afeitar, y su aliento ni se diga. Pero la pura neta, ¿quién de los que llegan al norte viene con ropas finas y perfumes de alta sociedad? Si hay, que se lo presenten al recién llegado.

El Tururú y el Coras no le hicieron el fuchi. Comprendieron la situación y sacaron de su bolsillo toda la lana que traían: dos dólares.

—Gracias —les dijo aquel persignándose con uno de los dólares y guardándolo en su bolsillo—. Y con éste —dijo mirando el otro— me voy a echar un taco.

—¡Suerte! —le contestaron—. Que te vaya bien.

Siguieron por ese camino en el que el enfermo del estómago despliega todas sus habilidades para llegar a tiempo y depositar lo que hasta hace rato había comido. El mismo lugar donde los olores perforan las fosas nasales. El que pase por ahí debe ir con cuidado y fijarse bien por dónde pisa.

Después de haberse encontrado con el paisano, en más de una ocasión los espantaron los ronquidos de los dormidos, pero por ahí de la una de la madrugada ya habían llegado a la ciudad de Sun Valley. El parque de la misma era un nido de pandilleros, aunque ninguno de los dos lo sabía hasta que estuvieron adentro.

—What happen, ese! —les dijo un vato vestido de negro que les cayó de sorpresa.

—Nada, vamos rumbo a casa —dijo el Tururú, que de repente empezó a sudar frío.

El Coras no decía nada. Los amigos del vato de negro se fueron sumando con sus tatuajes, sus paliacates en la cabeza y su peculiar lenguaje, eran "guerreros urbanos". El de negro les preguntó dónde vivían. Fue inteligente de su parte no contestarle.

—Qué tal si la regamos —pensaron— y le damos el nombre de una pandilla rival.

Para entonces ya ambos sudaban y los guerreros urbanos parecían disfrutarlo. Aquello no pasó a más, les pidieron lana y al ver que traían los bolsillos vacíos simplemente les dijeron:

—¡Ahí nos watcheamos!

Del susto, el Coras y el Tururú buscaron una gasolinera y se fueron derechito al baño, mientras los vatos locos se fueron también pero a seguir su onda. Como dirían sus mamás, "no son malos".

Llegaron al departamento como a las tres de la mañana. El Tururú prefirió el olor a patas que las cucarachas, así que durmió en la vieja alfombra de la sala y le fue mucho mejor que la noche anterior. El gallo de la vecina y el ruido de los compas que se preparaban su desayuno y su lonche lo despertaron, y qué bueno que así fue porque tenía un importante compromiso que cumplir. Les ayudaría a los Benítez a trasladar a doña María a casa.

Él también desayunó, se aventó sus corn-flakes secos porque no alcanzó leche. Se dio su buen remojón, sacando de su "guardarropa" (puras cajas de cartón) lo mejor de sus mudas: un pantalón negro algo descolorido después de tantas lacadas, una camisa azul y unos zapatos que limpió con agua. No podía faltar la rasurada. Si hasta se sentía guapo, el desgraciado. El Coras lo miraba de reojo, pero llegó el momento en el que no se aguantó las carcajadas.

—¡Muy temprano para echar novio!

—No empieces. Voy al hospital a ayudar a algunas personas.

—Nomás te faltó la loción. Mira, ve a mi "clóset" —dijo el Coras señalando otras cajas— y ponte poquita de la que tengo ahí.

Sin olerla, el Tururú se echó casi toda aquella fragancia.

—¿Cuál es? ¿Ésta? —preguntó medio inquieto cuando se percató de que olía un tanto raro.

—No preguntes, ya estás listo.

—Bueno, ahí nos vemos —se despidió.

En su camino, el Tururú fue dejando huellas de la fragancia barata. Los chiquillos le gritaban:

—¡Huele a caca!

Hasta los perros le ladraron. El pobre se olía a cada rato y percibía algo raro en aquel aroma, pero ya no podía regresarse, se le estaba haciendo tarde. Así pues, el barrio sufrió los olores del Tururú, lo mismo que los pasajeros del autobús que no lo disimulaban. Hasta eso le fue bien, le tocó asiento para él solito e iba tranquilo, a lo suyo. Una hora de camino por los suburbios de Los Ángeles, dos camiones y un chingo de miradas que le decían "¡Cochino!", y llegó a su destino, La Casa Verde. Los Benítez ya estaban adentro y por primera vez en todo ese tiempo no los vio con tristeza en los ojos, al contrario, había fe y esperanza.

—¡Pásele! —le dijeron—. Hoy tenemos nuestra última clase. Ya hemos aprendido a cambiarle su ropita y el suero, pero lo más importante es que no hemos perdido la fe al que lo decide todo.

El Tururú ponía mucha atención y festejaba la alegría de los Benítez.

—Huele raro —dijo don Martín.

—¿Qué será? —preguntó el Tururú haciéndose güey.

—No sé, pero huele feo —reiteró don Martín.

—Raro y feo —remató alguien más.

No le dijeron dos veces. Se dirigió al baño y con agua helada y caliente se lavó la cara. Hasta jabón se echó para que se le quitara el aroma. Antes de salir se dio la última peinada con su peine rojo, que era un recuerdo de su abuela. Recordó la casa un poco intranquilo. Su corazón le palpitaba como hacía mucho tiempo no le sucedía, sus manos le sudaban y al pelo se le hizo un gallo. Ni modo, tendría que peinarse de nuevo.

Observó detenidamente cómo los pacientes seguían viendo el televisor, que no tenía imagen ni sonido pues estaba apagado. El perro continuaba en la cocina, quién sabe qué estaría haciendo. Las trabajadoras sociales buscaban darle al Tururú explicaciones de lo que ahí sucedía aun cuando él no se las había pedido. Había medicamentos por todos lados, charolas de comida sin probar… A fin de cuentas, era una casa de rehabilitación, o mejor dicho, una casa en espera del final. Con toda razón los Benítez estaban felices de que doña Ana María fuera a salir de ahí.

—Hi! —se escuchó un saludo gringo que sorprendió al Tururú mientras éste observaba cómo el perro seguía haciendo sus cochinadas en la cocina.

No supo qué decir y tartamudeó al responder, y eso que fue un simple "Hola". El saludo provenía de Silvia, a quien le causó risa la timidez de aquella persona a la que conoció tan aventada y decidida. Ella iba hermosa. Al parecer también se había puesto sus mejores garras para su encuentro con el Tururú. Ella también quería impresionar. Tenía los labios pintados y se había puesto un poco más de pintura en los ojos. El saludo de manos fue la gran cosa, ya no se las soltaban.

—¿Cómo van las cosas? —preguntó el Tururú muy serio, sin echarle ni un piropo.

—Ya está todo arreglado. Por la tarde vamos a trasladar a doña Ana María a su casa. Ayer seguí dándoles el entrenamiento a don Martín y a su esposa. Aprenden rápido. Parece que cuando hay amor todo es más fácil. A ellos les sobra y ella lo necesita. Es todo lo que se le puede dar a un paciente en este tipo de situaciones.

Al escuchar la palabra "amor", el Tururú sintió cómo le corría la sangre por sus venas.

—¿Se recuperará? —le preguntó sin dejar de observarla.

Ella sintió aquella mirada que la chiveaba.

—Nadie sabe —contestó mientras se quitaba los lentes, dejando al descubierto unos ojos hermosos, llenos de sinceridad y ternura.

La suya era una de esas miradas difíciles de encontrar.

—Vamos con los viejos para que les digas qué les falta aprender —dijo él.

Las siguientes horas fueron de enseñanza y aprendizaje. Silvia les repetía pacientemente las cosas cuando no entendían y el Tururú hasta notas tomaba. Cuando les rechinaron las tripas se dieron cuenta de que ya era hora de ir a comer algo. Los Benítez no quisieron hacer mal tercio y buscaron pretextos para rechazar su invitación. En el fondo, el Tururú y Silvia deseaban esa respuesta. Ella escogió el lugar para ir a comer, el Tururú se vio galán y aceptó sin objeciones.

—¡Claro! —dijo festejando el gusto de su compañera.

Irían a la calle Olvera, lugar céntrico de la ciudad donde los turistas, sobre todo los orientales, se quedan atarantados al ver un burro pintado de cebra y comen frutas hasta vomitar. En sus países resulta un pecado económico adquirir esas cosas. La calle Olvera, donde todo tiene pinta de mexicano pero, irónicamente, a la comida le falta ese "algo" de sabor. El restaurante La Luz del Día había sido la elección.

—¿Nos vamos en tu coche o en el mío? —preguntó ella.

—No cuento con uno —contestó él con todo y pena, pero sin bajar la mirada.

No se dijo más. Cruzaron la calle y abordaron el carro de ella. Silvia manejó. ¡Qué pena! Pero no hubo fijón y se trasladaron al lugar que había elegido. El Tururú no ponía mucha atención a la plática, estaba preocupado por la cantidad de dinero que traía en el bolsillo: sólo cinco dólares, apenas para comprar una orden de nopales, y eso fue precisamente lo que le ordenó a la mesera del lugar, una dama que no pasaba del metro y medio y que, a pesar del pelo rojizo, pintaba canas y se maquillaba de más. Daba la impresión de que si se agachaba se le vendría abajo algo de todo aquel mural. Además, vestía con falda de múltiples colores, como aquellas que les ponen a las niñas en los pueblos cuando van a ofrecerle flores a la Virgen morena.

Silvia, en cambio, aprovechó la invitación y pidió lo suyo: un chile relleno, dos tacos de carnitas, una tostada, y para aumentar las libras, un agua de horchata. El Tururú seguía con la mano en el bolsillo, contando la morralla.

−¿Estás a dieta? −le preguntó Silvia cuando la comida llegó y su orden cubría media mesa.

−Algo hay de eso −contestó.

Durante la comida, el Tururú demostró su educación. ¡Por algo había ido a la UNAM! Ponía mucha atención a lo que le decían y no se vio nada naco. Procuró no poner los codos sobre la mesa y ponerse la servilleta en las faldas para no mancharse con sus ricos tacos de nopales, mismos que se comió con mucha delicadeza pues pidió tenedor y cuchillo. Silvia quedó muy sorprendida al ver sus monerías.

Media hora después, la mesera, de nombre María, le entregó la cuenta al galán indicándole que por favor pagara en la caja.

−En un momento −dijo.

El sudor de la frente ya le escurría hasta la panza. Silvia gozaba de la situación pues ya presentía que él no tenía dinero para pagar. Para rematar, le preguntó a la mesera con figura de enana:

−¿No tiene algún postre?

−¡Claro! ¿Capirotada, arroz con leche o flan?

−Uno de cada uno y un café −le contestó Silvia−. ¿Tú no quieres nada? −le preguntó al Tururú.

−No, gracias −la risa nerviosa no lo dejaba en paz−. ¡Trágame tierra! −pensaba.

Silvia preparaba su café muy quitada de la pena. Los postres ni siquiera los vio.

−¿Por qué no hablamos con la verdad? −le preguntó.

−¿Verdad? −preguntó a su vez el Tururú.

−La verdad es que no tienes dinero para pagar la cuenta. Eso te apena, te da vergüenza, te aterroriza, te da pánico decir "No cuento con suficiente dinero". Sinceramente, creo que nuestra amistad ha iniciado mal. Pensé que me lo dirías, pero eres como todos los buenos machos. No te preocupes, yo pago lo mío.

–Disculpa. No pensé que te fuera a ofender –contestó él sacando la mano del bolsillo ahora que ya no había motivos para seguir contando la morralla.

–No es ofensa, pero molesta que no podamos tenernos confianza y decirnos la verdad.

–Nuevamente te digo que lo siento –contestó el Tururú y sus palabras fueron sinceras–. ¿Me disculpas?

–Sí –contestó ella–, pero siempre y cuando me aceptes la invitación a comer.

–Bueno –contestó él.

María fue llamada nuevamente y esta vez el Tururú pidió a lo grande. Ordenó la combinación número 6 que consistía en carnitas, frijoles y arroz, dos chiles rellenos con todas las tortillas del mundo, y de tomar… no fue nada menso, se fijó de no pedir una chela y se tomó una Coca.

Ya más tranquilos, ambos platicaron de su infancia. Al Tururú le sorprendió saber que la familia de Silvia era originaria de Delicias, Chihuahua. Sus abuelos, tanto de madre como de padre, nunca tuvieron papeles. En aquellos tiempos la migra no estaba tan dura, mojados más, mojados menos, qué más daba. Sus padres nacieron en Estados Unidos, nunca fueron ilegales, pero sentían coraje y frustración cuando escuchaban cómo trataban a los que consideraban su gente. De mojados, huarachudos y *greasers* no los bajaban. En más de una ocasión, ellos mismos fueron objeto de este tipo de "piropos" por parte de los gringos, tanto de la sociedad como de las autoridades. Ellos también tenían piel morena.

Con taco en mano, el Tururú solamente pelaba los ojos y de vez en cuando interrumpía para preguntar:

–¿Y luego qué pasó?

–Los abuelos paternos siempre vivieron con nosotros. Teníamos prohibido hablar inglés en casa. Nos enseñaron a querer una bandera, nos hablaron de la Virgen de Guadalupe. En casa, la tortilla y el chile son parte de nuestra dieta, pero lo más importante de todo fue que nos enseñaron a respetar a la gente que emigra y que lucha por superarse. Nos decían que ésa es nuestra gente, y que es trabajadora y honesta. Nuestros padres nunca se opusieron a las enseñanzas de los abuelos, siempre nos hablaron del pensamiento de Benito Juárez. En la preparatoria me vi obligada a decirles a los profesores que nuestra historia tenía algo más que a Santa Anna, mejor conocido aquí como el traidor, o Pancho Villa, a quien no bajan de bandido.

–¿Y has visitado Delicias? –preguntó el Tururú.

–¡Claro! Hace años que no voy, pero sí lo conozco.

El Tururú habló de todo, de su infancia en Villalongín, Michoacán, de su dieta obligada a tortillas y chile, de su familia y de los estudios en la capital. No mencionó nada de su estancia en Estados Unidos, pero ella se encargó de que no se le olvidara.

–¿Y qué haces en los Estados Unidos? –le preguntó.

El Tururú pudo haber mentido, decir que se había trasladado al norte a prepararse aún más, que cursaba alguna maestría en la UCLA o cualquiera otra de las universidades del sur de California, ¡pero no!, mentir ya no. Momentos antes había comprendido que las mentiras ya no valían, así que contestó:

–Si no te has dado cuenta, soy jornalero, es decir, no tengo trabajo fijo. Buscamos quién nos contrate en las avenidas. Hacemos de todo: pintar casas, quitar alfombras y mucho más. Estoy ilegalmente en el país. Casa no tengo, hasta hace unos cuantos días vivía en una camioneta vieja y mi guardarropa son unas cajas de cartón... Ahorita vivo con unos amigos que me dieron posada. Hace unos días ya tenía pensado regresar con los míos y decirles la verdad, que el trabajo no se me ha dado, que no he logrado lo que yo esperaba...

El Tururú respiró profundo. El taco ya se le había enfriado. Su situación le quemaba el alma y platicársela a Silvia le estaba haciendo bien. Ella no pensaría que era un fracasado En ningún momento de la plática inclinó la cabeza, se lo dijo a Silvia cara a cara. Ésta aprobó las agallas que tuvo para contarle algo tan personal y la sonrisa no se hizo esperar, estiró la mano hasta tomar la del Tururú como diciéndole: "¡No hay fijón!".

Y sin fijón alguno, ella comentó más sobre su vida, sobre su infancia en un país en el cual, a pesar de ser ciudadana, era juzgada y tratada por su color de piel o su apellido.

–Es una lucha constante demostrarle a los educadores que aquellos con apellidos hispanos tenemos fuerzas y agallas para salir adelante, que el ser morenos no es sinónimo de ser pendejos. Somos seres pensantes que pueden lograr más que ser meseros o trabajar en fábricas, o tal vez como sirvientas en las casas de los ricachones. Hay que demostrarles a los políticos que los hispanos son una parte importante en el crecimiento económico de este país.

El Tururú prefirió dejar a un lado el plato de carnitas dejándoselo a las palomas que por ahí volaban. Tenía la boca abierta, hasta la baba se le salía al escuchar a Silvia decir con orgullo que había vencido al sistema, a ese sistema que en muchas ocasiones es tan denigrante.

Cuando un niño migrante es aceptado en la escuela no lo ponen en cursos normales, sino que le asignan cursos especiales. Por unas cuantas horas diarias es llevado a un salón adjunto donde lo sientan y le ponen un rompecabezas de cuatro piezas. Ya todo está listo, el reloj se puso en marcha, el mexicano avanza y en menos de tres segundos termina aquel experimento para retrasados mentales. La maestra llega espantada. Corre y llama a su colega. Ambas llegan de volada.

—¡Oh, Dious santo! —dicen—. ¡Este niño ser un genio!

—¿Se lo ponemos otra vez? —propone una de ellas.

Y va de nuez. El chamaco las ve y piensa "¿Qué traerán estas viejas?".

—¡Ya! —le gritan.

Y el chamaco, antes de echarse un pedo, ya acomodó nuevamente las cuatro piezas, y eso que antes se comió sus burritos de frijoles. Las educadoras lo abrazan y lo besan, el niño se limpia las babas de aquellas viejas. Lo llevan a la dirección y se lo presentan al director, pero los días pasan y, aun cuando el chamaco ya demostró que no es ningún baboso, sigue haciendo rompecabezas de cuatro piezas.

Cuando llega la hora de las matemáticas, todo mundo queda sorprendido. El mexicanito divide haciendo las restas en la cabeza.

—¡Guau! —exclama la profesora.

Pero él sigue en las clases de los rompecabezas. Pasan los días, pasan los meses, y se gradúa de la escuela elemental. Cuando llega a la Junior High, lo ponen en clases especiales de inglés y su consejero escolar le recomienda que no tome materias difíciles. Le indica que tome talleres de madera y mecánica y que mejor se olvide de geografía, historia y álgebra. "El profesor sabe mejor", piensa el chamaco, y se gradúa con diez.

Le espera la escuela preparatoria, o como dicen en Estados Unidos, la High School, y se repite la historia. Pasan los días, meses y años y se gradúa, ¡nuevamente con diez! Lástima que no puede ingresar a la universidad, para él no hay becas ni préstamos. Los cursos que tomó en la preparatoria no le sirven de nada. Tendrá que conformarse con ir a un colegio comunitario, y eso si bien le va. Todo por tener la piel morena y un apellido hispano.

Ese mismo sistema le tenía preparado a Silvia, como a tantos otros, un futuro en las fábricas, pero ella nunca se dejó de los educadores. Salió de la preparatoria becada, fue a una de las mejores universidades del sur de California y le propusieron que continuara con la maestría, pero prefirió por el momento pagar algunas deudas porque el gobierno no regala nada.

El Tururú se rascaba la cabeza. Admiraba a aquella chava y cada vez le gustaba más.

—¿Qué buscas al ayudar a los Benítez? —preguntó el Tururú, pero inmediatamente comprendió que su pregunta no había sido adecuada.

La expresión en los ojos de Silvia le indicaba que le había molestado ese cuestionamiento. Él trató de pedir perdón, pero ella no lo permitió y le contestó:

—No busco nada. No me interesa que se me recompense. ¿Por qué quiero ayudar? Más que nada es un pago a la memoria de mi abuela. Yo era muy pequeña, pero me acuerdo como si hubiera sido ayer. La abuela enfermó. Mi padre la encontró tirada y la llevó de inmediato al hospital. Él hablaba inglés perfectamente, pero lo vieron moreno y no lo quisieron atender. Él alegó que su madre estaba enferma, que era ciudadano y tenía derecho a reclamar. Los administradores lo vieron de arriba abajo y no le hicieron caso. La abuela iba empeorando, él seguía discutiendo… Mi padre lloró mientras veía cómo se iba la vida de su madre. Ella, desde la camilla, todavía le repetía que no se preocupara, que todo iba a salir bien…

Silvia interrumpió su relato. No pudo seguir, las lágrimas se le atoraron. El Tururú comprendió.

—¡Perdón! —dijo el Tururú apenado por su pregunta.

—No te preocupes —contestó limpiándose las lágrimas de la mejilla—. Ella murió ese día en la sala de operaciones.

—¿Y no demandaron al hospital?

—¡Demandar! —contestó ella en tono sarcástico—. Ese término es nuevo en el vocabulario del hispano. Lo de la abuela sucedió cuando se daban los primeros pasos, cuando surgieron los gritos de orgullo: "¡Soy chicano!", "¡Soy hispano!", y la "moratoria chicana" hizo su aparición. Eran manifestaciones de la gente por lo que estaba pasando en Vietnam. La raza se quejaba de que los suyos eran puestos en los primeros pelotones, eran los que irían como carnada. Morían por la democracia de un país que los rechazaba. Morían los Martínez, los López, los Gutiérrez, pero de reconocimiento, nada. En casa, su raza seguía siendo explotada, discriminada. El gobierno le daba una bandera a la familia del caído en la guerra y con ella lo sepultaban. Los Martínez morían, pero también los Martínez eran arrestados por casi nada, también a los Martínez se les cerraban las oportunidades de trabajo. "Los amamos, pero hay que mandarlos a la guerra", dirían probablemente los gobernantes. "No se preocupen, al fin que son hispanos"…

Silvia ya no lloraba. Se acomodó en su asiento y concluyó:

—Quiero que la abuela esté orgullosa de mí. En su memoria, y dentro de mis posibilidades, no permitiré que ninguna persona hispana vuelva a ser discriminada. No soy ni pretendo ser la solución, pero al menos en este caso, sólo quiero recordar a la abuela.

La tarde caía y el Tururú escuchaba. Las palomas blancas de la Placita Olvera dejaban sus huellas sobre las cabezas de los turistas. Algunos paisanos indigentes pedían una moneda estirando la mano.

—¡Póngase a trabajar! —les decían algunos, otros ni los miraban.

Qué gacho se ha de sentir que lo barran a uno de arriba pa abajo. Los mismos vatos ocultaban su pena agachando la cabeza.

El enorme reloj de la estación del tren, en mero enfrente de la calle Olvera, indicaba que ya eran las cinco y media de la tarde. María se presentó a cobrar. El Tururú sólo pudo dejar la propina. Silvia se encargó de saldar la cuenta. Otra vez, ¡qué pena!

Para las seis en punto ya estaban de regreso en La Casa Verde y los Benítez ya los esperaban afuera. Todos estaban de buen ánimo. Silvia le dio los últimos toques a la enseñanza.

—Señores —les dijo—, para las siete llega la ambulancia. No se preocupen, todo va a salir muy bien.

Los viejos se miraron uno al otro. Tenían confianza y le dieron gracias a Dios de que las cosas ya estuvieran mejorando. No podían pedir más.

El ruido ensordecedor del vehículo que lleva enfermos y muertos llamó la atención de los vecinos que miraban el televisor, y del perro que por un momento dejó de hacer sus cochinadas. Eso sí, las cucarachas ya no se levantaban, seguían ahí pero ésas sí ya habían estirado la pata.

Los camilleros estaban fortachones, pero cuando entraron a La Casa Verde por poco y se desmayan de los olores. Como pudieron agilizaron el paso, ya no aguantaban el vómito, lo tenían en la punta de la lengua. En un abrir y cerrar de ojos, doña Ana María fue puesta en la camilla. Segundos más tarde fue metida en la ambulancia. Se veía tan frágil la pobre viejilla, se veía muy tierna. Seguía con su escapulario puesto.

—Ya la queríamos como si fuera de la casa —dijo una de las trabajadoras sociales.

Otra hasta lloró, pero no crean que por doña Ana María, las lágrimas se debían a que el gobierno ya no les daría dinero por su caso.

Las puertas de La Casa Verde se cerraron, adentro quedaron otras vidas. No había sido nada espectacular la llegada de la ambulancia. Los vecinos uno a uno regresaron a lo suyo.

—¡Bah! Sólo era una simple vieja —diría alguno.

Silvia y el Tururú se fueron con los Benítez. La ambulancia les abrió camino. Nunca en su vida habían manejado tan tranquilos. Todo mundo se hacía a un lado, hasta los perros que estaban a punto de ser atropellados. Al llegar, don Martín se bajó a dar instrucciones. Sus hijos ya tenían todo listo. Su cuarto sería para la abuela, ellos dormirían en el garaje.

No podían faltar los vecinos chismosos.

—¡Pobre! Parece que está muerta —dijo una.

—La culpa la tiene el hijo —comentó otra—. Sabiendo que está enferma la pone a trabajar.

—¡Y con tantos pecados todavía van a misa! —dijo una tercera.

Silvia no pudo evitar detener su camino al entrar a la casa. Los cuadros religiosos eran un resto. Estaba la plana mayor de los más efectivos. En primer lugar estaba la Virgen María, seguida por la Virgen de Guadalupe que también tenía sus veladoras, y al Sagrado Corazón de Jesús otros santos lo rodeaban.

La cama especial y los demás aparatos ya se habían puesto y doña Ana María fue recostada. Las sábanas estaban limpias. El crucifijo era enorme y bello. Estaba en buena compañía, ya tenía con quién platicar, a quién contarle sus penas.

Silvia les dio las gracias a los camilleros, que ya estiraban la mano como pidiendo para sus aguas, pero no hubo tal. Ella se quedó un rato más, revisando que todo estuviera en su lugar.

—Para lo que se les ofrezca —dijo al despedirse—, aquí está mi tarjeta con el número de teléfono, tanto del trabajo como de mi casa.

El Tururú aprovechó para despedirse también. No entregó tarjeta pero no se necesitaba. Los Benítez sabían que con él se podía contar. Don Martín le dio las gracias, su esposa hasta le dio un beso, el perro no se quedó atrás y le lamió la cara.

—Te llevo a que tomes tu camión —dijo ella.

Él simplemente volteó. Le avergonzaba la situación.

—No te preocupes —contestó.

Pero ella no se tragó el cuento de que voy a ver a un amigo a otro lado. Lo llevó a que tomara su transporte urbano.

—Ojalá que se ponche una llanta o se le acabe la gasolina —pensaba él—. Tengo ganas de estar con ella otro rato.

Ninguna de esas cosas sucedió y en menos de cinco minutos llegaron. No se despidieron de beso, bueno, ni siquiera se dieron la mano. Todo quedó en un absurdo "Hasta luego", "Ahí nos vemos", "Gracias". Con un pie en el pavimento, el Tururú le pidió una tarjeta de presentación.

—¿Con el número de mi casa? —preguntó ella.

—No sería mala idea —dijo él.

El Tururú se esculcó los bolsillos para ver cuánta lana traía, pero no encontró nada ni en los de atrás ni en los de adelante. Todo se había quedado en la propina a la hora de la comida.

—¿Algún problema? —preguntó Silvia.

—¡No tengo dinero para el camión! —dijo apenado.

"Bonita situación", pensó. Por tratar de quedar bien, todo le salió mal. Se puso un perfume que olía a rayos, no tuvo dinero para pagar y se vio obligado a gorrear el pasaje, y lo peor fue que se lo tuvo que pedir a ella.

En los días siguientes, el Tururú anduvo como menso. Sólo pensaba en Silvia. En varias ocasiones tuvo un gran deseo de hablarle por teléfono.

El Yes Yes seguía dándole duro al entrenamiento y a las hamburguesas, mientras el Coras iba a la gran avenida, pero sólo a perder el tiempo. Decía que necesitaba vacaciones. Tenía semanas de no trabajar, pero estaba agotado por todo lo que había pasado.

Eran días felices para la comunidad mexicana en Los Ángeles, sobre todo para aquellos a los que les gustaban los deportes. Julio César Chávez estaba en boca de todos los aficionados a los trancazos, qué madriza le había puesto al Azabache Martínez para ganar el campeonato mundial. Fernando Valenzuela también daba mucho de qué hablar, continuaba sus duelos con el látigo negro de los Metropolitanos de Nueva York. Aunque ya no era considerado el hombre más sexy de los Estados Unidos, los gringos continuaban deletreando su apellido. Y el futbol seguía siendo la pasión. El clásico mexicano América-Guadalajara seguía provocando broncas entre compadres. Las volteretas de Hugo Sánchez en España continuaban festejándose en grande. Decían que era muy mamón, especialmente cuando hablaba con la zeta, pero metía hermosos goles. Hasta los españoles ya lo querían naturalizar.

Había motivo para festejos. Además, se aproximaba la fiesta nacional, el día de la Independencia de México. Los comerciantes de todas las nacionalidades aprovechaban la ocasión para vender hasta a su madre. El periódico *La Opinión*, el de mayor circulación en español, y su nuevo rival, *Noticias del Mundo*, informaban a los lectores en su sección de espectáculos dónde se llevarían a cabo los festejos, desde el parque San Fernando hasta el Belvedere del este de Los Ángeles. El Centenal de la ciudad de Santa Anna tendría también el suyo. El Consulado General de México no acababa de coordinarse con el Comité Cívico Patriótico y cada quien hacía lo suyo. Los festejos preliminares del grito consistían en una gran venta de comida típica mexicana en el quiosco de la Placita Olvera.

El Tururú, el Coras y el Yes Yes hicieron planes para asistir. Este último no tenía partido ese fin de semana, así que se vio muy galán e invitó a su mujer con los chilpayates a echarse un elote en la Placita. El gringo marihuano también fue invitado, decían que porque les caía muy bien, pero lo más seguro es que fuera para sacar aventón.

El Coras estaba muy animado esperando encontrarse una chava con quien cotorrear, mientras el Tururú estaba animado también, pero pensativo. "¿Por qué no invitar a Silvia?", se preguntaba.

Se animó el viernes por la noche. La invitación sería para el domingo quince a las doce del día. Llegó al teléfono público que estaba ocupado por una vieja chaparra y gorda que daba una receta para bajar la panza. Después se puso a hablar del galán. El Tururú se desesperó y se fue en busca de otro. Llegando, marcó:

—¿Bueno? —dijo una voz aguda.

—¿Se encuentra Silvia? —preguntó.

—Un segundo, por favor —le contestaron.

El Tururú sentía que se le caían hasta los pantalones.

—¿Bueno? —repitieron en varias ocasiones.

Silvia estuvo a punto de colgar. Al Tururú le sudaban las manos y con voz entrecortada tuvo el valor de decir:

—Hola, soy yo, Gilberto Méndez. ¿Me recuerdas?

—¡Claro! Te reconozco la voz. ¿Cómo estás?

—Bien. No te quiero molestar. Sólo deseaba invitarte a pasear el próximo domingo.

—¡No puedo! —dijo ella, se oía resignada.

—Comprendo...

El Tururú estuvo a punto de colgar cuando ella le preguntó:

—¿Quizá otro día?

—Bueno —dijo él un poco más esperanzado—. Estamos en contacto.

El galán había perdido la primera batalla, pero no la guerra. El Coras trató de consolarlo.

—Carnal, hay más viejas —le dijo.

Caminaron por toda la calle Delano hasta llegar al departamento.

El Coras y el Tururú fueron a la avenida al día siguiente. Necesitaban la chamba. El poco dinero que tenían guardado ya se les había acabado. Llegaron muy temprano, ni siquiera se desayunaron. Ese día tenían energías y levantaron la mano pidiendo chamba como en sus mejores tiempos, pero ¡lástima, Margarito!, había otros mejores, como que se encontraban desencanchados.

El Lupillo solamente se reía de ellos.

—¡Ya están viejos! —les gritaba.

Ya estaban a punto de irse a refinar cuando consiguieron un trabajito, instalar unos pedazos de alfombra. Les salió caro el chiste, se chingaron las rodillas. Esa noche no salieron, se quedaron en casa como niños buenos.

¡Ah!, pero al día siguiente muy temprano ya estaban listos para pachanguear. Vestían sus mejores galas. El Coras llamaba la atención con su camisa morada y el Tururú no podía vestir mejor. Volvió a ponerse sus pantalones negros, pero en esta ocasión ya no se puso la loción que le ofrecía el amigo.

El Yes Yes y su compadre, el gringo marihuano, pasarían por ellos. No fueron muy puntuales. El Coras y el Tururú entraban y salían del departamento.

—Presiento que ya nos dejaron plantados —dijeron.

Pero no, sólo llegaron un poco tarde. El Yes Yes argumentó que el Tomito se había hecho en los pañales y se vieron en la necesidad de regresar a la casa. Se metieron todos a la camioneta y en más de una ocasión el

Coras tuvo que pedirle disculpas con la mirada a la esposa del Yes Yes, ya que sin querer queriendo le iba tocando las nachas.

Ese domingo quince de septiembre parecía que nadie tenía nada más que hacer que ir a la Placita Olvera. Tomaron la autopista 5, la cual estaba congestionada, y también por la calle valió madres. No pudieron asistir a misa como habían planeado. Se estacionaron a más de una milla de distancia y sólo pudieron escuchar cuando el sacerdote decía:

—Que la paz esté siempre con vosotros.

La fiesta de la Olvera estaba en grande. El gobierno de la ciudad se encargaba de cerrar las principales calles, una de ellas de nombre Los Ángeles. Los patrocinadores del evento estaban presentes, eran los que producen cigarrillos, y los de las chelas no podían faltar. Sus enormes mantas, más que hacer lucir el evento, estorbaban, y la de las gaseosas también hacía acto de presencia. Todos y cada uno de ellos regalaban una muestra de su producto, pero no así los que vendían comida.

Todos los tacos valían un dólar, aquello estaba a reventar. El quiosco de la Olvera, que servía como escenario principal, presentaba a artistas a los que solamente conocían en su casa. Pobres músicos de pueblo, se veía que se habían gastado todititos sus ahorros en la compra de sus atuendos.

—¿De qué circo salieron? —les gritaba la gente.

El de la batería no le daba duro, tenía miedo de que en cualquier momento se le fuera a hacer un hoyo. Cantaban y cantaban los Terribles de la Frontera. En más de una ocasión, al vocalista se le salieron los gallos. No podía faltar la que imitara a la India María, siendo su única gracia su figura. Los comentarios sobre ella tampoco se hicieron esperar:

—¡Ya bajen a mi suegra! —gritó uno.

Las nalgonas y las que portaban grandes chicharrones eran aplaudidas a rabiar por aquella muchedumbre que en su mayoría era masculina, pero los organizadores también presentaron cultura. Un grupo de danza azteca hizo su aparición. Todos los danzantes tenían una figura bien definida, había musculatura, y las féminas ni se diga, ésas sí provocaron que a la gente se le cayera la baba. Sus hermosos atuendos llamaban la atención. El pobre vato del tambor a la media hora ya sacaba la lengua.

Un grupo de música latinoamericana inició con la canción del *Cóndor Pasa* y hasta las palomas pusieron atención. Tocaron por más de una hora, pero al momento de pedir la coperacha toda la gente se alejó.

Pero no sólo los paisanos la disfrutaban, los gringos también. Los turistas orientales perdían parte de su rasgo principal cuando abrían los ojotes para ver a las vedetes mover las lonjas. El Yes Yes tenía que fingir porque su mujer nunca se apartó de él. El Tururú ponía poca atención, pero el que no se mordía la lengua era el Coras.

—¡Mamacita! —gritaba.

Los paisanos indigentes que se concentraban en la Iglesia de la Placita Olvera eran los más beneficiados. Fumaban gratis, chupaban gratis y se empanzonaron con tanto refresco que les regalaron. Uno que otro se empleó en los puestos de comida.

La delegación del Tururú sí que la disfrutó en grande pues había de todo. Comieron tacos de chicharrón con chile verde, pepinos con limón, y todavía tuvieron espacio para echarse su elote. Para las cinco de la tarde, el Yesito y el Tomito estaban dormidos y orinados, los demás buscaron dónde reposar las asentaderas pero lo único que encontraron fue el pasto. Qué importaba, sólo sería por una hora, pero se les hizo una eternidad. A Tom se le ocurrió quitarse las botas y pa qué les cuento, aunque los demás por educación no le dijeron absolutamente nada.

Poco a poco, la gente concentrada en la Placita Olvera se fue desplazando adonde se celebraría el Grito, enfrente del Palacio de Gobierno de la ciudad. El evento había sido organizado en coordinación con el Consulado de México. Buscaron acomodarse en las primeras filas y tenían todo el derecho del mundo porque habían sido los primeros en llegar.

—Señores, estas sillas están apartadas —decía un joven un poco nervioso.

—¿Para quién son? —se le preguntó.

—Son del Consulado —contestó el joven aún más espantado.

—¡Bonitas chingaderas! Hasta en eso nos chingan. Pues a ver cómo le hacen porque yo de aquí no me muevo —les dijo uno de ellos quitándose el sombrero y peinándose los pocos pelos.

El joven, que vestía como empleado de cine, pantalón gris, camisa blanca y corbata roja, salió de ahí corriendo, pegándole un tremendo grito a un colega suyo que vestía los mismos colores. Después se sabría que eran miembros de la escolta del Consulado.

—¡Llamen a un cónsul! La gente ya ocupó los lugares y no se quieren quitar —gritaba desesperado, como si de aquello dependiera su trabajo.

Al no tener respuesta inmediata, regresó todo sudado y con manifestaciones del mal de zambito.

—¡Por favor! ¿Por qué no se quitan?

La gente ya no hizo caso, y ya no era solamente el del sombrero, sino también la del rebozo, el que fumaba Marlboro y el que se picaba los dientes. ¡Claro! Cada uno con sus respectivas parejas y uno que otro chilpayate. No habían pasado ni 10 minutos cuando un personaje con fuerte parecido a Víctor Iturbe, el Pirulí, hizo su aparición. Contrario a sus colegas, éste habló en un tono más enérgico, con más autoridad:

—¡Se me quitan o llamo a la policía!

Ninguno pareció escucharlo, pero el cónsul no hablaba en broma. Lo decía en serio, y fue directamente a hablar con los hombres vestidos de azul, quienes con palo en mano siguieron al hombre del pelo rizado.

—¡Necesitamos que se quiten! —repitió, ahora con más agallas y apoyo.

La raza no pudo ocultar su disgusto. Uno escupió al suelo, el otro aventó el palillo, el del Marlboro apagó la bachita en el suelo y el del sombrero se rascó la pelona.

—Son unos inútiles —les dijo el que se parecía al Pirulí a los de la escolta del Consulado—. Hablaremos de esto el lunes por la mañana.

El Yes Yes, el Tururú, el Coras y el resto de la comitiva estaban a la expectativa. Qué pinches pleitos por unas sillas, pero los paisanos tenían razón, ¿no decían que el festejo del Grito era para el pueblo? De las quince hileras de sillas, diez estaban apartadas para los VIP. La policía seguía de guardia y uno a uno aquellos paisanos se fueron alejando y tomaron otros lugares muy lejanos a los originales.

—¡Chinguen su madre! —les gritaron.

Los empleados consulares de menor rango, vestidos con los mismos colores, se relajaron y se limpiaron el sudor de la frente.

—Esto está de la chingada —dijo uno al que le decían el Güero—. Siempre nos toca lo más delicado, las broncas con la gente.

Para las siete de la noche, aquello estaba repleto. En las primeras diez filas había pocas sillas y estaban ocupadas. Los grupos artísticos de menos renombre trataban de distraer a la concurrencia, pegaban sendos gritos y hasta tiraban patadas, pero no funcionaban. Los del Canal 34, KMEX, no los pelaban. Había que guardar la cinta para grabar lo mejor.

La gente disfrutaba de aquel desfile de artistas, mientras que los políticos de la ciudad, directores de organizaciones lucrativas, funcionarios consulares, representantes de los medios y uno que otro colado o metiche disfrutaban de la recepción ofrecida al representante del presidente mexicano, que por ser Los Ángeles una ciudad que alberga a tantos connacionales, tenía que ser uno a nivel de secretario de Estado, quien por cierto a su llegada había creado polémica.

Los medios de comunicación se habían encargado de calentarle la cabeza a la gente publicando que diez de esos carros largos que casi cubren una cuadra, las llamadas limusinas, los habían ido a recoger al aeropuerto de Los Ángeles, pero no vayan a pensar que habían llegado en vuelos comerciales, el país tenía dinero suficiente para mandarlos en vuelos particulares. Se había gastado un chingo de dinero para que, en nombre del presidente, el susodicho dijera unas simples frases:

—¡Viva Miguel Hidalgo y Costilla! ¡Viva Josefa Ortiz de Domínguez! ¡Viva José María Morelos y Pavón!

Y unos cuantos héroes más y luego otros tantos "¡Viva México!". Para eso traía a la gran comitiva: esposa e hijos con sus respectivos secretarios particulares. Las nanas para los pequeños no podían faltar, y para el compadre y la secretaria de éste fue necesario alquilar una limusina más.

Para las nueve de la noche los quesos y las carnes frías de la recepción ya se habían acabado. Los vasos de plástico con sidra estaban por todos lados y en el suelo sólo quedaban las morusas y las botellas de champaña a medio llenar.

El cónsul general guardaba la postura mientras los empleados consulares de menor rango seguían partiéndose la madre con la gente que exigía estar en las primeras filas. El secretario particular del alcalde de la ciudad le susurró al oído a su jefe que ya era hora de ir a tomar su lugar. El cónsul general, que siempre estaba a la expectativa, escuchó la noticia y se apresuró a hacérsela llegar al secretario de Estado, quien se encontraba en el baño y hubo que esperarlo un buen rato.

Quince minutos más tarde, hicieron su entrada triunfal y ocuparon aquellas sillas que heroicamente habían sido defendidas por los empleados locales del consulado. Las mentadas de madre con música de viento no se hicieron esperar.

La entrada de los mariachis hizo olvidar repentinamente esos momentos tan bochornosos con canciones que hacían vibrar a la gente. Aflojando la garganta, entonaron algunas de José Alfredo Jiménez y otras de Cuco Sánchez. La gente soltó el moco cuando se entonó aquello de "…que digan que estoy dormido…", o sea, *México lindo y querido*. Más de uno chilló, no ocultaron su dolor, su nostalgia y su amor por lo que habían dejado atrás.

Cuando aquello estaba en su mero mole, las mentadas de madre volvieron a aparecer. El alcalde de la ciudad y el enviado del presidente subieron al estrado tímidamente acompañados por el cónsul general para dar el Grito de Independencia.

La banda de guerra traída de Tijuana cimbró a la concurrencia. La piel se les puso de gallina. Los funcionarios tomaron sus puestos y sus respectivas banderas, los himnos fueron tocados y al Coras, al Tururú y al Yes Yes se les salieron las de San Pedro mientras los que estaban a su lado solamente hacían muecas. Cualquier argumento era bueno para no admitir que estaban llorando.

El himno unía nuevamente a la raza. Tanto partidarios como opositores del gobierno se unían para entonar esa bella y enorme canción. Los empleados consulares solamente la tartamudeaban porque no se sabían ninguna estrofa. ¡Qué vergüenza!

Y el momento esperado llegó. No hubo discurso del representante del presidente. Qué bueno, pa qué se exponía el condenado. Con bandera en mano y micrófono en la boca, se aprestó a dar el Grito y miró a las alturas. En el primer alarido se le salió más de un gallo causando risas entre el público. El siguiente "Viva" sí le salió a toda madre. Los paisanos lo apoyaron a rabiar. Las cámaras de televisión sacaron las imágenes de una mujer que lloraba, aunque después se supo que era porque su hijo se había perdido.

Los policías de la ciudad veían cómo los paisanos gritaban vivas y decían que estaban locos. La mitad de las sillas reservadas nunca fueron ocupadas. Los pudientes e influyentes, los comerciantes con feria, no habían llegado. ¡Pa qué juntarse con la chusma!

Los empleados consulares de menor rango habían cumplido su labor y al día siguiente los felicitarían porque nadie había ocupado aquellas sillas.

—Gracias por su presencia —dijo el maestro de ceremonias a la gente ahí reunida y a los medios de comunicación.

Los artistas invitados fueron objeto de un cerrado aplauso. Todo terminó. La gente volvió a dividirse en grupos y de repente se escucharon los gritos de "¡Ratero!" o "¡Palero!".

—¿A quién se lo gritarían? —preguntó uno.

—Mejor no hay que investigar —dijo otro.

Todo el mundo se hizo menso. Sólo se escuchó a unos niños vestidos muy elegantes que decían:

—Papi, creo que te hablan…

La comitiva del Tururú iba de regreso feliz de la vida. El gringo marihuano también gritó sus vivas. Se escuchaban los comentarios de la gente:

—Acá en el norte falta el verdadero Grito. Falta que se diga "¡Viva Pedro Martínez! ¡Viva Maclovio Sánchez! ¡Viva Federico Díaz!".

—"¡Vivan los indocumentados que mandan dinero para mejorar la infraestructura de sus pueblos!" —completó otro—. "¡Vivan los indocumentados que nos han dado tierra y libertad, porque gracias a los que emigran las cosas en el país no se ponen peor!". "¡Vivan los indocumentados que le mandan a su familia para comer!"

—¡Es cierto, compadre! —comentó uno más—. Pero sabe qué, yéndonos un poco más lejos, debería hacerse un mural como el que tienen los gringos para sus héroes de guerra. Sí, un "mural para los indocumentados caídos", que se pongan los nombres de los paisas que han fallecido en su intento por llegar a los Estados Unidos, los que son violados y ultrajados, al que le dieron el balazo en la cabeza, el que se cayó del tren, el que fue atropellado en la autopista. Sí, sería importante el mural del indocumentado caído como recordatorio para todos, para el gobierno de los Estados Unidos, para el gobierno mexicano y para todos los aspirantes a mojados.

—Oiga, compadre —contestó otro—, ¿y no cree usted que también sería importante que en ese mural hubiera un espacio en el que se mencionara a los que han caído víctimas de la policía y de la migra?

—Pues por qué no. Que sepan a lo que se expone la gente al querer venir para acá.

Los dos compadres eran un par de viejos que hablaban con nostalgia en las escalinatas del palacio de gobierno de la ciudad. La noche era fresca, uno fumaba Winston y al otro le habían traídos sus Faros del pueblo.

—Falta otro monumento al indocumentado desconocido —comentaron—
y también el Día del Indocumentado.

—¿En México?

—¿Por qué no? En nuestro país se festeja todo. ¡Sólo falta éste! Hasta
eventos deportivos se propondrían: brinco de barda, natación de diez metros libres, y el principal de todos: cuántos caben en la cajuela del carro.

Los compadres ya estaban solos. Aquello era un tiradero. Disfrutaban
de su cigarro cuando fueron abordados por unos policías y para evitar problemas les dijeron a los uniformados:

—Ya nos vamos.

Los viejos se perdieron al dar la vuelta en la calle Los Ángeles. Ya todo
había terminado. Habría que esperar otro año para volver a festejar el
Grito de Independencia.

Durante los siguientes dos días, el alto funcionario —de puesto y salario
nada más, porque de físico era medio chaparro— que representó al señor
presidente en el Grito de la Independencia continuaba haciendo acto de
presencia en cuanto evento organizaba el Consulado de México. La escuela elemental del este de Los Ángeles ya le esperaba para que les hablara de
México. La Beneficencia Mexicana había comprado las flores para depositar como ofrenda en el busto de Hidalgo, ubicado en el Parque México.

Y seguía el funcionario dando discursos que, por cierto, ya se sabía de memoria. Mientras, la familia continuaba dando rienda suelta. Aprovechaban
bien el tiempo, puro andar de tienda en tienda, pero las famosas tiendas de
piojito no se vieron favorecidas con su presencia. Compraban solamente en
las de Beverly Hills. La cosa era comprar y comprar, mientras los empleados consulares cargaban las cosas. Gastaban el dinero como si verdaderamente fuera suyo.

—¡Qué más da! —dirían—. De esto tenemos mucho más.

El funcionario seguía pegando de gritos al ver lo que la familia gastaba. ¿Molesto por lo gastado? Who knows, como dirían los gringos.
Probablemente su enojo se debía a que no lo habían invitado a gastarse
lo que se había ganado por dar el Grito, eso que en las dependencias de
gobierno llaman "viáticos".

Mientras tanto, en el Consulado, los gritos seguían. El cónsul que se
parecía al Pirulí continuaba regañando a los empleados de menor rango y
cumplió sus amenazas: los que habían logrado una ascenso en sus labores
fueron enviados nuevamente a dar información, y mejor que no se quejaran porque los podían poner de patitas en la calle.

Por lo que a la avenida respecta, había manifestaciones de que extrañaban al Yes Yes. Los de Michoacán, Jalisco y Guanajuato, y hasta los centroamericanos, preguntaban por él. El Tururú y el Coras los mantenían informados. El Lupillo no se quedaba atrás, aunque no preguntaba por él porque lo quisiera, sino porque le debía una feria.

Durante esa semana de septiembre el sol sí que pegaba en serio, pero ninguno de los presentes en la avenida se rajaba. No bajaban el brazo y continuaban pidiendo chamba. Los que la conseguían regresaban un poco más prietitos, y los que se quedaban… pues se quedaban jodidos pero del bolsillo. Pronto se darían cuenta de que había otros peor que ellos.

El jueves 19 de septiembre de 1985 el pueblo de México lloró. La naturaleza provocó su llanto y todo el mundo se enteró, hasta los de la gran avenida lo supieron. Esa mañana seguían en lo suyo mientras los patrones regateaban. Las gotas de sudor caían. Fue el Lupillo quien en su viejo radio escuchó un boletín que decía: "Tembló en la ciudad de México" y empezó a comentarlo con quien se acercaba. No se sabía mucho hasta que todas las estaciones de radio en español interrumpieron su programación. Todos hablaban de lo mismo, hasta el más mamila de los locutores dejó de decir pendejadas y por una vez habló en serio. La radio en inglés también daba cobertura.

Poco a poco, conseguir chamba fue cosa secundaria. Unos treinta hombres se reunieron en torno a la troca del Lupillo para saber qué estaba sucediendo. Los patrones les tocaban el claxon encabronados porque nadie les hacía caso. Hubo mentadas de madre. Los trabajadores no se movían un solo instante, querían escuchar las nuevas.

La primera hora fue de total desconcierto. Todos continuaban muy atentos. Lo que ya se había confirmado era la hora en la que el violento sismo le había pegado con todo a la ciudad de México: 7:19 de la mañana.

—Dame tres de asada y dos de sesos —gritó uno que recién se había incorporado al grupo.

—¡No chingues! Ahorita no hay servicio —le dijeron.

—¿Entonces qué hacen aquí? —preguntó el despistado.

—¡Tembló en México, cabrón!

—¡No mames! ¿En qué parte?

—Si te callas, pronto lo sabrás.

El nerviosismo se apoderó de muchos de ellos. Prefirieron irse a casa y ver las noticias por televisión. Los que se quedaron prendieron sus cigarros dándoles las tres a los que carecían de ellos. Las noticias seguían anunciando que las principales colonias del Distrito Federal habían desaparecido, la Roma, el Centro, Tlatelolco y la Doctores. Aquello era un silencio total. Hubo quien de repente chilló.

—¿Qué te pasa, carnal? —le preguntó el Coras.

—¡Mi gente vive en Tlatelolco! La vieja, los dos morros y los jefitos.

—No te preocupes, ya sabes que estos cabrones de las noticias a veces no saben ni de lo que hablan. Ya verás que todo está bien.

—Espero que tengas razón —dijo el chillón mientras se limpiaba las lágrimas con el puño de la camisa.

El chillón, un hombre de 28 años con cara de niño y figura de enano, era el primero que manifestaba su abierta preocupación por lo que estaba sucediendo en México.

El grupo seguía atento escuchando las noticias. No daban crédito, hasta el perro de la esquina dejó de ladrar. El locutor anunciaba la caída de otro edificio más, varias escuelas se vieron afectadas y hospitales enteros cayeron. Los centroamericanos ahí presentes dijeron "lo siento" de corazón. En menos de dos horas todo el mundo ya sabía de la tragedia. El carnicero se olvidó de los cortes finos y se puso de vieja argüendera dando los pormenores de lo que estaba sucediendo. El panadero no se quedó atrás y por andar en el mitote no se dio cuenta de que alguna clientela ya le había bajado los "calzones" (pero de pan) y quitado algunas "conchas".

Quien sí se había equivocado de oficio era el paletero, muy simpático por cierto, quien entre grito de "¡Paletas de limón!" anunciaba "¡Tembló en México!".

—¡Paletas de coco! —decía—. ¡Tembló en México! ¡Hay miles de heridos y cientos de muertos!

Su grito recorrió las calles de Pacoima, Sun Valley y Van Nuys. Algunos decían que estaba loco, otros le preguntaban más, como si realmente supiera.

—¡Llegó hasta Guadalajara!

—¡Hasta en Tijuana lo sintieron!

—¡Desapareció la capital!

La noticia pasó de boca en boca y se fue distorsionando. Cada quien daba su versión y en ocasiones decían puras pendejadas, lo que provocaba gran desconcierto entre los que escuchaban. El Tururú y el Coras permanecieron en la gran avenida escuchando el desarrollo de los acontecimientos. Al Lupillo poco le importaba si vendía o no, los patrones seguían tocando el claxon y mentaban muchas madres. El chillón seguía chillando, el perro que estaba a su lado ya estaba todo empapado. El vato sí que estaba sufriendo. Ya ni el Coras ni el Tururú le decían nada.

—¿Por qué nos tiene que pasar esto? —preguntó el Coras encabronado—. Siempre le suceden estas cosas a los más jodidos.

El locutor en ningún momento mencionaba que las colonias de los ricos se hubieran visto afectadas.

Ni el Tururú ni ninguno de los presentes dijeron absolutamente nada. Quizá no había respuesta a las interrogantes del Coras. Todos estaban en su asunto, cada cabeza era un mundo, cada quien se imaginaba lo suyo.

El chillón ya de plano no se aguantó y se alejó de ahí. Hubo quien le quiso acompañar, pero éste les retiró el brazo que le habían puesto alrededor del hombro.

Para la una de la tarde el Lupillo cerró el changarro. Algunos jornaleros permanecieron ahí aun cuando ya se habían acabado los cigarros. Eso realmente era lo de menos, al que pasaba por ahí luego luego le bajaban los suyos con la excusa de que estaban muy nerviosos.

Por la tarde, el periódico *La Opinión* sacó una edición especial cuyo encabezado decía:

SE DERRUMBAN HOTELES Y EDIFICIOS.
INCENDIOS POR ESCAPES DE GAS.
PRESIDENTE MEXICANO DECLARA EL D.F. ZONA DE DESASTRE.

Las fotos eran elocuentes. Los testimonios de la gente hacían que la piel se arrugara. La edición se vendió como pan caliente, todo el mundo se lanzó en busca de su copia y aquellos que no la alcanzaron se conformaron con lo que el vecino estaba leyendo. Hubo quien hasta en la tragedia quiso salir de su apuro económico. Algunos compraron montones de la edición y, ¡claro está!, la vendían más cara. Los dueños de *La Opinión* también hicieron su agosto.

El Coras y el Tururú regresaron a casa tomando el rumbo de la Van Nuys y fueron testigos de la angustia que vivían los mexicanos de este lado de la frontera. Era un momento difícil para la raza que estaba tan lejos de los suyos. La tragedia era propia. Llegando a la calle Delano, en donde se encuentra la Iglesia de Santa Elizabeth, las escenas fueron aún más conmovedoras. El templo ya estaba repleto, la gente ahí sí lloraba, expresaba sus sentimientos sin importar quién la viera.

Unas cuadras más adelante, ya estando en el barrio, los vatos locos también ya estaban de argüenderos. Con su español medio mocho y su inglés con acento decían en síntesis que la cosa estaba de la chingada. Los dos amigos por fin llegaron a su destino, algunos de los compas ya habían regresado de trabajar y hablaban de lo mismo.

—Oye, Coras, parece que fue más serio de lo que se ha venido diciendo —dijo uno de ellos.

—Sí —dijo éste resignado.

—¿Preocupado? —le inquirieron.

—Simplemente inquieto. Creo que todos estamos igual.

—Mañana voy a ir al Consulado de México, a ver qué otra información nos pueden dar —interrumpió el Tururú.

Toda esa noche, la paisanada no se retiró del televisor. Resultó en vano intentar comunicarse por teléfono con los suyos al Distrito Federal. Algunos de Michoacán, Jalisco o Guanajuato sí lo lograron y recibieron buenas noticias. Por esos rumbos sólo las tejas del techo se cayeron de algunas casas.

En la Iglesia de Santa Isabel, en Van Nuys, como en otras tantas del Valle de San Fernando y del este de Los Ángeles, se ofrecieron misas especiales. En la de Nuestra Señora de Los Ángeles, por la Placita Olvera, los jornaleros sin chamba –o como dijera uno por ahí, "los vagabundos"– rezaban con devoción guiados por una anciana que por lo menos sí se sabía el padrenuestro. Pedían por los que habían perdido la vida, por los desaparecidos, por los enfermos, pero sobre todo por los que habían sobrevivido, para que tuvieran fuerzas. Todo el mundo se tomaba de las manos, cerraba los ojos e inclinaba la cabeza. Hubo llanto.

El Yes Yes, con hamburguesa en mano, llegó a su casa como cualquier otro día y fue su señora quien le dio la noticia. Éste se quedó mudo, no dijo palabra alguna. Al prender el televisor y ver algunas de las escenas, simplemente apretó los dientes. Junto a él estaban sus compadres muy pendientes. Sintió cómo la sangre se le subía a la cabeza al enterarse de que una de las zonas más afectadas era la colonia Tlatelolco. Cruzó la mirada con su compadre y tomó a su mujer de la mano. Él tenía familiares por esos lares.

–Compadre, dame un aventón para ver a los cuates –dijo el Yes Yes.

–¡Mejor quédate en el cantón! –le contestaron.

–Quédate con nosotros, mi amor –le dijo su dama, quien cargaba al Tomito quien al parecer estaba enfermo de la panza pues no dejaba de llorar y los olores que desprendía eran fulminantes.

El Yesito le sonreía muy inocentemente.

–Vamos a jugar –le decía.

El Yes Yes comprendió que eso era lo adecuado. Esa noche ni cenó. Simplemente se aventó un licuado y como cientos de personas intentó comunicarse por teléfono con los suyos, pero fue en vano. Terminó como tantos otros esa noche, con lágrimas en el suelo.

Al día siguiente, *La Opinión* seguía haciendo su agosto. La gente en los supermercados se peleaba por tener su copia. Hubo más de uno que en las trocas de comida la cambiaban por una torta de carnitas. El paletero sí que se vio chingón. Ese día dejó su acostumbrado producto en casa y traía el carrito repleto de noticias que vendía a 75 centavos.

En los trabajos, los patrones gringos se vieron gentes y permitieron que sus empleados llevaran radios portátiles. En algunos lugares hasta televisor les pusieron. Las escenas y las fotos eran desgarradoras. Los testimonios eran aún más dramáticos que el día anterior. Ya se hablaba de miles de muertos y de desaparecidos ni se diga. Ya se había perdido la cuenta de los heridos. ¡Ah!, pero el presidente hizo acto de presencia en las zonas más devastadas. Los trabajadores reaccionaron al ver aquellas escenas.

–¡Como si con su presencia se fuera a arreglar todo!

—¡Mírenlo! Ni siquiera una piedra levanta…

—No pidas mucho. Miren, ni sus guaruras se agachan.

Ese 20 de septiembre de 1985 hubo gente que se lanzó como loca al Aeropuerto Internacional de la ciudad de Los Ángeles. Su objetivo era sencillo: irse de volada a México a ver a los suyos. No importaba en qué parte del país estuvieran, simple y sencillamente lo acontecido les había llegado profundo, fue motivo para reflexionar y pensarle un poco más sobre lo que es la vida.

Para muchos, su deseo de ir a México quedó en una simple ilusión, no hubo cupo para ellos.

—¡Señora, le compro su boleto! Se lo pago al doble —gritaba una dama muy perfumada.

La que tenía el boleto en la mano, una mujer de rebozo, le pidió que la disculpara. Ningún dinero en el mundo le impediría reunirse con los suyos.

La solidaridad en esos momentos era evidente. Con frecuencia se escuchaba:

—¡Voy a la colonia Doctores! ¿Quién quiere mandar un mensaje?

La cola se formaba.

—Dígale a mi hija que me hable cuando pueda —decía una mujer muy desesperada.

—Dígale a mi mujer que la quiero —decía otro que portaba un gran sombrero.

—A los míos les entrega esto —dijo un hombre en silla de ruedas que logró hablar con el buen samaritano y le depositó una Biblia en las manos.

—¿Quién va a Tlatelolco? ¿Quién va a Tlatelolco? —gritaba una familia entera.

Todo el mundo volteaba a ver a aquella familia desesperada. Los que no sabían qué estaba pasando, principalmente los pasajeros de las otras aerolíneas, sólo los miraban. Los que sabían sentían lástima al ver aquello.

De repente, una voz anunciaba el vuelo 411 a la ciudad de México y todos preguntaban porque no se le entendía nada. Los pasajeros fueron abordando el ave de acero. La familia seguía gritando:

—¿Quién va a Tlatelolco?

No perdían la fe. El último pasajero arribó rechinando las suelas de sus zapatos nuevos.

—¿Usted va a Tlatelolco, señor? —le preguntaron.

—No, pero puedo pasar —les contestó, por lo que le entregaron un paquete blando que tenía una estampita de la Virgen de Guadalupe.

Ese día el Yes Yes no fue a trabajar. Se reunió muy temprano con sus dos amigos. Necesitaba que lo reconfortaran. Temía por los suyos. Dos hermanos y una hermana vivían cerca de la Secretaría de Relaciones Exteriores.

El Coras no estaba nervioso. Los suyos vivían en el Estado de México, por donde vivió Juan Diego, sí, al que se le apareció la Virgen, en Cuautitlán de Romero Rubio. Antes de salir se aventaron su torta de frijoles.

—¡Sólo esto me faltaba! —gritaba el Yes Yes dando un grito de dolor.

Sus amigos pensaban que se relacionaba con lo del temblor, pero no, le había salido una piedra en los frijoles. Después de retirarse el pedazo de muela que se había partido, les dijo a sus cuates que se sentía deprimido. Tenía años de no ver a su familia y temía por su bien.

—¿Qué piensas hacer? —le preguntó el Coras.

—Esperar a que me lleguen noticias. No tengo dinero y de seguro no me darían permiso de faltar en el trabajo. No puedo hacer más que esperar.

El Yes Yes no lloró. El Coras lo tranquilizó mientras el Tururú sólo los observaba. La radio seguía encendida. El número de muertos iba en aumento, así como el de los desaparecidos. El Yes Yes reaccionó repentinamente con violencia, dando puñetazos en la mesa.

—Bueno, ¿nos vamos a quedar aquí simplemente escuchando las noticias? ¿Por qué no hacemos algo más productivo? En la radio constantemente anuncian que se están coordinando para enviar medicinas, alimentos, cobertores y dinero para la gente. ¡Vamos a quitarnos este sentimiento de valemadrismo y de conformismo!

El Tururú frunció la quijada aprobando la reacción de su camarada.

—¡Adelante! —le dijo dándole una palmada en la espalda—. Vamos a hacer algo.

Ya no fue al Consulado de México. Le robó una sábana blanca a uno de los camaradas y con un plumón negro hizo su manta: "Hoy y siempre con la raza".

En chinga se fueron a la Lankersheim Boulevard y le preguntaron al Lupillo en qué parte de la troca podían colgar su mensaje.

—Donde quieran —les dijo—. Espero que no me tapen los precios. La gente va a pensar que el refín es gratis.

Los tres se organizaron bien. Fueron a pedir algunas cajas de cartón a la tienda de la esquina y el supervisor les dio la bendición al hacer el primer donativo. Eran unas bolsas de comida enlatada. A un lado de la troca La Lupita concentrarían las cosas.

Unos pinches gringos que pasaban por ahí les gritaron:

—Fuck you, mexicans!

¡Qué bueno que iban a toda velocidad! De lo contrario los paisanos les hubieran dado alcance y muy probablemente hasta les hubieran partido su madre.

Doña Petra fue y entregó una ropa de sus nietos. Unos chamacos que pasaban por ahí entregaron unas monedas. No tardó mucho en que la gente corriera la voz informando que los jornaleros estaban juntando cosas.

En menos de cuatro horas ya tenían bastantes cajas y bolsas de plástico repletas de ropa. Con decirles que también agua y leche había. La gente se estaba portando buena onda. El Lupillo regalaba tacos y tortas a los que hicieran su donativo. Terminó dando de frijoles porque de los de asada ya no había. Los salvatruchas sí que respondieron.

—Mira, cerote —le dijeron al Tururú—. Esto es lo que ganamos hoy.

Eran 150 dólares. El Tururú no daba crédito a lo que estaba sucediendo. Tomó el dinero y no pudo decir nada, los gallos no se lo permitieron. Miró la feria y una lágrima rodó al suelo. Algunos paisanos que habían atestiguado aquello fueron sacando de su bolsillo el fruto de su trabajo del día.

—Toma, carnal —le dijeron—. Esperamos que no te los vayas a clavar.

Y las cajas seguían llegando. Había más de ochenta, y de dinero fácil había más de 800 varos. Los tres amigos se felicitaban entre sí. Las cosas estaban saliendo a pedir de boca. Bueno, ni la policía la hizo de pedo. Al Lupillo se le acabó todo, los de asada, los de sesos, los de adobada. Los nachos y los chescos también se fueron. Lo malo para él era que todo lo había regalado.

Para las diez de la noche, los amigos descansaban cada uno en su respectiva caja de cartón. No tenían de otra, tuvieron que dormirse afuera.

—¡Volvió a temblar en México! Dicen que esta vez fue de mayor intensidad —les fue a avisar un amigo.

—¡Nos vuelve a llevar la chingada! —murmuró el Coras.

—¿Adónde vas, mi buen? —le gritaron al Tururú que ya había agarrado camino.

—Regreso en unos minutos —les dijo.

Y se fue por ahí sin rumbo fijo. Tenía metidas tantas cosas en la cabeza que ya lo traían medio pendejo. Los últimos días no habían sido muy buenos. Pensaba en su familia en México, en sus fracasos en Estados Unidos, en sus amigos y, últimamente, lo de Silvia y el terremoto de la ciudad de México.

Caminó las cuadras, caminó las millas, y llegó a la conclusión de que en los momentos apremiantes los jodidos son los más unidos. Hubo gente que daba de a un dólar, otros sacaban la morralla, alguien más dio comida enlatada cuya apariencia estaba medio apachurrada. Los pañales no faltaron, como tampoco la ropa de niño. El pobre sí que apoya y no anda pidiendo como lo hace el rico, dizque para que se lo deduzcan de sus impuestos.

El Tururú se observó en una tienda que tenía unos grandes cristales. Levantó los brazos, se tocó las piernas y se dio cuenta de que estaba entero. Recordó las escenas de lo sucedido en México en las que cargaban los cuerpos de algunas víctimas, recordó los rostros de los que retiraban los escombros en busca de sobrevivientes. Regresó a reunirse con sus amigos y en su camino se encontró con gente que cargaba cajas y bolsas de ropa.

–Perdón –le preguntó uno de ellos–, ¿en dónde es que se están reuniendo las cosas para los necesitados en México?

–Aquí derecho llegan –les contestó.

Una viejecita con rebozo en la cabeza, auxiliada por un par de chiquillos, cargaba una enorme caja. La anciana ya no podía, los chiquillos ya pujaban. La caja se les cayó en más de una ocasión.

–Déjeme ayudarle –le dijo el Tururú.

–No, gracias –contestó la dama–. Esto pesa menos que las piedras que la gente tiene que cargar en México.

El Tururú caminaba orgullosamente al frente de aquel grupo de paisanos, quienes con la frente en alto cargaban aquellas pertenencias. Los pujidos seguían y por fin llegaron a su destino final. Qué grata sorpresa se llevó al ver a un grupo de amigos que no podían faltar. Estaban presentes el Pelón, el Penny y el Enterrador.

–El equipo va en aumento –dijo el Coras mientras el Tururú saludaba a los cuates.

En esta ocasión el Pelón no se bajó los calzones y el Enterrador ayudó a la anciana con la caja. Uno de los chiquillos que la acompañaba sacó de sus bolsillos unas cuantas monedas y se las dio al Pelón.

–Se los da a uno de los niños que tanto lo necesitan –le dijo.

Éste no pudo decir nada. El gallo se le atoró en la garganta y sólo le acarició la cabeza. Todos vieron aquella escena y sólo bajaron la mirada.

Eran las doce de la noche y la raza seguía llegando. En su momento, todos se pusieron a acomodar las cajas de modo que no estorbaran. Era increíble calcular cuántas cajas ya tenían acumuladas. La tarea fue ardua, pero ninguno se quejaba.

–¡Cuidado con los calzones! –gritó el Pelón.

Todo el mundo soltó la carcajada pensando que era otra jalada del Pelón, pero efectivamente una de las cajas que cargaba el Enterrador tenía prendas íntimas, y la que había caído tenía finta de mantel… estaban re grandotes.

–¡De seguro son de la abuela! –volvió a gritar el Pelón.

En esta ocasión las carcajadas fueron menos. Sólo se escuchó que le contestaban:

–No seas mamón.

Y entre broma y broma, las cosas quedaron acomodadas. Una vez terminada la tarea, los muchachos decidieron descansar.

–¿Qué sigue ahora, carnal? –le preguntó el Yes Yes al Tururú.

–Tendremos que ver a quién le entregamos estas cosas para que las hagan llegar a México. Probablemente las llevaremos al Consulado.

–¡No chingues! –contestó el Enterrador–. Esos cuates de seguro se las van a clavar. Ya sabes cómo son los del gobierno. Van a escoger lo mejor y se lo van a dar a sus familiares. ¿Por qué no mejor se las entregamos a una estación de radio?

—Yo opino lo mismo —indicó el Pelón.

—¿De verdad creen que los del Consulado se claven algo?

—¡Sí! —contestó a coro el grupo de buenos samaritanos.

El Tururú pensó que lo ideal era visitar el Consulado y ver cómo estaba la onda. Si de plano veían que no estaban organizados ya encontrarían otra forma de hacer llegar las cosas. Lo que sí acordaron fue que esa noche todos se quedarían a vigilar las cajas. Las tripas ya les rechinaban y uno dijo que sería bueno ir a comprar algo para refinar. Ninguno opuso resistencia. El Tururú y el Enterrador se fueron por el refín y en menos de lo que canta un gallo regresaron con bolsas llenas de hamburguesas.

—¡No la frieguen! —dijo el Yes Yes—. Esas cosas ya las sueño. Además, es carne de perro.

Todos se rieron del comentario y cada uno tomó lo que le correspondía. Al final el Yes Yes no tuvo de otra más que agarrar la suya, y después de la primera mordida dijo que estaba rica. Las cajas de cartón sirvieron de sillas y mesas. Esas cajas que contenían el sudor y el esfuerzo del paisano del norte, un poco de esperanza para quienes habían perdido todo.

Entre sorbos de Coca y mordidas a la hamburguesa —sólo el chile les faltó—, el grupo de los seis paisanos disfrutaban de la muestra de cariño de la raza. Observaban las cosas y pensaban en la cantidad de damnificados que se verían beneficiados.

—¿Entonces las vamos a entregar al Consulado? —preguntó el Pelón.

—Ese, ¿y ya pensaste cómo la vamos a llevar? —interrumpió el Coras.

—No —contestó el Tururú—, pero de alguna forma las tendremos que llevar.

Para las dos de la madrugada, sólo dos quedaban despiertos. El Tururú y el Pelón platicaban como si fueran viejos amigos. Había respeto y admiración mutua. Cada uno tenía sus cualidades. El Tururú era estudiado mientras que el Pelón era el de los tanates, el que les dijo "Hasta aquí" a los guerreros urbanos. La plática estaba buena. Observaban roncar a los camaradas. Se veía que el Yes Yes extrañaba a su vieja porque no le soltaba la mano al Coras. El Penny buscó un rincón muy lejos del Enterrador. No quiso investigar el motivo de su sobrenombre.

El cielo estaba despejado. Las estrellas parecían estar al alcance de la mano. Repentinamente, había un silencio absoluto. Ambos observaban el cielo, cada uno sumergido en sus pensamientos. Estaban tan picados viendo aquel fenómeno natural que no se percataron del arribo de dos patrullas de policía. La luz de las linternas los hizo reaccionar, y aunque usted no lo crea, los oficiales no se quitaban los lentes oscuros y por poco uno de ellos hasta se va de jeta, lo que provocó una leve sonrisa en los dos amigos.

—Buenas noches —dijo un oficial en perfecto español, mientras sus acompañantes se detenían los pantalones pues estaban a punto de caérseles ya que lo que se ponían en los cinturones pesaba más de veinte libras.

—Buenas noches —contestó el Tururú cubriéndose los ojos pues las luces los cegaban.

—¿En qué les podemos ayudar? —inquirió el Pelón.

Uno de los oficiales reconoció esa voz y de inmediato le tiró las luces.

—Mucho tiempo que no nos vemos, Pelón —dijo—. Volviste a las andadas. ¿Ahora a quién robaste? ¿A quién le quitaste todo esto?

La plática despertó a los dormidos. El Yes Yes, el Coras, el Penny y el Enterrador se levantaron quitándose las lagañas.

—¡No se muevan! —les gritaron los oficiales poniéndose en guardia.

—No me has contestado, Pelón —inquirió nuevamente el oficial—. ¿Qué significa todo esto?

El Tururú quiso contestar pero el oficial le dijo que se callara. El Pelón tragó saliva, lo último que quería era alebrestarse y contestó tranquilamente. Efectivamente, era viejo conocido del oficial. En sus tiempos de guerrero urbano había hecho más de un desmadre. El oficial no lo olvidaba.

—Son cosas que ha dado la gente para los damnificados del terremoto de la ciudad de México —contestó el Pelón rascándose la cabeza.

—What? —contestó el oficial diciendo que no entendía español.

A sus compañeros de negro se les dibujó una sonrisa.

El Pelón le explicó nuevamente en inglés, pero realmente al de negro le valía madres. Observó a los demás y mientras se ponía los lentes oscuros les pidió que abrieran cada una de las cajas.

—Permítame por favor, señor oficial —dijo el Tururú, pero se volvió a repetir la escena anterior porque fue callado de volada.

—Gutiérrez… —dijo el oficial.

Así se llamaba el oficial hispano de aproximadamente 45 años. Le caracterizaba un bigote muy tupido a la Emiliano Zapata. Nunca le había perdonado al Pelón el que en sus buenos años de pandillero se madreara cuantas veces quiso a su hermano, que pertenecía a una pandilla rival. El vato conoció varias veces el hospital gracias a los puños del Pelón. Gutiérrez lo detuvo en varias ocasiones, pero jamás pudo comprobarle nada, por lo que siempre salía de volada.

Gutiérrez y el Pelón se retaron con la mirada. Fue el segundo quien bajó la cabeza primero. Ya no quería más broncas. Abrió una caja y los demás lo siguieron. Zapatos, ropa de niño, brasieres y calzones quedaron en el suelo.

Pero Gutiérrez no quedó complacido hasta que no destaparon cada una de ellas. El sudor de los paisanos ya les recorría la frente. Aguantaron la humillación del oficial de policía.

–Muchachos, es hora de que nos vayamos –les dijo a los suyos mientras sentenció a los demás–: Recuerden, tienen hasta las ocho de la mañana para llevarse todo esto.

Gutiérrez se retiró caminando de puntitas, muy lentamente para no darse en la madre.

–Estás cabrón, compadre –le dijo uno de sus compañeros mientras los demás soltaron la carcajada.

¿Qué buscaba Gutiérrez? ¡Quién sabe! Pero él diría a sus compañeros que los paisanos de seguro tenían marihuana o cualquier otra droga. Aquello quedó hecho un tiradero. Se abrieron más de cien cajas. Al oficial le valió madres y se esperó para revisar cada una de ellas.

Al ver aquello, los muchachos solamente se tomaban del pelo. Había que poner todo nuevamente en su lugar, había que levantar los calzones tirados. Ya era tarde, como las tres y media de la madrugada. No les quedó de otra que agacharse y recoger las cosas. Se pusieron de buen humor y entonaron algunas canciones. Para las seis de la mañana ya sólo les faltaban algunas cosas y los primeros jornaleros de la gran avenida hacían su llegada, éstos fueron los salvadoreños.

–¿Qué pasó, mexicanos?

–No digan nada. Mejor ayúdennos a levantar estas cosas –les dijeron.

Los centroamericanos comprendieron y de inmediato se pusieron a apoyarlos. Los de Jalisco, Michoacán y Guanajuato también hicieron lo suyo cuando aparecieron. El Lupillo no se aguantó las carcajadas al ver aquello: hombres hechos y derechos levantando calzones.

–¡No te rías, cabrón! Mejor prepárate el café –le gritaron.

Para las siete todo aquello estaba limpio, cada cosa en su lugar. El Lupillo preparó el café pero no tenía sabor. Le había faltado ponerle el piloncillo. El chillón llegó y se le veía compungido. No se aventó su calientito, se limitó a fumar. Las cosas seguían llegando, como también los patrones, pero los que se estaban yendo porque ya se tenían que ir a chambear eran el Yes Yes, el Penny y el Enterrador, mientras que el Pelón decidió quedarse para seguir ayudando a la raza.

El paletero hizo su aparición temprano gritando a todo pulmón:

–¡Les traigo las nuevas de México!

Los jornaleros se le dejaron ir y le bajaron la mercancía sin pagarle absolutamente nada.

–¡No sean ojetes! –les gritaba–. ¡Páguenme la lana!

Entre cigarro y café se devoraban aquellas páginas del periódico *La Opinión*, cuyos dueños y ejecutivos continuaban haciendo su agosto. Ellos cumplían con su chamba, que era la de informar, y el lector era el que gastaba la lana. "Ojalá se tuvieran más de estas noticias", dirían los primeros. La feria les llovía.

No había necesidad de leer los editoriales o las crónicas. Las gráficas lo decían todo. Un obrero cargaba a un menor... si estaba vivo o muerto eso no lo sabemos, pero se reflejaba el dolor. Otro grupo de hombres quitaban escombros. Se les notaba la desesperación, el sudor, el cansancio, pero tenían que seguir chambeando. Tenían fe de encontrar a más con vida.

De un hospital sólo quedaban un montón de pedazos de cemento, vigas y tierra. Cientos de pacientes habían encontrado ahí la muerte. Qué ironía, el templo de doctores y enfermeras había sido su tumba.

Las explosiones y el fuego causaron también estragos entre la gente, la cual no fue olvidada. El presidente mexicano dijo en su oportunidad que todo estaba bajo control y que no se requería de la ayuda de la comunidad internacional. Pobre vato, no sabía lo que decía.

El jefe de la nación visitó la zona del desastre, pero en ningún momento se le ocurrió agacharse y levantar piedras... Por lo menos hubiera hecho la finta. Pobre vato, tampoco sabía lo que hacía.

Dicen las malas lenguas que su presencia, lejos de ayudar a nadie, produjo más críticas que lo dejaron mal parado ante el pueblo y ante el mundo. Nunca se ensució las manos, y eso que tenía al país en ellas.

Efectivamente, las gráficas lo decían todo. Surgieron los héroes anónimos, el desastre unió a todo un pueblo y al mundo entero. Algunos países hablaban de mandar perros rastreadores, otros tecnología y la mayoría lo que les pidieran. Cuando el presidente dijo que siempre sí se aceptaba la ayuda, ésta ya estaba llegando a la zona del desastre. No le habían hecho caso.

La ciudad en las fotos se veía completamente destruida, se notaba el sufrimiento en los rostros. Hombres que entre los escombros ya no sólo buscaban vidas, sino que arriesgaban las suyas a cada instante. Un diminuto hombre llamado "la Pulga" comenzó a hacerse famoso pues se metía entre los agujeros más pequeños y salvó varias vidas. Ya los periódicos hablaban de él. ¡Qué buena onda el vato!

En la gran avenida, los que no sabían leer se arrimaron a los "intelectuales", así se les llamaba a los que teniendo profesión en México se habían visto obligados a emigrar a los Estados Unidos. Las letras no les habían dado para comer, por eso vinieron a ver qué podían hacer.

—Lea más despacio, mi licenciado —se le escuchó decir a alguien.

—¿Por qué no me explica la palabrota que acaba de decir? —pedía otro sinvergüenza.

Al chillón escuchar más noticias sobre lo sucedido le había afectado realmente. Al café sólo le dio un sorbo y lo dejó olvidado. Los demás jornaleros lo veían y simplemente decían:

—Está cabrón el chavo.

El Tururú era el más preocupado de todos. Tenía hasta las ocho de la mañana para retirar todo y las cosas seguían llegando. Se frotaba constan-

316

temente la cara, como buscando desgarrarse una solución del cuerpo. Los patrones seguían llegando y algunos se iban refunfuñando. Los jornaleros no hacían caso, seguían leyendo las noticias y a algunos otros la troca les daba refugio.

—¿Qué vamos a hacer? —preguntó el Pelón—. ¡Gutiérrez ya va a llegar!

El Tururú simplemente agachó la cabeza. Al no tener respuesta, simplemente calló. El Pelón comprendió y ya no insistió. Los salvatruchas seguían cumpliendo con su palabra, eran los encargados de seguir aceptando las cosas y había uno de ellos que recibía la feria. Cosa extraña le pareció al Pelón ver al "administrador" meterse unos billetes en el bolsillo.

—¿Viste lo que yo vi? —preguntó al Tururú.

—Sí, ¿ese vato quién es?

—No sé, pero tenemos que investigar.

Fueron hacia él, que hasta cantando y silbando estaba. El pupuso ni siquiera se las olía de que ya lo habían agarrado en la movida de embolsarse la lana. Cuando llegaron sólo les sonrió y les dijo:

—Vamos bien, mexicanos. La bolsa ya casi se llena.

—¿Cuál de las dos? —inquirió el Pelón en un tono frío y calculador.

—¿Cómo que cuál? Si sólo tenemos una —dijo enseñando la bolsa de plástico que tenía en las manos.

Había bastantes Washingtons y los Kennedy también se veían de volada. Estaba buena la bolsita, tentadora con tanta morralla.

—¿Y la otra cómo va? —le volvieron a preguntar.

—No sé qué quieren decir —contestó nervioso.

Su actitud lo delataba, buscaba palabras para explicarse pero no las encontraba. Además, los verdes se asomaban por la bolsa de adelante.

—¡No te hagas, carnal! Saca todo lo que tienes.

—¡Cerotes! —les contestó gritando—. No voy a sacar nada. Lo que tengo es mío.

—No grites, cabrón —le dijo el Pelón—. Simplemente queremos saber por qué te estás metiendo dinero en los bolsillos.

—Estaba cambiando un billete. Necesitaba cambio para ir a comprar algo.

—¿Por qué no le pediste al Lupillo que te lo feriara?

—¿Y por qué tan nervioso?

Buscaba responder mientras trataba afanosamente de que los verdes no se le cayeran de la bolsa. El bulto se veía bastante grande, de seguro cambió un billete de cien dólares.

—¡Les juro que simplemente cambié un billete! —decía buscando que le creyeran.

El Tururú y el Pelón no le creyeron. Para no armarla más de tos, sólo le pidieron que entregara la bolsa de los donativos, pero fueron con el que parecía ser el líder de los salvatruchas y le explicaron la situación. El cerote se aceleró y fue en busca de su compatriota, quien ya iba a media cuadra agilizando las zancadas.

—¡Cerote de mierda! ¿Qué pasó?

—¿Qué pasó de qué? —contestó el nuevo rico de la cuadra.

—Los mexicanos me dijeron lo que pasó y no creas que se tragaron la explicación que les diste. Yo tampoco creo que hayas cambiado un billete. Mira, cerote, vete con tu cuento a otro lado. Tú y yo nos conocemos desde hace buen rato. Hemos estado en las buenas y en las malas. No somos grandes camaradas, pero nos hemos ayudado de vez en cuando. Esta mañana que te vi, estoy seguro de que no traías ningún dinero. Yo sé que te lo robaste.

El cuate se hizo el ofendido y buscó retirar la mano que le habían puesto encima. Como no pudo, tiró el primer trancazo pero fue fallido y recibió más de uno. La panza fue el blanco perfecto, lo mismo que la cara, y aún con la boca sangrando y tirado no se le podía quitar la feria. Se la había metido en los calzones. Los fisgones ya estaban presentes y en la primera oportunidad le quitaron los pantalones. Hasta un burro le envidiaría el bulto que tenía.

—¡Todos ustedes me la pagarán! —gritaba tratando de cubrirse las partes nobles.

—No te queremos ver por aquí —le dijo su compatriota, ofendido porque uno de los suyos había intentado clavarse la feria que habían donado para los damnificados.

Siempre habrá alguien que quiera aprovecharse de estas situaciones.

—Toma, Tururú. Lo siento —le dijo devolviendo el dinero.

—No hay fijón —le contestó el paisano que ya ni quería tomar el dinero por los olores que le habían quedado impregnados.

Todo el mundo soltó la carcajada al ver al cerote en el suelo. Querían seguir dándole de patadas pero el Tururú lo impidió. Aunque nadie lo había designado, poco a poco fue asumiendo la responsabilidad de organizar el apoyo a los damnificados.

—Pelón, tú te encargas del dinero, que te ayude Lupillo. Y tú, Coras, te encargas de que las cosas queden inventariadas.

—¿Quieres que las invente? —preguntó el Coras confundido.

—No, güey, quiero que hagas una lista de lo que nos han dado.

El salvadoreño que rescató la lana, de nombre Enrique, fue designado como su asistente. Nadie puso ningún pero ni se opuso a las órdenes del Tururú. Se sentían importantes realizando sus tareas, cada uno tenía la responsabilidad de que todo saliera bien.

El Lupillo hacía tiempo que no tenía tanto dinero en sus manos. Lástima que sólo era para contarlo. El Pelón andaba como pavo real, nunca había dado tanto las gracias a la gente que le daba dinero. Las cosas seguían llegando, nadie desconfiaba de aquel grupo de jornaleros. Unos sucios, otros limpios, algunos intelectuales, otros analfabetos, unos de la ciudad, pero la mayoría de las zonas rurales. Resultaba irónico que la ropa que les donaban estuviera en mejores condiciones que la que ellos mismos traían puesta. La comida enlatada para muchos era un manjar que no podían ni debían saborear. La colocaban en su lugar.

—¿A qué sabrá este jamoncito ahumado? —preguntó uno.

—Imagínatelo con un rico pan y un jalapeño —le decía otro.

—Tururú —dijo el Pelón—, ¡faltan diez minutos para las ocho!

A punto estaba de contestar el Tururú cuando escuchó que se aproximaban unos vehículos. Estaba llegando un grupo de "low raiders". Unos eran verdes, otros rojos, cafés y hasta amarillos. Este vehículo era el carro oficial de los guerreros urbanos. Los guerreros podían vivir en condiciones deplorables e incluso no tener para comer, pero sus "ranflas", como ellos las llamaban, tenían que lucir impecables. La inversión que hacían era considerable, al ponerles hidráulicos brincaban como sapos marihuanos. Sus interiores cubiertos de terciopelo los hacían ver muy elegantes. Y no podía faltar en ellos la Virgen de Guadalupe.

—¿Y ésos quiénes son? —preguntó el Tururú al ver cómo se estacionaban y espantaban a la clientela.

Todo el mundo se hizo a un lado porque ya conocían a los guerreros urbanos.

—No sé —contestó el Pelón—, pero vamos a investigar.

Los pandilleros se fueron bajando uno por uno acompañados de sus rucas, unas morras bien chavitas que a pesar de su corta edad eran bien aventadas. Hasta tatuajes en los brazos ya tenían. Apagaron su música que se escuchaba hasta unas cuadras, no era el momento de rolas. Los zapatos anchos y bien boleados, sus camisas de pana a cuadros, sus boinas en la cabeza —algunos hasta usaban una red para no despeinarse— y su paliacate en el pantalón color caqui llamaban la atención. Sólo ellos sabían por qué arrastraban una pierna al caminar. Probablemente habían sufrido un ataque de polio cuando eran chicos. De los tatuajes para qué les digo, tenían desde imágenes religiosa hasta el nombre de sus chavas o mujeres enseñando las chichis. Su lenguaje a señas sólo ellos lo entendían.

Diez guerreros urbanos ya estaban fuera de sus vehículos como esperando alguna orden. Los jornaleros se sentían intimidados, ninguno decía nada. Sólo hubo miradas. El Tururú se preguntaba de qué se trataba todo eso. Bueno, ni siquiera el Pelón que supuestamente tenía colmillo entendía qué estaba pasando.

—¡Qué onda, vatos! Han llegado los home boys. Estamos aquí para ver en qué les ayudamos.

Qué sorpresa se llevaron todos. Se trataba del Clown. El Coras de inmediato lo reconoció y se dieron un fraternal abrazo. Los jornaleros suspiraron y se limpiaron el sudor. El Pelón simplemente atestiguó la actitud del Clown, uno de los vatos más temidos de esos rumbos.

—¡Qué gusto verte, mi Clown!

—El gusto es mío, Coritas —contestó—. Supimos lo que pasó y aquí estamos para ver en qué podemos ayudarlos. Estabamos flojeando, pensando a quién nos íbamos a madrear, pero reaccionamos. Ustedes están haciendo una buena tarea, ese, y queremos participar.

—¿Sigues en el mismo rollo?

—Ésta es mi despedida, y qué mejor que ayudando.

El Pelón se unió a la conversación. No requería de presentación, era viejo conocido del Clown. El saludo con el puño cerrado, piquete de ojos y caderazo hizo su aparición.

—¡Bienvenido! —dijo el Pelón.

—Tiempo en que no nos watcheábamos, Pelón.

Ambos comenzaron a hablar en su idioma que ni su propia madre les entendía. Pero qué importaba, había comunicación. Cada uno presentó a los de su bando. El Tururú, el Lupillo y Enrique por éste, y por el otro el Sordo, el Gato, el Killer y el Smokey.

Le explicaron al Clown cuál era la mayor preocupación que tenían y de inmediato se ofreció. Ellos se llevarían las cosas a un lugar en el que ni la propia policía los molestaría. Los guerreros urbanos se despojaron de sus camisas, las doblaron religiosamente y se las entregaron a sus rucas. Eran sus "colores" y no las podían ensuciar. No se sabe qué comen, pero todos tenían buena musculatura que arrancó más de un suspiro entre los jornaleros, no porque fueran jotos, fueron "¡ah!" de admiración.

El Clown dio sus instrucciones y ninguno de sus agremiados bajó la mirada. Las cosas se trasladarían al parque del barrio, ubicado en la calle Delano. Los parroquianos que por ahí pasaban no daban crédito a lo que veían. Quién diría que aquellos individuos que tiraban las balas sin importar si era de día o de noche dejarían de lado sus actividades, olvidarían que eran de una pandilla y se pondrían a cargar cajas con brasieres y calzones que había donado una viejilla.

Entre pandilleros y jornaleros subieron las cosas a los "low raiders". Lamentablemente no les cabían tantas cajas, el espacio era muy reducido. La caravana salió para su primer viaje y en quince minutos ya estaban de regreso.

—¡Gracias! —diría el Tururú al Clown.

—Ese, falta mucho para que terminemos.

Y la chinga siguió, pero ninguno se quejaba. El Lupillo también ponía lo suyo, les preparaba la limonada. El chillón dejó de fumar y de llorar.

Comprendió que aislándose no ganaría nada y se encargó de repartir las limonadas.

El oficial Gutiérrez no llegó a la hora indicada. Probablemente tenía sangre mexicana pues se apareció con treinta minutos de retraso. En esta ocasión llegó acompañado por más de tres patrullas. Los oficiales se acomodaban los lentes, sólo Gutiérrez se agarró la macana como queriendo echar chingadazos. Su actitud sí intimidó a los ahí reunidos. Los guerreros urbanos sólo levantaban las cejas y los jornaleros agachaban la cabeza.

—¡Ya nos chingaron! —se escuchó decir a uno.

Pero la presencia de la chota no tenía por qué sorprender a nadie. Ellos ya eran parte de la vida del barrio. Muchos ven al indocumentado como una amenaza, como un individuo que no respeta la ley. El barrio está compuesto de indocumentados y de guerreros urbanos, así como de un reducido número de personas que no pertenece a ninguno de los dos bandos, y todos son detenidos a veces sin motivo alguno. Que si la música está muy fuerte en una pachanga, y ahí llega la chota; que si hay una disputa familiar, también hacen acto de presencia. Motivos siempre habrá para que la policía llegue. Siempre está en vigilia, patrullando aunque sea de día.

—¿Qué pasó, Pelón? ¡No cumplieron! —dijo Gutiérrez en inglés.

—En eso estamos, y si nos das unos minutos más, todo esto quedará limpio —contestó en el mismo idioma.

—¡Ni un minuto más! —dijo categóricamente quitándose los lentes.

Sus compañeros se pusieron en guardia. No sacaron la pistola, pero agarraron su macana.

—Llévame, vato. Mira, sin oponer resistencia —dijo el Pelón poniendo las manos para que lo esposara.

—Ese, a mí también —gritó el Clown.

El Tururú, el Lupillo y hasta el chillón extendieron sus brazos para que también los encerrara. Los pandilleros no se quedaron atrás e hicieron lo mismo. Al parecer ya tenían práctica, les salió muy natural el movimiento.

—¡Es increíble que seas tan ojete con los tuyos! —gritó uno a lo lejos.

Gutiérrez se quitó los lentes para ver quién lo había insultado.

—¡Por eso la raza está jodida! Porque gente como tú se la pasa chingándonos —gritó alguien más que al parecer estaba medio pedo.

Gutiérrez se dio perfectamente cuenta de quién le había estado insultando, pero no hizo nada. Le estaba entrando el miedo por donde ustedes ya saben. Se estaba achicopalando el de la ley, o probablemente se estaba dando cuenta de que aquel grupo de indeseables esta vez tenía razón. Ya Gutiérrez tenía motivos para llevarse a más de uno, pero guardaba la pose, simplemente se tomaba de la macana.

—¡Eres un puto! —gritó uno de los intelectuales, que se vio más fino en su apreciación.

Gutiérrez ya tenía ambas manos ocupadas. En una tenía muy bien agarrada la pistola y en la otra la macana. Sus compañeros no entendían nada, sólo lo observaban. Sólo después de un buen rato, sí que le preguntaron:

—¿Qué están diciendo?

Gutiérrez no dijo nada, sólo movía la cabeza como negando que algo estuviera sucediendo, pero cómo explicar que estaba sudando.

—Estoy listo —le reiteró el Pelón.

—Sigo aquí —dijo el Clown.

—Media hora para que se larguen —dijo Gutiérrez tajantemente.

Sus compañeros comprendieron que ya era hora de retirarse cuando el oficial latino dejó en paz la pistola y la macana y se puso los lentes.

La reacción no se hizo esperar. Tanto jornaleros como pandilleros despidieron a los de la ley con una silbatiza marca diablo. Los comerciantes que habían salido a ver el desmadre también festejaron una victoria de los jodidos y comprendieron la labor humanitaria que estaban realizando. El de las donas, el de las hamburguesas y el dueño de un lote de carros usados se manifestaron dando un pequeño donativo en efectivo.

Faltaban muchísimas cosas por llevar. El Tururú instruyó al Lupillo para que informara a la gente que los donativos fueran llevados al parque Delano.

Con peculiar alegría continuaron con su labor del día. Subieron las cosas a los "low raiders" y las que no cupieran serían llevadas por los jornaleros y guerreros urbanos. Todos tomaron el camino de la Van Nuys y por donde pasaban hasta les aplaudían. Aquello parecía una peregrinación, como las que se hacen para ir a ver a la Virgen de Guadalupe. El que iba adelante cargando la manta lo hacía con gran orgullo. Hubo quien se les unió en el camino, hubo quien les dio un donativo, pero lo más importante fueron las palabras de aliento que recibieron. La carga parecía que se les hacía menos pesada, y por lo menos las cajas no se les desfondaban.

El camino fue largo, se aventaron sus cinco millas. Los "low riders" llegaron primero y acomodaron todo debajo de unos árboles. Los vecinos de enfrente se unieron a los esfuerzos, y aunque los cargadores pedían unas chelas, se conformaron con aguas de sabores. Para cuando los caminantes llegaron, los burritos ya estaban listos.

La escena era conmovedora. Los padres de los guerreros urbanos medio chillaron al ver que sus hijos después de todo no eran malos. A su vez, éstos se dieron cuenta de que los mojados, como ellos los llamaban, eran personas con buenos sentimientos. Por primera vez convivieron con ellos y aprendieron más de una cosa.

—What is next, vato? —preguntó el Clown al Tururú.

—Háblame en español, carnal, que no te entiendo.

—¿Qué sigue, carnal?

—Me gustaría que tú y el Pelón me acompañaran al centro. Quiero ir al Consulado para ver cómo le hacemos para entregar estas cosas.

—Nos vamos en mi ranfla, qué te parece.

Los guerreros urbanos y los jornaleros, que incluían a intelectuales, remojados y centroamericanos, se quedarían a cuidar las cosas y a recibir los donativos.

Aquello se convirtió en un verdadero convivio. Se pusieron algunas rolas de los guerreros urbanos y no hubo problema ni cuando a un jornalero se le ocurrió sacar a bailar a una de las morras de los guerreros. Los jornaleros se movían como Dios les había dado a entender ya que no sabían bailar tan moderno, pero seguían esperando que en cualquier momento les pusieran las de los Tigres del Norte.

Y los otros se fueron al Consulado de México. El Clown puso sus canciones de Santana. Tomaron la autopista número cinco que los llevaría directo a la Placita Olvera. Se estacionaron a un lado de la iglesia que servía como refugio de los indocumentados. Al cruzar el atrio se dieron cuenta de que todo el mundo hablaba de lo mismo. El altar que se encontraba afuera, en esta ocasión tenía más veladoras prendidas. La gente rezaba, pedía por los suyos.

Cuando llegaron al Consulado, las escenas eran dramáticas. La que más conmovía era una anciana que pedía hablar con el cónsul general. Estaba desesperada por saber si le podían ayudar a localizar a sus familiares. Ella ni siquiera sabía cuáles habían sido las zonas afectadas, pero su corazón le decía que algo les había sucedido a los suyos.

Aproximadamente unas 200 personas se encontraban en las afueras de la representación consular, pero no faltaba quien pusiera el desorden. Un gringo con facha de cocainómano, barbudo, panzón y mal aseado portaba un letrero que decía "Gobierno corrupto", y su acompañante, quien tenía la finta de paisano y de seguro le dio una lana para que estuviera manifestándose, porbaba tambien la suya: "El presidente es un criminal". Ninguno de los dos se medía en sus palabras. Poco importaba el español limitado del gringo, las majaderías le salían perfectamente.

La gente ahí reunida se espantó al ver a aquel sujeto tan desagradable, y más les encabronaba que a ellos también los insultara. Fue necesaria la presencia de la ley, quien siempre se mantuvo en guardia.

El Tururú, el Pelón y el Clown esperaron pacientemente a ver con quién podían hablar. Un empleado auxiliar, de esos que se contratan localmente y que cumplen con las tareas que a los funcionarios les da miedo realizar, habló con la gente ahí reunida.

—Les vamos a dar información sobre las zonas afectadas y un cuestionario que tendrán que llenar si es que buscan algún familiar. Por favor, pongan el mayor número de datos para poder ayudarles.

La gente se olvidó del orden que tenía y buscaron afanosamente obtener las formas ofrecidas. El empleado auxiliar, que tenía finta de enano y su vestir era medio corrientón −al parecer lo que ganaba no era suficiente para vestirse de una forma más elegante−, le pedía a la gente que por favor se formaran en línea.

Los despistados no podían faltar, hubo quien en esos momentos apremiantes buscaba información sobre cómo sacar su pasaporte o si le podían ayudar a obtener su matrícula consular. El empleado auxiliar buscaba de mil formas no desesperarse, suspiraba profundamente para no mentarle la madre a aquel sujeto que hacía preguntas pendejas... y más que ni siquiera tenía viaje en puerta. El empleado terminó despeinado, sudando, con la corbata aflojada y tomándose la panza ya que al parecer se le estaba derramando la bilis. Y el gringo seguía con su tarea, gritando a medio mundo que el terremoto había sido provocado por el gobierno corrupto.

En el interior del Consulado había preocupación entre los empleados. Los que eran de menor rango no tenían muchos datos sobre el temblor. Los de más alto nivel continuaban en sus reuniones. El cónsul general, quien por cierto ya tenía sus años, vestía elegante y fino, pero se le notaba demacrado. No era fácil tener noticias de la capital, la comunicación estaba interrumpida. La gente exigía tener mayor información oficial, las noticias de los medios de comunicación eran alarmantes. Las escenas eran escalofriantes; para ellos, la capital había desaparecido. La tarea no era fácil, tener que mantener al día a su gente. Los Ángeles, California, era considerada la segunda ciudad en el mundo con el mayor número de mexicanos. El cónsul alterno, por su lado, corría por todos lados dando instrucciones a quien se le pusiera en frente.

−Señor, los de *La Opinión* piden hablar con usted −le dijo uno de sus achichincles de menor rango.

Sin contestar, le preguntaba a otro de sus subordinados:

−¿Qué pasó con los radioaficionados?

−Señor, el gringo sigue allá afuera insultando, ¿qué hacemos? −le preguntaban.

−¡Pues no le hagan caso! Y si no se calla, lo mandan a chingar a su madre.

Matrículas consulares, pasaportes, visas y demás servicios cotidianos sólo se daban en caso de emergencia. Todo se había organizado en torno a dar información sobre los damnificados. Todos los empleados se dedicaban a llenar cuestionarios de paisanos que buscaban tener noticias de sus familiares.

¡Ah! Los radioaficionados sí que tuvieron un papel importante. El Zopilote Negro, el Perro, el Águila Dorada y demás se comunicarían con su contraparte en México para buscar la noticia. La anciana por fin fue atendida, le ayudó un empleado del Departamento de Protección. Con nervios y llanto dio sus datos, Porfiria Juárez, buscaba a sus hijos que vivían en Tlatelolco.

—¿Verdad que están bien? —preguntaba al funcionario.

Fue tranquilizada hasta donde se pudo y se le indicó que regresara a casa, que ellos al tener noticias se comunicarían de inmediato. Otra dama que olía medio refinada sí que se voló la barda, su preocupación era saber cómo estaba su gato. El empleado consular no le dijo nada, pero con su expresión le dio a entender que no mamara. Además, tenía instrucciones de que se atendiera a todas las personas.

—Señor, ¿qué hacemos? —le volvieron a preguntar al cónsul alterno—. ¡El gringo ya entró al Consulado!

—Yo lo atiendo —dijo.

Agilizó el paso, se olvidó de ir al baño y sin tomar el elevador, llegó de volada adonde se encontraba el gringo discutiendo con un funcionario de Ario de Rosales, Michoacán. Los ánimos ya estaban caldeados cuando el alterno arribó.

—¿En qué le podemos ayudar? —preguntó despojándose de la corbata.

Tanto empleados consulares como algunos paisanos se espantaron al ver aquella escena. No dudaron que se fueran a armar los madrazos. El alterno, a pesar de estar medio chaparro, le buscó la cara al gringo marihuano.

—¡Contigo ni al cine! Yo quiero hablar con tu jefe, con el que siempre anda bien perfumado —dijo el gringo dibujándosele una sonrisa medio sarcástica.

—Pues yo soy el encargado —contestó el alterno ya con la corbata en la mano.

—Yo represento a los norteamericanos y exigimos una explicación de lo que está haciendo tu gobierno para ayudar a la gente.

—¡Estás pendejo! A ti no se te debe ninguna explicación, y si no te largas mandaré a que te echen a patadas.

El alterno ya se había desabrochado algunos botones de la camisa. Después diría que fue por el calor, pero lo que realmente le sucedió es que le había dado un ataque de nervios. Se dio la media vuelta y dejó al gringo encabronado. Antes de subir al elevador, le indicó a uno de sus subalternos que si éste no se iba, llamaran a la policía.

—¡Mexicanos! —gritaba el gringo—. Como ustedes se pueden dar cuenta, su gobierno les está viendo la cara de pendejos. Tenemos que hacer algo.

La gente hizo caso omiso y en menos de lo que canta un gallo, la policía se lo llevaba arrastrando. Los reporteros de *La Opinión* y de *Noticias del Mundo* tomaron algunas fotos de lo que ahí había sucedido. Las cámaras de televisión del noticiero del Canal 34 buscaban también la noticia.

—¿Su nombre, señor? —le preguntaron a uno que estaba por ahí.

—Macedonio Morgan —contestó quien con todo y preocupación procuró arreglarse el pelo para salir bien en la televisión.

—Cuéntenos, ¿por qué ha venido al Consulado mexicano? ¿Está usted preocupado por sus familiares en México? —preguntaba la reportera que no soltaba en ningún instante su libretita de apuntes.

—Sí, estoy preocupado. No he sabido nada de mi esposa e hijos.

—¿Usted cree que el gobierno mexicano ha actuado rápidamente para proporcionar ayuda en estos momentos tan apremiantes?

—Mire, señorita, en eso no me meto, no sé mucho del tema. Yo solamente quiero saber de los míos.

El pobre camarógrafo ya pedía corte, aunque ya tenía callo y la cámara que pesaba sus buenas libras ya le tenía amolada la espalda. Minutos después, los medios de comunicación fueron atendidos por el cónsul general y el alterno.

En dicha reunión se informó sobre cuál sería el procedimiento para enviar los donativos en especie, los cuales serían concentrados en la Casa del Mexicano, ubicada en la calle Pedro Infante. Una cuenta bancaria se había abierto en el Banco de América para que los buenos samaritanos hicieran directamente su depósito.

Pasaron las horas y los tres amigos se mantenían en espera. Buscaron depositar sus glúteos donde se les permitiera, sentándose en una de las bancas ubicadas junto al quiosco de la Olvera. Desde ahí observaban cómo los empleados del Consulado salían y regresaban con bolsa en mano. De seguro se habían ido a comprar algo para refinar al restaurante La Luz del Día.

El Tururú los observaba y recordaba aquella cita con Silvia Franco. Sus ojos de tristeza, faltos de amor, un cuerpo sensual cubierto con trapos. Una mente virgen con ilusión de amar. Se le dibujó una sonrisa al recordar que no tuvo para pagar por tener los bolsillos vacíos, pero se le desdibujó aquella muestra de alegría ya que no había tenido noticias de ella. ¿Y que pasaría con doña Ana María Benítez? Una paloma, y no necesariamente blanca, lo hizo reaccionar al dejarle caer algo en la cabeza. El Clown y el Pelón no pudieron ocultar las carcajadas al ver aquello que le había caído perfumándole el pelo.

El recién bautizado por la paloma caguengue se disculpó por un instante y se dirigió a hablar por teléfono. Sabiéndose el número de memoria, lo marcó. El corazón le latía como burro sin mecate. Preguntó por ella, sí, Silvia Franco, y se llevó la gran decepción cuando le informaron que se encontraba en junta. Regresó con sus dos amigos que ya estaban hartos.

—Ese vato, what's next? —le inquirió el Clown.

—Nos urge hablar con alguien del Consulado.

La gente seguía llegando, los auxiliares consulares continuaban gritando que se formaran en una sola línea. El Pelón, como buen mexicano, había dado unos cuantos dólares para que le cuidaran su lugar, además, quién les iba a decir algo con la facha que traían y con los olores que el Tururú desprendía. Al verlos llegar, aquella muchedumbre hasta les abrió camino. En menos de quince minutos tenían enfrente a un empleado al que le decían el Beto. Era flaco, desnutrido y ojeroso, pero eso sí, muy bien educado, cosa que les sorprendió a los vatos del barrio.

–Necesitamos que nos informes con quién podemos hablar respecto de unas posibles donaciones –preguntó el Tururú con tanta educación que recibió felicitaciones de sus colegas.

El Beto escuchó atento a todo lo que el Tururú le estuvo diciendo por más de media hora. No se desesperó, sólo le pidió que le esperara un momento y regresó acompañado por el funcionario que tenía finta del Pirulí, el mismo que los había castigado por no haber cumplido sus instrucciones en el festejo del Grito de Independencia.

–¿Qué se les ofrece? –volvió a preguntar el funcionario.

–Para eso lo buscaba… –dijo entre dientes el Pelón.

El Tururú no le permitió terminar y tomó la palabra.

–Tenemos una gran cantidad de cosas que nos han donado. Estamos hablando de comida enlatada, agua, leche y ropa tanto para adultos como para niños. También hay un dinero que quisiéramos dar. Es el apoyo de la gente del barrio.

Los tres fueron invitados a pasar, cosa no muy usual en los empleados consulares ya que antes de tomar cualquier decisión buscan consultar siempre con los de mayor rango, les da miedo a los jijos de la tal por cual, no los vayan a regañar.

Entraron a aquel edificio construido a principios de siglo, en cuya fachada se veía un franciscano bendiciendo a los animales llevados por los niños, imagen que daba una sensación de paz y armonía. Pero en el interior, ese día los tres pudieron percatarse de todo lo que el terremoto en la ciudad de México había ocasionado en una ciudad tan lejana como Los Ángeles. No había paz adentro, y mucho menos tranquilidad.

Tanto en las oficinas de pasaportes como en la de cartillas militares, en las que usualmente se escuchaba el tecleo de máquinas manuales y el humo de un funcionario pelón perturbaba el ambiente, ese día había llanto.

Los paisanos daban los datos de sus familiares para que les ayudaran a buscarlos. En el siguiente piso, donde se brindaba atención a los extranjeros para que obtuvieran sus visas y visitaran México, se presentaban las mismas escenas.

En el último piso las cosas estaban peor, en las oficinas de protección y las del cónsul general se atendían los casos más dramáticos. Fue precisamente en ese piso en donde se improvisó una sala para reuniones o conferencias, lo que se presentara primero.

Ahí se encontraba reunida un chingo de gente, algunas vistiendo elegantemente, otras no tan jodidas, y las demás para qué les cuento. Eran el grupo de personas que coordinarían los donativos. Aquí poco importó la clase social o el valor del perfume puesto. Todos tenían ganas de ayudar y se solidarizaban con las necesidades de la gente. Se encontraban en el chisme total, pero cuando entró el cónsul general todos guardaron silencio. El funcionario ya no ocultaba su cansancio y sin embargo dio su "speech" completo. No se aventó mucho rollo, fue directo al grano. Estaba tan cansado que ni siquiera puso su mejor cara para la televisión.

A raíz de la reunión se formó una comisión de apoyo a los damnificados. Los paisanos más pudientes y uno que otro grupillo de líderes de tantas organizaciones existentes la integraron. El Tururú fue el último al que eligieron, no por pudiente o por grillo, sino porque su terquedad lo llevó a ello. Él se encargaría de los donativos en el Valle de San Fernando.

Éste salió muy feliz de la reunión. Hasta sus amigos lo felicitaron. Se sentía orgulloso por haberle estrechado la mano al cónsul mexicano. Eso era casi el equivalente a haber sacado en hombros al Santo, el Enmascarado de Plata, después de haber defendido su capucha ante el Perro Aguayo.

—Nos vemos, bendita paloma —le gritó al salir al ave cagona.

Emprendieron el camino de regreso siguiendo la misma ruta. Cruzaron nuevamente el atrio y se encontraron todavía con más feligreses rezándole a la Guadalupana. Esa noche no importaron los oficios: paleteros, jornaleros, jardineros, obreros de la construcción y de fábricas se unieron en el rezo. Alguno que otro cholo se hacía el menso, de seguro le daba pena que lo vieran, no fuera que por rezar se le quitara lo hombrecito. Agilizaron el paso y en su camino se encontraron al viejo párroco conocido del Tururú. Se le veía muy cansado, en unos cuantos meses había pintado más canas. Se saludaron muy afectuosamente.

—¿Cómo estás, muchacho?

—Aquí, padre. Tratando de hacer algo bueno.

—¡Ya veo que tienes nuevos amigos! Vas mejorando —dijo al observar las fachas del Pelón y del Clown, quienes ciertamente no tenían finta de seminaristas.

—No es lo que piensa —contestó mientras le presentaba a sus colegas.

Buscó dar una explicación, pero no fue necesario, el padre ya iba rumbo a la iglesia y desde lejos le gritó:

—¡Después platicamos!

El Clown y el Pelón se sacaron de onda con la reacción del sacerdote. No esperaban que les dieran la bendición, pero tampoco que pusiera cara de fuchi.

El Tururú simplemente les dijo que no le hicieran caso y eso fue lo que hicieron, el optimismo no decayó. Caminaron por aquellas cuadras angelinas usualmente desoladas, que esa noche estaban llenas de jornaleros indigentes sentados al filo de las banquetas. Algunos fumaban cigarros y otros nada más les pedían las tres. Otros más ingerían una bebida cubierta en una bolsa de papel.

—Es leche —dirían.

Esa calle estaba sucia, se veían periódicos deshojados, botes de aluminio y más basura de ésa que se va acumulando y nadie hace por quitar, de esa que no queda para el recuerdo, sino que se queda para siempre.

El tema del terremoto seguía en primera plana. La ranfla del Clown parecía estar más cerca de lo que pensaban porque en un abrir y cerrar de ojos ya estaban dentro de ella. Y sin probar taco se fueron directito al barrio. De los burritos de la vecina quedaban unos fríos, eran de lo que ahí sobraba, de huevos, los cuales acompañaron con unos chiles verdes. No vayan a pensar que se los comieron sentaditos, no. Con burrito en mano, el Tururú se encargaba de dar instrucciones.

La legión de amigos y conocidos seguía en aumento. Francisco y el Yes Yes estaban de regreso, este último acompañado por su futuro compadre, el gringo marihuano.

Si algo bueno se puede sacar de las tragedias es que todo el pueblo se unió a un grupo de jóvenes con futuro y destino distintos. Esos días se olvidaron las rencillas y se apoyaron el uno al otro.

Todo el mundo se fue a casa a altas horas de la noche. Nadie se quedó a cuidar las cosas. Todos las respetarían, nadie se metería con ellas. Y efectivamente así sucedió, nadie se clavó nada. El sábado muy temprano fueron llegando en caravana los guerreros urbanos acompañados de sus chavas en aquellos carros tan raros como espectaculares.

Los jornaleros, en cambio, fueron llegando uno por uno con su lento caminar, aunque su forma de andar no era cabizbaja, sonreían porque se sentían útiles. A su llegada les esperaba el café de las vecinas.

El Tururú andaba como pavo real, se sentía general y sus tropas ya estaban listas para seguir en la batalla. Los guerreros urbanos no se rajaron, subieron todo lo que pudieron en sus elegantes carros, algunos vecinos más pusieron sus trocas, y hasta hubo quien se ofreció a llevarlos en bicicleta. Qué bueno que no le aceptaron la oferta, de lo contrario probablemente le hubiera dado un infarto, ya no era ningún chaval y le sobraba algo de panza, pero el tipo tenía buenas intenciones y mejor se quedó sentado sin hacer nada. Se sintió ofendido porque no le hicieron caso.

—Vámonos —se le escuchó decir al Tururú con voz de hombre.

Y ahí se fueron. Cruzaron las principales calles del barrio y los chiquillos los felicitaban como si fueran sus héroes. Hasta los perros les movían la cola y uno que otro paisano les chiflaba. La Casa del Mexicano, ubicada en la calle Pedro Infante, les esperaba.

La caravana no tuvo ningún problema para llegar a su destino final, llegaron en el tiempo que tenían planeado. En menos de una hora el Tururú se encontraba hablando con el encargado del lugar, quien les dio instrucciones respecto adónde debían acomodar las cosas.

Entre chiflidos y entonando algunas canciones, las cajas quedaron donde les habían indicado. Aquel auditorio ya estaba lleno de donativos. Los que no perdieron su tiempo ni un minuto fueron algunos de los guerreros urbanos, quienes buscaron el agasajo con sus chavas detrás de los grandes cortineros.

—¡Ah! ¡Qué juventud! —dirían los que los vieron.

En ese lugar no les dieron su agua de limón, se las cambiaron por una de horchata. Toda la gente ahí reunida se veía alegre y optimista.

—Están haciendo buen trabajo, y muchas gracias por todo —le dijeron al Tururú.

—Gilberto Méndez, para servirle a usted —contestó muy amablemente.

—Manuel Gálvez —contestó el de la observación.

Era un tipo de unos seis pies de altura, con ojos verdes, muy perfumado, y de lo peinado no les cuento. Vestía fino pero hablaba raza, hablaba sin miedo de que le encontraran sus orígenes.

—¿De dónde consiguieron tantas cosas?

—Pusimos nuestra manta en la oficina y la gente llegó a dar, no solamente ropa, también comida y dinero en efectivo.

—Por lo que trajeron —dijo Gálvez—, sus oficinas han de ser enormes.

—Las más grandes del mundo, nadie las tiene como nosotros. Tenemos de todo, desde autopistas hasta patines del diablo. Y todo el mundo puede disfrutar de ellas. Debo confesarle que a veces nos violan nuestra privacidad, pero eso realmente no importa.

—¿En dónde trabajan? —preguntó muy curioso el hombre de los ojos verdes.

—¡En la calle! Espero que no me vaya a quitar la tarjeta de presentación que me acaba de dar

—No, los felicito doblemente por la tarea que están realizando.

—Vato, let's go, ese! —le escuchó decir al Clown.

—¡Ah, qué terco eres! Que me hables en español —le dijo al payasito.

De Gálvez se despidió muy correctamente. Este último agradeció el gesto, sin importarle que se ensuciara la mano.

Los guerreros urbanos pusieron en marcha sus ranflas, las cuales comenzaron a brincar como sapos marihuanos. Tanto el Yes Yes como el Coras se sentían orgullosos de su general, lo felicitaban levantándole el dedo pulgar. Los tres compartieron honores en el vehículo del Clown. Quedó dicho que ellos irían al Consulado de México para dar su informe, mientras que el Tury y Francisco regresarían al barrio a seguir organizando los donativos.

—¿Cómo te sientes, Tururú? —preguntó el Coras al ver que su amigo guardaba absoluto silencio.

—Resulta irónico que los supuestos malos, los que traen cuchillo en mano y bandana en pelo, ésos que hasta hay quienes dicen que son una basura y que son el mal de la sociedad, hoy, junto con los que algún día los criticaron y los juzgaron, se hayan unido para beneficiar al más jodido. La vida enseña, la vida nos dice que el ser humano no es todo bueno ni todo malo. La humanidad requiere de que en el mundo se den estas tragedias. El vecino más odiado se puede convertir en tu mejor aliado.

El Clown manejaba lentamente, quería escuchar más de aquel rollo.

—¿Y tú crees que las cosas lleguen a su destino final? —preguntó el Yes Yes metiéndose en la plática.

—Quién soy yo para decir eso. Creo que debemos pensar igual que toda la gente que ha dado su donativo, desde el que dio ropa fina hasta el que dio comida en lata. Nadie ha dado para que le den una palmada en la espalda, o para que lo detengan en la calle y le digan que es un héroe. Lo hacen porque sienten la tragedia propia. La chamarra que uno donó probablemente cubra la espalda del hijo que nunca conoció, o del hijo que soñó tener.

El Clown seguía escuchando. El Tururú seguía con su rollo fino.

—Sólo lamento que muy pronto nos olvidemos de la tragedia de que hoy vivimos. En unas cuantas semanas esto quedará en el olvido y regresaremos a las andanzas. Cada quien a su chamba, cada quien a lo suyo. Nosotros volveremos a la gran avenida a pelearnos como perros para ganarnos el pan de cada día. Nos olvidaremos y ya no nos diremos hermanos. Caminaremos con temor por las calles del barrio, con miedo de que alguien nos dé en la madre.

El Clown de plano mejor buscó un lugar para estacionarse. La conversación le estaba llegando.

—Miren, muchachos —continuó el Tururú—, hay que tomar esto como una lección de que cada uno de nosotros nos podemos pelar al otro mundo en cualquier momento.

El payasito extendió la mano y le dijo:

—For ever, carnal.

Acto seguido encendió su ranfla y se dirigieron al Consulado mexicano.

Esa tarde parecía que hasta las palomas sabían lo que estaba sucediendo. Volaban muy bajo, como queriendo escuchar lo que decían los humanos. La gente continuaba conglomerada en las afueras de la representación consular. El empleado local, el tal Beto, seguía en lo suyo sin importar que fuera sábado. Con corbata en cuello y camisa blanca bien planchada, continuaba con su tarea: dar información actualizada sobre la tragedia en México.

Los que nunca se pudieron haber quejado eran los comerciantes de la Olvera. Los restauranteros abrían sus puertas más temprano de lo usual. Hasta los tacos simples de frijoles habían subido de precio. Era un verdadero lujo comprar los de nopales. Solamente los turistas orientales tenían dinero para ello, pero no sabían lo que era aquello verde y baboso. El dueño del burro "momificado" cobraba las fotografías a diez dólares. Dicen que hubo quien mandó a hacer miles de camisetas con escenas de la tragedia y las vendía a siete bolas. Qué bueno que el pobre güey jamás hizo acto de presencia por la Olvera, los indigentes le hubieran bajado toda la lana.

El Beto reconoció de inmediato al Tururú y le dio paso. Tampoco puso objeción para que sus acompañantes entraran al Consulado. El interior del edificio olía a desesperación, a llanto; los empleados parecían no haber descansado, tenían grandes ojeras. Algunos llevaban las mismas ropas del día anterior, de las cuales se desprendían raros olores. Pero con todo y eso no se rajaban. Con su trabajo callaron muchas bocas, principalmente las de aquellos que los tildaban de huevones y rateros. El Tururú y sus acompañantes cruzaron aquellos pasillos angostos y fueron testigos de las preocupaciones del pueblo.

La anciana que el día anterior había pedido información sobre sus familiares desmayó y cayó al suelo. La noticia había sido fatal: uno de sus hijos había fallecido.

—¡Traigan alcohol! —gritó una funcionaria, quien olvidándose de sus prendas elegantes y peinado estilizado, se hincó y ella misma dio los primeros auxilios a aquella dama en desgracia.

La mujer que quería saber de su gato corrió con mejor suerte. Al pinche animal no le había pasado absolutamente nada, una vecina lo había rescatado. La perfumada salió contenta. Observando su Cartier apuró el paso, se le estaba haciendo tarde para jugar cartas con sus amigas de la alta.

—¡Qué ironías de la vida! —dijo el Clown mirando al cielo.

Este amigo, el Coras y el Yes Yes esperaron en el pasillo a que el Tururú fuera a dar su informe al cónsul alterno, quien por cierto ya no sabía si iba o venía, no daba una. Entre lidiar con la prensa y atender a gente como el gringo, ya estaba muy alterado. A cada rato se tocaba cerca de la panza, probablemente ya tenía una úlcera. El Tururú no quiso ser imprudente y en unos cuantos segundos dio su informe.

—¿Podemos ayudar en algo más, señor? —preguntó.

—Lo que están haciendo es más que suficiente —contestó el alterno mirándolo a los ojos y extendiéndole una sonrisa.

Habiendo cumplido con su tarea, el Tururú regresó con los suyos, a los que poco les faltaba para llorar.

—It's fucking hard el trabajo de estos vatos —comentó el Clown limpiándose el moco suelto.

A punto estaban de salir cuando el Yes Yes interrumpió su andar y le solicitó al Tururú que le ayudara a preguntar por los suyos.

—¡Claro! —contestó éste—. Vamos a ver quién nos echa la mano.

Sin querer pasar como influyentes, esperaron su turno. Una empleada como de seis pies, tirándole a gorda, un poco mal aseada y con aliento a chupe tomó los datos que necesitaba. El Yes Yes no ocultó su desconfianza, pero no le quedó otra más que soltar la sopa.

—¿A qué número telefónico le avisamos? —preguntó quien parecía que se caería en cualquier momento.

—No tengo —contestó el Yes Yes quitándose por si las moscas pues sentía que la mujer se le venía encima.

El Clown se vio buena onda y proporcionó el suyo.

El Beto ya no estaba solo, le acompañaba aquel al que le decían el Güero, hablador como el solo, pero la gente se reía de tantas babosadas que decía. Las palomas ya no volaban, al parecer ellas también se cansan de estar en las alturas.

—¡Disparo los tacos! —dijo el Yes Yes.

—No gastes lo que no tienes, mejor guárdalo para tu gente —contestó el Coras.

—Yo sí tengo —contestó el Clown sacando un fajo de billetes verdes.

El Tururú no contestó nada, quedó seco de saliva. No podía creer lo que veía en las afueras del restaurante La Luz del Día. Ahí estaba Silvia Franco acompañada de una amiga. Los cuates se dieron cuenta de que algo perturbaba a su general y fue el Yes Yes quien con algunas señas les indicó que lo dejaran en paz, pero antes de retirarse el Clown sacó un billete de veinte dólares y se lo dio.

—Creo que los vas a necesitar —le dijo.

El Tururú agradeció el gesto, no podía darse el lujo de rechazar ese dinero.

Los otros tres se fueron a refinar al changarro de Los Pochos, cuya especialidad eran las flautas de guacamole. Ahí los atenderían bien. Decían las malas lenguas que uno de los dueños era joto y le fascinaban los guerreros urbanos por la pistolota que siempre cargaban. Es de presumirse que el Clown comería de gorra.

El Tururú no tenía tiempo de arreglarse la greña ni de limpiarse los pantalones llenos de mugre. Caminaba lentamente, pensando qué le diría al tenerla frente a frente. Iba ido, no se fijó ni cuando le pisó la cola a una de las palomas que comían las "palomitas" que los turistas les tiraban.

—Dulce venganza —diría.

Silvia, quien se encontraba de espaldas, ni se lo esperaba. Qué sorpresa se llevó al tenerlo parado a su lado. La amiga se espantó, pensó que era pordiosero pidiendo dinero para un taco, sacó un dolar y se lo ofreció. A Silvia le tomó unos segundos reaccionar y al taco que se llevaba a la boca se le cayeron los frijoles, se tragó el hielo de la Coca y su amiga se vio obligada a darle unos buenos trancazos en la espalda para que lo escupiera.

—¡Perdón! —dijo el Tururú.

—Me da mucho gusto verte —contestó Silvia con la baba todavía de fuera.

—¡Mucho más a mí!

Ninguno de los dos reaccionaba aún totalmente. Él continuaba parado y ella muy bien sentada, la amiga se encontraba toda extrañada, observando al Tururú de pies a cabeza. Él no se vio nada. Después del "shock" tomó asiento junto a ella. Se olvidaron de la amiga que hacía mal tercio y se fue sin despedirse, mientras aquellos dos continuaban tomados de la mano, las cuales ya estaban medio sudadas.

La escena hubiera sido motivo de envidia para los productores de las mejores telenovelas. La Castro y la Méndez se hubieran jalado de las greñas por estar en ese papel. Los dos ponían cara de babosos, los dos suspiraban sin importar que fueran de distintas clases sociales ni que sus perfumes fueran diferentes, uno olía a sudor y la otra a mujer refinada. De las ropas ni se diga, ella vestía elegante, él pobremente. Qué importaba, los dos seguían como mensos.

—¿Sigues enojado? —preguntó ella.

—Nunca lo he estado.

—No me has vuelto a hablar.

—He intentado, pero nunca te he encontrado. Has estado ocupada.

—¡Lástima! —dijo ella toda apenada.

Él, con todo y lo ido que se encontraba, no le quitaba la mirada a aquel plato de frijoles, arroz y carnitas, y a la salsa no se diga.

—No has comido, ¿verdad?

Silvia no esperó respuesta. Tenía la certeza de que no había probado alimento alguno e inmediatamente llamó a una de las meseras. La de las trenzas llegó corriendo y tomó la orden: arroz, frijoles, carnitas y un bonche de tortillas recién sacadas del comal. María agilizó el proceso y en unos cuantos segundos regresó. El Tururú no desaprovechó el momento y le metió duro el diente.

—¿Cómo sigue doña Ana María? —preguntó.

—La fui a ver hace dos días, no se le ve mejoría. Don Martín y su familia están felices de tenerla en casa, pero en su sonrisa hay una lágrima, en cada veladora hay fe y esperanza. Cuando la familia está reunida se les ve optimismo y no hablan de otra cosa más que de la mejoría de la abuela. Al caer la noche, cada uno en su intimidad, le reza al Creador, buscan un rincón y hay lágrimas de dolor, sienten en el corazón que la abuela se les va.

Hizo una pausa y después le señaló:

—Preguntan mucho por ti. No olvidan todo lo que hiciste por ellos. Creo que sería bueno que los fueras a visitar.

—Yo también he pensado mucho en ellos. Te prometo que en la primera oportunidad los visito.

Los arroces, frijoles y carnitas se fueron enfriando, las tortillas ya tenían finta de tostadas. Platicaban y se miraban, más miradas que pláticas.

—Escuché lo que pasó en México —dijo Silvia—. ¡Qué pena que eso haya sucedido!

—Realmente sí. Las noticias son cada día más alarmantes, de los muertos se habla por miles, de los desaparecidos otro tanto, y de los daños materiales, creo que ya perdieron la cuenta. Lo mejor de esto es que el pueblo se haya unido, unos ayudan quitando escombros, otros rezando, y los que estamos lejos tratamos de poner nuestro granito de arena.

—Me da gusto que estés apoyando. Da gusto ver gente como tú.

—No digas eso, simplemente estamos haciendo lo que se puede.

De plano las palomas se aprovecharon de que los dos habían olvidado aquel suculento alimento. Las aves fueron las ganonas, comieron de gorra.

—¿Qué vas hacer por la tarde? —preguntó el Tururú.

—Tengo la tarde libre.

—Te invito a que veas lo que estamos haciendo en el barrio.

—Me parece muy buena la idea.

María les entregó la cuenta. El Tururú se apuró en sacar su billete de a veinte bolas. Se vio galán y espléndido déjandole a María el cambio de propina, 25 centavos.

—Vengan más seguido —les dijo la mesera algo encabronada.

A lo lejos vieron que se aproximaban el Clown, el Yes Yes y el Coras con un raspado en la mano. El Tururú les presentó a Silvia, quien no se inmutó ni se fijó en la facha que tenían, para todos tuvo una sonrisa. Acordaron que se verían en el parque Delano. Silvia manejo, él dio las instrucciones. Había caído la noche cuando llegaron a su destino final. Dejaron atrás la gran ciudad y el barrio les esperaba, ese lugar tan especial que inspira tan contrariados sentimientos, situaciones y personajes: miedo, dolor, muerte, pobreza, drogas, niños, viejos, sueños, ilusiones, risas, llanto, murales con la imagen de la Virgen de Guadalupe o de Emiliano Zapata que buscan despertar la conciencia de los más jóvenes del barrio, calaveras y ataúdes con muchas flores, un vato loco inyectándose la droga, paredes plaqueadas con los nombres de los guerreros urbanos.

Silvia admiraba aquello. Era mejor que visitar Disneylandia o la Montaña Mágica. Nunca había entrado a un barrio, sabía de su existencia por la prensa, en la cual sólo se señalaban las tragedias del apuñalado, del asesinado a sangre fría, o las balaceras de los viernes por la noche, puras monerías. La vivencia era mejor que las páginas de un libro.

El parque Delano parecía estar de fiesta, se tocaban rolas para mover el bote y una que otra romántica. Viejos, jóvenes, mujeres y niños bailaban como nunca lo habían hecho. Los vatos locos se portaban a la altura de las circunstancias. Las cajas seguían llegando, los burritos de frijoles ya se habían acabado. El Tururú paseaba por el parque a Silvia como si ésta fuera su reina, dándole explicaciones de todo. Se la presentó a sus camaradas.

—Es un placer —dijo el Pelón.

—Bienvenida, señorita —comentó el Yes Yes.

—Gracias por su visita —le dijo Francisco.

La policía seguía dando vueltas. Silvia, ya con una taza de café, observaba cómo el Tururú entraba en acción. No había duda, tenía finta de líder. Todo el mundo le hacía caso.

—Perdón que no te atienda como te mereces —le dijo a Silvia.

—Por mí no te preocupes. Tú sigue haciendo lo tuyo.

Y la policía seguía dando vueltas.

Para las diez de la noche, la gente se fue retirando. Sólo un grupo reducido se quedó platicando. Los guerreros urbanos sorprendieron a todos, se fueron a sus casas muy temprano a descansar, se olvidaron de los desmadres.

Y la policía seguía dando vueltas.

Silvia preguntó si la presencia de los de azul era normal, y le contestaron que sí, que ya eran parte de la comunidad. La plática siguió hasta muy entrada la madrugada. El Yes Yes no se olvidó de sus hazañas deportivas, el Coras se acordó de doña Calditos.

—¡Nos hubiera hecho unos buenos calditos! —dijo, y lloró.

Francisco habló de la gente que había dejado en el terre y el Pelón de su vida en el barrio como guerrero urbano, de los navajazos que le dieron y de los trancazos que le propinó su mujer para que dejara todo eso. Su plática fue muy amena, causaba risa cómo describía los enojos y la ira de su mujer.

—¡Tú necesitas una de esas! —le comentó al Clown, quien al parecer por falta de unas faldas bien puestas seguía dándose de madrazos.

Sus cicatrices eran más que las del Pelón.

—He sido afortunado —dijo—. Sólo espero que ya no reciba otra.

Su relato no causó risas, todo el mundo se quedó pensativo. Silvia y el Tururú solamente escucharon, ellos no comentaron mucho de sus vidas. Lo que sí le preocupaba a la chica era la hora. Al ver su reloj pensó en sus papás, quienes de seguro estarían preocupados por no tener noticias de ella. El Tururú se percató de ello.

—¡Perdón! Creo que te he metido en problemas —le dijo.

—No te preocupes. Solamente dime dónde hay un teléfono público.

El de la esquina era el más cercano y hacia él se dirigieron. Con dos monedas de 25 centavos habían solucionado el problema. Les dijo a sus padres que estaba aprendiendo de la vida y aquéllos probablemente pensaron que se encontraba en la biblioteca. Con un "Hasta luego" se despidió de la raza y al Tururú le dio su abrazo, pero éste no permitió que se fuera sola y la acompañó en su carro.

—¡Te felicito por el trabajo que vienes haciendo! —comentó ella.

—No, no es mi trabajo, es el de toda la gente que conociste. De la gente que no tiene nada, de la gente que busca qué dar, que da de corazón y no busca que le entreguen medallas. Son ellos los que hacen posible que estos proyectos den frutos.

—¡Pero tú eres parte de ellos!

La familia de Silvia vivía en una buena zona. No era Beverly Hills ni Bel Air, pero ya muchos quisieran tener casa ahí. Sus padres se sentían orgullosos de los logros obtenidos, no les importaba que les criticaran por no juntarse con la raza. El abrazo se repitió, y ahora sí que al Tururú le supo a gloria. Se verían el lunes para ir a visitar a doña Ana María.

El domingo llegó pronto, unas cuantas horas de descanso para los que se habían quedado mitoteando. Había que seguir trabajando, las cosas seguían llegando. A las vecinas se les acabaron los huevos y los burritos fueron de puros frijoles. Las iglesias se vieron repletas como nunca, los de la sotana dedicaron sus sermones a lo sucedido en México, los padrenuestros para los fallecidos, las avemarías para los desaparecidos. Invitaban a la gente a seguir ayudando, pasaron la canasta de la limosna y quedó repleta de lana.

—Es para los damnificados —dijo el padre.

Los suplementos de los periódicos tenían muchas fotos. La gente ya prefería no verlas, todo era tragedia y como que ya chole.

Tanto la radio como la televisión daban números telefónicos para que los interesados dieran sus donativos. El cónsul general de México hizo su aparición en varias ocasiones, peinándose su bigote de foca pero hablando con gran educación. Qué bueno que el cónsul alterno se quedó en la institución, él ya tenía sus grandes ojeras.

Ese domingo se suspendió la jornada futbolera. El Yes Yes tuvo que esperar hasta mejor ocasión para aventarse sus lances de pantera. Sin embargo, lo esperaban en el restaurante, ya no le darían otro día de descanso. El Coras lavó la poca ropa que tenía, y para no desperdiciar el jabón le hizo el favor al Tururú y metió sus calzones en la lavadora. Eso sí, le cobró sus cuatro monedas de 25 centavos.

Las veladoras seguían encendidas, las cajas fueron acomodadas y la chota seguía dando vueltas por el barrio.

El lunes por la mañana, el Tururú y algunos camaradas llevaron las cosas a la Casa del Mexicano, cuyas bodegas estaban a reventar, realmente ya no cabía ni una más. Preocupados se encontraban los organizadores del lugar, se preguntaban cómo harían llegar todo aquello.

El Tururú cumplió con lo prometido y acompañó a Silvia a ver a doña Ana María, quien seguía postrada en las sábanas blancas con el escapulario en el cuello. Los cuadros religiosos eran aún más, pero ella seguía dormida. El Tururú se le aproximó y le susurró al oído:

—Levántese, viejita. La invito a mi boda.

Don Martín tomó la mano de su madre y la besó acariciándole la cabellera blanca. A los hijos les dolía ver cómo su padre sufría, preferían retirarse para no ver aquellas escenas.

—¡Fe! —le dijo el Tururú.

—Dime dónde se compra, para gastarme los pocos ahorros que tengo.

Ninguno de los presentes dijo nada. Comprendieron la frustración que lo embargaba. No le tenían ninguna respuesta. Parecía que la fe poco a poco se le iba esfumando. Don Martín hubiera querido retenerlo y decirle:

—¡Enséñame tu magia!

Las veladoras seguían encendidas.

—¡La comida está lista! —dijo su esposa.

La visita agradeció el gesto, pero ni el Tururú ni Silvia querían dar molestias. De nada sirvieron las explicaciones o excusas. Comprendieron que probablemente los Benítez se habían salido de su presupuesto para ofrecerles algo más que chile y frijoles. En unos cuantos segundos todos postraban sus glúteos en aquellas sillas de madera, el tema de doña María fue evitado por completo. Las carnes asadas y los quesos fueron puestos en la mesa. Como siempre sucede, a los invitados les fue servido el pedazo más grande. Después de que dejaron las cazuelas limpias, se retiraron a la sala a seguir conversando. No hubo sobremesa, se habían olvidado de comprar algo de postre, lo más seguro es que no había feria. La plática estaba amena. Uno de los hijos jugaba con el televisor, le cambiaba a los canales con gran frecuencia, pero se detuvo inmediatamente al llegar al canal KMEX 34, la estación en español.

—Hijo, déjale ahí —le dijo don Martín.

Se estaba transmitiendo el noticiero de las seis treinta de la tarde y mostraban más escenas de la tragedia en México, las cuales eran conmovedoras. Hasta los famosos se encontraban de rodillas, sin importar que se ensuciaran sus ropas finas.

Plácido Domingo, el gran tenor mexicano, se olvidó de los escenarios, del aplauso y de codearse con los ricos. Lucía barbado, mal aseado, cansado, ojeroso y afligido. Él también buscaba a los suyos. Compartía esos momentos tan difíciles con gente común y corriente.

El famoso y la plebe removían pedazos de cemento en busca de suspiros de vida o de agonía. Los milagros ya se habían manifestado, niños recién nacidos fueron encontrados con vida. Don Plácido puso el ejemplo a los de arriba, lástima que los de las grandes alturas no lo siguieron, eso de ensuciarse no era para ellos. Probablemente pensaban que con un pequeño donativo ya habían solucionado el problema.

Sí, los ricos, los famosos y algunos intelectuales tenían cosas más importantes que hacer. Con un rico coñac y puro en mano pretendían dar explicaciones de lo sucedido. Ellos buscarían y encontrarían a los responsables de lo sucedido. El pobre gobierno terminó como el Santo después de una lucha con el Cavernario Galindo.

Las escenas se fueron dando una tras otra, el locutor narraba, su corresponsal entrevistaba y de repente todo el mundo gritaba. El camarógrafo tropezó y se fue de hocico. Habían encontrado una víctima más sin vida, era el cuerpo de un pequeño que no pasaba de los cinco años. El corresponsal corrió para ser el primero en dar la noticia.

—¿Y saben cómo se llama? ¿Ya encontraron a los padres? ¿Y de qué murió? —preguntaba el muy jijo.

Minutos después volvió el alboroto.

—¡Con cuidado! ¡Remuevan estos escombros! —gritó uno.

—¡Ya le veo la mano! —gritó su compañero.

—¡Con cuidado! —insistía el otro.

—Ya lo tenemos.

—¡Traigan la camilla, con una chingada!

Se trataba de un hombre de entre 20 y 25 años. La víctima aún respiraba. Los voluntarios lloraron de alegría. La ambulancia se encontraba ya a su lado. El corresponsal nuevamente agilizó el paso buscando dar la primicia, seguía con sus pendejadas y quería entrevistar a la víctima.

—¿Cómo se siente?

La entrevista fue interrumpida. Uno de los voluntarios ya encabronado le dio un moquete en la cabeza. Su jefe le dio instrucciones de que mejor se retirara. Se estaba exponiendo a que los lincharan.

Los Benítez y los invitados no pudieron ocultar sus sentimientos y mejor optaron por apagar el televisor. Su hijo fue el que más se molestó ya que no pudo ver su programa favorito. El Tururú y Silvia agradecieron las atenciones de sus anfitriones y se despidieron de ellos.

La noche era hermosa, hasta en el este de Los Ángeles las estrellas parecían estar al alcance de la mano, como el cariño que Silvia le inspiraba al Tururú. Sin embargo, nuestro galán, como siempre que la tenía a su lado, hasta tartamudeaba.

La chica parecía más atrevida y lo invitó a tomar un café al restaurante Mi Ranchito. Pudo haber sido el lugar ideal para que se le aventara, para una noche romántica. Otras parejas que se encontraban en el lugar y con vela en el centro de la mesa no perdían la oportunidad de por lo menos agarrarse de la mano. De repente se escuchaba *Corazón, aquí no*, esa señora de Filipinas sí que era famosa.

—¿Por qué lo hacen? —preguntó ella muy inquieta.

—Me imagino que porque se quieren —volteó el Tururú para observar a las parejas.

—¿De qué hablas?

—De las parejas que se están besando, ¿no?

—No, yo no hablaba de eso. Preguntaba por qué la gente se viene a los Estados Unidos.

El Tururú guardó silencio por unos segundos, tomó un sorbo del café y se quemó la lengua. Por educación dijo que no le había pasado nada. ¿Qué podía contestarle? Cuántas veces no se había hecho él la misma pregunta. Respuestas había de todo tipo, en la tamalera había tamales tanto de chile como de manteca.

Estaban las de los intelectuales y científicos especializados en la materia, que ya habían cursado su maestría en las mejores universidades en el extranjero y cuyas materias incluían: Polleros I, II y III; La Frontera I, II y III, y la mejor de todas, Brinco al Charco I, II, III y IV. Claro, todas seriadas. Esos científicos siempre han escrito para la gente dizque más preparada, han aprendido muchas palabrotas del diccionario e incluso se han inventado otras, pero nunca en su vida han vivido de cerca la situación de los mojados. Y son ellos los que dan conclusiones que ni su propia madre les creería. Su rollo ya está muy trillado, muy preparado, tiene muchos números y estadísticas, pero nada de vida.

—La migración se debe a los factores de expulsión y atracción —dirán.

—Es una cuestión de economía —concluyen.

Sí, explicaciones que a Juan de las Pitas le valen madre. Este Juanito tiene su propia explicación y la manifiesta sin pelos en la lengua, y es que en su país de origen se están muriendo de hambre.

El Tururú miró a su acompañante y evitó dar otro sorbo al café. ¿Qué explicación podría darle?

—Vienen porque quieren soñar.

—¡Soñar! —dijo ella.

—Claro, soñar que al llegar a los Estados Unidos su vida va a mejorar. Sueñan con poner vigas a sus casas que están a punto de caer; sueñan que sus hijos tengan carne que comer; sueñan que su esposa tenga un vestido nuevo que estrenar para las fiestas del pueblo; sueñan que sus hijos puedan subirse a los juegos mecánicos el día de la feria… Soñar no les cuesta nada.

Se emocionan cuando compran su televisor nuevo, sonríen cuando prueban el sándwich de jamón con queso. Algunos piensan que al momento de cruzar el río ya quedaron atrás las pesadillas.

El café ya se había enfriado. Le dio un gran sorbo y la cara de fuchi no se hizo esperar, había olvidado ponerle azúcar. Y prosiguió diciendo:

—Pero siguen siendo sueños. Éstos han costado muchas vidas, separaciones de familias enteras. Aun cuando ven los frutos de sus esfuerzos, que ya mandaron la primera lana al pueblo, la vida del indocumentado está llena de tragedias. La mayor de ellas es que llevan una vida solitaria, una vida sin vida, una vida vacía.

—¡Lo dices tan convincentemente! —preguntó ella.

—Yo también he soñado, yo también he luchado, he extrañado a los míos y por la noche he llorado. También me he emborrachado los viernes por la noche y me he quedado sin cheque, el cual se ha quedado completo en una cantina de mala vida. Dicen los que no conocen nuestra realidad que lo de la tomadera es cuestión de cultura y de borrachos no nos bajan. En lo personal no creo que sea eso, buscamos ganarle la batalla a la soledad y a la nostalgia.

El café ya estaba completamente frío y la mesera insistía en servirles la cena. Estaba medio terca, por lo que el Tururú prefirió mejor irse de volada. Además ya era un poco tarde. Silvia quiso llevarlo en su carro, pero él no lo permitió y fue a dejarlo en la parada del autobús que lo llevaría al Valle de San Fernando. La despedida fue sencilla, simplemente se tomaron de la mano. Se vio medio güey nuestro galán. La chica traía bien pintaditos los labios. El Tururú abordó el autobús ocupando el asiento de atrás, y con ojos abiertos se puso a soñar. Se imaginaba el contenido de la carta que le gustaría recibir de su familia:

Hijo, perdona que no te haya escrito. Espero que le entiendas a mi letra. Tú sabes bien que yo no tuve escuela. Ayer Macario, el hijo de doña Lencha, nos entregó el dinero que nos mandaste. Nos solucionó muchos problemas. Tu papá pagó las deudas que tenía y recuperó a la Pancha, la burra que le lleva la comida a la milpa. Los chiqueros ya los arregló y le puso unos cimientos a la barda de la casa que ya se estaba cayendo. Tu hermanito está feliz porque le alcanzó para sus zapatos y el balón de futbol. La gente empieza a decir que somos los ricos del pueblo. Tu hermano el mayor no sabe cómo agradecerte el dinero que le regalaste. Tu padre a todo el mundo le presume que tiene un hijo muy importante y que tiene un gran trabajo en el norte. Vimos la foto de tu nuevo carro, sí que está rete bonito. Hijo, para que te siga yendo bien, mandé decir una misa de agradecimiento al patrón del pueblo. Cuídate mucho. Se despiden tus viejos que te quieren mucho.

El Tururú seguía soñando despierto sin percatarse de que ya se le había pasado la bajada.

—¡Bajan! —gritó de repente.

La gente pensó que estaba loco ya que en este país la tecnología está tan avanzada que sólo se requiere jalar de un cordón para tocar el timbre. ¡Ah, qué gringos tan modernos! Poco le importó lo sucedido, al bajarse del camión agarró camino y continuó soñando. Las varias cuadras que faltaban se las recorrió de bolada. Llegando al departamento, no tardó en jetearse. Los olores a patas seguían concentrándose en aquella sala en la que dormían cuatro camaradas.

En los días que siguieron los donativos en especie fueron disminuyendo. Los organizadores habían informado que ya no eran necesarios, pero aún así siguieron llegando. Quizá ya no habría forma de mandarlos a la ciudad de México. La vida en el barrio y en la gran avenida tomó su curso normal.

El más relajado de todos era el Yes Yes, quien a través del Clown había sido informado de que sus familiares se encontraban bien. Qué bueno, el vato tenía que concentrarse para dos acontecimientos muy importantes: la semifinal de futbol contra el Liverpool y el bautizo del Tomito.

En la gran avenida la lucha seguía, todos volvían a su realidad. La tragedia había unido no sólo a los jornaleros, sino a toda la comunidad, pero el hambre y la falta de feria les recordaba que hasta en las mejores familias hay peleas. Los patrones llegaban y los jornaleros se amontonaban. El Coras era uno de ellos, le urgía conseguir algo de lana, lo poco que tenía guardado se le había acabado. Levantaba la mano, gritaba y hasta codazos daba, pero nada pasaba. No era contratado. Desahogaba sus frustraciones con el Lupillo.

—Cada día somos más y los patrones quieren pagar menos —le decía—. ¡Realmente no sé qué va a pasar!

—Oye, mi buen, ¿y no has pensado en conseguir una chamba estable como el Yes Yes? Al cabo ya tienes papeles, aunque sean chuecos.

—He pensado en todo, hasta en regresar. Pero ahora como están las cosas, mejor me espero para mejor ocasión.

—Pues no te desanimes, cabrón, solamente hay que echarle ganas. ¡Órale! Mira, acaban de llegar dos patrones. Lánzate a ver si consigues chamba.

No le dijo dos veces y sin decirle "excuse me" a los que estaban gestionando la contratación, se aventó de palomita a la camioneta estacionada. Cayó de panza, pero poco le importó. El patrón arrancó y él fue contratado sin saber cuánta lana le iban a pagar o qué iba a hacer.

Por su cuenta, el Tururú seguía dándoselas de galán. De tanto hablar por teléfono con Silvia se acabó la morralla. Los resultados estaban a la luz del día, ella ya había aceptado acompañarlo al bautizo del Tomito. Continuó visitando la representación consular, su cara ya les era familiar y ni los empleados auxiliares ni los funcionarios le preguntaban ya a qué iba. El cónsul general ya lo había recibido en su elegante oficina y hasta un café le había ofrecido. El amigo lo pidió muy caliente, así tendría más tiempo para platicar.

El Tururú andaba como pavo real, ni él mismo se creía lo que le estaba sucediendo, aunque de una cosa sí estaba consciente: ya se tenía que poner a trabajar. Los centavos ya los podía contar con los dedos de la mano.

Los locutores de las estaciones de radio ya preparaban maletas para viajar a México y entregar los dineros reunidos en sus maratones. Los famosos de los micrófonos se iban a parar el cuello aunque ellos quizá no habían puesto ni un solo centavo. Probablemente tenían motivo para ello, de ellos fue la idea de juntar la feria, el pueblo les respondió y la gente, en vez de depositar el dinero en la cuenta bancaria que se abrió precisamente para eso, se lo dieron a sus ídolos locutores.

Con bombo y platillo anunciaron la cantidad reunida, pero como en la viña del Señor hay de todo, hubo radioescuchas que les aplaudieron y otros que dudaron, pero como son una bola de oportunistas, igual aprovecharon la ocasión para ganar más audiencia. El haber dejado a un lado por un día sus chistes corrientes y las baladas de los Bukis, Dyango y otros artistas más les había rendido frutos. Se creían héroes.

En México, con el paso de los días la gente fue saliendo de su letargo emocional. Los que habían quedado en el desamparo fueron asignados a albergues provisionales y tiendas de campaña. Se preguntaban qué iba a hacer el gobierno para ayudarles, en dónde se encontraban los donativos en especie que llegaban a montones. Los partidos de oposición aprovecharon para soltar la lengua. Placido Domingo de repente dejó de aparecer en televisión. ¿Qué habría pasado con sus familiares?

El que continuaba muy activo era la Pulga, que seguía metiéndose en los escombros para buscar a más víctimas. El chaparro condenado ya concedía entrevistas a los corresponsales extranjeros. Aprendió a decir "hola" hasta en chino y japonés.

Y mientras, la vida en la gran avenida y en el barrio volvía a la normalidad. La policía seguía vigilando, en cualquier momento podía ser arrestado un guerrero urbano. Los pamboleros de la Onda Colorada sostenían su primer entrenamiento en semanas y a leguas se les notaba que estaban fuera de forma. El Yes Yes no detenía nada y siempre caía de panza, al Enterrador se le veía hasta panzón y a ninguno pudo sepultar. El Pelón seguía con el aparato de fuera, nadie se le quería acercar. A Francisco le preocupaba la situación ya que, de seguir así, el Liverpool les metería una goleada. No les gritó durante el entrenamiento, simplemente alargó la jornada. El Pelón se vio en la necesidad de ponerse calzón, de tanto correr y brincar el aparato se le había puesto frío. Pobre mujer, esa noche no cenaría Pancho.

—Ya párale, Francisco. ¡Parece que nos pagaras! —gritó el Penny, que ya estaba más devaluado que un centavo de verdad.

Ya el sudor les recorría hasta las nalgas, uno a uno fueron pidiendo paz. Francisco comprendió que ya era hora de decir basta.

—Muchachos —les dijo—, nos faltan solamente dos partidos para ser campeones. Los partidos no van a ser nada fáciles. Propongo que nos concentremos un día antes del partido.

—Nos van a regañar las viejas —dijo uno.

—¡Rómpales la madre, bola de mandilones! —les gritó el Pelón.

La propuesta de Francisco se puso a votación. Perdieron los mandilones y acordaron que se reunirían en casa del Pelón el sábado a más tardar a las 8 de la noche. Y así fue, los futbolistas del llano fueron llegando, unos con tortas otros con tacos. El Yes Yes con sus hamburguesas y el que se quiso pasar de listo llevando chelas fueron inmediatamente reprimidos. Pobres tarugos los que llevaron comida, ya que la esposa del Pelón les había preparado un rico pozole. El anfitrión se veía muy hombrecito con su mandil muy bien puesto. Atendía a los invitados mejor que cualquier mesero. La música no podía faltar, se pusieron las de Cuco Sánchez con su *Cama de piedra* y las de José Alfredo Jiménez con sus *Caminos de Guanajuato*. La nostalgia estaba en su mero mole, a los vatos les escurría un conocido líquido de las fosas nasales causado por el chile del pozole. Se encontraban limpiándose el moco cuando de repente escucharon algunos disparos que provocaron que todos se tiraran al suelo. Sólo al Pelon le valió madres, corrió al interior de la casa en busca de su mujer y de sus morros.

—¡Qué nadie se levante! —gritó Francisco.

En unos cuantos segundos uno a uno se fueron levantando, lo que más encabrono al Enterrador fue que el pozole le cayó en los pantalones quemándole hasta los calzones. El Penny seguía comiendo debajo de la mesa. El susto de los balazos no pasó a mayores. No se escuchó el ruido tenebroso de las ambulancias.

—¿Qué fue eso? —le preguntaron al Pelón.

—Una bola de mamones que creen que tirando bala son más hombres.

A raíz de eso, la velada fue más corta de lo que se esperaba. Con catres en el suelo y un resto de cobijas, la Onda Colorada se alistaba para demostrar por qué tenían pasta de campeones.

Desde temprana hora de la mañana el sol quemaba al Valle de San Fernando. A los jugadores de la Onda los despertó el delicioso olor de un rico menudo. De seguir así, el Pelón se quedaría pobre por alimentar a tantos gorrones. A las 12:30 de la tarde, la caravana de carros se dirigió al parque San Fernando. Ellos jugarían contra el Liverpool el partido preliminar. El San Fernando contra el Ahualulco sería el estelar. Unas 600 personas se encontraban presentes, hambrientas de ver buenos partidos de futbol. Los vendedores ambulantes preparaban su mercancías, los de los raspados, tortas, tacos y chicharrones con chile ya iniciaban sus movimientos de calentamiento.

A la 1:15 llegó la Onda. Algunos aficionados los saludaron con euforia, la porra del San Fernando les mentó la madre. Hubo quien se le acercó al Yes Yes y le dijo que se cuidara si ganaban. El Liverpool también ya había llegado.

Ambos equipos buscaron el árbol más frondoso que serviría de vestidor. A los vendedores ya se les veía sonrientes, especialmente al de los chescos. Había nerviosismo en ambos equipos y eso contagiaba hasta a los pájaros que se encontraban postrados en las ramas de los árboles.

Para la 1:45 las apuestas ya estaban cazadas. Los árbitros se encontraban revisando las mallas de las porterías. Unos segundos más tarde ambos equipos saltaban a la cancha para iniciar los calentamientos.

El sol pegaba en serio, los pobres jugadores ya se encontraban sudando. Diez minutos más tarde, el Nazareno tomaba su pito. Al de negro este adjetivo le quedaba como anillo al dedo, en este tipo de partidos sí que lo crucificaban.

Ambos capitanes fueron llamados al centro de la cancha; Francisco por la Onda y Chalo por el Liverpool decidieron la suerte de sus compañeros. Chalo pidió sol y perdió la primera jugada del partido. Francisco escogió jugar con el sol, es decir, al portero del Liverpool el sol le pegaría en la cara. Eso resultó fatal, ya que el Penny con un tiro raso clavó el primer gol, y el Pelón, sin querer queriendo, clavó el segundo.

Así había terminado el primer tiempo. El Liverpool no salió desanimado, tenían acostumbrados a sus seguidores a ganar los partidos en los segundos tiempos. El descanso les cayó de pelos. El sol había hecho estragos en los jugadores, las sombras de los árboles resultaban insuficientes para reanimarlos. Los aguadores no se daban abasto. El Yesito le llevó un chesco a su jefe y éste se lo tomó como si estuviera en el desierto.

Los quince minutos de descanso no fueron suficientes, el árbitro volvió a tomar el pito y los jugadores seguían tirados en el suelo. Los pajaritos regresaban a sus ramas después de haber ido a tomar agua al charco más próximo. Los borrachos disfrazados cubrían sus chelas con bolsas.

El árbitro ya se encontraba en la media cancha y observó que todo estuviera en regla. Al levantar la mano derecha dio inicio al segundo tiempo. El Liverpool tomó el control de las acciones, el Finito, el Viejito y el Chalo se encargaron de tomar la media cancha, por algo eran miembros de la selección de la liga.

El Yes Yes ya no veía la suya, dos tiros habían pegado en el larguero, pero la tercera fue la vencida. El Finito durmió la pelota con la pierna derecha, la acarició con la izquierda y con toque de primera sirvió para que el Viejito, quien por cierto no pasaba de los 18 años, la incrustara en el ángulo derecho. Los pájaros al ver aquello hasta se quedaron bizcos.

La porra del Liverpool se animó, el grupo de chicas animadoras de tanto brincar enseñaron hasta los calzones. Los de la Onda solamente se rascaban la cabeza. La esposa del Yes Yes se vio obligada a sacar su estampita de la Guadalupana y a rezar se ha dicho. Empezó con los padrenuestros y se siguió con las avemarías, y vaya que lo necesitaban.

Nuestros héroes sufrían. En varias ocasiones el Enterrador quedó tendido en el suelo de tantos quiebres que le había propinado el Finito. Realmente lo había sacado a bailar. En un tiro de esquina que cobró Rodolfo, el Yes Yes perdió la gorra y chocó con Francisco. El Chalo no perdonó cuando el balón quedó a la deriva, bastó un toquecito para meter el segundo gol. El partido se empataba. La mujer del Yes Yes apresuró los rezos, en algo estaba fallando. Luego luego se hincó.

En esta ocasión fue tanta la emoción que embargaba a las chicas del Liverpool que enseñaron algo más que el calzón, ya se imaginarán qué. Ante este espectáculo los pájaros se cayeron de pico. A los borrachos disfrazados se les dibujó una sonrisa, como diciendo "esto está mejor que el partido". Los partidarios de la Onda ya no sabían ni qué onda. También sacaron sus estampitas religiosas.

—¡Yes Yes, grítale a tu defensa, carajo! —gritó Francisco—. ¡Enterrador, tú a lo tuyo! —le dijo—. ¡Penny! Ya deja el cobre y demuestra lo que tienes.

El Yes Yes se acomodó la gorra y el Pelón los chones. La Onda agarró la onda y, jugando más al achique, provocó que la tripleta de seleccionados comenzaran a equivocar los pases. En esos últimos minutos no se requería jugar con clase, tenía que ser con garra, con determinación y con el corazón en la mano.

El Viejito se achicopaló ante las entradas del Pelón, quien le entraba duro al balón pero nunca al talón, y de talón la tocó Francisco al Penny al cobrar una falta en corto. Con el balón besándole las agujetas de los zapatos, el Penny corrió por la banda izquierda dejando en el camino a más de dos jugadores. Con la lengua de fuera, centró a lo pendejo, es decir, adonde cayera, y el portero despejó de puños.

El balón le cayó a Francisco que seguía la jugada, éste tocó de volada a un compañero que se corría por la derecha, quien sin pensarlo centró de nuevo, sin embargo, el portero estaba muy atento y volvió a despejar de puños. Para su mala suerte, le cayó al Enterrador, quien sin mucha técnica le pegó de primera. El tiro fue desviado por alguien que se encontraba en la bola y ante la desesperación del portero el esférico llegó a las redes.

Y córrele que te alcanzan, al percatarse de lo que había hecho, el Enterrador tomó carrera como si tuviera chorro, pero terminó debajo de una pirámide humana. La esposa del Yes Yes besaba la imagen de la Guadalupana. Los pajaritos fueron los que más se encabronaron, ya no les verían los chones a las chicas del Liverpool.

Los últimos minutos fueron de agonía para la Onda. El Yes Yes se acomodó la gorra y surcó los aires. En uno de esos lances no midió bien y se pegó de choya en un poste. No reaccionaba el desgraciado, pero el Pelón supo qué hacer y quitándose una de las medias se la puso en las fosas nasales. Después del susto, la consigna de la Onda era despejar el balón adonde fuera.

—¡Putos maricones! —gritaban los del San Fernando.

—Para eso me gustaban —decían los del Liverpool, que medían más sus palabras.

Y afuera se encontraba el balón cuando el colegiado dio por concluido el partido. Los del Liverpool comprendieron su derrota y felicitaron a los de la Onda por su victoria. Las apuestas se cobraron. El de las tortas fue de inmediato con el de los tacos para que le pagara lo adeudado.

—Muy bien, muchachos —les iba diciendo Francisco a cada uno de sus jugadores mientras abandonaban la cancha.

—¡Tacos y tortas para todos! —se escuchó decir a un aficionado que había ganado una buena lana con el triunfo de la Onda.

El pobre vato no supo lo que hizo, le salió muy caro el chistecito cuando la cuenta le fue entregada.

—¿Pues de qué eran los pinches tacos? —preguntó muy enojado.

Acordaron que se quedarían a ver el partido estelar. El favorito en las apuestas seguía siendo el San Fernando, sus refuerzos de la Liga California ya habían llegado. El Ahualulco, por su lado, depositaba todas sus esperanzas en su jugador recién llegado del pueblo del mismo nombre, le decían el Chiva ya que decían que había jugado con el Guadalajara.

El Chiva puso todo de su parte, pero lo que se la partió fue la defensa del San Fernando. Los hermanos Coraje le hicieron ver su suerte. El Ahualulco aguantó el cero a cero durante el primer tiempo. Arnulfo, su capitán, les gritaba que no se rajaran. Chava, Leonel y Max dejaron todo en los primeros 45 minutos. A pesar de ello, su entrenador les gritaba que eran una bola de pendejos.

Triste final tuvo el Ahualulco, el cual se puede resumir en unas cuantas líneas: se las metieron tres veces. García, dueño y entrenador del equipo, les hizo saber su suerte. Los corrió a todos sin importar que tres de sus jugadores fueran sus familiares. La historia ya estaba escrita, la gran final sería entre la Onda y los mamones del San Fernando.

Francisco y el resto de sus jugadores se quedaron impresionados por el despliegue de dureza y fanfarronerías de algunos jugadores del que sería su próximo rival. El Araña, antiguo portero de la Onda, se les acercó para advertirles.

—Ustedes siguen, bola de mojados. Nos vemos el próximo domingo… si es que no los agarra la migra.

El Pelón fue el primero en brincar, pero fue contenido por el Coras y el Tururú, quienes le dijeron que no valía la pena.

Los pajaritos dejaron su rama y se fueron volando. Los aficionados se alejaron frotándose las manos y preguntándose quién ganaría el campeonato. Las opiniones estaban divididas. El parque San Fernando quedó desolado. Envolturas de tortas y vasos de plástico en los que se sirvieron los mariscos quedaron tendidos en el suelo. La Onda no fue a festejar, cada uno de sus integrantes se fue a descansar. El Yes Yes recibió masaje de su vieja, Francisco no tenía quién se lo diera y el Tururú le advirtió que no era joto. Al Coras le valió y se lo dio.

El Coras y el Tururú estaban cansados como si ellos hubieran jugado, pero se dieron tiempo para platicar afuera del departamento. Ambos se encontraban bajo las mismas estrellas, bajo el mismo cielo, recargados sobre el mismo carro viejo. Ambos fijaban su vista hacia un lejano horizonte.

—Éstas son las pequeñas cosas que nos hacen felices, ver contentos a quienes queremos, y todo se lo debemos a una bendita pelota de futbol —dijo el Tururú.

—Sí —contestó el Coras—. Nos ayuda a olvidarnos un poco de nuestras pequeñas y grandes frustraciones. Pero realmente, una vez que pase la euforia, ¿qué es lo que vamos a hacer? Todos los días, durante meses, religiosamente nos hemos presentado en la gran avenida, buscamos la forma de ganarnos la vida y dizque nos la ganamos a medias, pero siempre terminamos recargados en un carro viejo, pensando que los patrones aún nos siguen viendo con ojos de explotación y que hay que mantener la lucha encarnizada con nuestros propios compañeros que están igual de jodidos que nosotros.

—Mi querido Coras —dijo el Tururú—, en nuestro pueblo no nos vemos expuestos a esta denigrante competencia, a esta lucha por unos cuantos dólares, pero aquí es distinto, debemos comprender que el nacido aquí y de padres mexicanos discrimina a los paisanos que recién se han hecho ciudadanos norteamericanos, éste a su vez se va en contra del que ha obtenido su tarjeta verde, y este último no se queda fuera de la jugada, cuando puede o la situación lo amerita, arremete contra el indocumentado y hasta le mienta la madre. Eso no va a cambiar, es la triste realidad que vivimos todos nosotros. Sí, mi Coras, lamentablemente somos una comunidad muy dividida, no somos como otras que se ayudan, que se apoyan entre sí.

—¿Pero qué vamos hacer? —volvió a preguntar el Coras.

—A seguir soñando y a pensar que lo que hemos vivido en las últimas semanas es el principio para que podamos ayudarnos y unirnos. El desastre provocó que nos diéramos la mano. Soñar que tanto los vatos locos como los que no lo somos podamos vivir tranquilos en esto que llamamos hogar. Soñar que la policía ya no nos va a hostigar. Soñar que dentro de esta pobreza pueden salir también doctores, abogados, profesores y arquitectos que digan con orgullo "Mis padres fueron indocumentados".

El Tururú sabía que era duro soñar, peló los ojos y se encontró con su realidad. A lo lejos observaba cómo una pareja de jóvenes se agasajaban en las afueras del baño del parque. De seguro la chamaca, que parecía no pasar de los 16 años, les daría la sorpresa a sus padres y les diría que pronto sería madre. A unos cuantos metros de ahí, sin importar que los vieran, unos jóvenes se fumaban su toque. Y la policía seguía dando vueltas en el parque.

Momentos después, su persistencia dio frutos pues fue detenido un chamaco a quien se le ocurrió hacer sus necesidades en las canchas de básquet. En el momento de su detención le fue encontrada una arma blanca —así lo definió la chota—, era una pequeña navaja para cortarse las uñas. Los azules determinaron que con eso podía matar a alguien.

El Tururú prefirió cerrar los ojos y seguir soñando. El Coras, en cambio, decidió ver lo que sucedía. Solamente agachaba la cabeza. La corriente de aire trasladó a sus fosas nasales el olor de la mota.

—Oye, ¿cuándo nos vamos a cambiar del departamento? Ya me da pena con Francisco y los demás cuates. No nos reclaman, pero creo que ya se nos pasó la mano. No les hemos dado ni un quinto para pagar la renta.

—Dinero no tenemos —contestó el Tururú, que permanecía con los ojos cerrados.

—En eso tienes razón, pero tampoco podemos abusar.

—Coras, es cuestión de pensarlo bien, pero mientras continuemos en la gran avenida no saldremos de la misma. Es tiempo de que pensemos en buscar un trabajo estable.

—Eso mismo me dijo el Lupillo el otro día.

—Vamos a buscarle. Quizá Rafael nos ayude a conseguir algo, deberíamos preguntarle el próximo sábado. Él también fue invitado al bautizo del hijo del Yes Yes. Otra cosa que pensé fue en ir con el sacerdote de la Iglesia de la Placita, presiento que en algo puedo ayudar, no importa que sea de voluntario, en algo tengo que empezar.

Buscando dar un giro a la conversación, el Coras le preguntó sobre la chava que lo traía medio pendejo. Sabía que el tema de Silvia le provocaba ñañaras en la panza a su compañero. El Tururú apretó bien los ojos, como queriéndoles exprimir una fantasía. El suspiro no se hizo esperar, cosa que causó gran risa a su amigo denominado el 25 Centavos.

–¡Con eso me dices todo!

–Es sólo una amiga.

–Mejor cierra bien los ojos y dime en qué sueñas –le contestó el Coras.

–Sueño en haberme quedado en México y en haber trabajado en alguna de las capitales. Lo ideal hubiera sido Guadalajara, así los fines de semana hubiera podido visitar a los familiares en el pueblo, con la viejita levantándome en las mañanas para ofrecerme unos ricos frijoles. Sueño en acompañar al viejo a su jornada en el campo y en tener a mi noviecita y visitarla todas las noches, aunque tuviera que darle al cuñadito unos cuantos centavos para que nos avisara la llegada del papá. Sueño en ir con ella a las ferias del pueblo, agarrados de la mano hasta que éstas sudaran. Sí, ir al pueblo y ver cómo los viejos hacían canas de felicidad viendo a sus nietos… Lamentablemente no hubo oportunidad de ello. No hubo ofertas de empleo una vez que terminé la universidad.

–Está cabrón –dijo el Coras.

–Sueño –prosiguió diciendo el Tururú– que la gente que ha quedado atrás comprenda que el norte es un sueño más, en el que se sufre y se llora, en donde no se barren los dólares y siempre andamos con las manos vacías.

Al Tururú le empezaron a gotear los ojos.

–¡Órale! No chille –le dijo el Coras.

Después de un buen rato de soñar parados se fueron a acostar. El Coras en su sofá viejo al que ya se le asomaban los alambres, y el Tururú en el suelo.

Y la vida continuó en la gran avenida. El Tururú recibía cada día menos donativos, pero siguió visitando el Consulado, en cuyas afueras se concentraban cientos de personas que buscaban conseguir su matrícula consular. El Beto como siempre muy formal, en cambio el Güero deambulaba por los pasillos haciéndose el güey, fingía trabajar y nadie se atrevía a decirle nada, era de los consentidos del cónsul general.

El Tururú mientras tanto mantenía su comunicación con Silvia y de sólo pensar que la vería el sábado se sentía muy feliz. También visitó al padre de la Placita Olvera, y al de la sotana le dio gusto verle por ahí. Hablaron muy poco ya que el de las naguas tenía cosas importantes que hacer, entre ellas casar a un par de paisanos. ¡Pobres! Nadie les había explicado las consecuencias de lo que estaban a punto de hacer. El Tururú se despidió del padre en el entendido de que se verían otro día, cosas importantes tendría que decirle el bueno de Gilberto.

El Coras seguía con la urgencia de conseguir algo de feria y la gran avenida se la seguía negando. Ante tal situación, volvió a las andadas y a pedir los veinticinco centavos. El Yes Yes, por su parte, era todo un maestro en hacer hamburguesas. No se le iba una sin su jitomate y su cebolla. Los tiempos de hacer papas fritas ya habían quedado en el pasado.

Los días transcurrían en la gran avenida. A Julio César Chávez ya le gritaban ídolo y la Selección Nacional continuaba con sus partidos de preparación rumbo al mundial. En el Estadio Azteca ya coreaban el nombre del Abuelo Cruz, eso ponía nervioso a nuestro goleador del Real Madrid. Los locutores angelinos viajaron a México para entregar la lana. Aparecieron en la radio y en la televisión. Los sobrevivientes del terremoto seguían sobreviviendo, continuaban durmiendo a la intemperie y sus rostros aparecían en los principales periódicos por el mundo entero. La ayuda continuó llegando y todo mundo se preguntaba en dónde se quedaba.

Afortunadamente para la Onda Colorada, el partido de la gran final no se jugaría ese fin de semana, así que lo primordial eran los arreglos para la pachanga, es decir, el bautizo del hijo del Yes Yes.

El miércoles por la noche fueron las pláticas bautismales, éstas se llevaron a cabo en la iglesia de la Placita Olvera. El gringo marihuano hizo acto de presencia y se quedó sorprendido al ver a tantos católicos ahí reunidos. Bautizarían por lo menos a cien mocosos. El gringo poco entendía de aquellos menesteres y eso le preocupaba al Yes Yes, quien le recomendó que se memorizara el decir "Sí" cuando le preguntaran "¿Renuncias a Satanás?". Dizque todo estaba ya en orden, sólo faltaba un pequeño detalle: ¿y la madrina?

—¿Qué vamos a hacer? —preguntaba la mamá del bautizado.

—No sé, mi amor —contestó el Yes Yes—. Quizá alguno de los del futbol y del trabajo me presten a su mujer.

—¿Cómo está eso?

—¡Claro! Para que me bauticen al chiquito.

—No es broma, Luis, es cuestión seria. Realmente tenemos que pensar quién va a ser la madrina.

El Yes Yes guardó silencio por algunos segundos pensando cómo solucionar el problema. Pensó en sus amigos tanto del futbol como del trabajo y se rascó la cabeza más de una vez.

—¿Y por qué no Silvia? —dijo.

—¿Quien? —preguntó su mujer.

—Es la futura novia del Tururú. Es una buena muchacha, ¿no crees?

—No creo que acepte. Ella no es de nuestra clase. Además poco sabe de nosotros, no creo que sea tan fácil convencerla.

Al comentárselo al Tururú, éste pensó que era una muy buena idea. Él personalmente se encargaría de hacerle llegar la invitación. Y vámonos, a lo que te truje, Chencha. En su primera oportunidad la fue a visitar al hospital para soltarle la sopa. Ella andaba de aquí para allá cuando el Tururú se la encontró en uno de los pasillos.

−¡Hola! −dijo ella sin ocultar el gusto.

Al Tururú, como siempre que la tenía enfrente, se le atoró la lengua.

−¿Puedo hablar contigo unos minutos? −le dijo mientras le entregaba una rosa roja.

A la chica hasta le temblaban las piernas, y eso que las tenía muy bien puestas. Pensó que Gilberto se le iba a declarar, pero al llegar a una pequeña oficina, éste, sin decirle ni agua va, le dijo el motivo por el cual se encontraba ahí. Silvia se decepcionó al escuchar el motivo de la visita, pero lo escuchó atentamente.

−No sé qué decirte. De eso poco sé −dijo.

−¡Pues di que sí! A este tipo de invitaciones no se puede uno negar.

−Pues si no hay otra alternativa, dile a tu amigo que me daría mucho gusto ser la madrina de su hijo. ¡Ah! Y gracias por la rosa.

El Tururú sonrió sin quitarle la mirada de encima, y cuando parecía que nuestro galán por fin se le iba a aventar, ¡chin!, sonó el teléfono y los interrumpió. Ella contestó y después de terminar la conversación al galán se le congelaron los ánimos. Antes de despedirse le explicó cuáles serían sus obligaciones, y con el pretexto de que estaba muy ocupada se despidió.

En esos mismos momentos, pero al otro lado de la ciudad, en el meritito Valle de San Fernando, el Yes Yes, su mujer y el gringo marihuano realizaban algunas compras. Al pobre de Tomito en vez de ropón le compraron un smoking. Querían que fuera muy elegante. La vela fue un cirio y la crucecita era del tamaño del chiquillo, ¡para que vieran que sí había feria! Los jitomates, chiles, cebollas, chescos, chelas, tortillas y frijoles se comprarían después. También fueron a la carnicería para ordenar una cabeza de chivo y un pedazo de puerco, en la fiesta se comerían carnitas con birria. El gringo andaba feliz aunque él estuviera desembolsando la feria. No conocía los cheques, por lo que todo lo pagaba en efectivo.

Había que ganarle tiempo al tiempo, por lo que los chiles se picaron y los frijoles fueron puestos a remojar. Las invitaciones se hicieron llegar. Rafael, Arturo, el Pelón, el Enterrador, el Centavo y hasta el Clown ya estaban listos para la pachanga.

Y el día tan esperado por fin llegó. A la iglesia fueron pocos gorrones, solamente fueron el Coras y el Tururú, que iban muy bien bañaditos y perfumaditos. El Tururú hasta corbata se puso, poco le importó que no combinara con la ropa que traía puesta. En esta ocasión se olvidó de pedir el perfume de los Siete Machos. Silvia se veía hermosa vestida de blanco, parecía que ella haría su primera comunión. El gringo marihuano se había cortado el pelo, parecía que lo había mordido un perro. Iba medio galán, lástima que no hubiera boleado sus botas. El Yes Yes llegó hecho todo un galán. Se puso el traje que en alguna ocasión le había regalado su mamá, el cual le quedaba demasiado corto, y la corbata parecía asfixiarlo.

En el atrio de la iglesia todo era confusión. Eran exactamente cien los chiquillos a los que iban a bautizar. La raza había echado la casa por la ventana y los angelitos que recibirían a Dios vestían muy elegantes. Estaban cubiertos de pies a cabeza y el calor los consumía en aquellas ropas blancas. Había un coro de chillidos. Afortunadamente el calor no causó más estragos que los acostumbrados.

El padre se vio medio gacho llegando como con media hora de atraso, y junto con dos de sus monaguillos pidió tanto a los padres como a los padrinos que se formaran en una sola línea. Les fue entregando un número y a la comitiva del Yes Yes le tocó el noventa y nueve. Fueron de los últimos en ingresar a la iglesia y ya para entonces el Tomito no se había podido aguantar. Hizo sus necesidades y no había tiempo para ir a cambiarlo. No les quedó de otra más que entrar a iglesia con todo y pestilencias.

Y la ceremonia dio principio. Unos cuantos minutos después al pobre padrecito ya le chorreaba el sudor de la frente. Apuró el sermón inicial pues aquello ya olía a pañales sucios y los chillidos no cesaban. No hubo padrenuestros ni avemarías. El padre explicó en un dos por tres de qué se trataba aquello. Se prendieron las velas y todo el mundo en coro contestó que "Sí" cuando se les preguntó si renunciaban a Satanás. El echarles el agua bendita a los chavales resultó todo un suplicio. Más de un chiquillo lloró, los ojos les quedaban irritados y uno de ellos por poco se ahogó. Pero qué importaba, todo se hacía en el nombre de Dios. Padres y padrinos observaban al sacerdote como diciéndole "Fíjese lo que hace".

Lo que sí es que todos los presentes se merecían una medalla al valor. Y de Silvia ni se diga. A la pobre ya se le había caído la mascarilla y los brazos le olían a popó. En cuanto el sacerdote dio la bendición, todos salieron despavoridos. Los trajeados se quitaban las corbatas y las mujeres hasta las fajas. El gringo marihuano prendió un cigarro y todos se le quedaron mirando.

Los de los raspados y chescos salieron ganando, hasta se dieron el lujo de subirles el precio y nadie se quejaba. A pesar de todo lo sucedido, hubo tiempo para tomarse las famosas fotografías del recuerdo. Claro está, el padre era el mas solicitado. El de los raspados seguía vendiendo mientras le preguntaba a uno de los acólitos:

—Oye, ¿para cuándo hay más de estas ceremonias?

Silvia por poco cae al suelo, pero para evitarlo ahí estaba su galán.

—¿Quieres una agua de limón? —le preguntó el Tururú.

La pobre se le quedó mirando como diciéndole "¿Qué no ves que me estoy muriendo?".

—Vámonos de aquí, Yes Yes —comentó el Tururú.

—Solamente déjame invitar al padre para que vaya a la pachanga.

—Pues apúrale, antes de que se nos muera Silvia.

Es necesario mencionar que los paisanos se volaron la barda con los nombres que les pusieron a sus bebés. Hubo algunos Pedros y Josés, pero sobre todo abundaban los Jennifer, April, Tom, Edward y John. ¡Ah, qué paisanos tan agringados! Probablemente piensen que al tener nombres anglosajones sus hijos ya no serán discriminados. Lástima que no les pueden quitar ni lo prieto ni los apellidos, se mantendrán los Moreno, García, Pérez, Sánchez y demás.

Al llegar a casa, los asoleados se encontraron con que ninguno de los invitados habían llegado todavía. Eso dio oportunidad para que el nuevo compadre pudiera cambiarse de ropa. El Tomito seguía orinado, nadie se acordaba de él, mientras Silvia buscó la forma de refrescarse la cara.

−¿Puedo pasar a su baño? −le preguntó a la esposa del Yes Yes.

Ella se sentía intimidada por Silvia, ella era de otra clase social y la casa era muy humilde, casi no tenían muebles y a los pocos que había algo les faltaba, aunque eso sí, todo estaba muy limpio. Pero qué equivocada estaba, en la primera oportunidad, Silvia se les unió a ella y a su comadre.

−¿En qué les puedo ayudar?

−En nada, señorita −dijo una.

−De verdad, no se moleste −dijo la otra.

−Me llamo Silvia, no señorita.

Ambas se observaron y en unos cuantos segundos se les dibujó una sonrisa.

−Ayúdanos a separar tortillas para poder calentarlas −le dijeron.

El arroz ya olía bonito, los frijoles estaban chinitos y el comal rojo de caliente. Silvia no se pudo aguantar y se aventó su taco. Su gesto lo dijo todo, hacía mucho tiempo que no disfrutaba de ese manjar. Eso puso felices a las dos mujeres.

Mientras que las mujeres se dedicaban a las cosas de la cocina, el Coras, el Yes Yes y el Tururú se encontraban limpiando el jardín de la parte trasera de la casa. Platicaban junto con Juancho, uno de la porra de la Onda Colorada que se había ofrecido para hacer la birria y las carnitas. El cazo hervía y la carne se asomaba, por ahí estaban las tripas, los cueritos y la maciza. Entre probar de esto y de aquello, utilizando tablas e imaginación dejaron todo listo para el fiestón. Arreglaron las mesas y pusieron manteles de florecitas.

Para las tres y media de la tarde, los invitados comenzaron a llegar. Ya había llegado el Pelón con su mujer y sus pequeños hijos. Francisco y el Enterrador cumplieron con lo prometido y se encargaron de las cervezas. El Penny se sintió invitado de honor y no llevó ni madres.

Una hora más tarde, todos los invitados se encontraban en amenas charlas y con cerveza en mano, que más les importaba, pero aún no había llegado uno de los amigos especiales: Rafael.

–¡Vendrá! –comentó el Yes Yes.

–No te preocupes, carnal. Esto apenas empieza –le contestó el Coras.

La música fue puesta. Leo Dan deleitaba a la concurrencia. La canción *Te he prometido* provocaba más de un suspiro. Las mujeres hablaban de sus telenovelas, Silvia simplemente movía la cabeza. Para ella todo aquello era nuevo. En sus reuniones se hablaba de ir de compras, de cirugías o de la compra de una nueva casa, pero para sus nuevas amigas las telenovelas eran su vida, su única diversión, sí, esos dramas de la vida real que pasan por televisión cuyo tema siempre es el mismo: la muchacha pobre que se casa con el rico galán. Ellas vivían el drama como si fuera el suyo. Silvia siempre escuchaba, simplemente se divertía.

–¡Ya llegó Rafael!

El Yes Yes y el Tururú se disculparon con sus amigos y fueron a recibir al invitado especial. Rafael no era rico ni mucho menos galán, pero por su forma de ser se había ganado la admiración de unos cuantos.

–¡Rafael, qué bueno que ya llegó!

–Yes Yes, cómo cree que me lo iba a perder –contestó.

–Señora, un placer –le dijo el Tururú a la esposa de Rafael.

Los recién llegados fueron presentados a los demás gorrones. El Tururú presentó a la esposa de Rafael con Silvia. Ambas se cayeron bien de volada, de inmediato platicaron como si fueran viejas amigas.

–¡A comer! –gritó una mujer que cargaba el tascal de tortillas.

Todo el mundo siguió los olores de las cazuelas y tomaron su plato de cartón y utensilios de plástico. Pronto los platos fueron adornados con los ricos buches, tripas, macizas y frijoles rociados con su salsa roja. Les valió madres que las tortillas estuvieran ardiendo, les metieron duro el diente.

Pobre de la mujer del Yes Yes. No se retiraba del comal, afuera tenía a una bola de tiburones. El recién bautizado ya estaba jetón y seguía sucio del pañal, mientras el Yesito se tiraba de panza junto a los nopales.

La esposa de Rafael y Silvia no sabían cómo empezar. Muy elegantes, levantaban el dedo meñique. Después de unos cuantos minutos se dieron por vencidas y se prepararon un ricos tacos, poco importó cuando se ensuciaron los vestidos de salsa. Ellas seguían con su cometido, a seguir moviendo las quijadas.

Y la música toca y toca. Pusieron las de los Humildes, las de los Tigres del Norte, y las del Cornelio Reyna.

Aquellos momentos eran sagrados. Todo estaba en silencio, sólo de repente se escuchaban algunos ruidos extraños. Algunos no cerraban la boca al comer. La esposa del Yes Yes seguía quemándose las manos. El Yesito se picó las nachas con los nopales y de tanto chillar se quedó dormido. El gringo marihuano también comió chile y comenzó a gritar "¡Ajúa!" cuando tocaron las de Chente. Los demás invitados le festejaban sus monerías.

Silvia y su nueva amiga tampoco se quedaban atrás. De tanto que las hacía reír el gringo marihuano ya casi se orinaban.

—¡Son bonitas estas fiestas, verdad! Nos hacen recordar nuestra patria —comentó la esposa de Rafael.

—Lamentablemente he estado en pocas, pero ésta es distinta a muchas otras. Aquí te hacen sentir parte de la familia y te ofrecen hasta lo que no tienen.

—Sí —afirmó la otra—. De seguro se endrogaron con una buena cantidad de dinero, pero para ellos al parecer eso importa poco. Lo que les interesa es que sus invitados se la pasen bien.

—Son gente buena, gente trabajadora. Realmente me siento halagada de estar aquí.

Y eso era cierto. El Coras cargaba la hielera de la chelas invitando a la gente a que se echara una.

—¿Se encuentran bien? —preguntaba—. ¿Les falta algo? ¿Qué les puedo traer?

—No te preocupes —le contestaban.

Los invitados formaron sus grupos, hablaban de futbol como también de box y uno que otro de la chamba. Rafael se encontraba junto con el Tururú, el Coras y el Yes Yes. El bilingüe le agradecía el haberle conseguido chamba.

—¿Y ustedes cómo están? —les preguntó Rafael a los otros dos.

—Ahí vamos —le dijeron.

—¿Cómo está eso?

—Seguimos trabajando en la gran avenida, seguimos luchando, seguimos soñando —dijo el Coras.

—No seas tan dramático, mi buen —interrumpió el Tururú.

—No pretendía hacerlo, simplemente era mi opinión de cómo estaban las cosas.

—Déjalo que diga lo que quiera —dijo Rafael.

—Pues la pura verdad, don Rafael, queríamos hablar con usted —el Coras tomó la cerveza y le exprimió hasta la última gota que le cayó en la barbilla, como queriendo agarrar valor—. Necesitamos que nos eche la mano, queremos que nos ayude a conseguir chamba estable.

Rafael escuchaba. La Coca helada le refrescaba la garganta. Le preocupaba que él representara una esperanza para el Coras, le angustiaba que no le pudiera prestar ayuda. Aplastó el bote y lo tiró a la basura. El Coras seguía con su lengua suelta, mientras que el Tururú ni pío decía. Éste jamás pensó que fuera tanta la desesperación de su cuate por conseguir chamba.

—Déjame ver, Coras —comentó Rafael.

—No quiero que me dé un "déjame ver". ¡Quiero que me diga si me va a ayudar o no!

Al parecer las cervezas ya estaban haciendo estragos en el Coras, quien tomando a Rafael del hombro insistió:

—Dígame, ¿me va a ayudar?

—Cálmate, Coras —le dijo el Tururú—, ya te dijo que verá la forma de ayudarte. Creo que eso es más que suficiente. No tienes derecho a exigir nada. Demos por concluido el tema.

—¡Ni madres, cabrón! Yo tengo derecho a exigir. Alguien en esta vida me debe mucho, no sé quién sea, pero ya es mucho el tiempo que hemos luchado, hemos mendigado y no salimos de lo mismo, de andar pidiendo prestado para comprar un café, una torta. Ya es tiempo de recuperar terreno, ya es tiempo de que llegue mi tiempo. ¿Usted que opina, Rafael? —inquiría el Coras mientras destapaba otra chela.

—Discúlpelo, Rafael, no sabe lo que dice —le dijo el Tururú, y luego, dirigiéndose al Coras—: Creo que ya has tomado demasiado, carnal.

—¡No te metas! Contigo no es el rollo —contestó medio altanero y la cerveza se le cayó al suelo—. Sólo quiero que me dé una respuesta —concluyó.

Rafael comprendía la situación del Coras, entendía su frustración, su enojo, su inconformidad. Probablemente la vida no le había dado nada y tal vez tenía razón.

—La respuesta te la doy antes de que me vaya —contestó.

El Tururú buscó disculparse nuevamente y el Yes Yes le hizo segunda. El Coras se alejó de ahí tambaleándose y buscó refugiarse cerca de los nopales.

Por fin salió la esposa del Yes Yes. Traía las manos hinchadas de tanto calentar gordas. Resignada, las dejó caer al ver que las cazuelas ya estaban vacías. Solamente arroz sobraba.

—No alcanzamos nada, ¿verdad, vieja?

—¡No! —contestó ella, que tomó una tortilla y se aventó su taco con sal.

—No es la primera vez que nos quedamos sin comer. Ven, te invito a bailar. Están tocando una de las tuyas —le dijo el Yes Yes.

Y sin importar que la rola fuera para mover el bote, *Mi Matamoros querido* del tal Rigo Tovar, la bailaron de cartoncito. Los invitados comenzaron a gritar "¡Beso!" y ellos no se hicieron del rogar.

La fiesta entró en su apogeo. Silvia, sin pena alguna, aprendía a bailar aquellas piezas de nacos. El Pelón fue el que partió cancha, éste era originario de una colonia popular del Distrito Federal. El que se veía medio chistoso era el Enterrador, su chava le llegaba hasta la panza. Ya no había más cervezas y le subieron el volumen a la música. Un vecino que no fue invitado y que estaba de mal humor gritaba:

—¡Si no acaban con ese pinche ruido, voy a llamar a la policía!

La respuesta no se hizo esperar y con una sonora silbatiza le recordaron hasta a su madre. Lástima, el vecino no entendería ya que era gringo.

—¡Bolo! —gritó uno.

—¡Que lo aviente! —lo secundaron.

Al gringo marihuano ya lo habían entrenado en este ritual económico y estaba listo. No había bailado por temor a que se le cayeran los pantalones con tanta morralla. Feliz tomó su lugar en el centro del jardín, deslizó sus dedos en la bolsa de sus pantalones y los centavos surcaron los aires. Ninguno de los presentes se aventó de panza. El gringo, pensando que había aventado muy poco, les tiró otro montón. La respuesta fue la misma, nadie los recogió. El gringo se rascó la cabeza confundido por lo que pasaba, eran puros pennies.

—¡Avienta dólares! —le gritaron.

—¡El padrino es un codo! —dijo otro más.

Muchos soltaron la carcajada, pero aquél no los defraudó. Sacó un fajo de billetes de a uno y les dio su bolo. Borrachos, mujeres y niños se confundieron en el suelo. En más de una ocasión chocaron las choyas. El Tururú guardó la pose, estaba junto a Silvia y, aunque le hormigueaban las manos por tomar un billete que tenía a su alcance, se vio muy decente y permitió que un chiquillo lo tomara.

Tan entretenidos estaban en el recogedero de dólares que no se percataron de la presencia de la chota. Aproximadamente diez oficiales estaban ahí reunidos. Todos con sus lentes oscuros y tomándose los pantalones, tenían miedo de que se les cayeran con todo lo que traían encima.

—¿Quién es el dueño de la casa? —preguntó uno muy fufurufo.

—Yo, señor oficial —dijo el Coras.

—Hemos recibido quejas de alguno de sus vecinos de que están haciendo demasiado ruido. Los invito a que se retiren cada uno para su casa. La fiesta ya ha terminado.

—Señor, son las 8:30 de la noche y no hemos molestado a nadie. Como usted podrá observar, se trata de una fiesta familiar.

—He dicho que ya terminó la fiesta, de lo contrario voy a tomar otras medidas.

—Usted no tiene derecho —dijo el gringo.

—¡Cállese o usted va a ser el primero al que me voy a llevar!

Rafael, que era el más tranquilo, también fue callado de volada, no se le permitió opinar. Silvia respiraba profundamente, la actitud del oficial le había calentado la sangre. Respiró aún más profundo al observar que uno de los oficiales apagaba la música. Ya no pudo aguantar al ver cómo al inútil del oficial se le atoró la pata en la extensión del estéreo y lo tiró al suelo.

—¿Cuál es el problema, señor oficial? —dijo muy educada.

—¡No se meta, señorita! —contestó muy groseramente.

—Claro que me meto, y si quiere llevarme a la cárcel no hay ningún problema. Pero lo que ustedes están haciendo es una injusticia. En lugar de preservar el orden provocan desórdenes con sus posturas altaneras. Usted no vino hasta aquí para averiguar si algo estaba pasando, vino con todo un ejército seguro de que aquí había un problema.

—¡Señorita! —gritó el oficial.

—¡Nada de señorita! Déjeme terminar. El problema de ustedes es que piensan que toda fiesta de hispanos hay que monitorearla, hay que estar presentes. Hasta que ustedes llegaron esto era, efectivamente, una fiesta.

Los oficiales ya estaban en guardia, tomando pose como si estuvieran haciendo sus necesidades. Solamente esperaban las órdenes del jefe para poner el orden. Se acomodaban los lentes y escuchaban a Silvia que seguía hablando.

—Tienen hasta las diez de la noche para que se vayan —dijo categóricamente el jefe.

Como soldaditos, los azules se dieron la vuelta. Las patrullas los esperaban. El vecino chismoso y maricón se asomaba por la ventana riéndose de la escena. Como el estéreo ya no funcionaba, se conformaron con escuchar el estéreo de uno de los carros. El ambiente quedó muy tenso. El Pelón continuaba sujetado por su mujer y el Enterrador inclinaba la cabeza tragándose el mal momento.

El Coras seguía junto a los nopales sumergido en sus pensamientos. Qué bueno que ninguno de ellos provocó alguna bronca, cualquier movimiento en falso hubiera representado el arresto.

Ellos lo sabían, en más de una ocasión se presentaron incidentes en los que los paisanos recibieron sus buenas golpizas por parte de los encargados de mantener el orden, sólo por entonar las canciones de los Tigres del Norte.

"La comunidad hispana protesta", decían los encabezados de los medios de comunicación hispanos. "La fiesta de una familia mexicana fue interrumpida brutalmente por la policía, que con lujo de fuerza persuadió a que ésta terminara". "Dos mujeres fueron golpeadas, una de ellas se encontraba embarazada, cinco arrestados brutalmente y uno de ellos pisoteado mientras se encontraba en el suelo", diría la nota. Un vecino filmó lo sucedido y con pruebas en la mano se dieron muestras de inconformidad por parte de la comunidad. Hubo manifestaciones, se formó una coalición de organizaciones hispanas, algunos de ellos terminaron en huelga de hambre. Al final los hambrientos quedarían como esqueletos y las quejas por escrito no pasarían del escritorio de un alto funcionario. Pronto le darían carpetazo al asunto. En unos cuantos días la noticia de los golpeados quedaría en el olvido. La noticia dejaría de ser noticia. Los culpables de todo terminarían siendo los mexicanos por entonar las canciones de los Tigres del Norte. ¡Qué bueno que el Tururú y su gente no hicieron mayor borlote!

Al estéreo se le bajó el volumen, los invitados murmuraban lo sucedido. Al parecer reflexionaban al ser tratados como seres humanos de segunda clase. Ironías de la vida, uno de los patrocinadores del programa de radio era un abogado que hablaba de los derechos humanos de los indocumentados: "Si usted ha sido víctima de malos tratos en el trabajo, despedido o vejado por la policía, ¡no deje de llamar a Enrique Primero!", decía.

El Clown, que por sus antecedentes siempre se mantuvo alejado del borlote, de un chingadazo destruyó el estéreo del carro

—¡Yo lo pago! —gritó.

Uno por uno los invitados se fueron despidiendo. Iban con las panzas llenas y lo menos que les quedaba era dar las gracias. Francisco, el Clown, el Pelón y otros más así lo hicieron.

—Ahí nos watcheamos —dijeron.

El ojete y chismoso que llamó a la policía seguía disfrutando de su jalada mientras el gringo cargaba a su ahijado. Ni pío dijo, aun cuando el nene seguía oliendo a caca. El Yesito yacía en la cama todo jetón.

Los nuestros cumplieron al pie de la letra las órdenes de la policía. El reloj marcaba diez minutos para las 10 de la noche y ya solamente quedaban algunos invitados, entre los cuales se encontraba Rafael, a quien por cierto ya se le notaba algo cansado y junto con su esposa comenzó a dar las gracias.

—Al contrario, Rafael, gracias a ustedes por haber venido. Ya sabe que aquí tiene su humilde casa —dijo el Yes Yes.

El Coras observaba a lo lejos aquella escena. Se acercó tambaleante y nuevamente tomó a Rafael del hombro.

—¡Déjalo en paz! —dijo el Tururú.

Gesticulando, el Coras les hizo saber que estaba bien.

—Rafael —dijo limpiándose la baba—. Quiero que me disculpe. No busqué ofenderlo ni mucho menos. Quiero que olvide lo que aquí ha sucedido y que me vea como a un amigo.

La mano seguía en el hombro. Los olores que desprendía el Coras eran como para que se lavara la boca. Lo dejaron hablar, necesitaba desahogarse. Rafael comprendió, además, quién era él para cuestionarlo.

—Dame unos días para encontrar algo. Yo te busco para darte la noticia.

Después de que se despidió Rafael, el Tururú le pidió al Yes Yes que le preparara un café al pedo del Coras. A pesar de sus jaladas, lo consideraban uno de los suyos. Minutos más tarde, el nuevo compadre también tiró la toalla y con los olores a caca se fue a su casa. Después de haberse quemado la boca con el café, el pobre del Coras quedó tendido en el suelo de la sala.

El clima estaba a toda madre, la luna estaba llena y las estrellas se veían rete grandes. Aquello se prestaba para una escena romántica. Quedaban dos parejas, dos de ellas casadas y la otra ni a novios llegaban. La plática estaba amena y con café en mano contaban sus anécdotas.

Silvia a menudo soltaba las carcajadas, le parecía muy gracioso de lo que hablaban. Al Tururu nomás se le caía la baba, le resultaba a toda madre observar aquella belleza de mujer, pero no decía nada, simplemente escuchaba.

El café se acabó, los compadres del Yes Yes se metieron a descansar. El Yes Yes comprendió que ya era hora de retirarse. Quería dejar al Tururú solo con Silvia para ver si se le aventaba. Ésta era la gran oportunidad para nuestro galán, era el momento esperado, tenía a la chava a su lado, pero seguía con la boca abierta observando a la luna.

—¿Te ocurre algo? —preguntó ella.

—Solamente observaba la luna, que parece estar a mi alcance pero por más que yo quiera nunca será mía.

—Quizá te da miedo tenerla y no saber qué hacer con ella.

—No creo, pienso que lo que me da miedo es tenerla y que cuando despierte me dé cuenta de que todo fue un sueño.

—Deberías intentar, deja a un lado tus miedos, lucha por tener lo que quieras —dijo ella mientras se le dibujaba una hermosa sonrisa.

El Tururú por fin se animó y sin quitarle la mirada de encima, delicadamente la tomó la mano.

—Te juro que la luna será mía y nunca la dejaré ir porque será parte íntegra de mi vida —dijo mientras le apretaba la mano y sentía que se le caían los chones.

Ella también se notaba algo inquieta, sus lindos ojos se veían llenos de vida. Se dio un silencio absoluto, sus bocas se encontraban a unos centímetros de distancia. Ambos tenían cosquillas en la panza, los alientos de tripas y buches se confundieron. El beso ya estaba por darse, ambos lo deseaban, y cuando estaban a punto de dárselo… hizo su aparición el Coras.

—¿Ya mero nos vamos? —preguntó.

El beso quedó pendiente, ambos se resignaron y las manos sudadas fueron limpiadas. El Tururú observó a su cuate y con miradas de pocos amigos le dijo al oído:

—¡Qué güey eres! ¡Por poco alcanzo la luna!

No les quedó otra más que irse. Al llegar a su destino final no hubo despedida de telenovela.

—¿Me hablas mañana? —preguntó ella.

Esa noche el Tururú soñó. Ni los olores a patas ni los ronquidos interrumpieron su fantasía. En cambio Silvia bailó con la más fea. Al llegar a casa su padre ya la esperaba en la sala.

Era un tipo rudo y seco, un hombre que había luchado mucho para que sus hijos no sufrieran, que siempre evitó que conocieran los barrios y que temía que cualquier gañán llegara y se llevara a su hija. El ruco tenía miedos bien fundados. Padre e hija se aventaron la clásica conversación que ya todos sabemos.

—¿Qué horas de llegar son éstas? —dijo el papá.

—Perdón, no me percaté de que fuera tan tarde —contestó Silvia.

—¿Adónde fuiste?

—A una fiesta de unos mexicanos amigos míos.

—¿En dónde viven?

—En el Valle de San Fernando, papá.

—De seguro en un barrio.

—No sé qué es un barrio. Tú nunca me enseñaste.

—Te estás mezclando con gentuza, y no sabemos qué clase de plebe sean.

—Te repito, papá, son mexicanos y son gente buena.

—Pues que sea la última vez que visitas a esa gente. No voy a permitir que ellos ni nadie frustren mi sueños de ver a mis hijos salir adelante. ¡Es una orden! Aquí se hace lo que yo diga, ¿entendido?

Y la clásica y trillada regañada del padre que se quiere hacer respetar terminó con la típica intervención chillona de la madre afligida, quien al ver a su hija desprotegida la tomaba entre sus brazos.

—¡Ya déjala, Damián! —le decía a su marido.

—Por eso las cosas no cambian. Siempre andas de alcahueta.

Ambas terminaron limpiándose el moco, él se hizo el ofendido y terminó durmiendo solo.

Ni Silvia ni el Tururú pensaron que su romance y su felicidad se verían interrumpidas por una desgracia. Ella recibiría la noticia muy temprano por la mañana del día siguiente.

—¡Hija, te llaman por teléfono!

Silvia aún tenía los ojos hinchados de tanto chillar por el regaño del padre.

—¿Bueno? —dijo—. ¿Quién habla?

—Habla don Martín Benítez.

Al viejo se le escuchaba la voz muy débil y quebrantada.

—¿Qué le pasa?

—Venga por favor, señorita. Mi madre acaba de fallecer esta mañana. Por el amor de Dios, venga lo más pronto posible, ¡no sabemos qué hacer!

—No hagan nada. Voy de inmediato.

Por primera vez, Silvia experimentaba la horrible sensación de que las tripas se hacen bolas, de que no se puede detener el agitado latido del corazón ni evitar que se le salgan a uno las de San Pedro. Las lágrimas fueron unas cuantas, pero estaban llenas de dolor. Se metió a su cuarto y en unos minutos salió medio arreglada.

—¿Adónde vas? —le gritó su padre.

—Por favor, éste no es el momento —le contestó.

Se subió a su carro y quemó llanta, pero se vio obligada a bajarle a la velocidad al entrar a la autopista. Tenía encima a la chota. Tomó rumbo al Valle de San Fernando pues tenía que avisarle al Tururú. No eran ni las nueve de la mañana cuando se encontraba tocando la puerta del departamento.

—¡Gilberto, abre por favor! —gritaba—. ¡Gilberto, por favor!

Dentro del departamento nadie le contestaba, aún estaban jetones. Silvia insistía pero nadie le respondía.

—Tóqueles más fuerte —le recomendó un vecino que pasaba por ahí.

Después de dos minutos que a ella le parecieron eternos, el Tururú abrió la puerta asomando la cabeza para ver de qué se trataba.

—Silvia, ¿qué pasa?

—Necesito que me acompañes. Don Martín me informó hace unos minutos que su madre había fallecido esta mañana.

Pantalón, camisa, calcetines y demás fueron puestos de volada. No se lavó la boca ni se peinó.

—¡Vámonos!

Afortunadamente el tráfico en la autopista 5 estaba leve. Pisando el acelerador llegaron al este de Los Ángeles en menos de media hora. No hubo conversación en todo el trayecto.

—Pobre gente —dijo ella al llegar al domicilio de los Benítez.

Algunos de los familiares se encontraban afuera. Todos parecían momias, no decían ni una sola palabra. Silvia y el Tururú los saludaron pero éstos no respondieron, simplemente agacharon la cabeza o dibujaron una tímida sonrisa. Entraron a la casa y se sorprendieron al ver el altar de la Guadalupana con las veladoras apagadas.

—No hubo milagro, ya no se necesitan —dijo don Martín con los ojos llenos de lágrimas.

Los recién llegados no supieron qué decir y simplemente lo abrazaron.

—¡Yo la maté! —gritó don Martín—. Soy el único responsable de lo que sucedió. La viejita vino de vacaciones y miren lo que le pasó. Nunca debí permitir que trabajara.

—Por favor, no diga más. No se mortifique —le decía el Tururú.

—Estuve con ella toda la noche pero me quedé dormido. Quizá pude haber hecho algo para que esto no sucediera. ¡Fue un descuido mío! —el viejo seguía llorando mientras continuaba con su relato—. Siempre que estaba con ella la tomaba de la mano y platicábamos largas horas, ayer no fue la excepción. Eran como las seis de la mañana cuando me desperté y tuve una rara sensación. La sentí fría, su rostro ya no era el mismo. Le hablé al oído, besé su mejilla, pero la sentía distinta. Comprendí que había fallecido y le limpié la última lágrima que lloró en esta vida.

—Viejo, ¡por favor! Debes tranquilizarte —le decía su mujer, quien a su vez buscaba ser fuerte e intentaba darle ánimos a quien más amaba en esta vida.

Silvia quiso ocultar su dolor. El Tururú la abrazó al percatarse de que ella también lloraba. Las veladoras seguían apagadas.

—No sé qué vamos a hacer ahora —dijo don Martín.

Silvia y el Tururú pidieron permiso para entrar al cuarto donde yacía doña Ana María. Las cortinas se encontraban cerradas, el cuarto estaba oscuro. Al encender las luces observaron el cuerpo cubierto con una sábana blanca. Fue el Tururú quien le descubrió el rostro, que extrañamente no era frío ni reflejaba dolor. Había fallecido en paz, tranquila. La vieron y sintieron un gozo espiritual, unos escalofríos les recorrieron la piel. Don Martín y su mujer fueron comprendiendo que quizá su muerte había sido lo mejor. De repente ya no hubo llanto. ¡Las veladoras fueron encendidas!

—Señorita, ¿qué vamos hacer?

—Tenemos que informar a las autoridades competentes. En este caso sería al médico legista para que trasladen el cuerpo a la morgue.

—¿Adónde? —preguntó la esposa de don Martín.

—¿Adonde llevan a los que se mueren? —preguntó a su vez su esposo—. ¿Pero por qué ahí?

—Se tiene que registrar la defunción y ellos son los encargados de tener el cuerpo hasta que se decida qué van hacer con él. Y a propósito, ¿qué van a hacer?

—Lo más seguro es que la traslademos a México.

Para los estudiosos de los indocumentados, esos que gustan de las restas y los porcentajes, la muerte de doña Ana María no significaba más que otro número. Sin embargo, ella era otro ser humano fallecido lejos de la tierra que la vio nacer, lejos de sus seres queridos. Nuevamente la vida les ofrecía otra ironía: ella nunca había viajado por avión, quién iba a decir que a su regreso lo haría. Como dice una de las canciones de Enrique Guzmán: "Soy uno de tantos…".

Al poco rato llegaron las autoridades en su camioneta que decía "Médico Legista". Silvia los recibió y les pidió respeto por el cuerpo. No le pusieron las horribles bolsas de plástico, pero le removieron el escapulario y don Martín se lo volvió a colocar en el cuello. Se llevaron a doña Ana María y le pondrían un número que la identificaría. Los Benítez lloraron mientras la camioneta se alejaba.

La situación era incómoda para Silvia y el Tururú. Lo que menos querían era estorbar. Los Benítez, agobiados por lo ocurrido, simplemente reflexionaban. Don Martín recordaba mientras su mujer rezaba. Los hijos fueron enviados a la escuela y se les informó a los familiares en México. Ellos también lloraron, rezaron y le preguntaron al Creador por qué las cosas habían sucedido de esa manera.

La casa de los Benítez se vio inundada por viejas chismosas, las vecinas de don Martín que, al enterarse de lo sucedido, se presentaron para dar sus condolencias. Su pésame era tan falso como un billete de tres dólares. El Tururú se dio cuenta de eso y las mandó a la chingada.

El día fue largo para todos. Silvia y el Tururú se despidieron a las diez de la noche y nuevamente ésta lo llevó hasta su cantón. ¿Despedida de beso? ¡Qué va! Ya Silvia hasta presentía que nuestro galán era maricón.

Al entrar al departamento, el Tururú se dio cuenta de que la vida no era tan cruel ni tan fría. Encontró al Coras despierto. No había forma de dormir. El olor a patas estaba en serio.

—Mi Tururú —le dijo—, te tengo una buena noticia.

—¡Por lo menos hay quien tiene algo por lo cual estar contento!

—¡Pensé que te daría gusto!

—Claro que me da, cabrón. ¿De qué se trata?

—¡Ya tengo chamba! Hoy vino don Rafael y me dio la noticia. Mañana inicio con un amigo suyo que tiene una ruta de jardinería en el exclusivo barrio de Beverly Hills.

—¡Uy! Te vas a codear con los ricos.

—Pues ya ves, carnal. Así como me ves de jodido, les voy a hablar de tú a los de la "high".

Los dos días siguientes, Silvia se dedicó a hablar por teléfono con los empleados del médico legista, quienes insistían en que era necesario practicarle una autopsia a doña María. Por fin los convenció asegurándoles que ella conseguiría un certificado médico en el que se indicaran las causas de la muerte.

Los Benítez, por su parte, seguían chilla que chilla, pero ya habían decidido que la trasladarían a México aun cuando carecían de dinero para ello. Las funerarias querían cobrarles un ojo de la cara (pero de los vivos, no de su difunta), y eso que los propietarios eran hispanos. De tres mil dólares no le bajaban.

—No se preocupe, don Martín. Ya veremos qué hacemos —le decía el Tururú.

—Gracias, muchacho, tú siempre con palabras de aliento.

Las colectas se iniciaron. En la fábrica donde trabajó doña María dieron hasta morralla. Algunos pusieron todo lo que traían: cinco dólares.

—Lo siento, pero no tengo más —dirían.

Se reunieron trescientos dólares. El Tururú, por su cuenta, corrió con menos suerte. El padre de la iglesia de la Placita Olvera le soltó únicamente cien dólares. Se le ocurrió visitar el Consulado de México y en el Departamento de Protección le dijeron que no había mucho que darle, aunque agregaron:

—Tenga, espero que le sirvan estos cincuenta dólares.

De los 1 500 dólares que se requerían, ya tenían reunidos 450. Por recomendación de unos amigos, los Benítez pusieron un anuncio en las páginas de Sociales del periódico *La Opinión*. La respuesta fue casi nula. En cuántas otras ocasiones no se le había ocurrido a algún vividor pedir feria en los medios para ayudar a sepultar a un familiar... que había fallecido cinco años atrás. Además, gran parte de la comunidad estaba algo gastada, sus aportaciones económicas a los damnificados de México los habían dejado sin lana.

Y hablando de México, los habitantes de la capital seguían sufriendo los efectos del terremoto. Los pobres damnificados continuaban viviendo en tiendas de campaña. Suena repetitivo, pero así era, seguían igual de jodidos. Y claro, se seguían preguntando qué había pasado con toda la ayuda que se recibió del extranjero. La Pulga se había sacado la lotería. El gobierno le había dado una casa del Infonavit por haber arriesgado su vida. En Los Ángeles también la gente mastica chicle y come pinole, y todos seguían preguntándose si los locutores habían entregado todo el dinero. ¡Quién sabe!

Don Martín se encontraba frente a la imagen de la Guadalupana preguntándose de dónde sacarían la lana para trasladar el cuerpo de su madre. Quiso apagar las veladoras y darse por vencido, pero su mujer no se lo permitió. La vieja camioneta fue vendida en menos de la mitad de lo que costaba. En el barrio se corrió la voz de lo que pasaba.

—Tenga, don Martín. Espero que esto le ayude —le decían unos.

—Es todo lo que tengo —decían otros.

Ochocientos dólares reunidos. Ya solamente faltaban setecientos. El Tururú siguió en lo suyo, ¡claro!, pidiendo. Los jornaleros poco le pudieron dar, ellos estaban algo jodidos. Los días habían estado algo malos.

—Si quieres te doy tacos —le dijo el Lupillo—. No tengo más.

La situación apremiaba y Silvia lo entendía. La funeraria que había recogido el cuerpo presionaba para que ya se trasladara.

—No podemos tener el cuerpo todo el tiempo que ustedes quieran —le decían—. Tienen que hacer algo, de lo contrario se los regresamos.

Sí, ella sabía perfectamente que las amenazas de las funerarias había que tomarlas en serio. Para ellos la muerte de un cristiano no era más que un simple negocio. No acostumbraban tener contemplaciones ni andarse por las ramas. Lo que les importaba era la lana.

Silvia comprendió que las alternativas eran pocas. Se habían agotado los recursos. Vio su chequera y extendió un cheque por la feria que faltaba.

—Que no se entere don Martín —le pidió al Tururú.

—¡Ah! —dijeron los de la funeraria—. Ahora sí estamos hablando.

El cuerpo de doña Ana María fue velado en la capilla de la funeraria. Hubo rezos, llanto, condolencias. Don Martín, parado junto al féretro, dijo sólo tres palabras:

—Madre, te amo.

Entre los presentes hubo un silencio absoluto. Don Martín les agradeció que hubieran ido. El traslado se efectuó al día siguiente. Hicieron una escala en la ciudad de México y de ahí el cuerpo sería llevado a su destino final. Pero no resultó tan fácil. Los agentes de salubridad en el Aeropuerto Internacional pidieron su mordida argumentando que los documentos no estaban en regla.

—Faltan firmas en los documentos de la funeraria gringa —decía el muy cabrón del agente, que hablaba con voz pausada y fría.

—Señor —le decía don Martín—, no sé de lo que me está hablando. A mí me dijeron que todo estaba bien.

—Los gringos no saben lo que hacen. El cuerpo se tendrá que detener hasta que no se obtengan los documentos con las correcciones.

Don Martín no daba crédito. Pidió hablar con el supervisor del hijo de la chingada que sólo quería feria, pero éste resultó peor que su subordinado y sin pelos en la lengua le dijo abiertamente de qué se trataba.

—Creo que con uno de a cien el problema se puede solucionar.

—No tengo ese dinero —contestó don Martín.

—Pues hay que conseguirlo, paisano, de lo contrario el cuerpo se queda aquí —decía la autoridad mientras se picaba uno de los dientes.

De seguro el pinche palillo era de oro con tanto estafar a la gente.

Don Martín simplemente se limpió unas cuantas lágrimas con el dedo pulgar, se sentía impotente. Sacó de sus bolsillos unos billetes de a veinte y entre sus calcetines buscó el faltante.

—¿Ya ve? Es usted un pillín —le dijo el muy ojete.

El cuerpo de doña Ana María llegó al pueblo ya de madrugada. Fue velado en la calle Libertad número 20. Aquello fue todo un drama. Ni para qué se los cuento, ya se lo han de imaginar.

Por lo menos alguien ya descansaba en paz, cosa que no podían hacer los de la Onda Colorada. El martes habían tenido su primera práctica con miras a la final. Ese día jueves no tiraron patadas, simplemente se ejercitaban. Todos, absolutamente todos, lo tomaban muy en serio, nadie bromeaba. Al final del entrenamiento hubo pocas palabras y fue Francisco el que les recordó:

—Si ganamos no es el fin del mundo, como tampoco si perdemos. Les pido solamente que se diviertan y dejen todo en la cancha.

Cada uno de los jugadores se fueron despidiendo. Esta vez no se habló de concentrarse el fin de semana. Al llegar al departamento, Francisco se encontró con el quejumbroso del Coras, quien se encontraba tirado en el suelo.

—¡Parece que te estás muriendo! ¿Qué te pasa? —le dijo.

—Yo no nací para jardinero. Me duele todo mi bello cuerpo, tengo las manos hinchadas y la espalda no la siento. Será mejor que me regrese a mi antigua profesión, a seguir pidiendo monedas.

—No digas pendejadas. Deja de quejarte, ya verás que todo se pasa. Yo te aliviano, te invito unas cervezas.

—¡Ya vas que chutas!

Al momento de abrirse las chelas llegaron otros compañeros del departamento y se unieron a la plática. Hablaron de todo y de nada, del pueblo y de sus viejas. Algunos de los compas ahí reunidos estaban feos los desgraciados, pero se sentían galanes y presumían de andar con gringas sin importar que tuvieran hijos y estuvieran gordas. Ruperto era uno de ellos. A pesar de estar chaparro y tener cuerpo de tamal, tenía su pegue con las güeras. Presumía que todo se lo debía al pedazo de oro que traía en uno de los dientes.

—No te ofendas, mi Ruperto, pero cómo es posible que andes con una vieja así de gorda y fea, que además ni habla tu idioma. Cómo está eso de que cambiaste a nuestras totonacas por una de ellas —le dijo uno sin afán de molestar.

—Es que las totonacas no creen en el amor libre. Con las nuestras hay que irse derechito, primero se les tiene que dar verbo, después el anillo y luego pedir la mano, si no no les sacas nada.

—¡Uy! Pues qué güey eres. ¡No hay que sacar, hay que meter! —contestó uno.

Las carcajadas no se hicieron esperar. Estaban disfrutando de aquellas chelas frías que se acabaron de volada, pero fueron a comprar otras y el reventón siguió. De repente la puerta del departamento se abrió abruptamente, era el Tururú que llegaba feliz de la vida. De inmediato le ofrecieron una fría.

—¡A mi salud! —dijo.

—¿Qué te pasa, Gilberto? —le preguntaron—. Tú eres de los que dicen que el chupe es algo serio, que hay que gastar la lana en algo de provecho.

—Pues la pura verdad, después de lo que me sucedió hoy, lo amerita.

—Cuéntanos pues de qué se trata, cabrón —dijo uno.

—No seas mala onda, no nos vayas a dejar como novia de pueblo, desembucha —dijo el Coras.

—¿Qué? ¿A poco ya te ponchaste a la vieja? —preguntó otro.

—¡Con eso no te metas! —dijo el Tururú molesto.

— Déjate de andar con jaladas. Ya dinos de qué se trata.

—Hoy estuve todo el día en la Placita Olvera y hablé con el padre Luna. Comentamos sobre la posibilidad de trabajar con él y lo convencí para que me diera una oportunidad para realizar cuestiones de trabajo social.

—¿Y te dio la chamba?

—Pues sí. Comienzo en octubre.

Se sacaron las chelas que aún quedaban en la bolsa de papel. Francisco pidió la palabra:

—Pido que felicitemos a nuestro sociólogo. Él se merece nuestro reconocimiento, ha rendido frutos su don de gente y es de los que están dispuestos a dar la mano al que lo necesita. Hay que felicitarle por su afán de salir adelante.

Ha dejado atrás la gran avenida para trabajar detrás de un escritorio. Ya no va a trabajar con los jornaleros… ahora va a trabajar para ellos.

Los presentes levantaron las chelas, dijeron "¡Salud!" y lo felicitaron.

—Yo también quiero decir algo —dijo el Tururú—. Quiero darles las gracias por toda la ayuda desinteresada que me han brindado. Me dieron un cacho de suelo para dormir, probablemente les quité el pedazo de pan de la boca y ustedes nunca se quejaron. Gracias por ser mis amigos.

—Dejémonos de sentimentalismos y brindemos por la amistad —dijo el Coras.

Se levantaron las cervezas nuevamente y se siguieron levantando. La amistad merecía eso y mucho más. El levantadero siguió hasta muy entrada la madrugada. Esa noche al festejado le permitieron dormirse en el sofá de la sala, mientras el Coras se fue a oler patas.

A la mañana siguiente para qué les cuento. Francisco y los demás cuates se fueron tarde a la chamba. El Coras ni se diga. Aún se encontraba roncando cuando su patrón pasó a recogerlo. El muy cochino ni tiempo tuvo de lavarse la cara y así se fue a codearse con los ricos. El Yes Yes, mientras tanto, seguía portándose como todo un santito y no faltaba a la chamba. Ya era hombre de respeto en su lugar de trabajo. Con gorrito en la cabeza y mandil de colores continuaba con su maestría en hacer hamburguesas. El vato era feliz y lo manifestaba. Cantaba y chiflaba mientras rebanaba las cebollas y los jitomates. No se diga cuando le inquirían sobre el partido del domingo.

—Le vamos a dar en la madre al San Fernando —decía—. No importa que se armen hasta los dientes con sus refuerzos de la liga California.

—Por ahí dicen que las apuestas no les favorecen —le comentó uno.

—Qué saben de futbol esa bola de borrachos —contestó jugueteando.

—Pues yo ya rompí el cochinito, apostaré todo a la Onda este domingo.

—¿Y cuánto es? Para ver si se justifica que me lance de panza.

—¡Diez dólares!

Entre bromas, chistes y hamburguesas de todos colores y sabores, el día se fue de volada. A las 4:30 de la tarde nuestro portero ponchaba tarjeta y se despedía.

—Nos vemos el domingo, carnal —le decían.

Alegre y con bolsa de papitas fritas en mano, se dirigió a tomar el camión que lo llevaría a su casa sin percatarse de que dos tipos lo seguían. Nunca había tomado ese camino antes, pero para ganar unos minutos tenía que atravesar un callejón cuyas paredes estaban llenas de grafiti. De pronto sintió un vacío en la panza, volteó y se dio cuenta de que los tipos por poco le daban alcance y no le quitaban la mirada de encima. El Yes Yes apresuró el paso, sus pasos se convirtieron en zancadas y nomás de pronto ya iba corriendo, le temblaban las patas. La carrera no le sirvió de nada pues al llegar al final del callejón otros cuatro vatos lo esperaban. Las papas cayeron el suelo, uno de los tipos que medía más de seis pies, y mamado para acabarla de chingar, se las había tirado de un manotazo. Nuestro portero se quedó tieso, como si le hubieran metido un golazo. Los que lo perseguían le dieron alcance.

—¡Tranquilo, vato! No te va a pasar nada.

—¿Qué es lo que quieren?

—Yo, personalmente, nada —le dijo el musculoso—. Aquí nuestro jefe tiene algo que decirte.

—¿De qué se trata? ¿Quién es el jefe?

—¿Qué? ¿A poco no me reconoces?

—Sí —contestó el Yes Yes muy tímidamente—. ¡Eres el Chuy! ¡El que mandó al Coras al hospital!

—A sus órdenes, mi rey. Me da gusto que mi fama haya traspasado las fronteras del barrio. Qué bueno que me hayas identificado de inmediato.

—Aún no entiendo. ¿Qué es lo que quieres, Chuy? Dinero no tengo. Traigo solamente para el camión.

—A los jodidos como tú qué se les puede quitar si se están muriendo de hambre. Pero sé que me vas a servir para un negocio que tengo entre manos —decía el Chuy mientras se limpiaba los lentes oscuros y prendía un cigarrillo.

—Sigo sin entender —dijo el Yes Yes.

—Muy sencillo. Tengo una feriecilla apostada a favor del San Fernando para el partido del domingo. Lo único que quiero es que te asegures de que no pierda. Si pierdo yo, tú pierdes. Y si crees que al Coras le fue mal, mejor ni te la cuento.

El Yes Yes ni pío podía decir. Lo tenía sujetado el enano de los seis pies.

El Chuy sacó su baraja de la lotería y mientras jugaba con ella le decía:

—Ésta ha sido la causante de algunas tragedias. No tengo nada en contra tuya y no me gustaría utilizarla, pero piénsalo bien y pregúntale a nuestro amigo el Coras qué le sucedió cuando le salió La Muerte.

El enano le seguía apretando el cuello. El Yes Yes estaba más que morado y aquel que no lo soltaba argumentando que faltaba aún más. El Chuy seguía con su amena charla.

—A mí me gusta hacer tratos con ustedes los mojados. Pinches muertos de hambre, les da miedo perder lo poco que tienen. Mi rey, tu futuro está en mis manos.

El Yes Yes tenía los ojos en blanco y todavía el enano de los seis pies lo jaló del pelo, dizque para que confirmara que estaba de acuerdo con lo que se le estaba diciendo. Nuestro amigo terminó tirado en el suelo junto con las papitas fritas. Llegó a casa como pudo, con la ropa toda sucia. Su esposa le preguntó qué le había sucedido, pero éste le contestó que no quería hablar del asunto. El que también la llevó fue el Yesito, ese día no hubo regalo.

El sol se ocultó, la noche se asomó en el Valle de San Fernando y el siguiente día transcurrió como si nada. Llegó el domingo, día de ir a misa, ¡de ver el futbol! Era el juego de la gran final, el partido del cual hablaba tanto la gente, el que se anunciaba en los medios locales, tanto en periódicos como en la radio. La final se jugaría en la escuela preparatoria de la ciudad de San Fernando. Unos grandes cartelones así lo anunciaban. Hasta los padrecitos de las iglesias locales estaban interesados en ver el juego de las patadas. En la misa de diez, el padrecito quitó unos sermones y apresuró la comunión para no perderse el partido.

Y la gente no se esperó hasta el último momento para llegar al estadio. Aun cuando el partido de la final se jugaría a las dos, a eso del mediodía aquello estaba ya medio lleno. Calentaban gargantas con el partido preliminar. ¡Pobres vatos preliminaristas! ¡Nadie les hacía caso! Nuestros amigos los vendedores ambulantes estaban que no se la creían.

—Oye, Tlacuache, ¡vete a la casa y dile a la jefa que ya se acabaron las tortas! —decía uno.

—¡Hay que ir a comprar más hielo! —gritaba el de los raspados.

El clima era ideal para que se jugara un buen partido. Lástima por los pajaritos que ya eran regulares en el parque San Fernando, aquí no había ningún árbol para que reposaran las plumas. Los pobres pajarracos se vieron obligados a presenciar el partido desde los cables de electricidad con todo y el miedo a quedar electrocutados. ¡Pobres! Desde ahí ya no les verían los chones a las porristas del San Fernando.

Era la una de la tarde cuando el sacerdote llegó, cubriéndose del sol con tremendo sombrerote.

—No vayan a decir chingaderas —gritó uno que no se había quedado atrás en el disfraz.

—No se preocupen, hijo —les dijo el de la sotana—. Yo sé decir otras peores.

Los ajúas y mentadas de madre se escucharon cuando a la entrada del estadio se estacionó un camión escolar. Uno por uno, los jugadores del equipo de San Fernando fueron descendiendo. Todos vestían igual, con lentes oscuros y pants negros. Los hermanos Coraje, el Higinio y el Dime seguidos por el Araña.

—¡Fanfarrones! —gritaron algunos.

—Si no te callas el hocico, aquí mismo te rompo la madre —contestó un tipo con aspecto de borracho.

Y los de la Onda ni sus luces. No se les veía por ningún lado. A unas cuantas cuadras de ahí, en el estacionamiento de una tienda de vinos, se estaban reuniendo. Estaban muy inquietos, solamente faltaba uno.

—¿Qué le habrá pasado?

—No sé, Francisco —contestó el Coras.

—Tenemos tiempo —comentó el Pelón.

—Si quieren vamos a buscarlo —dijo el Tururú, que estaba con Silvia.

—Vamos a darle unos minutos más. Si no llega, pues será su problema.

El Yes Yes por fin llegó acompañado por su esposa y chiquillos, los cuales se veían muy monos con el uniforme de la Onda, el Yesito portaba el número 12 y el Tomito el 10. El gringo también quería ver el partido.

—¿Qué te pasó?

—Nada, mi Coras. Tuve algunos problemas pero ya estoy aquí.

La caravana de carros tomó camino al estadio y en unos cuantos minutos ya se encontraban en la entrada. También para ellos hubo abucheos y silbidos, así como porras de sus amigos. Los de la Onda, a diferencia de sus rivales, no tenían una bolsa decente para guardar sus cosas. Las bolsas de papel solucionaron el problema. Los del San Fernando ya se encontraban en la cancha calentando y presumiendo sus nuevos uniformes. Sus porristas brincaban como sapos enseñando los chones.

—¡Padre, cierre los ojos! Es pecado capital lo que usted está viendo.

El padre se puso unos lentes oscuros para hacerse el que no veía aquellos lindos muslos. Los de la Onda estaban muy tranquilos, relajándose a un costado de la cancha. Francisco fue entregando las playeras, que por cierto estaban muy arrugadas y algunas hasta hoyos tenían. Se vistieron como buenos jugadores llaneros.

—¡Échame aguas! —dijo el Penny—. No me vayan a ver los calzones.

—¡Ey! ¿Quién me tapa a mí? —gritó el Pelón.

—Que te cubra tu mujer —le dijeron—. Total, siempre andas con el aparato de fuera.

Y nadie lo tapó. Ya se han de imaginar ustedes lo que le gritaron desde las tribunas. Era la 1:45 de la tarde, en las tribunas se sentía un ambiente de fiesta. La gente comía de todo y alguno que otro se las había ingeniado para introducir sus chelas mientras los de seguridad andaban papando moscas. En el campo era todo lo contrario, había tensión y nerviosismo. Los del San Fernando se despojaron de los pants mientras la Onda iniciaba sus calentamientos. Árbitro y abanderados hacían lo mismo tocando el pito. El Yes Yes observaba constantemente hacia la tribuna en donde se encontraba su mujer e hijos, y por estar de chismoso no calentaba como era debido.

—¿Qué te pasa?

—Nada, Pelón. Estoy nervioso por el partido, nada más.

—Todos lo estamos, pero tú andas medio extraño. Se te nota preocupado.

—No te preocupes por mí, preocúpate por los delanteros.

Los colegiados que presumían unas grandes lonjas hicieron su aparición bajo una lluvia de mentadas de madre. Los capitanes fueron llamados al centro de la cancha. Francisco y uno de los hermanos Coraje se saludaron y se desearon suerte. La "cora" surcó los aires.

—Sol —dijo Francisco.

Pero cayó cara. La Onda había perdido la primera jugada. El árbitro constató que ambos equipos estuvieran listos. Los de la Onda ya estaban hincados pidiéndole al Creador que los ayudara.

—¡Y arranca el partido! —se escuchó por el sonido local.

Desde el pitazo inicial, el San Fernando se lanzó con todo. Sus refuerzos de la liga California se conocían a la perfección, con toques de primera llegaban sin problemas a la portería defendida por el Yes Yes. Tanto el Pelón como el Enterrador buscaban despejar el balón como podían, el Yes Yes se movía de un lado a otro como chango nervioso. Francisco tuvo que bajar de la media para apoyar a la defensa.

—¡Tranquilos! —les gritaba.

Y la única forma que encontró el Pelón para tranquilizar a los contrarios fue dándoles de patadas.

—¡Una más y te amonesto! —le dijo el árbitro.

Pero la advertencia le valió madres. En una jugada accidental el Enterrador rebanó el esférico, cayéndole a Herculano que se movía por el extremo derecho y tenía todas las malas intenciones de "recular" al Yes Yes hasta que el Pelón lo derribó por detrás. Herculano cayó aparatosamente, provocando que los ánimos se caldearan. Los hermanos Coraje se le encresparon, uno de ellos le escupió la cara enfrente de la jeta del abanderado… Al Pelón le sacaron la tarjeta amarilla.

El árbitro marcó tiro indirecto. En las tribunas había expectación, nerviosismo. El Yes Yes gritó a sus delanteros que bajaran y formaran la barrera. El mismito Herculano se encargaría de cobrarla, tenía fama de pegarle al balón como todo un maestro y sacó un chanfle endemoniado que el mismito Jefe Tomás Boy le hubiera envidiado.

Los seguidores del San Fernando ya coreaban gol. El Yes Yes se lanzó titubeante, surcó los aires y besó los cielos con las yemas de los dedos. ¡Qué bueno que hacía tiempo que no se cortaba las uñas! Éstas fueron su salvación, el balón se fue a tiro de esquina.

—¡Porterazo! —gritaron.

Con un tremendo chipote en la cabeza, el Yes Yes escuchaba las porras desde el suelo. No había podido evitar chocar contra uno de los postes. Del trancazo también se cortó un labio y sangraba el bilingüe.

—¡Dios santo! —gritaba su mujer desde las alturas, mientras el padre le pedía que por favor no metiera al Señor en esto.

A los de la Onda ya les preocupaba que éste no se incorporara. El Enterrador se quitó una de las medias para ver si con eso lo reanimaba.

—Quizá ésta sea mi mejor oportunidad para tirar la toalla —pensaba el Yes Yes—. Tal vez sea el momento indicado para rajarme y evitarme problemas. Además, quedaría como héroe. Me la rajé todita por mis compañeros.

Y que se levanta tocándose el chipote y limpiándose la sangre. Todo el público le festejó, menos el Chuy que tiró violentamente el palillo con el que se picaba los dientes. Se cobró el tiro de esquina, el cual llevaba malas intenciones de que se metiera, pero nuevamente los reflejos del Yes Yes salvaron su portería. Detuvo el balón y lo acarició suavemente esperando a que su equipo se fuera adelante. Su despeje cayó en los pies de los contrarios. La media de la Onda no tocaba el balón ni por accidente. El Teclas, el más fino jugador del San Fernando, tomó el balón y se quitó a dos de enfrente. Herculano le hacía señas para que se lo sirviera, y vámonos, que le llega al balón al jugador del nombre decente. Corriéndose por el centro, dejó al Enterrador tendido en el suelo. El Pelón lo esperó con las piernas abiertas, ¡vaya túnel que le hicieron! Era Herculano contra el Yes Yes, aquél llevaba el balón pegado a sus pies. El bilingüe lo esperó, Herculano tiró y el cuero que pega en el poste, pensó el Yes Yes, pero el tiro le había pegado en la panza. ¡Había salvado nuevamente al equipo, aun cuando en lo más profundo de su ser él había decidido quedarse estático para que le metieran el gol! El esférico quedó a la deriva, el Yes Yes por instinto se le echó encima. Nuevamente en las tribunas se escuchaba:

—¡Porterazo!

El Chuy ya estaba que se lo llevaba la chingada. No podía dar crédito a lo que sucedía. Uno de los pajaritos cayó de pico y quedó tieso en el suelo. Al parecer había sufrido un infarto.

El tiempo transcurría y los jugadores de la Onda no veían una. En ningún momento representaron un peligro para la portería de la Araña. El primer tiempo terminó en roscas, nada para nadie. Los del San Fernando sentían que todo era cuestión de tiempo para que se fueran arriba en el marcador. Los de la Onda ya ni sentían. Los jugadores de ambos equipos buscaron desesperados las cubetas de agua. Los aficionados aprovecharon los quince del descanso para ir a hacer pipí, otros hasta caca y otros tantos no se movieron de sus asientos pues sabían que el segundo tiempo iba estar de poca.

Los minutos de descanso se fueron de volada. El Yes Yes aún no terminaba de ponerse hielo en la jeta, ya la traía muy hinchada, y del chipote para qué les cuento, se parecía al hijo del Popo. No hubo cambio de jugadores de ninguno de los dos equipos para el segundo tiempo. Eran las tres de la tarde y el sol estaba en su apogeo.

El segundo tiempo comenzó como el primero, el San Fernando atacando y la Onda defendiendo. Herculano se veía muy fresco, el sol no lo afectaba. Decían las malas lenguas que esto se debía a que se fumaba sus toques de marihuana. Con la pelota o sin ella, seguía haciendo de las suyas y junto con el Teclas hizo una jugada de lujo. En esta ocasión el que quedó viendo estrellas fue el Centavo, quien ni siquiera supo lo que pasó. Y pasaron como Pedro por su casa. En esta ocasión el Yes Yes no se salvó. Tocando el balón de trencita, el Teclas le clavó el primer gol. Y el festejo se inició, se formó la pirámide humana, las porristas enseñaron los calzones, los apostadores que le iban al San Fernando se frotaban las manos y el Chuy se tragó el palillo de la emoción.

¿Y la Onda qué onda? Seguían perdidos en el terreno de juego. Realmente estaban haciendo el ridículo y Francisco estaba consciente de ello. Mientras atendían al jugador del San Fernando que había quedado debajo de la pirámide humana, éste les recomendaba a los suyos.

—¡Con huevos! ¡Nos quedan treinta minutos!

Pero ni las recomendaciones dieron frutos. La Onda seguía en su onda.

—¿Qué onda con la Onda? —se preguntaba la gente.

Pero ni ellos lo sabían. Le ponían los kilos a las jugadas, algunos de ellos ya tenían raspadas hasta las nalgas de tantas barridas que se aventaban, otros ya no podían ni con su alma. El Yes Yes jugaba mucho más tranquilo, era todo un espectáculo ver cómo volaba. Él sabía que con el uno a cero se salvaba de una santa madriza, pero lo inesperado se dio faltando cinco minutos para que terminara el partido. En un balón perdido en la media cancha y recuperado por Francisco, éste cedió de inmediato al Penny, quien sin pensarlo tiró desde esa distancia. El Araña, que estaba jugando en el área grande, no pudo evitar que el balón picara y entrara. Sólo se tiró al suelo como diciendo "¡No mames!". El público no daba crédito a lo que pasaba. El Penny se quedó estático. El Tururú espontáneamente le plantó un beso a Silvia.

—Es por el gol —le dijo, pero luego le dio el segundo—: Éste es por amor.

—¡Goooooooool! —se escuchó en las tribunas.

—¡Goooooooool! —gritó el del sonido local.

El partido se había empatado. El Yes Yes fue el único de su equipo que no lo festejó. Simplemente agachó la cabeza y se lamentó tocándose el chipote que traía en la cabeza. Volteó hacia las tribunas y notó que su mujer se veía emocionada… pero el Chuy ya se encontraba a unos centímetros de ella. El Yes Yes volvió a agachar la cabeza, las manos ya le sudaban.

Para su mala suerte, después del gol la Onda había ganado confianza y tomó control de la media cancha. La defensa estaba sólida. El desconcierto del San Fernando era evidente.

Sufrieron los últimos minutos del partido, el Araña ya no sabía cómo le llegaban. El Centavo sacó un zurdazo que pegó en el travesaño. En un tiro de esquina, Francisco la pescó de cabeza pegándole en la panza. Las porristas del San Fernando ya mejor se sentaron. Para fortuna de su equipo, el árbitro dio por terminado el partido. Se irían a tiempos extras.

—Ya los tenemos —dijo Francisco.

—Píquenmela —dijo el Centavo—. Me los llevo en la carrera.

El Yes Yes seguía sufriendo. El Chuy continuaba con el cigarro en la boca al lado de su vieja. Los jugadores de ambos equipos se encontraban tendidos en el suelo. Uno que otro metiche les daba sus masajes para que no se les durmieran las piernas.

Todo el mundo pendiente, todo el mundo a la expectativa, todo el mundo murmuraba. Las porristas se acomodaban los chones que habían quedado fuera de lugar por tanto brincotear. El padrecito se limpiaba los lentes.

—¡Ay, Señor! ¡Perdóname por pecar! —decía.

Los pajaritos dejaron las alturas y se fueron a sentar sobre el carrito de paletas, no se querían perder ninguna jugada.

Los quince minutos de descanso se fueron como un suspiro. Los jugadores se encontraban de regreso en la cancha. El árbitro dio el pitazo dando inicio al primer tiempo extra. La Onda efectivamente atacó, el Penny causó estragos por la banda derecha. Hay que reconocer que el Araña se lució en más de una ocasión. Los hermanos Coraje confirmaron por qué eran considerados grandes defensas. Después de los primeros quince minutos, que se caracterizaron más por patadas que por jugadas de primer toque, el empate continuó. Los equipos simplemente cambiaron de cancha. Los murmullos de la gente continuaban. El padre seguía de pecador y a los pajaritos ya se les habían congelado las nachas.

—Se me hace que nos vamos a penaltis —comentó alguno de las gradas.

Y vaya que tuvo razón. En los últimos quince minutos parecía que los equipos se conformaban con el resultado. En la primera oportunidad pateaban el balón a las tribunas. El Yes Yes se lució, como tambien lo hizo el Araña. El árbitro dio el pitazo final de la gran final.

Las porristas del San Fernando dieron rienda sueltas a los brincos y maromas buscando animar a los suyos, mientras que la esposa del Yes Yes ya había terminado con los padrenuestros y había iniciado con las avemarías. El árbitro instruyó a los capitanes para que le entregaran la lista de sus cinco tiradores y así lo hicieron. Los asignados se trasladaron al centro de la media cancha. El Yes Yes caminaba lentamente inclinando la cabeza. Muchos pensarían que estaba meditando en cómo tapar los tiros, pero no, su mente estaba en otro lado. Volteó hacia las tribunas, el cabrón del Chuy tenía al Yesito en sus brazos.

—¡Puta madre! ¿Qué voy hacer? —murmuró acomodándose los guantes.

Su sentimiento de impotencia fue interrumpido al sentir la presencia de un viejo conocido.

—De parte del Chuy, todos los tiros van a ir a la derecha. Dijo que ya sabes lo que tienes que hacer.

El Araña se alejó burlándose de la situación. Sabía que el resultado sería "el San Fernando Campeón".

Se tiró el volado a ver quién tiraba primero. La Onda Colorada ganó. Los aficionados estaban a la expectativa, unos encendían un cigarro, otros agachaban la cabeza, algunos más se daban la vuelta para no mirar. Los pajaritos se cubrieron los ojos con sus alas.

El Araña midió los pasos. Fue al manchón blanco tomando el balón, lo besó y lo plantó en el suelo.

—Te voy a quitar lo cabrón —le dijo al Penny, quien solamente le sonrió.

Tomó su distancia, tres pasos, fintó para la derecha y el balón se incrustó por la izquierda. Festejó el gol tomándose de los genitales. La Onda se ponía arriba en el marcador. El Yes Yes se encontraba listo. Abrió los brazos como una águila. Pedro, el menor de los Coraje, se perfiló. De un santo madrazo incrustó el balón en el ángulo derecho. El Yes Yes se había lanzado a la izquierda.

Francisco se animó en ser el segundo y con gran clase metió otro gol que dejó al Araña viendo pajaritos. Por el San Fernando siguió el otro Coraje. El Yes Yes se fue hacia la izquierda, el balón a la derecha. Hasta el cuarto tiro penal los tiradores habían cumplido, estaban empatados. El público se preguntaba por qué el Yes Yes se aventaba hacia el mismo lado.

Aunque era medio güey, el Enterrador se encargaría de tirar el último. Se caracterizaba por tirar unos santos madrazos, así que tomó el balón, le limpió las babas del Araña y lo besó. Se perfiló y tiró con fuerza. El portero ni se movió, el balón pegó en el travesaño y se regresó al terreno de juego. El Enterrador se enterraba en el suelo chillando como Magdalena.

El Yes Yes se colocó por última ocasión en la portería. Sudaba seco, las piernas le temblaban. Muy dentro de sí pensaba:

—No te la juegues, lánzate hacia la izquierda.

Observó al tirador y no era otro que el Araña. El árbitro levantó el brazo, sopló el pito y el Araña tomó vuelo desde la media cancha. Tocó el balón suavemente con el interior del zapato. El Yes Yes sabía que la podía alcanzar, que el balón era suyo… y surcó los aires pero en sentido contrario. Tardó en levantarse limpiándose unas cuantas lágrimas que se le salieron.

—Te recomendé que te lanzaras a la derecha —le reclamó Francisco.

—Hice lo que pude —contestó el Yes Yes y se retiró lentamente bajándose las medias.

La Onda se resignaba. Simplemente observaba. Las porristas del "San Fer" gritaban como si las estuvieran violando. Algunos aficionados invadieron el terreno de juego. Las apuestas se estaban cobrando. El Chuy era el más feliz de todos, le habían entregado un gran fajo de billetes verdes.

El Yes Yes se encontraba solo quitándose los arreos del juego. Su esposa e hijos, junto con Silvia y el Tururú, fueron a consolarlo.

—¡Vamos a casa!

—Vamos, campeón. Ya será en otra ocasión.

El porterazo de la Onda Colorada estaba que se lo llevaba la chingada. Tenía ganas de llorar, pero de rabia. Observaba aquella portería en donde había vendido a sus amigos, y para acabarla de chingar el Chuy lo llamó y le dijo enseñándole aquel fajo de billetes verdes:

—¡Gracias, mi rey! Ustedes los mojados y jodidos siempre me han dado para vivir como rey!

Aquella escena fue vista tanto por el Pelón como por el Gestas, quienes fruncieron la cara y sin decir nada se despidieron de los demás compañeros y se fueron.

En menos de quince minutos el estadio estaba vacío, con basura por todos lados y unos pájaros desplumados. Al parecer las aves habían apostado las plumas. Los lances del Yes Yes quedaron en el olvido. La gente que unos cuantos minutos antes le aplaudía, ahora hacía caso omiso a su saludo. Llegó a casa con sus amigos. Poco dijo durante el camino, y poco habló durante las siguientes semanas.

Octubre había llegado a la ciudad de Los Ángeles y, aunque usted no lo crea, en la ciudad de México los damnificados seguían durmiendo en la intemperie. Hugo Sánchez seguía dando volteretas y Fernando Valenzuela tiraba puros ponches, mientras que a Julio César Chávez ya le ofrecían grandes bolsas.

Sí, eran tres mexicanos que la estaban haciendo en grande y que hacían felices a los de la gran avenida. Gracias a ellos los jornaleros tenían de qué sentirse orgullosos y gritar:

—¡Órale, cabrones, yo soy de México!

El Coras ya le estaba tomando cariño a las tijeras podadoras y a la máquina de cortar pasto. Seguía codeándose con los ricos, pero sentía un gran vacío en la panza, como que algo le faltaba.

Al Yes Yes era al que le faltaba algo y un poco más. Desde que habían perdido el campeonato no había visto a sus dos grandes amigos. Por más que le daba vueltas al asunto, sabía que había tomado la mejor decisión, pero añoraba los tiempos en que se luchaba a diario por conseguir unos cuantos varos, aquellos tiempos en que aun no consiguiéndose nada, no faltaba el alimento en casa. Siempre estaba la troca La Lupita o se pedía algo fiado. Para su hijo el Yesito los limones no se acababan. El Yes Yes estaba que no lo calentaba nada. Se tragaba los momentos amargos cuando sus compañeros de trabajo murmuraban que se había vendido por una lana.

El Tururú, por su parte, ya tenía bien boleado el único par de zapatos negros que tenía. En la parte más desgastada les puso una plasta de grasa y ni quién se fijara. Lavó la ropa y la planchada le quedó de poca madre. Iniciaba labores aunque fuera de voluntario en la iglesia de la Placita Olvera. En su primer día realmente no hizo nada, solamente observó cómo trabajaba Adrián, el trabajador social.

Los días transcurrieron y en la gran avenida se extrañaba a los tres amigos. Para los intelectuales, remojados y centroamericanos continuaba la lucha por conseguir chamba. Los primeros, es decir, los intelectuales, al observarse las manos se daban cuenta de que los libros y el ambiente universitario eran simplemente parte de un recuerdo que los atormentaba y los hacía sentir una bola de fracasados. El día en que se graduaron pensaron que se podían comer kilos de tunas sin que les hicieran daño. La elaboración de la tesis fue un paso más a la gloria, al buen trabajo, a las chavas y al dinero. El día que se titularon sintieron tener el mundo en sus manos, ya eran doctores, abogados, sociólogos, psicólogos y todo lo que termine en "os".

Lamentablemente, la vida no respetó sus sueños. La mayoría engrosó las filas de los burócratas con un salario paupérrimo que apenas si les alcanzaba para pagar el boleto del metro. Meses después terminaban desempleados y todos frustrados. La venta de libros, enciclopedias, vitaminas, boletos de lotería y seguros los esperaba.

¡Qué pinche vida! ¡Terminaban viviendo de los sueños! Hoy tenían las manos llenas de callos. El recuerdo volvía hacer presa de ellos.

—Hijo, estudia para que tú no tengas las mismas huellas que tu padre. Estudia para ser un hombre de bien…

Recordaban como si hubiera sido ayer que su madre les daba este consejo. Las huellas del hoy se sentían más profundas. Las de la piel eran superficiales, las del alma eran las que quemaban.

Los segundos, los remojados, tenían callos aún mayores, pero muy poca atención les ponían, eran callos importados de toda la República Mexicana, herencia del trabajo arduo en el campo. Los remojados sentían que le habían cobrado una de tantas deudas al sistema americano. Tenían ya la experiencia de haber sido deportados, pero eran tercos y se regresaban.

—Que nos avienten pa fuera cuantas veces quieran estos pinches gringos. ¡Vamos a hacer que gasten más feria, al cabo que ya nos sabemos el camino! —decían.

Los centroamericanos sí que vivían en mayor angustia que los nuestros. Sabían que en caso de ser detenidos y deportados su espera para el proceso tanto de su salida como de su viaje serían muy largos. El recurso del asilo político en muchos casos no les favorecería.

—Para extenderles un permiso de trabajo necesitan pruebas de que efectivamente son perseguidos políticos o de que han sido baleados, pruebas de periódicos —les dirían los oficiales del Departamento de Inmigración y Naturalización.

Algunos de ellos veían a los paisanos como individuos "faltos de huevos", una bola de conformistas que no luchaban con ganas por tener a su país a la vuelta de la esquina. Les envidiaban el dicho mexicano: "Si me agarra la migra, luego luego me regreso". El salvatrucha, hondureño, guatemalteco y demás, con el tiempo aprenderían a decir algunas majaderías muy de nuestra cultura: "pinche cabrón", "¡órale, güey!", "¡no la chingues!". Así si los agarraba la migra podían pasar por mexicanos. También aprendieron geografía para poder ser más específicos: "¡Soy de Guanajuato!".

¡Sí, la vida en la gran avenida seguía teniendo vida!

Los días pasaban y las murmuraciones de que el Yes Yes se había vendido aumentaban. Esto lo atormentaba y cuando no lo pudo aguantar más se lo comentó a su mujer.

—¡Ay, Luis! ¿Por qué no se los comentaste? —le dijo ella—. Ellos hubieran entendido, te han demostrado que son buenos amigos.

—Hubiera causado más problemas. Tú bien sabes que tanto el Enterrador como el Pelón no se quedan callados, la hubieran armado de tos y nosotros estaríamos en peligro. El Chuy siempre cumple lo que dice y me atormentaba pensar que les hiciera daño a ustedes.

—Tienes que decírselos.

—Ya no tiene sentido, ya pasó y es mejor que lo dejemos así.

—Luis, estás perdiendo a tus mejores amigos, cuéntales para que se aclaren las cosas. Probablemente están con la idea de que te vendiste.

Ese día, no muy lejos de ahí, el Pelón y el Enterrador visitaron a Francisco, quien se encontraba disfrutando de los últimos días en compañía del Coras y del Tururú. Después del "Pásale, estás en tu casa" y del "¿No gustas un poco de agua de limón?", se sentaron a platicar. Dijeron una que otra pendejada y el Pelón se las soltó:

—¡Perdimos la gran final porque el muy cabrón del Yes Yes se vendió!

—Con todo el respeto que me mereces —contestó el Coras—, no digas pendejadas.

—Mira, estúpido, este rollo no es tu asunto, y si digo que se vendió es porque yo vi cuando al final del partido el Chuy le daba su lana. ¿Qué? ¿Tú crees que la gente sólo habla por tener hocico?

—Tu habrás visto lo que quieras, pero estás totalmente equivocado. Ese vato será todo lo que tú quieras, pero no es ningún tranza —volvió a contestar el Coras.

El Pelón se levantó abruptamente y le exigió al Coras que saliera. Francisco les pidió que se tranquilizaran y los convenció de que se sentaran.

—Cálmate —le dijeron al Coras.

Éste prefirió salirse del departamento y caminar por las calles del barrio. Caminó y caminó y en su camino se encontró con el Botellas, sentado todo borracho recargado en uno de los murales del barrio.

—Mira, eso me espera a mí —le dijo al Coras señalando un mural que hacía alusión a una caja de muerto en la que estaba recostadito un anciano.

En el departamento la plática duró más de una hora. El Tururú y Francisco prometieron hablar con el Yes Yes para aclarar las cosas. El Pelón salió más encabronado que cuando llegó y se retiró en su auto con el Enterrador.

—¿Qué opinas, Tururú? —preguntó Francisco.

—No sé qué decir. Quisiera pensar que es una exageración por parte del Pelón, pero no entiendo cuál sería el motivo para que el Yes Yes se hubiera vendido.

—¿Se te hace normal que tenga más de dos semanas que no lo hayamos visto?

—Tampoco lo hemos buscado, todos hemos estado muy ocupados.

—Yo sí creo que lo hizo. Recuerda que antes del partido estuvo muy raro. Estoy seguro de que hay algo.

—Pues tenemos que aclararlo —concluyó el Tururú.

Y la aclaración se buscó al día siguiente. Ese viernes por la tarde llegaron a la casa del Yes Yes. Éste no los esperaba y se quedó con la boca abierta.

—Pasen —les dijo.

—Te venimos a sonsacar para que nos tomemos una chelas —dijo Francisco.

El Yes Yes se rascó la cabeza y buscó la mirada de su mujer como suplicándole que entrara al quite y le dijera que tenía que cuidar a los bebés. Pero ésta no dijo nada, ella comprendía que era la mejor oportunidad para que su marido aclarara las cosas.

—Bueno —contestó el Yes Yes tímidamente.

Abordaron el carro de Francisco. Poco dijeron. Escucharon el nuevo casete de los Bukis. La Cantina del Perro Pelón los esperaba. Buscaron la mesa más alejada del ruido y pidieron una cervezas.

—Sin rodeos —le dijo Francisco—, hemos venido para que nos digas qué tan cierto es lo que anda diciendo la gente de que te vendiste, que recibiste una feria para que perdiéramos el partido.

El Yes Yes sintió que se le caían los chones. La chela le duró un suspiro y se pidió otra. Y mientras ésta llegaba, Francisco le pidió que contestara.

—Estamos esperando, carnal. ¿Qué hay de cierto?

—Están muy equivocados.

—Ese día te vi muy extraño.

—Nervioso, como todos los demás —contestaba el Yes Yes mientras su mirada estaba en otro lugar.

Desesperado estaba por que llegara la otra chela.

El Tururú estaba a la expectativa, la Corona no le sabía a nada. Francisco todavía no abría la suya. La mesera por fin llegó y el Yes Yes sintió un gran alivio. La dama les preguntó si iban a cenar algo y éstos sin contestarle la mandaron a la chingada.

—El Pelón nos dijo que vio cómo el Chuy te daba tu parte.

—El Pelón vio mal, interpretó mal las cosas. El Chuy simplemente se me acercó para burlarse y mostrarme el dinero que había ganado en las apuestas.

Por fin habló el Tururú y le preguntó:

—¿Qué fue realmente lo que pasó?

Y la segunda cerveza tampoco le duró. Finalmente contestó:

—El Chuy me amenazó con madrearme si ganábamos. Dijo que recordara cómo había quedado el Coras y que cuidara a mi familia. Durante todo el partido le pedí a Dios que si me metían un gol fuera de esos inatajables. El penalti que detuve fue un simple accidente. Al final de los tiempos extras, fue el Araña quien me dio las instrucciones y me dijo hacia dónde me tenía que lanzar, todos hacia la izquierda. No tuve otra alternativa que hacer lo que se me decía. Dinero no recibí, nunca me vendí. Simplemente lo hice por la familia.

—Ese cabrón ya debe muchas. Algún día las va a tener que pagar —comentó Francisco.

El Yes Yes se tiró la tercera chela, quería apagar su frustración. El Tururú solamente lo contemplaba mientras Francisco se lamentaba. Volvió a interrumpir la mesera y volvió a retirarse sin que se le pidiera nada. La rockola tocaba algunas de Chente Fernández. En las mesas del billar el Sapo volvía a ganar.

—Yo hubiera hecho lo mismo —dijo Francisco.

—No tenía de otra, carnalito —comentó el Tururú.

La mesera seguía de terca. Apareció por tercera ocasión pero esta vez venía acompañada de un tipo con cara de pocos amigos, así que antes de que les reclamara los tres amigos pagaron su cuenta y se fueron.

Decidieron visitar al Pelón, pero antes de llegar a la casa de éste se aventaron unos tacos como en sus mejores tiempos. El Pelón, al escuchar el relato de lo que realmente había sucedido, cerró los puños y tomando al Yes Yes del rostro le dijo:

—¡Ésta sí me la paga el muy cabrón!

—Es mejor que ya no le muevas. Comentó que a ti también te tenía una sorpresa.

—¡Sorpresas, madres! Y con respecto a ti, disculpa que haya pensado mal —le dijo dándole un fuerte abrazo al bilingüe—. Por mí no te preocupes.

El otoño abrigaba el Valle de San Fernando. Las ropas de verano habían quedado atrás. Abrigos y chamarras viejas cubrían las espaldas de los jornaleros. Los menos afortunados se frotaban brazos y manos para ganarle la batalla al frío. Al Lupillo lo calentaba la estufa de su vieja troca. El café se pedía y se servía, a veces con crema y azúcar y otras veces sin nada. Los cigarrillos se prendían, las bachitas se apagaban. Cuando las cajetillas se acababan, el que había regalado uno al rato se lamentaba. Y los patrones que no llegaban. El frío arreciaba y las viejas chamarras no servían de nada. Los encuerados aguantaban como machos las inclemencias del tiempo, mantenían la esperanza de ganarse una lana. El ambiente de la gran avenida se tornaba igual que el clima: frío.

No muy lejos de ahí, en los Beverly Hills, en donde viven los perros educados, en esas casas en las que tener pulgas es un pecado y los abrigos viejos son usados como jergas para limpiar los pisos, se encontraba el Coras. Con tijera en mano observaba aquellas mansiones de los ricos en las que la basura hubiera sido un lujo para los más jodidos. Ahí el Coras soñaba. En un descuido dejaba el árbol sin ninguna rama. Contemplaba los lujos y se le caía la baba.

Y si de contemplar se trata, el Tururú estaba muy atento y se encontraba feliz de la vida. En su trabajo iba de aquí para allá. Ayudándole a Adrián se daba cuenta de las necesidades que tenían los refugiados de la Placita Olvera. Sus vidas estaban llenas de tragedias. Ahí ni siquiera tenían abrigos viejos. Al caer la noche, el Tururú les distribuía cobijas de lana pero muy delgadas.

La alegría que lo embargaba se debía a que por fin se le había declarado a Silvia. Ya le había plantado más de un kikirico, ya le había dicho "Te quiero" en el restaurante La Luz del Día, y a ella poco le importaba que su padre la reprimiera, le respondía al Tururú de la misma forma, levantándole la trompa toda pintarrajeada.

—¡Me encantas! —le decía el Tururú.

—Y tú a mí, Gilberto, pero te tengo que contar lo que pasa en mi casa. Mi padre está muy molesto, me cuestiona constantemente sobre lo nuestro y lo de tu estrato social. Le conté que vivías en el barrio y eso lo irritó, dijo que no permitiría que su hija anduviera con un muerto de hambre.

—¿Te ha prohibido verme?

—Me ha prohibido salir y punto. Pero no te preocupes, he tomado la decisión y estoy segura de que vale la pena.

Y riacátelas, el Tururú aprovechó el comentario para plantarle un beso de esos que envidiarían tanto la Castro como la Méndez en sus telenovelas. El amigo no requería abrigo para cubrirse de las inclemencias del tiempo.

Durante los últimos dos meses de 1985 ya se corría la voz en los medios de comunicación de que habría una amnistía para los indocumentados. El gobierno de este país estaba dispuesto a perdonar a los obreros y campesinos extranjeros por el sudor y sangre desparramados en fábricas y campos agrícolas… Sí, ya se hablaba de la ley Simpson Mazzoli.

Para noviembre el frío calaba aún más en el Valle de San Fernando y ciudades circunvecinas. El Coras ya había ahorrado alguna feria. Era un viernes por la noche cuando le dio al Tururú la gran sorpresa. Lo esperó con los demás cuates para echarse unas chelas. Eran como las once de la noche cuando el Tururú hizo su aparición embarrado de lápiz labial en el cuello de la camisa.

—¡Ese, mi galán! —le dijo uno.

—¡Páseme la receta! —comentó el otro.

—¿A qué se debe la reunión? —preguntó el galán.

—Nada en especial —le dijo el Coras.

—No sé, mi Coras, presiento que hay algo más que "nada en especial".

—Toma asiento y te cuento: ¡ya tenemos dinero para rentar nuestro propio departamento!

—¿Tenemos? Yo estoy en la quiebra, no tengo en qué caerme muerto.

—Tú tranquilo, que mañana nos vamos de "shopping", como dicen por acá. Vamos a ir a buscar nuestra house.

—Pues, mi Coras, no sé qué decirte. Me has dejado con la boca abierta.

Después de echarse unas, los amigos se fueron a dormir. El Coras tomó su lugar en el sofá-cama y el Tururú buscó su pedazo de alfombra. Extrañaría los ronquidos y los olores a patas.

—¡Arriba, jijos de la tostada! —les dijo Francisco esa mañana—. Yo los llevaré a buscar su departamento.

—No la chingues, es muy temprano —contestó el Coras.

—Dicen que al que madruga, Dios le ayuda.

El Coras y el Tururú no tuvieron más alternativa que levantarse y limpiarse las lagañas. Pidieron chance de refinarse algo, unos huevos con un pedazo de chorizo que tenía finta de estar enlamado. Los huevos se los bajaron con un vaso de agua fría. Y ya con los blanquillos puestos en su lugar, se trasladaron a la ciudad de Pacoima. Al llegar simplemente se rascaron la cabeza, los rumbos estaban que daban miedo. Paredes pintarrajeadas, basura por todos lados, negros e hispanos vestidos de guerreros urbanos. La gente caminaba agilizando el paso.

La única iglesia del rumbo tenía barrotes de acero tanto en las ventanas como en la puerta principal, en más de una ocasión alguien había entrado a robarse las limosnas. Poco faltaba para que el padre confesara con pistola en mano. La penitencia sería un balazo en la cabeza. ¡Ándele, por cabrón! A las monjas ya las habían violado y antes de que a Francisco, el Tururú y el Coras les pasara algo, mejor se largaron.

Se trasladaron a la ciudad de Sun Valley, pero ésta estaba peor, aquí el cura sí confesaba con pistola, las monjas tenían cinturones de castidad y para entrar al barrio uno tenía que saberse los saludos de los guerreros urbanos, de ésos que se inician picándose los ojos y terminan agarrándose los tanates. Poco les gustó el ambiente y también se fueron de volada.

Ya para la dos de la tarde las tripas les rechinaban, pero antes de irse a refinar el Tururú le habló a su chava para recordarle cuánto la extrañaba. Y aprovechando que estaban por el rumbo y con el ánimo de comer gratis, fueron y visitaron al "chef" del Yes Yes. Éste no se achicopaló, les regaló unas ricas hamburguesas y se las llevó a la parte trasera del restaurante.

—Así que buscando departamento —les dijo.

—Sí, pero todo está de la chingada —contestó el Coras.

—¿Por qué no van a San Fernando? Por la calle Mission hay unos departamentos a toda madre —dijo el Yes Yes.

—¿Y cómo llegamos ahí? —preguntó el Coras.

—Se van por aquí derecho, a la tercera cuadra dan vuelta a la izquierda y encontrarán la Sepúlveda, a unas cuantas millas de ahí verán el edificio. Los departamentos están enfrente de un parque que lleva el mismo nombre.

Después de cuatro hamburguesas, papas fritas, pastel de manzana, malteada y dos Cocas, dieron las gracias y siguiendo las instrucciones del Yes Yes llegaron a su destino. ¡Guau! De veras que estaban muy bonitos. ¡Lástima, Margarito! La renta era demasiado cara. Siguieron buscando, la gasolina se les estaba acabando y el carro ya perfumaba toda la ciudad, le salía humo del mofle. Decepcionados regresaban a casa cuando, al pasar por la ciudad de Arleta, el Tururú gritó de emoción:

—¡Deténte, Francisco!

—¡No me grites, cabrón!

—Mira, en esos departamentos te dan un mes gratis de renta y no se ven nada mal.

Descendieron del vehículo e inspeccionaron el lugar. Había unos vatos recargados en sus vehículos, unos niños jugaban dizque al futbol con una pelota ponchada, otros a los alguaciles y ladrones. Efectivamente no estaban tan mal, por lo menos no se veían barrotes en las ventanas.

—¿Tú que opinas, Coras? —preguntó el Tururú.

—Es lo menos peor que hemos encontrado —contestó éste.

Llegaron y tocaron la puerta en la que había un letrero que decía "Office". Fueron atendidos por un asiático de nombre Te, apellido paterno Lo y materno Sumo.

—¡Provecho! —comentó Francisco.

Las carcajadas no se hicieron esperar. El oriental pensó que se estaban burlando de él y por poco les azota la puerta. Los tres se disculparon haciéndole una reverencia y fueron invitados a pasar. Él sí que hablaba otro idioma, no se le entendía ni madres. Les sacó una hoja a la que le llamó "contrato"

—No credit card, no problem. No money bank, no problem. No work, no problem… —decía el oriental.

Y efectivamente, el Coras y el Tururú firmaron sin problema alguno. Como identificación presentaron su tarjeta verde y el número de seguro social que eran chuecos.

—No problem —les dijo.

Pagarían 325 dólares al mes. Era un departamento de una sola recámara, con baño, cocina y sala muy amplia. Podían ocuparlo al siguiente lunes.

—Nos tocó el 108, ¿por qué no vamos a verlo de una vez? —propuso el Coras.

Y ahí van los tres como niños con juguete nuevo. Cuando llegaron el Tururú le dio un beso a la puerta y por poco se va de hocico. Al manager se le había olvidado meterle llave.

—¡No mamen! —exclamaron los tres.

No podían creer lo que estaban viendo, prendieron las luces para despertar de aquel horrible sueño.

—¡Pellízcame! —dijo Francisco.

Las paredes del departamento estaban pintadas de negro. Un sol radiante adornaba una de ellas, en la otra había una luna llena y en el techo un chingo de estrellas.

—¡Pellízcame! —dijo Francisco nuevamente.

Al llegar a la recámara y al abrir el clóset encontraron una rata muerta. En el lavadero de la cocina abundaban las cucarachas y en la tasa del baño flotaba el excremento. Los tres estaban perplejos, por no decir pendejos. El Coras se quiso acomodar en la alfombra de la sala y se sentó en una caca de perro. Fueron a reclamar y esta vez ya no los invitaron a pasar. Desde la rendija de la puerta el oriental les indicaba:

—¡Contratou!

—¿Cómo decías que se llamaba? —preguntó el Coras.

El Tururú volvió a llamar a Silvia para contarle que ya tenían residencia. Ya ni llorar era bueno, no les quedaba otra que poner en orden su nuevo hogar. Dejaron la puerta abierta para que entrara un poco de aire.

—¿No será peligroso? —preguntó el Tururú.

—¡Uy, sí! No nos vayan a robar las ratas.

El domingo no fue de misa ni de plegarias. Le dieron duro a la jerga. No hubo futbol por televisión, lo suplieron por un bote de pintura. Los cuates estaban presentes, los hombres se encargarían de apagar el sol y decirle buenas noches a la luna. Las estrellas fueron bajadas una por una. Las mujeres se dedicaron a limpiar el baño y desinfectar la cocina. Le dieron jaque mate a las cucarachas con los palos de las escobas. A las diez de la noche dieron por concluida su tarea, la cual había empezado como a las cinco de la madrugada.

El Coras y el Tururú dieron las gracias, no tenían más que ofrecer. Esa noche durmieron sobre cartones ya que la alfombra estaba mojada. Cerraron muy bien la puerta con tres broches y dos llaves. Tenían miedo de que les fueran a robar sus pertenencias, guardadas en dos viejas maletas y tres cajas de cartón.

En ese nuevo hogar sí que faltaban las cosas, pero algo había que sobraba y eso eran huevos, tanto los de comer como los que forman el carácter. Durante los siguientes días fueron decorando el departamento. Tenían ya la imagen de la Guadalupana y a sus costados estaban los pósters de algunas viejas en bikini que fueron sacados de las páginas centrales del *Alarma*: la Olga Briskin, Thelma Tixou y otras artistas de la farándula.

La vida aún no les pintaba de color de rosa a los tres amigos. Al Yes Yes lo habían asignado jefe en turno del restaurante Carl's Jr. Lo único que le incomodaba era tener que usar corbata, el nudo lo asfixiaba. El Coras ahí la llevaba, no ganaba buena lana porque era la temporada en que la jardinería realmente no dejaba, ¡ah, pero cómo se quejaba el cabrón! Decía que ese negocio no era lo suyo. Dolores en la espalda, fatiga en los brazos y ampollas en las manos eran los motivos de sus lamentos.

—¡Algun día voy a mandar esto a la chingada!

El 25 centavos sí que sufría y sus lamentos y quejidos aumentaron al dislocarse el hombro cuando se cayó de la escalera intentando podar un árbol. Por las noches sufría calenturas y le daba hasta dolor de muelas. Se aventó un frasco entero de aspirinas pero realmente no le ayudaron en nada.

—¡Te voy a llevar al doctor! —le dijo el Tururú.

—¿Y con qué vamos a pagar?

—En abonos.

El Tururú pensó que todo sería muy fácil, pero cuando llegaron al hospital les preguntaron por su tarjeta verde y su seguro social y mejor se fueron.

—Ya no aguanto, carnal —decía el Coras—. El dolor es muy intenso.

—No te preocupes, yo me encargo de eso —respondía el Tururú.

Se chutaron todas las clínicas del barrio: la del Sagrado Corazón de Jesús, la de la Guadalupana, la del Dr. Díaz y otras tantas más. "Hablamos su idioma", decían los letreros, y no mentían. En sus cuestionarios biográficos indicaban que aceptaban cualquier tipo de seguro, hasta estampillas de comida.

—¿Tienen algún tipo de seguro médico? —les preguntaban en español.

Al ver que la respuesta era negativa, de repente la recepcionista hablaba en inglés o hasta en chino. Al Coras y al Tururú les quedaban ya pocas alternativas, una de ellas era visitar al doctor Ojeda que atendía a los enfermos en su domicilio particular. Éste sí que tenía sus oficinas muy elegantes, se encontraban en el puritito centro del barrio.

—Oye, ¿estás seguro de que es aquí?

—¡Claro! Ésta es la dirección que me dieron, mi Coras.

El jardín carecía de pasto y el poco que tenía estaba todo seco. El perro se lo había acabado dejando pura terracería. Un carro todo destartalado adornaba el lugar. Vaya que era una hermosa residencia. Abrieron la valla de alambre y tocaron la puerta.

—Digan —dijo un tipo gordo, prieto, con el pelo lleno de brillantina y con aliento de pedo.

Grande le quedaba la bata blanca.

—¿El doctor Ojeda?

—Soy yo —contestó—. Están en su casa.

El Tururú y el pobre del Coras entraron, abrieron bien los ojos y se percataron de que la sala era toda una farmacia. Toda la medicina era traída de Tijuana.

—Los recibo en un minuto —dijo—. Tengo a una paciente que estoy atendiendo.

Y vaya que estaban aterrorizados nuestros dos buenos amigos. Siguieron de curiosos y se percataron de que el 99 por ciento del medicamento ya había caducado. El título que se encontraba en una de las paredes decía: "Enrique Ojeda. Médico Cirujano. Universidad Nacional Autónoma de México". Al Tururú lo que lo sacaba de onda era que todo el texto del documento había sido escrito con máquina de escribir. Por lo menos le hubieran puesto el "Por Mi Raza Hablará el Espíritu". La fotografía había sido pegada con chicle, y ya para que fuera todo original era un Motita.

El Coras seguía con sus lamentos.

—¡Vámonos a la chingada! —comentó el Tururú rascándose la cabeza.

Abrió la puerta para irse pero se llevó otra sorpresa. Se encontró a una señora de mediana estatura que cargaba en su rebozo a su pequeño hijo que no pasaba de los cuatro años. El chamaco ardía en calentura.

—¿Se encuentra el "dotorcito"? —preguntó.

Ninguno de los dos contestó nada.

—Es buena gente el "dotorcito" —decía la mujer—. ¡Casi no nos cobra nada! La semana pasada traje a este hijo para que me lo curara y solamente nos cobró diez dólares.

—¿Qué tiene su hijo? —preguntó el Tururú.

—El doctor me dijo que tenía una infección en el oído. Me dio estas gotas y que con esto iba a sanar. Pero como usted ve, sigue algo enfermo, sigue ardiendo en calentura.

El Tururú se frotaba la cara, no daba crédito a lo que escuchaba.

—Señora, ¿me permite ver las gotas? —le preguntó.

Tomó el frasco y se dio cuenta de que era agua simple con un poco de canela. Lo arrojó contra el perro que estaba amarrado y no dejaba de ladrar.

—¿Pero por qué hizo eso? —dijo la mujer toda afligida—. ¡Me costó diez dólares!

—Te tendrás que aguantar los dolores, mi Coras. Necesito arreglar algunas cuentas.

Los ladridos del can llamaron la atención de su amo, quien salió muy campante indicándole al Coras que le había llegado su turno. El Tururú tomó a Ojeda del cuello y sin soltarlo lo maldijo y le mentó la madre. El "dotorcito" se despeinó a pesar de haberse puesto kilos de grasa en la cabeza.

—¡Te voy a demandar! —dijo el cirujano, quien sin haber terminado su amenaza fue introducido al interior de la casa por la fuerza.

La mujer lloraba fuertemente, su hijo seguía ardiendo en fiebre.

—No te rompo la madre, cabrón, nomás porque no me quiero meter en problemas, pero si no me das el dinero para que esta mujer pueda atender a su hijo, ¡no me importa que me lleve la chingada!

Ya se encontraba en el suelo el "doctorcito" buscando desesperadamente una explicación. Los frascos de medicina se encontraban a su lado hechos pedacitos. Con todo y el hombro jodido, el Coras se dio a la tarea de hacerlos añicos.

—¡Permítame! —suplicaba el maricón.

Le permitieron que se incorporara y de sus bolsillos sacó un gran fajo de billetes verdes. Tomando uno de a diez dijo:

—La cuenta está saldada.

Mejor que no lo hubiera hecho. Esa acción irritó aún más al Tururú, quien arrancó de sus manos los Washingtons y los Lincolns.

—Tome, señora —le dijo a la mujer entregándole el dinero—. Lleve a su hijo a que lo atiendan. Y contigo, doctor, aún no he terminado.

La señora se fue apurada, su hijo no dejaba de llorar. El Coras y el Tururú abandonaron el lugar unos segundos después, no sin antes darle un santo patadón al pobre perro que no dejaba de llorar. Era igual de chillón que su amo.

El Coras por fin fue atendido. La huesera doña Chencha le solucionaría el problema del hombro. El rumbo en el que vivía era tenebroso, era el nido de las pandillas negras, ¡que nos salve San Martín de Porres! Doña Chencha era bajita de estatura, se peinaba con unas largas trenzas y la casa la tenía como un chiquero. En la cocina se veía cómo las cucarachas disfrutaban de un cereal que tenía en el plato más de una semana. La Chencha había sufrido. Su marido la abandonó junto con sus seis hijos. Tiempo después, él le rogaba que lo perdonara, al parecer la otra le había salido un poquito más cochina. Pero la Chencha, como ya se ganaba sus buenos centavitos torteando al próximo, se hacía del rogar y le decía que no.

El Coras fue sentado en una silla sin respaldo. Lo invitaron a que se quitara la camisa y las lonjas de la panza salieron a flote. La doña le pidió que se relajara mientras ella procedía a untarse en las manos unos menjurjes que olían a perro y poco a poco le fue estirando los nervios de los dedos.

—Qué suertuda esta dama —pensaba el Coras—. Se está dando un agasajo y gratis

Transcurrida media hora, la doctora en medicina nuclear le ofreció una copita de tequila al Coras. Éste la aceptó de muy buena gana pensando que era parte del tratamiento. Segundos después supo por qué se la habían ofrecido.

—¡Ahhhh! —exclamó el enfermo cuando la doña le jaló el brazo acomodando el hombro.

Simplemente se escuchó "¡Cuás!". El Coras pudo haberse desmayado, pero no fue así gracias al bendito tequila.

Doña Chencha había resultado ser una gran huesera. Metía de todo, codos, hombros, tobillos... ¡Ya para qué necesitaba al marido! El Coras en menos de tres días ya se encontraba de regreso en su chamba. Quien no quiso perder la oportunidad de comentar lo sucedido fue el Tururú, quien caminaba muy tomadito de la mano de su novia.

—¿Cómo ves, Silvia?

—¡Delicado de verdad! Pobre gente que se ve en la necesidad de poner su vida y las de sus seres queridos en manos de gente sin escrúpulos.

—Sí —dijo el Tururú—. Es lamentable lo que sucede. Podríamos educar y orientar a nuestra gente para que puedan defenderse en este tipo de situaciones, pero hay factores que influyen en la toma de sus decisiones.

—¿Cómo cuáles, Gilberto?

—Los hospitales gringos siempre les causan desconfianza. No hablan su idioma, no tienen recursos para pagar las cuentas, tienen miedo a que les vayan a echar a la migra. Es parte de nuestra idiosincrasia. Eso nos hace todavía mucho más vulnerables. Somos un pueblo que, al no tener recursos, seguimos el consejo del abuelo. Los tecitos y las yerbas lo curan todo, desde cáncer hasta uñas enterradas.

El Tururu vio a Silvia y tomándola en sus brazos le plantó un beso.

—Algún día pondremos nuestro granito de arena para ayudar en algo —le dijo.

Continuaron caminando por aquel parque observando lo que en él sucedía. Algunos chiquillos jugaban, una que otra pareja se agasajaba y otros más hacían ejercicio.

—¿Y cómo va el departamento, Gilberto?

—Aún no tenemos mucho. La Virgen de Guadalupe adorna una de nuestras paredes, pero nos sentimos ricos. Ya tenemos clósets y ya se ha sacado la ropa de las cajas de cartón. Las cucarachas han muerto, ya nos dijeron adiós. ¿Muebles? Todavía ninguno, seguimos durmiendo en el suelo. Nuestras cobijas ya dejaron de ser periódicos o cajas de cartón.

Al ver que Silvia simplemente se sonreía, le preguntó:

—¿No te apena andar con un tipo como yo?

—¡No!

—¿Cómo siguen las cosas en tu casa?

—Mi madre no dice nada, estoy segura de que cuento con su apoyo. Mi padre, aun cuando piensa que somos simplemente amigos, se opone a que tenga cualquier contacto con gente del barrio. Sigue igual de terco. Como te dije antes, él dice que la gente del barrio no tiene futuro.

—¿Te insulta?

—No, no es necesario para darme cuenta cuando está enojado. Alza la voz, cierra el puño de la mano y los ojos se le llenan de fuego. Siempre termina diciendo: "Yo soy el que manda en esta casa, y si no te gusta ya sabes dónde está la puerta".

—¿Qué piensas hacer? —preguntó él.

—Simplemente voy a esperar a que se le pase —dijo ella.

Y siguieron pasando los días. Los días finales de noviembre le heredaban su frío a diciembre. Las tiendas ya se veían adornadas con arbolitos de Navidad. Las baratas ya se anunciaban, dizque todo lo ponían a medio precio. Lo mismo sucedía en la gran avenida, y no tanto por los adornos sino por las rebajas. Los contratistas disminuían, los jornaleros abarataban su mano de obra.

—No nos queda de otra —decían algunos.

—Así es la vida —comentaban otros.

Eso sí, durante esas épocas no había empujones ni insultos entre los jornaleros. Aun cuando faltaban días para la Navidad, su espíritu los contagiaba.

—Ve con Santa Claus —le dirían a su compañero que era contratado.

En el día de Acción de Gracias, que se da durante la última semana del mes de noviembre, los jornaleros que vivían debajo de los puentes, en carros destartalados, en misiones o en departamentos en los que compartían el suelo, aun cuando se los estuviera llevando la chingada, dieron también las gracias. Su cena no fue el tradicional pavo, para eso no alcanzaba, pero se aventaron su pollito flaco con un resto de papas.

Durante la primera semana del mes de diciembre para qué les cuento. Las baratas aumentaban, en las tiendas todo estaba adornado con blanco y rojo. El Santa Claus ya no es ningún anciano, ahora tiene cara de paisano. El que durante el verano vendía paletas ahora ofrecía esferas y arbolitos de Navidad.

En las altas esferas de la sociedad anglosajona, los ricos sacaban a relucir sus extravagancias. Adornaban con miles de foquitos sus residencias, dignas de una tarjeta postal. Los turistas disfrutaban viendo aquellas obras de arte. Algunos de la clase media no se quedaban atrás. En los barrios, los paisanos ponían unos cuantos focos. Su salario no daba para más. El Yes Yes puso cinco en su ventana. El Coras y el Tururú colocaron un adorno que decía "Feliz Navidad".

La Navidad en el barrio ya se aproximaba, faltaban menos de tres semanas. La raza se preparaba para ir a ver a los suyos. El pueblo los esperaba. Se lanzaban a las tiendas de segunda mano para llegar muy bien vestiditos.

—Vieja, no se te olvide en comprarle algo a la familia —decía un paisano a su esposa.

Mamelucos, tenis, zapatos, juguetes y un chingo de ropa fue adquirida. ¡Ah! Y no podían faltar los aparatos eléctricos.

Soberbio Justo, oriundo de Ahualulco del Mercado en el estado de Jalisco, iniciaba sus preparativos. Era joven y soltero y se creía muy galán. Todo el año había comido puros frijoles con huevos para poder ahorrar. Quería ser admirado y respetado. Quería demostrar que había conquistado al norte. Se compró sus botas de piel de algún animalejo en extinción y su tejana, pero lo que más le enorgullecía era el resto de cadenas de oro y plata que llevaba al cuello.

Éste, como otros miles de paisanos, ya se encontraba listo. La raza de Chicago, Dallas, Houston y otras tantas ciudades de la Unión Americana ya preparaban maletas. Bueno, para ser sinceros, en muchas ocasiones eran cajas de cartón.

Ya solamente faltaban dos semanas para que la Navidad llegara. Los empleados del Consulado General de México en Los Ángeles sufrían las consecuencias. La gente requería tramitar su matrícula consular y la documentación de la importación temporal del vehículo. Docenas de ellos dormían a las afueras de la representación consular para ser atendidos al siguiente día.

El Beto daba las solicitudes para que se tramitara la documentación y el Güero se encargaba de las colas. El cónsul que se parecía al Pirulí se la pasaba dando solamente instrucciones y a gritarle a quien se le pusiera enfrente. ¡Pobre Beto! Hasta eso le tocaba.

Efectivamente, el Consulado mexicano no tenía nada que envidiarle a cualquier fábrica de ropa de Los Ángeles. Realmente se trabajaba a destajo para poder satisfacer las necesidades del paisano. Eso era solamente una parte del show, lo que sucedía ahí adentro realmente es digno de contarse.

Entre que el empleado consular en ocasiones se comportaba como todo un burócrata y el paisano otro tanto terco, se presentaban situaciones bochornosas que provocaban que los ánimos se caldearan.

—Sus documentos, por favor.

—¿Cuáles necesita?

—Acta de nacimiento y una identificación con fotografía.

Soberbio Justo sacaba de sus bolsillos un acta hecha añicos y una identificación de cuando tenía 10 años.

—¡Éstos no nos sirven!

—¿Y por qué no, si son mis documentos? —reclamaba Soberbio.

—Señor, ya le dije. En estas condiciones sus papeles no tienen ningún valor. Haga el favor de retirarse y traernos unos que sirvan.

—¡Pues no me voy! Usted tiene la obligación de ayudarme, soy mexicano, ¿qué no se me ve el nopal? Además yo pago mis impuestos. Gracias a mí usted tiene su puesto. Y si usted no me puede ayudar, dígame dónde puedo hablar con el cónsul —gritaba Soberbio.

La empleada consular, que había iniciado la jornada muy guapa, bien pintarrajeada, con chapas en los cachetes y lápiz labial muy bien puesto, y ya ni se diga del chongo que le adornaba la cabeza, ya no tenía nada de eso. Soberbio se encargó de que el chongo se le cayera y de que tuviera piquetitos en el hígado.

—¡El que sigue! —gritó la empleada.

—¡Pues de irme ni madres! —contestaría Soberbio alzando la voz para llamar la atención de los demás paisanos—. Por eso estamos como estamos, ustedes lo único que quieren es dinero. No nos dan pero nos lo quieren quitar. Son una bola de corruptos. Nos venimos para acá porque ya no aguantábamos, pero aquí es igual.

—¡No le permito que me grite! —decía la empleada consular.

—¡Yo grito porque quiero, aquí es México!

Y vaya que Soberbio había logrado su cometido. Las otras empleadas habían dejado de teclear en sus viejas máquinas manuales. Hacían gestos medios raros, como diciendo "ya se armó la bronca". La mayoría de los presentes apoyaban a Soberbio, otros le pedían que se largara. El Beto se mantenía a la expectativa, mientras que el Güero se fue de chismoso con uno de los funcionarios. El trajeado muy bien peinado fue a ver de qué se trataba. Éste fue recibido con una sonora rechifla por parte de los paisanos. Como pudo llegó hasta donde se encontraba su empleada y el comprensivo de Soberbio. Ella dio su explicación, Soberbio se burlaba. El cónsul vio que aquello estaba de la chingada y mejor dio su brazo a torcer.

—Hágale el documento al señor. Sus documentos están en regla —dijo.

La empleada tragó saliva y se tomó su pastillita para la bilis porque del coraje ya tenía inflamada la panza. Recogió del suelo el prendedor que se le había caído del pelo, tomó la solicitud de matrícula consular de Soberbio y se la comenzó a teclear.

—Muy amable —dijo éste—. ¿Quiere que le deje una propina?

La fábrica de hacer matrículas consulares no se interrumpió por aquel simple incidente, eso era parte de los gajes del oficio. Sí, estas escenas ocurrían muchas veces más de lo que la gente piensa. La realidad es que la representación consular es la única oficina en la que los Soberbios se atreven a gritar, insultar y exigir, mientras en las de los gringos entran y obedecen órdenes como buenos corderitos. En la de Migración les dan su boletito, los tienen ahí esperando hasta por 24 horas y ni pío dicen. Y todo para que cuando llegue su turno les digan que les faltó otro documento, el acta de defunción, no le hace que sigan vivos. Si no están mal hechas las huellas, son las fotos las que no son de perfil, todo pretexto es bueno.

—Come other day —les dirán—. Next!

Y ahí van de retache los paisanos rascándose la cabeza y maldiciendo al burócrata gringo, pero tienen que obedecer, de lo contrario se tienen que fregar.

Y si les cuento lo que sucede en las oficinas del Seguro Social no me lo van a creer. Los paisanos se ven intimidados por el guardia de seguridad, de los cuales se procura tener uno que mida más de seis pies de estatura, que sepa kung-fu y karate y que esté armado hasta con gases lacrimógenos. El paisano llega, toma asiento y espera por largas horas. El chiquillo ya se orinó y lamentablemente perdieron su turno. No gritan ni reclaman, sus quejas se las guardan para mejor ocasión… y es cuando llegan al Consulado General.

El Beto seguía guardando su postura. Las compras siguen tanto para los que se alistan para viajar a su tierra natal como para los que se van a quedar.

El Yes Yes, el Tururú y el Coras ya habían realizado sus compras. No les cuento lo que adquirieron, se los digo cuando se abran los regalos. Lo que sí les puedo decir es que los tres le entraron al espíritu navideño. Al Coras le ofrecieron chamba de Papá Noel. Ya tenían su arbolito. El Yes Yes le colgó al suyo esferas con pelo de ángel. El del Coras y el Tururú era una simple rama, no les alcanzó para más pero lo adornaron con papel picado.

A diez días de que llegara el día en que se celebra el nacimiento del niño Jesús, las maletas ya estaban listas para viajar.

Antonio Nopal, originario de Ixmiquilpan, Hidalgo, junto con sus dos nopalitos y esposa de nombre Tuna, tenía listas sus cajas de cartón muy bien amarraditas. Las tortas de frijol con nopal fueron puestas en su bolsa de papel, los jalapeños en una de plástico. Eso era todo un manjar. Ellos viajarían por vía terrestre, les esperaban más de cincuenta horas de recorrido. Llegaron como al medio día a la central camionera Grey Hound.

No muy lejos de ahí, precisamente en el este de Los Ángeles, Julio Aguilar le daba su última chequeadita a su camioneta. La tenía muy lavadita, el "run run" del motor se escuchaba a toda madre. Y no había de otra, se había endrogado por más de ocho mil bolas. Ah, pero eso sí, le compró llantas y acondicionó el interior para ponerle una cama. Su mujer ya estaba sentadita, mientras sus dos hijos le gritaban muy agringados.

—Dad, are we leaving a Mexicou?

—¡Nos vemos, compadre! —le gritó a su vecino acomodándose el sombrero recién adquirido.

Lo esperaba Puruándiro, Michoacán.

Nuestro buen amigo Soberbio Justo acomodaba muy meticulosamente camisas de todos colores, rojas, azules, verdes y amarillas, pantalones, chones y demás. Quería llegar a Ahualulco del Mercado muy guapo.

Su maleta era de buen ver, pero también llevaba sus cajas de cartón. Le metió hasta lo que no pudo, ropa de mujer y de niño, juguetes, televisión, estéreo, grabadora, sólo le faltó la suegra, nomás que estaba soltero. Antes de despedirse de los quince amigos con los que vivía, se colgó su joyería y se puso los veinte anillos que tenía. Él decía que eran de oro, pero lo más seguro es que fueran de metal pintado.

—Ahí nos vemos, vatos. ¡Les voy a mandar una postal!

Soberbio era de los más afortunados, viajaría en el transporte más rápido. Llegó al Aeropuerto Internacional de la Ciudad de Los Ángeles dos horas antes del vuelo. No hubo necesidad de preguntar por Mexicana de Aviación. Era obvio, sólo los nuestros se formaban en doble fila.

Al entrar se percató de inmediato en dónde estaba la gente con grandes sombreros, pantalones de mezclilla, cinturones con grandes hebillas... y montones de chiquillos corriendo.

—¡Órale! ¿Pues qué regalan? —murmuró Soberbio.

Agarró su maleta y arrastró sus dos enormes cajas de cartón. Las desgraciadas pesaban más de cien kilos. Soberbio sudó, pero no quiso pagar sus 50 centavos para rentar el carrito.

Aquello era un verdadero circo, los paisanos se desesperaban y en más de una ocasión estuvieron a punto de explotar las broncas. Algunos se querían pasar de listos y cortar fila.

—¡Oiga, no se meta!

—¡Cállese, pinche vieja! —contestó el vivo.

Y que llega el marido:

—¿Qué le pasa, cabrón? ¿Por qué no se forma en línea?

—Yo ya estaba aquí, ¿verdad, compadre? —decía el muy jijo dirigiéndose a otro paisano que ahí se encontraba.

El "compadre" no hizo caso y se dio la vuelta.

Las frustraciones se apoderaban de los viajeros, especialmente de aquellos a quienes se les notificó que llevaban demasiado equipaje. Éstos eran separados del resto y cargaban sus diez cajas intentando acomodar su contenido en sólo dos de ellas, la cantidad que les era permitido. La tarea no era nada fácil y se convertía en una ardua lucha que normalmente ganaba el paisano: televisor, estéreo, planchas, radio, refrigerador, estufa, alfombras y más cupieron perfectamente. El triunfador terminaba echándose aire con el sombrero.

Le tocó el turno a Soberbio para que se registrara, tomó paso de conquistador y con todo y pujidos llegó hasta el mostrador. El equipaje le pesaba.

—Su boleto y documentación por favor —solicitó la empleada.

—Aquí tiene —contestó sacando a relucir con orgullo su matrícula consular.

—Su equipaje, por favor.

Como pudo subió a la báscula sus cajas de cartón que marcaron cien kilos, y eso que le faltaba la maleta.

—Señor, ¡lleva demasiado peso! Tendrá que pagar exceso de equipaje.

—¿Y más o menos como cuánto es? —preguntó el muy fanfarrón mientras sacaba un billete de a diez dólares.

La empleada puso en marcha su calculadora y le contestó:

—Serían setenta dólares.

—¿Qué? ¡Eso es un robo!

—Señor, tendrá que dejar una caja o pagar lo que falta.

Soberbio se encabronó, miró a su alrededor y pensó en armarla de tos pero comprendió que no era el lugar. Aún no reaccionaba de lo que tenía que pagar cuando se escuchó que alguien a lo lejos le gritaba:

—¡Ya paga, cabrón!

Éste no tuvo otra más que aflojar y para bajarse la bilis fue al bar a echarse una chela, la cual no tuvo tiempo de saborear.

—Pasajeros con destino a la ciudad de Guadalajara en el vuelo 727, favor de abordar por la sala 17 —se anunciaba.

—¡Me lleva la chingada!

Para el momento en que Soberbio abordaba el vuelo, ya la familia Nopal se encontraba en Tijuana esperando abordar el camión Tres Estrellas que los llevaría hasta la ciudad de México. Procuraron no salir de la terminal para refinar, para eso llevaban sus tortas de nopal, y vámonos, a lo que te truje, Chencha.

Por su parte, Julio Aguilar no pasaba de la ciudad de San Diego. El carro se le había quedado por falta de agua.

Soberbio Justo y los demás paisanos ya se encontraban dentro de la aeronave. Escucharon muy atentos las instrucciones de la azafata por si el avión se iba de picada, se persignaron y se echaron su padrenuestro. Al momento en que el avión dejó el suelo, todo el mundo se agarró de la mano sin importar que el de al lado fuera macho. Surcaron los aires del Pacífico y después de una hora de camino les dieron su comida a la cual ni le hicieron caso. Soberbio fue uno de los que pidió chela y cuando les pusieron la película ponían atención como si de veras entendieran. Unos se quedaron jetones y se cubrieron sus babas con los enormes sombreros. Los de las chelas ya estaban pedos. Éstos y los otros reaccionaron cuando el avión entró en una bolsa de aire.

—¡Ah, cabrón! —se escuchó decir.

Se iluminó la señal de que se ajustaran los cinturones. Muchos no sabían cómo hacerlo, por lo que abrazaron a su compañero de al lado. Se mantuvieron así hasta que les anunciaron que todo estaba bien.

—¡Qué bueno que ya vamos a llegar! —susurró uno.

—¡Me lleva! —comentó el que se abrazaba de una chava.

—¡Ahí está el estadio Jalisco! —dijo uno.

Ya habían llegado a Guadalajara.

El pajarraco de acero aún se encontraba en movimiento cuando los paisanos se lanzaron como perros a sacar sus cosas de los compartimientos. Después de los codazos, uno por uno fueron saliendo. Respiraban profundo aquel aire de su querida tierra. Inmediatamente fueron recibidos por un agente que les indicaba por dónde tenían que pasar. Todos agilizaban el paso, querían ser los primeros en ser atendidos y vaya que se llevaron una sorpresa cuando les fueron señalando que se dividieran en dos grupos.

—Los que traen documentos con pasaporte a la derecha y los demás para la izquierda.

—Oiga, ¿yo adónde voy? —preguntó Soberbio que mostraba muy orgulloso su matrícula consular.

—A la izquierda —respondió el agente de Migración cuya descripción física para qué se las digo, ustedes se la han de imaginar.

Bueno, para que no se queden con la curiosidad se las digo: panzón, prieto, chaparro y con un uniforme al que no se le podía distinguir el color por tanta lavada.

Los portadores del pasaporte se libraron de la primera mordida, pero pobres de los que llevaban solamente acta de nacimiento, identificación o matrícula consular.

—Sus documentos por favor —le dijeron a Soberbio cuando llegó su turno.

—Tengo mi matrícula consular y me costó 33 dólares.

—Pues le robaron, paisano. Eso aquí no sirve —le contestó un hombre trajeado que ni se molestó en ver el documento.

—En el Consulado de México me dijeron que esto era lo que necesitaba.

—Los del Consulado no saben nada, están pendejos. ¡Eso es una simple credencial!

—¿Y qué puedo hacer, señor?

—Mire, ¿ve usted a todos los que van allá?

—Sí.

—Pues todos dieron veinte dólares, ¿cómo ve?

—Me está robando.

—Mira, cabrón, no es ningún robo. Es una multa por no traer la documentación en regla. Por mí no tengo problema en no dejarte pasar. Tú tienes la última palabra.

A Soberbio ya ni el nombre le quedaba, todo había quedado por los suelos. Él y todos los que le siguieron se azotaron con su lana. El oficial estaba feliz de la vida. El cajón de su escritorio de metal estaba repleto de verdes.

Pero aquí no terminaba el drama de los connacionales que regresaban felices a su patria. Faltaba lo más bueno: pasar por aduana. Los aduaneros no se daban abasto abriendo tantas cajas. Sacaron aparatos electrónicos de todos los tamaños, colores y marcas, así como también ropa de niños, hombres y damas.

—¡Buen tamaño! —comentó el agente aduanal mientras sostenía en los aires el brasier de una dama.

Pobres paisanos, también ahí se vieron obligados a soltar otra feria, y todo por no haber hecho la declaración aduanal. En menos de media hora ya les habían bajado más de cincuenta dólares. Los turistas mexicanos por fin fueron recibidos por sus familiares. Hubo llanto, risas y un chingo de abrazos. Por Soberbio no fue nadie, no había notificado a sus familiares de su llegada pues quería darles una grata sorpresa, así que se fue a la central camionera y abordó el autobús que lo llevaría a Ahualulco del Mercado.

Mientras tanto, Julio Aguilar no podía pasar de la ciudad de San Ysidro. El carro ya tenía agua, pero el tráfico estaba de la chingada.

Eran como las diez de la noche y el Tres Estrellas iba a toda velocidad. En menos de lo que se esperaba llegaron a la garita de Sonoyta en el estado de Sonora. El autobús frenó violentamente, un agente de Migración con lentes oscuros se subió al autobús y guiándose con una linterna fue pidiendo a los pasajeros que sacaran sus documentos. Con papeles en mano, uno por uno fueron bajando. La noche era fría, algunos prendían su cigarrito, otros se cubrían con sus cobijas. Antonio Nopal cargaba al más pequeño de sus hijos, su esposa Tuna trataba de tranquilizar al otro chiquillo que no dejaba de llorar.

—Todos saquen sus cosas del autobús y se me forman en una sola línea —les dijo el oficial.

Todos iban con miedo, como si los fueran a fusilar. Así como se bajaron del autobús, así se fueron introduciendo a una vieja casona que para los aduanales era su oficina: focos a medio apagar, muebles más viejos que mi abuela y sobre los escritorios tacos a medio tragar.

—Saquen sus documentos y abran su equipaje —dijo uno que se picaba los dientes y se saboreaba el trocito de alimento—. ¿De dónde es, paisano? —le preguntó al primero.

—De Curimeo, Michoacán.

—No le creo. ¿A ver sus documentos?

Cuando le entregó el acta de nacimiento soltó la carcajada.

—¡Este documento no sirve! —dijo.

—¿Por qué?

—Esta acta está toda alterada, le falta un pedazo aquí en la esquina y está toda "rompida".

—No está "rompida" —imitó el paisano, quien probablemente hablaba mejor español que el aduanero.

El cabrón del oficial tomó el acta y la partió en dos.

—Le dije que estaba "rompida", paisano.

—¿Qué hacemos, mi jefe? —le preguntó a uno que se había sentado a terminarse los tacos.

Con Fanta de naranja en mano, su compañero respondió:

—¡Hay que multarlo!

Y efectivamente así fue, pagó sólo cuarenta dólares más otros cincuenta por los aparatos electrónicos que llevaba.

Después de que el paisano fue robado, se vio obligado a cerrar sus cajas de nuevo. Las rodillas ya le dolían de estar hincado, y por cierto no le dieron ningún recibo. Las cajas fueron marcadas con un sello que apenas se miraba.

Al segundo, tercero, cuarto, quinto… décimo, les pasaba algo similiar. El onceavo ya resignado entregaba la cuota estipulada.

—¿Ya ven cómo todo es muy sencillo? —les indicaban.

El vigésimo era un anciano que puso resistencia. El aduanero le había quitado una grabadora negra.

—Ésta no pasa. Se ve que es muy elegante. ¿Trae los recibos de compra?

—¡No! —dijo el viejito categóricamente—. Fue un regalo de uno de mis hijos.

—¿Qué? ¿A poco los paisanos ganan tanta lana?

—Es baratita, no cuesta mucho. Se compró en una subasta.

—Mire, abuelo, si no paga su multa, no podrá escuchar su música.

El anciano se retiró el sombrero comprado en algún pueblo de Guanajuato, se pasó los dedos por el pelo canoso, se limpió el rostro con la mano izquierda y sin perder de vista aquel recuerdo de su hijo, respiró profundo y en un descuido del oficial tomó la grabadora y la estrelló contra el piso.

—¡Ni pa usted ni pal diablo! ¿Cómo la ve? Y si me va a detener, pues mejor hágalo de una vez.

Los aduaneros se pusieron en guardia, pero el jefe dio la señal de que no se hiciera nada.

—¡El que sigue! —gritó uno de ellos.

Era Antonio Nopal, quien se veía frágil de verdad. Al cuestionársele sobre su documentación contestó con tibieza:

—Es todo lo que tenemos, señor. No tengo acta, no jui registrado.

Era una credencial otorgada por alguna junta otomí.

—¿Indio? —preguntó el oficial.

—¡No! Mexicano, señor. Soy de Ixmiquilpan, Hidalgo.

—¡Usted no tiene nada de mexicano! ¡Usted es guatemalteco!

Su baja estatura, su taimada forma de expresarse, sus ropas humildes hacían a Antonio Nopal más vulnerable que muchos otros.

—¡Cante el Himno Nacional!

—No lo sé, señor. No jui a la escuela.

—Mencione los últimos diez presidentes de la República Mexicana y dígame cuáles fueron las Leyes de Reforma…

Las preguntas seguían y Antonio no contestaba ninguna.

—¿Ya ve? ¡Usted no es mexicano!

A Antonio ya le temblaban las piernas. No era el fresco de la noche lo que se limpiaba de la cara, era un sudor frío lleno de desesperación.

—Mexicano, señor —le reiteraba al oficial.

El jefe ya se había acabado los tacos y le faltaba sólo un trago de la Fanta cuando gritó:

—¡No pasan!

Nopal y su mujer agachaban la cabeza y hablaban en su dialecto. No sé qué tantas cosas se dijeron. Antonio se desabrochó la camisa dejando expuesto aquel cuerpo desnutrido. A la altura de la panza llevaba una pañoleta roja asegurada con cinta adhesiva. Se desprendió el pañuelo, lo desenvolvió y tomó los únicos billetes de a cincuenta que tenía, los otros eran de a uno.

—¡Tome! —le dijo al oficial.

—¿Qué pasó, señor? Eso aquí no se permite. A eso se le llama corrupción —contestó el oficial sin quitarle el ojo a la lana—. Va a tener que hablar con el jefe. Esto es un caso muy delicado que solamente él podrá atender.

Antonio y su familia fueron llevados a una amplia sala que carecía de muebles y en la cual el polvo abundaba. El jefe se encontraba reposando la cena con las patas arriba del escritorio.

–¡Así es que nos quería sobornar!

La pareja se miró uno al otro como preguntándose cómo se comía eso.

–Les vamos a ayudar. Estamos en época de Navidad y estoy seguro de que todo fue un mal entendido.

–Gracias –contestó Antonio pensando que le ayudarían.

¡Qué equivocado estaba el de Ixmiquilpan! El mal entendido se tradujo en que tenía que pagar más lana. Nopal volvió a sacar el pañuelo y contó otros cincuenta, quedándole solamente veinticinco para sufragar los gastos de todo el camino.

Los pasajeros volvieron a tomar asiento. Se dio un absoluto silencio. El frío de la noche calaba, pero realmente lo que les calaba más era sentirse impotentes con tantas chingaderas que les pasaban. Eran presa fácil para una bola de ojetes que se llenaban los bolsillos de verdes por sus propios tanates.

Juilio Aguilar y otros más seguían esperando. Aún no habían podido cruzar la frontera. Después de seis horas llegaron a territorio nacional. La bella Tijuana los esperaba, no en balde es la ciudad más visitada de toda la República Mexicana. Para muchos es su lugar favorito, como para los turistas gringos que pueden hacer ahí todos sus desmadres sin que nadie les diga nada. Los adolescentes güeritos aquí se vuelven pecadores, pueden tomar sin tener la edad, lo importante es que tengan dólares. Sí, los turistas gringos creen que con eso todo lo van a arreglar. Probablemente sí, probablemente no... No vamos a entrar en discusiones.

Para los paisanos que vienen del interior de la República Tijuana es su última barrera por librar para cumplir con el sueño de internarse en el norte. Aquellos que no lo logran se quedan. Por espacio o tierra para establecerse no hay problema. Sólo se requieren láminas de aluminio y mucho cartón para construir algo que llamarán "hogar". Como dice Marco Antonio Solís, el Buki mayor, en una de sus canciones: "Qué triste vive mi gente, en las casas de cartón. Qué triste se oye la lluvia en los techos de cartón".

Julio Aguilar respiró profundo.

–Ya estoy en mi patria –dijo.

Se encontraba ya en la Aduana. Los que ya habían sido revisados acomodaban nuevamente sus cosas y arrancaban el carro todos encabronados. Julio volteó y vio la enorme cola de carros que aún no llegaban.

–Buenas noches –le dijo un oficial–. ¿De dónde es usted?

–De Michoacán.

–¿Paracho?

–No, Puruándiro.

–¿Me deja ver sus papeles, por favor?

Julio sacó pasaporte mexicano, matrícula consular, acta de nacimiento, vacuna del perro, certificado de defunción de la abuela y de la suegra... Se había llevado una caja de cartón llena de documentos. El oficial de Migración, contra toda su voluntad, le dijo que todo estaba en regla. Le tocaba al de Hacienda cumplir con sus funciones y de inmediato se lo hizo saber.

—Va cargadito, mi buen —le dijo.

—Una que otra cosa. La mayoría son cosas usadas y regalitos que le llevamos a la familia —contestó Julio.

—Bueno, empecemos con su permiso de vehículo.

El oficial lo tomó, lo hojeó y dizque lo leyó.

—Que ningún miembro de su familia salga del vehículo. Voy a hablar con mis superiores para ver si todo está en regla.

El oficial caminó como veinte pasos y entró a la oficina. Al poco rato regresó con Julio.

—Mis superiores me indican que usted va a tener algunos problemas. A estos documentos les hacen falta las copias amarilla, roja, azul, morada, rosa y colorada. Además, ninguna tiene firma.

—No entiendo. Así me la entregaron en el Consulado de México.

—Está en todo su derecho de reclamarles. Usted sabe mejor que yo que esa gente no sabe lo que hace.

El oficial sabía que tenía al paisano como quería. Era tarde, hacía frío, los niños tenían sueño. Julio se dio la media vuelta, vio a su mujer y ésta simplemente extendió los brazos como diciendo "no nos queda de otra".

—Oficial —dijo Julio—, ¿me permite un segundo?

—Sí, dígame.

—¿En qué forma podemos solucionar esto? Me urge llegar y no me puedo regresar.

—¡Ah, qué caray, paisano! —dijo el oficial limpiándose la boca como lo hizo el lobo mientras se saboreaba a la Caperucita—. Déjeme preguntarle a mi superior.

Cuarenta pasos más tarde, el oficial estaba de regreso con la "solución":

—Tiene muy buena suerte, le va a salir barato. Para que le dejemos pasar sus cosas sin revisarlas y por el permiso del vehículo van a ser 60 dólares. ¡Toda una ganga!

—Traigo treinta.

—No, mi amigo. Por esa cantidad yo no alcanzo nada, ni mi jefe, con eso le digo todo.

Después de un estira y afloja, el oficial se vio muy buena gente y se lo dejó en 59 dólares. De repente los documentos estaban completos. Cajas y bultos fueron sellados y "revisados". Julio pagó, vio hacia enfrente y quiso contar los vehículos que se alejaban después de haber pasado por las revisiones. Cuando llegó a 25 dejó de hacerlo. Miró hacia atrás y mejor se rió.

—Si supieran lo que les espera… —se dijo.

El oficial también hizo lo propio y susurró lo mismo.

—Son una bola de rateros —dijo la mujer de Julio.

—Mira, el gobierno no tiene recursos para crear fuentes de trabajo para su gente, por eso nos fuimos al norte. ¿Tú crees que sí va a tener para darle un salario digno a la policía, a los oficiales de migración o a los agentes aduanales? ¡Claro que no!

—¿Los justificas?

La pareja prefirió cambiar de tema. Sabían que de no hacerlo terminarían en problemas. Eran las once de la noche y ya iban rumbo a Mexicali. Los dos hijos ya estaban dormidos y la troca siguió su marcha.

Mientras tanto, Soberbio Justo viajaba de Guadalajara a Ahualulco en la línea de autobuses La Herradura, entre pollos, guajolotes, gallinas y uno que otro cochino, y no estamos hablando necesariamente del animal, sino de los paisanos que no se bañan. Habían pasado ya ocho años. Cuando se fue aún jugaba con canicas, trompos y rondones, y ahora regresaba con dos pelos por bigote y por barba una docena. Descendió lentamente del autobús cuando éste se estacionó. Su paso era seguro. Respiró aquel aire puro. Miró a su alrededor y se dio cuenta de que nada había cambiado.

—Joven, ¿le ayudo con sus cosas? —le preguntó un fulano.

El fulano en cuestión era nada menos que el Maletas, el viejo que por años y años había trabajado en lo mismo. Era el cargador más famoso del pueblo. Al diablito que era su mejor amigo ya le faltaba una rueda. De niño, Soberbio anduvo con él en más de una ocasión y el viejo le daba para sus aguas. El recién llegado de inmediato lo reconoció, pero no le dijo nada, como tampoco a la señora que vendía los buñuelos en la esquina.

—Joven, ¿le ayudo? —volvió a preguntar el maletero.

—Claro —contestó por fin Soberbio.

A pesar de su edad, el Maletas manejaba aquel diablillo cojo con gran habilidad. Se conocía esas calles empedradas como la palma de su mano. A Soberbio ya se le había olvidado que las calles estaban llenas de hoyos y caminaba como dama de la high con zapatos de tacón, muy despacio y derechito.

—¡Cuidado, joven! —le gritó en más de una ocasión el Maletas.

Las calles del pueblo ya estaban desoladas. Una que otra pareja de enamorados platicaba en las afueras de la casa. El reloj de la cárcel ya marcaba las 11:30 de la noche. Soberbio siguió caminando y recordando. Pasó por la escuela primaria. Habían pasado más de quince años, pero parecía como si fuera ayer cuando iba de salón en salón vendiendo paletas y pedacitos de galletas saladas. Terminó con muy buenas calificaciones.

—Bueno, por lo menos terminé con la secundaria —dijo en voz baja.

Soberbio y el Maletas continuaron su camino sin cruzar palabra.

La iglesia le hizo recordar cuando era monaguillo. Por ayudar a oficiar los rosarios le daban 10 centavos. Las misas del domingo eran de a veinte, y las de gallo se las pagaban al doble. Nunca le gustaron las de muertos con cuerpo presente, no le importaba que no le dieran sus dos pesos.

—¿Adónde vamos? —preguntó el Maletas aprovechando el descanso para fumarse un Faro.

—Por el rumbo del Camposanto —le indicó Soberbio.

El cargador tosía como si tuviera tuberculosis, pero no se achicopalaba y seguía jalando el diablito incapacitado. Dieron vuelta a la esquina que llevaría a Soberbio a casa. Faltaban unos cuantos metros para que llegara. La adrenalina se le subía a la cabeza. A lo lejos, un chiquillo jugaba futbol con una pelota ponchada. Soberbio llegó hacia él sin quitarle la mirada. Ya se encontraba enfrente de su casa.

—¿Señor, a quién busca?

—¡A mi familia!

El chiquillo entró despavorido a la casa y corrió hacia la cocina donde se encontraba toda la familia reunida disfrutando de su rica merienda.

—¡Mamá, la buscan!

—¿Quién?

—Un señor que dice que busca a su familia.

A la doña se le cayó la concha de la mano. Sentía que el corazón se le salía. Se limpió aquellas manos sudorosas en su mandil. Presentía de quién se trataba. Soberbio ya se encontraba en la sala con los brazos abiertos.

—¡Hijo! —gritó ella.

Chilló tanto que el rebozo no le alcanzó para limpiarse las manos. Don Soberbio simplemente se sonaba los mocos.

El Maletas seguía inmóvil enfrente de la casa esperando que le dieran para sus aguas. No daría las maletas hasta que no le dieran algo de lana. Soberbio salió y miró a aquel viejo vestido con trapos viejos.

—Te conozco, ¿verdad? —le preguntó por fin.

—Claro, mi Maletas. Soy aquel chiquillo al que alguna vez le enseñaste a cargar las maletas.

Lo despidió dándole un billete de a diez dólares.

Mientras tanto, las viejas chismosas de la cuadra ya se asomaban por la ventana y abrían la puerta para ver de qué se trataba aquel mitote.

—¡Ya regresó el hijo de don Soberbio!

—¡Está re grandote y guapo el condenado!

—¿Ya viste qué elegante viste?

—¡De seguro ya habla inglés!

El regreso de Soberbio se convirtió en una escena de aquellas de las de la vida real y no de telenovelas. Sus hermanas, que cuando él se fue eran dos mocosas, hoy eran dos hermosas chamacas y se abrazaban de él. Sus hermanos eran sólo unos bebés que lo miraban de arriba para abajo. A Soberbio se le quitó lo macho, también derramó algunas de San Pedro.

La casa de los Justo era muy humilde, solamente la sala tenía piso de cemento, las únicas dos recámaras ni a piso de ladrillo llegaban. La imagen del patrón del pueblo adornaba una de las paredes. Abajito, en una repisa de madera se encontraba la foto de Soberbio que les mandó del norte. Las veladoras estaban encendidas.

—Le he pedido mucho al Señor por ti, hijo —le dijo doña Adela.

Después de los chillidos, abrazos y limpiada de líquido nasal, doña Adela movilizó a toda la familia.

—Vete a la tienda de la esquina y te traes cebollas, jitomates, chiles y unas "Pecsis". Dile a don Macario que me lo apunte —le dijo a una de sus hijas—. Y tú —le dijo a la otra— ve con la vecina y dile que te preste unas tortillas.

Las chamacas corrieron como si se les hubiera aparecido el chamuco y en un dos por tres estaban de regreso con los pedidos. Las vecinas ya asomaban la cabeza por la puerta de los Justo.

—¿Qué, comadre? ¿A poco no me va a invitar?

En un abrir y cerrar de ojos las enchiladas ya estaban preparadas, acompañadas por unos frijolitos del día anterior. Soberbio se sentó en la silla que siempre ocupaba el papá. El plato repleto de enchiladas se lo pusieron solamente a él, los demás hijos miraban.

—¡Ándele, mi hijo! ¡Coma! Se ve algo desnutrido.

Soberbio comió como niño de hospicio. Sus hermanos seguían mirando. Uno quiso tomar una enchilada y su madre le dio un manotazo.

—Espérese a que su hermano termine.

Se festejó al hijo que venía del norte. La cena estuvo de poca madre, aunque, bueno, realmente sólo Soberbio cenó. Los padres estaban embobados con las historias de su hijo. Platicaron hasta que el gallo madrugador les indicó qué horas eran. Don Soberbio tenía que irse a trabajar al campo. Simplemente se lavó la cara con agua fría que tenían en una cubeta y despidiéndose de su hijo le dijo:

—Qué bueno que ya has llegado.

Soberbio sí que descansaría. Sus padres le cederían su recámara y las instrucciones fueron estrictas: nadie lo molestaría.

Mientras esto sucedía en Ahualulco del Mercado, Antonio Nopal y su mujer Tuna se encontraban preocupados por el poco dinero que les habían dejado para comer en el camino. La Rumorosa y Mexicali ya habían quedado atrás. El que ya necesitaba descansar era Julio Aguilar, pero él decía que se la podía aventar de corrido.

Mientras los viajeros llegaban y el Soberbio descansaba, los tres amigos del norte seguían con sus vidas, envidiando a los que habían viajado a México. Ellos no tendrían posadas ni aguinaldos, por lo que no compraron piñatas. Pero eso sí, habían acordado que se reunirían en la casa del Yes Yes para festejar la Navidad con una cena al estilo mexicano.

El Tres Estrellas ya cruzaba Sonora y Julio Aguilar ya les daba alcance a sus demás paisanos. En Ahualulco, eran las once de la mañana y Soberbio abría apenas sus lindos ojos tapatíos. Sus hermanos pequeños se encontraban en el cuarto muy a la expectativa, mientras sus hermanas ya le tenían preparadas dos cubetas con agua caliente y fría para que se bañara. Su madre seguía dándole duro a prepararle el desayuno. Tenía sopes, frijoles, chilaquiles y huevos con chorizo, y de tomar café de olla, té, atole y una "Pecsi". ¡Él era el rey!

Y el rey se levantó. Sus hermanitos le sonrieron tímidamente y las hermanas corrieron por la toalla. El rey ya se bañaba en el cuarto que llamaban baño. Las paredes eran de ladrillo mal puesto, el piso era de tierra y por excusado había un pedazo de triplay con un hoyo en medio. Los desperdicios caían a la profundidad de la tierra. Soberbio sufría las inclemencias de ser pobre.

La mesa ya estaba lista y se repitió la escena de la noche anterior. Ocupó la silla de su padre y nadie se atrevía a tomar ni un pedazo de chilaquil hasta que él empezara. Soberbio disfrutaba todo eso. Repitió plato en más de una ocasión. La madre estaba feliz de la vida por tener de regreso a su hijo después de ocho años de ausencia.

Ya todo panzón, Soberbio se alistó, se puso un pantalón de mezclilla con una camisa roja y sus joyas que no podían faltar.

—¡Ahí nos vemos, jefa!

Salió con aires de conquistador y recorrió las calles de su pueblo muy fufurufo. Las viejas chismosas seguían pegadas a la ventana. Una que otra chamaca suspiraba por él.

—¡Hola! —le dijo una de ellas.

—Hi! —contestó el Soberbio muy a la americana.

Llegando a la plaza del pueblo, pidió que le bolearan las botas. La forma de sentarse lo decía todo. Era como si dijera "Véanme. Miren todo lo que traigo".

Y siguió su recorrido. Iría a ver a un viejo amigo de la infancia, el nevero del pueblo. Poncho había cambiado un poco, ya tenía cachete abultado y panza hinchada con un bigote un poco desnutrido. El viejo carrito de nieve, que había pasado de generación en generación, seguía igualito.

—¡Una de zapote con limón, mi buen!

—¿En barquillo o en vasito? —preguntó el Poncho, quien se le quedaba mirando como queriéndolo reconocer.

—¿Qué? ¿A poco no te acuerdas de mí?

—La pura verdad, no.

—Soy Soberbio, pinche Poncho. Tú no cambias, sigues siendo el mismo y haciendo lo mismo.

Poncho soltó el barquillo y el cucharón. De la emoción quiso darle un abrazo a quien había sido su mejor amigo durante la infancia, con el que había compartido sus años de monaguillo, con el que había ido a cortar mezquite para venderlo en la plaza. Tenía enfrente a Soberbio, su amigo, con el que había hecho tantas travesuras.

—Tranquilo, mi Poncho. ¡No me vayas a ensuciar! ¿Cuánto va a ser por el barquillo?

—¡Nada! Como siempre, te lo voy a regalar —dijo el Poncho bajando lentamente los brazos.

Después de lo ojete que se vio, siguió su recorrido por el pueblo que lo vio nacer. Caminaba de puntitas por las calles empedradas, tenía miedo de caer. Observaba las casas y buscaba una explicación a cómo había podido vivir con tanta pobreza. El pueblo se le hacía feo, poca cosa. A la viejita que vendía sus manzanas verdes con chile y limón le hizo el fuchi.

—¡Qué asqueroso! —dijo—. Lo da con todo y moscas.

Se compró una caña, pero se le había olvidado como pelarla y la tiró al suelo. Los niños que jugaban futbol con la pelota ponchada se aventaron de avioncito para recogerla.

Sí, el bueno de Soberbio caminaba con gran soberbia, se creía mucha pieza. Algún día alguien lo bajaría de su nube.

—¿Y yo viví en este pinche pueblo? —se preguntaba muy incrédulo.

Al no encontrar nada que lo entusiasmara decidió regresar a casa, lo cual tampoco le causaba mucha alegría.

Su madre le tenía preparada una gran comida. Había invitado a la mayoría de los familiares, tíos, primos y algunos vecinos, ¡con decirles que hasta el cura del pueblo llegó!

Soberbio nunca se imaginó cuánto lo disfrutaría. Sería el centro de atracción. Bien dicen que en tierra de ciegos el tuerto es rey. Los tacos de carnitas y birria se consumían con singular alegría, pero cuando Soberbio hablaba todo el mundo se quedaba con la boca abierta.

—Allá se tiene de todo: carro, televisor a color, refrigerador, estufa, y los departamentos están alfombrados.

—¡Oh! —murmuraban todos.

—Conozco todos los lugares que ustedes ven en las películas —les decía.

—¡Ah! —decían todos pelando los ojos.

—Los Tigres del Norte y los Cadetes de Linares son mis amigos.

—Hijos de la... ¡Qué a todo dar! —le decían.

—Hijo, ¡diles que ya hablas inglés!

—Por favor, mamá. Todos los que andamos por allá hablamos el idioma —contestó Soberbio, y dio una pequeña demostración—: "ais" son ojos, "irs" orejas y "jot" caliente.

A los invitados de plano se les cayeron las babas.

—¿Y tienes carro, primo?

—Tengo uno del año —contestó, aunque, claro, nunca dijo de qué año.

Otro primo que de plano no comía de tan entusiasmado que estaba por todo lo que oía, al verle las joyas que tenía colgadas se atrevió a preguntarle:

—¿A poco son de a deveras? ¡De seguro te costaron una fortuna!

—Mucho dinero, pero no hay problema. Se gana para eso y más. Con una semana de trabajo tienes para comprarla en efectivo, y si te quieres comprar una más chingona pues la pagas con la tarjeta de crédito —dijo sacando su Pulga Credit Card.

Soberbio los tenía apantallados. Las carnitas y la birria ya se habían enfriado, pero eso poco importaba. Los presentes se imaginaban estar en el norte. Soberbio se sentía el más fregón, y para picarles más las muelas a los presentes pidió que alguien le ayudara a traer las cajas que contenían los regalos.

—¡Guau! —exclamaron los presentes cuando sacó una lavadora de ropa para su mamá.

—¡Ah! —gritaron cuando les entregó a sus hermanas un televisor a color.

—Agarra hasta canales en inglés —les dijo.

Lo que de plano los apantalló fue el machete de gas.

—Es para que el jefe corte su caña —explicó.

Las playeras de los Dodgers de Los Ángeles se las dio a sus hermanitos.

—Me las regaló Fernando Valenzuela.

Tíos y primos también alcanzaron algo, les dio sus paquetes de chicles.

—Después de masticar cinco ya van a poder hablar inglés.

Después de los regalos, llegaron las fotos: Soberbio en la playa con una gringa gorda, Soberbio en el parque con una cerveza Coors y vestido a la moda, Soberbio sentado en un carro del año (lo más seguro es que fuera prestado), Soberbio en el departamento con una bola de amigos, Soberbio en el Coliseo de Los Ángeles… Eran como cien fotos. Sólo faltó que se tomara una en el baño haciendo sus necesidades.

Ya era de noche cuando los invitados se fueron. El rey se encontraba feliz, quería seguir sus fanfarronerías y se fue a la plaza con dos de sus primos. Aquello estaba en su apogeo. Los juegos mecánicos ya habían llegado junto con la lotería y los futbolitos de mesa. Soberbio se plantó donde todo el mundo lo viera, arriba del quiosco. El pobre tenía problemas de visión porque no se quitaba los lentes oscuros. Decía que eran Ray Ban, pero seguro que eran de los de a dólar.

—¡Rorras —dijo—, ya llegó el que andaba ausente!

Después de permitir que lo disfrutaran, se fue a la cantina La Frontera. Ahí siguió de fanfarrón y hablador. Las cervezas que se tomaron las quiso pagar con dólares.

—No tengo pesos —dijo.

Mientras esto sucedía en Ahualulco del Mercado, nuestros demás viajeros continuaban con su trayecto. El Tres Estrellas ya estaba en Sinaloa. Para estas alturas su interior ya olía a perro muerto, a bebé vomitado, a comida podrida y a patas llenas de queso. A los viajeros ya les dolían hasta las nachas, y la espalda no se diga. Los quince minutos que les daban para desayunar o la media hora para comer no les alcanzaban para estirarse bien.

A Antonio Nopal y familia ya se les habían acabado las tortas. Se gastaron sus primeros dólares que les habían dejado los aduanales en vasos de agua y tamales. Julio Aquilar seguía manejando y para no quedarse jetón se aventaba sus jalapeños. Los viajeros seguían su camino.

Al día siguiente, Soberbio se levantó muy tarde. La cruda era muy grande. Nadie se atrevió a molestarle ya que esas habían sido las instrucciones.

—¿Qué horas son, jefa?

—Las cuatro de la tarde. ¡Vente a comer y regrésate a descansar!

El rey se dejaba querer. Ya tenía planchada y almidonada toda su ropa. Sus hermanitos le tenían bien boleaditas las botas. Sólo faltaba que le dieran de comer en la boca. Esa noche volvió a ir a la plaza y también a la cantina. No esperaría a su padre para echarse una platicada.

—Dígale que otro día —le dijo a su madre.

En la cantina, los borrachos agradecían sus fanfarronerías.

—¡Cervezas para todos! ¡Yo pago en dólares!

Los Aguilar y los Nopal ya mero llegaban, ya estaban en Colima. Los primeros se vieron obligados a descansar, los segundos no tuvieron de otra pues el camión se había descompuesto. Después de que el chofer arreglara la falla arrancó a su destino final. Habiendo recuperado el sueño, a Julio Aguilar lo esperaba Puruándiro, Michoacán, pero en las afueras de Guadalajara, Jalisco, fue detenido por unos judiciales que lo obligaron a bajarse.

—¿Dónde está la marihuana? —le preguntaron—. ¿Dónde están las armas? ¡Este carro es robado!

Buscaron todo tipo de argumentos y amenazas para bajarles una feria a los turistas mexicanos. Julio se percató de que la amenaza de llevárselos detenidos iba en serio y les ofreció lo que buscaban.

—¿Alcanza con esto? —preguntó extendiéndoles un billete de cien dólares.

—Fíjese, paisano, nos acaban de informar por la radio que la descripción del vehículo era otra. Ustedes han de disculpar —les dijeron.

Los judas se pusieron en guardia pues se aproximaban más viajeros.

Aguilar agarró camino rumbo a La Piedad, Michoacán, y ya se sentía en casa. Los olores a puerco le perforaban las fosas nasales.

—¡Esto sí que es vida! —dijo.

Horas más adelante vería la cúpula de la iglesia principal de su pueblo.

—¡Hemos llegado! —le gritó a su familia.

Los que no podían decir lo mismo eran los pasajeros del Tres Estrellas, que apenas iban entrando al estado de Querétaro.

Por segundo día consecutivo, el Soberbio se levantaba con cruda. Esta vez se le pasó la mano y se vomitó en la colcha que su madre había tejido.

Los Aguilar hacían su entrada triunfal. Llegaron por la calle principal y como para llamar la atención en más de una ocasión Julio tocó el claxon. La gente volteaba a ver de qué se trataba y el pobre burro salió tirando patadas.

Condujo lentamente su vehículo y tardó más de 25 minutos en llegar a casa de sus padres que se encontraba en el barrio El Tepetate, a sólo tres kilómetros de distancia.

—¡Hijos, aquí nací!

—What, dad? —le contestaron los gringuitos mexicanos.

A Julio lo esperaba una gran comitiva: sus padres, hermanos, tíos, primos y hasta las que fueron sus amantes. Y para hacer más bulla, las vecinas asomaban su cabezota por la ventana. Gritos, besos y abrazos fueron parte del recibimiento. Los que de plano se encontraban muy confundidos eran los hijos de Julio, quienes permitían que la abuela los besara pero le hacían caras de fuchi, como preguntándose quién sería esa vieja.

—¡Es tu abuelita, mijo!

—What, dad?

La descargada estuvo buena, caja tras caja bajaron más de cincuenta. Julio no movió ni una uña. Como usted se ha de imaginar, sus familiares no se lo permitieron. Los buñuelos, tamales, gorditas y tamales de ceniza se sirvieron en el desayuno. Claro que sus hijos no comieron nada de eso, tenían miedo de que les hiciera daño y les tuvieron que servir cereales gringos, de ésos en los que aparecen famosos atletas. Ya que terminaron de ponerse muy fuertes, su abuela les recomendó que se fueran a jugar con sus primitos.

—Guillermito y Juanita, vayan y verán que les va a gustar.

—Mamá, se llaman William y Jane.

—¡Ay, hijo! Yo no sé pronunciar esas cosas.

El juego resultó todo un shock cultural para los mexicanitos con nombres gringos. Los nacionales no sabían qué pasaba cuando aquellos les contestaban:

—What is that?

—¿Jugamos canicas?

—What?

—¿Trompo?

—What?

—¿Rondones?

—What?

Y Jane se espantó aún más cuando su primita la invitó a jugar con unas muñecas de trapo.

Los gringuitos regresaron de inmediato a casa con su "what" en la boca. Los oriundos del lugar se rascaron la cabeza como preguntándose "¿qué les hicimos?".

Eso apenas fue el principio, después les cuento lo demás. El que ya iba adelante en su trayecto era el autobús Tres Estrellas. Ya había pasado la última caseta de cobro en Tepozotlán, Cuautitlán Izcalli ya estaba a la vista. Pasaron por la Ford y llegaron a Lechería. Los pasajeros iban felices de la vida. Ya no les importaban los olores a patas, los alientos y los vómitos, y tampoco hacían caso de los dolores en los glúteos. El color del cielo no se distinguía, una capa de smog les abría los brazos dándoles la bienvenida.

Todo el mundo estaba a la expectativa observando unos pasajes que para ellos eran hermosos. Las peseras iban llenas de gente, los autobuses estaban hasta el tope, a uno que otro pasajero le volaban las patas. Carros viejos y destartalados luchaban por seguir su marcha, uno que otro vomitaba humo y los tamarindos hacían su agosto dando infracciones. El dinero se iba directito a sus bolsillos… Bienvenidos a la ciudad de México, la más grande del mundo.

En menos de treinta minutos el camión entraba a la Central Camionera del Norte. El freno de aire se metía y la gente no lo creía. Al final habían llegado. Algunas señoras de edad se persignaron dando las gracias al Señor por haber arribado con vida, recordando cómo en más de una ocasión el chofer había comido chiles jalapeños para no quedarse dormido. Antonio Nopal y doña Tuna sonreían. Ya no recordaban lo que les había sucedido. Salieron del camión y se fueron a reclamar sus pertenencias.

Al pobre de Nopal la mala suerte lo seguía. Mientras él fue al baño, su mujer fue robada.

—¡Me roban! —gritó—. ¡Me roban!

Ningún cristiano se detuvo a ver qué había sucedido. Por instinto quiso correr y darle alcance a los rateros, pero desistió pues no podía dejar solos a sus chiquillos.

—¡Me roban! —gritó una vez más.

Un tamarindo logró escurrirse entre toda la gente que abarrotaba la central camionera y llegó hasta donde se encontraba aquella mujer humilde que daba gritos de desesperación en su lengua otomí.

—¿Qué pasó, señora?

—Dos hombres llegaron y se jueron con las cajas.

—¿Puede identificarlos?

—No, pos pa mí son todos iguales.

Ya junto a ella se encontraba su marido, luchando por cerrarse la bragueta. Se expresaban en otomí y el poli no entendía ni madres. Ella lloraba y él la abrazaba, mientras sus hijos lloraban jalándole las faldas.

—¿Y qué, señor? ¿Los va a detener? —preguntó Antonio.

—Uy, pues si quiere vamos a la delegación para levantar el acta y denunciar el robo, pero está difícil que se pueda hacer algo. Lo que a ustedes les ocurrió pasa a cada rato y no hay nada que se pueda hacer.

Y el policía no se equivocaba. En el interior de la terminal se escuchó que alguien gritaba:

—¡Me roban! ¡Me roban!

La gente no quería meterse en líos y prefirieron hacerse a un lado, dejando pasar a los rateros como por su casa. El policía ni siquiera estiró la pata cuando pasaron a su lado.

–¿Ya ve? No hay nada que yo pueda hacer –les dijo el policía a Antonio y su mujer.

Volvieron a hablar su dialecto, levantaron su vieja maleta y la caja que les dejaron y ahí mismo, luego de una larga espera de cinco horas, abordaron un autobús que los conduciría a Ixmiquilpan, Hidalgo, que ya no estaba muy lejos. Una casa de adobe les esperaba, con algunos pollos, gallinas flacas corriendo y un perro moviéndoles la cola.

Habría también niños mal vestidos o medio desnudos jugando con palitos de paleta soñando que eran carritos, pero adentro de esa casa de adobe estaba lo que realmente valía la pena. Padres, hermanos y la abuelita esperaban con ansias la llegada de sus seres queridos. De repente, los niños que jugaban con los palitos de paleta entraron corriendo a la casa. Los pollos hacían "pío, pío" mientras que las gallinas salían despavoridas.

–¡Ya llegaron! –dijo uno de los hermanos.

Efectivamente, Antonio y Tuna ya se encontraban en la puerta de la casa. Soltaron maletas y caja y se repitió la escena. No les digo lo que se dijeron porque no hablo otomí, pero las lágrimas corrieron por las mejillas de todos los que se encontraban ahí presentes. El papá decía que estaba sudando, hasta el perro se puso sentimental y ladraba como loco. Y ya no les digo más porque la piel se me pone chinita y me dan ganas de llorar.

Después de la escena dramática, los Nopal también refinaron. Antonio explicó lo que les había sucedido durante el camino y se lamentaba por no tenerles ni un solo regalo.

–¿Tás bien, mi hijo? –preguntó la mamá, quien por cierto ya tenía los ojos hinchados.

–¡Sí!

–¡Tú eres mi regalo! ¡Tú eres nuestro regalo! Las cositas se acaban, pero el cariño que te tenemos está muy guardadito aquí adentro –decía la madre mientras se tocaba la chichi del lado donde está el corazón.

Antonio, Julio y Soberbio habían llegado a su destino final como muchos otros. Los Ixmiquilpan, los Puruándiros y Ahualulcos del Mercado recibían a sus hombres que se habían ido al norte para progresar. Las escenas de llanto, risas, abrazos y besos se repetían en cientos de pueblos de la República Mexicana. Los hijos, esposos y padres estaban de regreso aunque fuera sólo por una corta temporada.

Pero lamentablemente, no todo era color de rosa como en los finales de las telenovelas. Así es. Docenas de pueblos a través de todo el territorio nacional son durante 11 largos meses comunidades tranquilas. Sin embargo, llega diciembre y todo cambia. No se niega que los turistas mexicanos traen sus dólares, que importan hasta tecnología y ponen una buena lana para cambiar las fachadas de sus casas. El pueblo se ve próspero, ya se ven las antenas parabólicas en muchas casas, ¡lástima que los dueños no tengan electricidad para disfrutarlas! Sí, nuestros turistas son los culpables de que se acabe la calma. Los carros y trocas son conducidos día y noche con el radio o estéreo a todo volumen. Los Tigres del Norte, los Bukis y otros grupos de moda les rompen los tímpanos a los que van a misa de gallo. Nuestros turistas llegan a caer gordos porque se comportan como una bola de fanfarrones. ¡Ah! Pero también importan la moda de vestir, y del lenguaje no se diga. El "okay" ya se escucha por todos lados. Juan y Pedro ya no se llaman así, ahora se les debe decir John y Peter. Los turistas más jóvenes también dejan sus huellas. Se ponen a pintarrajear las paredes hasta de la iglesia. Allá son guerreros urbanos, pero en estos pueblos no pasan de guerreros pueblerinos.

Y ya llegaron los del norte, con la rueda de la fortuna, el futbolito de mesa, el martillo, las sillitas voladoras, los juegos de dardos, las canicas, y no puede faltar el tiro al blanco. La fiesta ya empezó. Los hijos de los turistas como Julio Aguilar preguntan a cada rato:

—Dad, what is that?

—Yo no subir. Yo querer Disneylandia.

¡Ah, qué chamacos tan mensos! Si supieran la de niños que los envidiaban, había cientos de escuincles cuya única diversión era ver cómo la rueda de la fortuna daba vueltas y los carritos chocones se daban en la madre, o que ya de plano mejor se iban a la carpa de la lotería para ver cómo alguien ganaba,

En una de esas casas ubicadas en las afueras del pueblo, que lo mismo podía ser Puruándiro que Ahualulco del Mercado u otro de los tantos que hay, Pancracia ya no encontraba explicaciones cuando sus seis hijos le preguntaban el motivo por el cual su padre aún no había llegado.

Durante cinco días consecutivos, Pancracia los había mandado al río para que se bañaran. Les zurció la ropa que estaba llena de agujeros, les untó la crema Olorosa que compró en la tienda de la esquina y les puso brillantina en el pelo. Los sentó en las afueras de su casa de adobe y les dijo que de ahí no se movieran porque tarde o temprano su padre se presentaría.

Y ahí estaban los niños, esperando y esperando, hasta que terminaban despojándose de aquellas ropas finas para el siguiente día. Esa noche cenaban la mitad de un elote que su madre había pedido fiado. Y siguieron esperando, pero su padre nunca se presentaría. Era el "San Fernando", el que había fallecido en el hospital donde el Coras había sido atendido.

Al sexto día Pancracia se peinó y cubriéndose con su rebozo se llevó a sus hijos a la feria. Los niños se divertirían viendo la rueda de la fortuna dar vueltas y vueltas, o mirando cómo los más pudientes del pueblo se saboreaban unas ricas palomitas acarameladas. Mientras eso ocurría, los hijos de Julio Aguilar seguían preguntando:

—Dad, what is that? Prefiero los Cracker Jacks.

Y así como la de Pancracia, se dieron a montones las escenas de resignación. El padre, al ver que el hijo no llegaba, consolaría a su vieja:

– Verás que para el próximo año llega.

Hasta las chamacas del pueblo sufrían. El galán nunca les llevó gallo como había quedado.

–De seguro ha de andar con una gringa fea –les dirían las amigas.

Y se rompieron las piñatas. La gente se aventó de panza por las naranjas y cañas. Se dieron los aguinaldos, claro está, después de haber pedido posada. Por fin llegó el 24 de diciembre. Ya era Noche Buena.

Pancracia tuvo su cena. Pidió prestado y les preparó a sus chamacos un rico pozole. Qué bueno que no invitaron a los hijos de Aguilar, que de seguro hubieran preguntado:

–Dad, qué es eso?

¡Ah, qué chamacos tan babosos!

El hijo que nunca llegó les echó un telefonazo a sus padres. Éstos también lloraron.

–¿Cómo están? –les dijo aquél.

–Muy bien, hijo, ¿tú cómo te la estás pasando?

–Extrañándolos.

–Pero para la próxima Navidad sí vienes, ¿verdad?

–Ahí nos vemos. Cuídense y los quiero mucho.

En Ahualulco, los padres de Soberbio no comprendían lo que estaba pasando. Desde que su hijo había llegado apenas lo habían visto. No salía de la cantina. Era el cliente favorito, invitaba a todos y pagaba en dólares. Lo fanfarrón nadie se lo quitaba.

–Nos han contado que la migra está gruesa y que mucha gente muere en la pasada. ¿Qué hay de eso? –le preguntaban.

–Son puros cuentos. Sólo les va mal a los pendejos. A mí la migra me ha hecho lo que el viento a Juárez. Y en cuanto a la pasada, exageran. Los accidentes pasan en todos lados. A los que les va mal es porque no saben la movida.

Y los parroquianos seguían pelando los ojos. La baba de plano se les cayó cuando Soberbio les contó:

–Lo único que hay que hacer es ver uno de esos programas gringos. Échenle un ojo a los carros, a las autopistas y a las viejas. Allá se vive como rey.

Después de pagar, se despidió, salió pedo y se fue para su casa.

–¡Hijo! Qué bueno que ya llegaste. Te estábamos esperando para servir la cena –le dijo su madre, que se había esmerado preparándole su platillo favorito, unas enchiladas.

–Uy, jefa, no tengo tiempo, sólo vine a cambiarme. Voy a ir a ver a una chava. ¡Mejor dígale a una de las muchachas que me caliente un poco de agua!

La resignada madre sólo vio a su marido y a sus hijos, que ya se encontraban muy bien peinaditos y se habían puesto sus mejores ropas. Se dio un silencio absoluto, y para no hacer enojar al hijito querido no le dijeron nada y se instruyó a las hijas para que le llevaran el agua.

En Ixmiquilpan, Hidalgo, todo era armonía. Antonio Nopal daba gracias a Dios de estar de regreso en casa. Su esposa Tuna ayudaba en preparar la cena y sus hijos jugaban con los primos.

Nopal les platicaba a su padre, hermanos y algunos vecinos su propia realidad y no le apenaba decirlo:

—Allá hay rete harta pobreza, nada es tuyo. Sólo hay soledad. Te explotan, te discriminan, todo es una fantasía. Hasta el cielo es distinto. Y te tienes que cuidar de la policía, de la migra y de todos, porque todos te quieren fregar.

A cientos de kilómetros de ahí, en el Valle de San Fernando, el Tururú y el Coras ya estaban listos para ir a la casa del Yes Yes a cenar. Francisco pasó por ellos. Se fueron por la calle, no tomaron ninguna autopista. Éstas se encontraban desoladas. No se sentía el ambiente navideño.

Francisco manejaba lentamente cuando les preguntó a sus cuates si no había ningún inconveniente en hacer una parada.

—¿Adónde vamos? —preguntó el Coras, que ya tenía las tripas vacías.

—Tú tranquilo —le contestó Francisco.

Al llegar a la intersección de la San Fernando Road y la calle Paxton, Francisco se estacionó y se bajó llevando consigo una bolsa de plástico.

—¿Me acompañan?

Cruzaron la calle, pisaron arbustos y llegaron a un puente donde Francisco alguna vez había vivido.

Qué triste fue la escena cuando se introdujeron en aquel túnel frío. Paredes pintarrajeadas de grafiti, botellas rotas y tres paisanos cubiertos con ropas viejas sentados en unas rocas luchaban contra el frío con una fogata improvisada. Con las manos se cubrían las bocas. De los adentros de aquel refugio, uno por uno fueron saliendo más paisanos. En total eran una docena. Qué triste era ver a la raza vivir en aquellas condiciones. Sus ojos y sus cuerpos estaban tiesos de frío y de sentimientos.

—¡Buenas noches! —dijo Francisco.

Los dueños de la mansión no dijeron nada, vaya, ni siquiera se miraron uno al otro. No era necesario.

—¡Qué tal, paisanos! —repitió Francisco.

La fogata ya se estaba apagando. Uno de ellos se levantó en busca de periódicos y palos.

—¿Qué se les ofrece? —contestó otro luego de un rato.

—Realmente nada, sólo pensé en traerles algo —le dijo Francisco entregándole la bolsa de plástico que contenía un pollo rostizado—. ¡Feliz Navidad!

—Gracias —se escuchó decir a otro paisano.

Los del puente tendrían su cena de Navidad. Entre dos se comieron la pechuga, los muslos, cueritos y huesos entre los demás. A uno de ellos le tocaron puras tortillas.

Al retirarse de ahí, el Tururú miró hacia el cielo y dijo:

—¡No es justo!

Los del condominio subterráneo fueron afortunados. En otros tantos puentes y carros destartalados había raza de la que nadie se acordaba. ¡Y el cabrón del Soberbio diciendo que todo es color de rosa! La situación del puente los conmovió a los tres. Cuando llegaron a casa del Yes Yes comentaron lo sucedido. La esposa del Yes Yes sintió fuertes escalofríos y la piel se le puso de gallina. Entró a la cocina, abrió la tamalera que estaba llena, y tomando una bolsa de papel la llenó con tres docenas. Copeteó una olla de peltre con granos y yerbas, y del cuarto sacó más de un cobertor. La comadre no se quedó atrás y también regaló algunas cobijas.

—Luis —le dijo al Yes Yes—, llévenles esto.

Los cuatro regresaron al túnel. El Coras se había puesto la olla de pozole en las faldas y en un enfrenón el caldo le quemó hasta las nalgas. Solamente se escuchó el "¡Ay!". Al llegar, la fogata ya estaba apagada. No había nadie afuera. El Tururú se introdujo. Todo estaba oscuro. Tropezó con algo y por poco se va de jeta. Se prendió un encendedor y uno de los habitantes del tunel preguntó qué pasaba. Al Tururú le frustró aquella escena: los doce paisanos estaban en viejos colchones cubiertos hasta con ramas.

—Les trajimos algo —dijo.

Prendieron una vela y el velador lo siguió hasta afuera.

—¡Tenemos cena! —gritó regresando con los suyos.

Los doce "apóstoles" se incorporaron y se reencontraron con sus benefactores. Uno abrazó al Coras y a éste se le salieron las lágrimas. En chinga volvieron a prender la fogata y sentaditos se comieron los tamales. Se fueron pasando la olla de pozole como si fuera una botella de tequila. El Tururú volvió a mirar al cielo y nuevamente dijo:

—¡No es justo!

—Que Dios los bendiga —dijo uno de los doce mientras se cubría con una cobija.

—Que Dios los bendiga a ustedes, carnal —le contestó Francisco, que apretaba fuertemente los dientes para no llorar.

De regreso en su casa, el Yes Yes le dio las gracias a Francisco por haberlo llevado a aquel lugar. La enseñanza había sido grande. Le había caído el veinte y comprendió lo afortunado que era por lo que tenía. La cena ya estaba servida y todos en la mesa. Como anfitrión, el Yes Yes pidió decir unas palabras antes de mover las muelas:

—Señor, no sé si me escuchas o si me comprendes. No he sido tu mejor devoto, pero te doy las gracias por todo lo que me has dado, por mi familia y por mis amigos aquí presentes. Gracias por la salud y por los alimentos que están en la mesa. Señor, te doy gracias por todo.

El Coras, que era medio mamón, lo miró de reojo, pero de inmediato comprendió que el Yes Yes hablaba con el corazón en la mano y mejor inclinó la cabeza.

—Amén —dijeron todos en coro cuando el Yes Yes terminó.

María lloró y después de limpiarse el moco sirvió la cena. Se pusieron algunas rolas. Del hambre casi se comen los tamales con todo y hojas, pero había que hacer espacio para el pozole.

Ya con la panza llena, se fueron a abrir los regalos. Al Tururú le tocó un marco para su título profesional, al Coras y a Francisco gorras para cubrirse del sol porque por andar de jardineros la piel se les había puesto medio prieta, y al sentimental del Yes Yes, unos zapatos de futbol.

Después de los abrazos y felicidades, los amigos continuaron platicando hasta muy entrada la madrugada. Los invitados ya no se fueron, se quedarían al recalentado. El pobre del Tururú se puso muy nostálgico. Silvia se había ido con la familia a Delicias, Chihuahua.

También era de madrugada en Ahualulco del Mercado. Soberbio aún no llegaba. Sus padres lo esperaban contemplando su foto junto a las veladoras.

—¿En qué fallamos, viejo?

Don Soberbio no tuvo respuesta. Vio aquel platillo al que las moscas ya se preparaban para atacar, tragó humo, arrojó su cigarro y lo pisó con fuerza.

—Tu hijo es un malagradecido. ¡Mejor ni hubiera venido!

—¡No digas eso, por favor!

—Ahora me va a escuchar. Había permanecido callado para no crear ningún problema —dijo mientras se prendía otro Delicado—, pero durante el tiempo que tiene aquí no lo hemos visto, no sale de la cantina, no deja a sus amigotes y a las viejas. ¡Esperé ocho años para abrazarlo y decirle cuánto lo quiero! ¡Ocho largos años para disfrutarlo! ¿Con qué derecho te deja con la mesa servida? Si él cree que por mandarnos algún dinero de vez en cuando y traernos regalos ya ha cumplido como hijo, está equivocado.

—Es muy chico, todavía no sabe lo que hace —dijo ella buscando disculpar las acciones de su hijo.

—A su edad ya toma, fuma y anda con viejas. A su edad tú y yo ya estábamos casados y él ya había nacido. Trabajaba más de doce horas en el ejido para que nada les faltara.

—Los tiempos cambian, ya no son igual que antes —dijo ella.

—¡Claro que no! Antes éramos más responsables, antes pa que a uno le dijeran hombre tenía que tener las manos llenas de callos. Hoy piensan que con tomar cerveza y fumar cigarros ya son muy machos.

El padre se levantó de aquella silla que sentía que le quemaba las entrañas y dándole el último toque al Delicado se dirigió al pequeño altar. Lento fue su paso. Sin quitarle la mirada a la imagen religiosa, tomó la foto de su hijo y le dijo a su esposa.

—¡Guárdala donde no la vuelva a ver! Guárdala porque me quema el alma. No merece que reces ni que te desveles por él.

—¡Pero, Soberbio…!

Unos gritos que provenían de la calle interrumpieron aquella conversación. Ella abrió la puerta y al darse cuenta de que se trataba de su hijo, se cubrió la boca con una mano e inclinó la cabeza.

—¿Quién es? —preguntó su marido.

—Por el amor de Dios, no le vayas a decir nada. Ya solamente le quedan unos cuantos días con nosotros y no quiero más problemas.

Soberbio se encontraba a media cuadra de su casa y no podía sostenerse en pie. Lo acompañaban un par de dizque amigos y una chava. Los cuatro gritaban como locos, vociferaban de todo.

—¡Aquí vivo! —les dijo a sus amigos—. Esos dos que están en la puerta son mis jefes. ¿Por qué no se vienen a echar unas con nosotros? —le dijo a su papá.

La madre corrió a abrazarlo mientras que el padre se quedó inmóvil. Su reacción fue lenta.

—¡Métete!

—Tranquilo, jefe. No me grite enfrente de mis amigos. ¿Qué va decir mi chava? Van a pensar que todavía me manda.

—¡Métete!

—¡Soberbio, por favor! Hazle caso a tu padre. Mira nomás cómo andas.

—¿Usted también, jefa? ¿Se va a poner de parte de él? —decía Soberbio mientras le retiraba los brazos a su madre, quien se los ofrecía para que no cayera.

Ella lloraba, él calló de bruces. Los amigos no le ayudaron, mejor se fueron como pudieron y por donde vinieron. Ella se hincó a su lado y le limpió la boca porque la tenía sangrando.

—¡Levántate y métete! —volvió a decir su padre, quien no movió un solo dedo para ayudarlo a levantarse.

Los gritos llamaron fuertemente la atención de los vecinos, quienes ya se asomaban por las puertas y ventanas. El chismorreo comenzó a darse en grande.

—Don Soberbio ya le pegó a su hijo y lo sangró de la boca —dijo una.

—A la pobre de Adela ya la corrió de la casa junto con su hijo —dijo otra.

—¡Santo Niño de Atocha! ¡Llamen a la policía! —dijo la más dramática.

—¡Ni me toque! —le dijo Soberbio a su madre.

Eso le calentó la sangre a su padre, quien fue en busca de él y lo arrastró hasta adentro de la casa.

—¡Lo va a matar! —dijeron las viejas chismosas.

La madre lloraba, el padre temblaba de rabia y sus demás hijos le pedían que se calmara.

—¡Papá, ya no le diga nada!

—Ustedes se me callan y se me van para su recámara.

Soberbio por fin se incorporó y sosteniéndose de una pared gritó:

—¡Me largo!

—¡Hijo! —dijo su madre.

—¡Sí! ¡Te largas, pero ya! —contestó el jefe de la casa.

—¡Viejo!

—Me largo de esta pobreza. ¡Me da pena que me digan "hijo de pozolera"!

—¡Hijo! —dijo la madre, que solamente inclinó la cabeza como tratando de disculparse ante su hijo por ser una pozolera.

Don Soberbio metió su mano temblorosa a su bolsillo y tomó otro Delicado. Lo prendió como pudo, observó a su hijo y se tragó el humo. Los hijos más grandes asomaban la cabeza por la puerta de la recámara, los más chicos se escondían debajo de las sábanas.

—¡Sí! Me voy como hace ocho años lo hice. Ya me había cansado de comer huevos, frijoles y nopales. Usted no era mi futuro, nunca me ofreció nada. Siempre vivimos llenos de limitaciones. Los Estados Unidos me han dado lo que usted nunca pudo. Uno no viste y come de consejos y rezos. ¡Eso guárdeselo para sus demás hijos! Gracias a mí tienen lo que tienen: el televisor, la estufa, el estéreo y la ropa. Yo les he mandado el dinero para que arreglaran esto que le llaman casa.

—¡Hijo! —le suplicaba su madre.

Don Soberbio ya no aguantó y de un cachetadón hasta un diente le tiró.

—¡Vete! —le reiteró.

Soberbio vomitó.

—¿Estás bien, hijo? —preguntó la madre.

Éste hizo caso omiso mientras los demás hijos trataban de controlar al padre.

—¡Cuando regrese espero ya no encontrarte!

Salió de su casa y caminó por aquella calle desolada.

—¡Ya lo mató!

—Sí, lleva la mano ensangrentada —dijeron las viejas argüenderas.

Don Soberbio cruzó el pueblo y llegó a su lugar favorito: su pedazo de ejido. Sudando copiosamente entró a una pequeña choza. Ahí resultó presa fácil de los recuerdos. La había construido con su hijo. ¡Cuántas veces cosecharon el maíz juntos! ¡Cuántas veces platicaron fuera de ella! Don Soberbio solía decirle a su hijo:

—¡Hay que darle duro porque todo esto algún día va a ser tuyo!

El viejo prendió otro cigarro y le dio duro al humo, el cual desaparecía en unos cuantos segundos.

—Llévate mis recuerdos, nube blanca. Llévatelos porque me muero.

Se limpiaba las lágrimas con el puño de aquella camisa blanca, la misma que le había traído su hijo del norte, y los recuerdos seguían:

—¡Gracias, papá, por el regalo que me diste! —le dijo Soberbio un día.

Le había dado una burra blanca de nombre Pancha cuando se graduó con muy buenas calificaciones de la primaria. Soberbio maldijo el día en que su hijo había decidido irse al norte. Unos compadres lo habían entusiasmado y sonsacado.

—Ándele, apá —le dijo para convencerlo—. Me voy por unos dos años pa juntar dinero y ayudarles.

Y fue precisamente en esa choza donde le dio la bendición.

—Ve con Dios —le dijo.

A partir de ese día el ejido nunca volvió a ser igual. El maíz salía todo podrido y la Pancha un día se fue sin rumbo fijo.

En la casa las cosas estaban más tranquilas. Soberbio se había quedado dormido en la sala. Su madre estaba en el suelo sentada junto a él, contemplándolo solamente. Lo cubrió con su rebozo fino que se había comprado con el dinero que él les mandaba.

La Navidad llegó. Para el mediodía, Soberbio seguía dormido y su madre continuaba a su lado. El padre nunca llegó. Esa Navidad nunca la olvidarían.

En Ixmiquilpan, Tuna vestía a sus hijos con sus mejores ropas. Se alistaban para ir a misa y dar gracias a Dios por todo lo que tenían: salud y una familia.

En cambio, en Puruándiro los Aguilar se preparaban para festejar en grande. Julio sacó la pachocha de billetes verdes y mandó a comprar botellas de tequila y cervezas que serían acompañadas por unas ricas carnitas con guacamole. Sus hijos preguntarían:

—Dad, ¿qué es eso que se ve green?

Para las dos de la tarde, los más de cincuenta invitados ya habían llegado. Eran los más pudientes del pueblo. Julio era el centro de atención, les platicaba de la vida en el norte y les presumía todo lo que tenían. Para las cuatro llegaron los mariachis, tocaban las que Julio pedía, al cabo que él pagaría con verdes.

Entre los "¡Ajúa!", empinarse el codo y las carnitas, las dos horas para las que fueron contratados los músicos se acabaron, y los mariachis callaron. Pero no por mucho tiempo, Julio les dijo que les pagaría hasta la risa y se siguieron con *Caminos de Michoacán*.

—¡Ese, mi Julio! ¡Tú sí sabes cómo tratar a tus invitados, me cae!

En el Valle de San Fernando, como en todas partes de los Estados Unidos, el mitote ya se había acabado. Cenaron y abrieron los regalos. Eso era el festejo. Los paisanos lo alargaban otro día para reunirse y comer el recalentado. El Tururú, el Coras y Francisco no se lo perdieron en la casa del Yes Yes.

Y los que se quedaron envidiaron a los que se fueron al pueblo. Extrañaron los toros, los palenques y dar la vuelta en la plaza. Se conformaron con echar un telefonazo para ver cómo habían estado las cosas.

Para el día 27 don Soberbio regresó a casa y no encontró a su hijo. Su esposa no supo darle razón. Sus cosas aún estaban en el clóset. La Navidad ya había terminado. Los juegos mecánicos ya se estaban desmantelando, los puestos de dulces, hot dogs y algodones de azúcar ya se habían ido. Los hijos de Pancracia no perdían la fe, seguían esperando que su papá fuera a la casa.

El año viejo estaba a punto de fallecer. El nuevo seguía en la panza y la señora Vida ya tenía contracciones. Su marido, el señor Tiempo, la llevó al hospital. Era el día 30 y estaba a punto de parir. En todas partes del mundo se contaron los diez segundos finales del año.

—¡Nueve! ¡Ocho! ¡Siete! ¡Seis! ¡Cinco! ¡Cuatro! ¡Tres! ¡Dos! ¡Uno! ¡Feliz año nuevo!

El 86 había llegado, como también los abrazos y besos. Los supersticiosos se comieron sus uvas y barrieron las casas, dizque para que se fueran los malos espíritus. Los propósitos no podían faltar.

Julio Aguilar, que seguía acompañado de los mariachis, pidió tener más feria para que la pachanga fuera más en grande. Antonio Nopal miraba a su esposa y a sus chilpayates y sólo pedía:

—Que Diosito siempre me los cuide.

Los hijos de Pancracia seguían esperando afuera de la casa de adobe.

—Mamá —le decían—, ¿verdad que este año sí viene mi apá?

Soberbio Justo y su mujer le prendieron una veladora más al patrón del pueblo.

—Que nuestro hijo regrese pronto.

Esos abrazos del primero de enero se repitieron a la hora de la partida. Aquí, allá y por allá, los que llegaron se preparaban para decir adiós. Julio Aguilar ya tenía lista su camioneta, se despidió de sus padres y hermanos y de los vecinos que le gorrearon durante las fiestas navideñas.

—Te vamos a extrañar —le dijeron.

Su esposa ya se encontraba lista para la partida y sus hijos ya gritaban:

—Dad, we want to go home!

Guillermo y Juana nunca aprendieron a jugar con trompos, canicas, rondones o muñecas de trapo. ¡Ah, qué chamacos tan babosos!

—¡Adiós! —les dijo Julio a los suyos.

Había llegado con harta lana y se regresaba sin nada. Sus preocupaciones iniciaban, tenía que pensar en cómo juntaría el dinero que había pedido prestado para derrochar y presumir que había conquistado el norte.

En Ixmiquilpan la escena era distinta. Antonio Nopal trataba de convencer a Tuna de que era mejor que se fuera solo. Trabajaría sólo por un año y juntaría todo el dinero posible para comprarse unas vacas, gallinas y pollos.

—Ansina pues, es mejor ansina y te mando todos los meses. Mi mamá dice que no hay problema de que te quedes con ellos.

—¡No te vayas! Quédate y juntos le luchamos. Allá éramos probes, aquí también lo seremos pero estaremos juntos. Hay que luchar aquí, en la tierra de uno.

—Ándale, Tuna. Deja intentar otra vez, y ya pos si no resulta, te juro que me regreso lueguito.

Tuna cedió. Sabía que con o sin su aprobación él se iría. Le preparó su itacate con tacos de frijoles y nopales, le torcieron el cuello a uno de los pollos y le hicieron su mole. Antonio fue acompañado por toda su familia a tomar el camión que pasaría por un camino de terracería. Tuna lloró, su padre le dio la bendición, sus chiquillos realmente no sabían lo que pasaba y con una sonrisa le dijeron adiós.

En Ahualulco del Mercado, Soberbio seguía ausente. Su madre encendió una veladora más en el altar de la sala. El sueño de tener a su hijo a su lado se convirtió en una pesadilla. Contra toda su voluntad, don Soberbio preguntó entre los amigos de su hijo si lo habían visto. Hasta a las cantinas fue, ya no le importaba encontrarlo ahogado de borracho. Los teporochos le contestaron con un rotundo no.

A los turistas mexicanos que regresaban a trabajar como bueyes se les unieron los que querían probar fortuna por primera vez. Para ser aspirante a indocumentado no se requiere edad. Algunos de ellos aún no hablan, ni gatean, a éstos se los llevan en los brazos. Y de apariencia física no se diga, hay de todo: barbudos, lampiños, chaparros, altos, gordos, flacos, greñudos y pelones. Predominan los de piel morena, aunque uno que otro güero de ojos verdes ya se encuentra en la bola.

Cada uno tiene sus motivos para irse. Algún familiar está enfermo y no hay dinero para las medicinas, o hay que pagar el entierro de algún ser querido… Razones hay muchas, o como dijeran los científicos o estudiosos del tema, son varios los factores de expulsión y atracción, los cuales a finales de cuentas se traducen en una sola explicación: hambre.

Pero no hay que olvidar que existe otro factor importante: las actitudes de los conquistadores como Julio y Soberbio. El espejismo despierta el instinto natural de cualquier ser humano: la superación. Y ahí vamos todos como borreguitos.

Si tan sólo Julio y Soberbio hubieran sido sinceros y se hubieran atrevido a decir que en el norte se está de la chingada, hubieran ayudado a que no se dieran más escenas de despedida.

—Apá, ¿me da la bendición?

—¡Vieja, te llamo cuando llegue! Cuida mucho a los chamacos y no se te ocurra sacarlos de la escuela para ponerlos a trabajar. ¡Para eso yo soy el hombre de la casa!

—Cuando junte el dinero te lo mando para que te compres el mejor vestido de novia.

Se vendieron vacas, gallinas y pollos. Se empeñó el televisor, la grabadora y hasta la suegra. Otros pidieron prestado al amigo o al compadre. Se juntó la feria para ir al norte. Estos y aquellos ya se van. El pueblo volvió a su vida normal, y lo mismo sucedía en el Valle de San Fernando. El Tururú ya había enmarcado su título profesional y lo colgó en una de las paredes. El Coras seguía quejándose a pesar de trabajar en Beverly Hills y el Yes Yes continuaba preparando sus hamburguesas.

En la gran avenida ni las moscas se paraban. Los jornaleros sabían que ésa no era la mejor temporada. Los aspirantes a indocumentados ya se encontraban en las capitales de los estados comprando sus boletos en las terminales de camiones que los llevarían a la frontera. El recorrido para algunos sería de cientos de kilómetros, para otros apenas unos cuantos; algunos tardarían días, otros unas horas. Transcurrido el tiempo, ya se encontraban en la frontera en Tijuana, Mexicali y Ciudad Juárez y de ahí hasta Brownsville, Texas, que les abriría los brazos. Las ciudades son muy nobles, tienen cupo para todos. Ellas les dan la bienvenida y los "coyotes", "pasamojados", "polleros" o como usted quiera llamarlos ni se diga. Ésos se frotan las manos como diciendo:

—¡Ya la hicimos!

—¡Ya chingamos!

—¡Más feria para este rey!

—¡Nomás miren qué güeyes se ven!

Éste sí que es un negocio redondo para estos cabrones. Millones de dólares pasan por sus manos, pero lo más lamentable es que se chingan a sus propios hermanos, a la gente más jodida que ellos, aunque tampoco se les escapan los de otras nacionalidades, guatemaltecos, hondureños o salvadoreños. A éstos por otra corta feria ya les están enseñando a decir chingaderas y otra frases famosas de nuestro léxico, para que si los agarra la migra norteamericana puedan decir: "¡Puta!", "¡Está de la chingada!", y que los regresen a México.

El robo es en despoblado y ni quién les diga nada. Saliendo de la central de autobuses se ve a los "coyotes" dando vueltas. Actúan con toda la libertad del mundo, sólo falta que se anuncien en los periódicos:

PASAMOS MUJERES, NIÑOS, ANCIANOS EN BRAZOS E INCAPACITADOS.
¡LLÁMENOS!

SI QUIERE CONOCER EL NORTE, LLAME A LOS EXPERTOS.
LE GARANTIZAMOS QUE NO VA A NADAR NI A CAMINAR.
VIAJE PLACENTERAMENTE EN CAJUELA.

No se deje engañar por los pseudopolleros.
Tenemos contactos para que usted entre como americano.

Si de cruzar se trata, llame al Tata.
¡Él sabe todos los caminos y rutas! Él no es una rata

¡Somos los mejores!
Más de un millón de paisanos cruzados en los últimos dos
años nos respaldan.

Pague su pasada en módicas mensualidades.
No requiere efectivo, solamente teléfono y dirección de
donde se instalará en el norte.

Por sólo $150 lo pasamos.
Por $400 le conseguimos trabajo…
y por $800 visas de inmigrante.
¡Llame ya!

Sábados y domingos dos por uno.
¡Niños menores de tres años pasan gratis!

Los anuncios clasificados también podrían ayudar a buscar más compinches en la sección de empleo bajo el rubro "Aspirantes a polleros":

¡Si estás jodido es porque quieres!
La lana está con los mojados.
Gana hasta $300 semanales.

Se solicitan hombres y mujeres entre 20 y 50 años.
No se requiere experiencia.
De preferencia con antecedentes penales y ganas de chingar al prójimo, rudos, ojetes, cabrones y sin escrúpulos.
¡Llámenos! Gane buen dinero.
Hasta seguro de vida le ofrecemos.

Con el dinero que ganan los "polleros" fácilmente podrían construir su propia universidad y ofrecer una licenciatura. Las materias, claro está, tendrían que ser seriadas: Cajuela I, II y III; Ojete I, II, III y IV; Pisa y Corre I, II, III, IV, V y VI; Inmoral I, II, III… X.

¡Pst, pst! Abogados, licenciados en carreras humanitarias, doctores y arquitectos, ustedes sí que se equivocaron de profesión para hacer lana. Es tiempo de reflexionar, sólo falta un poco de iniciativa para fundar esta universidad.

Los aspirantes a indocumentados ya dejaron los Tres Estrellas y Autobuses del Pacífico y han llegado a la ciudad de Tijuana. Están saliendo de la central camionera también profesionistas y obreros, pero siguen predominando los campesinos. Mujeres y niños también son parte de la comitiva, y los enganchadores ya están al asecho. Los que cruzan por segunda vez ya saben qué hacer. Si se pierden al atardecer, caminan con rumbo fijo. Los primerizos no, sus miradas están perdidas, salen y agilizan el paso, pero el rumbo es incierto.

Aquellos que van en busca de un familiar, de un amigo o del contacto del pueblo, poco han de esperar. Esa noche probablemente regresen al norte. Van caminando en grupos de tres o cuatro los de Michoacán, Jalisco, Zacatecas, Oaxaca, y hasta del Distrito Federal. Terminarán en la calle Coahuila, a unas cuantas cuadras del puente internacional. En esa calle se respira mala vibra. Hoteles de cuarta y cantinas con mujeres de la mala vida les darán la bienvenida. Los enganchadores se frotan las manos. Están al asecho.

La noche es fría, el viento cala. Las dentaduras se mueven sin querer queriendo, titiritando. Los paisanos se instalan en algún hotelucho de la Coahuila, en cuartos fríos, oscuros, pestilentes, llenos de ratas y cucarachas. Uno de los recién instalados sale inmediatamente del cuarto en busca de alimento para su familia. No puede gastar mucho, el dinero es limitado. Un galón de leche y una bolsita de galletas de animalitos para los niños. A su mujer dos tacos de carne asada, para él nada, dice que no tiene hambre.

En la cantina que está a media cuadra del hotel, el grupo de jaliscienses se toma una cerveza. No aceptan el coqueteo de ninguna de las meseras, saben que eso les va a costar mucha lana. Esa noche no habrá contacto con ningún enganchador. Eso es sólo cuestión de tiempo.

Muy temprano al día siguiente, los corderitos salen de su refugio y las fieras atacan.

—¡Ya salió! —dice un enganchador.

—¡Vamos antes de que nos lo ganen! —le contesta su compañero.

Un provinciano sale del hotel con sombrero en mano, dejando en el cuarto a su mujer con sus dos chamacos.

—No le abran a nadie —les advierte.

No ha dado más de tres pasos cuando es abordado por los dos individuos.

—Buenas, ¿está perdido?

—No, ¿qué desean?

—Nosotros nada. Simplemente pensamos que necesitaba ayuda.

—¿Qué tipo de ayuda?

—La que muchos buscan y piden. ¿Quieren conocer el norte?

—¿Qué les hace pensar eso?

—Nada. Solamente pensábamos. Pero ya sabe, aquí estaremos por si algo se le ofrece.

El michoacano ve a aquellos dos sujetos de arriba para abajo y sigue caminando. Voltea y ve cómo le sonríen, como diciéndole "Nos vemos al rato". El paisano camina por las calles de Tijuana por un par de horas. A su regreso se volverá a encontrar a los dos vatos disfrutando de una hamburguesa con el administrador del hotel.

—Buenas, paisano. ¿Ya lo pensó? —le dicen.

Se rascala cholla y pregunta:

—¿En cuánto sale?

—¿Ya ve cómo teníamos razón? Por favor, pase a nuestras oficinas.

El administrador del hotel sólo sonríe. A él también le tocará su feria. Probablemente también es "pollero", el jefe mayor, el mero mero petatero.

—¿Cómo andamos de dinero? Dígame, paisano.

—Pues no muy bien, ¿cómo en cuánto va a salir?

—Depende de cuántos sean.

—Mi esposa, mis dos hijos y yo.

El enganchador mira a su compañero retirándose el pedazo de bistec del cachete. Se chupa los dientes y contesta:

—¡Uy! Cuando hay chamacos está un poco más difícil, y por lo tanto es más caro.

—¿Cómo cuánto?

—Seiscientos dólares por los cuatro.

—No hay tanto.

—Sí lo hay, paisano. Piénselo. Nosotros somos gente, queremos ayudarlo. Este trabajito con cualquier otro no sale en menos de novecientos dólares.

El paisano se quita el sombrero y se pasa los dedos por el pelo. Le ofrecen un pedazo de torta.

—No, gracias —contesta—. ¿Pago hoy?

—Para que vea que somos cuates, la paga va después.

Se llega a un acuerdo. A la medianoche se reunirán en la esquina de la Coahuila con una tal Chona. Los enganchadores se van en busca de más gente. Al administrador le dan la parte que le toca. Los tratos se seguirán dando por todos lados, en la cantina ni se diga. Las meseritas del lugar son el enganche, entre llevar las chelas, enseñar media chichi y mover bien la nalga, le sacan la verdad a los aspirantes a mojados. Después de tres chelas y de ver pechuga y pantorrilla, los paisanos sueltan la sopa y dicen lo que la chava quiere escuchar: tienen la intención de cruzar al norte. Ésta hace una seña y de inmediato llegan a su lado dos hombres con finta de tranzas marihuanos. Les ofrecen otras frías, "cortesía de la casa", les dicen, pero lo que quieren es agarrarlos más pedos. Aquí también se llega a un arreglo, a eso de la medianoche se reunirán con una tal Chona. Esa Chona sí que es famosa.

Las horas pasan y los aspirantes a mojados se preparan. La esposa del michoacano toma un escapulario y reza. Le pide a todos los santos a los que en su infancia su madre veneraba. Sus hijos siguen tomando leche, pero las galletas de animalitos ya casi se acaban. No hay lana, no hay para más.

Mientras esto sucede, el marido se enfrasca en una ardua lucha contra ratas y cucarachas. Sale triunfador y se va a hacer guardia a la entrada del cuarto. Niños chorreados juegan con carritos de madera y patean pelotas de futbol ponchadas. Hombres y mujeres con mala facha entran y salen de aquel hotelucho de cuarta. Observa el reloj y apenas son las cuatro de la tarde. De los cuartos de junto salen chillidos de bebé.

—¡Calla al niño! —se escucha.

El padre desesperado sale a fumarse un cigarro sin saludar a nadie, como queriendo que la gente no se entere de sus intenciones. Todos van al norte, pero nadie debe saberlo.

Después de las frías, los jaliscienses se van a caminar por las calles de Tijuana. Jícamas y pepinos se venden en la esquina. Más allá está otra cantina. Llegan hasta el Bordo y se sientan en una piedra para observar el panorama. Ven claramente la ciudad de San Ysidro, con su amplia autopista número 5. Por allá está el Mc Donald's. Sueñan como tantos otros que andan por ahí. De repente ven pasar a la patrulla fronteriza y comienzan a sudar frío, les empieza a dar miedo. Uno de ellos se arma de valor. Las frías ya le hicieron efecto:

—¡Pronto estaremos allá ganando muchos dólares!

El tiempo transcurre. La hora indicada se aproxima. El frío sigue imperando y hace estragos en aquellos dorsos casi desnudos. Las condiciones del clima no impiden que la vida nocturna de la Coahuila tome vida. Las mujeres con escasas minifaldas y escotes recortados hasta la panza enseñando los tostones ya invitan a los parroquianos a que pasen para divertirse un rato.

—¡Dos por uno! —grita una.

—¡Todo incluido por el mismo precio! —grita la otra para no dejarse.

Para las diez de la noche, las chicas se ven obligadas a refugiarse. El frío ya les congeló las partes nobles. Los padrotes se han quedado con los bolsillos secos.

La michoacana sigue rezando. Ya sólo le falta un padrenuestro dedicado al Ángel de la Guarda. Los jaliscienses, por su cuenta, solamente se frotan las manos.

—Vieja, ya es hora —le dice el michoacano a su mujer.

Los niños son cubiertos con todo, hasta con las sábanas sucias de los catres viejos que sirven de cama en el hotel. Él se asegura su dinero con cinta adhesiva en la panza. Salen de su cuarto y de inmediato se percatan de que no son los únicos que tienen la cita a la media noche. En términos deportivos, la escena podría describirse de la siguiente manera: en sus marcas, listos,

¡fuera! ¡Ahí van! Toma la delantera el michoacano, seguido por el de Oaxaca, quien es perseguido muy de cerca por el hidalguense. Sí, ahí van los paisanos. La frontera de Tijuana es muy amplia, los cruces más de uno: la zona del Bordo, el Cañón Zapata y el Cañón del Matadero los esperan. Los aspirantes a indocumentados van rumbo a su cita y en el camino se encuentran a otros cristianos. No se saludan, cada quien sigue su camino. Unos se dan vuelta en la primera esquina de la Coahuila, otros más en la segunda, y el resto se va derechito perdiéndose en la espesa neblina de la noche.

Los michoacanos y jaliscienses llegan al lugar indicado. La calle está desierta, solamente se encuentra una anciana dándole duro a la escoba.

—¡Métanse inmediatamente! —les dice.

Éstos y aquéllos no dicen nada absolutamente y siguen las instrucciones. ¡Qué sorpresa se llevan al darse cuenta de que no están solos! Entre hombres, mujeres y uno que otro joto suman más de dos docenas, todos sentaditos como si estuvieran en la escuela esperando a que la maestra les diera los resultados de los exámenes. La anciana entra y le dice a un tipo de más de seis pies de altura:

—¡Ya acabé de barrer!

El profesor comienza a dar la cátedra. Sus tres asistentes escuchan atentamente.

—Recuerden, si los agarran no nos conocen, no saben quiénes somos. Los tendremos muy bien vigilados. ¡No se quieran pasar de listos porque se los lleva la chingada!

Después de los sermones y letanías, acuerdan que se dividirán en tres grupos. El primero saldrá a la una de la mañana, el segundo una hora después y el último a las tres de la mañana. Los jaliscienses serán los primeros, la familia michoacana y dos hidalguenses los últimos. Antonio Nopal solamente se acuerda de su mujer y sus dos chilpayates. La hora llega:

—Suerte —les desean a los primeros.

—Gracias —contestan—. La vamos a necesitar.

Continúan los de las dos y a las tres les siguen los demás.

—¡Viejo, tengo miedo! —dice la mujer del michoacano.

—No te me vayas a rajar, mujer. Hemos sacrificado tanto por estar allá.

—¡Nuestros hijos!

—¡Bésalos y diles que los quieres mucho!

—¿Listos? —pregunta el "pollero".

—¡Ansina, pues! —contesta Nopal.

—Pos cuando quiera —dice el michoacano.

El grupo camina por aquellas calles de Tijuana y en menos de lo que canta un gallo ya se están a la orilla del Bordo.

—No hablen, que no lloren los niños y manténganse agachados —les dice el "pollero".

Cruzan un riachuelo de aguas negras. El corazón les late fuertemente. Sudan frío, el cuerpo les tiembla pero siguen su camino. De repente se escucha:

—¡Abajo todos!

Los matorrales son sus mejores aliados. El frío cala. Se dan los rezos, uno de los niños despierta y llora. Hay temor de que eso los delate.

—¡Señora! ¡Con una chingada, calle a su escuincle! —grita el "pollero".

—Señor, cántele algo bonito. ¡Verdad de Dios que con eso tiene! —suplica uno de los acompañantes.

Al no saberse la de *Los tres cochinitos*, le susurra "a la ru ru niño, a la ru ru ya…". Siguen tirados en el suelo. Pasan las horas y no se levantan. A lo lejos ven una patrulla de la migra.

—¡Ya nos vieron! —dicen.

—¡Que nadie se levante! —grita el "pollero".

Minutos después, la patrulla se aleja. Hay que aprovechar el tiempo para seguir la marcha. Metros más adelante se escucha de nuevo:

—¡Al suelo!

—A la ru ru niño, a la ru ru ya… Duérmase mi niño, duérmaseme ya. Duérmase, mi niño —implora aquella mujer para la que el llanto de su hijo es como una puñalada en el corazón.

Le martiriza pensar que por su hijo las ilusiones de los demás se vayan abajo. Y sigue cantando:

—Ese niño lindo, que nació de día, quiere que lo lleven a la dulcería… Ese niño lindo que nació de noche, quiere que lo lleven a pasear en coche…

Mientras eso sucede, no muy lejos de ahí, en el Cañón Zapata, otro grupo de paisanos la intentan sin "guía", fina forma de decir "coyote". Son siete los valientes.

—Despacio, tranquilos —dice uno.

—Hay que descansar. Estoy agotado —dice otro.

—¡No te rajes, carnal! Caminemos otro ratito.

El ratito se vuelve una eternidad para el agotado, que ya arrastra los pies.

—Creo que vamos mal —dice uno.

—Carnal, tranquilo. Es todo aquí derechito. Yo ya he cruzado por aquí más de una vez.

—Yo también, y estoy seguro de que vamos mal.

—Ustedes sigan discutiendo. Yo mejor me regreso —dice el agotado.

Un helicóptero que pasa patrullando el área los hace reaccionar. Todos se tiran al suelo de volada. Reina el silencio absoluto. Una vez pasado el susto, el agotado se levanta y se regresa por donde vino.

—Bueno, vatos, los que se quieran venir conmigo que lo hagan. Éste que dice que es derechito no sabe nada.

—¡Espérate, cabrón! Vamos todos juntos.

—¡Vete a la chingada! Yo me voy solito.

Los cinco restantes permanecen juntos. Sus piernas ya no dan más. Segundos después se escucha un grito desgarrador:

—¡Ahhhh!

—¡Algo pasó!

—¡Vamos a ver!

—Vamos, pero hay que caminar despacio.

—¡Cuidado! —grita uno.

El paisano es sostenido, pero por poco se cae a un barranco.

—El vato no se ve por ningún lado. ¡De seguro se cayó!

El helicóptero vuelve a surcar los cielos.

—¡Aquí! ¡Aquí! —gritan con fuerza los cinco agitando los brazos.

—¡Aquí! ¡Por favor! ¡Aquí!

El helicóptero los visualiza y les echa las luces. Aquello resulta mejor que cualquier magia. Docenas de paisanos se ponen de pie en esa área. Unos trotan un poco, la mayoría se queda ahí parada.

—¡Aquí! ¡Aquí! —siguen gritando los cinco vatos.

A cientos de kilómetros de distancia, una fuerte corazonada levanta a Adela Justo de la cama. Suda frío y llora desesperada.

—¡Viejo! ¡Algo le pasó a nuestro hijo!

—Mujer, por favor, no digas tonterías.

—¡Algo le pasó! Lo presiento, me lo dice el corazón.

Don Soberbio sale de la recámara por un vaso de agua para su mujer. De repente una corriente de aire apaga las veladoras del pequeño altar de la sala. Unos escalofríos se apoderan de su cuerpo, se siente debilitado y como puede llega de regreso a la recámara. El vaso está vacío.

—¡Viejo! ¡Te digo que algo le pasó a nuestro hijo!

Soberbio toma en sus brazos a su mujer y con aquellas manos rudas le limpia las lágrimas que se confunden con las suyas.

En el lugar del incidente, los gritos de los desesperados paisanos dan resultado. El helicóptero que sobrevuela el área se percata de aquella emergencia. Docenas de paisanos salen de su escondite levantando los brazos y dándose por vencidos. Tres patrullas hacen su aparición preguntando a los ahí presentes qué ha sucedido.

—¿Qué pasó?

—No sabemos, señor. Solamente escuchamos un grito.

El helicóptero ilumina el lugar. Los patrulleros logran sacar el cuerpo de aquel indocumentado. Parece de trapo, tiene el rostro desfigurado con muecas de dolor. Es depositado en una ambulancia. Los paisanos simplemente agachan la cabeza al ver a su compañero con la nuca destrozada. Algunos lloran, otros rezan, unos más le mientan la madre al norte.

—¡Quédate con tus riquezas!

Otras mentadas son para la pobreza.

—¡Tú tienes la culpa de lo que nos pasa!

Uno por uno van abordando los vehículos de la patrulla fronteriza.

Entre las cosas que le encuentran al paisano muerto están sus cadenas y anillos de oro y una identificación: Soberbio Justo, además de una carta en un sobre en blanco sin destinatario, que iniciaba con "Queridos padres…" y terminaba con "Perdón". La identificación indica que el occiso era residente del Valle de San Fernando. Por las joyas, los agentes de inmigración piensan que se trataba de un "pollero", aunque otros dicen que podía haber sido narcotraficante. Lo confunden con un peligroso criminal.

En el otro lado del Bordo, los jaliscienses, michoacanos y Antonio Nopal siguen agazapados entre los matorrales. El frío hace estragos, se abrazan entre sí sin importar que en algunas ocasiones su pareja sea macho. El clima no tiene clemencia para ellos, y para colmo empieza a llover. A los michoacanos les parte el corazón ver a sus hijos sufrir.

—¡Juan, vamos a regresarnos! Esto no vale la pena.

—Espérate, mujer. Vamos a aguantarle a esto.

—Por favor, paisanos —se escucha decir a alguien—. Por el amor de Dios, guarden silencio.

Es Antonio Nopal, que se acordó de sus hijos y de plano ya no aguantó ver aquello. Se retira la frazada y se la ofrece a Juan. Los vehículos de la patrulla fronteriza se ven en el horizonte, otros más pasan a unos metros de ellos. Las horas pasan y ellos siguen agazapados.

Esa madrugada, Soberbio y Adela ya no pudieron pegar pestaña y decidieron ir a la misa de seis de la mañana. Las veladoras seguían apagadas cuando partieron rumbo a la iglesia, que se encontraba medio vacía y en la que predominaban los ancianos. Don Soberbio no escuchó ni una sola palabra del hombre de la sotana negra, su pensamiento estaba en otro lado y su mirada se hallaba clavada en el Cristo crucificado.

—¡Permíteme la oportunidad de decirle que lo quiero!

El Cristo parecía tener la mirada más triste que de costumbre. Adela y Soberbio se persignaron y permanecieron hincados por un buen rato. La primera lectura y el evangelio se dieron. La misa había terminado y el Cristo permanecía muy triste.

Soberbio Justo corrió la suerte de tantos otros nacionales en su intento por llegar al norte. Encontró la muerte. La huesuda volvió a hacer de las suyas, continuaba burlándose de los indocumentados como en otras tantas ocasiones. Si tan sólo los muertos pudieran hablar, comentarían:

Hola, mi nombre fue Macedonio Gutiérrez y era originario del estado de Chiapas. Contaba apenas con 28 años, era padre de más de dos y venir al norte era mi salvación. Llegué a esta ciudad de Tijuana, recorrí sus calles y conocí a unos hombres que después fueron mis compa dres. Les pedí prestado, pero estaban más jodidos que yo, eran centro-americanos. No teníamos para pagarle al "coyote". Planeamos nuestra pasada solitos, visitamos el Bordo, el Cañón Zapata y el Cañón del Matadero. Optamos por este último por ser el menos vigilado. La noche era perfecta. Era de madrugada cuando llegamos al lugar. Aquello estaba desierto. Caminábamos con mucho cuidado, vigilándonos las espaldas. Después de andar un buen trecho, decidimos descansar y nos quedamos dormidos. Ése fue nuestro error. De los matorrales salieron tres tipos armados hasta las cachas. Uno llevaba un machete y los otros armas de fuego.

—¡Arriba, cabrones! —nos dijeron.

Nos levantaron a patadas y a mentadas de madre. Realmente no sabíamos lo que pasaba. Un patadón en los bajos a uno de mis compañeros nos indicó que no estaban jugando.

—¡El dinero, hijos de la chingada! —nos dijeron.

—No tenemos, compa.

—¿Cómo chingados no? Todos los mojaditos traen su escodidito.

Nos ordenaron que nos encueráramos uno por uno. Fue denigrante. La sangre yo ya la tenía caliente e hirviendo cuando uno de los hampones se percató de que no teníamos ni madres y de un cachazo descontó a uno de mis compañeros.

—¡Déjalo, cabrón! —le dije.

—Con que tú eres el machito —me dijo—. Vamos a ver si lo que te cuelga realmente vale.

Me puso la pistola en la cien derecha y jaló el gatillo. El chiquito se me arrugó, para qué les digo que no. El tipo se carcajeó haciendo alarde a su sobrenombre de el Sonrisas. Dio vuelta al cilindro y volvió a repetirse la escena. Yo ya estaba todo orinado y aquel se carcajeaba. El "¡pum!" rompió el silencio de la noche y yo caí al suelo.

—Solamente quería bajarle los huevos —decía el Sonrisas.

—¡Vámonos de aquí! —le gritó su compañero.

Mis compañeros regresaron a Tijuana, dieron aviso a las autoridades y ellos me llevaron. No pudieron identificarme porque no llevaba conmigo ni una pinche credencial. Yo trataba de gritarles: "¡Soy Macedonio Gutiérrez! ¡De Comitán, Chiapas!", pero todo fue en vano. Terminé sepultado en una fosa común junto a otros paisanos.

Hey, compadre, es mi turno de platicar. Mi nombre fue Liborio Juárez, padre de seis, abuelo de uno. Nací en Pénjamo, Guanajuato, y lejos de ahí morí. Ya han pasado más de cinco años desde el incidente, pero parece que fue ayer.

Llegué con mi compadre y mi yerno. Él me advertía que yo ya no estaba para estos trotes, la artritis no me ayudaba. Llegamos a Mexicali en la época en la que el calor más pegaba. Pensábamos que ya la teníamos hecha cuando cruzamos el norte, pero qué equivocados estábamos. Nuestra intención era abordar un tren. Tardamos más de dos días para subirnos a un carguero. Cuidadosamente lo revisamos y escogimos un vagón convertible.

—¡Suegro, apúrele que este tren ya se va! —me gritó mi yerno.

Troté y me aferré a su brazo. En un dos por tres ya estaba adentro. Era varilla de construcción la que transportaba, lo que nos dejaba un espacio muy reducido para sentarnos. Tuve una rara sensación cuando la puerta se cerró y el chu-chú agarró marcha. Nos persignamos, el compadre rezó y el yerno miró al cielo.

—Cuídanos, Señor —dijo.

Qué hermoso se veía el cielo. La luna no se diga. Esos primeros minutos sí que los disfrutamos. El compadre se prendió un Delicado y hacíamos planes de qué haríamos con el dinero que ganáramos en el norte. Ya le habíamos echado colados a la casa y comprado más de una vaca. En nuestra mente, hasta para el rebozo de las mujeres nos alcanzaba. A las dos horas el calor comenzó a hacer estragos. Me empezó a dar calentura, sudaba frío y empezaba a decir pendejada y media. La camisa ya la tenía empapada y el yerno me la quitaba. Yo sentía que la cabeza me explotaba. Como a las cinco horas la calentura me ganó y me quedé dormido. Me siguió el compadre y el yerno fue el que más aguantó. La música melancólica del tren nos arrullaba. El tren seguía su marcha. De repente frenó y la carga se nos vino encima. Una de las varillas se me incrustó en el pecho, muy cerca del corazón. No tuve ni tiempo para pedirle perdón al Creador por lo malo que hubiera hecho. Mis ojos se quedaron mirando al cielo. Creo que él comprendió.

Esa suerte ya me tocaba. El compadre y el yerno sufrieron lesiones serias de las que les quedaron huellas, pero nunca olvidarían aquella noche que terminó en tragedia. Con el paso de los días me regresaron a mi tierra querida, Pénjamo, Guanajuato. Mi viejita, que me viene a visitar y reza por mí cada vez que puede, me dice que ya soy abuelo de tres gringuitos, y que el compadre ya dejó a la comadre por casarse con una gringa para que le diera los papeles.

Pssst, pssst, señor, ahora le toca a la damita platicar…

Mi relato es corto, pero hasta pena me da platicarlo. Yo fui Lucrecia Rubio, originaria del estado de Sinaloa, soltera y sin hijos. ¡A mi edad ni loca! Apenas tenía 14, estaba próxima a ser quinceañera. Yo creo que por algo así mi padre sí me hubiera matado, imagínese si no. La huída con mi novio le causó un infarto. Lencho y su servidora decidimos ir al norte, más por aventura que por necesidad. Uno piensa a esa edad que nada le pasa, comemos pinole y tomamos agua, retamos a todo el mundo. Mi padre no se salvó, el viejo no aguantaba nada. Se molestó porque reprobé dos materias. Mi madre quería que yo la hiciera de sirvienta, que me dedicara a tender camas y cuidar a los hermanos, ¡chale! Luego conocieron a Lencho y no les cayó para nada. Ahí comenzó todo el desmadre. Una noche llegué con un chupetón en el pescuezo. Se enojaron y yo, buscando el pretexto, me dije "Éste es el momento". ¡Y que me voy!

Los primeros días nos la pasamos a toda madre. Cuando se nos acabaron los pocos pesos que llevábamos, no nos preocupamos. Conocimos a unos chavos más locos que nosotros, de ésos a los que les dicen cholos. Nos dijeron que nos ayudarían a cruzar la frontera, fijamos la fecha en un día muy patriótico para los vecinos del norte, el 4 de julio. Fue en el Cañón del Matadero donde me tocó conocer a la calaca. Dejen les platico...

Para cuando llegó la fecha, el Muelas y el Teclas olían a pura marihuana. Al Lencho no le gustó nadita cómo me trataban esos dos.

—Mamacita, qué buena estás —se la pasaban diciendo.

Cuando quisimos arrepentirnos, nuestros dos amigos nos dijeron que ya era demasiado tarde. El tíner hizo su aparición acompañado de la agresión física. Se descontaron al Lencho con una piedra porque le reclamó al Teclas:

—¡Quihúbole! ¿Por qué le estás agarrando las tetas?

De un cachetadón, el Teclas cayó al suelo, pero se limpió el hocico y me dijo:

—Ahora vas a ver lo que es bueno.

—¡Auxilio! —grité yo, hasta en inglés dije—: Help!

Pero nadie me escuchó. Me cubrieron la boca y entre los dos me cargaron. Fueron cinco minutos de angustia. Me violaron entre los arbustos y para no dejar huella me navajearon y vaya que se limpiaron las manos. Lencho amaneció con el cuchillo en la mano. Sus padres pagaron mucho dinero para que no lo encerraran tanto tiempo. Fui trasladada al pueblo y ahí me sepultaron. Mis padres me pusieron el vestido que iba a usar para mis quince años. Y Lencho, bueno, él tuvo remedio. Se metió de lleno al estudio, hasta se fue a la capital para entrar a la universidad. En su cuarto tiene mi foto.

Los michoacanos, jaliscienses y otros como Antonio Nopal siguen tendidos en el suelo. Ya perdieron la noción del tiempo. Los niños ya tienen calentura, su madre simplemente los acaricia mirando al cielo en espera de una respuesta. Juan espera impaciente la llegada de la camioneta negra que le había indicado el enganchador. Por fin llega una, se le iluminan los ojos, se chupa los dientes y maldice el momento al darse cuenta de que el vehículo viene por los vecinos del arbusto de junto. Y el tiempo transcurre... camionetas llegan y se van bien cargadas. Es increíble la cantidad de paisanos que hay en esos matorrales.

Pero cuando menos lo esperan, se escucha un grito:

—¡Súbanse de volada!

¡Y riácatelas! Juan y los demás sienten que las piernas les flaquean, pero abordan aquella camioneta que los llevará a la tierra prometida. De ahí serán conducidos a una casa que se encuentra entre San Ysidro y San Diego, donde después de más de 14 largas horas, les dan algo de refinar: espagueti y frijoles dulces enlatados.

La muerte de Soberbio Justo fue noticia en los medios de comunicación. Mentiría si les dijera que fue de primera plana, más bien fue una notita en la sección de Sociales en la que se solicitaba el apoyo del público para localizar a los familiares.

Sí, no fue de primera plana. Además, la muerte de un solo paisano no lo ameritaba, diría el jefe de redacción. Pero no se crean, las tragedias de los paisanos han ocupado esa plana de grandes encabezados:

FALLECEN CINCO INDOCUMENTADOS EN EL DESIERTO DE ARIZONA:
TRES ADULTOS Y DOS MENORES DE EDAD.

¡TRAGEDIA!
15 INDOCUMENTADOS MUERTOS EN UN VAGÓN DE TREN.
SE PRESUME QUE PROVENÍAN DEL ESTADO DE OAXACA.

SE VOLTEA CAMIONETA CON 20 INDOCUMENTADOS.
DIEZ DE ELLOS FALLECEN.

AUMENTA EL NÚMERO DE VÍCTIMAS EN LA AUTOPISTA 5.
DOS PERSONAS FALLECEN EN SU INTENTO DE CRUZAR LA FRONTERA.

Estas noticias sí ocupan la primera plana de los periódicos. Los científicos de escritorio, conocedores del problema, instruyen a sus achichincles para que den inicio a las sumas, restas y porcentajes. La muerte de los paisanos es un número más.

La noticia de la muerte de Soberbio Justo llegó a las manos del Tururú, quien se encontraba leyendo *La Opinión* en las oficinas de Trabajo Social en la iglesia de la Placita Olvera. Observaba aquella foto, se rascaba la cabeza y se repetía:

—¡Conozco a este chavo!

Vio la dirección que tenía la noticia y, percatándose de que estaba muy cerca de su casa, salió de la oficina en busca del padre Luna para manifestarle sus inquietudes.

—Padre, ¡yo conozco a este muchacho!

—¿Y qué pretendes hacer?

—Con su autorización, me gustaría ir al domicilio y ver qué puedo investigar. Presiento que algo se puede sacar.

—Cuentas hasta con la bendición y unos cuantos dólares para que tomes el camión. ¡Ah! Solamente necesito que me mantengas informado.

El Tururú salió rumbo al Valle de San Fernando, bajó del camión y caminó largas cuadras para llegar al cantón de amigos o conocidos de Soberbio Justo. Tocó la puerta y nadie le contestó. Al parecer aún nadie había regresado de trabajar. Esperó y esperó y después de dos largas horas un carro se estacionó y de él descendieron tres chavos que se veían agotados.

—Buenas tardes —les dijo el Tururú.

—¿Qué onda, carnal? —le contestaron.

Habiéndose identificado como trabajador social de la iglesia de la Placita Olvera, el Tururú les preguntó:

—¿Conocen a Soberbio Justo?

—¡Claro! Él vive con nosotros. En estos momentos no se encuentra, se fue de vacaciones a Ahualulco del Mercado, allá por el estado de Jalisco.

El Tururú les entregó el periódico. Al terminar de leer se les cayó hasta la lonchera. No daban crédito a lo que había sucedido.

—¡Está de la chingada! —dijo uno de ellos.

—¡No puede ser! —comentó otro.

El tercero simplemente agachó la cabeza y entró al departamento, segundos después los otros dos le siguieron.

El Tururú se quedó parado como pendejo y sin ser invitado siguió el mismo camino. Dos de ellos destapaban unas chelas, mientras que el otro entraba a su recámara y abría una de las cajas de cartón que había al lado de la cama.

—¡Él era, carnal! —le dijo al Tururú mostrándole la foto que se tomó antes de irse de vacaciones.

Los de las chelas se las terminaron de dos tragos, abrieron una segunda y cuestionaron al Tururú sobre lo que seguía.

—Notificar a los familiares —les dijo.

Se buscaron cartas y recibos telefónicos.

—Aquí hay unos de Ahualulco del Mercado —dijo uno.

—¿Quién va a hacer la llamada?

Ninguno contestaba. El Tururú se ofreció a dar la noticia.

—¿Bueno?

—Sí, diga —le contestaron.

—¿Se encuentra la familia Justo?

—Permítame. Déjeme llamarlos, viven aquí en la esquina.

La vecina se acomodó el rebozo y apresuró el paso para ir en busca de doña Adela. Ésta se encontraba tratando de prender las veladoras, pero sus intentos eran infructuosos porque se apagaban solas. En eso estaba cuando la vecina le informó que tenía una llamada de los Estados Unidos.

Adela observó la imagen del patrón del pueblo. Su corazón lloraba. Presentía que algo malo sucedía, como que ya lo estaba esperando. Acompañó a la vecina y lentamente tomó la bocina, la cual dejó caer cuando escuchó la noticia: su Soberbio había fallecido. No lloró, lentamente regresó a su casa. Intentó otra vez encender las veladoras y esta vez sí prendieron. Su hijo ya se encontraba en el cielo. Don Soberbio encendió un cigarrillo al conocer la noticia.

El padre Luna y el Tururú se encargaron de informar a los medios de comunicación que la familia ya había sido localizada, así como a la oficina del médico legista para que ellos se encargaran de trasladar los restos de Soberbio. Los amigos ayudaron, los indigentes de la Placita Olvera pusieron alguna feria pues comprendían que uno de los suyos había fallecido.

Ocho días después del accidente, el cuerpo fue enviado al pueblo de Ahualulco del Mercado. La tarde era fría, los vientos golpeaban la cara cuando el cuerpo llegó a Guadalajara. La funeraria del pueblo ya estaba presente cuando la caja les fue entregada. El papeleo fue sencillo y se retiraron de volada. Los Justo lo esperaban en casa.

El vehículo fúnebre llegó como a las ocho de la noche. El ataúd negro fue bajado y doña Adela se desmayó al verlo. Don Soberbio lloró mientras sus demás hijos lo consolaban. A pesar de los fuertes vientos, las veladoras no se apagaban. El ataúd fue colocado en medio de la sala de aquella humilde casa. Los vecinos chismosos y argüenderos murmuraban:

—Don Soberbio tuvo la culpa. Si no lo hubiera maltratado tanto esto no hubiera sucedido.

Al velorio asistieron desde el sacerdote hasta el Maletas. Las viejas chismosas no podían faltar. Fingían soltar el moco. Los que no estuvieron presentes fueron los gorrones de la cantina. Al día siguiente, las puertas del panteón se abrieron de par en par para sepultar a Soberbio Justo, otro mexicano más víctima de las circunstancias. Los Justo lloraban su tragedia, quizá en otras partes de la República sucedía lo mismo.

Los estudiosos del problema seguían haciendo sumas y restas. ¿Cuántos mexicanos fallecen en los Estados Unidos? ¿Cientos? ¿Miles? Afortunadamente, don Soberbio tenía su pedacito de tierra en el panteón, espacio que tenía reservado para él, pero hay tantos que ni siquiera eso tienen, que no cuentan ni con un lugar para depositar a sus muertos y dejarlos descansar en paz.

Probablemente Soberbio ya se encontraba en el cielo pidiendo perdón a sus padres, mientras en la tierra de los pecadores seguían los desmadres. Para ser más específicos, en la casa ubicada entre dos ciudades con nombre de santos: Ysidro y Diego.

Antonio Nopal, los michoacanos y los jaliscienses esperaban noticias. Los más de veinte paisanos eran visitados de vez en cuando por un individuo que les llevaba leche y cereal. No abrir la puerta a nadie eran las instrucciones.

Dormir en el suelo se convirtió en un lujo, respirar una fantasía y encontrarse vivos una bendición del Señor.

Esa noche fue la decisiva. El enganchador les indicó que esa noche pasarían. Los adultos viajarían en un camión de carga, y los menores acompañados por unas mujeres que habían ido a Tijuana a turistear.

—¡Yo no dejo a mis hijos! —dijo Juana.

—No tenemos de otra —contestó uno de los enganchadores.

—Mujer —le dijo su esposo—, vamos a tener fe. ¡Todo va a salir bien!

Juana lloró y abrazó a sus hijos. Éstos simplemente pelaron los ojos confundidos. Eran casi las once de la noche y todo estaba listo. Los adultos se introdujeron uno por uno en el camión de carga y encima de ellos pusieron colchones viejos para tapar el bulto humano. Iban como en lata de sardinas.

Juana no soltaba a los niños, que ya lloraban. Juan se los retiró y se los dio a los enganchadores. En un dos por tres se convirtieron en gringos. Les pintaron el pelo con pintura de aceite. Al pasar por la garita de revisión en San Clemente, a pregunta del agente de inmigración, los supuestos padres contestaron:

—Ellos nacieron en San Bernardino.

El carro siguió su camino. El camión lo siguió de cerca. Los paisanos ni respiraban y los "coyotes" como si nada. San Clemente los esperó con los brazos abiertos, y el agente de inmigración también. El "pasamojados" dio tres golpes en el techo, indicando a los aspirantes a indocumentados que habían llegado al punto de revisión. Los rezos comenzaron. Todos se persignaron y cerrando los ojos se encomendaron a Dios. Los tres minutos de conversación entre el "coyote" y el agente de Migración parecieron eternos.

Las plegarias funcionaron ya que no los revisaron. El motor fue puesto en marcha y se alejaron de ahí lentamente. Dos toquidos en el techo fueron la indicación de que ya habían pasado.

—¡Gracias al Señor! —dijeron los indocumentados.

Algunos paisanos lloraron, entre ellos Juana. Algunos más ya no se aguantaron las ganas de orinar del susto. Los "coyotes" se felicitaron entre sí:

—¡Ya la hicimos! —comentaron.

Inexplicablemente, el camión comenzó a tomar velocidad. De la felicidad por el dinero que ganarían, no se habían dado cuenta de que iban a más de 80 millas por hora. En el interior los paisanos se preocupaban y comentaban entre ellos:

—¿Qué pasa?

—¡Dios, ayúdanos!

Golpeaban el techo del vehículo para exigir a los "coyotes" que se pararan. Los que manejaban simplemente se burlaban.

—¡Vamos a sacarles un susto a estos pobres pendejos! —dijo uno.

—¡Vamos a darle a 100 para que se les quite!

Y vámonos, como te truje, Chencha, le pisaron el acelerador. En su interior los gritos de desesperación eran desgarradores. El miedo se apoderaba de ellos mientras los "coyotes" seguían con su mamada. La autopista 5 era testigo de lo que sucedía. Entrando a los límites de la ciudad de Santa Ana, el vehículo fue perdiendo velocidad. La carga seguía gritando y quejándose, los "coyotes" se decepcionaron al darse cuenta de que la gasolina se les había acabado.

—¡Chingao! ¡Tan bien que íbamos! —dijo uno.

—¡Carnal, tenemos que empujar!

—Que lo hagan los mojados. ¡Saca unos cinco y ponlos a trabajar!

Nopal, Juan y otros tres más fueron los asignados. Al salir no sabían de qué se trataba, pero estaban felices de poder respirar nuevamente. Sin embargo, muy en sus adentros tenían miedo de que se los fueran a madrear. Al salir respiraron profundo, observaron a su alrededor y se quedaron sorprendidos. ¡Qué bonito era Estados Unidos! El pujar fue lo de menos. Al llegar a la gasolinera ya sudaban la gota gorda. Más de uno se quedó con la boca abierta. Era la primera vez que veían a un negro.

—Yo creo que nos va a ir muy bien —dijeron—. ¡Acabamos de ver a San Martín de Porres!

El camión de carga llegó a su destino. Cruzaron la ciudad de Los Ángeles, un departamento en el Valle de San Fernando los esperaba.

—Bajen uno por uno en silencio. Si hacen ruido se los puede llevar la chingada —les indicaron.

Caminando en puntitas, los indocumentados fueron introducidos al departamento. El interior era para los paisanos algo hermoso. ¡Había alfombra! No le daban importancia a las manchas de caca de perro. ¡Había aire acondicionado! Poco importaba que no funcionara. El sofá les pareció muy cómodo. Los alambres que se le salían eran parte del adorno. El refrigerador sí funcionaba, pero estaba vacío… o bueno, realmente no, había un chingo de cucarachas que ahí jugaban. ¡Sólo faltó que tuvieran gorritos y guantes para el frío!

—Señor, ¿y mis hijos? —preguntó Juana.

—¡Los tenemos en otra casa!

—¿Cuándo me los traen?

—No se preocupe, todo va a salir bien. En la primera oportunidad los tendrá a su lado.

—Señor —imploraba Juana—, ¡tráigamelos!

—Ya le dije que en la primera oportunidad…

—¿Pero por qué no me los trajeron?

—Señora, estoy harto. No tengo ganas de discutir, o se calla o la sacamos de aquí. ¡No queremos problemas!

Las mujeres trataban de consolar a Juana. Juan se les encaró a los "coyotes" y les pidió que no les gritaran. Los demás paisanos estaban a la expectativa.

—¡Cállate, cabrón! Si siguen con estos desmadres alguien va a llamar a la policía y luego se los van a llevar a Migración. ¡No estás en tu rancho!

—¡Paisano, tranquilízate! Hazlo por nosotros —le dijeron los demás.

Juan no quiso escuchar. Al "coyote" ya se le había pasado la mano con los insultos. Logró zafarse de quien lo sostenía y le tiró un trancazo al "coyote" pegándole en la puritita jeta. El "coyote" tambaleó, su pareja se puso en guardia y sacó una navajita.

—¡No te metas! —le dijo el golpeado—. ¡De este cabrón yo me encargo!

—Ya sacaste boleto, hijo de la chingada —le dijo a Juan.

Aprovechando que Juan fue sujetado nuevamente, el "coyote" lastimado tuvo la oportunidad de darle un cabezazo en la nariz. La sangre empezó a salir, las viejas gritaron, Juana corrió a su lado.

—¡Paisano, por favor! —dijeron los demás, todos intimidados.

—Juan, hay que pedirle a Dios que todo salga bien —le dijo su mujer.

Los gritos despertaron a algunos vecinos.

—¿Escuchaste eso, Coras?

—De seguro es el vecino que llegó todo borracho y le dio unos cates a su mujer —le contestó.

—Pues ha de tener muchos hijos, porque se escucha un santo desmadre.

El Tururú se levantó y abrió la persiana de la ventana. No pudo ver nada, las ventanas del "vecino" estaban cubiertas con unas tablas de madera.

—Ya duérmete, mi buen —le dijo el Coras.

Después del despapaye que se armó, los "coyotes" dieron instrucciones para que los cerca de veinte paisanos se fueran a dormir. Ocho mujeres en el único cuarto y los demás en la sala, en el pasillo y en la cocina. Las luces se apagaron. ¡Bienvenidos a los Estados Unidos! El apeste estaba en su apogeo. Las cucarachas salieron. Los "coyotes", nada pendejos, se retiraron a sus aposentos. Era el departamento de al lado, ahí dormirían cómodos y tranquilos.

El Tururú no podía pegar los ojos de sólo pensar que al día siguiente vería a Silvia. Después de dos semanas de no verla tenía mucho que decirle. El Coras dormía como perro desvelado. Su cuate solamente lo observaba.

Al día siguiente, el Coras se levantó muy temprano. El muy cochino no se bañó, simplemente se lavó la cara y las manos. Los callos le recordaron que tenía que seguir chingándole. Al salir de su departamento, observó por un instante al de enfrente.

—El marido ha de ser un agresor —pensó.

Ese sábado el Tururú no trabajaría, se iría con el Yes Yes a visitar a sus amigos de la gran avenida. No desayunó pensando que el Lupillo lo invitaría.

Eran las diez de la mañana y los dos amigos ya estaban en la Lankersheim Boulevard. Saludaron con euforia al Lupillo, quien les invitó unas donas.

—¡Gracias, Lupillo! ¡Feliz año nuevo! ¿Cómo van las cosas?

—Nada que yo les pueda contar. Observen por ustedes mismos.

Tras un sorbo de café y un largo suspiro, observaron aquel panorama de año nuevo. Uno por uno seguían llegando con su lento caminar. Su forma de andar ya es cabizbaja. El paso con el que llegaron por primera vez ya no se deja ver. Aquellos otros ya dieron vuelta a la esquina. El frío de la mañana no les impide dibujar una sonrisa. Agilizan el paso dejando atrás a los cabizbajos. Dan el último paso y escogen su lugar, miran hacia atrás y murmuran:

—¡Esa bola de huevones creen que así van a conseguir chamba!

Los dos amigos siguen muy atentos. Se observan, levantan las cejas. El Lupillo encoge los hombros como diciendo "¡Así es esto!".

El frío de la mañana hace estragos en los presentes. El café se consume con singular alegría. Los cigarros se encienden y se apagan. Ningún patrón ha aparecido. Los nuevos soñadores no se mueven de sus lugares. Carro que pasa, carro al que le chiflan. Segundos después nomás se agachan. El vehículo se siguió de frente.

—Oye, Lupillo, hay muchos nuevos.

—Ya sabes el cuento, mi Tururú. Año nuevo, gente nueva. Ésa es una de las tradiciones de la gran avenida. Te puedo asegurar que los jornaleros de las grandes avenidas se han extendido a otras partes de la ciudad.

Frotándose las manos, un jornalero se aproxima a los dos amigos y le pide fiado un café al Lupillo. Éste, sin dudarlo un segundo, le ofrece un vaso.

—Éste va por la casa —le dice.

Los amigos simplemente sonríen. Las cosas sí que no cambian. Las carcajadas salen a flote cuando a unos dos metros de distancia, otro jornalero va de lado a lado pidiendo sus veinticinco centavos, una "cora".

Pero por fin se detuvo un patrón y el espectáculo se dio. El pobre no sabía lo que le esperaba cuando se estacionó. Los empujones, piquetes de ojos, mordidas y patadas a los bajos no podían faltar. Cada uno de los jornaleros luchaba intensamente por ser él el contratado.

—One —decía el patrón.

El más vivo de todos les gritó:

—A ver, señores, por favor, háganse a un lado. Aquí el patrón me está llamando —dijo Juan.

Y sin darles tiempo de que reaccionaran, se aventó de palomita a la parte trasera de la camioneta. Los demás se quedaron rascándose la cabeza.

—¡Éste sí que salió más cabrón que todos! —comentó el Yes Yes.

Esa mañana no fue buena para los jornaleros. Aparte del frío, cayó un aguacero. Uno por uno se fueron alejando con distintos rumbos. Los puentes y carros destartalados los esperaban con los brazos abiertos. El Yes Yes y el Tururú se refugiaron en la troca del Lupillo, observando cómo un par de paisanos permanecían sentados en la orilla de la banqueta. La lluvia arreciaba, los paisanos simplemente se sacudían las cachuchas que llevaban puestas y siguió lloviendo. El agua mojaba las esperanzas de aquellos dos que no se movían por nada del mundo, ni siquiera cuando los carros que pasaban por ahí los empapaban.

Los dos amigos se despidieron.

—No cambian las cosas —dijeron.

Cada uno llegó a su casa, el Yes Yes para disfrutar de sus chiquillos, el Tururú para ponerse guapo. Seguía en firme la cita con Silvia. Planchó, se bañó, se rasuró, se perfumó y ya estaba listo para aventarse unos kikiricos. A punto estaba de salir cuando el Coras se despidió de él:

—¡Que te vaya bien, mi matador!

El Tururú agarró camino hasta la parada del camión. La perfumada no le duró nada. Se empapó de volada. Mojado entró en el camión y seco salió, pero de nada le sirvió porque la lluvia no cesaba. Corrió y cruzó la calle refugiándose en el atrio de la iglesia de la Placita Olvera. Faltaba más de media hora para su cita con Silvia. Estaba mirando su reloj cuando escuchó que alguien a lo lejos le gritaba:

—¡Gilberto! ¡Gilberto!

Era el padre Luna.

—¡Ayúdame con los paisanos! —le dijo.

El Tururú observó el reloj y le echó la mano al sacerdote. Puso el orden e introdujo a la iglesia a uno por uno . Ya adentro, el padre se aventó su conocido sermón. Ya se lo sabía de memoria. No requería acordeón.

A las siete de la noche, el Tururú se encontraba en el lugar de la cita observando el enorme reloj de la estación del tren que se encontraba enfrente, pero la chava no llegaba. Dieron las ocho y ni luces de ella. A las nueve se fue de ahí, cruzó el atrio de la iglesia y aquello estaba solo. El padre Luna ya había mandado a dormir a los indigentes. El Tururú ocupó el asiento trasero del camión recargándose en el cristal de la ventana. Buscaba una explicación a lo sucedido, pero no encontraba respuesta. Silvia lo había dejado plantado, nunca sacó el regalo de su bolsillo.

Desperfumado, mojado, despeinado, desilusionado y todo lo que termine en "ado", llegó a su casa. Al verle la cara, el Coras no pudo evitar preguntarle:

—¿Te cortó tu chava?

—No, Coras, ¡ni siquiera se presentó!

—¿Seguro que la cita era para hoy?

—Fijamos la fecha el día que se fue de vacaciones.

—Posiblemente se le olvidó. A lo mejor todavía no ha regresado de México. Háblale mañana a su cantón para ver qué es lo que pasa. No te preocupes, te invito un café.

El Tururú aceptó. Se fue a la recámara a cambiarse de ropa mientras el Coras se fue a la cocina, donde luchó contra el frasco de café escarbándole hasta el último grano. El café les supo a gloria y estaban descansando con los ojos bien pelados cuando escucharon gritos que provenían del departamento de enfrente.

—El vecino se sigue tiznando a su vieja —comentó el Coras.

Los paisanos recién llegados se encontraban confundidos. Algunos caminaban de lado a lado, otros estaban sentados en el suelo pues el viejo sofá no tenía cupo para todos. Las mujeres permanecían aisladas en su recámara. El hambre y la sed se habían apoderado de ellos. Los "coyotes" les habían dejado tres cajas de cereal y un galón de agua, los cuales para las dos de la tarde ya se habían acabado. Cuando los dos rufianes hicieron su aparición, los paisanos se las hicieron de tos.

—¿Pa cuándo nos vamos, patrón? —preguntó Antonio Nopal—. Yo tengo pa pagarles, no necesito estar aquí encerrado.

—¡Ninguno sale! —le gritó el "coyote"—. Todos se quedan hasta no recibir nuevas instrucciones del jefe.

—¡Por lo menos dénos algo de comer!

—¡Mira, pinche indio, las decisiones no las tomo yo! Si no les gusta el trato de reyes que les estamos dando, todos se pueden ir, pero acompañados de los agentes de inmigración.

Los paisanos sufrían las consecuencias de querer mejorar sus condiciones de vida, y para que más les doliera, el que se los estaba chingando tenía que ser uno de su propia raza, un jijo de su madre que hacía mucho tiempo estaba falto de sentimientos. Los billetes verdes era lo único que le provocaba alguna reacción.

Juan, que aún tenía la nariz de boxeador preliminarista de la arena Coliseo, se armó nuevamente de valor y lo cuestionó con su mujer a su lado:

—¿Y mis hijos para cuándo me los entregan?

—¡Ah, cómo chingas! Te he dicho que todo con calma. Hoy vendrá el mero mero y nos traerá noticias.

Los dos "coyotes" salieron del departamento y cigarro en mano hicieron guardia en la puerta. En el interior la gente seguía sin entender lo que sucedía. La lluvia cesó, el frío arreció. Los minutos pasaron y el reloj marcaba las once y media de la noche. El Coras y el Tururú seguían despiertos. Les llamó la atención dos siluetas que se reflejaban a través de su ventana.

—¿Quiénes serán?

—Ha de ser el marido golpeador junto con su compadre —comentó el Tururú.

—Yo los veo muy raros. Esto me da mala espina.

—No seas mal pensado, Coras. Mejor vamos a dormir.

—Voy a esperar para ver de qué se trata.

El Coras se acomodó como si fuera a ver una película de acción. Estaba seguro de que estaría mejor que una de los Almada o de Valentín Trujillo. No esperó mucho, la acción comenzó antes de lo esperado. Un tipo encorbatado y otro menos jodido saludaron a los de la puerta. A éstos se les podían leer los labios a leguas.

—Buenas noches, patrón, ¿cómo está usted?

—¿Y los mojaditos?

—Adentro, pase usted.

—Arriba todos, pongan atención que el patrón ya llegó.

El patrón observó aquel panorama, vio a cada uno de sus paisanos de arriba pa bajo. Se sacó el palillo de la boca y les preguntó a sus auxiliares:

—¿Ya les dieron de comer?

—¡Claro! Como usted nos indicó.

El patrón sacó un nuevo palillo y se lo colocó entre los dientes. Momentos después encendió un cigarro y se dirigió a los ahí presentes.

—No se podrán quejar de las comodidades que se les han brindado. Tienen hasta alfombra, un poco cochina, pero se debe a que la gente como ustedes no la cuida. Están como reyes, señores. No se podrán quejar.

El palillo cayó al suelo, el cigarro ni se lo acabó. Su tono de voz cambió abruptamente:

—Miren, hijos de la chingada, aquí mi gente me ha comentado que entre ustedes hay algunos alebrestadores. Son una bola de malagradecidos, nosotros arriesgamos en cada viaje nuestra vida y los hacemos por razones humanitarias, porque ustedes necesitan ayuda.

—¡Pero, señor…! —quiso interrumpir uno.

—¡Cállese, cabrón, que aún no he terminado! Como les estaba diciendo, y para que vean que nuestras intenciones son sanas, hoy saldrán los primeros. Se van aquellos que ya conozcan los rumbos, los demás se tendrán que esperar hasta que alguien pase a recogerlos.

A más de uno se le iluminaron los ojos, entre ellos se encontraba Antonio Nopal, quien parecía dar gracias al cielo.

—Les advierto —dijo el patrón— que si alguno de ustedes me delata, debe dar por hecho que se lo llevará la chingada. Bórrense de sus cerebros, aunque sé que no tienen, todo lo que aquí han visto.

El patrón salió para dar instrucciones a sus achichincles. Desde su ventana, el Coras no daba crédito a los que sus lindos ojos veían, se los tallaba como si tratara de enfocar a una vieja encuerada. La luz le permitía ver claramente a aquel sujeto, cómo lo podría olvidar.

—¡Despierta, Tururú! ¡Despierta!

El Tururú estaba soñando que le cantaban *Las Mañanitas*. Abrazaba la almohada y murmuraba:

—¡Silvia…!

—¡Despierta! —insistía el Coras.

—¿Qué quieres, carnal? —contestó el enamorado.

—¡Tienes que ver esto! No lo vas a creer.

El Tururú se levantó sin muchas ganas, quería seguir soñando, se había quedado en el mero mole y ya le había agarrado la mano a Silvia.

—¿Ya viste? —dijo el Coras.

Enfocando muy bien la mirada, el Tururú no dudaba en identificar a aquella persona.

—¡Es el Chuy!

—Y los otros son los que me madrearon.

El Chuy parecía revisar una lista, verificaba los nombres de las personas que había determinado que saldrían:

—Julio Martínez, Mauro Rey, Sebastián López, Jovita Sánchez, Lupercio Jiménez y Antonio Nopal. Ustedes son los primero que salen, vayan preparando su dinero.

Julio Martínez se quitó el calcetín y retirándose la cinta adhesiva entregó el dinero acordado. Chuy lo recibió, la lana apestaba a patas y su achichincle lo contó.

—Son 150 dólares, patrón.

El Chuy tiró el palillo y se aventó un escupitajo que cayó a unos milímetros del zapato de Julio.

—¡Faltan 30 dólares, paisano! —señaló.

—El acuerdo fue 150 —contestó éste.

—¡Claro! 150 por la pasada más treinta por la alimentación y la casa. Así que haga el favor de entregar lo que falta.

—¡No tengo más, señor!

—No te hagas el pendejo. Me lo das o te encueramos, como quieras —dijo el Chuy.

Julio se quitó el otro zapato. El calcetín lo tenía muy apestoso y les entregó contra su voluntad un billete de a cincuenta.

—Así está mejor la cosa. Usted ya se puede ir.

Los demás comprendieron de inmediato la cantidad a entregar, cada uno fue sacando la lana hasta de los lugares que no puedo mencionar. El dinero olía un tanto raro.

—Mira, Tururú, acaba de salir uno.

—¿Qué estará pasando?

Mauro y Lupercio le siguieron a Julio. Esto inquietó demasiado a los dos amigos, quienes no se quitaban de la ventana.

—¿Quihúbole, mi reina? —le dijo el Chuy a Jovita, una chamaca que había llegado antes que los michoacanos y los jaliscienses.

El Chuy la observaba desde la cabeza hasta las patas, y miren que había mucho que ver. Grandes ojos cafés, pelo negro muy bello, cara de niña coqueta y cuerpo que podría marear a cualquier marinero. A Jovita le incomodaba la mirada del Chuy, que la encueraba con los ojos.

—Patrón, ésta es la chamaca que le estábamos reservando.

—Mi reina, si no tienes con qué pagar no te preocupes, ya buscaré la forma de cobrarte —le dijo el Chuy retirándole el pelo de la cara.

—¡Tengo con qué pagar! —contestó Jovita retirándole la mano.

El Chuy parecía no escuchar y seguía con el manoseo. Ya le acariciaba el cuello y ella sólo cerraba los ojos. Lo interrumpieron justo cuando sus dedos ya se encontraban en la puerta de los senos.

—¡Deje a la chamaca! ¡Ya le dijo que tiene con qué pagar! —dijo Nopal.

—¡Cállate, pinche indio! Éste no es tu asunto.

Los valedores del Chuy ya estaban en guardia, los recién importados observaban aquella escena encabronados, pero para no meterse en más problemas no dijeron nada. El Chuy no era nada pendejo, comprendió que ése no era momento para otro argüende. Movió la cabeza de un lado a otro, se frotó la cara y suspiró muy profundo. Jovita entregó su pago y preguntó tímidamente:

—¿Me puedo retirar?

—¡Claro! Y recuerda, chamaca, cuando necesites lana, ya sabes dónde encontrarme.

Jovita salió apresurando el paso. El Coras y el Tururú comentaban:

—Algo raro pasa. Ya salió una chava.

Y aún faltaba. El Chuy desató su ira contra el atrevido de Nopal.

—¡Ven para acá, hijo de la chingada!

Al tener al hidalguense a su alcance, lo tomó con fuerza del cuello.

—La próxima vez, contigo juego a la lotería —le dijo colocándose su cochino palillo en la boca.

Nopal pagó su cuenta y se retiró del lugar.

Juana, por su parte, no medía las consecuencias. No le importaba nada, estaba muy preocupada porque no tenía noticias de sus chavales.

—¿Cuándo me entregan a los niños?

A Chuy y sus valedores les valió madres el cuestionamiento de Juana. Sin decir palabra, salieron del departamento y comenzó la repartición de las ganancias. El jefe se embolsaba la mejor parte, los otros ni se quejaban de lo que se les daba.

—Hay que sacar otros diez para mañana antes de las diez. Tenemos otro cargamento y necesitamos lugar —les dijo.

En el departamento de enfrente seguían los comentarios. Solamente había una explicación para lo que estaba pasando: el Chuy era un "pollero".

—¡Ese cabrón no tiene madre! En todos los lugares está jodiéndose a nuestra gente. Solamente falta que se vista de padrecito y se clave las limosnas —dijo el Coras—. ¿Qué vamos hacer?

—¡No sé!

—¿Y si llamamos a Migración?

—Es muy peligroso, Coras. De seguro ninguna de esa gente tiene papeles.

—¡Pero no vamos a quedarnos con los brazos cruzados!

—¡Claro que no! Pero tenemos que actuar muy cuidadosamente. Ya sabes que el Chuy no se anda por la ramas.

Los amigos no llegaron a ningún acuerdo, la mejor decisión que tomaron fue irse a dormir, el Tururú pensando en Silvia y el Coras en el ojete del Chuy. Uno soñó con besos y abrazos, el otro con los madrazos que le dieron.

Eran como las seis de la mañana cuando al Coras le dieron ganas de hacer del baño. Después de disfrutar aquel momento tan sagrado, por curiosidad abrió la persiana de la ventana.

—¡No mames! —exclamó.

Otro grupo de indocumentados salía del departamento de enfrente. Había viejos y jóvenes, todos con rostros perturbados. Los achichincles del Chuy organizaban la procesión. Los bolsillos los traían abultados de verdes.

—No hagan ruido —les decían.

El Tururú seguía abrazado de la almohada con una amplia sonrisa en la boca. Al Coras le dio lástima despertarlo, se vistió y salió. Ya había tomado la decisión de dar aviso a sus cuates, entre ellos al Pelón.

—Pinche camión que no pasa —murmuraba mientras observaba el reloj.

Éste por fin llegó, lo abordó y en menos de veinte minutos se encontraba en la casa del Pelón.

—¿Qué pasó, vato? ¿No crees que es muy temprano? —cuestionaba el Pelón rascándose los tanates, y cuando acababa se olía los dedos.

El Coras, sin recibir la invitación a pasar, se acomodó en la sala.

—¿Pues qué te traes? —preguntó el Pelón.

—¿Te acuerdas del Chuy, él que me mandó al hospital y nos chingó la final de futbol?

—¡Claro que sí!

—Pues volvió a aparecer el jijo de tal por cual.

El Coras dio los pormenores de lo que sucedía en su complejo habitacional. El Pelón continuaba rascándose el producto de gallina sin perder atención de lo que se le decía.

—Creo que algo vamos a tener que hacer, Pelón.

—¿Has pensado en algo?

—No, por eso estoy aquí. Creo que ya es tiempo de que a ese cabrón se le ponga un hasta aquí.

—Tú vete tranquilo. Sigue vigilando y me mantienes informado.

El Coras cumplió al pie de la letra las instrucciones que le dieron. Regresó al departamento para hacerla de Sherlock Holmes. Para la una de la tarde vio cómo los dos gandallas entraban con bolsas del supermercado. Eso hacía suponer que todavía había más indocumentados. El Coras tomaba nota. El Tururú solamente lo observaba.

—Hazme el paro, voy al baño —dijo el Coras.

Mientras éste sudaba y pujaba, al Tururú le tocó ver cuando el Chuy llegaba con dos niños, a quienes aún les escurría pintura amarilla del pelo.

Juan y Juana se encontraban juntos en la sala cuando el Chuy entró con los dos chavales.

—Aquí están sus hijos, señora, ya deje de moler.

—Pero…

—¡Nada de peros! Tengan, me pagan y se me largan.

—Esos niños no son nuestros —dijo Juan.

—Éstos son los únicos que tenemos.

—Señor, por favor, comprenda, ésos no son nuestros hijos —reiteró Juana.

—¡Véanlos bien! —decía el Chuy mientras les jalaba el pelo hacia atrás para que les watchearan bien la face.

El Chuy, ya encabronado porque las cosas no salían como había planeado, con una seña les indicó a sus asistentes que salieran del departamento.

El Coras y el Tururú seguían muy atentos procurando que nadie los viera.

—¿Quiénes son estos chamacos?

—Pensamos que eran los hijos de esa señora.

—¿Había más?

—Sí, jefe, otro par. Se fueron con la Chela a Riverside.

—¡No sean pendejos! Esto nos puede causar serios problemas. Se me largan a buscar a Chela y me traen a los hijos de esta vieja chillona. Quiero todo listo para cuando llegue el otro cargamento a eso de las ocho de la noche.

—¿Y dejamos esto sin vigilar?

—Ustedes no se preocupen. Esta bola de jodidos no tienen los huevos para hacer nada. No es necesario que los cuiden.

El Chuy se fue a su "oficina" para hacer unas llamadas telefónicas, tenía que coordinar el arribo del nuevo cargamento. Sus achichincles jalaron para Riverside a buscar a los chiquillos.

El Coras vio que se alejaban y esto lo puso muy nervioso. Se lo comentó al Tururú, quien no supo qué contestar.

—Voy a ver qué pasa —dijo el Coras.

Ya se encontraba en la puerta cuando fue sujetado por el Tururú.

—Espérate, carnal —le dijo—. Pueden regresar y te van a madrear.

—Mira, la primera vez me golpearon sin saber por qué. Las heridas sanaron, pero la rabia y el rencor quedaron aquí guardados.

—En qué pinches apuros me metes. Te acompaño. Yo me quedo afuera a vigilar.

El Coras salió con determinación y el otro con miedo. Tocaron la puerta y no había respuesta. Dieron de golpes a las tablas que cubrían las ventanas, pero la casa permanecía en silencio. Los ruidos llamaron la atención de los vecinos, unos salieron, otros simplemente asomaban la cabeza.

—¡Vámonos! —dijo el Tururú.

A punto estaban de dar la retirada cuando a lo lejos vieron que llegaba el Pelón acompañado del Clown y otros vatos del barrio que tenían peor finta que aquellos personajes de las películas futuristas del Mel Gibson. Tatuajes en los brazos, en el pecho y en la espalda, pañoletas y medias en la cabeza. Los saludos no se hicieron esperar con puño cerrado, piquete de ojos y hasta escupitajo.

—¿Qué pasa? ¿Dónde está el Chuy? —preguntó el Pelón.

—Salió y no sabemos adónde fue. Estamos intentando abrir la puerta, pensamos que aún hay gente ahí adentro.

—A ver, Alarmas, haznos el favor.

Dentro de su profesión, el Alarmas era lo mejor que tenía el barrio. Inició su fama en el pueblo quitando los candados de las bicicletas de los niños adinerados. El barrio de Tepito también lo conoció cuando sus padres ahí emigraron. Los dueños de muchos carros nunca supieron dónde quedaron sus vehículos. Se internacionalizó cuando llegó al norte. Decían las malas lenguas que ya había robado un banco, las cajas fuertes las debilitó de volada.

El Alarmas se tronó los dedos, miró a su alrededor, tomó la perilla de la puerta y la empujó. Ésta se abrió.

—¡Qué chiste! —dijo uno—. Los muy pendejos la dejaron abierta.

El Coras fue el primero en ingresar, seguido por los demás. Los paisanos se encontraban arrinconados en la sala, cinco mujeres, dos hombres y dos niños. Estaban aterrorizados, cundió el pánico cuando vieron al Clown con su pinta de guerrero urbano. Juana se persignó, las demás mujeres le siguieron.

—¡No nos vayan a hacer nada, por el amor de Dios! —suplicaba Juan.

El Coras y sus acompañantes se quedaron fríos al ver aquel panorama. Resultaba deprimente ver aquello. El primero apretó los dientes, el Pelón y el Clown los puños.

—¡Por favor! —decía Juan—. Tengan, les damos todo lo que tenemos —agregó mostrando algunos verdes.

—¿Cuántos más son? —preguntó el Pelón.

—Somos todos.

—¡Hijos de su chingada madre! —murmuró el Pelón.

Juan lo escuchó y pensando que era para él la agresión insistió:

—¡Por favor, no nos hagan daño!

El Clown se fue a turistear por el departamento. El refrigerador ni agua tenía, las cajas de cereal estaban vacías. Al entrar al baño los olores le causaron náuseas. El escusado se había descompuesto y la caca flotaba. Una rata se paseaba en la cama de la recámara.

—Todos tomen asiento, vamos a platicar un momento. ¿Desde cuándo no comen? —preguntó el Pelón.

—Tenemos como cinco días —dijo una señora.

—¿Ya le pagaron al "coyote"?

–Todavía no.

–Quiero que todos se tranquilicen. Venimos a ayudarles, pero necesitamos su cooperación.

–¿Qué vamos hacer? –interrumpió el Coras.

–Lo primero que tenemos que hacer es traerles algo de refinar. Clown, vete con el Coras y le traes algo a esta gente, pero de volada, no se me vayan a tardar.

El Tururú y el Pelón se sentaron con los paisanos por más de media hora. Éstos les platicaron todo lo que habían pasado para llegar al norte. Llegaron los tacos de asada y los burritos de arroz con frijoles. Los paisanos sostenían uno en la boca y otro en la mano como si ésta fuera su última comida. Después del banquete ofrecido, el Pelón comenzó a dar instrucciones.

–Señores, necesito que me den el dinero que traen para pagar al "coyote".

Se miraron unos a otros. No porque les hubieran dado de comer podían depositar su confianza en aquellos desconocidos, pero no tenían otra alternativa y en ellos confiaron. Juan se despegó la cinta adhesiva de la panza y fue el primero en dar la lana, los demás lo siguieron. Las damas lo tenían muy bien guardadito, los senos los tenían muy grandes y se les desinflaron como por arte de magia. Hubo hasta quien se sacó la lana de los calzones.

–Señor, es todo lo que tenemos, es lo único que tenemos en la vida. Este dinero significa poder recuperar a mis dos hijos.

–Mire, Juan, por eso no se preocupe. Yo personalmente me encargo de recuperárselos. Y tú –dijo dirigiéndose al Alarmas–, toma este dinero, te me vas a tu casa y no te despegues del teléfono. En la nochecita te van estar llamando. Tú, Clown, agarra a cuatro de tus rufianes, váyanse al estacionamiento, súbanse a sus ranflas y de ahí no se muevan. No quiero que tengan ninguna arma. Yo me voy al departamento de estos dos para vigilar. Y ustedes –les dijo a los paisanos–, quédense tranquilos. De ustedes depende que todo salga bien. Actúen lo más natural posible. Por favor, ténganos confianza.

–Sí, señor –contestaron en coro.

Ya estaban todos en sus puestos, esperando impacientemente que llegara el momento. Y las horas pasaban lentamente, la tarde llegó, la noche apareció con unas nubes negras y llovió. El Coras recordó la noche en que se lo madrearon. Las siluetas de tres hombres con gabardina se vieron al través de la ventana.

–¡Ya llegaron! –dijo el Tururú.

–¡Vamos por ellos! –comentó el Coras.

–Qué vamos ni qué madres –dijo el Pelón–. Tururú, quiero que vayas al estacionamiento y les digas al Clown y a sus valedores que estén muy atentos, y te me regresas de inmediato.

–Yo digo que ya es tiempo –insistía el Coras.

–¡Tranquilo, carnal! No te me alebrestes. Todavía hay que esperar.

El Tururú siguió las instrucciones. El Coras se aguantó las ganas de entrar en acción. Mientras esto sucedía, el Chuy y sus chalanes ya habían entrado al departamento.

—Ahora sí, mis mojaditos, les llegó su momento. Quiero que cada uno vaya sacando su dinerito. Hoy se van con los suyos —les decía el Chuy mientras se quitaba aquella gabardina sucia y escupía el palillo que olía a madres.

Los paisanos callaron y agacharon la cabeza. Fue Juan quien dijo:

—¡Señor, quiero ver a mis hijos!

—Mira, cabrón, los chamacos vienen en camino. En menos de una hora los tendrás aquí contigo. Ahora, entreguen el dinero.

—¡No tenemos!

—¿Qué?

—Contamos con el teléfono de un amigo que está esperando a que le llamemos.

—Mira, güey, me estás causando muchos problemas. Te voy a demostrar quién es el que manda y nadie me verá la cara de pendejo. ¡Encuérenlo!

—Será un placer, jefe.

Juan se vio acorralado en el rincón de la sala, frunció la cara y se agarró los pantalones. Tiró un manotazo cuando le arrancaron un pedazo de camisa. Ni tardo ni perezoso, el rufián lo golpeó en los bajos con la mano cerrada. Juan no cayó, ni siquiera gimió de dolor. Juana fue la que lloró. Intentó correr a su lado, pero otro rufián le impidió el paso tomándola del brazo. El segundo chingadazo sí dobló a Juan. El patadón en la panza lo tiró al suelo. Lo desnudaron, pero no le encontraron el dinero.

—Encueren al otro —dijo el Chuy, que no dejaba de ver su reloj.

El otro cargamento estaba a punto de llegar.

El otro paisano no opuso resistencia, sabía que nada iba a ganar haciéndole al héroe. Tampoco se le encontró dinero. Las mujeres se hicieron bolita temiendo que le tocara a una de ellas.

—¡Me lleva la chingada! Tomen el número de teléfono y vayan a hacer las llamadas al departamento de al lado. ¿Cómo se llama su amigo? —gritó el Chuy.

—Seferino Romero, pero le dicen el Alarmas —contestó una dama.

Mientras tanto, en el departamento de enfrente:

—¡Ya salieron! ¿Le llegamos? —preguntó el Coras.

—Tranquilo, todavía no —contestó el Pelón.

La llamada se hizo y el Alarmas actuó como si nada.

—Nos vemos al rato —le dijo a uno de los rufianes del Chuy, quienes al regresar recibieron nuevas instrucciones del jefe.

—Cuando llegue el amigo, me llevan a toda esta gente al departamento de al lado.

La lluvia arreció, el Alarmas iba feliz de la vida. Había estado en tantos desmadres sin sentido alguno que esto lo hacía con gusto. Se fue tronando los dedos. Llegó al estacionamiento de los departamentos y vio a sus camaradas con disimulo, levantándoles el dedo pulgar en señal de que todo estaba saliendo al pedo. A punto estaba de tocar la puerta indicada cuando ésta se abrió.

—¿Seferino Romero?

—Sí —contestó—. ¿Pero qué hace? —preguntó mientras uno de los rufianes lo esculcaba.

—Solamente viendo que no traes nada. Espérate un segundo, ahorita te traemos a tu gente.

Lo prometido era deuda, uno de los rufianes encabezó la procesión que los llevaría al departamento de al lado. El Alarmas trataba infructuosamente de fisgonear por la apertura de la puerta y logró ver al Chuy echándose un cigarro.

—No andes de metiche —le dijeron—. Ven, síguenos por acá.

Caminó lentamente observando el departamento de enfrente y tocándose el bolsillo en señal de que tenía la lana.

—¿Traes el dinero?

—¡Claro!

—¿Completo?

—Los ochocientos varos, como me dijeron.

—¡Estás equivocado, carnal! Es una milanesa.

—No entiendo, claramente me dijeron que ochocientos.

—Te estás llevando ocho mi buen, y no podemos bajar el precio. ¡Si no traes la feria no te llevas a nadie, cómo la ves!

El Alarmas tenía la milanesa pero quería tantearse a los rufianes del Chuy, quienes conocían perfectamente su negocio, sabían cómo intimidar. Uno se le acercó hasta las narices y lo barrió de pies a cabeza.

—¿Cómo la ves, mi buen?

En su interior, al Alarmas le causaba risa la actitud de aquel tipo. Comparado con otros con los que él se había echado un tirito, éste era un pobre pendejo, pero tenía que aguantar la carrilla y aparentar estar muerto de miedo.

—¡Tú ganas, carnal!

Les entregó el dinero, el cual fue contado en la mesa de centro: nueve billetes de a cien y el resto de a uno. Tuvieron problemas en el conteo, los rufianes no sabían más allá del diez, y dirigiéndose al Alarmas le dijeron:

—¡Llévate a tu gente, pero ya!

Juan estaba atento cuando su mujer le susurró:

—¿Y nuestros hijos?

El Alarmas sintió la mirada de Juan y, sabiendo de lo que se trataba, a señas les indicó que se calmara, que él se encargaría de saber qué onda.

—¿Y los hijos de mis amigos? —inquirió.

Los rufianes no sabían qué contestar. Se miraron uno al otro, pero el Chuy entró en ese momento y contestó:

—Mañana te los tengo, pasas por ellos aquí mismo.

—¿Y qué hacemos con estos dos? —preguntó señalando a los niños equivocados

—Ése es tu problema, ya pagaste por ellos.

—¿Por qué no se los entregas a sus familiares?

—Ése no es tu pedo. ¡Te los llevas y los bañas porque ya apestan! Ahora te me largas y te espero mañana.

El Alarmas ya estaba enchilado, se aguantó las ganas para no tirar un madrazo. Respiró profundo, sabía que tendría su momento. Salió con sus amigos, le causaba mucha lástima las condiciones en que estaban. La lluvia mojaba aquellas ropas humildes, al salir levantaron la mirada como dándole gracias al que se encontraba arriba. Fueron conducidos hasta el estacionamiento en donde les esperaba una camioneta de los guerreros urbanos. Juana se despidió del Alarmas pidiéndole que no se olvidara de sus hijos.

—Por los míos que usted tendrá a los suyos —contestó el Alarmas.

La madre afligida tomó la mano de aquel individuo de pasado tenebroso y quiso besarla.

—Por favor, señora, no haga eso —contestó mientras se limpiaba el moco que le salía.

Cerró el puño de la mano derecho y dijo:

—Ahora sí, Chuy, vamos a ver de a cómo nos toca.

Tomó su puesto con el resto de los guerreros urbanos en espera del momento indicado.

Ocho y media de la noche y la carga que no llegaba. El Chuy se encabronaba y los achichincles mejor ni preguntaban, sabían que el jefe se ponía como loco cuando esto pasaba. Tronándole el dedo a uno de sus rufianes, le dijo:

—Te me vas al estacionamiento y ahí los esperas.

La espera no fue larga, ya que bajando las escaleras regresó corriendo para dar las nuevas.

—¡Ya llegaron!

—Ya regrésate. Échales la mano, el cargamento viene lleno.

El trailer fue estacionado y de él salieron dos individuos estirando los brazos, los cuales fueron abordados de inmediato.

—¡Apúrenle! El jefe está que se lo lleva la chingada.

Caja tras caja las fueron depositando en el suelo. Un brasier quedó al descubierto. El contenido era ropa usada. Segundos después, los primeros paisanos salieron, confundidos como siempre, pero sin dejar su sombrero.

—Síganme —se les ordenó.

Los guerreros urbanos observaban atentamente lo que estaba ocurriendo. Se frotaban las manos sabiendo que pronto entrarían en acción.

—Yo me encargo del Chuy —reclamó el Alarmas.

Minutos después, la escena se repitió... y otra vez... y otra vez... y otra vez. La lluvia no paraba.

—¡No chingues! Fueron más de 35 —dijo un guerrero urbano.

—Esto sí que es un negocio redondo —contestó otro.

El Chuy sabía perfectamente eso y con el palillo cochino contaba muy entusiasmado a los recién llegado uno por uno. Escupía el palillo y se colocaba uno nuevo. Había dinero. Se les instruyó a los paisanos para que tomaran asiento, en el suelo había cupo para todos.

—¡Vamos a cenar! —les dijeron.

Se sacaron los platos de cartón y se abrieron los cereales. No necesitarían cuchara, se los comerían secos. El Chuy se aventó su trillada letanía llenas de amenazas y los paisanos se miraban unos a otros mientras que sus dedos trataban de agarrar aquella cosa rara que llamaban cena. Este grupo era muy homogéneo, todos se parecían, ninguno de los hombres pasaba del metro sesenta, con complexiones delgadas y miradas inocentes. Las mujeres eran más bajas que sus hombres, vestían faldas de colores, el rebozo era parte del atuendo. Eran de Oaxaca y hablaban dialecto. El Chuy sabía que esto era pan comido, éstos eran más dóciles todavía.

—Éstos han de ser más mensos que los demás —pensaba.

Los recién llegados observaban el lugar, se les iluminaban los ojos, sonreían y daban las gracias por los lujos ofrecidos.

—De nada —contestaba el Chuy instruyendo a su chalán para que abriera otra caja de cereal.

Despidió a los choferes dándoles una lana, mientras que él y sus dos chalanes se pusieron a festejar. Las chelas se abrieron, tiró el palillo y comenzó a sacar sumas y restas del dinero que le representaría la nueva carga.

—Patrón, ¿y los chamacos de la vieja latosa?

—Ustedes no encontraron a la Chela, así que ni modo. Ése ya no es nuestro cuento.

—¿Y si se arma un desmadre?

—No creo que se atrevan. Ya se los daremos cuando aparezcan.

Siguieron tomando un buen rato. El Chuy esperaba que la lluvia cesara, pero parecía que alguien allá arriba le estuviera mandando un mensaje.

—No salgas, hijo, porque te van a tiznar.

—Ahí se los encargo. Es hora de irme con una de mis viejas —dijo el Chuy.

—No se vaya, patrón. Está un poco tomado y la lluvia muy dura.

—Ahí me los cuidan —reiteró.

Se puso su gabardina vieja, se acomodó los pantalones y se colocó un nuevo palillo en la boca. Trastabillándose abrió la puerta, levantó la cara para refrescarse y caminó rumbo a las escaleras.

En el departamento de enfrente se daban los primeros movimientos.

—¡Ya salió, Pelón!

—Ustedes dos esperen aquí. Regreso en un momento para traerles su regalo.

—¡Pero…!

—Hagan caso.

El Pelón salió, agilizó el paso siguiendo el mismo camino que el Chuy y cuando lo tuvo cerca lo miró de reojo y lo empujó con el hombro.

—Perdón —dijo.

El Chuy cayó, desde el suelo vio a aquel individuo que siguió su camino.

—¡Espérate! —le gritó.

El Pelón hizo caso omiso y levantó los brazos. Ésa era la señal que los guerreros urbanos esperaban. El Clown, el Alarmas y los demás salieron de sus ranflas. Su caminar era lento, arrastrando el pie derecho. Quizá por primera vez en su vida darían madrazos con gusto. El Chuy ni se las olía. Alcanzó al Pelón, lo obligó a darse la vuelta y le reclamó:

—¿Qué te pasa, cabrón?

—Nada, señor. Le pido disculpas por lo sucedido —contestó el Pelón muy sereno.

—Esa palabritas no van conmigo —contestó el Chuy mientras sacaba un picahielos.

El Pelón levantó las manos como indicando que no quería problemas. Los guerreros urbanos ya se encontraban a unos metros de distancia. El Pelón dio un paso hacia atrás y dibujó una sonrisa burlona.

—Nos volvemos a encontrar, Chuy, pero esta vez estás en desventaja.

El Chuy enfocó la mirada como rana espantada mientras se retiraba la lluvia que le escurría en la cara. Al darse cuenta de quién se trataba sintió que se zurraba, empuñó el picahielos y se lanzó con rabia. El Pelón dio un paso de torero provocando que el Chuy cayera de bruces. Los guerreros urbanos le formaron un círculo, el Chuy seguía de terco queriendo atacar desde el suelo. Un santo patadón le sacó un "¡Ay!". El Clown le recetó uno más.

—¿Qué quieren? ¿Dinero? ¡Llévenselo!

—Todo a su tiempo, güey —le dijo el Pelón desde sus alturas—. Esto apenas empieza.

Levantaron al Chuy y se lo llevaron a uno de los carros donde permaneció vigilado por tres guerreros urbanos. El Pelón, el Clown, el Alarmas y dos más subieron al departamento a pagarles una visita a los otros dos rufianes. Las chelas en éstos ya habían surtido efecto, abrieron la puerta pensando que se trataba de algunos amigos. El Pelón no puso objeción alguna de que sus valedores tiraran más de un trancazo… y éstos llovieron, los dos ya estaban en el suelo.

—¡Levántate! —gritaba el Clown.

No hubo respuesta alguna, reinó el silencio, así como también el líquido rojo que les salía de las fosas nasales. Los incorporaron y los depositaron en el sofá.

—Vayan por el otro —ordenó el Pelón.

El Chuy llegó y comprendió que aquello era algo más que un simple asalto. Sus dos mejores hombres estaban todos madreados, parecían perritos sin dueño. Un empujón lo hizo besar el suelo.

—¿Qué quieres? —preguntó el Chuy.

—Ahora sí, dame el dinero.

El Chuy se sacó un fajo de verdes del pantalón y los entregó. El Pelón contó 4 500 dólares.

—¡Lo demás!

De la gabardina sacó otros 2 500. El Pelón sonrió y tomándolo del cuello pausadamente le exigió:

—¡Dije lo demás! ¡Encuérate!

—Pero…

—Alarmas, asiste aquí al señor Jesús en despojarse de su ropa…

El Alarmas iba a dar su primer paso cuando el Pelón cambió de parecer:

—Mejor ustedes dos —les dijo a los chalanes—. ¡Encueren a su patrón!

Suéter, camisa, playera, pantalón y calzones apestosos volaron por los aires del departamento. Los calcetines se los dejaron puestos. El Pelón y sus cuates no se pudieron aguantar la risa al ver que el aparato del Chuy ya estaba todo arrugado.

—¡No hay más dinero! —exclamaron los chalanes.

—Ahora les toca a ustedes dos.

Éstos también quedaron en cueros. Les encontraron 3 200 dólares. El Chuy reunió más de diez mil dólares en menos de una hora. Ésta era una cantidad mínima comparada con lo que el cabrón le sacaba a la gente, dinero que representaba sueños e ilusiones, dinero reunido con el sudor de la frente, dinero que los ricos dicen que no hace falta, pero habían de preguntarle a los menos afortunados. Y serían éstos los que se verían beneficiados con la encuerada del Chuy y sus valedores.

—Alarmas, ve por el Coras y el Tururú. Vayan con la gente de aquí al lado, les entregan el dinero, los llevan a un hotel y les dan de comer.

Por fin los dos amigos entraron en acción, tranquilizaron a los oaxaqueños que se espantaron al verlos y comenzaron a hablar en dialecto. Después de un ratito de explicación no hubo ningún problema, les encantó la idea de que les dieran feria, aparte de que ya no les iban a cobrar su parte. Todos los parientes de Benito Juárez cupieron en las ranflas de los guerreros urbanos.

Los encuerados ya tenían frío, el chiquito lo tenían más chiquito todavía. Titiritaban y suplicaban que les dieran por lo menos una toalla para cubrirse de las inclemencias del clima. El Pelón sí que lo disfrutaba, y para calentar más al Chuy abrió la ventana. Una corriente de aire le daba justo en la espalda.

—¡Te va a costar, Pelón! —dijo.

—Estás caliente, desgraciado. Pero no te preocupes que te voy a echar la mano. Muchachos —dijo dirigiéndose a sus valedores—, se me van a la licorería, compran hielos, les ponen un poco de agua en una cubeta y me los traen de volada.

El Chuy peló lo ojos y se mordió los labios. El Clown regresó masticando chicle y jugando con los hielos. Ya tenía lista la cubeta y la meneaba de un lado para otro. Cuando el Chuy menos lo esperaba, le aventaron los hielos en el cuerpo. No era tan hombre, gritó peor que una mujer en parto.

—Traigan otra cubeta que la plática va a comenzar —dijo el Pelón.

Jaló una silla y se sentó junto al Chuy. El agua había surtido cierto efecto, el chiquito lo tenía más chiquito aún.

—Chuy, ¿y los niños de la señora Juana? —preguntó.

Silencio…

—¡Los niños, cabrón!

Silencio…

Los hielos regresaron y se los pusieron al Chuy en los bajos.

—Por cada hielo que te retires, te voy a dar un chingadazo —le advirtió.

Silencio…

El silencio se vio interrumpido por unos fuertes toquidos en la puerta. El Pelón fue quien atendió el llamado. La puerta se abrió y apareció el oficial Martínez acompañado por otros dos policías. El saludo fue breve, la chota se sorprendió al ver a los tres hombres en cueros, aún tenían las huellas de los golpes que recibieron.

—Quedamos en que no habría golpes —reclamó.

—Oficial, los tres se cayeron por pendejos.

El poli simplemente sonrió, miró a sus alrededores y le pidió al Chuy y a su gente que se vistieran. Se levantaron de inmediato, los tanates ya los tenían quemados y fueron en busca de sus chones cagados. Se encontraban ya un poco más decentes cuando les leyeron sus derechos y les pusieron las esposas.

—¿En que quedamos, Martínez? —preguntó el Pelón.

—De él yo me encargo. Cuando tenga a los niños yo te los entrego. Si quieres pasar como a eso de las ocho de la mañana a la estación de policía, espero ya tenerte algunas noticias.

—De acuerdo —dijo el Pelón—. ¿Me permites despedirme de este cabrón? —preguntó.

—¡Claro!

El Pelón se le acercó al Chuy. Éste ya presentía el chingadazo, cerró los ojos y no volvió a abrirlos hasta llegar a la estación de policía. El Pelón se besó el puño derecho y en compañía del Clown y algunos guerreros urbanos se fueron al departamento del Coras para esperarlos. El Alarmas, el Coras y el Tururú llegaron muy contentos como a eso de las 4 y media de la mañana. El Alarmas se encabronó al darse cuenta de que el Chuy ya había sido entregado a la policía.

—¡No se me hizo darle en la madre a ese cabrón!

—¿Cómo dejaron a la gente? —preguntó el Pelón.

—Bien, todos quedaron muy contentos en un motel, se les dio de comer y les dijimos que pasaríamos por ellos a eso de las diez de la mañana.

—Muy bien.

—¿Y la demás gente dónde quedó, Pelón?

—Están en mi cantón. Aunque es muy refunfuñona, la vieja es buena gente. Les preparó algo calientito y les daría una ropa.

Los guerreros urbanos se fueron despidiendo uno por uno, el Pelón les fue dando las gracias. A eso de las cinco de la mañana ya solamente estaban reunidos el Clown, el Pelón, el Coras y el Tururú. Hablaron de una que otra tarugada. El sueño ya los tenía jodidos y terminaron tendidos en aquella alfombra cochina. Apenas entraban al mundo de los sueños cuando escucharon que tocaban a la puerta. Se tallaron los ojos pero nadie se levantaba, fue el Coras quien se lamentó de lo sucedido.

—Nos vemos, tengo que ir a la chamba —les dijo a sus amigos, mientras intentaba limpiarse las babas.

Los tres restantes ya no pudieron dormir. El Tururú se metió a bañar, el Clown y el Pelón también se quitaron la mugre y eso les sirvió para despejarse un poco y preparar el plan.

—Tururú, te me vas con los oaxaqueños para ver que estén bien. Les llevas algo de refinar. Y a ti, Clown, te toca estar en el departamento de enfrente para recibir las llamadas de los familiares. Espera al Alarmas. Yo me voy con Martínez para ver qué es lo que le ha sacado a aquel güey.

El Tururú se fue directo al hotel y se desconcertó al tocar varias puertas de los cuartos y no encontrar a los oaxaqueños. Sintió un gran alivio cuando tocó la última. Hombres y mujeres estaban amontonados, el ambiente era fúnebre, como si hubieran visto al diablo. Reinaba un silencio absoluto.

—¿Qué pasa? —preguntó el Tururú.

Nadie contestó.

—¿Qué pasa? —reiteró.

Por fin alguien habló, inclinó la cabeza y murmuró. El Tururú puso mucha atención pero no entendió nada.

—¿Qué dijo?

El dialecto se escuchó, el vocero volvió a tomar la palabra e indicó:

—¡Tenemos miedo!

—¿Por qué?

—Los señores tienen a cuatro de nuestros hijos. Dijeron que nos los darían cuando les pagáramos.

El Tururú no podía dar crédito a lo que sucedía. Les indicó a los paisanos que no se movieran de ahí, tomó camino a la estación de policía y encontró al oficial Martínez y al Pelón cuando éstos salían.

—¿Qué haces aquí? —preguntó el Pelón.

—Esto está peor de lo que nos imaginábamos. ¡A los oaxaqueños les faltan cuatro niños!

El Pelón se frotó la cara. Martínez pidió que lo esperaran. El Chuy estaba a punto de ser subido a la patrulla que lo trasladaría a la cárcel del condado de Los Ángeles. Dio instrucciones para que lo bajaran y lo llevaran de nuevo al cuarto de los interrogatorios. El Chuy quiso hablar, Martínez lo calló de inmediato:

—Fuck you! ¡Tiene dos minutos para decirme dónde están los cuatro niños!

Martínez se prendió un cigarro, Chuy le pidió uno. Martínez se levantó y se lo hizo añicos en el hocico.

—¡Un minuto!

El Chuy resultó ser un maricón de primera. No hubo necesidad de ningún tipo de amenazas por parte del policía. El tehuacán, el chile piquín y demás formas de sacar la verdad se quedaron en el baúl.

—Tú ganas, chota. Necesito un teléfono, pero que quede claro que lo hago siempre y cuando lleguemos a un arreglo.

—Fuck you! —contestó Martínez.

El teléfono le fue puesto en la mesa. Las llamadas se hicieron, hablaba en claves, se escuchó decir "perros y gatos".

—Sin pendejadas, cabrón —dijo Martínez.

El Chuy sonrió y colgó el teléfono.

—Ya está todo arreglado.

—¿De qué hablas?

—Oficial, entregan a los chamacos hoy antes de las cuatro del tarde. Los llevarán al departamento.

—Si mientes, te voy a echar todo el peso de la ley.

—¿Por qué no me regalas un cigarro?

—Fuck you!

Ahora fue Martínez quien sonrió. Se retiró dándose la media vuelta y a su paso instruyó a dos oficiales para que se llevaran la basura. Se reencontró con el Tururú y con el Pelón indicándoles que lo acompañaran al departamento. Pronto llegaron. El Clown y el Alarmas se sorprendieron al verlos, pero luego luego les explicaron lo que estaba sucediendo.

Esperaron pacientemente a que llegara la hora indicada. Ésta llegó y nada sucedió. Eran las cuatro y media de la tarde y se asomaron por la ventana, unos niños jugaban a los policías y ladrones. Una anciana deambulaba por ahí como si estuviera perdida.

—¿Será ella? —preguntó el Alarmas.

—¿Cómo crees? Podría ser tu abuela.

—Pues mi abuela era una desgraciada —le dijo el Alarmas.

A los amigos les parecieron muy cómicos los comentarios. Martínez observaba a la anciana muy pensativo. Ella caminaba nerviosa, observando constantemente un papelito. El oficial no se aguantó, salió y le preguntó:

—¿Busca a alguien?

La dama tenía las patas de hule. No contestó, se dio la media vuelta y se marchó. El oficial la alcanzó y la tomó del brazo. A la abuela las arrugas se le hicieron más grandes. Martínez no la soltaba y el papelito cayó. "Departamento 2156", decía.

—¿Busca a alguien en especial? Si gusta yo puedo llevarla a ese departamento —le dijo Martínez dándose cuenta de que ella buscaba precisamente el departamento del Chuy, cuyo número traía anotado en el papelito que se le había caído.

—No, gracias. Yo me retiro.

Martínez no tuvo de otra y se identificó:

—¡Policía!

Del susto, la dama de las arrugas ya tenía los chones hasta las rodillas. Martínez no podía creer que una anciana que tendría más de 60 años anduviera en esos trotes. Regresaron al departamento, ella ya se encontraba chillando. Ninguno de los presentes se tragó el drama, tal vez si hubiera sido Sara García…

—¿Y los niños? —le preguntaron.

—En una camioneta que está estacionada allá afuera.

La vieja dejó de llorar al darse cuenta de que nadie le creía el cuento.

Martínez dio instrucciones al Pelón y al Clown para que cubrieran la entrada del estacionamiento. Él y el Alarmas buscarían la camioneta, lo cual no les fue nada difícil. Bajando de las escaleras la detectaron, caminaron lentamente y observaron que en el volante se encontraba una mujer que no pasaba de los veinte. A unos cuantos metros de distancia se dieron cuenta de que adentro se encontraban los cuatro chamacos, todos con el pelo pintado de güero.

—Buenas tardes, señorita. Haga usted el favor de bajarse.

—¿Quién es usted? —contestó agresiva la chica.

—¡Policía!

—¡No me bajo! Estoy esperando a mi marido.

—¿Son sus hijos?

Ella pretendió subir el cristal de la ventana e inclusive encender el vehículo. Martínez se lo impidió y le exigió:

—¡Bájese!

Ella obedeció sin intimidarse, quizá en el fondo esperaba y deseaba la detención. Suspiró profundo, se encontraba resignada. Dibujó una leve sonrisa, como dando las gracias de lo que sucedía. Por fin terminarían todos esos años de ser partícipe en engaños, estafas y hasta crímenes. El Alarmas, el Clown y el Tururú se encargaron de los niños. La delincuente fue conducida hasta donde se encontraba la anciana, quien resultó ser su abuela. Ambas fueron conducidas por el oficial y el Pelón a la estación de policía. Las esposas les fueron puestas.

En la sala de interrogatorios se reunió la familia. El Chuy no demostró sentimiento alguno al ver a su madre e hija detenidas. El Pelón y Martínez levantaron las cejas como diciendo "¡Ah, cabrón!".

—Papá, sabíamos que esto sucedería tarde o temprano —decía la chamaca sin soltarle la mano a su abuela.

—¡Hijo, ante Dios no tendremos perdón! —agregó la abuela.

—Malagradecidas. ¡Todo lo hice por ustedes! —dijo el Chuy, quien inmediatamente fue transportado a la cárcel del condado de Los Ángeles.

Fue fichado y le entregaron el uniforme naranja que sería su único atuendo por lo que le quedaba de vida.

Madre e hija confesaron a Martínez que vivían intimidadas. Fueron más de 10 años los que estuvieron involucradas en las fechorías. Relataron cómo en una ocasión dos menores de 5 años murieron asfixiados en una cajuela. El Chuy amenazó a los padres con matarlos si lo denunciaban a la policía. Los cuerpecitos no les fueron entregados a los familiares. La joven y la vieja también fueron fichadas.

El Pelón se despidió de Martínez dándole un fuerte abrazo.

—No todos los policías son ojetes —le dijo.

—Si te portas mal, también a ti te arresto —contestó Martínez.

Juana, Juan y los oaxaqueños volvieron a ver a sus hijos. Las lágrimas no se hicieron esperar.

—Rezaremos por ustedes —les dijeron a sus benefactores.

Los amigos se felicitaron uno al otro. Sólo el Alarmas se quejó de no haberle partido su madre al Chuy.

En el Valle de San Fernando y en la gran avenida dejó de llover. Las nubes negras siguieron su camino. Otros valles, ciudades y grandes avenidas las esperaban. De seguro en toda la Unión Americana sucedían cosas que reflejaban la verdadera vida de los paisanos que abaratan su mano de obra.

Para nuestros amigos por fin salió el sol. Principalmente uno de ellos lo necesitaba. El Tururú vivía en su mundo de incertidumbre por no saber nada de Silvia. En varias ocasiones estuvo a punto de buscarla, pero por algún motivo que ni él mismo se explicaba lo dejaba para el día siguiente. Ese miércoles se armó de valor.

—¿A qué temerle? —se preguntó a sí mismo.

Saliendo de la chamba se fue directito a buscarla. Se olvidó del camión y se la aventó caminando. Durante el trayecto se tronaba los dedos y no dejaba de pensar en lo peor.

Pasó por la Placita Olvera, cruzó la estación del Tren Unión y en la calle Brooklyn dio vuelta a la derecha observando la cárcel del condado de Los Ángeles. Cada paso le traía recuerdos, pero seguía su camino. Después de más de treinta minutos llegó al Hospital General y detuvo el paso antes de entrar. Algunos fumaban su cigarro, los nervios los consumían. Los menos viciosos caminaban como leones enjaulados, otros miraban hacia un horizonte perdido.

El Tururú siguió ahí parado, fue testigo de cómo unos lloraban, sus rostros reflejaban la pérdida de algún familiar. Ya no quiso ver aquello y prefirió seguir su paso inseguro. Sentía que el corazón se le salía y que los chones se le caían. Se detuvo por un momento antes de entrar a la oficina de Silvia.

—¿Busca a alguien? —le preguntó una que por ahí pasaba.

—¡Sí! A Silvia Franco.

—No se encuentra

—¿Dónde la puedo encontrar?

—Que yo sepa, aún se encuentra de vacaciones en Delicias, Chihuahua.

Al Tururú le dio tanto gusto escuchar aquello que le plantó a la muchacha un beso en el mentón. Ella se removió las babas de inmediato, con la pura mirada le cuestionó el atrevimiento.

—¡Usted no sabe lo feliz que me ha hecho! ¡Gracias! —dijo el Tururú.

Brincaba de gusto como el Chapulín Colorado. El muy tarugo se había equivocado de fecha, lo cual significaba que la cita sería el próximo sábado a las siete y media de la noche. Los días pasaron, pero el frío seguía. El Coras se ponía doble suéter para irse a la jardinería. El Yes Yes, por su parte, no lo necesitaría, bastaba ponerse su uniforme de día.

Era el Tururú quien más se lamentaba por las inclemencias del clima, no tanto por él sino por la gente para la que trabajaba. Los paisanos que buscaban refugio en la iglesia de la Placita Olvera tiritaban de frío. Las playeras de lana no les cubrían nada, el frío les calaba la espalda. Las cobijas que el Tururú les daba nunca alcanzaban, siempre habría uno esa noche que tendría que abrazarse del compadre.

Por fin llegó el sábado. El galán se alistó y al poco rato ya estaba bañado, planchado y perfumado. Sin embargo, esta vez no pasó por el atrio de la Placita Olvera. Sabía que si el padre Luna le echaba el ojo le pediría algo. Llegó antes a la cita y se aventó su café en el restaurante La Luz del Día. Veía cómo algunos paisanos estiraban la mano pidiendo algo de ayuda. Las palomas volaban como buscando el lugar apropiado para depositar eso que apestaba. Los minutos corrieron, los segundos les siguieron. Ya eran las 7:20.

—¡Hola! —le dijeron por la espalda.

El Tururú se quedó con la boca abierta al voltear. Era Silvia. No pudo decir nada. Las piernas le temblaban. Queriendo impresionarla trató de acomodarse el cuello de la camisa. Quería abrazarla y besarla. Realmente nuestro galán sufrió un shock de pendejismo.

—¿Qué tal? —volvió a decir ella.

El Tururú miró hacia el cielo, no para darle las gracias a Dios por lo que le estaba sucediendo, sino por las palomitas que seguían por ahí volando. Las espantó cuando estaban a punto de descargar lo que minutos antes habían comido. Observó a los paisanos que se encontraban baboseando.

—¿No pueden mirar para otro lado? —les dijo.

Vio a Silvia y sin decir agua va, la atrajo hacia él y le plantó el tan deseado beso. Ella le respondió prendiéndosele del cuello. Habiendo concluido el intercambio de saliva, se retiraron de ahí. Los paisanos les gritaron "¡Otro!"… y las palomas descargaron lo no deseado.

Lo que sucedió durante los siguientes días entre los dos enamorados mejor ni se los platico. Aquello se estaba convirtiendo en la mejor de las telenovelas, y como yo en lo personal creo que son enfermizas, lo que pasó se los dejo a su imaginación. Pero no vayan a ser mal pensados, no hubo de "aquello".

Después de detenciones por parte del departamento de Inmigración, deportaciones, enfermos, muertos, goles, patadas, piquetes de ojos, nacimientos, bautizos, gritos de Independencia, terremoto, coyotaje, etcétera, el amor había llegado al Valle de San Fernando y a la gran avenida.

El 14 de febrero dio vuelta a la esquina y llegó en su máxima expresión. Los comerciantes harían su día. En las florerías finas vendían tres pinches rosas por cien dólares y las tiendas anunciaban descuentos para el día de los enamorados, el día de San Valentín o como usted le quiera decir. En las dulcerías no se diga, un chocolatito con un menjurje de no sé qué a cinco dólares… y ahí van todos de güeyes.

Todos nuestros conocidos se lanzaron como buenos enamorados a comprarles algo a sus chavas, desde baby dolls hasta chocolates con fresas. En la gran avenida hubo uno que otro vivillo que de casa en casa del barrio vecino fue cortando desde claveles hasta rosas. No importaba que les aventaran los perros, nuestros paisanos corrían con ganas.

—¡Tres rosas y dos claveles por cinco varos! —gritaban.

Y mire usted que sí les compraron. Viéndose los bolsillos llenos de verdes comentaron:

—¡Ah, cabrón! ¡Esto sí que es negocio!

A eso de las diez de la mañana ya estaban vacías las cubetas, y por donde llegaron se fueron a seguir cortando flores. La venta seguía y los perros seguían ladrando.

El Yes Yes le compró un vestido a su mujer, ésta le preparó sus chilaquiles con queso y el Yesito se tapó los ojos cuando se dieron un beso. La más ganona fue Silvia. Su galán se vio espléndido comprándole un perfume, una caja de chocolates y una rosa roja. El Tururú se puso feliz cuando ella le plantó un beso. Había valido la pena gastar tanta lana. Los pajaritos del parque Griffin fueron testigos de cómo los enamorados caminaban de la mano.

Quien no tenía ni perro que le ladrara era el Coras. Pobre vato, era al que peor le había ido, golpeado y arrestado y sin nadie que le dijera "te amo". Él como otros tantos paisanos se encontraba solo en el norte. Esa tarde se había echado unas chelas. Tenía la mirada perdida, no por briago sino por nostalgia. Nunca había tenido mucha suerte en las cuestiones de amores. Se levantó y se miró en el espejo. Se vio ojeroso, cansado y mal aseado, sin embargo se aventó unos cuantos ánimos:

—Eres el más guapo de todos —se dijo a sí mismo.

Sonrió y se echó un regaderazo, sacó sus mejores ropas, se perfumó y se marchó. Abordó el camión que lo llevaría al Club Internacional, lugar muy conocido entre la comunidad en el que se celebraban los mejores bailes. Ese día no sería la excepción. Pagó sus diez varos y entró al lugar muy coqueto. No podía cerrar la boca, no daba crédito a lo que veía: chavas a montón, en su mayoría con unas diminutas minifaldas o rete ajustadísimos pantalones, otras más ni se apenaban con aquellos tentadores escotes, qué importaba que las lonjas estuvieran de fuera. Se anunciaba la presentación del grupo estelar Los Mojados, a los que al parecer nadie conocía.

—Who? —se escuchó decir a la gringa a más de una persona.

Iniciaron con una de Rigo Tovar y las chavas comenzaron a mover las nachas como si trajeran hormigas.

Las parejitas comenzaron a bailar brincando como sapos embriagados. El Coras no parpadeaba, era todo un espectáculo ver tanto chamorro, pero no dejaba de mirar a una chava a la cual ya le había echado el ojo. Era una chaparrita de rojo a la que le sobraba un poco de todo. La música seguía tocando. Él ya había decidido esperar el momento oportuno y dejar pasar una cuantas rolas para ver si la chava tenía novio, pero no, la de rojo seguía sentada. Después de un buen rato comenzaron a tocar las tranquilitas. El grupo deleitó a los presentes con una de Leo Dan, *Mary es mi amor*. El Coras le dio un trago a su chela y se animó. Abriéndose paso llegó hasta la de rojo.

—¿Bailamos? —le preguntó.

—No, gracias.

—¡Solamente, una! —insistió.

—¡De veras, no!

Nuestro galán no se daba por vencido, miraba para todos lados como buscando una explicación y fue ella quien se la dio:

—¡Es que yo no puedo caminar!

¡Qué bochorno para el galán! Se puso todo rojo y para no irse con las manos vacías invitó a la que estaba sentada a un lado. Se rascó la cabeza cuando ésta se levantó. Ya ni modo, se aguantó y la tomó de la mano. Aquella chava pesaba más de doscientas libras y para acabarla de fregar nunca pudo abrazarla, la grasa se le desparramaba entre las manos. Después de *Mary es mi amor* siguió *Por un caminito,* lo que para el buen del Coras más bien pareció toda una autopista. Para la tercera canción, la chava estaba más que puesta, se le notaba muy animada. El Coras en cambio buscó una excusa:

—Regreso en un momento —le dijo—. Voy al baño.

La chava se sentó y de ahí ya no se paró, mientras en el otro extremo del salón el Coras bailaba como en sus mejores tiempos. Su pareja no era ni guapa ni fea, pero por lo menos no estaba chimuela. Después de la décima rola, éste le susurro al oído:

—¿Cómo te llamas?

—Adela. ¿Y tú?

—Ignacio Díaz.

Simplemente se sonrieron y siguieron moviendo el bote. Cuando la música entró en un intermedio, ella se disculpó diciendo que tenía que ir al baño. Ahora el que se quedó parado fue nuestro galán. El Coras se dio cuenta de que se la habían aplicado y quiso regresar con la gorda. ¡Lástima, Margarito! Ya se la habían ganado, el novio había llegado y para no armarla de tos mejor se fue a terminar su chela.

El guateque siguió y el Coras se la pasó viendo. Lo único que agarró fueron las chelas que le sirvieron y cuando éstas se acabaron apenas si pudo llegar al departamento. El Tururú lo esperaba para comentarle lo feliz que se encontraba, sin embargo al verlo en esas condiciones mejor le ayudó a acostarse.

Los días y meses pasaron en el barrio, en la gran avenida y en el Valle de San Fernando, y con ellos la lluvia y el clima frío. Mayo se aproximaba y atrás habían quedado los cumpleaños del Yes Yes y del Tururú, que resultaron buenos pretextos para que se reuniera la palomilla. Francisco, el Pelón, el Enterrador y los demás no se perdieron las pachangas. El grupo se había convertido en una pequeña familia, todos estaban de pelos, por lo menos a ninguno le faltaba chamba. Al Tururú ya le soltaban una feria, se sentía realizado al ponerse corbata todos los días. Pero entre los cuates de lo que más se hablaba era de la próxima temporada de futbol de la Onda Colorada. La consigna era sencilla: ser campeones.

Y la consigna era en serio. La última semana de abril iniciaron los entrenamientos. El Enterrador demostró estar en la mejor condición, el Penny dejó parte de su labio en el suelo. El Pelón se quitó los calzones y se ejercitaba con el aparato de fuera. El Yes Yes era quien se encontraba fuera de forma, gracias a las hamburguesas le había crecido la panza. Todos se burlaban de sus lances.

—¡Si quieres invitamos al Araña a que regrese! —le gritaban.

La invitación para que el Araña regresara era un simple chascarrillo, pero no lo fue cuando acordaron reunirse para el festejo del 5 de Mayo. Sí, el famoso 5 de mayo en el que nosotros los mexicanos celebramos el haberle ganado una batalla a un poderoso ejército francés cuando éstos querían darnos en toditita la madre. Una victoria que demostró una vez más que somos una raza unida a la que si algo le sobra es aquello a lo que vulgarmente conocemos como huevos. Sin embargo, para los gringos, principalmente para los comerciantes y las empresas que producen ese líquido amarillento y hasta negro que nos pone pedos, el "cincou de maiou", como dicen ellos, es una fecha tan comercializada que la anuncian como el día de nuestra independencia. En las tiendas y en los parques todo se viste de verde, blanco y rojo, y con la ayuda de los medios de comunicación aquello se convierte en un gran desmadre.

Qué triste y decepcionante es ver que nuestra raza se lance como borregos a festejar y a engordar los bolsillos de los organizadores del evento. Pero el detalle no está precisamente en eso, sino en las aulas de las escuelas primarias, secundarias y preparatorias en las que los educadores no hacen el mínimo esfuerzo para aclararle a los estudiantes que aquello no es el día de la independencia.

Nuestros amigos no se quedaron atrás y estuvieron presentes en uno de los tantos festejos en donde hubo de todo y para todos. Los parques Belvedere, el Centenial de Santa Ana y el San Fernando albergaron el festejo del "Grito de Independencia", festejo que se inició durante la década de los sesenta y en el que la policía hacía acto de presencia armada hasta los dientes. Dispersaban a la gente ahí reunida temiendo que aquello se tratara de un mitin político.

Pero los comerciantes pudieron convencer a las autoridades de que los hispanos también tenían derechos y con el transcurso de los años se los permitieron. En el parque San Fernando, donde nuestros amigos se reunieron, los políticos locales, aquellos que durante todo el año no hacen nada por la raza, ahora portaban orgullosamente un gran sombrero gritando a todo pulmón:

—¡Viva el Cincou de Maiou!

Momentos después les invitaron un tamal de chile rojo.

—¡Qué ricou estou! —comentaban mientras se lo comían con todo y hoja.

El momento estelar llegó, y no se trataba necesariamente de la presentación del grupo musical, sino de un convertible rojo que hizo su aparición. De él salieron dos rubias despampanantes con una banda que decía "Budweiser" tapándoles discretamente lo que la raza llama cariñosamente "chichis". Los gritos de los paisanos no se hicieron esperar, a más de uno hasta la chela se le cayó y los codazos y piquetes de ojos por parte de la mujer no podían faltar. Las chavas chichonas no requirieron de ningún mensaje celestial para abrirse paso entre aquel mar de gente. El mensaje era claro:

—¡Chúpenle! ¡Emborráchense hasta no poder más!

Los festejos continuaron en el parque San Fernando con la venta de tortas, frutas con chile y limón y tacos de sesos y de asada. El mariachi llegó y la gente gritó a rabiar, pero lo más importante de todo es que las chelas seguían. La policía estaba presente, como en los años 60, armada hasta los dientes.

Ellos se limitaban a tomarse su agua de limón. Los medios de comunicación también estaban ahí, para el noticiero de las 6:30 darían los pormenores.

Fue muy triste lo que esa tarde se transmitió. Después de los tacos, gritos, baile y chelas, los policías argumentaron que a algunos paisanos se les había pasado la mano con las cervezas y quisieron agarrarles las nachas a las chicas que anunciaban las bebidas alcohólicas. De un santo empujón los pusieron en el suelo. La raza chifló y gritó protestando por lo que ellos consideraban una injusticia. Se arremolinaron cuando los atrevidos fueron esposados.

Al final de cuentas, ante los ojos de la comunidad terminamos siendo una bola de borrachos, alebrestadores, pleitistas y demás. De seguro los gringos comentaban:

–They should go back!

¿Y los organizadores? Bien, gracias a Dios, con más dinero que el día anterior.

Es aquí donde los líderes comunitarios deberían entrar al quite y promover otro tipo de actividades para festejar ese día. Quizá un festival de cine mexicano en donde se exhibieran películas de Pedro Infante, Cantinflas, Tin Tán y Javier Solís. O por qué no, exposiciones de obras de arte en las que el patrocinador sea alguna productora de chelas. Aquí no habría ningún problema de que trajeran a sus chavas medio encueradas. ¡Todo sea por la cultura! Pero ya basta de chelas y de la mala imagen, ya basta de la etiqueta de borrachos.

El Yes Yes y la comitiva llegaron a casa panzones por todo lo que habían comido. El Tururú, decepcionado por lo que había sucedido, buscó disculparse con Silvia.

–No te preocupes –le dijo ella–. Cada día voy comprendiendo más a lo que nuestra gente se ve expuesta.

No pasaron muchos días para que nuestros amigos se reunieran nuevamente. Llegó el día de las madres. La raza no lo festejó el 10 de mayo, tuvieron que esperarse hasta el segundo domingo del mes. Otro día para comercializar. No hubo grandes pachangas en parques o salones de bailes. Las güeritas en diminutos bikinis se quedaron en casa esperando mejor ocasión para exponer las lonjas. En cambio los restaurantes estaban hasta el gorro mientras los paisanos intentaban infructuosamente entrar con sus madres y esposas.

Vamos a ser un poco más claros: realmente a los anglosajones el día de las madres les vale madres. De veras que son medio raros, da la impresión de que el concepto familiar es secundario. Cuando sus hijos cumplen los 18 años, les arreglan sus cosas en maletas y los mandan a la tiznada. Cuando las madres cumplen 65 años son enviadas a los asilos para ancianos, donde viven en el olvido, mueren en el olvido y son enterradas en el olvido. Da gusto saber que los nuestros aún quieren a sus viejos.

Este tipo de festejos como parte de nuestra cultura nos diferencia de nuestros primos. Para ellos el festejo queda en un simple desayuno o comida en algún restaurante del rumbo. Nosotros, en cambio, aunque no tengamos en qué caernos muertos echamos la casa por la ventana. Se preparan ricos manjares, desde enchiladas hasta carnitas, y de beber desde chelas hasta agua de horchata. Invitamos hasta a la abuela. Más de uno llora y arrodillado le da gracias a la que le dio la vida, no importa que al siguiente día se nos olvide. Pero ese día, ¡que viva la madre!

El mes de junio ya asomaba las narices y el Mundial de futbol tocaba la puerta. En el mundo entero seguían los desmadres. Marcos, de Filipinas, y Duvalier, de Haití, salían de sus respectivos países robándose hasta lo que ya no podían. Mientras el cometa Halley hacía su aparición, El Salvador sufría las consecuencias de un terremoto y miles de personas se quedaban sin techo. El mundo de la cultura perdía a dos grandes personajes, Juan Rulfo y Jorge Luis Borges, quienes verían el Mundial desde el reino celestial.

En la gran avenida y en el Valle de San Fernando también sucedían cosas. Al Clown los guerreros urbanos le dieron su despedida. Su nombre fue quitado de las paredes y le dieron una santa madriza. El pobre payasito por poco termina en el hospital. Al Pelón se le enfrió el aparato de tanto quitarse el calzón. El Chuy seguía refundido en el bote, pero a ése ni perro que le ladrara. No tenía feria para una buena defensa legal, todo lo que ganó se lo gastaba en las borracheras, todo lo que estafó jugando a la lotería se lo gastó con las mujeres. No le quedó más alternativa que aceptar lo que el Estado le ofreciera. El abogado de oficio, alias negociador de sentencias, ya le recomendaba que se declarara culpable, solamente le darían cadena perpetua.

En el romance entre el Tururú y Silvia no todo era color de rosa. Había kikiricos y abrazos, pero pobre de ella, en cada oportunidad que tenía su padre le recordaba que su noviecito era realmente poca cosa. Ella sufría y de vez en vez chillaba a solas.

La gran avenida también tenía sus acontecimientos. Mientras pedía chamba, un paisano cayó fulminado por un infarto. Los presentes trataron de resucitarlo y llamaron inmediatamente a la ambulancia, la cual no pudo hacer nada porque cuando llegaron ya había estirado la pata. Él acompañaría a Borges y a Rulfo en el viaje sin retorno. Quizá sería una buena oportunidad para que un ser común y corriente se llevara con los intelectuales, probablemente ellos se interesarían en escribir una novela sobre la vida de los indocumentados.

Y mientras todo esto sucedía, México ya estaba listo para organizar su segundo campeonato mundial de futbol, esto después de que la FIFA descartara a Colombia como organizador. Si de algo se puede jactar México es de que es un buen anfitrión y organizador. Nos encanta que todos vengan a casa y aun cuando no se tenga, se pide prestado para que vean que no estamos tan amolados.

No hay que olvidar que tenemos facilidad para ocultar las crisis que azotan al pueblo. Basta recordar el 68. Tlatelolco quedó en el olvido cuando las Olimpiadas llegaron.

Ahora, en el 86, la Chiquiti Boom enseñaba las chichis en televisión y a todos los hombres se les caían las babas cuando la observaban.

—¿Qué tiene ella que yo no tenga? —preguntaban las mujeres.

Y todos los chiquitines ya querían su caricatura del Pique.

El futbol llegó mientras los desamparados del terremoto del año anterior lloraban a sus desaparecidos.

Los grupos ya estaban definidos: a México le tocaría jugar contra Bélgica, Paraguay e Irak, teniendo como sedes las ciudades de México y Toluca. La fiebre del Mundial llegó con todo su apogeo a los Estados Unidos. No solamente los grandes conocedores tenían oportunidad de opinar, en la gran avenida se especulaba que México podía calificar a la segunda ronda.

A medida que los días pasaban, la tensión crecía. Los paisanos se vistieron con los colores del tricolor. Cuando el partido contra Bélgica llegó, ninguno le hizo caso al patrón. Seguían las incidencias del partido en un pequeño radio de pilas y, al caer el gol, corrían a la troca del Lupillo para ver la repetición en el televisor. México ganaba el primer partido dos tantos a uno. Eso les trajo alegría y por unas cuantas horas poco les importó no tener chamba.

—¡México! ¡México! ¡México! —se escuchaba por todos lados, tanto en restaurantes y cantinas como en los hogares.

El Yes Yes lo disfrutó junto con el Tururú y el Coras, quien en más de una ocasión gritó a todo pulmón que él era mejor que el portero de la Selección. Nunca le había gustado cómo atajaba Pablo Larios.

Al día siguiente todo el mundo compró *La Opinión*. Aquellos que no sabían leer se jalaban los pelos y los que no tenían para comprarlo se los jalaban a su vecino, éstos no eran tan mensos. Los salvadoreños seguían diciendo que su equipo era mejor que el azteca. La raza no se dejaba.

—¡Están pendejos! —les gritaban.

Los paisanos aún no terminaban de saborear ese primer triunfo cuando fueron visitados por unos viejos amigos:

—¡La migra! —se escuchó gritar a uno de ellos.

La correteza se dio. Si Bora, el entrenador nacional, hubiera sido testigo de aquello, de seguro se hubiera llevado a más de uno para jugar en los extremos. Cualquiera de ellos desbancaba al Abuelo Cruz.

Pero al parecer también los agentes de migración seguían los pormenores del Mundial y algo ya habían aprendido. Hasta de palomita detuvieron a algunos paisanos, otros fueron víctimas de severas zancadillas. De nada sirvió que alguien gritara "¡Foul!".

El camión de migración poco a poco se fue llenando. Al quedar agotados, los oficiales ahí la dejaron. El marcador final: 35 indocumentados detenidos.

El autobús se alejó tomando rumbo al centro de detención, pero el grito de los nuestros no cesó:

—¡México! ¡México! ¡México!

El buen humor de los detenidos se reflejó cuando fueron bajados del camión. Caminaban con la frente en alto y al preguntarles su nombre, contestaron:

—Pablo Larios.

—Manuel Negrete.

—Luis Flores.

—Hugo Sánchez.

—Tomás Boy.

En unas cuantas horas la "Selección Nacional" fue deportada de los Estados Unidos. ¡Qué bueno! Eso les dio tiempo para ver el juego contra Paraguay en territorio nacional. La ciudad de Tijuana amablemente les abrió sus puertas. Cantinas para ver el futbol sobraban.

Gol de Luis Flores y México se iba arriba en el marcador. Estalló el júbilo en todos los rincones del país, así como en Estados Unidos. Era el momento indicado para gritar con orgullo:

—¡Soy mexicano, cabrones!

Pero cuando el rival empató, salió a relucir el comentario de los ratones verdes.

La migra se abstuvo en los siguientes días de realizar más redadas. Probablemente comprendieron que no era el momento adecuado de detener a más raza. Ésta, con tranquilidad, vio cómo el tricolor calificaba a los octavos de final ganándole uno a cero a Irak. Los festejos no se hicieron esperar, la gente salió a las calles de Huntington Park, al este de Los Ángeles, y al parque de San Fernando a gritar:

—¡México! ¡México! ¡México!

Sombreros, sarapes y banderas se veían por todos lados. El más católico de los aficionados corría como loco con un estandarte de la Virgen de Guadalupe:

—¡Campeones! ¡Campeones! ¡Campeones!

Ya los "jueguitos" de calentamiento habían quedado a un lado. El Mundial entraba a su etapa crucial. Los desamparados del terremoto pedían el apoyo de las autoridades, seguían buscando a sus familiares y los burócratas muy molestos contestaban:

—Vengan otro día. ¿Qué no ven que estamos viendo el Mundial?

Efectivamente, todo mundo seguía las incidencias de lo que ocurría. Muy pocas sorpresas se habían dado. Las grandes potencias futboleras seguían en la lucha. Argentina e Italia calificaban en el grupo uno. En el dos Paraguay acompañaba a México, los demás no se los menciono porque se me puede acabar la tinta. Sólo basta decir que tanto Alemania como Brasil se consolidaban como favoritos. México se enfrentaría a Bulgaria. Cuando el día del partido llegó, todo el mundo se pegó al televisor. Se jalaron los pelos, hasta las babas se les cayeron y más de uno gritó "¡No mames!" cuando Manuel Negrete prendió el esférico de media tijera, convirtiendo un santo golazo que ni él mismo se la creyó.

El Azteca era un verdadero manicomio. Por un momento se olvidaron las clases sociales, ricos y pobres se abrazaron, nacos e intelectuales hicieron lo mismo. La dueña de la casa corrió a abrazar a su sirvienta, y como ésta estaba tan buena el patrón no desaprovechó la oportunidad para darse su agasaje.

Negrete quedó todo tarugo después de la aplastada que le dieron. México derrotó a los búlgaros dos a cero. Los festejos ya ni se los menciono. Me limito a decir que en más de un pueblo el sacerdote se enchiló con algunos feligreses cuando éstos intentaban vestir de verde y blanco al santo patrono del pueblo. La Guadalupe seguía haciendo milagros. Los desamparados ya mejor se resignaron.

—¡Que nos echen a los alemanes! —se gritaba en el Ángel de la Independencia lo mismo que en el este de Los Ángeles.

—¡Si Hugo resucita, seremos campeones!

El triunfo de la Selección Mexicana tuvo una magia muy especial entre la comunidad mexicana en Estados Unidos. Los chicanitos, como se les suele llamar, que en más de una ocasión han renegado por ser de origen mexicanos, ese día se vistieron con sombrero de charro y zarape al hombro, y con su banderita tricolor corrían por las calles gritando:

—¡Viva México!

Durante los días siguientes, en la gran avenida y en el Valle de San Fernando, así como en todo el planeta Tierra, de lo único de lo que se hablaba era de los cuartos de final del campeonato mundial. Los partidos ya estaban definidos: Brasil contra Francia en Guadalajara; Alemania contra México en Monterrey; Argentina contra Inglaterra en la ciudad de México, y finalmente España contra Bélgica en la ciudad del calzado.

Las especulaciones crecían, Brasil como siempre se perfilaba como favorito, pero Francia tenía lo suyo y lo demostró. El partido terminó empatado a uno y se fueron a tiros desde el manchón. Y quién iba a decir que las grandes figuras iban a fallar: Platini por Francia y Sócrates y Zico por Brasil. A los cariocas les dieron en el hocico. El marcador final fue de 4 a 3.

En el estadio Azteca, argentinos e ingleses trataban de olvidar las fricciones por la guerra de las Malvinas comandados por sus respectivos generales, uno medio chaparrón de apellido Maradona y el grandote y fortachón Gary Lineker que era un gran goleador. Maradona hizo lo que quiso y al final del partido en su cuenta personal tenía dos goles más. Éstos fueron hermosos de verdad. Al final del encuentro, el chaparro comentó que su segundo gol había sido con la mano de Dios. Argentina ganaba por dos goles a uno.

Al parecer Dios estaba tan ocupado con los argentinos que se olvidó del tricolor. Nos quedamos otra vez en el "ya merito". Los tamales, enchiladas, carnitas y chelas no nos supieron igual al final del partido. A muchos de los comelones les dio chorrillo. La ciudad de Monterrey se preparó para festejar y los regios daban rienda suelta a su imaginación. Repentinamente, un aficionado se levantó de su asiento, se estaba quemando las nachas por el mendigo calor y levantó los brazos al cielo pidiendo clemencia al Señor. Su compadre lo imitó y otros más les siguieron. A la quemadura de glúteos la bautizaron como la "ola".

Este festejo de poco nos sirvió. Los nuestros le echaron ganas, eso no se puede negar, tantas que hubiéramos podido ganar. El tiempo reglamentario terminó empatado a ceros, en los tiempos extras todo siguió igual y que nos vamos a penaltis.

A toda la raza se le paró el corazón, los cigarros se encendieron y las abuelas prendieron las veladoras, Diosito se dio la vuelta para ayudarle a Maradona y nuestros tiradores fallaron. Alemania 4, México 1. Alguien tenía que ganar. Los nuestros dejaron a un lado los complejos poniéndole huevos. La raza entendió y reconoció el esfuerzo.

El partido que se celebró en León entre Bélgica y España se decidió a favor del primero desde tiros del manchón. Cinco a cuatro fue el marcador final. ¡Ya qué importaba sí los nuestros habían perdido!

En el Mundial del 70, habiendo perdido contra Italia 4 a 1 en la ciudad del chorizo, adoptamos a Brasil como nuestro equipo favorito. Soñábamos con que Pelé hubiera nacido en Texcoco, Tostao en Xochimilco y Carlos Alberto en el Distrito Federal.

En este Mundial no nos quedaba más que echarle porras al chaparro de Maradona y a Argentina, el único equipo latinoamericano que seguía con vida. Mucha gente pensó que por sus desplantes Maradona era un "pipope" poblano. Los argentinos no fallaron y llegaron a la gran final que los enfrentaría con Alemania.

El día tan esperado llegó. Arppi Filho de Brasil hizo sonar su pito dando inicio al partido. Brown anotó el primero en el minuto 22 y puso arriba al equipo del país donde se baila el tango.

El segundo fue producto de Jorge Valdano, quien arrancó desde su propio terreno de juego, cruzó toda la cancha y cuando el portero alemán le salió al quite, la colocó contra el poste derecho. Se coreó el gol en las tribunas, pero era un festejo tímido, falto de sentimiento, daba la impresión de que la concurrencia apoyaba a los que producían los vochos.

En el segundo tiempo, Alemania reaccionó y en el minuto 73 Rummenigge puso el marcador dos a uno. En el 81 Voller empataba el partido. Aquello se puso de pelos. El Coras, el Tururú y el Yes Yes le iban a los argentinos.

–¡Ya nos tiznaron! –comentaron.

Sin embargo, dos minutos después el júbilo estalló cuando Burruchaga anotó el tercer gol. Argentina campeón. Los tres amigos se abrazaron. En el Azteca, Maradona, Passarella, Burruchaga, Pumpido y su entrenador Bilardo hacían lo mismo.

Con el transcurso de los días, en la gran avenida como en otras tantas partes del Valle de San Fernando el Mundial fue quedando en el olvido. En la ciudad de México los damnificados del terremoto seguían pidiendo justicia.

Y justicia fue lo que se dejó escuchar por parte de los políticos mexicano-americanos y de los líderes de organizaciones en favor de los derechos de los indocumentados ante la noticia de que la amnistía ya estaba a la vuelta de la esquina. Abogados y notarios públicos observaron sus bolsillos vacíos y se frotaron las manos sabiendo que aquello les traería muchos miles de dólares.

Ante la noticia, la raza también se puso feliz y para festejar se fueron a la playa. Un sábado de julio del 86, el Yes Yes y María preparaban las cosas para irse con su compadre el gringo. Muy temprano llegaron el Coras y el Tururú acompañados por Francisco. Long Beach los esperaba. Era la primera vez que los tres amigos vivirían aquella linda experiencia. Se frotaban las manos recordando que antes de emigrar a Estados Unidos habían visto algunas postales en donde las chamacas enseñaban hasta las chichis cubiertas de arena.

Entre canciones de Vicente Fernández y Cornelio Reyna llegaron a su destino. En lugar de que los nuestros vieran el espectáculo, fueron ellos quienes lo dieron, y no solamente el Yes Yes y su gente, sino también los demás paisanos. Los sombreros salieron a relucir como si estuvieran en el jaripeo. Los trajes de baño de nuestros machos eran unos pantalones recortados con los hilitos colgando. Se amarraban la camisa a la altura de la panza y para que la arena no les quemara las patas se dejaban las botas puestas. Eso sí, no podían faltar sus lentes Ray Ban de a cinco varos. Los playeros preferían ver a los nuestros antes que a las gringas suculentas y a los güeros con cuerpos de acero.

El Yes Yes sacó la olla de mole, el Coras la de arroz y frijoles y el Tururú los refrescos y chelas, mientras que al gringo le tocó la bolsa de toallas. Francisco no se molestó en ayudarle a María, quien cargaba al Tomito y llevaba de la mano al Yesito. Todos se dirigieron a buscar su lugar. El Yes Yes fue quien lo escogió, cosa que desagradó a su mujer.

—¡Vámonos a otro lado! —le dijo.

—¡No la hagas de tos, aquí está a todo dar!

—Tú lo que quieres es ver a aquellas viejas con los senos de fuera.

—¡Ay, mi amor! En eso no me había fijado. Yo pienso que están desproporcionadas.

Los amigos no se aguantaron por aquella ocurrencia y soltaron las carcajadas. Ellos sabían perfectamente cuáles eran las intenciones del Yes Yes, pero para que no se armaran los trancazos decidieron irse a otro lado y qué mejor que junto a otros paisanos. La grabadora estaba a todo volumen tocando las canciones de los Tigres del Norte. Los "¡Ajúa!" y más "¡Ajúa!" se escuchaban a todo momento, y más cuando pasaba por ahí alguna rubia despampanante. En menos de media hora aquello se convirtió en un verdadero convivio. El Tururú se comportó como todo un caballero y cuando Silvia llegó, la pareja de enamorados se fue a caminar por la arena. Cuando regresaron todo el refín se había acabado, ni siquiera tortillas duras alcanzaron.

—El corazón requiere otro tipo de alimento —comentó el galán sin soltarle la mano a Silvia, quien se sonrojó.

Los "¡Ajúa!" siguieron hasta las ocho de la noche. Se despidieron de sus buenos amigos y regresaron a su cantón. El beso del Tururú con Silvia fue de película. Todos llegaron muy bien, el que se veía medio jodido era el Coras, quien durante el trayecto no dijo ni pío. Francisco se percató y le preguntó:

—¿Qué te pasa?

El Coras guardó silencio por un minuto. Estaba en posición fetal, los escalofríos le pegaban de lleno y el sudor le empapaba el cuero.

—¿Qué tienes? —insistió el Tururú.

—Siento que tengo fiebre. Me duelen hasta los huesos.

—No te preocupes, llegando te doy un trago de tequila. Verás que te vas a alivianar.

Llegando al departamento, el Coras se recostó. El Tururú cumplió, le metió las patas en una cubeta con agua caliente y le dio su tequila. Al día siguiente el enfermito no se levantó, permaneció recostado en el suelo porque aún no tenían muebles. Durante toda la semana, el pobre vato ni siquiera asomó la nariz al baño. El departamento ya tenía olores medio raros.

Se aliviara o no el Coras, la vida seguía su curso normal. Afortunadamente para él, se recuperó en menos de una semana. En la gran avenida, con tanto calor los jornaleros habían bajado algunas libras. La Onda Colorada ya estaba agarrando la onda dentro del campeonato de futbol de la liga San Fernando. El Nacional, el Tototlán y el San Fernando se habían quedado en la primera vuelta. El Yes Yes volaba de poste a poste, el Penny se sentía Maradona.

Transcurrieron los meses y llegó otro festejo del Grito de Independencia. Y claro, no podía faltar el enviado especial del presidente de la República. Pobres de los empleados del consulado de México, principalmente aquellos de menor rango que con sus walkies-talkies debían tener todo bajo control.

Por las mañanas, el Beto, el Güero y demás le daban duro a proporcionar solicitudes e información. Las máquinas de escribir no dejaban de cantar sacando pasaportes y matrículas y aguantando los gritos de uno que otro paisano que no los bajaba de corruptos. Por las tardes era otro cuento, atendían las necesidades de la familia del distinguido personaje llegado directamente desde la ciudad de México. Como en años anteriores, fueron tantos los festejos que hasta atarantaron.

En el centro de Los Ángeles se dio el festejo principal. La escolta del consulado, con pantalón gris, camisa blanca, corbata roja y saco azul estaban formaditos y se veían muy monos. Los empleados auxiliares seguían sacando de apuros al cónsul general. El funcionario mexicano gritó a viva voz:

—¡Viva México! ¡Viva México! ¡Viva México!

La raza respondió, los jitomates se guardaron para otra ocasión. Cuando se tocó el Himno más de uno lloró. Estando fuera de la patria, estas cosas llegan hasta el alma.

En esta ocasión nuestros personajes permanecieron en casa, lo verían por televisión, además, querían echarse el de la ciudad de México.

Días después se recordó a las víctimas del terremoto, mientras los damnificados seguían buscando una respuesta a una de sus tantas interrogantes.

El Grito del 15 de septiembre llegó y se fue, pero otros gritos se seguían dando en el Valle de San Fernando y en la gran avenida. Los jornaleros seguían sufriendo accidentes, los seguían estafando, la migra los tenía en la mira y finalmente el hermano gemelo del Chuy buscaba aprovecharse de ellos. Los jugadores de la Onda Colorada recibían santos patadones, pero poco les importaba, los muy jijos seguían invictos.

El Tururú gritaba "¡Ajúa!" cada vez recibía un beso de Silvia. Tomito empezaba a caminar y ya se daba los primeros madrazos. La vida seguía… Tenía que seguir.

Pero el verdadero grito finalmente se dio cuando se hizo oficial la amnistía, la cual inició como Simpson-Mazzoli y terminó siendo Simpson-Rodino. El nombre era lo de menos. Se firmaría a principios de noviembre.

La noticia provocó incertidumbre, miedo y júbilo a la vez; no solamente entre la raza, también en otros muchos idiomas se gritaba:

—¡Ya la hicimos!

El único idioma que hablaban los notarios públicos y los abogados era el de la lana. Muchos de ellos se lanzaron al Departamento de Inmigración para que los acreditaran como centros de oficinas gestoras.

El 6 de noviembre llegó y todo el mundo salió a comprar su periódico *La Opinión*, ya que era importante conocer los pormenores. Al segundo día de las noticias, los abogados ya se anunciaban en los medios de comunicación como expertos en amnistía. ¡Éstos sí que eran magos de verdad!

—¡Los gringos nos han perdonado! No me hagan reír —dijo uno.

—¡Era para que nosotros los perdonáramos por tantas jaladas que nos han hecho! —comentaba el compadre de al lado.

A través del Departamento de Justicia, el gobierno de Estados Unidos estaba otorgando la amnistía no solamente a aquellos que habían emigrado recientemente de forma ilegal, sino a toda una historia en la que los indocumentados han sido un factor importante en el desarrollo económico de los Estados Unidos. ¡Qué irónico!

A principios del siglo argumentaron que ya no necesitaban a los chinos y de inmediato le echaron los ojos a los vecinos del sur. Con decirles que hasta buscaron explicaciones científicas. Por su estatura, el mexicano era el trabajador ideal para trabajar en la agricultura. Por ser chaparros estaban más próximos al suelo y por lo tanto no estaban propensos a lastimarse espalda y cintura, eso dijeron. Y que se abren las puertas de la frontera, no había ningún pedo. Y que se deja venir la raza. Fueron miles los que emigraron y nadie dijo nada. Les estaban sacando provecho a los de piel morena.

Durante la Revolución mexicana, muchos tuvieron miedo de morir por la causa y cruzaron la frontera para no meterse en problemas. Los gringos eran los más felices porque podían seguir explotando a los "indios" mexicanos, como acostumbraban decirles. Los primos gringos no tenían otra alternativa que aceptarlos, pues al meterse a tirar trancazos en la Primera Guerra Mundial se quedaron sin mano de obra para trabajar en la agricultura.

Pasaron los años y las autoridades americanas seguían sin decir nada. Cuando la crisis del 29 llegó, buscaron culpar a alguien y les resultó muy fácil decir:

—Los culpables son los mexicanos.

La patrulla fronteriza se lanzó a las calles de la ciudad de Los Ángeles como a otras de los Estados Unidos. En los trabajos, tiendas y calles los paisanos fueron detenidos. No importó nunca la edad: niños, mujeres, hombres y ancianos fueron subidos a las perreras y conducidos a la frontera. Los de la patrulla nunca preguntaron por los papeles. Se cometieron muchas injusticias. "Prietitos" que eran ciudadanos de Estados Unidos fueron deportados. Familias enteras fueron separadas. Éramos los chivos expiatorios.

Con el tiempo nos necesitaron y el gobierno de los Estados Unidos así lo manifestó. Los primos del norte se habían metido a tirar balazos contra los que tenían los ojos rasgados. La Segunda Guerra Mundial había llegado para los norteamericanos. Se firmó el Convenio de Braceros. No les importó a los norteamericanos que fuéramos chaparros, prietos y hasta piojosos, como ya nos tenían clasificados. Las contrataciones en territorio nacional se daban en un estadio de futbol de la capital y la mayoría de los afortunados emigraron en tren. Estaban felices, les daban garantías: salario mínimo, hospedaje y atención médica.

Los nuestros le dieron duro a las vías ferroviarias y a la agricultura, pero como en cualquier matrimonio se fueron presentando problemas y los rancheros gringos no respetaron las promesas. En territorio nacional, los nuestros se dieron cuenta de que era difícil recibir la contratación y resultaba más sencillo venirse de mojados. Nuevamente, los güeros rancheros los recibieron felices de la vida. Les resultaba más fácil y cómodo contratar a los paisanos que no tenían papeles.

Como en todo buen matrimonio, ambos gobiernos se aguantaron. Fue a principios de la década de los sesenta cuando dijeron "ya basta" y el convenio se dio por terminado, pero antes de que esto sucediera, la raza sufrió otro severo golpe. Con la operación "wet back", o mejor dicho, "espalda mojada", los nuestros fueron nuevamente regresados por donde vinieron. Una vez más, eran los culpables de lo que pasaba con la economía norteamericana.

Pero ese tipo de operaciones no detuvo lo que los norteamericanos iniciaron. Los nuestros siguieron llegando cruzando el río, por el desierto, en cajuela, o como pudieran, y poco a poco se fueron estableciendo en incipientes barrios.

Se ha aportado tanto a los Estados Unidos que hasta a la guerra de Vietnam nos llevaron. Con uniforme que incluía el casco y rifle, pusieron a los mexicanos al frente de los batallones como si fueran carnada. Muchos murieron y a sus familiares les dieron una banderita de Estados Unidos. Murieron por la democracia, murieron porque había injusticias, mientras que en sus barrios a los suyos los seguían tratando como ciudadanos de segunda clase. En Los Ángeles y en el Valle de San Fernando se fueron formando grupos de protesta, y como muestra de ello se dio la Moratoria Chicana.

Transcurrieron los años y los paisanos siguieron pasando, sin importar que los amenazaran con que se levantaría el "Muro de la Tortilla". Seguían siendo víctimas de atropellos y vejaciones, continuaban los accidentes, se daban muertes.

En territorio norteamericano, el Departamento de Inmigración aplicaba leyes más severas y cuando sentían la presión de la opinión pública, se lanzaban a la calle a detener indocumentados.

¡Qué ironía! Con su amnistía, el gobierno norteamericano estaba perdonando todo eso. Por eso cuando se aprobó hubo más de uno que dijo:

—¡Es puro cuento! ¡Nos quieren tener fichados para después deportarnos!

Cuento o no, la amnistía era la noticia. Una vez terminando de hacer finos cortes, el carnicero leía detenidamente los requisitos para hacerse residente.

—¡De tamarindo, coco y limón la nieve! —gritaban los paleteros, y después agregaban—: ¡Ya mero nos dan la grin card!

Las primeras semanas fueron una verdadera confusión. Los buitres abogados y notarios públicos buscaban anunciarse en los medios para tener la oportunidad de estafar a la gente.

El día de Acción de Gracias, que se festeja en noviembre, los paisanos, antes de meterle el diente al guajolote, le daban gracias a Dios de que alguien se hubiera acordado de ellos.

Y efectivamente había quien los recordaba con gran afecto. El Departamento de Inmigración realizó algunas redadas antes de que iniciara diciembre. El grito de la comunidad fue elocuente:

—¡La amnistía es mentira! ¡Es una farsa! ¡No entraremos en su juego! ¡Nos quieren deportar!

El Tururú y Silvia discutían el tema en compañía del Coras y del Yes Yes con su familia:

—Tienen que solicitar la amnistía. ¡No pierden nada en hacerlo! —decía ella.

—Para ti es fácil opinar —contestó el Coras—. Tienes papeles.

—¿Qué otra alternativa tienen? Se van a quedar como indocumentados si no lo intentan. Si la preocupación es que los vayan a identificar para después deportarlos, eso es lo menos que les debe importar. Sin que tenga registro de ustedes, Migración sabe perfectamente dónde encontrarlos. Hagamos una cosa, dejemos pasar un tiempo. Yo me comprometo personalmente a investigar más del asunto.

—Bueno —dijeron todos a coro.

Después de la amena charla se pusieron a cenar. Los frijoles no alcanzaron, pero para no quedarse con la panza vacía le entraron duro a los nopales asados y se los bajaron con agua de sandía. A punto de llegarle al postre, unos toquidos en la puerta llamaron su atención. El Yesito corrió a ver de qué se trataba.

—¡Papi, te busca un señor! —gritó.

El Yes Yes, pensando que se trataba de un cobrador, mandó al Coras.

—Buenas noches, señor. Usted es el más afortunado de este barrio: la amnistía llegó a su cantón.

El Coras no permitió que dijera más y le azotó la puerta en la jeta. Regresó refunfuñando lo que sucedía. Ya los buitres estaban al asecho. Prendieron el televisor y se hablaba de lo mismo.

Silvia cumplió lo prometido y leía todo lo relativo a la amnistía. Poco a poco se estaba convirtiendo en toda una experta, le ayudaría a sus amigos y, por obvios motivos, a su galán. Ya tenía todo muy claro: todos aquellos paisanos que hubieran ingresado a Estados Unidos en forma ilegal antes de 1982 y que hubieran vivido en ese país en forma continua serían elegibles para obtener el tan deseado documento.

¡Ah! Los trabajadores del campo se vieron un poco más favorecidos. Las preferencias se dividieron en dos grupos. Tendrían prioridad aquellos que hubieran trabajado 90 días en cada uno de los años iniciando en 1984 y terminando en 1986. También tendrían su oportunidad los que hubieran trabajado 90 días en ese último año.

A los afortunados primeramente les darían un permiso de trabajo, luego una tarjeta de residente temporal y después vendría la permanente.

Los medios de comunicación se encargaron de que poco a poco la gente se diera cuenta de que la amnistía era una realidad. "Los Tres Amigos", que así se les conocía, entre los que se incluía a un distinguido funcionario de la migra y a un destacado locutor de la radio en español que tenía un sobrenombre muy salvaje, el Tigre, aparecían en la tele diciéndole a la comunidad:

—¡Ésta es tu oportunidad!

En la radio ya enfadaban, hasta tenían un programa especial. La propaganda fue mayor: letreros enormes fueron colocados en las autopistas, en las presentaciones en persona hubo hasta quien se puso un sombrero de charro. Nada más faltaba que aparecieran en las cajas de cereal.

Poco a poco la gente iba reaccionando. Sacaron las cajas de cartón y dejaron muebles por el suelo, desesperados buscaban recibos de renta, agua, luz, talones de cheque, recetas de doctor, cartas recibidas de México, la identificación y, claro está, el acta de nacimiento. En más de un hogar se presentaron situaciones que casi llevaron a los trancazos al no encontrarse los documentos.

—Vieja, ¿pues en dónde chingaos los dejaste?

—Acuérdate que tú los tiraste cuando estabas borracho.

—Pues ya sabes, si no lo arreglamos, te me vas derechito al pueblo con tu gente. Yo me caso con una gringa aunque pese doscientas libras.

La Navidad llegó y muchos se fueron a México. No les cuento lo que les sucedió a los paisanos en el trayecto o estancia en sus respectivos pueblos. Basta recordar a Julio Aguilar, a Antonio Nopal y al difunto de Soberbio Justo. Lo único que cambió es que llevaron la noticia de la amnistía. No sabían mucho de ello, pero hablaban como grandes expertos. Esto despertó el sueño de muchos que en alguna ocasión habían vivido en el país del norte.

Los primeros ganones de tal situación fueron los "coyotes", "pasamojados" y "polleros". La raza se dejó venir en bola, les cobraban hasta las coronillas de oro que tenían en los dientes. A los paisanos esto poco les importó, teniendo la tarjeta de residente ganarían muchos verdes.

Sí, la Navidad llegó y el año nuevo la despidió. Ya ni quién se acordara de que la Onda Colorada había resultado campeón de la Liga San Fernando, metiéndole tres golecitos al San Fernando. Los hermanos Coraje resultaron ser unas blancas palomitas y el Araña hasta pidió disculpas. La gente seguía buscando sus papeles desesperadamente, ya los tenían que ir preparando para hacerse residentes.

Abogados, notarios públicos, agencias comunitarias, agrupaciones católicas y organizaciones no lucrativas ya estaban preparadas para recibir a la gente. Los notarios y abogados le invirtieron buena lana al negocio, compraron archiveros, cámaras fotográficas, máquinas de escribir, tijeras, correctores y muchas otras cosas más, hasta papel del baño para que los paisanos se limpiaran… después de tomarse las huellas. Y no se olvidaron de contratar lindas secretarias, todas tenían que tener muy buen chamorro y buena voz para susurrarles al oído a los paisanos. No importaba que no supieran escribir, desquitaban todo cuando los tomaban de la mano para registrarles las huellas. Los nuestros suspiraban.

Los centros comunitarios y religiosos carecían de recursos y se limitaban a limpiar el changarro. Polvo y cucarachas salieron volando y con pintura barata levantaron la fachada.

—¡Ahí vienen! ¡Ahí vienen! —gritaron los abogados y notarios públicos mientras se frotaban las manos.

Ellos serían los segundos ganones de la amnistía, cobrarían muchos varos. Las chavas que contrataron ya lucían las diminutas minifaldas, como también la clásica banda que les cuelgan a las reinas de belleza.

—¡Pasen, pasen! —les gritaban.

Y los paisanos, con tal de ver carne buena, ahí iban de babosos acompañados por su mujer, quien aún tenía los ojos llorones por la tizna que le había dado su marido por no encontrar los papeles. Los cuatro chiquillos iban detrás de ellos. Eran conducidos a unas hermosas oficinas y hasta el café les invitaban. Para los niños tenían sus dulces y para los más pequeños las mamilas ya estaban preparadas con la inscripción de los requisitos de la amnistía. Pobre gente, solamente les cobrarían 1 800 dólares por el llenado de seis solicitudes.

—¡Por ahí vienen! ¡Por ahí vienen! —gritaban las monjas y los trabajadores de grupos católicos de caridad.

Aquí no había café ni pastelitos, del garrafón tomaban el agua. El bebé lloraba y su madre sacaba la chichi y cuando los niños querían hacer pipí, se iban a la gasolinera más cercana. Aquí sí se luchaba por mantener el orden. Los religiosos y no lucrativos cobraban más barato y la gente se les amontonaba.

—¿Quién llegó primero?

—¡Yo! —gritó uno que llevaba puesta una gorra de Fernando Valenzuela y tenía la playera arribita de la cintura, presumiendo las lonjas producto de haber comido tantos tacos de longaniza.

—No sea mentiroso, señor. Yo llegué primero —reclamó una dama chaparrita de larga trenza.

¡Y que se arma el argüende! Ninguno de los dos se dejaba, los demás ya protestaban. No era para menos, el calor estaba de la fregada. La monja que se espanta y que saca el agua bendita.

—¡Mejor saque la botella de tequila! —gritó uno.

Restaurándose el orden, la gente fue conducida a una pequeña sala en donde no alcanzaban las sillas. Los machos no cedían las sillas a las damas, se hacían los dormidos. La monja previó otro desmadre y colocó la imagen de la Virgen de Guadalupe en el centro.

—¡Que pase el primero! —gritó el director del centro.

El elegido fue un hombre de enorme bigote.

—¡Viva Emiliano Zapata! —gritó la gente.

Se tomó la foto clásica del recuerdo. El chavo se chiveó todito pero se peinó el bigote. Y llegó el momento esperado: el llenado de la solicitud. La empleada la metió a la máquina de escribir y esperaba nerviosa las respuestas.

—¿Nombre?

—Gerardo Macías Moreno.

—¿Fecha de nacimiento?

—14 de octubre de 1960.

—¿Sexo?

El joven estaba todo nervioso, se puso rojo, volteó a ver a la concurrencia y simplemente se agachó. La pregunta lo confundía. ¿Diría la verdad? ¿Sería la respuesta adecuada?

—Soy virgen.

La empleada lo miró como diciéndole "no seas menso".

La histórica solicitud fue llenada en dos horas. La gente aplaudió. El joven se retiró el sudor que le cubría la frente. Fue conducido posteriormente a tomarse las fotos y las huellas. El expediente se completó cuando le sacaron copias a los documentos originales.

—¡El que sigue! —gritó la monja—. Uno más que pase con la otra señorita —reiteró—. Otro —indicó.

La oficina del sueño entró de lleno a su funcionamiento. Preguntas venían y respuestas se daban. Algunas de ellas causaron problemas:

—¿Cuántas veces ha estado usted casado? —se le preguntó al de la gorra de Fernando Valenzuela.

Éste, imitando a su ídolo, miró hacia el cielo pensando "ya me cacharon". Su mujer estaba a la expectativa, pelaba los ojos como cuando uno va al baño y no sale aquello. Se dio un silencio absoluto, los ahí reunidos querían escuchar la respuesta.

—¡Dos veces!

—¡Ah! —exclamaron los ahí reunidos.

Algunos se persignaron y otros comentaron:

—Ya se lo chingaron.

—¿Qué? —gritó su mujer.

—Cálmate, después hablamos.

—¿Cómo quieres que me calme? ¡Tú nunca me dijiste nada!

—¡Nunca me preguntaste!

—Sólo falta que tengas hijos

—Pues sí… dos.

—Vete con tu otra mujer y emigra a tus otros hijos.

La mujer ya chillaba, el cuate azotó la gorra de Valenzuela, la empleada quiso intervenir pero no le hicieron caso. La monja llegó corriendo tropezando con uno que tenía estirada la pata y por poco se va de bruces.

—Señores, por favor, guarden compostura.

—Madre, por favor, usted no se meta —dijo la ofendida.

—Hija, éste no es el lugar para discutir este tipo de problemas.

La mujer se retiró las lágrimas y vio a sus hijos que se sacaban los mocos. Con la mirada le dijo todo a su marido y se retiró de ahí.

—Señor, usted no es elegible —le dijeron.

Levantó la gorra y acomodó sus documentos. Muy seguramente, cuando salió de ahí se dirigió a tomarse unas chelas para quitarse el ardor de panza.

—El que sigue… El que sigue… El que sigue… —se escuchó decir por todo el Valle de San Fernando y en otras tantas ciudades de Estados Unidos.

Con el transcurso de los días, la gente se fue convenciendo de que la amnistía no era ninguna mentira. Buscaron sus documentos, solicitaron al pueblo su acta de nacimiento y para cubrir los gastos pidieron prestado.

—¡El que sigue! —seguían gritando.

Los medios de comunicación alentaban a la gente para que no perdiera su oportunidad. Para atraer más clientes, los abogados ya les habían quitado las minifaldas a las chamorronas y les pusieron unos diminutos bikinis. Las monjas mientras tanto colocaban la imagen del Sagrado Corazón de Jesús junto con la Guadalapana para evitar más discusiones. Pero todo fue en vano, no solamente los hombres resultaron casados, una que otra mujer había pecado.

Las entrevistas no solamente delataron a las parejas, algunos hombres no resultaron tan machos.

—Me llamo Dionisio Mejía, pero me dicen Diosa.

—Tengo 30 años, pero le agradecería que me quitara unos cuantos.

—¿Me está preguntando que cuál desviación sexual tengo? ¡Ay, todas!

Otros más que llegaron se confesaron:

—Señorita, ¿el haber matado a alguien me excluye de la amnistía?

La empleada no pudo dar respuesta, corrió de inmediato a esconderse debajo del hábito de la monja.

El paletero seguía gritando:

—¡Apúrenle! ¡Llenen la solicitud de la amnistía! ¡Paletas de limón, coco y sandía!

En misa, entre rezo y rezo, el padre les indicaba a los paisanos:

—¡Ahora o nunca!

Las teclas de las máquina de escribir seguían cantando. Las copias se seguían sacando y las solicitudes llenando. Poco a poco, los paisanos fueron saliendo de todos los rincones de los Estados Unidos. Muchos de ellos, que durante años habían presumido de ser residentes, simplemente sonreían cuando les preguntaban:

—¿Qué? ¿A poco tú eres mojado?

—¡Cállate! —contestaban—. No te atrevas a decirle a mi vieja, ella se casó conmigo por los papeles.

No todos los que se fueron presentando eran trabajadores agrícolas o de servicios. Los elegantes, estudiosos y pudientes también buscaron beneficiarse. El Tururú, el Yes Yes y el Coras estaban también pendientes. Los tres amigos tenían problemas para comprobar su residencia.

—Yo no tengo forma de reunir los documentos —dijo el Coras.

—Yo menos —contestó el Yes Yes—. Ya saben ustedes que si algo tengo es que soy muy descuidado.

—No tenemos otra alternativa que hacerlo a través de la agricultura.

—Tienes razón —comentó el Coras—. Yo creo poder encontrar al patrón con quien trabajé en el 84. Me voy a lanzar a Santa Paula. Si lo encuentro les aviso.

Corría el mes de abril de 1987. El Coras se fue a la estación de autobuses Grey Hound. En unas cuantas horas llegó al condado de Ventura. Un enorme letrero que decía "Welcome to the City of Santa Paula" le indicó que ya había llegado. Caminó algunas cuadras observando detenidamente el panorama y recordando que apenas unos años atrás él bajaba de las viejas camionetas con las manos ampolladas y la espalda jodida. Había convivido con el hombre del campo que riega los surcos con sudor y en más de una ocasión hasta con su propia sangre. También conoció la muerte del compa.

—¡Cuidado! —alguna vez le gritaron.

El conductor de la chiva, así se le llama al vehículo en el que se recoge la cosecha, no se fijó al echarse en reversa y aplastó al paisano que venía atrás. Todos dejaron de pizcar y corrieron hacia él. El suelo quedó teñido de rojo, el paisano había fallecido.

—¡A trabajar! ¡A trabajar! —gritaba el patrón.

Todos observaron cómo se llevaron aquel cuerpo sin vida.

El Coras se sacudió la cabeza queriéndose desprender de aquel recuerdo. Siguió caminando y la lluvia lo encontró. Un recuerdo más le torturó el cerebro.

Daniel, oriundo de Oaxaca, había fallecido cuando menos lo esperaba. Una tormenta eléctrica le había quitado la vida. El patrón lo había mandado a cubrir la cosecha de fresa. El patrón lo había mandado a morir.

El Coras siguió su camino, ya no le importaba estar empapado. Vio cómo unos niños hacían una presa con lodo y jugaban a que los palitos de paletas eran sus barquitos.

—¿No estarán ya contaminados? —se preguntó mientras los miraba detenidamente.

Los pesticidas eran su alimento diario. Muchos padres ya estaban podridos por dentro. Los patrones argumentaban que no había ningún riesgo. ¡Claro! ¡Qué importaba! Los melones y sandías tenían buen tamaño.

Al llegar a la calle principal dio vuelta a la derecha y encontró un camino de tierra. Los paisanos se refugiaban en unas casuchas de madera, un perro flaco se quedaba afuera y se mojaba. Más de quince de ellos disfrutaban de aquella residencia. ¡Pobres paisanos! Y el patrón todavía se atrevía a cobrarles.

El turista en Santa Paula por fin llegó a su destino. Ya se encontraba tocando la puerta de Federico, un paisano que tenía empleo de mayordomo.

—¿Qué pasó, Ignacio? ¡Casi me tiras la puerta!

—Perdón, don Federico, no era mi intención.

—Pero pásale, no te vayas a mojar.

Federico era un hombre de aproximadamente 50 años. Comparado con los demás paisanos, éste vivía mejor. Su vestir era impecable, lucía cinturón con hebilla de oro, pantalón de mezclilla y botas puntiagudas. Decían los habitantes de la región que él ya podía retirarse y vivir de lo mejor. Se vio gente y le invitó un café al Coras.

—¿Qué te trae por acá?

—Vengo a pedirle un favor.

—Dime cuál.

—Necesito que me dé unas cartas, de ésas que se requieren para arreglar los papeles.

Federico se levantó a ponerle un poco de azúcar a su café, miró al Coras y le preguntó:

—¿Dijiste cartas?

—Cartas, don Federico. Quiero echarles la mano a unos cuates.

—No hay problema, si te esperas unos días te las tengo listas.

—¡Gracias!

La plática se alargó y hablaron de los recuerdos. Hubo nostalgias y risas. El Coras calló cuando se enteró de la repentina muerte de Gloria. Se dijo que había fallecido de pulmonía. Apenas contaba con 23 años y ya se había pelado para el otro mundo.

En 1982 un gandalla llegó a su pueblo. Ella le ayudaba a su madre a vender tamales enfrente de la parroquia. El tipo convenció a los padres para que la dejaran venir al norte, les dijo que trabajaría de niñera. Llegó en cajuela, pero no a cuidar infantes, su trabajo sería bailar con los borrachos. En más de una ocasión intentó escapar, pero siempre la amenazaron. Dizque la iban a matar. Atrás quedaron las tobilleras, se las cambiaron por pantimedias baratas, el uniforme escolar por un vestido de mujer fatal y las trenzas por un peinado sin igual. Su sonrisa de niña con el tiempo se fue desvaneciendo como la espuma en el mar con cada relación íntima que tenía con los borrachos. La chamaca envejeció con tanta pintura que le ponían.

Gloria murió y la enterraron en Santa Paula. Dijeron que falleció de pulmonía, sin embargo, las viejas chismosas que nunca faltan pregonaban a los cuatro vientos que su muerte se debía al sida.

El Coras no tuvo comentario alguno sobre aquella noticia, se la guardó en sus adentros. Al siguiente día, muy temprano por la mañana, recorrió el pueblo y visitó el panteón. Encontró la tumba de Gloria y le depositó una rosa. Habían sido más que amigos.

Don Federico cumplió con lo prometido y le entregó las cartas. Luis Moreno, Ignacio Díaz y Gilberto Méndez habían trabajado en el campo.

—¡Gracias! —le dijo el Coras antes de partir de Santa Paula.

—¡Gracias! —le dijeron también sus amigos cuando les entregó las cartas.

Silvia cumplió y les ayudó a llenar las solicitudes. Fueron por sus huellas, fotos y exámenes médicos. Ahora sólo quedaba esperar que el Departamento de Inmigración comenzara a procesar las solicitudes.

Los americanos habían invertido sumas millonarias en abrir oficinas. Eran elegantes de verdad, la mayoría alfombradas de azul con muebles grises. Los también elegantes funcionarios esperaban a los paisanos muy peinados.

Para el 5 de mayo de 1987, cientos de personas de muchas nacionalidades esperaban ansiosos. Todos hablaban un solo idioma, el de la esperanza de que la amnistía no fuera sólo un cuento.

Reporteros de los medios de comunicación ya estaban presentes en la oficina de Inmigración de Plaza del Sol ubicada en el este de Los Ángeles. Por fin se cortaron los listones de la ceremonia de inauguración. La raza fue introducida y los sentaron muy en orden. Nadie decía nada, unos sudaban, otros temblaban de miedo y algunos más no salían del baño.

El primero fue llamado a pasar a la ventanilla, caminaba como si tuviera chorro. Media hora después, orgullosamente mostraba a la prensa y a la televisión su permiso de trabajo. La amnistía ya había perdonado al primer indocumentado y después le siguieron muchos más.

Los notarios públicos y los abogados seguían llenando sus bolsillos de verdes. Caridades Católicas ya no se daba a basto. Los indocumentados de todas las nacionalidades buscaban beneficiarse.

Silvia llevó de la mano a los tres amigos y el permiso les fue dado. El Coras se lo presumió a sus patrones de Beverly Hills, el Yes Yes a todo el que llegaba a pedir sus hamburguesas y el Tururú al padre Luna.

Junio llegó y se fue, julio también, agosto ni se sintió, en septiembre llegó otro Grito de Independencia de México y ya muchos de los indocumentados incrédulos buscaban afanosamente obtener la residencia.

No faltó quien se lanzara a comprar cartas de la agricultura. Los más beneficiados serían los rancheros y granjeros. Los muy ojetes vendían el documento en aproximadamente mil dólares.

Ya no les importaba la cosecha de naranja o de fresa, la gran tajada de verdes estaba en vender cartas.

El Departamento de Inmigración comenzó a sospechar de la tranza cuando hombres vestidos elegantemente con manos de nalga de bebé y mujeres con cejas muy depiladas, peinados a la última moda francesa y enormes uñas se presentaban con cartas de la agricultura. Las entrevistas eran muy amenas:

—¿Nombre?

—Julissa Madrigal.

—¿Edad?

—24 años.

—¿Trabajó en la agricultura?

—¡Claro! En la sandía —contestaba la hermosa mujer buscando desesperadamente arreglarse el chongo.

—Platíqueme, ¿cómo era el proceso? —preguntaba incrédulo el agente.

—Pues mire, señor, nos subíamos a unas escaleras y las apoyábamos en el tronco del árbol y con tijera en mano cortábamos la sandía.

El agente ya se limpiaba los lentes, se rascaba la barba y se tapaba la boca para no reírse. Hacía algunas anotaciones en la solicitud de la despampanante mujer. Minutos después su permiso de trabajo le era otorgado. Ella salía muy contenta moviendo la nalga.

—Ya me fregué a este gringo desabrido —pensaría.

Con el paso del tiempo ella misma se cuestionaría:

—¿Por qué aún no me ha llegado mi tarjeta de residente?

Sí, la amnistía trajo consigo nuevas modalidades de pizcar desde verduras hasta frutas: la uva a la altura del suelo, la sandía de los árboles, y fresas, cebollas y nueces para qué les cuento.

Con el transcurso del tiempo, el gobierno estadounidense decidió hacer algunos cambios en los requisitos para obtener la residencia. Se decidió que el examen médico incluyera la prueba del sida. Y vámonos, un gasto adicional para los paisanos.

—No soy ni puto ni maricón —dirían algunos.

Alternativas no les quedaron y se fueron derechitos a ver al médico.

—Coras, vamos. Te has enfermado mucho últimamente. Aprovechemos el examen para que te revise el médico.

—Ve tú, yo voy cuando me sienta un poco mejor. Además no tengo feria.

—Si es por el dinero, yo te lo presto.

Ante la insistencia del Tururú, el Coras se molestó y mandó a su amigo a la chingada. Pasaron los días y no mejoraba.

—¡Vamos al médico, Coras!

—¡Déjame en paz! —gritó.

El Coras reaccionó. En el fondo sabía que su amigo tenía razón y, aprovechando que aquél se había ido a chambear, como pudo fue a que lo viera el médico. Llegó tosiendo y con altas temperaturas, hizo antesala y por fin fue atendido. El examen no fue gran cosa y le dieron su supositorio.

El Tururú y el Yes Yes fueron por el resultado de sus exámenes, los cuales les fueron entregados en sobres cerrados y de igual forma había que darlos al Departamento de Inmigración.

El Coras, que ya presentaba cierta mejoría, fue por el suyo y esperó unos minutos que se le hicieron eternos, eternos de verdad. Su nombre fue pronunciado, caminó lentamente, lo tomó y salió. Observó aquel sobre cerrado y tembló. Ya no pudo aguantar la tentación y lo abrió. Momentos después lloró y caminó sin rumbo fijo. Durante los días siguientes no salió de su cuarto.

—¡Coras! —le dijo el Tururú una mañana—. ¡Vamos a hacerte el examen!

Éste no contestó y prefirió cerrar los ojos para no ver a su amigo. Antes de darse la media vuelta, el Tururú se la sentenció:

—¡Mañana te llevo a la fuerza!

Éste le comentó al Yes Yes y a Silvia lo que sucedía.

—¿Qué hacemos? —se preguntaban—. ¿Cómo lo llevamos?

Silvia sonrió, ya tenía la solución. Los tres ya se encontraban al día siguiente junto al Coras. Platicaban, bromeaban y el enfermo de repente se quedó jetón. Le habían puesto una pastilla para dormir y se lo llevaron al Hospital General. Ella había hecho los arreglos para que se le atendiera de lo mejor y hasta en camilla entró.

—Silvia, vengan mañana, lo vamos a tener en observación —dijo el doctor.

Los amigos salieron despreocupados. Sabían que el Coras se encontraba en buenas manos. Silvia se quedó a cubrir el turno de una amiga. El Yes Yes y el Tururú regresaron al cantón en camión.

—¡Ojalá que se mejore el Coras! —comentó el Yes Yes.

—Todo va a estar bien. Es muy terco, desde hace tiempo hubiera visitado al doctor.

—Sí, es medio terco el muy cabrón.

—Oye, ¿qué tienes que hacer hoy por la tarde? —preguntó el Tururú.

—¡Nada!

—Te invito al departamento.

—Ya sé a qué se debe tu invitación, haz de querer que te ayude a limpiar el cochinero.

—¡Claro! Y de paso te invito a refinar.

Los amigos se bajaron una cuadra antes de llegar al departamento, pidieron diez tacos de asada para llevar con un resto de jalapeños y dos aguas de horchata. Entrando al departamento se los aventaron, no se les fueran a enfriar. El agua de horchata les incrementó la panza.

—Ahora sí, mi Yes Yes, a darle duro a la limpieza.

—¿Por dónde empiezo? Todo esto es un cochinero.

—Tú por la sala y yo por la recámara —contestó el Tururú.

Y a darle duro, los dos le entraron parejo. El Tururú acomodó cajas y levantó cobijas quedando al descubierto aquel viejo colchón. Había que sacudirlo, tenía más de dos semanas de no hacerlo. Lo levantó y lo recostó contra la pared. Debajo de la cama encontró el sobre blanco que contenía el examen médico del Coras. Confuso estaba cuando sacó su contenido, sus manos temblaban cuando le dio la primera lectura: el Coras había dado positivo en el examen del sida. Cerró los ojos y derramó las primeras lágrimas.

–¡No puede ser! –dijo.

Lo leyó nuevamente. Sus ojos no lo habían engañado: el resultado era positivo.

–¡No! –gritó.

Y su grito pudo haberse escuchado por todo el Valle de San Fernando. El Yes Yes corrió para ver de qué se trataba y encontró al Tururú recargado sobre el colchón, sosteniendo aquel maldito papel blanco. Llegó hasta donde estaba su amigo y se lo retiró de las manos. Lo arrugó con su puño cerrado y cayó arrodillado frente a la imagen de la Virgen de Guadalupe.

–¡Tú nunca lo quisiste! –gritó mirando a la reina de los mexicanos.

Los amigos lloraban sin decirse nada. No había nada que decir.

–¡Acompáñame! –dijo repentinamente el Tururú–. Esto no puede ser.

–¿Adónde vamos?

–A ver a Silvia.

–¿Para qué?

–Para que nos explique esto.

La llegada les pareció eterna, hubieran querido tener alas para volar, ser Superman o por lo menos Flash.

–¡Nos lleva la chingada! –decían al ver que el autobús hacía parada a cada momento.

Al llegar al centro de Los Ángeles prefirieron caminar que esperar al otro camión. Sudorosos y con la lengua de fuera llegaron al hospital. Ni "con permiso" le dijeron a la gente que encontraban en su camino, no era el momento para ser educados.

–¿Qué pasa? –les preguntó Silvia cuando los vio llegar.

Silvia tomó el sobre y le dio lectura. El papel cayó al suelo.

–Ignacio tiene sida.

–¿Pero qué significa?

–No sé, es mejor esperar los resultados de los exámenes médicos que le están haciendo.

–¿Y tardarán mucho?

–Hoy por la noche pudiéramos saber algo.

La espera fue larga, los médicos dieron los primeros resultados. El Coras tenía pulmonía. Sobre el sida no les pudieron decir nada. Días después les confirmaron que el amigo estaba infectado.

–Doctor, ¿él ya sabe? –preguntó el Tururú.

–Sí.

—¿Lo podemos ver?

—¡Claro!

—Otra estadística más para los estudiosos del problema de los indocumentados —pensó el Tururú durante el camino al cuarto—. Qué más da una resta más o una menos… Qué más da una suma más o una menos.

Sin duda, el Coras no sería el primer ni el último paisano infectado de sida, y todo por la falta de educación:

—A mí no me puede dar —dicen los paisanos—. ¡Yo no soy maricón!

Pinche complejo de machos. ¡Hay que usar el condón!

Mientras para algunos esta epidemia significa la muerte, para otros es una forma más de meterse dinero a la bolsa. La prostitución es un gran negocio, poco importa que se trate de niñas de secundaria. El trato de blancas sí deja lana, qué importa que los paisanos regresen infectados a sus pueblos. Sólo serán una estadística más.

—¡Murió de pulmonía! —dirán.

El Tururú, Silvia y el Yes Yes entraron al cuarto del Coras, quien tenía la mirada puesta en el techo.

—¿Qué pasó, mi galán? —le gritó el Yes Yes.

—¡Arriba! —dijo el Tururú—. Vamos a echarnos unos tacos de asada.

No dieron resultado las palabras de ánimo. El Coras volteó a verlos con los ojos llenos de lágrimas.

—¡Me voy a morir! —gritó.

Silvia mejor se retiró. Por más que se esforzaron en disimular el dolor, el Tururú y el Yes Yes no pudieron y se sentaron a su lado.

—Sólo les pido un favor —dijo el Coras—: que cuando el momento llegue, me incineren, me lleven a la gran avenida y pidan permiso para que el viento se lleve mis cenizas. Y si la gente pregunta por mí, díganle que me fui para otro lado.

Durante los meses siguientes el Coras entró y salió del hospital. El 14 de diciembre dejó de existir, pero este paisano no murió solo, no murió en el olvido. El Tururú cerró los ojos de su gran amigo. No se le practicó autopsia y fue llevado directamente al crematorio. Al día siguiente, el Yes Yes cargaba los restos de su amigo y con el Tururú se fue a la gran avenida.

El cielo se oscureció. Los vientos de Santa Ana soplaban con gran fuerza. Eran las diez de la mañana cuando llegaron a la Lankershim Boulevard. Los michoacanos, jaliscienses, guanajuatenses, salvadoreños y demás ya estaban presentes. La lucha por conseguir chamba era encarnizada. Nadie se rajaba. Los dos amigos lograron meterse entre la bola. Llegó un patrón y el Yes Yes gritó con todas las fuerzas de su corazón:

—¡Yes, yes!

No tuvo suerte, la multitud se alejó momentáneamente a la espera de otro patrón.

—¿Me prestan una cora? —les dijo uno que tenía cara de hambre y sed.

El Yes Yes y el Tururú le lloraron por última vez a su amigo. Los demás jornaleros presintieron que algo estaba sucediendo. Al arribo del patrón, permitieron que el Tururú y el Yes Yes fueran los contratados.

—Necesito tres —dijo el güero.

—¡Somos tres! —gritó el Yes Yes.

Se subieron a la camioneta, destaparon la urna y, mirando al cielo, vieron cómo los vientos de Santa Ana se llevaban a su gran amigo.

Paisano, no hay camino… Se hace camino al cruzar.

Uno por uno vienen llegando, con su lento caminar...

Tortillas duras, ni pa frijoles alcanza,
de Enrique Moreno Romero,
se terminó de producir
en noviembre de 2013.

Dudas, sugerencias y comentarios sobre este libro,
favor de dirigirlos a:
tortillasdurasdelmigrante@hotmail.com

http://www.tortillasdurasdelmigrante.com/

www.ingramcontent.com/pod-product-compliance
Lightning Source LLC
Chambersburg PA
CBHW060241030726
47493CB00024B/1451